꽃、피어나다

일러두기
이 책은 이미 출간된『꽃, 들여다보다』와 2014년 세종도서에 선정된『꽃, 마주치다』두 권을 합하고,
여기에 열다섯 종의 새로운 꽃 원고를 덧붙여 만들어졌습니다.

꽃, 피어나다

옛 시와 옛 그림, 그리고 꽃

기태완 지음

푸른
지식

동아시아 2500년 매혹적인 꽃 탐방,
그 40년의 기록

이 책에 소개한 꽃과 나무는 모두 우리 주변에서 흔히 볼 수 있는 것들이다. 동백, 목련, 모란, 연꽃, 진달래, 철쭉, 복사꽃, 봉숭아, 맨드라미, 나팔꽃, 매화, 난, 국화, 해당화, 개나리, 무궁화, 접시꽃, 수선화, 장미, 찔레 등의 꽃들과 인동초, 여뀌, 갈대, 나리, 패랭이, 원추리 등 야생초들, 소나무, 버드나무, 대나무, 등나무, 단풍나무, 뽕나무, 은행나무, 대추나무, 감나무, 오동나무, 산수유 등 우리에게는 참으로 친숙한 것이다. 그런데 대부분 그 이름만 알 뿐이고 수천 년 혹은 몇백 년에 걸친 그 유구한 문화적 내력에 대해서는 잘 알지 못한다. 심지어 우리 전통 꽃인 수선화, 백합, 장미 등을 근래 서구에서 들어온 것으로 오해하기까지 한다.

이렇게 수천 년 동안 우리 주위에서 살아 숨 쉬어 온 꽃과 나무 들의 학명 같은 식물 분류학적 정보나 재배법 등 생태적인 지식, 식품이나 약용으로서 효용가치 같은 것을 전하려 한 것은 아니다. 이 책의 관심은 다만 꽃과 나무의 문화적 배경에 있다. 이들이 언제 동아시아의 꽃 문화에 등장했는지? 어떤 상징을 지니게 되었는지? 역대 시문 안에서 어떻게 표현되었는지? 또한 옛 그림

속의 모습은 어떠한지?

수선화는 본래 이름이 아산雅蒜이었는데 송나라 때 수선水仙이라고 처음 불리게 되었다. 송나라 황정견黃庭堅은 수선화를 '능파선자淩波仙子'라고 읊었는데, 낙수洛水의 여신 복비宓妃의 화신이라 한 것이다. 이후 수선화는 매화 못지않은 동아시아 문인들의 꽃이 되었다. 조선 김창업과 신위 등 여러 사람이 중국에서 수선화를 들여왔고, 정약용은 장편의 수선화 시를 남겼다. 추사 김정희는 우리 고유의 제주도 수선화를 처음으로 소개하고 시문으로 읊은 선구자였다. 추사의 제자 조면호는 백여 수의 수선화 시를 남기고 있다. 이처럼 조선 문인들이 남긴 수선화 시는 수백 수에 이른다. 그러니 어찌 수선화가 서양에서 들어온 꽃일 수가 있겠는가.

장미는 한나라 때부터 궁중 정원에서 가꾼 꽃이었다. 우리나라에서는 『삼국사기』에 미인의 상징으로 처음 등장하였다. 고려와 조선 시대에 재배된 장미는 여러 종이었는데 '사계화'라는 우리 고유의 품종도 있었다.

백합은 십여 종이 넘는 다양한 색과 모양을 가진 우리 고유의 나리 품종이 있다. 고려 때 이미 우리 나리를 궁중에서 재배하며 시로 읊고 그림으로 그렸다.

수선화와 장미와 백합을 근세에 서구에서 들어온 꽃으로 오인하는 것은 서구식 근대화 과정에서 우리 전통이 단절되었기 때문일 것이다. 언제부터인가 세간에서 유행하는 꽃말이라는 것은 우리 전통과는 전혀 상관없는 것이 대부분이다. 이 또한 무분별하게 서구 문화를 수용한 폐해가 아닐까 싶다.

이 책을 통해 동아시아 전통 꽃과 나무의 유구한 내력을 밝히고자 한 목적은 단절된 전통을 회복하고 싶은 바람 때문이었다.

나는 2015년 1월 몇몇 벗들과 함께 중국 강소성과 절강성 일대를 돌아보왔다. 당나라와 송나라 시인들의 유적지를 탐방하는 여정이었다. 그런데 여정 내내 내 관심의 반은 중국의 꽃과 나무에 있었다.

남방 지역이라 한겨울에도 가는 곳마다 상록수의 초록 잎이 많았다. 항주와 소주와 남경의 길가 상록수로는 계수나무의 일종인 계자桂子나무가 많았다. 10~17미터에 이르는 아름드리 계자나무는 마침 열매가 주렁주렁 열려 있었다. 그 모양은 아직 익지 않은 쥐똥나무 초록 열매와 흡사했다.

또 우리나라에도 가로수로 많이 심어진 플라타너스가 많았다. 우리는 이 나무의 껍질이 벗겨지는 특징을 보고 '버즘나무'라고 부르는데, 중국에서는 겨울에도 매달려 있는 열매를 보고 '현령수懸鈴樹'라고 부른다.

공원이나 정원의 조경수 중에는 목련의 일종인 태산목泰山木과 영춘화가 많았다. 영춘화는 개나리 매우 비슷한 꽃나무이다. 중국에서는 개나리는 찾아볼 수 없고 온통 영춘화 천지였다. 노란 납매는 여러 곳에서 활짝 피어 이방인을 반갑게 대해 주었다. 납매도 또한 우리 시문 속에 많이 등장하는 꽃으로, 내가 여러 해 동안 몹시 궁금해했던 꽃이었다.

소주 한산사寒山寺 풍교楓橋에서 평소 궁금했던 당나라 장계張繼가 읊은 「풍교야박楓橋夜泊」 시에 나오는 '강풍어화江楓漁火' 구절의 단풍나무가 우리 단풍나무와 달리 잎이 세 갈래로 갈라진 풍향수楓香樹라는 것을 확인할 수 있었다.

항주 서호西湖 고산孤山의 방학정放鶴亭 뒤 임포林逋의 묘소에 술잔을 올리며 나도 모르게 치밀어 오르는 슬픔을 속으로 삼켰다. 수십 년 동안 그의 매화 시를 읊으며 꿈속에서도 그리워했던 동아시아 매화 주인이 아니었던가?

소흥의 난정蘭亭 대숲을 걸으며 왕휘지王徽之를 생각했다. 그는 대나무를 너무 사랑하여 "하루라도 이 군자(此君)가 없이 지낼 수 있겠는가?"라고 했다. 이후 차군此君은 대나무의 별칭이 되었다. 난정에는 한국에서 보지 못했던 대나무 종류가 많았다.

양주의 양주팔괴기념관揚州八怪記念館으로 가는 골목에서 우연히 한 그루 회화나무를 만난 것은 참으로 행운이 아닐 수 없었다. 안내판에 의하면, 수령이 천 년이 넘었다는 당나라 시대의 나무였다. 그런데 놀라운 것은 당나라 이공좌李公佐의 「남가태수전南柯太守傳」에 나오는 바로 그 회화나무라는 것이다. 다시 말해 '남가일몽南柯一夢'이라는 고사성어를 만들어낸 개미 왕국의 나무라는 것이다. 이것이 어찌 사실이겠는가? 그러나 소중히 보호될 만한 고목임에는 틀림없었다.

양주팔괴기념관과 명나라 서화가 서위徐渭의 청등서옥靑藤書屋에서 많은 꽃과 나무의 옛 그림을 보았다. 시와 그림을 통해 꽃과 나무를 감상하는 것은 특별한 즐거움이 아닐 수 없다.

나는 대학 시절에 강희안의 『양화소록養化小錄』과 문일평文一平의 『화하만필花下漫筆』을 읽고 언젠가 나도 이런 책을 써 보리라고 막연히 스스로에게 약속했었다. 그 후 40여 년이 지난 지금 백발의 나이로 그 약속을 비로소 지키게 되었다. 나의 40년간 꽃 탐방의 결실이라 하겠다.

이 책은 우리 꽃과 나무의 전통을 밝히고, 더불어 그와 관련된 옛 시와 그림을 소개하여 감상에 이바지하고자 했다. 부디 이 책이 우리 꽃과 나무를 사랑하는 모든 이에게 한 즐거움을 줄 수 있기를 바란다.

2015년 국화 시절에 정취재情趣齋에서 어옹漁翁

차 례

동백꽃
영춘화
매화
수선화
산수유
서향화
난
개나리
진달래
오얏꽃
명자나무
버드나무
목련
벚꽃
복사꽃
살구꽃
배꽃
앵두
박태기나무
여지
철쭉
찔레꽃

아리따운 안색에 절개까지 겸하고

동백꽃

동백이란 이름

새해 첫 번째 꽃 탐방은 항상 동백꽃입니다. 정월 초하루에 볼 수 있는 꽃은 동백꽃이 유일하기 때문입니다. 남방의 꽃인 동백은 지역에 따라 12월부터 이 듬해 4월까지 핍니다. 우리에게 익숙한 동백冬柏이란 꽃 이름은 고려 때 등장했습니다.

복사꽃 오얏꽃이 곱고 무성하지만	桃李雖夭夭
그 경박한 꽃은 믿기 어렵고	浮花難可恃
소나무 측백나무는 고운 안색이 없어	松栢無嬌顔
귀한 바는 추위를 이겨내는 것뿐이네	所貴耐寒耳
동백은 어여쁜 꽃이 있으면서	此木有好花
또한 능히 눈 속에서 피어나네	亦能開雪裏
깊이 생각건대 측백보다 나으니	細思勝於栢

동백(겨울 측백나무)이란 이름은 마땅하지 않네   冬栢名非是

이규보, 「동백화」

고려의 문인 이규보(李奎報, 1168~1241)의 시 「동백화冬栢花」입니다. 복사꽃과 오얏꽃(자두꽃)은 화려하지만 봄철에 잠깐 피었다가 져버리기 때문에 믿을 수 있는 절조가 없고, 소나무와 측백나무는 추위를 이기는 굳은 마음은 있으나 고운 안색이 없으니 동백이야말로 아리따운 안색에 절개까지 겸했다는 것입니다.

동백이란 명칭은 중국이나 일본에서는 전혀 사용하지 않던 이름입니다. 중국에서는 동백을 산다山茶 혹은 다화茶花라고 했습니다. 또 별칭으로 내동耐冬·만타라曼陀羅·옥명玉茗이라고도 불렀습니다. 일본에서는 동백나무를 춘목椿木이라 하고 동백기름은 춘유椿油라고 합니다. 그래서 알렉상드르 뒤마Alexandre Dumas의 소설 『동백꽃 여인 La Dame aux Camelias』을 '춘희椿姬'라고 번역했습니다. 중국에서는 '다녀茶女'라고 번역했지만 우리는 마땅히 춘희가 아닌 '동백아가씨'로 번역해야 할 것입니다.

동백은 원래 순수한 우리말인데 나중에 음이 같은 한자를 가져다가 동백冬栢이라 표기한 듯합니다. 고려속요에 〈동백목冬栢木〉이란 제목의 노래가 나오는데, 고려 후기의 인물인 채홍철(蔡洪哲, 1262~1340)이 먼 섬으로 귀양을 가서 임금을 그리워하며 부른 노래라고 합니다. 이처럼 동백은 고려와 조선에서 널리 통용된 이름이었습니다. 그런데 중국 이름인 산다가 들어와서 함께 섞여 사용되기도 했습니다.

한겨울의 자태를 사랑하는데   我愛歲寒姿

반쯤 필 때가 가장 좋은 때네   半開是好時

피지 않았을 땐 피지 않을까 두렵고 　　　　　　未開如有畏

활짝 피면 도리어 시들어버리려 하네 　　　　　已開還欲萎

성삼문, 「반쯤 핀 산다화〔半開山茶〕」

고결함은 매화와 같고 　　　　　　　　　　高潔梅兄行

아리따움은 매화보다 낫네 　　　　　　　　嬋娟或過哉

이 꽃이 우리나라에 많으니 　　　　　　　　此花多我國

마땅히 봉래도라 불러야 하리 　　　　　　　宜是號蓬萊

성삼문, 「눈 속의 동백꽃〔雪中冬柏〕」

성삼문이 '산다'와 '동백'을 노래한 시인데 사실은 같은 꽃을 읊은 것입

니다. 이 시들은 비해당匪懈堂 안평대군의 「비해당사십팔영匪懈堂四十八詠」 시에 화답한 것입니다. 안평대군은 48폭의 병풍 그림에 각각 제화시(그림에 적는 시)를 짓고, 집현전의 여러 학사들에게 화답하게 했습니다. 그 병풍 중 40여 폭이 모두 꽃나무를 그린 것이라 조선 초 지식층의 꽃나무 취향을 살필 수 있는 중요한 자료가 됩니다. 이 중에 동백꽃이 동백과 산다라는 이름으로 중복되어 나타나는 것이 특별합니다. 이처럼 동백은 고려 때부터 이미 문사들이 애호하던 꽃이었습니다.

성삼문은 반쯤 핀 동백을 가장 아름답다고 칭송했습니다. 소나무, 대나무와 함께 추운 겨울을 이겨내는 절개로써 세한삼우로 불리는 매화보다 동백의 아리따움이 더 낫다고 했습니다. 또 우리나라에 동백이 많으니 우리나라를 마땅히 전설 속의 삼신산(三神山, 봉래산·방장산·영주산) 중 하나인 봉래산蓬萊山이라 불러야 한다고 했습니다. 성삼문의 동백 사랑을 알 수 있는 장면입니다.

백련사의 동백 숲에 가다

백련사는 전남 강진읍 만덕산에 있습니다. 이곳 동백 숲은 이미 조선 때부터 명성이 높았습니다.

바닷가에 신산이 있는데	海上有神山
그 속에 백련사가 있네	中有白蓮社
금벽 빛 아침 해 비추니	金碧映朝日
봉호도와 이곳이 버금가네	蓬壺此其亞
만덕산엔 다른 나무가 없고	漫山無雜樹
동백만이 눈 속에 비추네	冬栢照雪下

늙은 가지 돌난간에 비껴 있어	老柯橫石欄
나와 시골 스님이 함께 앉았네	吾與野僧坐
비췻빛 가지마다 에워싸고	翡翠繞枝間
향기로운 꽃은 분분하게 떨어지네	香藥紛紛墮
물결 따라 산 속에 쌓이니	隨流積山間
멀리서 보면 들불과 같네	遠見如野火
(중략)	
내 장차 대지팡이를 끌고	吾將曳竹筇
달빛 아래 산문을 두들기리라	帶月山門打
꽃 꺾어 내 머리에 비녀로 꽂고	折花簪我頭
꽃을 마주하고 내 술잔을 채워	對花斟我斝
비우고 또 비우련다	已而復已而

임억령, 「백련사의 동백 노래〔白蓮社冬栢歌〕」

석천石川 임억령(林億齡, 1496~1568)은 송강 정철과 더불어 무등산 아래 식영 정息影亭 가단歌壇의 사선(四仙: 석천 임억령, 서하 김성원, 제봉 고경명, 송강 정철)으로 유명한 시인입니다. 강진 옆의 해남이 그의 고향입니다.

위 임억령의 시에서는 백련사 동백 숲의 유구한 명성을 엿볼 수 있습니다. 남도 출신으로 남도의 동백을 사랑한 임억령은 이 시 외에도 「정 생원 댁의 산다화〔鄭生員家山茶〕」 등 여러 편의 동백 시를 읊었습니다. 아마도 그의 고향 일대가 동백으로 유명한 고장이라서 익히 보면서 자랐기 때문일 것입니다. 어린 시절에 인상 깊었던 것은 영원히 뇌리에 박혀서 지워지지 않습니다. 그래서 여우는 죽을 때 태어난 굴 쪽으로 고개를 돌리고 죽고, 연어는 수만 리 바다 멀리서 태어난 강으로 거슬러 와서 영면하는 것일 겁니다.

동백은 잎과 꽃의 크기, 형태, 색깔에 따라서 많은 종류로 나뉩니다. 강희안은 『양화소록』에서 다음과 같이 우리나라에서 심는 동백의 품종을 소개했습니다.

우리나라에서 심는 것은 다만 네 종류이다. 단엽홍화單葉紅花는 눈 속에서 꽃을 피워서 세속에서 동백이라 부른다. 곧 『격물론格物論』에서 말한 일념홍一念紅이다. 단엽분화單葉粉花는 꽃이 봄에 비로소 피는데 세속에서 춘백春栢이라 부른다. 즉 『격물론』에서 말한 궁분다宮粉茶와 같다. 도성에서 기르는 천엽동백千葉冬栢은 곧 『격물론』에서 말한 석류다石榴茶와 같다. 또 천엽다 중에 꽃 가운데에 노란 꽃술[金粟]이 붙어 있는 것이 있는데 곧 보주다寶珠茶이다. 대저 천엽다는 잎이 두텁고 짙은 녹색이고, 꽃술이 모두 작은 꽃을 이루므로 호사가들은 모두 이것을 귀하게 여긴다. 그러나 보주다의 뛰어난 아름다움에는 미치지 못한다. 단엽다는 잎의 색이 옅은 황색과 옅은 초록색으로서 아름답지 못하다. 단엽의 동백과 춘백은 남방의 바다 섬 안에서 잘 자란다. 남쪽 사람들은 이를 베어다가 땔나무로 사용하고 씨를 따서 기름을 얻어서 머릿기름으로 사용한다.

『격물론』은 동식물에 관한 옛날 백과사전입니다.

꽃에 대한 사람의 호감은 어디까지나 개인적 취향이기 때문에 객관적으로 어느 것이 더 낫다고 말할 수는 없을 것입니다. 그러나 나는 강희안과는 달리 오히려 천엽다보다 단엽의 동백과 춘백이 더 낫다고 생각합니다. 남도의 강진과 해남 일대의 동백이 바로 그런 것들입니다.

한편 강희안은 '동백'과 '산다'라는 이름에 대하여 "세상 사람들은 여러 꽃들의 이름과 품종에 익숙하지 못하여 '산다'를 '동백'이라 한다. 자미紫微는 백일홍百日紅, 신이辛夷는 향불向佛, 매괴玫瑰는 해당海棠, 해당은 금자錦子라고 한다.

「동백꽃과 참새」, 백포白浦 곽남배(郭楠培, 1929~2004), 한국, 순천대학교박물관 소장

같고 다름을 구별하지 않고, 참과 거짓을 서로 혼동한다. 어찌 다만 꽃 이름만 그러하겠는가? 세상일이 모두 이와 같다"고 했습니다.

강희안보다 후대 사람인 다산 정약용도 "우리나라 사람들은 소홀하게 산다를 동백이라 하는데, 그중에서 봄에 꽃이 피는 것을 춘백春柏이라 한다. 대둔사(해남 대흥사의 본이름)에 이 나무가 많아서 장춘동長春洞이라고 부른다. 일찍이 장춘동시권長春洞詩卷을 열람했는데 혹은 취백翠柏이라 하고, 혹은 총백叢柏이라 불렀으나 끝내 '산다'라는 두 글자는 없었다. 탄식할 뿐이다. 진씨(陳氏, 청나라 陳淏子)의 『화경花鏡』에서는 '일명 만타화曼陀花이다'라고 했는데 잘못일 것이다. 『한청문감漢淸文鑑』에서는 '강동岡桐'이라 했다"고 했습니다.

본래의 우리 명칭을 잘못되었다고 하고 중국 명칭을 옳다고 여긴 것은 당시 지식인들의 보편적인 인식이었습니다. 그것은 강희안이나 정약용 개인의 잘못이 아니라 당시 중국 한자문화권에 경도될 수밖에 없었던 문화적 현상 때문이라 할 것입니다. 동아시아 여러 나라들이 모국 문자 대신 한자를 공통으로 사용했듯이, 유럽 또한 오랫동안 자국 문자를 쓰지 않고 라틴어를 공동으로 사용했습니다. 이는 바로 중세 문화의 특징이었습니다.

백련사 뒤편으로 한 고개를 넘어가면 바로 정약용이 18년 동안 유배 생활을 한 다산초당이 있습니다. 그곳에는 고목의 동백나무가 많아서 볼 만합니다. 정약용은 스스로 "강진에 있을 때 다산 안에 동백나무를 많이 심었다"고 했는데, 지금의 초당 앞 고목의 동백나무들이 정약용이 직접 심었던 그 나무들이 아닌가 싶습니다. 정약용은 또한 초당에서 가까운 백련사에도 수시로 드나들었는데, 그에게도 이 일대의 동백을 언급한 시가 또한 적지 않습니다.

| 예로부터 점대에서 전복을 좋아하고 | 自古漸臺嗜鰒魚 |
| 산다로 머리 감는다는 말이 헛말이 아니네 | 山茶濯脂語非虛 |

　　탐진은 강진의 옛 이름으로, 탐라(제주도)로 가는 나루라는 뜻입니다. 탐
진은 조선시대까지 탐라로 가는 유일한 항구였습니다. 점대漸臺는 제나라 선
왕의 호화로운 누대 이름이고, 규영은 규영신부奎瀛新府의 준말로 정조 때 창덕

동백꽃

궁에 두었던 주자소입니다. 아무튼 시의 요지는 권세 있는 서울의 높은 양반들이 사치를 좋아하여, 강진 고을의 아전들에게 전복과 동백기름을 청탁하는 편지를 많이 보낸다는 것입니다. 동백기름은 여인들의 머리를 윤택하게 꾸미는 화장품으로 주로 쓰였습니다. 여성용 포마드였던 셈입니다. 강진 고을에 동백 열매가 잘 열리면 여성들이 바람날까 남자들이 근심했다는 이야기가 전해옵니다. 또 동백기름은 남도의 주요한 공물이었던 까닭에 관리들의 수탈이 심했다고 합니다. 『국조보감國朝寶鑑』의 단종 2년(1454)조에 "전라도에서 공물로 바치는 동백유를 견감하라고 명하였다"는 기록이 있습니다. 일본에서도 동백기름은 머리 화장용으로 쓰였던 것 같습니다.

낭군이 내 머리칼이 향기롭다 하고	郎言儂髮香
난 낭군의 눈동자가 아름답다고 하네	儂道郎眼媚
마당 앞의 동백꽃이	庭前冬栢花
낭군이 내 마음을 사랑함을 아네	識郎愛儂意

신유한, 『해사동유록海槎東遊錄』중에서

1719년 일본에 통신사의 일원으로 다녀온 신유한申維翰이 일본 풍속을 시로 쓴 것입니다. 그 원주에 "일본 기생은 머리칼을 몹시 아름답게 꾸미는데, 반드시 동백기름을 바른다. 집집마다 동백나무를 많이 심어서 기름을 얻는다"고 했습니다.

동백꽃 피니 동박새 울고

한겨울에 피는 동백꽃의 노란 꽃술엔 꽃가루가 많고 붉은 통꽃 자루 밑동에는 꿀이 가득합니다. 나는 어린 시절 밀대로 동백꽃의 꿀을 빨아 먹곤 했습니다. 동백꽃의 꿀은 사람이나 곤충을 위한 것이 아닙니다. 한겨울에 벌과 나비 따위가 있을 리 없으니까요. 그 꿀은 바로 새를 위한 것입니다. 동백꽃은 생태적으로 꽃가루 수정을 곤충에 의존하지 않고 새에 맡기는 꽃인 것입니다.

눈이 솔과 대나무를 눌러서 꺾으려 하는데	雪壓松筠也欲摧
많은 붉은 꽃 여러 송이 참신하게 피었네	繁紅數朶斬新開
산 사립문 적적하게 오는 사람 없는데	山扉寂寂無人到
때때로 산속의 새가 몰래 꽃을 쪼려고 오네	時有幽鳥暗啄來

계곡谿谷 장유(張維, 1587~1638), 「눈 속의 산다화(雪裏山茶)」

동백꽃을 쪼려고 오는 새는 무슨 새일까요? 이수광은 『지봉유설』에 다음과 같이 자세히 언급하고 있습니다.

동백나무는 남쪽 지방 바닷가에서 난다. 잎은 겨울에도 푸르고, 10월 이후에야 꽃이 핀다. 꽃의 빛깔은 진홍빛이고 오래되어도 시들지 않는다. 이것이 대개 옛날에 말하던 산다화이다. 꽃이 필 때마다 푸른 새가 날아와서 그 꽃 순을 먹으며 밤이 되면 혹은 그 나무에서 자기도 한다. 최원우(崔元祐, 고려 공민왕 때 감찰집의를 지냈음)가 무진 객사에서 지은 시에 "긴 대나무 숲 집집마다 비취새가 우네[脩竹家家翡翠啼]"라고 한 것이 이것이다.

'비취翡翠'는 원래 물총새의 이름인데, 여기서는 동박새를 지칭합니다. 동백과 함께 등장하는 '비취'는 물총새가 아니라 모두 동박새로 보아야 할 것입니다. 왜냐하면 물총새는 여름 철새로서 겨울에는 먼 필리핀 등지에서 월동하기 때문입니다.

동백꽃 피니 동박새 울고 　　　　　　　　冬柏花開翡翠啼
대숲 동쪽 작은 개울 서쪽이네 　　　　　　竹林東畔小溪西
임제, 「일고의 시축에 적다〔題一鴣軸〕」

임제의 시에서도 동박새를 '비취'라고 하고 있습니다.

동박새는 크기가 참새만 한데, 온몸이 동백 잎처럼 녹색이고, 눈이 하얀 태로 둘러싸여 있는 게 특색입니다. 그래서 수안繡眼 혹은 수안아繡眼兒라고 불립니다. 동백꽃의 꿀을 좋아하여 동백꽃이 피면 겨우내 떼를 지어 동백 숲을 배회합니다. 나는 여수 오동도, 돌산 향일암 등에서 동백꽃의 꿀을 빨고 있는 동박새를 여러 차례 목격한 적이 있습니다. 참으로 앙증맞게 귀여운 녀석들인데, 노래 솜씨 또한 뛰어나서 휘파람새와 다툴 만합니다. 물론 동백꽃의 꿀을 탐하는 새는 동박새만은 아닙니다. 멧비둘기·때까치·직박구리·박새·곤줄박이 등도 즐겨 동백꽃의 꿀을 노립니다. 그러나 이들은 꽃의 밑동을 쪼아서 구멍을 내기 때문에 결실에 오히려 해를 끼치기 일쑤입니다.

노란 동백꽃

동백꽃은 붉은색, 흰색, 분홍 등이 천연의 색인데 인공적으로 만들어낸 몇몇 변색이 있습니다. 그러나 노란 동백은 보고된 바가 없습니다. 소설가 김유정은 그의 유명한 단편 「동백꽃」에서 다음과 같이 노란 동백꽃을 언급했습니다.

그리고 뭣에 떠다밀렸는지 나의 어깨를 짚은 채 그대로 퍽 쓰러진다. 그 바람

에 나의 몸뚱이도 겹쳐서 쓰러지며 한창 피어 퍼드러진 노란 동백꽃 속으로
폭 파묻혀버렸다. 알싸한 그리고 향긋한 그 냄새에 나는 땅이 꺼지는 듯이 온
정신이 고만 아찔하였다.

김유정, 「동백꽃」 중에서

노란 동백꽃! 한동안 나는 혼란에 빠졌습니다. 세상에 노란 동백꽃도 있
나요? 도서관에서 소설 「동백꽃」 초간본을 찾아보니 그 표지의 그림은 분명
동백꽃이었습니다. 나는 노란 동백꽃은 김유정의 상상력이 빚어낸 착오라고
결론지었습니다. 그로부터 10여 년 후 나는 비로소 나의 결론이 착오라는 것
을 깨달았습니다.

아우라지 뱃사공아 배 좀 건네주게
싸릿골 올동박이 다 떨어진다
아리랑 아리랑 아라리요
아리랑 고개 고개로 나를 넘겨주게
떨어진 동박은 낙엽에나 쌓이지

「정선 아라리」 중에서

여기에 등장하는 동박나무는 생강나무입니다. 강원도 사투리로는 생강
나무를 '동박나무' 혹은 '산동백'이라 불렀던 것입니다. 동백나무가 없는 강원
도에서는 동백기름 대신 생강나무 열매의 기름을 등기름과 머릿기름으로 대
용했는데 그 과정에서 그런 방언이 생겨난 것입니다. 김유정은 강원도 출신으
로서 생강나무의 노란 꽃을 '동백꽃'이라고 부른 것입니다. 생강나무는 한반
도 전역에서 흔히 볼 수 있는 나무인데 그 가지를 꺾어서 냄새를 맡아보면 생

강 냄새가 나서 붙여진 이름입니다. 꽃은 산수유와 흡사하고 피는 시기 또한 이른 봄으로 서로 같습니다. 그러나 두 꽃을 자세히 비교해보면 생강나무의 꽃이 더 선명한 짙은 노란색이고, 꽃술이 더 두꺼우며, 그리고 결정적으로 생강나무의 꽃은 코를 찌르는 알싸한 향기를 지니고 있습니다. 나의 봄꽃 탐방에는 생강나무 꽃도 들어 있는데, 내가 이제까지 본 가장 잘생긴 생강나무는 창덕궁 담장 가에 서 있는 녀석입니다. 그 의젓한 모습과 알싸한 향기를 떠올리니 벌써 마음이 설렙니다.

동백나무의 원산지는 동아시아입니다. 중국에서는 『고사비古事比』란 책에 동백이 처음 등장하는데 당나라 시인 장적(張籍, 767?~830?)이 어떤 귀족 집의 동백나무가 탐나서 자신의 첩인 유엽柳葉과 바꾸었다는 기사가 실려 있습니다. 이후 송나라 때부터 동백에 관한 시문이 셀 수 없이 생산되었습니다. 동백이 유럽으로 건너간 것은 18세기 초인데 이후 동백은 동양에서 온 귀한 꽃나무로 지식인들의 사랑을 받았습니다. 그래서 오페라 〈라 트라비아타〉의 여주인공 비올레타가 항상 가슴에 꽂던 꽃이 된 것입니다.

여수 거문도에는 자생하는 분홍 동백과 흰 동백이 있다고 합니다. 나는 꽃을 좋아하는 몇몇 벗들과 봄이 되면 방문하기로 약속했습니다. 고려와 조선의 문사들은 한결같이 엄동에 피는 동백꽃의 절개를 중시했습니다. 하지만 나는 개화의 절정에서 미련 없이 통째로 떨어진 그 핏빛 꽃봉오리에서 느껴지는 왠지 모를 가슴 뭉클한 슬픔을 더 사랑합니다.

봄맞이 꽃

영춘화

황금 허리띠

이른 봄에 피는 꽃은 모두 봄을 맞이하는 꽃이 아닐 수 없습니다. 그런데 한 꽃만이 봄맞이 꽃이라는 의미의 영춘화迎春花라는 이름을 독차지하였습니다. 참으로 매화나 수선화와 같은 쟁쟁한 경쟁자를 물리치고 얻은 영광이 아닐 수 없습니다. 원나라 정계程棨는 『삼류헌잡지三柳軒雜識』에서 "영춘화는 참객僭客이다"라고 했습니다. '참객'이란 자신의 본분에 맞지 않는 이름이나 권위를 사칭하는 것을 말하는데, 영춘화가 무엇을 사칭했다는 것인지? 괜한 질투가 아닌지 모르겠습니다.

영춘화는 일명 금요대金腰帶인데, 인가의 원포(園圃. 과실나무와 채소 따위를 심어 가꾸는 뒤란이나 밭)에 많이 심는다. 무리 지어 자라고 높이는 수 척尺인데, 일 장丈에 이르는 것도 있다. 네모난 줄기에 잎은 두터운데, 처음 돋아난 작은 산초 잎 같으나 가장자리의 톱날은 없다. 앞면은 푸르고 뒷면은 흰데, 마디를 대하고 작은 가지가 자라나고 한 가지에 세 잎이다. 봄 이전에 꽃이 피는 것은 서향화瑞香花와 같지만, 황색이며 씨를 맺지 않는다. 잎은 쓰고 떫으며 평平하며 독이 없다. 비록 초화草花이지만, 가장 먼저 봄의 색을 장식하기 때문에 또한 없앨 수 없다. 꽃이 피려고 할 때 비옥한 토지에 옮겨 심으면 무성해진다. 희생(犧牲, 제사 지낼 때 제물로 바치는 산 짐승)을 삶은 물을 주면 꽃이 우거지고 2월 중에 포기를 나눌 수 있다.

『어정패문재광군방보御定佩文齋廣羣芳譜』, 「화보花譜」, 「영춘화」

영춘화의 별칭은 '금요대'인데 황금 장식의 허리띠라는 의미입니다. 이른 봄에 초록 줄기에 황금색 꽃들이 촘촘히 매달려있는 것을 보면 금요대가 얼마나 적합한 이름인지 알 수 있습니다. 「화보」에서 영춘화를 초화라고 한 것은 착오입니다. 영춘화는 작은 관목입니다. 영춘화는 중국이 원산지인데, 천여 년 전 당나라 때부터 화초로 재배해왔습니다. 그리고 역대에 걸쳐 많은 문인이 그 아름다움을 시문으로 칭송했습니다.

영춘화(학명 Jasminum nudiflorum Lindl)는 물푸레나뭇과의 낙엽관목이며, 2월에 꽃을 피웁니다. 지난해의 가지에 잎이 나기 전에 꽃이 먼저 피며 맑은 향기가 납니다. 꽃은 황금색인데 밖에 붉은 테두리가 있습니다.

그 나무와 꽃이 개나리와 매우 흡사하여 두 꽃을 착각하는 사람이 많습니다. 그러나 영춘화의 꽃이 개나리보다 일찍 피고, 개나리의 꽃잎은 네 잎인데 반하여 영춘화의 꽃잎은 다섯 잎으로 분명한 차이가 있습니다. 또한, 개나리는 사람의 키를 넘을 만큼 높이 자라지만, 영춘화는 위쪽보다는 옆으로 퍼지며 아래로 늘어지는 성질이 있습니다.

2월에 일찍 피는 영춘화는 종종 눈 속에서 피어있는 자태를 드러내는데, 본래 추위에 강한 본성이 있습니다.

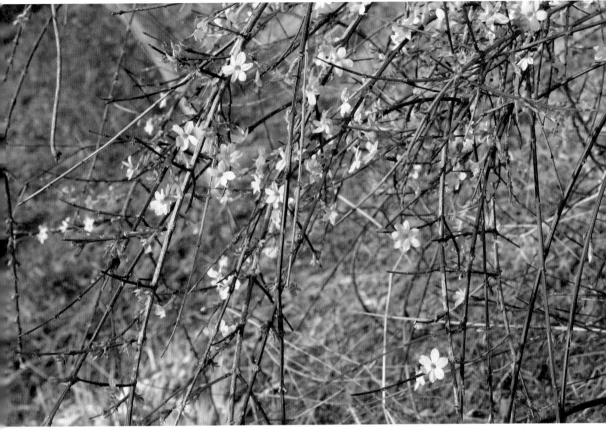

영춘화

청나라 궁몽인(宮夢仁, 1623~1713)은 『독서기수략讀書紀數略』에서 "설중사우雪中四友는 옥매玉梅와 납매臘梅와 수선水仙과 산다山茶이다"라고 했는데, 어떤 사람은 이 중의 '납매'를 영춘화로 상정하기도 합니다.

한국의 영춘화

영춘화가 언제 한국으로 건너왔는지는 알 수 없습니다. 한국 문헌에 영춘화가 처음 등장한 것은 고려 원천석(元天錫, 1330~?)의 시였습니다.

개울 앞의 돌길은 절집을 향하고　　　　　　臨溪石路指僧家
나막신 굽에 향기 피우며 풀싹이 돋았네　　屐齒惹香生草芽
문득 기이한 꽃이 나그네 시야를 놀라게 하는데　忽有奇芳驚客眼
바위에 기댄 한 그루 영춘화이네　　　　　倚巖一樹迎春花

원천석, 「적용암을 유람하다(遊寂用菴)」

이른 봄날입니다. 절집으로 향하는 개울가의 돌길을 걸어가니 나막신 굽 아래 밟히는 향기 피우는 풀싹이 돋아있습니다. 나그네의 시야를 놀라게 하는 기이한 꽃이 있는데, 바로 바위 옆에 피어난 영춘화입니다.

그런데 이 영춘화가 과연 노란 꽃의 영춘화인지 의심스럽습니다. 왜냐하면, 세속에서 목련을 영춘화라고 불렀기 때문입니다.

봄이 온 것을 보자마자 일찍 맞이하니　　　纔見春來早已迎
영춘이란 좋은 이름을 누가 주었던가　　　迎春誰爲錫嘉名
향기는 매화 같고 색은 밀랍 같으니　　　　香如梅蘂色如蠟
납매라고 불러서 바야흐로 정을 표하리라　喚將蠟梅方稱情

부귀와 신선은 본래 다른 것인데　　　　　富貴神仙本自殊
어찌 한 집에다 함께 갖추었던가　　　　　何來一室與之俱
천아가 월전에서 예상무를 추며　　　　　天娥月殿霓裳舞
즐겁게 명황이 그린 그림과 나란하네　　　好傍明皇寫作圖

강세황, 「영춘화」

매화와 같은 향기와 밀랍 같은 노란색의 꽃! 영춘화가 분명합니다. 납매라고 불러서 정을 표하겠다고 했는데, 납매라는 남의 이름을 사칭하라는 것인가? 영춘화의 처지에서는 약간 모욕감을 느끼지 않을 수 없습니다.

부귀하면서 신선이 된다면 천하의 복을 다 누린 것이 아니겠습니까? 진정 그런 일은 드문 것인데 영춘화는 그것을 다 차지했습니다.

예상무는 〈예상우의곡霓裳羽衣曲〉의 춤을 말하는데, 당나라 법곡法曲의 이름입니다. 서량西涼절도사 양경충楊慶忠이 올린 것으로 초명은 〈바라문곡婆羅門曲〉이었습니다. 또 다른 설명으로는 전설에 현종이 삼향역三鄕驛에 올라 여아산女兒山을 바라보고 돌아와 작곡했다고 합니다. 또 일설에는 현종이 꿈속에서, 천상의 광한전廣寒殿에서 노닐고 돌아와 지었다고도 합니다. 이 춤을 양귀비가 잘 추었다고 합니다.

천아는 선녀이고 월전은 달나라에 있는 광한전입니다. 명황은 현종입니다. 명황이 그린 그림이란 당연히 광한전에서 구경하였던 예상무의 그림이겠지요.

영춘화를 예상무를 추는 선녀로 묘사한 것은 강세황이 유일할 것입니다. 강세황은 시서화로 명성을 날린 문인 화가였습니다. 그가 영춘화 그림을 남기지 않은 것이 애석합니다.

역대 영춘화 시편들

영춘화 시의 선구자는 당나라 백거이(白居易, 772~846)가 아닌가 싶습니다.

다행히 소나무 대나무와 함께 가까이 심어져　　　　　幸與松筠相近栽
복사꽃 오얏꽃을 따라 일시에 피지 않네　　　　　　不隨桃李一時開
행원이 어찌 감히 그대가 가는 것을 막을 수 있겠는가　沾園豈敢妨君去

꽃이 피지 않았을 때 장차 보러 오시구려 未有花時且看來

백거이, 「영춘화를 대신하여 유낭중을 초대하다〔代迎春花招劉郞中〕」

소나무와 대나무는 매화와 함께 세한삼우의 멤버입니다. 겨울에도 푸름이 변치 않는 소나무와 대나무, 그리고 추위 속에서도 꽃을 피우는 매화의 그 강인한 생명력을 존중하여 붙여진 명칭입니다. 이 강인한 생명력은 사람의 충정이나 고상한 인품을 상징하게 되었습니다.

그런데 세한삼우란 명칭은 백거이 시대에는 아직 없었던 용어입니다. 송나라 임경희(林景熙, 1242~1310)의 「오운매사기五雲梅舍記」에 "그 거처에 흙을 쌓아 산을 만들고 매화 백 그루를 심어 높은 소나무와 긴 대나무와 함께 세한의 벗〔歲寒友〕으로 삼았다"라고 한 데서 유래한 것입니다.

백거이는 임경희보다 수백 년 앞서서 소나무와 대나무와 영춘화를 세 벗으로 삼았으니 세한삼우의 원조가 무엇인지 명백합니다.

세한삼우의 영춘화는 따뜻한 봄이 되어서야 피는 복사꽃과 오얏꽃과 동시에 피지 않습니다. 행원은 살구꽃 동산인데, 살구꽃도 또한 영춘화보다 꽃이 피는 시기가 늦습니다. 행원의 꽃이 피지 않았을 때 영춘화를 보러 오는 것이 어찌 방해가 되겠습니까?

황금색 꽃과 푸른 꽃받침이 봄추위를 띠고 있는데 金英翠萼帶春寒

황색 꽃 중에 몇이나 있겠는가 黃色花中有幾般

그대 말을 빙자하여 유람객에게 말하니 憑君語向遊人道

덩굴이 푸를 때 꽃술을 보려 하지 마시오 莫作蔓青花眼看

백거이, 「영춘화를 완상하며 양낭중에게 주다〔翫迎春花贈楊郞中〕」

봄추위 속에 황금색의 영춘화가 피었습니다. 황색 꽃 중에 초봄에 꽃을 피우는 것이 몇이나 되겠습니까? 영춘화를 대신하여 유람객에게 말을 전합니다. 덩굴에 푸른 잎이 무성해지면 이미 꽃은 지고 말 것이라고.

낭중은 벼슬 이름입니다. 유낭중과 양낭중이 누구인지 알 수 없었습니다. 다만 백거이가 영춘화를 빙자하여 보고자 했던 그리운 벗들이었다고 짐작됩니다. 아름다운 꽃이 만발하면 그것을 핑계로 보고 싶은 벗들을 초청하여 술자리를 열어 시를 서로 주고받으며 부르고 담소를 나누는 것은 옛사람들의 풍류였습니다.

백거이는 한때 발해와 신라와 일본 등 동아시아에서 가장 추앙받았던 당나라 시인이었습니다.

난간을 덮은 섬약한 초록 가지가 길고	覆闌纖弱綠條長
눈에 싸여 추위를 이기고 연노랑 꽃을 피웠네	帶雪衝寒坼嫩黃
봄이 오는 것을 맞이함에 스스로 만족하지 않고	迎得春來非自足
온갖 꽃과 함께 향기롭네	百花千卉共芬芳
새 봄기운을 맞아 옛 떨기로 들이니	迎得新春入舊科
좋은 화초들보다 먼저 따뜻한 봄볕을 독점하네	獨先嘉卉占陽和
금년에는 갑자기 추위로 꺾어졌으니	今年頓被寒摧折
마땅히 뾰쪽한 가지 끝에 따스함을 전송함이 많으리라	應爲尖頭送暖多

한기(韓琦, 1008~1075), 「중서성 동청의 영춘화(中書東廳迎春)」

중서성 동쪽 청사의 난간에 영춘화의 가늘고 연약한 가지가 길게 덮였습니다. 눈에 파묻힌 채 추위 속에서 연노랑 꽃을 피웠습니다. 얼마나 대견한 일

영춘화

입니까? 봄을 맞이하는 일에 만족하지 않고 오랫동안 다른 꽃들과 함께 향기를 다툽니다.

새 봄기운을 받아 옛 떨기에서 꽃을 피워 좋은 화초들보다 언제나 먼저 따뜻한 봄볕을 독점하는 것이 영춘화입니다. 그런데 올해는 갑작스러운 추위에 꺾이고 말았습니다. 이제 따뜻한 봄날을 맞이하는 대신 부질없이 전송만 하게 생겼습니다.

이 시가로 송나라 때 궁궐 중서성에서 영춘화를 재배했음을 알 수 있습니다. 한기는 문무를 겸비한 인재로서 북송의 저명한 재상이었습니다.

비단으로 훈롱을 만드니 월나라 양식이 새롭고	錦作薰籠越樣新
봄맞이가 오히려 돌아가는 봄을 전송까지 하네	迎春猶及送還春
꽃 필 땐 색과 향기가 이와 같은데	花時色與香如此
꽃 진 후에도 아름다움이 더욱 사람에게 어울리네	花後娟娟更可人

꿈속에서 화서국으로 들어가니 해는 지지 않았고	睡入華胥日未晥
박산향로는 어디 있는지 보향의 냄새가 나네	博山何在寶香聞
꿈을 깨니 단지 남쪽 창이 고요할 뿐인데	覺來但有南牕靜
잎이 성글고 꽃이 무성한 비단 훈롱에 취했었네	葉瘦花肥醉錦薰

조언약(曹彦約, 1157~1228), 「영춘화」

훈롱薰籠이란 덮개를 씌운 향로입니다. 이를 이용하여 의복에 향기를 쐴 수 있습니다. 향기로운 영춘화는 흡사 비단으로 만든 훈롱과 같은데, 봄을 맞이할 때부터 봄이 돌아갈 때까지 오랫동안 향기를 잃지 않습니다. 꽃이 피어 있을 때는 황금색의 꽃과 향기가 이처럼 좋은데 꽃이 지고 난 후에도 충분히 관상할 가치가 있습니다.

시인은 꿈속에서 화서국華胥國으로 들어갔습니다. 화서국은 『열자列子』의 「황제黃帝」 편에 나오는 일종의 이상향입니다. 정치 지도자도 계급도 없는 평등 사회이고, 사람들이 모두 욕망과 애증도 없고 생사를 초월한 나라라고 합니다. 화서국은 수레나 배나 도보로는 갈 수 없고, 오로지 꿈을 통해서만 갈 수 있다고 합니다.

박산향로는 향로의 이름입니다. 박산은 전설에 나오는 동해에 있다는 연꽃 모양의 산으로서 일종의 선경입니다. 박산향로는 그 박산의 모양을 상상하여 만든 향로인데 중국 한나라 때부터 유행했던 것입니다. 최근에 우리나라에서 출토된 백제 시대의 박산향로는 신선의 세계를 잘 구현해놓은 것으로 평가되고 있습니다. 박산향로에서 지금 진귀한 향이 타는 냄새가 끼쳐옵니다. 시인은 꿈에서 깨어났습니다. 남쪽 창은 그저 고요할 뿐입니다. 잠시 잎이 성글고 꽃이 무성한 영춘화가 만든 비단 훈롱의 향기에 취했던 것입니다.

조언약은 병부시랑과 예부시랑을 지낸 고관이었습니다.

작고 요염한 어린 미녀도	纖穠嬌小
또한 이른 봄을 다툴 줄 알아	也解爭春早
중앙의 아름다운 안색을 차지하니	占得中央顔色好
꾸민 가지마다 새롭고 교묘하네	粧點枝枝新巧
동황이 강성에 처음 이르니	東皇初到江城
은근히 먼저 가서 봄을 맞이하네	殷勤先去迎春
황금요대를 주기를 청하여	乞與黃金腰帶
분분한 홍색과 자색 꽃들을 압도하네	壓持紅紫紛紛

조사협趙師俠, 『청평악清平樂』 「영춘화」

작고 요염한 어린 미녀! 바로 영춘화입니다. 중앙의 아름다운 안색은 황색을 말합니다. 황색은 오방색 가운데 중앙의 색입니다.

동황은 봄의 신입니다. 봄의 신이 강가의 성에 이르니 제일 먼저 영춘화가 봄을 맞이합니다. 황금요대는 영춘화의 별칭입니다. 황금색은 정색正色으로 고귀한 신분을 상징합니다. 홍색과 자색은 정색이 아닌 간색間色입니다. 간색이 정색의 지위를 침범하는 것은 예로부터 외람된 일이었습니다. 어찌 홍색과 자색의 꽃들이 감히 황금색의 영춘화를 넘볼 수 있겠습니까?

조사협은 생애가 자세히 알려지지 않았습니다. 다만 남송 효종孝宗 순희淳熙 2년(1175)에 진사에 합격했다는 기록이 있습니다. 사詞에 뛰어났는데, 사집 『탄암사坦庵詞』가 전합니다.

옅은 황색이 초봄 때가 아닌 듯한데　　　　　輕黃不似首春時
과연 푸릇푸릇한 것은 이 가지뿐이네　　　　果是青青但此枝
꽃이 피었나 안 피었나를 알고 싶은데　　　　欲識花無與花有
장차 봄이 가면 끝내 어디로 가려는가　　　　且言春去竟何之

조우변(曹于汴, ?~1634), 「영춘화」

추위가 아직 완전히 물러가지 않은 초봄부터 꽃을 피우는 화초는 그리 많지 않습니다. 그러나 영춘화는 봄맞이 꽃으로서 일찍 꽃을 피우니 매화와 겨룰 만합니다. 봄을 맞이한 후에는 어디로 떠나가려는지?

조우변은 명나라 때 좌도어사左都御史를 지냈는데 성품이 고결하고 강직하였다고 사서에 기록되어있습니다.

영춘화라는 이름은 어린 시절에 외할아버지께 배웠습니다. 외가의 화단 가장자리에 울타리 나무로 심어놓은 영춘화는 2월이면 벌써 꽃을 피웠는데, 가끔 하얀 봄눈에 묻혀있었던 그 샛노란 꽃이 아직도 눈앞에 생생합니다. "이 꽃이 피어야만 정말 봄이 온 것이다"라고 하셨던 외할아버지의 말씀이 50여 년이 지난 지금에도 여전히 귓가에 또렷합니다.

고고한 산림처사

매화

매화 시의 기원

매화나무의 원산지는 중국 사천성으로 알려져 있습니다. 갑골문자가 출토된 하남성 안양安陽의 은허殷墟에서 발굴된 구리 솥에 탄화된 매화씨가 들어 있었다고 합니다. 매화의 열매인 매실로 만든 식초는 소금과 더불어 '염매鹽梅'로 불리며 고대에 중요한 조미료 역할을 했던 것입니다. 매화는 『시경』에도 등장합니다.

떨어지는 매실이여	摽有梅
그 열매 일곱 개가 남았네	其實七兮
나를 구하려는 여러 총각들이여	求我庶士
그 길일을 택하시오	迨其吉兮
떨어지는 매실이여	摽有梅

그 열매 세 개가 남았네	其實三兮
나를 구하려는 여러 총각들이여	求我庶士
오늘을 택하시오	迨其今兮

떨어지는 매실이여	摽有梅
광주리에 주어 담았네	頃筐塈之
나를 구하려는 총각들이여	求我庶士
이 모임을 택하시오	迨其謂之

『시경』, 「소남召南」, 「표유매摽有梅」

　　고대 중국에서는 반드시 중매를 통해 결혼하는 것이 예법이었으나 중춘 (仲春, 음력 2월)의 하루를 택하여 혼기에 닥친 처녀와 총각들을 함께 모이게 하여 자유연애를 허용했습니다. 이 시는 바로 그러한 풍속을 노래한 것입니다. 떨어지는 매실은 시들어가는 여인의 청춘을 상징합니다. 그런데 『시경』과 쌍벽을 이루는 『초사』에서 매화를 언급하지 않은 것은 이상한 일이 아닐 수 없습니다. 이 일은 두고두고 후대인들의 논란거리가 되었습니다.

　　육조시대(중국 오·동진·송·제·양·진, 모두 남경에 도읍했음)에 이르러 매화는 더욱 많이 시가로 읊어졌습니다. 남조 송나라 포조(鮑照, 415~470)는 시 「매화락 梅花落」에서 "서리 속에서 능히 꽃을 피우고, 이슬 속에서 열매를 맺는다[念其霜中 能作花, 露中能作實]"고 했습니다. 서리를 이겨내는 매화의 굳은 자질을 지적한 것입니다.

| 매화 꺾어 역사를 만나 | 折梅逢驛使 |
| 농두 사람에게 부쳤네 | 寄與隴頭人 |

「매화서옥도梅花書屋圖」,
조희룡(趙熙龍, 1797~1859), 조선,
간송미술관 소장

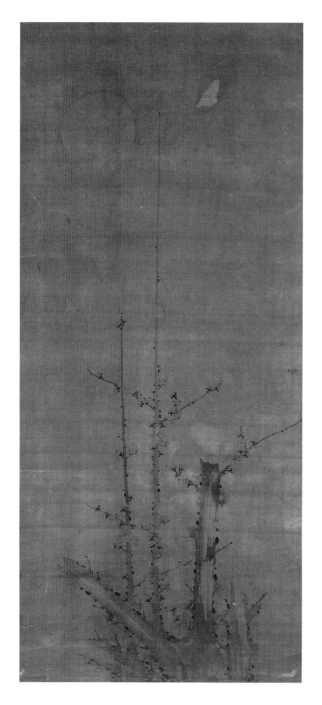

「달밤에 핀 매화」,
어몽룡, 조선,
국립중앙박물관 소장

강남에는 지닌 것이 없어서　　　　　　　　江南無所有

애오라지 한 가지의 봄을 보냈네　　　　　　聊贈一枝春

육개, 「범엽에게 주다[贈范曄詩]」

　　육조시대 육개陸凱가 강남에서 북쪽 멀리 있는 친구 범엽에게 준 시입니다. 역사驛使는 역리驛吏인데, 역참에서 문서 따위를 전달하는 역졸을 말합니다. 이 시로 말미암아 역사는 후대에 매화의 별칭으로 자주 사용되기도 했습니다. 이 시에서 매화는 봄과 우정의 상징으로 쓰였습니다. 한편 육조시대 여성들 사이에서는 이마에 매화를 그리는 매화장이란 화장법이 유행하였다고 합니다. 당시 매화가 사람들의 문화 속에 깊이 들어왔음을 엿볼 수 있겠습니다.

달밤에 만난 매화의 정령

매화는 일찍 피기 때문에 새해의 전령으로, 또 추운 계절에 피기 때문에 절개의 상징으로 인식되었습니다. 또한 흰 꽃 때문에 종종 순결한 여인이나 선녀로 묘사되었습니다.

　　수나라 개황(開皇, 581~600) 연간에 조사웅趙師雄이 나부산羅浮山으로 좌천되었을 때 하루는 날이 차가운 석양에 반쯤 취해 있었다. 그래서 솔숲 사이의 주막에서 종복과 수레를 쉬게 하였다. 옆집에 사는 한 여인을 보았는데 곱게 화장을 하고 소복 차림으로 나와서 사웅을 맞이하였다. 때는 이미 어둠이 깔리고, 달빛에 비친 잔설만이 희미하게 밝았다. 사웅은 기뻐하며 함께 말을 나누었다. 다만 향기가 끼쳐오는 것을 느꼈는데, 그녀의 언어는 지극히 맑고 아름다웠다. 그래서 사웅은 그녀와 더불어 술집 문을 두드려 여러 잔을 얻어서 함께 술을 마셨다. 얼마 후 한 초록 옷의 동자가 와서 즐겁게 노래하고 춤을 췄다. 그것 또한 볼 만하였다. 이윽고 취하여 모두 잠이 들었는데, 사웅 또한 몽롱하였다. 다만 풍운風雲의 기운이 엄습함을 느꼈다. 시간이 오래되어 동방이 이미 밝아 있었다. 사웅이 일어나 둘러보니 곧 큰 매화나무 아래 있었다. 그 위에는 푸른 새 한 마리가 재잘대고 있었다. 망연히 기다리고 있는데 달은 지고 삼성參星도 기울어, 다만 슬플 뿐이었다.

유종원, 『용성록』 중에서

당나라의 유명한 문장가인 유종원柳宗元의 『용성록龍城錄』에 실린 설화입니다. 수나라 조사웅이 광동성 나부산으로 좌천되었는데, 달밤에 매화의 정령인 신녀를 만났다는 것입니다. 조사웅은 수나라 황암黃巖 사람이고, 조산대부朝散大夫와 통주通州 태수를 지냈습니다. 『광동통지廣東通志』에서는 나부산 매화촌을 설명하며 "조사웅이 선녀를 만난 곳이다. 지금은 논밭이 되어 다시 매화가 없다"라고 했습니다. 조사웅이 매화 정령인 선녀를 만난 이야기는 수많은 전적에 실려서 전하고, 역대 매화 시에서 중요한 고사로 사용되었습니다. 그런데 『매화』(생각의나무)라는 책 속에 실린 오출세의 「순결과 호색의 양면성을 지닌 매화」라는 짧은 글에서는 『용성록』의 조사웅 이야기를 요약하여 소개하고, "여기서 미녀는 매화나무의 정령으로 호색요녀를 상징한다"고 했습니다. 이는 심한 오류가 아닌가 싶습니다. 매화의 정령이 '호색요녀'라면 소식, 주희를 비롯해 퇴계 이황 등 역대의 대가들이 시문의 고사로 취했겠습니까?

나부산 아래 매화나무	羅浮山下梅花樹
흰 소매를 만나니 그리움 더욱 깊네	縞袂相逢思轉迷
슬프게 술 깨니 사람이 보이지 않고	惆悵酒醒人不見

삼성이 비껴 있고 달 지고 푸른 새가 울고 있네　　　參橫月落翠禽啼

서거정, 「나부산의 선녀 그림[羅浮仙圖]」

　　조선 초 서거정의 시 「나부산의 선녀 그림」입니다. 조사웅 이야기를 그대로 그려냈음을 알 수 있습니다. 이처럼 옛사람들은 한결같이 조사웅이 만난 여인을 호색요녀가 아닌 선녀로 보았습니다.

꽃이 능히 말을 하는구려

나부산 아래 매화촌　　　　　　　　　　　　　　　羅浮山下梅花村

옥설로 뼈를 이루고 얼음으로 혼을 삼았네　　　　玉雪爲骨氷爲魂

분분한 흰빛 처음엔 달빛이 나무에 어렸나 싶었는데　紛紛初疑月挂樹

외롭게 홀로 삼성과 함께 황혼에 기울어 있구나　耿耿獨與參橫昏

선생의 외로운 거처 강해 가에 있는데　　　　　　先生索居江海上

병든 학처럼 근심 띠고 황폐한 원림에 머무네　　怊如病鶴棲荒園

빼어난 향기와 아름다운 자태로 기꺼이 돌아보아주니　天香國艶肯相顧

내가 술 취하고 시 또한 맑고 따뜻함을 알았던가　知我酒熟詩淸溫

봉래궁중의 화조사　　　　　　　　　　　　　　蓬萊宮中花鳥使

부상의 아침 햇살 속 녹의도괘　　　　　　　　綠衣倒挂扶桑暾

숲 속에서 내가 취해 누워 있음을　　　　　　抱叢窺我方醉臥

일부러 딱따구리를 보내 먼저 문을 두드리게 하여　故遣啄木先敲門

마고선녀가 그대를 방문하니 급히 청소를 하라 이르니　麻姑過君急掃灑

새가 능히 춤추고 노래하며 꽃이 능히 말을 하는구려　鳥能歌舞花能言

술 깬 사람들 돌아가고 산속은 적적한데　酒醒人散山寂寂

광양 청매실농원

다만 떨어진 꽃잎만 빈 술잔에 붙어 있네 　　　　　　　惟有落蕊黏空樽

소식, 「11월 26일, 송풍정 아래 매화가 활짝 피었다. 전번의 운자를 다시 사용함

〔十一月二十六日, 松風亭下, 梅花盛開·再用前韻〕〕

　　소식의 이 시는 바로 조사옹의 고사를 차용하여 매화를 매우 환상적으로 그려놓았습니다. '나부산의 매화촌'은 매화 숲으로 유명한 '대유령大庾嶺'처럼 매화 시에 빈번히 등장하는 지명입니다. '화조사'는 당나라 현종이 민간의 미녀를 얻을 목적으로 두었던 관리입니다. '부상'은 해가 떠오르는 곳에 있다는 전설 속 뽕나무인데, 흔히 동방이나 동방에 있는 나라, 조선·일본 등을 가리키는 말로 쓰입니다. '녹의도괘'는 녹색 깃을 가진 '도괘자倒挂子'라는 새 이름이고, '마고'는 유난히 손톱이 길었다는 전설 속 선녀의 이름입니다. 아무튼 이 모든 이미지들이 서로 어울려 선계仙界의 몽환적인 분위기를 이루고 있습니다. 물론 주제는 매화 정령과의 애달픈 사랑입니다. 이는 선비의 절개와는 전혀 관련 없는 매화의 한 이미지입니다. 소식의 이 시는 역대 매화 시 가운데서 가장 환상적인 명작으로 꼽히는데 모두 3수입니다. 그래서 「매화삼첩」이라고 합니다. 퇴계 이황은 이 시를 모두 세 번 차운했는데 그 자주自注에 다음과 같이 말했습니다.

　　주 선생(주희)이 일찍이 동파東坡의 「송풍정매화시松風亭梅花詩」에 화답하였는데, "매화가 스스로 삼첩곡으로 들어갔네[梅花自入三疊曲]"라는 말이 있었다. 대개 동파 시 세 편은, 선생이 세 번 화답하여 모두 여섯 편이다. 편편마다 모두 선풍仙風 도운道韻이 있어서 매번 한번 외워보면 사람에게 표표연飄飄然하게 구름을 뚫는 기상을 지니게 하여서 그 흠모하고 애락愛樂하는 정을 이길 수가 없다. 나 역시 일찍이 동호매東湖梅에 두 번 화답하였고, 도산매陶山梅에 한 번 화답

하였는데, 외람됨을 어찌 말로 할 수 있겠는가? 범석호范石湖는 석호石湖의 설파雪坡에 매화 수백 그루를 심었고, 또 범촌范村에 심은 매화는 더욱 많다. 장약재(張約齋, 張鎡)는 옥조당玉照堂에 매화 삼사백 주를 심었다. 대개 빼어난 아취와 맑은 감상은 그 많음을 꺼리지 않는다. 내가 계장산사(溪莊山舍, 도산서원)에 매화를 심은 것은 겨우 십여 본인데, 장차 점점 넓혀가서 백 본에 이르게 할 참이다. 그래서 언급한 것이다.

『퇴계집』, 「영매詠梅」 자주

매화를 처로 삼고 학을 자식 삼아

모든 꽃들 졌는데 홀로 화사하게 피어	衆芳搖落獨暄姸
풍정을 독점하고 소원을 향하였네	占盡風情向小園
물 맑고 얕은 곳에 성긴 그림자 기울어 있고	疎影橫斜水淸淺
달빛 황혼 속에 은근한 향기 끼쳐오네	暗香浮動月黃昏
흰 새가 내려오다 먼저 남몰래 훔쳐보고	霜禽欲下先偸眼
흰 나비도 애끊는 혼을 아는 듯싶네	粉蝶如知合斷魂
다행히 나직이 시 읊조리면 서로 친할 수 있으니	幸有微吟可相狎
반드시 단판이나 금 술잔이 필요치 않으리라	不須檀板共金樽

임포, 「산원소매山園小梅」

송나라 시인 임포(林逋, 967~1028)는 항주 서호의 고산에 여막을 짓고 20년 동안 은거했는데 한 번도 성시城市로 나온 적이 없었다고 합니다. 일생 독신으로 오로지 매화를 가꾸고 두 마리 학을 기르면서 학문과 시문에만 몰두했습니다. 그래서 세상 사람들은 그를 고산처사孤山處士라고 부르며 '매화를 처로

임포의 방학정

임포의 묘(중국 항주)

삼고 학을 자식으로 삼았다[梅妻鶴子]'고 했습니다. 그가 죽은 후 나라에서는 그의 고결한 삶을 높이 평가하여 '화정선생和靖先生'이란 시호를 내렸습니다. 임포는 평생 많은 매화 시를 남겼습니다. 이로부터 임포는 영원한 매화의 주인이 되었고, 매화는 산림처사를 상징하게 되었습니다.

"물 맑고 얕은 곳에 성긴 그림자 기울어 있고, 달빛 황혼 속에 은근한 향기 끼쳐오네"라는 시구는 매화의 고고한 자태를 형용하는 천고의 구절로 칭송을 받아왔습니다. 그런데 이는 원래 오대五代 강위江爲의 시에서 "물 맑고 얕은 곳에 대나무 그림자 기울어 있고, 달빛 황혼 속에 계수 향기 끼쳐오네[竹影橫斜水淸淺, 桂香浮動月黃昏]"라는 시구를 가져와 단 두 글자를 바꾼 것인데, 매화를 형용하는 천고의 절조가 되었습니다. 참으로 점철성금點鐵成金의 솜씨라 하겠습니다.

도산에서 매화를 찾다

퇴계 이황은 매화를 몹시 사랑하여 항상 매화를 가까이 두고, 매화를 매형梅兄이라고 높여 불렀습니다. 평생 100여 수가 넘는 많은 매화 시를 지었는데, 그중에서 62제 91수를 친필로 쓴 별책의『매화시첩』을 남겨놓았습니다.

퇴계에게 매화는 산림처사로 종신하겠다는 마음의 상징물이었습니다. 그는 결국 서울의 벼슬 생활을 청산하고 고향 도산의 매화 곁으로 돌아갔습니다. 42세 때의 일입니다.

선생의 깊은 맹세 한매에 붙었는데	先生幽契託寒梅
서울의 풍진 속에 잘못 홀로 왔네	京洛風塵偶獨來
돌아갈 생각 드넓은데 봄이 저물지 않아	歸興浩然春不暮

진정 성긴 그림자 사랑하며 시듦을 위로하네 　　　　　定憐疎影慰催頹

기대승, 「삼가 퇴계 선생의 매화 시에 차운하다〔仰次退溪先生梅花詩〕」

고봉高峯 기대승이 퇴계의 매화 시에 차운하여, 퇴계에 대한 사모와 이별의 정을 담은 시입니다. 고봉 또한 수십 수의 매화 시를 남겼습니다.

그대를 모진 눈과 바람 속에 맡겨두고 　　　　　任他饕虐雪兼風
창 안에서 맑고 고고하게 탈 없이 지내네 　　　　　窓裏淸孤不接鋒
고향에 돌아와 누워 그리움이 그치질 않는데 　　　　歸臥故山思不歇
신선의 참됨이 티끌 속에 있으니 애석하구나 　　　　仙眞可惜在塵中

이황, 「기명언이 분매 시에 화답하여 보내온 것에 차운하다〔次韻奇明彦追和盆梅詩見寄〕」

퇴계가 고향에서 한양의 고봉에게 보낸 매화 시입니다. 고봉은 32세 때에 58세의 퇴계를 처음 만나 13년 동안 백여 통의 편지를 주고받으며 성리학에 관해 논쟁했습니다. 이 논쟁은 조선 철학사에서 위대한 업적으로 평가됩니다. 26살이란 나이 차이를 초월한 두 사람의 학문적 우정은 참으로 영원히 변치 않는 매화 향과 같은 것이었습니다.

물어보자 산중의 두 옥선이여 　　　　　　　　爲問山中兩玉仙
봄을 머물러 어찌 뭇 꽃들이 핀 날에 이르렀는가 　　留春何到百花天
상봉하니 양양관과 같지 않은데 　　　　　　　相逢不似襄陽館
미소 띠고 추위 속에 내 앞을 향했네 　　　　　一笑凌寒向我前

이황, 「도산에서 매화를 찾다〔陶山訪梅〕」

선암사 홍매

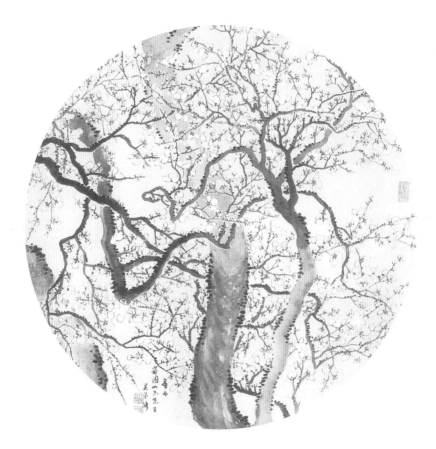

「매화도梅花圖」, 나빙(羅聘, 1733~1799), 청나라 양주팔괴揚州八怪 중의 한 사람.

나는 임포 선인의 환골선태인데 　　　　　　　我是逋仙換骨仙

그대는 돌아온 학이 요동 하늘로 내려온 것 같구려 　君如歸鶴下遼天

서로 만난 즐거움 하늘이 허락한 것이니 　　　　　相看一笑天應許

양양으로 선후를 비교하지 마시오 　　　　　　　莫把襄陽較前後

이황, 「매화가 답하다[代梅花答]」

　　도산으로 귀거래한 퇴계는 도산의 매화와 상봉의 기쁨을 주고받았습니다. 시에서 언급한 양양관襄陽館은 경북 예천에 있던 군청 청사입니다. 일찍이 퇴계는 임금의 소명을 받고 부득불 한양으로 올라가던 중에 병이 나서 오랫동안 예천에 머물렀습니다. 그때 그곳에서 매화와 문답하는 시를 남겼습니다. 퇴계는 매화와 문답하는 시를 많이 지었는데, 이 세상에서 매화야말로 진정한 지우였던 것입니다. 퇴계는 결국 고산처사 임포처럼 속세에 발걸음을 끊고 매화 옆에서 영원히 도산처사가 되고자 했던 것입니다. 이처럼 매화를 사랑한 퇴계는 세상을 떠나던 순간까지 매화와 함께 있었습니다.

　　이날 아침(1570년 12월 8일) 모시고 있던 사람에게 "화분의 매화에 물을 주라"고 하셨다. 오후 다섯 시경에 누운 자리를 정돈하라 하셨다. 부축하여 일으키니, 앉으신 채 조용하게 떠나가셨다.

『퇴계집』, 「연보」 중에서

　　나는 『퇴계선생 매화시첩』을 간행한 후 매화가 필 때를 기다려 안동 도산서원을 찾은 적이 있습니다. 도산서원 중앙 마당에 백매가 활짝 피어 있었습니다. 제법 오래된 나무였는데 수백 년 묵은 것은 아니었습니다. 품종 또한 나뭇가지에 꽃이 더덕더덕 피어 있는 모습이 우리 전통의 조선매화는 아닌 듯했습니다. 그런데 내가 정작 실망한 것은 매화 때문이 아니었습니다. 그 주변에 심어놓은 모란 때문이었습니다. 매화 주변은 물론이고 화단 주변, 담장에 열 지어 있는 것들은 모두 수많은 모란이었습니다. 이제 곧 매화가 지면 화사한 모란들이 도산서원을 온통 모란 동산으로 만들 것입니다. 모란은 부귀길상을 상징하는 꽃입니다. 어찌 산림처사의 거처에 심을 꽃이란 말입니까? 퇴계는 생전에 도산서원에 백 그루 매화를 심는 것이 소원이라고 했을 뿐입니다.

꽃이 밀랍으로, 다시 꽃으로

송나라 양만리楊萬里는 『매보梅譜』를 지어서 매화의 열 가지 품종을 소개했습니다. 그 가운데 납매蠟梅가 있습니다.

> 본래 매화의 종류가 아닌데, 그것이 매화와 동시에 피고, 향기 또한 서로 가 깝고, 색이 몹시 밀비(蜜脾, 밀랍)와 같기 때문에 납매라고 부른 것이다.……가 장 먼저 피며, 색이 짙고, 누런색이 자단紫檀과 같으며, 꽃은 밀접하고, 향기가 짙은 것은 단향매檀香梅라고 부른다. 이 품종이 가장 좋다. 납매는 향기가 지극 히 맑고 향기로워서 거의 매화 향기를 뛰어넘는다. 처음부터 형상形狀 때문에 귀하게 여기지 않았다. 그래서 제영題詠이 어렵다. 산곡(山谷, 황정견)과 간제(簡 齋, 진여의)는 다만 오언五言 소시小詩를 지었을 뿐이다. 이 꽃은 묵은 잎이 많고, 맺은 열매는 드리운 방울 같은데, 뾰쪽한 길이가 1촌 남짓하다. 또 큰 복숭아 같은데, 노자가 그 속에 있다.
>
> 양만리, 『매보』, 납매

납매는 매화와 전혀 다른 품종입니다. 원래 이름은 황매화黃梅花이며 12월

소주 졸정원의 납매

에 피기 때문에 납매臘梅라고 하며, 색이 노란 밀랍 같아서 납매蠟梅라고 한 것입니다. 납매蠟梅라는 명칭은 송나라 소식과 황정견 등이 붙인 이름이고, 송나라 이전에는 그런 명칭이 없었습니다. 고려와 조선 문사들의 매화 시 가운데 납매臘梅 혹은 납매蠟梅라는 제목의 시가 적지 않는데 그것이 황매화라는 것을 대부분 인식하지 못했습니다. 그저 12월에 피는 이른 매화로 보았을 뿐입니다.

꽃이 정성스럽게 빚은 꿀을 벌이 채취하고, 꿀이 밀랍을 내고, 밀랍이 다시 매화가 되는데, 이를 윤회매輪回梅라고 한다. 살아있는 나무 끝의 생화가 꿀과 밀랍이 된 것을 어찌 알겠는가? 벌통에 있던 꿀과 밀랍이 윤회매가 된 것을 어찌 알겠는가? 매화는 밀랍을 망각하고, 밀랍은 꿀을 망각하고, 꿀은 꽃을 망각하기 때문이다. 그러나 윤회매를 저 나무 끝의 꽃과 대조하면, 말없는 중에 온연溫然하게 윤기倫氣를 지니고 있다. 이는 조상을 닮은 자손 같다.

(중략)

송나라 사람이 말하기를 "납매蠟梅는 본래 매화 종류가 아닌데, 그것이 매화와 피는 시기와 향기가 같고, 또한 모습이 비슷하고 색이 몹시 밀랍 같기 때문에 납매라고 이름 붙였다"고 했다. 산곡(山谷, 황정견)이 말하기를 "일종의 매화 종류가 있는데 여공이 밀랍을 꼬아서 만들었기 때문에 이름 붙였다"고 했다. 『화경花經』에 "납매의 원래 이름은 황매黃梅인데 소식과 황정견 등이 납매라고 이름을 붙였다"고 했다. 지금 밀랍으로 매화를 만들어서 납매라고 섞어서 칭한다면, 황매에게 꺼림을 당하지 않겠는가? 그래서 일부러 그 이름을 윤회매라고 했다. 산곡의 말을 살펴보니, 송나라 때 이미 밀랍으로 매화를 만드는 법이 있었다. 그러나 그 법을 살펴볼 수 없다.

이덕무, 『윤회매십전輪回梅十箋』 중에서

조선 후기의 문인 이덕무가 밀랍으로 노란 매화를 만들어서 '윤회매'라고 이름을 지었다고 했습니다. 당시에는 종이를 오려서 매화를 만들거나 밀랍으로 매화를 만들어서 매매를 한 모양입니다.

눈 속의 매화

당나라 시인 맹호연은 미처 눈이 녹기도 전에 나귀를 타고 매화를 찾아다녔다고 합니다. 후인들은 이를 그림으로 그렸는데 「맹호연탐매도孟浩然探梅圖」라고 합니다. 눈 속에 핀 매화인 설중매를 찾는 것을 옛사람들은 고상한 풍류로 여겼습니다.

매화 피었는데 눈이 없으면 정신을 이루지 못하고	有梅無雪不精神
눈이 내렸는데 시가 없다면 사람을 속되게 하네	有雪無詩俗了人
해 질 무렵 시를 다 지었는데 하늘에서 또 눈이 내려	日暮詩成天又雪
매화와 더불어 완벽한 봄의 정취를 이루네	與梅并作十分春

노매파, 「설매」

매화는 눈과 만나 설중매를 이룸으로써 정신, 즉 생동하는 신태神態 본연의 고결함을 드러낼 수 있습니다. 매화가 피고 눈이 내려 설중매를 이루었는데 그 황홀한 모습을 시로 잡아내지 못한다면 물과 아가 따로따로 떨어진 채 일체가 되지 못하여 속기의 단조로움만을 느끼게 될 뿐입니다. 곧 설중매는 시를 통해서만 나와 융합을 이루게 됩니다. 매화와 눈과 시가 어우러져 이룬 완벽한 봄의 정취! 상상만 해도 황홀하기 짝이 없습니다.

시인 노매파盧梅坡는 송나라 사람인데, 그 출신과 행적은 알려져 있지 않습니다. 다만 매화 시 몇 편이 전해올 뿐입니다. '매파'란 이름은 본명이 아닌 그의 호 같은데, '매화 언덕'이라는 의미로 볼 때 아마 무척이나 매화를 좋아했는가 봅니다. 그는 시 속에다 인생사의 도리를 은근히 붙여놓고 있는 바 이는 당시와는 매우 다른 송나라 시의 특징을 보여주는 것입니다.

나는 어린 시절부터 매화와 친했습니다. 외가에 200주가 넘는 매화나무가 있었기 때문입니다. 지금도 외가에는 매화 과수원이 있습니다. 백매와 홍매가 어우러져 핀 매화밭에 가끔 때아닌 춘설이 내려서 설중매의 장관을 이루곤 했습니다. 서너 번 그런 광경을 목격했는데 50여 년이 지난 지금도 가끔 꿈속에서 외가의 설중매를 떠올리곤 합니다. 또한 초여름에 따 먹던 노랗게 익은 매실의 새콤한 맛을 잊지 못합니다.

물 위로 걸어오는 선녀

수선화

황정견과 윌리엄 워즈워스

산과 골짜기 높이 흘러가는 구름처럼
외로이 헤매다가 난 문득 보았네
수없이 많은 황금빛 수선화들
호숫가 나무 아래
미풍에 하늘대며 춤추고 있었네

은하수에서 반짝이며 빛나는 별들처럼
호숫가에 끝없이 펼쳐져
한순간 시야 속에
흐드러지게 춤추는
수선화의 무리들

윌리엄 워즈워스, 「수선화The Daffodils」 중에서 나는 젊은 시절 윌리엄 워즈워스(William Worsdworth, 1770~1850)의 시 「수선화」를 외고 다녔습니다. 그리고 수선화가 서양의 먼 곳에서 온 꽃인 줄 알았습니다. 지금도 많은 사람들이 여전히 서양의 꽃으로 알고 있습니다. 그것은 아마 우리 자신도 모르는 사이에 서양 문화에 깊이 젖어들었기 때문일 것입니다.

우리나라나 동아시아의 신화와 민담보다는 서양의 그리스로마 신화나 민담에 더 친숙하고, 판소리보다는 오페라를 더 선호하고, 수수꽃다리나 갯솜다리보다는 라일락이나 에델바이스란 이름이 더 익숙한 것이 오늘날 우리의 문화 현실이 아니겠습니까? 그래서 수선화는 그리스로마 신화에 나오는 나르키소스의 화신으로 우리 뇌리에 깊이 새겨져서 서양의 꽃으로만 알게 된 것입니다. 수선화의 원산지가 지중해라고 하는 것은 서양 수선화에 국한된 일방적 주장에 불과하고 사실은 동아시아 일대에 자생지가 널리 분포해 있습니다.

수선화의 본래 이름은 아산雅蒜인데, 송나라 원우元祐 연간(1086~1094)에 처음으로 관상이 성행하여 수선이란 이름을 얻었다고 합니다. 이로부터 수선화가 본격적으로 시가 속으로 들어오게 되었습니다. 그 선구자는 북송의 황정견입니다. 그는 수선화를 물의 선녀로 찬양했습니다. 그 청순한 자태와 주로 물가에 피는 생태적 특성 때문일 것입니다.

물을 빌려 꽃을 피우니 절로 빼어나고	借水開花自一奇
침향으로 뼈를 이루고 옥으로 살결을 이루었네	水沈爲骨玉爲肌
암향은 도미를 완전히 압도하나	暗香已壓酴醾倒
다만 한매에 비하면 좋은 가지가 없네	只比寒梅無好枝
진흙에서 능히 백련이 돋아나고	淤泥解作白蓮藕

은대금잔의 수선화

거름 더미에서도 황옥화가 피어났네   糞壤能開黃玉花

가엾구나 국향을 하늘이 관리하지 않아서   可惜國香天不管

인연 따라 가난한 민가에서 유락하네   隨緣流落小民家

황정견, 「중옥의 「수선화」 두 수에 차운하다〔次韻中玉水仙花二首〕」

산곡山谷 황정견黃庭堅이 수선화를 노래한 시입니다. 소식蘇軾과 더불어 북
송을 대표하는 시인인 그는 당시 왕안석의 신법新法을 둘러싼 신구당新舊黨 간
의 권력투쟁에 말려들어 1101년부터 5년여 동안 남쪽 사천 일대에서 유배 생
활을 해야 했습니다. 이 시는 그가 잠시 형주荊州에 있을 때 그곳 태수였던 중옥中
玉 마함馬瑊과 함께 읊은 것입니다.

첫 번째 시는 수선화의 정신과 성격을 비유와 대비를 통해 그려냈습니다.
'물을 빌려 꽃을 피운다'는 것은 그 당시 수선화의 구근을 화분에다 심고 수경
재배했기 때문에 그렇게 말한 것입니다. 침향으로 뼈를 이루고 옥으로 살결을
이룬 수선화는 진정 선녀의 자질을 갖추었습니다. 도미(酴醾, 찔레)는 장미의 일
종인데, 초여름에 희고 커다란 꽃이 피고 향기가 몹시 뛰어나서 많은 문인에게
찬양을 받은 꽃입니다.

소식은 도미를 찬양하여 "단장하지 않아도 아름다움 몹시 빼어나고, 바
람 없어도 향기가 절로 멀리 가네〔不妝艷已絶, 無風香自遠〕"라고 하였고, 송나라
한유韓維 역시 "꽃 가운데 가장 뒤에 빼어난 향기를 토하네〔花中最後吐奇香〕"라고
그 향기를 찬양했습니다. 그런데 수선화의 그윽한 향기가 도미의 향기를 압
도한다는 것입니다. 다만 매화와 비교하면 풍설에 맞설 단단한 가지가 없다
는 점을 들어 수선화의 유약한 자태를 지적했습니다.

두 번째 시는 수선화를 빌려 국향이란 한 불쌍한 여인의 몰락과 자신의 불
우한 처지를 동시에 표현한 것입니다. 국향은 산곡이 형주에 머물고 있을 때 우

연히 목격한 이웃집 어린 소녀로서 빼어난 미녀였습니다. 그러나 집안이 빈천하여 얼마 후 아랫마을 가난한 집으로 시집을 갔습니다. 이에 감회가 있어서 이 시를 지은 것입니다. 산곡이 죽은 후 당시 이 시에 화답한 고하高荷는 「국향시서國香詩序」에서 국향의 소식을 전하고 있습니다. 그녀는 두 아들을 낳았는데 흉년이 든 어느 해에 그 남편이 그녀를 전씨 집안에 하녀로 팔아버렸다는 것입니다. 수년 후 우연히 전 씨에게 초청을 받아 그 집에 간 고하는 이미 초췌하게 변해버린 그녀를 보고 감회가 있어서 주인 전 씨에게 산곡과의 옛일을 이야기하고 그녀의 이름을 국향이라고 붙여줄 것을 요청했습니다.

낙수의 여신 복비

물결 가르는 선녀의 먼지 이는 버선	凌波仙子生塵襪
물 위로 아리땁게 달빛을 밟아 오네	水上盈盈步微月
누가 이 애끊는 혼을 불러서	是誰招此斷腸魂
찬 꽃으로 심어놓고 수심을 붙였는가	種作寒花寄愁絕
향기 머금은 자태는 성을 기울이려 하고	含香體素欲傾城
산반은 아우요 매화는 형이네	山礬是弟梅是兄
앉아 마주하니 참으로 꽃에 매혹되고	坐對眞成被花惱
문을 나서 한차례 웃는데 큰 강이 비껴 있네	出門一笑大江橫

황정견, 「수선화」

산곡의 가장 유명한 수선화 시로, 동아시아 수선화 시의 원조라고 할 수 있습니다.

첫 구는 수선화를 능파선자凌波仙子, 즉 낙수의 여신 복비로 묘사하였습니

「잡화도10곡병」(부분), 장승업, 조선,
고려대학교박물관 소장.
그림의 글씨는 '옥모선자玉貌僊子'라고 했는데
'옥 같은 용모의 신선'이라는 뜻이다.

다. 복비는 전설 속의 복희씨(伏羲氏. 중국 고대 제왕. 팔괘를 만들었다고 함)의 딸로 낙수에 빠져 죽어서 낙수의 신이 되었다고 합니다.

삼국 위나라 조조曹操의 아들로 불행한 생애를 산 위대한 시인 조식曹植은 「낙신부洛神賦」에서 "물결 가르는 작은 걸음, 비단 버선에 먼지 이네[凌波微步, 羅襪生塵]"라고 복비의 아리따운 모습을 읊었습니다. 위 시의 첫 구절은 바로 「낙신부」의 이 구절을 가져와 새롭게 고친 것입니다. 기존의 시구를 새롭게 개선하는 것을 점화點化라고 하는데, 셋째 행의 단장혼斷腸魂 또한 낙신의 슬픈 영혼으로서 「낙신부」의 "비단 소매를 들어 눈물을 가리지만 눈물 흘러 옷깃에 낭랑히 적시네[抗羅袂以掩涕兮, 淚流襟之浪浪]"라는 구절을 점화한 것입니다.

경성傾城은 빼어난 미색을 말합니다. 산반山礬은 원래 이름이 정화鄭花로서 수척 높이의 나무인데, 봄에 작고 흰 꽃이 피는데 그 향이 좋다고 합니다. 그런데 정화라는 이름이 너무 속되다고 하여 산곡이 그 이름을 산반으로 고쳤다고 합니다. 위대한 시인은 이처럼 사물의 이름을 바꾸어버리니 마치 조물주와 같습니다. 이 시로 말미암아 수선화는 낙신의 화신으로 굳어졌습니다.

향기로운 혼 찬 바람 좇아 흩어지지 않으니　　香魂莫逐冷風散
조식을 배워 낙신을 노래하네　　擬學黃初賦洛神
원나라 예찬倪瓚, 「수선화」

풍류로서 누가 조식의 손님이 되었는가　　風流誰是陳思客
당년의 낙수의 신을 상상하네　　想象當年洛水人
명나라 두대중杜大中, 「수선」

모두 수선화를 낙신으로 묘사하고 있습니다. 물론 황정견 시의 영향 때문입니다. 지중해의 수선화가 나르키소스의 화신이라면 동아시아의 수선화는 낙신의 화신이었던 것입니다.

청나라에서 전해온 꽃

수선화는 따뜻하고 다습한 남방에서 자라기 때문에 북쪽 한양에 살았던 조선의 문인들은 쉽게 접할 수 없었습니다. 문일평은 『화하만필』에서 「금화경독기金華耕讀記」에 실린 "우리 동국에는 옛날에 수선화가 없었는데 근래에 비로소 연시(燕市, 오늘날의 베이징)에서 사 가지고 온 사람이 있다. 호사가들이 종종 화분에다 구근을 나누어 심어서 궤안几案에 올려두고 기완奇玩이라 자랑한다. 그러나 가격이 비싸서 유력자가 아니면 가질 수 없다"라는 기사를 소개하고, 이어서 "생각건대 아마 이 「금화경독기」의 저작자(서유구徐有榘)는 일찍이 연시에서 사 온 수선만을 보고 제주의 고유한 수선을 보지 못해서 이처럼 우리 동국에는 본래 수선이 없었다는 속단을 내리게 된 듯하다"고 했습니다.

향기로 뼈를 이루고 달빛으로 정신을 이루어	馨香爲骨月精神
가을 강가에서 자라나 먼지를 받지 않으니	生在秋江不受塵
아름답구나 유한한 군자의 벗이여	好是幽閒君子友
수선화가 늙은 선인을 대하였네	水仙花對老仙人
김흥국, 「수선화」	

조선 선조 때 서장관書狀官으로 명나라에 다녀온 수북정水北亭 김흥국(金興國, 1557~1623)의 시 「수선화」입니다. 김흥국에게는 이 시 외에도 수선화를 노래한 시가 두 수 더 있는데, 명나라에서 수선화를 보고 지은 것인지는 알 수 없

습니다. 아무래도 수선화는 청나라를 왕래한 인사들을 통하여 조선의 문인들에게 본격적으로 소개된 듯싶습니다.

은대금잔에 작은 흠도 전혀 없는데	銀臺金盞絕纖瑕
동토에서 어찌 일찍이 이 꽃을 보았던가?	東土何曾見此花
연시에서 사 오면서 값도 따지지 않았으니	燕市購來不論値
가옹의 호사는 또한 자랑할 만하네	稼翁好事亦堪誇

김창업, 「수선화」

노가제老稼齋 김창업의 시 「수선화」인데, 그는 일찍이 큰형 김창집이 사은사로 청나라에 갈 때 따라가서 『연행일기燕行日記』를 남긴 인물입니다. 위 시에서 김창업은 우리나라에서 보지 못하였던 수선화를 값도 따지지 않고 북경에서 사왔다고 자랑하고 있습니다. 이때까지도 수선화는 조선인들에게는 낯선 귀물이었던 것입니다.

은대금잔은 수선화의 꽃 모양을 형용한 말입니다. 흰 꽃잎을 은빛 술잔 받침으로, 노란색 꽃의 가운데 부분을 술잔으로 본 것입니다. 능파선자淩波仙子·금잔은대金盞銀台·낙신향비洛神香妃 등은 본래 송나라 시인들의 시어인데 모두 수선화의 별칭이 되었습니다.

진토의 먼지 속에 많은 나무들 자라는데	塵土坱漭寄衆木
맑은 물에 뿌리 의탁하고 맑고 고독하네	清水托根清且獨
한 점 진흙 찌끼도 받아들이지 않으니	一點泥滓不受涴
안색이 교연하게 시속을 떠났네	顏色皎然離時俗
몹시 입신양명 구하는 탁한 세상에 놀라고	苦要揚名驚濁世

향기 감출 수 없어 깊은 골짜기에 있네 不耐韜芳在幽谷

한겨울 날 차가워 화분 물이 얼어서 盛冬天寒盆水凍

배 불룩한 병에 담아 따뜻한 집에 깊고 깊이 간직했네 膽瓶深深藏暖屋

외딴 시골에 처음 와서 얼굴 붉히는데 僻鄉初來面發騂

시골 손님들 서로 살펴보지만 안목이 없어서 野客相看眼多肉

다투어 말하길 무 잎이 더 곱다고 하고 爭言萊菔葉正鮮

마늘 같은 매운 냄새가 부족하다고 하네 復道葫蒜葷不足

전신은 다만 파도 가르는 신선으로서 前身只是凌波仙

비단 버선에 먼지 날리는 자태 단정하고 맑네 羅襪生塵姿艷淑

마른 흙을 먹고 지렁이 내장을 채우는 것 수치스러워 羞食枯壤充蚓腸

다만 맑은 이슬 흡수하여 매미 내장을 적시네 但吸淸露濡蟬腹

흰 꽃은 마침내 섣달 전의 매화를 압도하고 白華終壓臘前梅

푸른 잎은 진정 서리 내린 후의 대나무와 같네 翠葉眞同霜後竹

온몸은 대저 한기가 뼈에 끼치고 全身大抵寒到骨

일생 안목을 기쁘게 자랑할 줄 모르네 一生不解嬌悅目

물어보자 높은 품격을 누가 닮을 수 있는가 借問孤標誰得似

아미산의 설색이 멀리 촉 땅에서 생겨났네 峨嵋雪色遙生蜀

섬돌 앞 옥잠화를 돌아보고 웃으니 顧笑階前玉簪花

너희들이 저를 배운다면 각곡이 될 것이네 爾欲學彼如刻鵠

하룻밤 지관에서 보호할 사람 없어서 一夜池館無人護

앉아서 슬픈 한을 마음속에 맺히게 하네 坐令哀恨纏衷曲

하얀 자질 시들어 모래 먼지 속에 버려지니 素質薾然委塵沙

지나가는 개미들 왕성하게 와서는 서로 더럽히네 行蟻勃勃來相觸

정약용, 「수선화가, 다시 소식蘇軾의 운에 차운하다〔水仙花歌, 復次蘇韻〕」

「수선화」, 왕사신(汪士愼, 1686~1759), 청나라 서화가, 양주팔괴 중의 한 사람.
그림의 제화시에 '낙비혼洛妃魂'이라고 했다.

다산 정약용의 「수선화가」입니다. 이 시의 서문에 "경신년(1800) 봄에 복암 伏庵 이기양李基讓 공이 연경에서 돌아올 때 금과 비단은 욕심내지 않고, 다만 수 선화 한 뿌리를 가져와서 화분의 물속에 꽂아놓았다. 나는 소릉少陵과 함께 둘 러앉아 감상했다. 유락한 이래 북쪽과 남쪽의 땅이 서로 멀고 아득하였는데, 이 꽃도 이미 말라버렸다. 지난날을 감개하며 슬프게 짓는다"고 했습니다. 이기양 은 1800년에 청나라에 다녀왔는데 이때 천주교 교리를 듣고서 신봉하게 되었 습니다. 귀국한 후 이가환 등과 함께 천주교의 필요성을 역설하다가 1801년 신 유박해 때 단천端川으로 유배되어 죽었습니다. 다산 또한 이때 북쪽 장기長鬐로 유배되었다가 다시 머나먼 남쪽 강진으로 옮겨졌습니다. 그러니 다산의 수선 화에 대한 추억은 슬프기 짝이 없는 것이었습니다. 이 「수선화가」는 다산 자신 의 불행한 처지를 암암리에 붙여놓은 것입니다.

물결 가르는 비단 버선 밟아 올 인연 없는데   凌波羅襪踏無因
산반 아우와 매형은 순서가 아닌 듯하네   礬弟梅兄恐不倫
일찍이 「십삼행」 속에서 보았는데   曾向十三行裏見
시에 밝고 예의 익힌 여신이었네   明詩習禮自持人
신위, 「수선화」

자하紫霞 신위(申緯, 1760~1847)의 시 「수선화」입니다. 황산곡이 수선화에 대 하여 산반은 아우이고 매화는 형이라고 평한 것을 비판하면서도 수선화를 낙 신의 화신이라고 한 것을 그대로 수용하고 있습니다. 「십삼행」은 진晉나라 명 필 왕헌지王獻之가 쓴 조식의 「낙신부」 법첩法帖인데 송나라에 이르러 대부분 없 어지고 겨우 '십삼 행'밖에 남지 않아서 이르는 말입니다. 네 번째 구는 「낙신 부」의 "아 가인의 마음 수련이여, 예의 익히고 시에 정통하네[嗟佳人之信脩, 羌習

禮而明詩]"라는 구절을 점화한 것입니다. 자하는 임신년(1812) 겨울 서장관으로 청나라에 갔다가 돌아올 때 수선화를 가지고 왔는데, 자신이 청나라에서 수선화를 맨 처음 들여왔다고 했습니다. 물론 사실이 아닙니다.

제주의 수선화

추사 김정희는 1840년 윤상도의 옥사에 연루되어 바다 너머 외딴 제주도 대정리에 위리안치(귀양소에 가시나무를 둘러 죄인의 출입을 금지하는 것) 되었습니다. 이후 팔 년의 고통스러운 유배 생활 동안 그를 위안해준 것 한 가지가 육지에서는 접할 수 없었던 제주도의 꽃과 나무들이었습니다. 그 가운데 수선화는 그에게 더욱 특별한 것이었습니다. 왜냐하면 유배 오기 전 서울에서 이국의 귀물로 여기며 애지중지 가꾸던 꽃이었기 때문입니다.

　수선화는 과연 천하의 큰 구경거리입니다. 절강浙江 이남 지역은 어떤지 모르겠습니다만, 이곳은 마을 마을마다 한 치, 한 자쯤의 땅에도 이 수선화가 없는 곳이 없습니다. 화품花品이 대단히 높은데 한 포기에 많게는 십여 송이의 꽃이 피고, 대개 팔구 내지 오륙 송이로서 어느 것도 그렇지 않은 것이 없습니다. 그 꽃은 정월 그믐과 이월 초에 피어서 삼월까지 이릅니다. 산과 들, 밭두둑 가에 흰 구름처럼 널리 퍼져 있고, 또는 흰 눈처럼 드넓게 깔려 있습니다. 이 죄인의 거처의 문 동서쪽 모두가 그렇지 않은 곳이 없습니다. 굴속의 초췌한 이 몸을 돌아보건대 어떻게 그것에 가까이 갈 수 있겠습니까? 눈을 감아버리면 그만일 터이지만, 눈을 뜨면 곧 시야에 가득 들어오니, 어떻게 해야 시야를 차단하여 보이지 않게 할 수 있겠습니까?
　그런데 토착민들은 이것이 귀한 줄을 모릅니다. 소와 말들이 그것을 뜯어 먹고 또한 짓밟아버립니다. 게다가 그것이 보리밭에 많이 자라기 때문에 마을의 장정이나 아이들이 한결같이 호미로 파내어버리는데, 호미로 파내도 다시 돋아나곤 하기 때문에 또한 이것을 원수 보듯 합니다. 사물이 제자리를 얻지 못한 것이 이와 같습니다.

또 한 종류의 천엽이 있는데, 처음 송이가 터저나올 때에는 마치 국화의 청룡수靑龍鬚와 같으니 서울에서 보던 천엽과는 몹시 달라서 곧 하나의 기품입니다. 늦가을이나 초겨울에 제가 큰 뿌리를 골라서 보내드리려고 합니다. 그때 인편

수선화 군락

이 늦어지지나 않을는지 모르겠습니다. 굴자(屈子, 굴원)가 "고인에게 이르지 못하니, 누구와 더불어 이 방초芳草를 완상하리오"라고 한 말에 내가 불행하게도 가깝습니다. 접촉하는 지경마다 감회가 처량하여 더욱 눈물이 쏟아지는 것을 막지 못하겠습니다.

추사가 유배소에서 이재彝齋 권돈인權敦仁에게 보낸 편지입니다. 유배소 주변에 흰 구름과 눈발처럼 널려 있는 수선화 무리에 대한 감동과 유배객의 서러움이 행간에 넘칩니다.

푸른 바다 푸른 하늘가에서 한차례 기뻐하니	碧海靑天一解顔
선연 따라 이른 곳 끝내 인색하지 않네	仙緣到底未終慳
호미 날 끝에 버려진 심상한 이 물건	鋤頭棄擲尋常物
밝은 창과 맑은 궤안 사이에서 공양하네	供養窓明几淨間

이 시의 제목은 「수선화가 곳곳마다 있어서 골짜기를 채울 만한데 밭 사이에는 더욱 무성하다. 토착민들은 무슨 물건인지도 모르고 보리 갈 때 모두 호미로 파내버린다」입니다. 제주 사람들이 수선화를 잡초 취급하는 것에 무척 불만이 많았던 모양입니다. 그러나 지천으로 널려 있는 물건을 귀하게 여겨달라는 것은 억지가 아니겠습니까?

한 점 겨울 마음 송이송이 둥글고	一點冬心朶朶圓
화품은 유담하고 냉준하네	品於幽澹冷雋邊
매화는 품격이 높지만 뜨락을 벗어나지 못하는데	梅高猶未離庭砌
맑은 물가에서 참으로 해탈한 신선을 보네	淸水眞看解脫仙

유담은 고요하고 맑은 것이고, 냉준은 차갑고 풍만한 것입니다. 맑은 물가의 해탈한 신선! 바로 추사가 목격한 제주 수선화의 진면목입니다.

추사의 제자인 소치小癡 허유는 여러 번 제주로 가서 스승을 뵈었는데, 그곳 수선화를 가져다가 초의선사에게 주어 해남 대둔사 일지암에 심게 했습니다.

근래에 복원해놓은 추사의 대정리 유배소 돌담 가에는 수선화로 꽃밭을 일구어놓아 일월이면 흰 꽃이 무리 지어 피어납니다. 그러나 온 들을 뒤덮었다는 수선화 무리는 이제는 찾아볼 수 없습니다. 난 아직 야생의 수선화 군락을 보지 못했습니다. 제주도 외에 거제도에도 우리 재래종 수선화의 군락이 있다고 합니다. 언제가 인연이 되어 서로 만나볼 수 있기를 또한 기원해봅니다.

나는 십여 년 전부터 추사의 수선을 흠모하여 곁에 두고 싶었습니다. 그러나 마음만 간절할 뿐 방도가 없었습니다. 나의 이런 마음을 알고 오랜 벗인 춤꾼 정 선생이 제주 수선화 구근 이십여 개를 구해다 주었습니다. 정 선생의 시댁이 제주도였던 것입니다. 그런데 제주에서 온 수선은 나의 관리 소홀로 꽃도 피우지 못하고 멀리 떠나가고 말았습니다. 얼마 전에 또 제주대에서 사학을 공부하는 이 선생이 내 상심한 마음을 알고 구근을 십여 개 보내 주었습니다. 지금 대여섯 화분에 여러 개의 파란 싹이 올라왔습니다. 부디 정초에는 은대금잔의 진면목을 볼 수 있기를 기원합니다! 수선화가 피면 두 분 선생께 멀리서나마 감사의 읍을 올리겠습니다.

악귀를 물리치는

산수유

초봄을 알리는 꽃의 전령

산수유山茱萸는 봄을 맨 먼저 알리는 꽃의 전령 중의 하나입니다. 매화와 거의 동시에 꽃을 피워서 매화처럼 봄맞이를 상징하는 꽃이 된 지 오래입니다.

며칠 전에 산수유 서너 가지를 꺾어와 병에 꽂아두었는데, 금방이라도 터질 듯이 꽃망울이 부풀었습니다. 연노랑 색도 제법 짙게 드러났습니다. 이 연노랑 색을 드러내려고 산수유는 겨우내 얼마나 오랜 나날을 보냈던가요? 옛사람도 이를 매우 감동적으로 느꼈던 모양입니다. 그래서 붓을 들어 산수유의 꽃망울에 대한 자신의 감회를 기록해놓았습니다.

산수유는 꽃은 노랗고 열매는 붉은데, 중추中秋에 열매가 익는다. 열매가 익으면 곧 꽃망울이 맺혀서 가을과 겨울을 지내고 봄이 되면 꽃이 핀다.『시경』에 "가을날이 차가우니, 온갖 초목이 모두 다 시드네"라고 했다. 대개 초목은 가을이 되면 모두 그 꽃을 다 시들게 하고 그 줄기와 잎들을 버리고서 그 진액을 거두어 뿌리로 되돌려서 보존한다. 그중 약한 것은 오히려 지탱할 수 없어서 쓰러져서 죽지 않음이 없다. 하물며 한거울에 이르렀을 때는 모진 바람과 된서리와 눈과 같은 부러뜨리고 해치고 상처를 입히는 것들이 몰려듦에 있어서겠는가! 그러나 산수유는 고요하게 참고 견디면서 한 조각 꽃망울 안에 그 생기를 온전하게 하여서 백여 일의 먼 나날을 기다린다. 무엇 때문인가? 저 닭이 알을 품고 있을 때를 살펴보면 모이를 쪼아 먹지 않으면서도 배고픔을 모르고, 물을 마시지도 않으면서 갈증을 모르고, 살쾡이가 앞에 있어도 두려움을 모른다. 앉아 있는 것은 어리석은 듯하고 보는 것은 응시하고 있는 듯한데, 그 정신과 지기志氣를 모두 알에만 집중시킨 것이다. 연꽃 씨앗은 지극히 견고하지만, 그 둥지 안에 두면 또한 능히 감응하여 싹을 뽑아낸다. 이는 정성의 지극함이 아니겠는가? 그래서 성인聖人은 이로써 괘卦의 이름을 취하여 중부中孚라고 한 것이 그것이다. 그렇다면 산수유의 꽃망울은 또한 정성이다.

신경준(申景濬, 1712~1781), 「산수유」

신경준의 「순원화훼잡설淳園花卉雜說」 중의 한 편의 글입니다. 「순원화훼잡설」은 신경준이 1744년에 전라북도 순창에 있는 자신의 먼 선조가 세웠던 귀래정歸來亭 옛터 주변의 화훼 33종에 대하여 자신의 소견을 적은 글입니다.

신경준은 가을에 맺힌 산수유의 꽃망울이 백여 일 동안 엄동의 추위를 이겨내고 이른 봄에 노란 꽃을 피워내는 것은 닭이 알을 품어 병아리를 탄생시키는 것과 같은 정성이라고 했습니다. 중부中孚라는 것은 『주역』의 괘의 이름인데 지극한 정성이 하늘에 이르는 것을 상징하는 괘입니다. 어떤 생명이든지 지극한 정성 속에서 탄생하지 않는 것이 있겠습니까?

산수유는 층층나뭇과에 속하는 낙엽교목으로 키는 7~8미터 정도 자라

며 나무껍질은 버즘나무(플라타너스)처럼 벗겨집니다. 줄기는 해가 묵을수록 원줄기 뿌리 주변에서 여러 개가 돋아나서 많게는 10개 이상의 줄기가 한 그루를 이룹니다. 잎은 마주 보고 나며, 앞면은 녹색이고 뒷면은 옅은 녹색 또는 흰색을 띱니다. 잎의 가장자리는 매끄럽고, 뒷면의 잎맥이 겹치는 곳에는 털이 빽빽이 나 있습니다. 초봄의 꽃들이 다 그러듯이 산수유 꽃도 역시 잎보다 먼저 피는데, 가지 끝에 산형(傘形, 우산 모양) 꽃차례로 이삼십 송이씩 무리 지어 핍니다. 꽃받침과 꽃잎과 수술은 각각 4개씩이며, 암술은 1개입니다. 열매는 푸른색으로 봄과 여름을 보내고 10월에 타원형의 장과漿果로 붉게 익습니다.

요즈음 봄을 맞이하는, 동백, 매화, 유채, 벚꽃, 진달래 등 여러 꽃 축제가 있는데, 산수유도 몇몇 곳에서 봄맞이 상징으로 축제의 대상이 되고 있습니다. 옛사람들 또한 봄맞이 꽃으로서 산수유를 사랑하였습니다.

군센 절개가 백이처럼 고고하니	勁節高孤似伯夷
봄을 다투는 복사꽃 오얏꽃과 어찌 시기를 함께하겠는가	爭春桃李肯同時
산속 정원은 적막하게 오는 사람도 없는데	山園寂寞無人到
짙은 맑은 향기를 다만 스스로 아네	藹藹清香只自知

곽진(郭璡, 1568~1633), 「수유화(茱萸花)」

곽진은 이 시의 서문에서 "꽃은 2월 초에 피어서 한 달 동안 시들지 않는데, 복사꽃과 살구꽃이 피지 않을 때이다. 다만 신이화(辛夷花, 목련)와 마주한다. 대개 꽃망울이 처음 맺히는 것은 지난 가을인데 겨울을 지내고 봄에 꽃이 핀다. 그래서 추위를 이겨내고 가장 빨리 피어 오랫동안 시들지 않아서 참으로 애완할 만하다"라고 했습니다.

한겨울을 이겨내는 수유의 군센 절개가 백이伯夷와 같다고 했는데, 백이는 제후국인 주나라가 천자의 나라인 은나라를 정벌하는 것을 부당하게 여기고 동생 숙제叔齊와 함께 수양산首陽山에 들어가서 고사리를 캐 먹다가 굶어 죽었다는 의인이었습니다. 고고한 수유꽃은 복사꽃이나 오얏꽃과 봄을 다투지 않고 적막한 산속 정원에서 홀로 피어서 맑은 향기를 전할 뿐입니다.

곽진은 임진왜란 때 영남에서 의병으로 활동하였고, 평생 벼슬에 나가지 않고 학문에만 전념했습니다.

계절이 따스한 봄이라는 걸 믿지 못하겠으니	未信天時是艷陽
어지럽게 남은 얼음과 눈이 여러 꽃을 잠가놓았네	漫餘冰雪鎖羣芳
수유꽃이 문득 봄소식을 전하니	茱萸忽報春消息
서로 이어진 성근 꽃들에 연노란색이 물들었네	點綴踈英透半黃

김종정(金鍾正, 1722~1787), 「봄추위가 풀리지 않아서 꽃 피는 일이 아득했는데 문득 마당가에 수

유꽃이 반쯤 피려고 하는 것을 보고 너무 기뻐서 시로 기록하였다. 이어서 정양(正陽)께 올렸다〔春寒
不解, 花事杳然, 忽見庭畔茱萸花欲半開, 喜甚詩以識之. 仍呈正陽〕

절기로는 분명 봄이 왔는데 아직 풀리지 않은 추위 속에 얼음과 눈이 남아
있어서 꽃들은 필 생각을 하지 못합니다. 그런데 수유꽃이 연노란색으로 물들
어 반쯤 피어나려고 합니다. 참으로 기특한 봄의 전령이 아닐 수 없습니다.

김종정은 영조와 정조 때 이조판서 등 여러 요직을 지낸 인물이었습니다.

중양절의 붉은 열매

산수유의 꽃은 봄을 알리는 전령이지만, 옛사람들에게는 가을의 중양절을 상
징하는 열매로서 더욱더 중시되었습니다. 중양절은 양수인 9자가 겹치는 음
력 9월 9일로 구중절九重節, 혹은 중구절重九節이라고도 합니다. 지금은 거의 잊
혀버린 절기지만, 근대 이전에는 동아시아 전역에서 숭상했던 큰 명절이었습
니다.

중양절의 기원은 멀리 한나라 초기로 거슬러 올라갑니다.

척부인戚夫人의 시아侍兒 가패란賈佩蘭이 말하기를 "궁 안에 있을 때 9월 9일에 수
유를 패용하고 봉이(蓬餌, 쑥떡)를 먹고 국화주菊花酒를 마시는데, 사람을 장수
하게 한다고 합니다"라고 했다.
진晉나라 갈홍葛洪,『서경잡기西京雜記』

여남汝南 사람 환경桓景은 비장방費長房을 따라서 유학했다. 하루는 비장방이 말
하기를 "9월 9일에 너의 집이 재액을 당할 것이니, 급히 집안사람들에게 주머

니를 만들어 수유를 가득 채워서 팔에 매달고 산에 올라가 국화주를 마시게 하면 이 재앙을 없앨 수 있다"라고 했다. 환경이 그 말대로 가족을 거느리고 산에 올라갔다가 저녁에 돌아와서 보니 닭과 개 들이 일시에 죽어있었다. 비장방이 그 말을 듣고 말하기를 "그것들이 대신 죽은 것이다"라고 했다. 지금 사람들이 9월 9일에 산에 오르는 것은 이 때문이다.

남조 양나라 오균(吳均, 469~520), 『속제해기續齊諧記』

척부인은 한나라 고조 유방의 애첩이었습니다. 한나라 건국 시기에 궁궐에 이미 중양절의 풍속이 있었음을 알 수 있습니다.

환경과 비장방은 동한東漢 때의 여남 사람들입니다. 훗날 많은 서적에서는 중양절의 유래를 이들의 고사에서 비롯된 것으로 주장합니다.

기이한 일이 어지러워 상세하지 못한데	異事紛紛未易詳
옛사람이 재앙을 피하여 높은 언덕에 올랐었네	昔人違禍上高岡
붉은 주머니엔 빛나는 수유가 가득했고	絳囊的的茱萸滿
황금빛 국화는 둥둥 옥 술잔에서 향기로웠네	金蘂浮浮酒斝香
전 가족을 보존하여 모두 건강했는데	珍重全家渾得健
돌아오니 많은 가축이 모두 재앙을 당했었네	歸來群畜盡罹殃
이 일이 전해져서 마침내 중양절이 되었는데	流傳遂作重陽節
어느 산꼭대기에서 술을 부르지 않겠는가	何處山巔不喚觴

노진(盧禛, 1518~1578), 「높은 곳에 올라 화를 피하다(登高避禍)」

노진의 시는 중양절을 읊은 것인데 환경과 비장방의 고사를 그대로 서술했습니다. 역대 중양절에 대한 기록을 보면 높은 곳에 오르고, 붉은 산수유 열

매를 주머니에 넣어서 팔에 매달거나 허리에 차거나, 또는 산수유 열매가 달린 나뭇가지를 머리에 꽂고, 산수유 술을 마시거나 국화주를 마시며 시문을 짓는 것이 주요 내용입니다. 그래서 중양절을 일명 수유절茱萸節, 혹은 수유회茱萸會라고 했습니다.

중양절 풍속에서 산수유 열매는 악귀를 물리치는 상징이고, 국화주는 장수를 기원하는 상징이었습니다. 그래서 『선서仙書』에 산수유를 벽사옹辟邪翁이라고 했고, 국화를 연장객延長客이라고 했습니다.

사악함을 물리치려 수유를 패용하고   却邪更入佩
장수를 축원하려 국화를 술잔에 전하네   獻壽菊傳杯
상관소용上官昭容, 「구일시九日詩」

상관소용은 곧 상관완아上官婉兒입니다. 그녀의 조부인 상관의上官儀가 반역죄로 옥사한 후 궁중의 여종이 되었는데 총명하고 글을 잘 지어서 14세 때 측천무후則天武后가 여관女官으로 삼고 황제의 조서를 담당하게 했습니다. 나중에 중종中宗의 총애를 받고 소용이 된 후 황비皇妃의 신분으로 궁중의 문서를 관장하고, 많은 문사를 거느리고 문명文名을 떨쳤습니다.

위 상관소용의 시는 중양절에 중종이 자은사慈恩寺에 행차했을 때 지어 올린 작품입니다. 이처럼 당나라 때는 중양절의 풍속이 궁중과 민간에서 유행했는데 수많은 문인이 중양절을 소재로 한 시문을 남겼습니다.

> 당시唐詩에 "사악을 물리치는 수유주[辟惡茱萸酒]"라 하였고, 두보의 시에는 "다시 수유를 들고 자세하게 바라보네[更把茱萸子細看]"라고 했다. 살펴보니, 옛날 환경桓景이 구일에 붉은 주머니를 만들어 수유를 채워서 팔에 매달고 높은 곳에 올라 재앙을 피했다고 한다. 대개 수유는 가을에 이르러 열린 열매가 붉게 익기 때문이다. 근세에 이홍헌李弘憲이 「중구절에 양궁을 추억하다[重九憶兩宮]」라는 시에서 "수유꽃이 지난해의 가지에서 피었네[茱萸花發昔年枝]"라고 했는데 고관考官이 상등上等에다 두었다. 가소롭다.
>
> 이수광, 『지봉유설』 중에서

위에서 당시라고 한 것은 곽원진(郭元振, 656~713)의 시 「추가秋歌」의 "사악을 물리치는 수유 주머니이고, 수명을 연장시키는 국화주이네[辟惡茱萸囊, 延年菊花酒]"라는 구절을 말한 것입니다. 이수광은 '수유낭茱萸囊'을 '수유주茱萸酒'라고 하는 착오를 범했습니다.

두보의 시는 「구일 최씨 농장[九日藍田崔氏莊]」의 "내년의 이 모임에서 누가 건강할지 아는가? 수유를 들고 자세하게 바라보네[明年此會知誰健, 更把茱萸子細

看]"라는 구절입니다.

　이수광은 중양절 풍속에서 산수유의 열매가 벽사辟邪의 기능이 있는 것은 그 붉은색 때문이라고 했습니다. 그런데 조선 이홍헌이 중구절 시에서 '수유 꽃이 지난해의 가지에서 피었네'라고 엉뚱한 구절을 시었는데 고시관이 이것의 점수를 상등으로 매겼습니다. 참으로 가소로운 일이 아닐 수 없겠습니다.

한반도의 산수유

산수유는 중국이 원산지라고 합니다. 그러나 일찍이 한반도로 넘어온 듯합니다.

> 이에 왕위에 올랐는데, 왕의 귀가 당나귀 귀처럼 갑자기 길어졌다. 왕후와 궁인들은 모두 알지 못했다. 오직 복두幞頭장이 한 사람만이 그것을 알았으나, 평생 남에게 발설하지 않았다. 그 사람이 장차 죽음이 가까워졌을 때 도림사道林寺 대숲 안 인적이 없는 곳으로 들어가서 대나무를 향하여 소리쳤다. "우리 임금님의 귀는 당나귀 귀와 같다!" 그 후에 바람이 불 때마다 대숲에서 소리가 나기를 "우리 임금님의 귀는 당나귀 귀와 같다!"라고 했다. 왕은 그것을 미워하여 대나무를 베어버리고 산수유를 심게 하였다. 그러자 바람이 불면 다만 소리가 나기를 "우리 임금님의 귀는 길다!"라고 했다. [도림사는 옛날 도성으로 들어가는 숲 근처에 있었다.]
>
> 『삼국유사』, 「기이紀異」편 중에서

『삼국유사』에 실린 신라 48대 경문왕에 대한 설화입니다. '임금님 귀는 당나귀 귀'라는 설화로 누구나 아는 이야기입니다. 이 이야기 속에 한반도 문헌에서 맨 처음으로 산수유가 등장합니다.

구례 산동마을의 산수유꽃

경문왕은 자기 귀의 부끄러운 비밀을 감추려고 대나무를 베어버리고 산수유를 심었지만, 산수유도 또한 진실을 속이지 않는 올곧은 나무였던 것입니다. 다만 대나무보다는 발언이 조금 점잖았다고 할 수 있겠습니다.

『세종실록』「지리지」에 경상도 경주부慶州府의 특산물로 산수유가 기재되어 있습니다. 혹시 그 옛날 경문왕이 서라벌 도림사에 심었던 산수유가 전해졌던 것일까요?

홍만선(洪萬選, 1663~1715)은 『산림경제山林經濟』「양화養花」편에서 산수유에 대하여 "땅이 얼기 이전이나 해빙解氷 이후에 모두 심을 수 있다. 2월에 꽃이 피고, 붉은 열매는 완상할 만하다. 『속방俗方』에 '닭똥으로 덮어주면 무성해진다'라고 했다."라고 했습니다. 당시 산수유가 화단의 꽃나무로서 중시되었던 것을 짐작해볼 수 있습니다.

북쪽으로 용문산을 바라보며 옛 유람을 추억하니	北望龍門憶舊遊
붉은 잎이 산에 가득했던 지난 가을이었네	滿山紅葉去年秋
지팡이 짚고 언제나 스님을 찾아가서	杖藜何日尋僧了
다시 수유를 들고 함께 누대에 오를 건가	更把茱萸共上樓

이집(李集, 1314~1387), 「회포를 적은 절구 시 4편을 종공 정상국에게 부치다〔敍懷四絶, 奉寄宗工鄭相國〕」

이집이 경기도 양평 용문산의 가을 유람을 추억하며 지은 시입니다. 그의 설명에 "지난해 종공宗工을 모시고 용문산을 유람했는데 마침 중구일이었다"라고 했습니다. 이 시를 지을 당시 이집은 왜구를 피하여 경기도 여주 천녕현川寧縣 도미사道美寺에 머물고 있었습니다. 이 시를 통하여 고려 때에도 중양절의 풍속이 널리 유행하였고, 그 중심에 산수유가 있었음을 알 수 있습니다.

이집은 고려 말에 정몽주와 이색과 이숭인 등과 교유하였고, 일찍이 은거하여 조선왕조에서는 출사하지 않고 고려에 대한 절의를 지켰습니다.

역대 몇몇 산수유 시편

중양절의 풍속이 성행했던 동아시아에서는 산수유를 읊은 시가 헤아릴 수 없을 지경으로 많습니다. 그중에는 인구에 회자되는 유명 시인의 명편도 한둘이 아닙니다.

홀로 타향에서 나그네가 되니	獨在異鄕爲異客
매번 가절을 만나면 어버이 생각이 배나 되네	每逢佳節倍思親
멀리서 알겠으니 형제들이 오른 높은 곳에	遙知兄弟登高處
수유를 두루 꽂은 사람 중에 한 사람이 적으리라	徧插茱萸少一人

왕유, 「9월 9일에 산동의 형제를 생각하다〔九月九日憶山東兄弟〕」

왕유가 17세에 지었다는 중양절 시입니다. 무슨 사정인지는 모르겠으나 가족과 함께 있어야 할 명절에 타향에서 나그네가 되었으니 부모와 형제 생각이 더욱 간절합니다. 가족 모두 높은 곳에 올라 산수유를 머리에 꽂았을 것입니다. 그러나 그중에 한 사람이 비어있을 터이지요. 이 시로 말미암아 산수유는 부모·형제를 그리워하는 마음의 상징이 되었습니다.

붉은 열매가 산 아래 열리니	朱實山下開
맑은 향기가 추위 속에 더욱 피어나네	淸香寒更發
다행히 무더기로 핀 계화꽃과 더불어	幸與叢桂花

창 앞에서 가을 달을 향했네 　　　　　　　　　　　窓前向秋月

왕유, 「산수유」

붉은 산수유 열매가 산 아래에 열려서 가을의 추위 속에 맑은 향기가 더욱 피어납니다. 다행히 무더기로 핀 계수나무의 꽃과 함께 창 앞에서 가을 달을 향하였습니다. 계수나무는 은자를 상징하는 나무입니다. 그러니 산수유는 은자와 함께 가을 달을 바라보고 있는 것입니다.

열매 맺혀 붉으면서 푸르니 　　　　　　　　　　　　結實紅且綠

다시 꽃이 핀 듯하네 　　　　　　　　　　　　　　　復如花更開

산중에 혹시 객을 머물게 한다면 　　　　　　　　山中儻留客

부용 술잔에 이 열매를 띄우리라 　　　　　　　置此芙蓉杯

왕유, 「수유반茱萸沜」

산수유의 붉은 열매는 마치 꽃이 핀 듯합니다. 혹시 이 산중에 객이 머문다면 부용 술잔에 이 열매를 띄워드리겠다고 합니다. 수유반은 산수유 숲이 있는 물가입니다. 왕유는 장안 근처 남전현藍田縣 망천輞川에 별장을 가지고 있었는데, 친구 배적裵迪과 함께 망천의 승경 20곳을 오언절구 시로 읊어 『망천집輞川集』이라고 했습니다. 그중 한 수가 「수유반」입니다.

왕유는 시서화는 물론이고, 음악에도 조예가 깊었습니다. 시인으로서는 맹호연과 함께 당나라 산수전원시파의 종장이었고, 불교에 심취하여 호를 마힐摩詰이라 했는데 시불詩佛로 불렸습니다. 화가로서는 남종화南宗畵의 창시자였습니다. 훗날 송나라 소식은 왕유의 시와 그림을 평하여 "마힐의 시를 음미해 보면 시 속에 그림이 있고, 마힐의 그림을 자세히 보면 그림 속에 시가 있다"

라고 했습니다.

날리는 향기는 산초나무와 계수에서 어지럽고	飄香亂椒桂
퍼진 잎들은 대나무 사이에 있네	布葉間檀欒
구름 속 해가 다시 비치지만	雲日雖回照
숲이 깊어서 여전히 절로 차갑네	森沈猶自寒

배적, 「수유반」

산수유의 향기는 산초나무와 계수의 향기와 섞이고, 퍼진 잎들은 대나무 사이에 있습니다. 산초나무는 가을에 열매가 열리는 향목香木이고, 계수는 가을에 꽃이 피는 향목으로서 주로 현인賢人을 상징하고, 대나무도 또한 고결한 정신을 상징합니다. 그러니 산수유도 또한 산초와 계수와 대나무처럼 고결한 정신을 가졌다는 것입니다. 구름 속의 해가 다시 비치지만, 숲이 깊어서 절로 차갑습니다.

배적은 왕유와 두보, 이백 등과 친했던 시인이었습니다. 그의 시풍은 왕유처럼 산수전원시파에 속했습니다.

가을을 상심함은 세월을 애석해 함이 아니고	傷秋不是惜年華
특별히 봄바람 속 푸른 숲의 집이 생각나서라네	別憶春風碧玉家
일부러 시든 떨기에서 봄기운을 찾는데	强向衰叢見芳意
산수유 붉은 열매가 번화한 꽃과 같네	茱萸紅實似繁花

사공서(司空曙, 720?~790), 「가을 정원(秋園)」

가을을 슬퍼하는 것은 세월이 애석해서가 아닙니다. 다만 봄날의 그 푸른 숲 속의 집이 생각나서입니다. 그래서 일부러 시든 떨기에서 봄기운을 찾아봅니다. 산수유의 붉은 열매가 도리어 화사한 꽃과 같습니다.

사공서는 당나라 대종代宗의 대력大歷 연간에 활약한 시인이었습니다.

바람이 초록 언덕을 흔드니 풀이 싹을 틔우고	風搖綠岸草生芽
햇살이 퇴락한 못을 비추니 물결이 마구 출렁이네	日映頹塘水漫波
지팡이 던져놓고 골똘히 읊조리며 바위 위에 앉았는데	放杖沈吟石上坐
석양 속에 참새가 산수유 꽃을 쪼아대네	斜陽雀啄茱萸花

오재순(吳載純, 1727~1792),「원중園中」

봄바람이 부니 언덕에 풀들이 돋아납니다. 겨우내 퇴락한 못도 봄볕이 비치는 물결이 일며 생기를 찾았습니다. 이 아름다운 봄 경치를 읊으려고 지팡이를 던져놓고 골똘히 읊조리고 있는데 석양 속에 참새가 산수유 꽃을 쪼아대고 있습니다.

오재순은 정조 대왕의 지우를 받아 이조판서 등 요직을 맡은 정치인이었는데, 제자백가에 두루 달통한 학자이기도 했습니다.

산수유 꽃과 비슷한 생강나무 꽃

산수유 꽃이 필 무렵에 전국의 산과 들에서는 산수유 꽃과 거의 같은 노란 꽃이 피어납니다. 바로 생강나무 꽃입니다. 그 꽃은 산수유 꽃과 너무나 똑같아서 서로 착각하기 마련입니다. 그러나 생강나무 꽃은 산수유 꽃과 달리 약간 형광을 띠고 더 밝고 푸르스름하게 보입니다. 두 나무는 서로 종이 전혀 다른데, 층층나뭇과에 속하는 산수유와는 달리 생강나무는 미나리아재비목 녹나

뭇과에 속하고, 가을에 까만 열매가 열립니다.

꽃이 지고 잎이 나오면 비로소 두 나무는 전혀 다른 모습을 띱니다. 산수유의 잎은 타원형으로 잎맥이 뚜렷한데 비하여 생강나무의 잎은 산수유 잎보다 더 크고 끝이 세 갈래로 갈라져서 하트 모양을 하고 있습니다.

생강나무는 그 가지를 꺾어 냄새를 맡아보면 생강 냄새가 나서 붙여진 이름입니다. 강원도 사람들은 생강나무를 산동백이라고 부릅니다. 남방의 동백이 없는 강원도에서는 생강나무의 열매로 동백 열매를 대신하여 머릿기름이나 등잔 기름으로 썼던 것입니다.

김유정의 소설 「동백꽃」에 "그리고 뭣에 떠다 밀렸는지 나의 어깨를 짚은 채 그대로 퍽 쓰러졌다. 그 바람에 나의 몸뚱이도 겹쳐서 쓰러지며 한창 피어 퍼드러진 노오란 동백꽃 속으로 폭 파묻혀버렸다. 알싸한 그리고 향긋한 그 냄새에 나는 땅이 꺼지는 듯이 온 정신이 그만 아찔하였다."라고 하였는데, '노오란 동백꽃'은 바로 생강나무의 꽃을 말한 것입니다. 김유정은 고향이 강원도 춘천이었습니다.

그 언젠가 봄에 섬진강의 매화를 구경하러 갔다가 돌아오는 길에 구례 산동마을에 들렀습니다. 지리산 노고단 아래의 산동마을은 오래전부터 산수유를 재배해왔습니다. 마을 전체가 산수유 숲에 싸여 있는데, 그 나무들의 수령이 많게는 삼백 년에서 적게는 수십 년이 되었습니다. 그것은 이 마을이 대대로 산수유 농사를 생업으로 삼아왔기 때문입니다.

간과 신장에 좋다는 산수유 열매는 그 씨앗에 독이 있어서 예전에는 하나하나 이로 씨앗을 제거했다고 합니다. 그래서 이곳 마을에서는 평생 오륙십 년을 산수유 씨앗을 제거하느라 이가 상했다는 할머니들이 많습니다.

마치 온 하늘과 들판에 노란 파스텔을 칠해놓은 듯한 눈부신 산수유 꽃은 참으로 장관이었습니다. 한 농장에서 350년이 되었다는 산수유나무를 보니 마치 신선을 대하는 것 같아서 절로 마음이 경건해졌습니다.

예정에 없이 이곳 한 농가에서 하룻밤을 지내게 되었는데, 칠순의 주인 노부부께서 보랏빛 산수유 술과 산수유 전을 우리 일행에게 대접하여 난생처음 산수유 술에 밤새 취했습니다.

이튿날 산동마을을 떠나오며 주인 노부부께 산수유 열매가 열리는 가을에 다시 들리겠노라 약속했지만, 그 약속을 지키지 못했습니다. 이제 십여 년도 지난 일이 되었는데, 그 주인 노부부께서는 아직 건장하신지? 해마다 산수유의 꽃과 열매를 볼 때마다 그분들께 죄송스러운 마음을 금할 길이 없습니다.

천상의 향기

서향화

서향화의 고향

매년 봄 섬진강가의 광양과 하동에 매화가 필 때마다 꽃구경을 다닌 지 스무
해가 넘습니다. 그때마다 화계장터에서 매화나무 묘목을 사 오곤 했는데 더
불어 어린 서향화瑞香花도 가끔 사 오곤 했습니다. 지금은 우리 집 옥상에 서향
화가 없습니다. 모두 근래의 모진 추위와 주인의 게으름에 염증을 느끼고 영
원히 떠나가고 말았습니다. 대신 함께 꽃구경을 갔던 학우들에게 봄마다 서
향화의 반가운 개화 소식을 전해 듣습니다. 아파트 공간이라는 열악한 환경
에서 10여 년간 해마다 서향화의 향기를 피워내는 학우들의 정성이 존경스럽
습니다.

　　서향화는 우리가 천리향이라고 부르는 꽃인데 그 향이 천 리를 간다고
해서 붙여진 이름입니다. 그런데 천리향이라는 이름은 우리의 옛 문헌에서는
전혀 보이지 않던 명칭입니다.

　　북송의 학자 도곡陶穀은 『청이록清異錄』에서 "여산廬山의 서향화는 처음에 한

비구(比丘, 승려)에 의하여 등장했다. 비구가 반석盤石 위에서 낮잠을 자다가 꿈 속에서 강렬하게 끼쳐오는 꽃향기를 맡았다. 잠에서 깨어 찾아 얻었는데 그 때문에 수향睡香이라고 이름을 지었다. 사방에서 그것을 기이하게 여기고 꽃 중의 상서祥瑞라고 하여 마침내 서향이라 이름 지었다"고 했습니다.

명나라 진시교陳詩敎는 『관원사灌園史』에서 "서향이란 이름이 여산의 비구에게서 비롯되었다면 그 이전에는 없었던 것과 같다. 그러나 곧 『초사』에 실린 노갑露甲을 어떤 이가 다시 서향이라고 한 것이다. 당시는 불교가 아직 동쪽으로 전해지지 않았을 때인데 어찌 그보다 먼저 비구가 있었겠는가? 생각건대 이 꽃의 본명은 노갑인데 여산의 한 사건에 이르러 비로소 지금의 이름으로 바뀐 것일 뿐이다"고 했습니다.

조선의 문인 강희안은 『양화소록』에서 "『여산기廬山記』에 '서향은 여산에서 처음 나왔다'고 했고, 여대방呂大防의 「서향도서瑞香圖序」와 『성도지成都志』에는 '서향은 향기로운 화초[芳草]다. 그 나무는 높이가 겨우 수척이고, 산과 언덕에서 자라는데 황색과 자색 두 종류가 있다. 겨울에서 봄으로 넘어갈 때 그 꽃이 처음 핀다'고 했다"고 했습니다.

서향의 또 다른 별칭으로는 봉래자蓬萊紫, 풍류수風流樹, 노갑露甲, 서란瑞蘭, 설화피雪花皮, 사낭麝囊, 탈향화奪香花, 야몽화野夢花, 산몽화山夢花 등이 있습니다.

참으로 꽃 중의 상서인데	眞是花中瑞
송나라에서 이름이 처음 알려졌네	本朝名始聞
강남에서 한 꿈을 꾼 후	江南一夢後
천하가 맑은 향기를 우러르네	天下仰清芬

송나라 왕십붕(王十朋, 1112~1171), 「서향화」

서향화가 『초사』에 실린 '노갑'인지는 의문스럽습니다. 여러 고서를 살펴보면 서향화가 꽃 문화권으로 들어온 것은 송나라 때인 것 같습니다.

위의 시는 여산의 비구가 꿈속에서 서향화의 향기를 맡고 그 꽃을 발견했다는 전설을 그대로 차용했습니다.

강희안의 벗 서향화

서향화는 서향화과 서향화속의 상록관목으로 키는 겨우 1~2미터 정도밖에 자라지 않습니다. 남방의 나무라서 서울 같은 지역에서는 겨울에 관리하기가 어렵습니다. 특히 고려나 조선 시대에는 지금보다 난방시설이 열악했으므로 남방의 식물을 가꾸려면 그 정성이 몇 배가 더 필요했을 것입니다.

『양화소록』의 저자 강희안은 조선 초에 한양에서 서향화를 손수 가꾸며 벗으로 삼았습니다.

도성에서 꽃을 키우는 사람들은 서향의 운치가 높음을 알지 못하며 또한 재배하는 방법을 알지 못한다. 꽃을 완상하다가 수년이 못 되어 곧 말라 죽게 하고는 말하기를 "이 꽃은 쉽게 죽으니 그다지 귀할 것이 없다"고 한다. 나는 이 꽃을 얻어서 무척 사랑하게 되었다. 옛날 재배법을 살펴보다가 습기를 싫어하고 햇볕을 싫어한다는 기록을 발견하고 곧 그 재배 기술을 터득했다. 물을 주고 거두어 보관하고 햇볕을 쬐어주는 일 등을 하인에게 맡기지 않고 몸소 행하니 꽃과 잎이 이전보다 두 배나 무성해졌다. 한 송이 꽃이 터지자마자 향기가 온 집 안에 가득하고, 꽃술이 다 피면 향기가 수십 리까지 퍼진다. 꽃이 지면 열매가 맺히는데 앵두처럼 빨갛게 초록 잎 사이에서 찬란하다. 참으로 한가할 때의 좋은 벗이다. 이른바 쉽게 죽는다는 것은 참으로 맹랑한 말이

다. 아! 대개 사물에는 자기를 알아주는 사람이 있다. 만약 자기를 알아주는
사람을 만나지 못한다면 빈 산중에서 스스로 피고 스스로 지더라도 끝내 아
는 사람이 없을 것이다. 어찌 한스럽지 않겠는가? 어찌 원망하지 않겠는가?

강희안, 『양화소록』 중에서

강희안과 서향화는 참 친한 사이였나 봅니다. 누구나 서향화 같은 벗을
사귀면 행복할 것입니다.

여산에서 옮겨 와 처음 꽃이 피니	移自廬山始發揚
비취색 비단옷에 자색 구름의 단장을 약간 드러냈네	翠羅微露紫雲粧
금압향로에 침수향을 사를 필요가 없으리라	不須金鴨燒沈水

주렴장막에 바람 살랑대니 은근한 향기가 있네　　　簾幕風輕細有香

강희안, 「서향을 읊다(詠瑞香)」

　　서향화를 그 고향인 여산에서 옮겨 와 꽃을 피웠습니다. 비취색 비단옷은 서향화의 푸른 잎을 말한 것이고, 자색 구름은 자기紫氣와 같은 말로 상서로운 구름을 말합니다. 서향화는 꽃 중의 상서로운 존재이기 때문에 그 꽃을 자색 구름의 단장이라고 표현했습니다. 금압향로는 오리 모양의 향로이고, 침수향은 침향沈香으로 고급 향의 하나입니다. 서향화가 있는데 침향을 사를 이유가 있겠습니까? 침향을 사르지 않아도 주렴장막에는 서향화의 향기가 바람이 불 때마다 끼쳐옵니다.

천향의 국색

서향화의 매력은 첫째가 천하제일의 향기이고, 둘째가 두툼한 초록 잎 위에 올망졸망 핀 보라색 꽃이라 할 수 있습니다.

　　여산의 서향화가 한반도에 전해진 것은 송나라나 원나라 시절이 아닌가 싶습니다.

움 안에 두루 핀 서향화를　　　　　　　　　　窖中開遍瑞香花

청명날에 들어내니 향기가 집 안에 가득하네　　擎出淸明香滿家

코로 먼저 통하고 두 눈동자를 찌르는데　　　　鼻觀先通楷兩眼

담홍색 가지 위에 많은 꽃이 흩어져 있네　　　　淡紅枝上散餘花

이색, 「서향화」

움은 지면을 깊이 파고 위를 거적이나 천, 혹은 종이로 씌워 겨우내 화분을 보관한 일종의 온실입니다. 움 속에 두었던 서향화가 겨울 추위를 이겨내고 피어나 청명날에 들어내니 온 집 안에 향기가 진동합니다. 향기가 코를 찌르고 눈동자까지 찌릅니다. 담홍색 가지 끝에는 많은 꽃들이 흩어져 있습니다.

고려 시대 북쪽 개성에서 남방의 서향화를 움 속에서 피워낸 정성이 감탄스럽습니다.

품종이 여산에서 나온 지 몇 년이던가	種出廬山問幾年
꽃이 피는 것은 섣달 후인데 매화 이전이네	花開臘後是梅前
천향의 국색을 누가 감상하는가	天香國色誰堪賞
금궐의 은대에 특별한 선경이 있네	金闕銀臺別有仙
걸상을 섬돌 가까이 옮겨 향기를 맞이하고	移榻近階邀馥馥
발을 걷고 문 앞에서 아름다움을 보네	捲簾當戶看娟娟
꽃과 사람이 서로 닮았음을 두루 아니	偏知物與人相似
영광을 받고 우로 옆에 있네	沾被恩光雨露邊

최립(崔岦, 1539~1612), 「서향화」

서향화는 매화가 피기 이전, 혹은 매화와 거의 동시에 꽃을 피웁니다. 천향의 국색은 서향화에 대한 최고의 찬사입니다. 금궐은 궁궐의 미칭이고 은대는 조선 시대에 외교 문서를 맡아보던 관아인 승문원承文院의 별칭입니다.

이 시는 「은대銀臺 이십영二十詠」 중 한 편인데, 최립은 설명을 붙이길 "기미년 봄에 직부전시(直赴殿試, 초시나 복시를 거치지 않고 바로 전시를 치를 수 있도록 하는 것으로서 사실상 급제를 의미함)의 명이 내려졌다. 그때 과거에 급제하는 은혜[新恩]를 받았다는 이유로, 주서注書 이청련李靑蓮 공이 시운詩韻을 출제한 다음에 급히 지어 올리도록 하였다"고 했습니다.

사람은 과거에 합격하는 영광을 입었고, 꽃은 궁궐에서 임금의 사랑을
받으니 꽃과 사람의 처지가 같지 않겠습니까?

자잘한 꽃들이 피어 무리 진 자주색 정향인데 　　　瑣瑣花開簇紫丁
가지에 매달린 한 품종이 향기 명성을 독차지했네 　　攀枝一種檀香名
누가 십 리까지 미치는 침향과 단향의 기운을 아는가 　誰知十里沈檀氣

서향화

도리어 마당 앞 몇 송이 꽃에 있다네 　　　　　　　　　　却在庭前數朶英

김창업, 「서향화─속명이 정향이다[瑞香花. 俗名丁香]」

　　김창업은 서향화의 속명이 정향丁香이라고 했습니다. 물론 정향은 서향화와 다른 나무지만 그 꽃과 향기는 비슷합니다. 자정향紫丁香은 라일락을 한자로 표기한 것입니다. 모두가 향기로 이름난 나무들입니다.

　　남송의 시인 양만리(楊萬里, 1127~1206)는 서향화를 "향기 중에 진정 최상의 길조이니, 난과 사향이 어찌 명가일 것인가[香中眞上瑞, 蘭麝敢名家]"라고 하고, 소식(蘇軾, 1037~1101)은 "뼛속까지 스미는 향기는 알 수 없는데, 색은 옅지만 뜻은 특히 깊네[骨香不自知, 色淺意殊深]"라고 했습니다.

　　이런 것이 바로 서향화의 진면목이 아니겠습니까?

군 자 의 덕 이 요 미 인 의 향 이 라

난

공자와 굴원의 난

춘추시대 공자는 천하를 여행하며 제후들에게 자신의 정치적 견해를 설명하고 임용해줄 것을 호소했습니다. 그러나 어느 제후도 그를 받아들여주지 않았습니다. 전쟁의 도가니에 빠져 있던 천하의 형세에서 그가 주창한 예악정치란 시대착오적인 발상이었기 때문입니다. 위나라에 유세를 간 공자는 또다시 거절을 당하고 참담한 심경으로 고국 노나라로 돌아와야 했습니다. 깊은 골짜기를 지날 때 향란이 외롭게 우거져 있는 것을 보았습니다. 공자는 한숨을 내쉬며 "난은 마땅히 왕자王者의 향이 되어야 하는데 지금 저렇듯 외롭게 우거져서 잡초들과 무리 지어 있구나!"라고 탄식했습니다. 그러고는 수레를 멈추고 금琴을 들어 스스로 때를 만나지 못한 것을 슬퍼하며 향란에다 가사를 붙였습니다.

현자를 알아보지 못하는데   不知賢者

세월만 흘러가네	年紀逝邁
솔솔 부는 골짜기 바람	習習谷風
음산하고 비가 내리네	以陰以雨
그대의 귀향	之子于歸
들판에서 멀리 전송하네	遠送于野
어찌하여 저 푸른 하늘은	何彼蒼天
있을 곳을 얻어주지 못하고	不得其所
천하를 떠돌며	逍遙九州
정처 없게 하는가	無所定處
세상 사람들 어리석어	時人闇蔽
이 한 몸 늙어가네	一身將老

공자, 「의란조猗蘭操」

골짜기에 외롭게 버려진 향란은 바로 공자 자신이었습니다. 공자가 편찬하였다는 『시경』에도 난이 등장하는데 아마 동아시아 문헌상에 나오는 최초의 난일 것입니다.

진수와 유수에는	溱與洧,
지금 봄물이 넘실거리네	方渙渙兮.
청년과 아가씨는	士與女,
지금 난을 꺾어 들고 있네	方秉蕑兮.
아가씨가 말하네 "우리 구경 갈까요?"	女曰觀乎?
청년이 대답하네 "난 벌써 갔다 왔는데."	士曰既且.
"또다시 구경 가는 게 어때요?	且往觀乎?

유수 너머는	洧之外,
정말 넓고도 즐겁다는데!"	洵訏且樂.
청년과 아가씨	維士與女,
서로 깔깔대며	伊其相謔,
작약을 주고받네	贈之以勺藥.

『시경』,「정풍鄭風」,「진유溱洧」

주나라 제후국의 하나였던 정나라 풍속에는 3월 상사일上巳日에 진수溱水와 유수洧水 가에 젊은 남녀들이 무리 지어서 난을 꺾어 들고 사악한 기운을 물리치는 봄놀이 행사가 있었습니다. 이날 젊은 남녀들은 사악한 기운을 쫓는 상징물로서 난과 작약 같은 향초를 서로 주고받으며 덕담을 나누었습니다.

물론 자연스럽게 사랑의 말들을 주고받았겠지요. 그래서 훗날의 도덕군자들은 이 시를 음란하다고 비난했습니다.

한편 북방의 주나라와는 종족이 다른 중국 남방의 초나라에서도 난은 벽사辟邪를 상징하는 중요한 향초였습니다. 초나라 충신으로서 참소를 받고 쫓겨나 분노와 절망 속에서 결국 멱라수에 몸을 던져 생을 마감한 굴원은 자신의 결백을 난을 통해 노래했습니다.

강리와 벽지를 몸에 두르고	扈江離與辟芷兮
추란을 엮어 허리띠 장식으로 삼았네	紉秋蘭以爲佩
……	
나는 이미 구원九畹의 밭에 난을 모종 내고	余旣滋蘭之九畹兮
또한 백 무畝의 밭에 혜초를 심었네	又樹蕙之百畝
……	
내 말로 하여금 난의 연못 둑을 거닐게 하고	步余馬於蘭皐兮
산초 언덕을 달려가 잠시 여기서 쉬네	馳椒丘且焉止息
……	
때는 어둑어둑 날이 저물어가는데	時曖曖其將罷去兮
유란을 묶어두고 목 늘여 우두커니 서 있네	結幽蘭而延佇
세상은 혼탁하고 분별이 없어	世溷濁而不分兮
아름다움을 덮어버리고 시샘하기를 좋아하네	好蔽美而嫉妬

굴원, 「이소離騷」 중에서

난 달인 물에 몸을 씻고 그 향에 머리 감고	浴蘭湯兮沐芳
화사한 채색 저고리는 꽃과 같네	華彩衣兮若英

　그런데 나는 『시경』이나 『초사』를 읽을 때마다 난을 묘사하는 부분에서 매번 혼란을 느끼곤 했습니다. 과연 『시경』이나 『초사』에 나오는 난이 오늘날 말하는 사군자 '매란국죽'의 난과 같은 것인가요? 『시경』과 『초사』 속 난은 물가에서 자라며, 그 입과 줄기는 향기가 나서 몸에 패용하거나 집 안에 두어 악취를 제거하는 방향제 및 벌레를 없애는 살충제 등으로 사용했고, 또 그것을 끓는 물에 우려내어 목욕물로 이용했습니다. 그 씨앗을 기름으로 짠 난고蘭膏는 등기름 및 머릿기름이었습니다. 이러한 생태와 특징으로 보건대 이들 난은 오늘날의 난이 아님이 분명합니다. 서유구는 『임원경제지林園經濟志』에서 "조선 남방에도 흔히 난이 있으니 이것이 비록 『초사』에 나타난 난은 아니지만 잘 배양하면 한가한 가운데 그윽한 벗으로 삼을 수 있다"고 했습니다. 『초사』의 난이 오늘날의 난이 아님을 이미 갈파한 것입니다.

　대만인 생물학자 반부준潘富俊은 『시경식물도감』에서 "당나라 이전의 '난'은 대부분 택란澤蘭을 지칭하였고, 송나라 이후에 비로소 난과 식물을 지칭하여 난이라고 하였다"라고 했습니다. 반 씨는 또 『초사식물도감』에서 『초사』에 나오는 난을 국화과의 택란으로 추정하고, 패란佩蘭·화택란華澤蘭·마란馬蘭 등의 향초일 가능성도 있다고 했습니다.

　『본초강목』에서는 택란의 별칭으로 "수향水香·도량향都梁香·호란虎蘭·호포虎蒲·용조龍棗·해아국孩兒菊·풍약風藥" 등이 있다고 하고, 그 특징은 "수택水澤 안이나 낮은 습지에서 자라고, 그 싹의 높이는 2~3척인데 줄기는 청자색이며, 네 모서리가 있는 잎이 마주 보고 나며, 박하와 같은 미향이 있고, 잎은 뾰쪽하면서 털이 있는데 광택과 윤기가 없고, 꽃대는 자백색이고 꽃 또한 자색인데 대략 작약과 같다"고 했습니다.

「석난도6곡병」(부분), 이하응, 조선,
고려대학교박물관 소장

나는 사진으로만 택란을 본 적이 있는데, 언젠가 한번 그 실물을 보고 향도 맡아볼 기회가 닿기를 기대하고 있습니다.

우리는 언제부터 난을 재배했는가

공자와 굴원의 난은 '매란국죽'의 난과는 전혀 다른 택란입니다. 그런데 택란이 군자나 미인의 고결한 지조를 상징하던 문화적 전통은 후세의 '매란국죽'의 난에 고스란히 계승되었습니다.

우리나라에서 난을 화초로서 애완하여 재배하기 시작한 것은 대략 고려말로 여겨집니다.

맑은 이슬이 고운 자태 적시고	淸露沁幽態
흰 달빛에 맑은 향기 날리네	皓月揚淸香
아름답고 무성하게 가시덤불 속에 있는데	猗猗叢棘中
채취하지 않으니 얼마나 상심한가	不採庸何傷
고인이 조용히 마주 보고	高人靜相對
금을 들고 한 탄식이 기네	援琴一歎長
적막한 천년 아래	寥寥千載
공자의 도가 다시 밝았네	宣尼道更光

정추, 「난파 이거인 판서의 시에 차운함[次韻題蘭坡李判書居仁園中四詠詩軸]」

고려 말 난파蘭坡 이거인李居仁이 정원의 화분에다 소나무, 대나무, 매화, 난을 심어놓고 완상하며 시를 지었는데, 많은 사람들이 이에 차운했습니다. 정추鄭樞의 시는 그 가운데 하나입니다. 그런데 이들은 모두 택란과 난을 구별하지 않았습니다.

공자의 금곡으로 연주되었고	彈入宣尼操
굴원의 패물로 묶였네	紉爲大夫佩
열 혜초가 한 난에 해당하니	十蕙當一蘭
더욱 사랑받는 이유일세	所以復見愛

성삼문, 「오설란午雪蘭」

성삼문이 안평대군의 「사십팔영四十八詠」에 차운한 시입니다. 그런데 이 시에서도 공자와 굴원의 고사를 빌려 난을 칭송하고 있습니다.

우리나라 난혜蘭蕙의 품종은 많지 않다. 화분에 옮겨 심은 후에는 잎이 점차 짧아지고 향기 또한 사라지므로 특히 국향國香이라는 뜻을 상실하고 만다. 그러므로 꽃을 감상하는 사람들이 그것을 숭상하지 않는다. 그러나 호남 연해沿海의 여러 산에서 나는 품종은 아름답다. 서리가 내린 후 드리운 뿌리를 다치지 않게 하고 원래의 흙을 붙인 채 옛 방식에 의거하여 화분에다 심어서 묘하게 만든다. 이른 봄 꽃이 필 때 등불을 켜고 책상 위에 놓아두면 잎의 그림자가 벽에 아른거려서 즐길 수 있고, 책을 읽는 동안 졸음을 물리칠 수 있다. 비록 설창(雪窓, 원나라 보명)이 그린 「구원춘융도九畹春融圖」가 없더라도 적적함을 깨뜨릴 수 있을 것이다.

강희안, 『양화소록』 중에서

이처럼 조선 초에 이르면 우리의 자생란 종류에까지 관심을 가질 정도로 난 문화가 이미 보편화되었음을 알 수 있습니다. 난은 꽃대 하나에 꽃이 하나 피는 품종을 말하고, 혜蕙는 꽃대 하나에 꽃이 여러 개 피는 품종을 말합니다.

추사 김정희의 난

사군자란 개념은 명나라 만력萬曆 연간에 황봉지(黃鳳池, 출판인)가 『매죽란국사보梅竹蘭菊四譜』를 편집하였는데, 진계유(陳繼孺, 화가 겸 저술가)가 이것을 '사군四君'이라고 부른 데서 비롯되었다고 합니다. 그러니 이 땅에 사군자라는 개념이 전해진 것은 임진왜란 이후임을 알 수 있습니다. 아무튼 문인들이 여기餘技 삼아 사군자를 즐겨 그리게 되면서 난을 완상하는 일 또한 더욱 유행하였으리라고 짐작됩니다.

　우리나라 난 그림으로는 일찍이 강세황의 「팔란도」가 전하고 있지만 아무래도 추사 김정희의 것을 제일로 쳐야 할 것입니다. 사실 추사 이전에는 난 그림이 그다지 유행하지 못했습니다. 화원畵員의 고시 과목에 난 그림이 빠져 있었기 때문입니다. 이런 사정 때문에 난 그림은 활발하게 그려지지 못했습니다. 추사의 유명한 난 그림 「불이선란不二禪蘭」에는 다음과 같은 추사 본인의 제화시가 붙어 있습니다.

이십 년 동안 난 그림을 그리지 않다가　　　　　不作蘭畵二十年

우연히 그려내니 천성이 드러났네　　　　　　偶然寫出性中天

문 닫고 찾고 찾고 또 찾은 곳　　　　　　　　閉門覓覓尋尋處

이것이 바로 유마힐의 불이선일세　　　　　　此是維摩不二禪

　이십 년 동안 난을 그리지 않다가 우연히 그렸는데 참으로 빼어난 그림이 되었다는 것입니다. 불이선은 유마힐維摩詰의 불이법문不二法門인데 유일무이한

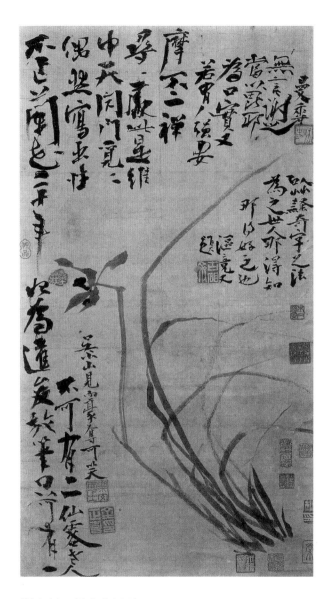

「불이선란」, 김정희, 개인 소장

예술적 영감으로 얻은 난이란 뜻입니다.

추사 노인의 풍류는 늙어서 더욱 높아	秋老風流老更顚
해천에서 삿갓 쓰고 우화등선이라 적었네	海天一笠記登仙
남은 향기 먹에 남아 슬퍼할 만한데	殘香剩墨堪怊悵
세상에서 서로 친하길 오십 년이었네	交臂人間五十年
시야에 지나간 연운은 기운 이미 소멸하고	過眼煙雲意也消
유리창 밖은 곧 중국 땅이네	琉璃廠外是中朝
사랑스럽소 흰 탑본의 성홍지	可憐粉搨猩紅紙
젊은 시절의 정판교를 베껴둔 것이네	記取富年鄭板橋

이건창, 「제화란題畵蘭」

　　구한말 4대 문인 중 한 사람인 영재寧齋 이건창李建昌이 추사의 난첩蘭帖에 쓴 시입니다. 첫째 시의 자주에 "첩帖 위에 초상이 있는데, 그 자제自題에 '해천海天에서 삿갓 쓴 모습이 어찌하여 원우죄인元祐罪人과 같은가?'라고 하였고, 또 난 그림에 적기를 '표표飄飄함이 우화등선과 같다'라고 하였다"고 했습니다. 즉 제주로 유배되어 있던 추사가 삿갓을 쓴 자신의 초상을 원우 연간에 유배된 송나라 소식의 초상 입극도(笠屐圖, 삿갓 쓰고 나막신 신은 그림)와 같다고 하였으며, 바람에 나부끼는 난을 하늘로 오르는 신선과 같다고 하였다는 것입니다.
　　두 번째 시의 자주에는 "추사의 화란설畵蘭說은 정판교를 제일로 여겼다"고 했습니다. 곧 추사가 청나라 판교板橋 정섭(鄭燮, 1693~1765)의 난 그림을 제일로 평가하고, 북경의 유리창 거리에서 그의 난 그림을 성홍지에다 모사하여 왔다는 것입니다.

봄바람 봄비로 어여쁜 얼굴 씻고	春風春雨洗妙顔
바다의 신선도를 떠나 인간세계로 왔네	一辭瓊島到人間
그러나 지금까지 끝내 알아주는 사람 없어	而今窮竟無知己
화분을 깨뜨리고 다시 산으로 들어가네	打破烏盆更入山

정섭, 「파분란화破盆蘭花」

추사가 흠모하였다는 정섭의 시입니다. 정섭은 양주팔괴[揚州八怪, 양주 지역의 저명한 여덟 명의 화가. 나빙羅聘·이방응李方膺·이선李鱓·김농金農·황신黃愼·정섭鄭燮·고상高翔·왕사신汪士愼을 가리킴]의 한 사람으로 시서화에 능하였는데, 특히 난과 대나무를 잘 그렸다고 합니다. 정섭의 위 시에는 세상에서 소외당한 울분이 배어 있습니다.

꽃을 사랑하는 것은

우리나라의 자생란으로는 남쪽 지방과 남해의 여러 섬들 그리고 제주도 등에서 자라는 춘란과 풍란, 한란 등이 있습니다. 그러나 뭐니 뭐니 해도 우리의 대표적인 난으로는 춘란인 보춘화報春花를 쳐야 할 것입니다. 이것이 바로 강희안이 말한 호남 연해의 난이며, 서유구가 말한 남방의 난입니다.

나는 보춘화를 근 20여 년 동안 키우고 있습니다. 커다란 질그릇 시루에다 백여 촉을 무더기로 심어 베란다에 놓아두었습니다. 거름은 고사하고 물 주는 것조차 게으름을 피우며 방치하다시피 해도 해마다 이삼월이 되면 어김없이 수십 송이의 꽃이 피어나 나의 게으름을 부끄럽게 만듭니다. 나는 이 기특한 시루의 난을 '조란祖蘭'이라고 이름 붙여주었습니다. 왜냐하면 그 출생지가 나의 선산이기 때문입니다.

나의 선산은 노령산맥의 한 지맥이 뻗어 있는 전남 장성군 황룡면 아치

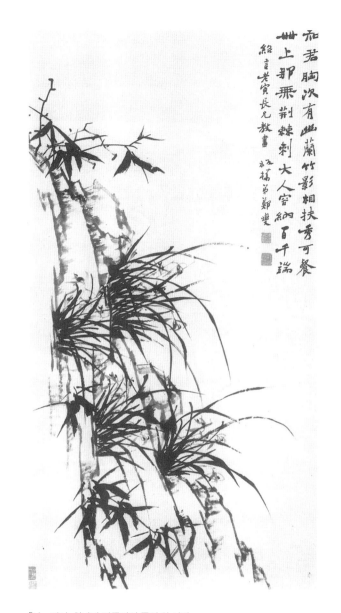

和若胸次有幽蘭竹影相扶秀可餐
卅上那乘荊棘刺大人寄納百千瑞
紹言老寅長兄教畫
板橋弟鄭燮

「난」, 정섭, 청나라 양주팔괴 중의 한 사람.

춘란의 꽃

실에 있습니다. 이 노령의 골짜기는 홍길동의 생가와 하서 김인후 선생을 모신 필암서원, 청백리 박수량의 글자 없는 묘비인 백비白碑로 인하여 제법 명성이 있습니다. 이 일대는 양지바른 산자락마다 보춘화의 군락이 있어서 채란꾼들에게 일찍부터 명품 난의 산지로 알려져왔습니다. 내 선산의 넓은 솔밭에도 맥문동과 함께 보춘화가 잡풀처럼 널려 있어 채란꾼들의 발길이 지금까지도 끊이지 않습니다. 그러나 20~30년 전과 비교하면 난밭은 많이 황폐해졌습니다. 수십 년간의 무분별한 남획 때문입니다. 이 일대에서 몇천만 원짜리 난이 쏟아져나왔다는 소문이 나자 전국 각지에서 채란꾼들을 실은 관광버스들이 주말마다 몰려오고, 심지어 어떤 화훼업자들은 트럭을 몰고 와 산 마을 사람들을 돈 몇 푼으로 동원하여 산을 온통 벗겨가다시피 했습니다. 그들이 노리는 것은 이파리와 꽃에 색다른 무늬와 색깔이 있는 변종의 난들입니다. 이 변종의 난 몇 촉을 찾으려고 온 산을 황폐하게 만드는 것이 과연 난을 사랑하는 마음인지 묻고 싶습니다.

기화요초를 소유하고 싶은 욕심은 누구에게나 있는 것이지만, 결국 그러한 소유욕은 자신을 사물의 노예로 만들어 참마음을 해칠 뿐입니다. 그래서 일찍이 일본의 승려이자 작가 요시다 겐코吉田兼好도 주변의 가까운 꽃들을 사랑하고 진기한 꽃에 집착하지 말라고 했던 것입니다.

풀 종류는 황매화·등꽃·제비붓꽃·패랭이꽃이 좋다. 연못에 피는 꽃으로는 연꽃이 좋다. 가을 풀로는 억새풀·참억새·도라지·싸리꽃·여랑화·개미취·오이풀·솔새풀·용담·국화가 좋다. 또한 노란 국화도 아름답다. 그리고 담쟁이넝쿨·칡·나팔꽃도 어울린다. 이러한 것들은 모두 그다지 키가 크지 않고 아담한 것이 좋으며, 담장을 마구 덮어버릴 정도로 무성하지 않은 상태가 더 매력적이다. 이상 열거한 이외의 풀들은 특히 진기한 종류의 것이나 중국풍의 한자명을 가진 것들로, 들어서 익숙하지 않고 흔히 보지 못한 꽃들이어서 그다지 친숙함을 느끼지 못한다. 대체로 무엇이든 진기하고 흔하지 않은 것들을 애지중지하며 즐기는 것은 교양이 없고 아름다움을 모르는 사람이 하는 행동이다. 그러한 것들은 아예 소유하지 않는 것이 바람직하다.

요시다 겐코, 채혜숙 옮김, 『도연초徒然草』 중에서

기화요초에 대한 욕심은 서양이라고 하여 다를 것이 없는 모양입니다.

몇몇 과학자들은 가장 이국적인 것의 표본인 열대 난초들이 몽땅 사라지기 전에 연구해야 한다며 애를 태우고 있다. 열대우림이 사라짐에 따라 열대 난초가 점점 서식지를 잃어가고 있기 때문이다. 게다가 난초 재배 붐이 다시 일면서 장사꾼들이 무단으로 숲에 들어가 멸종 위기에 처한 난초들을 몰래 캐내는 일이 잦아졌다. 장사꾼들은 온실에서 흔히 재배되는 난초로는 만족하지 못하는 광적인 수집가들에게 희귀한 난초를 불법으로 판매한다. 브루클린 식물원의 한 원예가가 말했듯이 난초는 '속물들의 마음을 사로잡는 매력'을 지니고 있다. 속물들은 마지막으로 남은 단 하나의 황홀하도록 아름다운 난초를 소유함으로써 희열을 느끼는 것이다.

나탈리 앤지어Natalie Angier, 햇살과나무꾼 옮김, 『살아 있는 것들의 아름다움』 중에서

우리가 꽃을 사랑하는 것은 그것이 희귀해서가 아니라 우리 주변에서 항상 친근하게 대할 수 있는 어여쁜 생명체이기 때문일 것입니다. 그래서 나는 이른바 명품 난을 바라지 않습니다. 다만 나의 조란이 앞으로도 해마다 꽃을 피워주기를 바랄 뿐입니다.

봄 날 제 일 의 꽃

개나리

개나리라는 이름

봄을 알리는 꽃의 전령은 많습니다. 매화와 산수유가 맨 처음 봄의 빗장을 열지만, 아직 꽃샘추위가 매섭습니다. 따뜻한 봄은 노란 개나리가 피어날 때 비로소 절정에 이릅니다. 그러니 개나리야말로 진정한 봄의 전령이 아닐 수 없습니다.

개나리는 물푸레나뭇과의 낙엽관목인데 한국이 원산지라고 합니다. 그 학명(學名, Forsythia Koreana)에도 한국이라는 이름이 들어있습니다. 그런데 아직까지 국내에서 개나리의 자생지가 보고된 적은 없었으니 한 논란거리가 아닐 수 없습니다. 또한, 개나리라는 이름의 기원에 대한 학계의 합의된 결론은 아직 없습니다.

신이화辛夷花는 일명 영춘화迎春花, 혹은 목필화木筆花이다. 이른 봄에 먼저 피어서 봄을 맞이한다는 뜻을 가지게 되었고, 꽃의 모양이 붓 머리[筆頭]와 같아서 나무로 만든 붓 형상을 하게 되었다. 또 한 종류가 있는데 이른 봄에 먼저 피고 꽃은 노랗고 사랑스럽다. 속명俗名은 개날이介辣伊이다. 이덕무李德懋는 이것을 연교連翹라고 했다. 그러나 『탕액본초湯液本艸』와 장개빈張介賓의 『본초本草』에서 는 연교를 습초부濕草部에다 넣었으니, 이李의 설은 잘못이다. 허준許浚은 "연교 는 곧 '어어리나모 여름'이다"라고 했다. 『이아爾雅』의 주注에 "연교는 일명 연 초連草이다"라고 했는데, 소疏에 "여러 풀 중에서 씨방을 맺는 것이 뛰어나므로 이 이름을 얻었다"라고 했다. 지금의 개날이는 나무인데 어떻게 뛰어날 수 있 겠는가?

정약용, 『마과회통麻科會通』 중에서

정약용은 신이화란 이름한 꽃에는 2가지 종류가 있는데, 하나는 영춘화, 혹은 목필화라고 불리는 것이고, 또 하나는 꽃이 노란 개날이介辣伊라고 했습 니다. 이 개날이를 이덕무(1741~1793)는 연교라고 했는데, 이는 잘못이라고 했 습니다. 그 이유는 원나라 왕호고(王好古, 1200~1264)의 『탕액본초』와 명나라 장개빈(1563~1640)의 『본초』에서 연교를 초본식물로 다루고 있는데, 개날이는 목본이라는 것입니다.

정약용은 또 『아언각비雅言覺非』에서 "살펴보니, 아정(雅亭, 이덕무)은 매괴화 玫瑰花를 장미라고 하고, 영춘화迎春花를 연교連翹라고 했는데, 또한 오류가 아닌 가 싶다. 연교는 초본이다. 영춘화는 황색 꽃이고, 오히려 목본이다"라고 했습 니다.

정약용이 언급한 이덕무의 글은 『아정유고雅亭遺稿』 「육서책六書策」의 "장미 薔薇를 해당海棠이라 하고, 연교連翹를 신이辛夷라 하……"라고 한 것인데, 이는 이덕무가 세상의 잘못된 사례로서 예시했던 것입니다. 그러니 정약용은 이덕 무의 글을 잘못 해석했던 것입니다.

어쨌든 정약용의 글을 통하여 당시 개나리가 신이화, 영춘화, 연교, 어어
리나모 등으로 혼용되어 불리었음을 짐작할 수 있습니다.

신이화辛夷花는 일명 영춘迎春이다. 우리나라 의신醫臣 양예수(楊禮壽, ?~1597)는 이
를 황매黃梅라고 했는데, 속명으로 아회수阿回樹라는 것이 그것이다. 당나라 사
람이 지은 시 「신이오辛夷塢」를 살펴보니, "나무 끝의 부용화, 산중에서 붉은
꽃이 피었네[木末芙蓉花, 山中發紅萼]"라고 했다. 지금 황매를 보면 꽃은 작고 색
은 노랗다. 어찌 부용과 같겠는가? 양楊의 설은 잘못인 듯하다. 다만 당시唐詩
에서 이른바 붉은 꽃이라고 한 것은 『본초本草』와 다르다.

김유(金楺, 1653~1719), 「병정쇄록丙丁瑣錄」

신이화는 일명 영춘이고, 명종 때 어의였던 양예수는 이를 '황매'라고 했
는데, 당시 속명으로 '아회수'라고 불렀습니다. 꽃이 작고 색이 노랗다고 했으
니, 오늘날의 개나리나 영춘화라고 생각됩니다.

김유가 언급한 당나라 사람의 시는 왕유의 시인데, 여기서 읊은 신이화는
자목련이라는 것을 모르는 듯합니다.

세상 사람들은 모두 황만화黃蔓花를 신이辛夷라고 하는데, 『본초本草』에는 목필
화木筆花가 신이로 되어있다.

이유원(李裕元, 1814~1888), 『임하필기林下筆記』, 「벽려신지薜荔新志」

세상 사람들은 황만화를 신이라고 부른다고 했습니다. 황만화는 중국
문헌에는 나오지 않는 명칭입니다. 그 한자를 보면 황색 꽃이 피는 덩굴성 꽃
나무라는 뜻인 듯합니다. 이 역시 개나리나 영춘화를 말하는 듯싶습니다.

봄날의 개나리

신이화는 목련 혹은 자목련의 별칭입니다. 앞의 여러 사람이 언급했듯이 꽃봉오리 모양이 붓대 같다고 하여 목필화라고 하고, 또 이른 봄에 피므로 중국 남방 사람들은 봄을 맞이한다는 의미로 영춘화라고 불렀습니다. 그런데 '영춘화'라고 불리는 개나리와 비슷한 꽃이 따로 있어서 신이화와 영춘화와 개나리라는 명칭이 서로 혼용되었지 않나 싶습니다.

'어어리나모', '황매', '아회수', '황만화' 등은 우리나라만의 속명이었고, '연교'는 개나리의 한자어입니다.

개나리라는 단어의 어원을 소개하는 주장으로 가장 널리 알려진 것은 '참나리'에 비교하여 열등한 꽃이라는 의미에서 '개나리'라고 불리게 되었다는 것입니다. 그러나 이것은 수긍하기 어렵습니다. 백합인 참나리와 개나리는 크기와 모양이 전혀 다른데 애초에 어찌 서로 비교 대상이 될 수 있었겠습니까?

참으로 알 수 없는 것은 본래 개나리라는 이름은 백합의 우리말이었는데, 어떤 연고로 지금의 개나리에게 이름을 넘겨주게 되었는가 하는 것입니다.

봄날 제일의 꽃

개나리는 옛사람들에게도 봄날의 상징이었습니다. 그래서 개나리를 사랑하는 마음을 시문으로 읊었습니다.

천기가 돌아서 풍광이 바뀌니	裊裊天機換物華
나그네 마음은 언제나 집 생각을 그치랴	客心何日不思家
전년에 개나리나무를 손수 심었는데	前年手種連翹樹
새봄 제일의 꽃을 저버리게 되었네	辜負新春第一花

이유장(李惟樟, 1624~1701), 「타향의 거처에서 고향 정원의 개나리꽃을 생각하다(寓中憶故園連翹)」

계절이 돌아서 풍광이 바뀌었습니다. 봄이 온 것입니다. 봄이 오니 나그네의 마음은 더욱 고향 집이 그립습니다. 언제나 고향 집으로 돌아가게 될까요? 작년에 고향 정원에 개나리나무를 손수 심었는데, 새봄 제일의 꽃을 저버리게 되었습니다. 봄날 제일의 꽃! 바로 개나리입니다.

이유장은 안동 출신으로 주자와 퇴계 이황을 사숙한 유학자였습니다. 우리나라의 역사에도 관심이 많아서 『동사절요東史節要』를 편찬하였습니다.

노란 것은 무엇인가	黃者何
개나리꽃이라네	連翹花
붉은 것은 무엇인가	紅者何
진달래꽃이라네	杜鵑花
붉은 꽃과 노란 꽃이 서로 의지해 어지럽게 뒤섞여	偎紅倚黃亂交加
빛나고 환하게 산가에 가득하네	煌煌灼灼滿山家
어떤 사람이 말하길 두 꽃은 천하고 비루하며	人言二花賤且鄙
곳곳에 있어서 옮겨 심어도 죽지 않으며	處處皆有移不死
꽃이 피면 밥알처럼 많아서 가지를 볼 수 없고	花開如糝不見枝
귀한 집에서는 보기를 싫어하여 모두 제거한다고 하네	貴家厭見皆去之
나는 웃으며 객에게 사례하길 옳지만 또한 그렇지 않으니	我笑謝客唯且否
꽃이 천하지 않으면 내가 어찌 소유할 수 있으리오	花如不賤吾何有
내가 어찌 남의 한단 창기를 연모하여	我豈慕人邯鄲娼
나의 뚱뚱하고 추한 맹광을 버리리오	棄我肥醜之孟光
언제 너에게 좋은 밥과 고기를 실컷 먹게 한 적이 있었던가	何曾任汝厭粱肉
안촉은 스스로 콩잎 반찬과 콩죽을 달게 여겼다네	顔斶自當甘藿菽
아이를 불러 술을 따르게 하고 꽃과 함께 말하니	呼兒酌酒與花道

천한 꽃은 마땅히 천한 사람과 함께 늙어갈 것이네　　　賤花當偕賤者老

이서우(李瑞雨, 1633~?), 「노랗고 붉은 꽃 노래[黃紅花歌]」

　　노란 개나리꽃과 붉은 진달래꽃은 참으로 봄날에 잘 어울리는 짝입니다. 삽시간에 한반도를 한라에서 백두까지 점거해버리는 저 노란 깃발과 붉은 깃발의 힘찬 물결을 누가 감히 막을 수가 있겠습니까?

　　개나리와 진달래를 귀한 꽃이라고 여길 사람은 없을 듯합니다. 그 이유는 단 한 가지, 너무도 주변에 흔하고 흔한 꽃이라는 점 때문입니다. 희소하면 귀하고 흔하면 천하다는 그 논법은 참으로 천박하기 짝이 없지만, 세상의 물리는 그러한 것인가 봅니다.

　　시인의 산속 집에 개나리와 진달래가 만발했는데, 어떤 사람이 "이런 천한 꽃들은 귀티가 전혀 없어서 귀한 집에서는 모두 제거해버린다"라고 말합니다. 시인이 대답하기를 "천한 꽃이 아니면 내가 어떻게 소유할 수 있겠습니까? 어찌 남의 한단 창기를 연모하여 나의 뚱뚱하고 못생긴 맹광을 버릴 수가 있겠습니까? 비록 밥과 고기를 실컷 먹게 한 적은 없었지만, 안족은 스스로 콩잎 반찬과 콩죽을 달게 여긴다오. 나는 이 꽃들과 대화하며, 천한 꽃과 천한 사람이 함께 늙어가렵니다"라고 말합니다.

　　한단邯鄲은 전국시대 조나라의 도성인데, 한단의 창기는 미녀를 말합니다. 맹광孟光은 후한後漢 때 은사隱士인 양홍梁鴻의 처인데, 뚱뚱하고 못생기고 피부도 검었다고 합니다. 그러나 현숙하여 평생 남편을 어려운 손님을 대하듯 조심하며 공경했는데, 심지어 밥상을 올릴 때도 눈썹 높이로 들어서 바쳤다는, 이른바 '거안제미擧案齊眉'라는 고사의 주인공입니다. 시인은 자기 집의 개나리와 진달래를 맹광에게 비유하여 비록 추녀일지라도 남의 미인은 넘보지 않겠다고 한 것입니다.

안촉顔闕은 전국시대 제나라 선왕宣王 때의 고사高士입니다. 선왕이 안촉에게 좋은 음식과 수레를 제공하려고 했으나, 그는 이를 거절하고 "허기질 때 먹는 음식을 육식으로 삼고 편안히 걷는 것을 수레로 삼겠다"라고 했습니다.

시인은 안촉과 같은 청빈한 생활을 감내하면서 천한 꽃들과 더불어 늙어 가겠노라 맹세합니다. 그러나 시인의 실제 일생은 그다지 안빈낙도한 생활은 아니었습니다. 시인 이서우는 남인南人의 선봉장으로 당파 싸움의 중심에서 평생 부침을 반복했었습니다.

조화옹이 교묘한 솜씨가 많아서	造化多工巧
황금을 뿌려서 꽃을 피워냈네	黃金散作花
마땅히 나의 청빈함을 가련하게 여기고	應憐吾淡泊
일부러 이 번화함을 주었으리라	故與此繁華
집을 비추어 절로 생색이 나니	照屋自生色
상자에 가득한 황금인들 어찌 자랑할 수 있겠는가	滿簏何足誇
지나친 사치를 가난한 선비가 감상하니	太奢寒士賞
마땅히 귀인의 집에 있어야 하리라	合置貴人家

유의건(柳宜健, 1687~1760), 「개나리꽃이 피었는데 연노랑이 황금색과 같고 열흘이 지나도록 시들지 않았다[連翹花發, 嫩黃如金, 經旬不衰]」

조화옹은 조물주입니다. 그 솜씨가 교묘하여 황금을 뿌려서 꽃을 피워냈습니다. 나의 가난함을 동정하여 일부러 이 번화함을 주었을 겁니다. 집을 환하게 비추어 생색이 나니, 상자에 가득 황금이 있다고 한들 어찌 자랑할 만하겠습니까? 분수에 지나친 사치를 가난한 선비가 감상하니 마땅히 귀인 집에나 두어야 할 꽃입니다.

개나리꽃 만발하여 황금빛이 노라니	連翹滿發嫩金黃
가난한 동네에서 빛나는 보배의 빛을 널리 얻었네	贏得窮閭寶彩煌
같은 색으로 요씨 집에서 함께 난만하고	一色姚家同爛熳
다른 시대에 도연명의 길에서 각각 향기롭네	異時陶徑各芬芳
꽃은 술잔에 어울리어 시의 재료를 공급하고	花宜浮白供詩料
열매는 단약을 조제하기 합당하니 약방을 갖추었네	子合調丹備藥方
꽃 색이 짙은 곳에 맑은 자태가 생겨남을 점차 보며	濃處漸看生淡態
모년에 상대하니 뜻이 더욱 기네	暮年相對意逾長

유의건, 「개나리꽃이 연노랑으로 피었는데 오래되니 색이 점차 바래졌다〔連翹花開如嫩金, 久而色漸淡〕」

개나리꽃이 만발하여 황금빛이 찬란합니다. 가난한 동네가 보배의 빛을 널리 얻게 되었습니다. 노란색은 요씨 집의 노란 모란과 함께 난만하고, 시대는 다르지만 진晉나라 도연명의 오솔길에서 향기롭습니다. 개나리꽃은 술자리에 잘 어울려서 시인에게 시적 영감을 주고, 그 열매는 연교連翹라고 하여 오래전부터 종기 치료, 진통, 이뇨제로 사용하여왔습니다. 꽃이 피어 오래되니 색이 하얗게 바래졌습니다. 마치 시인 자신처럼 노쇠하여 동병상련을 일으킵니다.

요씨 집 노란 모란은 송나라 때 명품 모란의 하나인 요황姚黃을 말합니다. 송나라 구양수歐陽脩의 『낙양모란기洛陽牡丹記』에 "요황姚黃은 천엽(千葉, 겹꽃)의 노란 꽃인데 백성 요씨姚氏 집에서 나왔다"라고 했습니다.

도연명의 오솔길은 세 갈래 정원의 길을 말하는데, 은자의 거처를 상징합니다. 도연명의 「귀거래사歸去來辭」에 "삼경三逕이 황폐해지려 하는데 소나무와 국화는 여전히 남아 있네"라고 했습니다.

유의건은 평생 벼슬을 하지 않고 학문에만 전념하였는데, 특히 역학易學에

언덕에 핀 개나리

뛰어났다고 합니다.

하얗게 살찐 참마가 정원의 길조를 올리고	白肥薯蕷呈庭瑞
노랗게 핀 개나리꽃이 침상 옆에서 기특하네	黃拆連翹傍枕奇
마마를 겪은 홍안의 아이도 또한 건강하여	過痘紅顏兒亦健
병든 몸이 옆으로 누워 보살핌을 받네	病軀欹側賴扶持

김창흡, 「크게 병이 들어 침상에서 화병의 꽃을 읊다〔大有病榻咏瓶花〕」

통통하게 살이 오른 참마가 정원에서 나오니 길조를 올리는 듯하고, 꽃병에 꽂아둔 개나리 가지에서는 노랗게 꽃이 피니 침상 옆에서 기특합니다. 천연두를 앓았던 어린아이도 이제 말끔히 나아서 건강을 되찾았습니다. 덕분에 아이에게 병든 몸의 보살핌을 받습니다.

시의 첫 구에 대해 시인은 "이때 정원 안에서 자생하는 참마를 얻어서 언급한 것이다"라고 했습니다. 꽃병에 개나리꽃을 꽂아둔 것은 봄을 보고자 한 것입니다. 겨우내 병석에 누워 있다가 꽃병의 개나리꽃을 보니 조만간 병이 나을 것도 같습니다.

김창흡은 영의정을 지낸 부친 김수항金壽恒이 당쟁으로 사사되자 형 김창협金昌協과 함께 은거했습니다. 이들 형제는 성리학과 문장으로 명성을 떨쳐 율곡 이이 이후의 대학자로 평가됩니다.

전년에 내가 산중에서 병든 것을 위문하려고	前年視我山中病
석양에 홀로 청총마를 타고 왔었네	落日獨騎驄馬來
기억하노니 임가의 정자 위에서	記得任家亭子上
개나리꽃 만발할 때 함께 술을 마셨지	連翹花發共銜盃

양외(楊巍, 1516~1608), 「평정 시어 이응시는 나의 동년 벗이다. 일찍이 나의 병을 위문하러 와서 감개하여 이 시를 부친다〔平定李侍御應時予之同年友也. 曾視予病感之寄此〕」

전년에 시인은 산중에서 병이 들었습니다. 과거(시험)의 동기인 벗이 석양에 청총마를 타고 병문안을 왔습니다. 해는 바뀌었지만, 지금도 분명히 기억합니다. 임가의 정자에 올라서 함께 술잔을 기울이었던 그때를……. 바로 개나리꽃이 만발했던 봄날이었습니다.

청총마靑驄馬는 청색과 백색 털이 섞인 말입니다. 그런데 이 청총마는 시어사侍御史를 상징합니다. 그것은 후한後漢의 환전桓典이 시어사가 되어 권력가의 눈치를 보지 않고 법을 집행했는데 항상 청총마를 타고 다닌 고사에서 유래한 것입니다.

양외는 이부상서를 지냈는데 시에도 뛰어나서 당나라 고적高適의 시풍을 닮았다고 평가됩니다. 이 시는 특히 청나라 왕사정王士禎이 칭송했다고 합니다.

서울의 상징 꽃

어떤 외국인이 말하기를 한국의 봄을 노란색으로 기억한다고 하더군요. 다시 말해 서울의 봄날 개나리꽃이 특히 인상적이었다고 한 것입니다.

서울을 상징하는 꽃과 나무는 개나리와 은행나무입니다. 오래전인 1971년도에 정한 것이라고 합니다. 그래서인지 서울 곳곳에는 개나리가 우거진 곳이 많습니다. 이름난 서울의 개나리꽃 군락지는 남산 길과 성동구 응봉동 응봉산입니다. 응봉산의 개나리꽃 축제는 이제 많은 연륜이 쌓여, 응봉산이 서울의 한 명소가 된 지 오래입니다.

봄날에 차를 타고 우연히 응봉산 근처를 지날 때마다 암벽 사이사이에 노랗게 물든 개나리꽃의 물결을 바라보며 나도 모르게 감탄을 연발하곤 했습니다. 그러나 아직 직접 가까이 그곳에 올라가 보지는 못했습니다. 마음에 여유가 없는 탓이라 하겠습니다. 또한, 물론 어디서나 흔히 대할 수 있는 꽃이기에 굳이 명소를 찾으려고 하지 않았던 탓도 있습니다. 그러나 올봄에는 응봉산에 올라 천하제일의 개나리꽃 동산을 둘러보고 싶습니다.

두견의 피울음에 붉은 꽃 흐드러지고

진달래

봄맞이 축제의 꽃

남도 여수의 영취산에는 봄이면 진달래가 만개하여 온 산이 불에 탑니다. 여수 영취산은 경남 창녕의 화왕산, 마산의 무학산과 더불어 전국 최고의 진달래 군락지로 명성이 자자한 곳입니다. 10만여 평의 넓은 산자락에 수만 그루의 진달래가 한꺼번에 핀 광경은 그야말로 장관이 아닐 수 없습니다. 그 진달래의 불길은 삽시간에 북쪽으로 번져 백두산까지 삼천리강산을 온통 붉게 물들일 것입니다.

진달래는 매화를 뒤이은 진정한 봄의 상징으로서 일찍부터 시인묵객은 물론 시골 늙은이와 어린 나무꾼에게도 지극한 사랑을 받아왔습니다. 진달래를 보려고 시골의 한 야산을 찾아갔다가 우연히 산 비탈길에서 어린 나무꾼과 마주친 적이 있습니다. 그가 지고 가는 나뭇짐 위에 한 다발 진달래가 다소곳이 얹혀 있었습니다. 춘심에 들뜬 그 마음을 생각하고 나도 몰래 미소를 지었습니다. 대체 누구에게 가져다주려는 것일까요?

진정 이 땅의 봄맞이는 진달래의 화전놀이에서 시작되었습니다. 『동국세시기』에서는 음력 3월 3일 삼짇날에 "진달래꽃을 따다가 찹쌀가루에 반죽하여 둥근 떡을 만들어 참기름으로 지진 것을 화전이라 한다. 이것이 곧 옛날의 오병熬餅 한구寒具다. 또한 녹두 가루를 반죽하여 익혀서 가늘게 썰고, 오미자 국물을 붓고 꿀을 섞고 잣을 띄운 것을 화면花麵이라고 한다. 혹은 진달래꽃을 녹두 가루에 반죽하여 만들기도 한다"라고 하였습니다.

삼월 삼일 명절 고운 햇볕 아래   三三令節艶陽天

울긋불긋한 꽃들이 아름다움을 다투네   萬紫千紅競妬妍

진달래꽃이 떡 만들기 가장 좋으니   最是杜鵑堪作餅

봄 성엔 화전놀이를 하지 않는 곳이 없다네 春城無處不花煎

홍석모, 「화전」

『동국세시기』의 저자 홍석모의 시 「화전」입니다. 봄철이면 성안에 화전놀이를 하지 않은 곳이 없다고 하였으니 그 옛날 성대했던 봄맞이 진달래 축제를 상상해볼 수 있을 것입니다.

진달래 시의 효시, 최치원

문일평은 『화하만필』에서 "고려 초에 시중侍中 최승로가 장생전 뒤에 핀 백엽두견화百葉杜鵑花를 소재로 지은 응제시(應製詩, 임금의 명령을 받고 지은 시문) 4장이 오늘날 전하니 이것은 진달래가 우리네 시사상詩史上에 나타난 효시인가 보다"고 했습니다. 그러나 이보다 앞서 신라 말 최치원이 쓴 진달래 시가 있습니다.

바위틈의 뿌리 위태롭고 잎은 마르기 쉬워	石罅根危葉易乾
풍상에 꺾이게 될 것을 몹시 깨닫네	風霜偏覺見摧殘
이미 들국화가 가을의 고움을 뽐냄을 보았고	已饒野菊誇秋艷
마땅히 바위 소나무가 세한의 절개 지킴을 부러워하네	應羨巖松保歲寒
애석하다 향기 머금고 푸른 바다에 임해 있으니	可惜含芳臨碧海
누가 붉은 난간 속에 옮겨 심어줄 것인가	誰能移植到朱欄
다른 초목에 비하면 도리어 빼어난 품질인데	與凡草木還殊品
다만 나무꾼이 똑같이 볼까 두렵네	只恐樵夫一例看

최치원, 「두견」

두견화杜鵑花는 진달래의 한자 이름입니다. 최치원은 진달래를 빼어난 품질을 지니고도 세상에서 버림받은 꽃이라고 했습니다. 즉 뛰어난 재능을 지니고서도 '골품제'란 신분의 벽에 가로막혀 세상에서 버림받고 울분에 빠져 종적을 감출 수밖에 없었던 자신의 신세를 진달래에 비유한 것입니다. 아무튼 최치원의 이 시가 이 땅의 문헌상에 나타난 최초의 진달래 시로 보입니다. 이후 고려시대에는 진달래 시가 적적하였지만 조선시대에는 많이 지어졌습니다.

귀하의 화원에서 일찍이 두견화를 보았는데	貴園曾見杜鵑花
붉은 꽃 번다하게 피어 놀빛으로 찬란하였네	紅艷繁開爛似霞
만약 나에게 한 가지 나누어 주어 심게 한다면	若使一枝分我種
봄빛이 마땅히 가난한 집을 저버리지 않으리라	春光應不背貧家

서거정, 「영천공자에게 부침, 두견화를 얻어다 심었다〔寄永川公子, 借種杜鵑花〕」

조선 초 서거정은 여러 편의 진달래 시를 지었는데 그 가운데 한 수입니

「주사거배」, 신윤복, 조선, 간송미술관 소장

다. 진달래를 정원의 꽃으로 재배했음을 알 수 있습니다. 영천공자는 효령대군의 아들 이정李定입니다. 호방한 성격으로 시와 술을 좋아했고 그림에도 뛰어난 인물이었습니다.

흰 진달래가 눈발의 흰색 같은데	白杜鵑如白雪白
진정 삼파 땅에서 옮겨 심은 것이네	定知移種自三巴
처량한 촉백의 천년의 피가	凄涼蜀魄千年血
오히려 당시에 꽃을 물들이지 못했네	尙有當時未染花

정두경鄭斗卿, 「흰 진달래를 읊다(詠白杜鵑花)」

삼파三巴는 중국 남쪽의 고대 촉나라 지역입니다. 촉백蜀魄은 두견새의 별칭입니다. 진달래가 붉은 것은 두견새가 토해낸 피로 물들여졌기 때문이라고 합니다. 그러나 흰 진달래도 있으니 두견새가 미처 물들이지 못한 것이 아니겠습니까?

두견이가 피어낸 꽃

진달래를 두견화라고 한 것은 다음의 두견이 전설에서 비롯되었습니다.

두우杜宇라는 남자가 하늘에서 내려와 주제朱提 땅에 머물렀는데 자립하여 촉왕蜀王이 되었다. 호를 망제望帝라고 하고 문산汶山 아래 고을 비郫를 다스렸다. 망제가 백여 세가 되었을 때 형荊 땅에 사는 별령鼈靈이란 사람이 죽었는데 시신이 사라져버렸다. 형 사람들이 찾으려 하였지만 끝내 찾을 수 없었다. 별령의 시신이 촉나라에 와서 소생하니 망제가 그를 상相으로 삼았다. 때마침 옥산玉山에 수재水災가 발생하였는데 망제는 치수治水를 할 수가 없어서 별령에게 옥산을 뚫게 하여 육지를 회복하도록 하였다. 별령이 치수를 하러 갔을 때 망제는 그의 처와 사통하였다. 망제는 스스로 자신의 덕이 별령보다 못하다고 여기고 그에게 나라를 넘겨주고 떠났다.

양자운揚子雲, 『촉왕본기蜀王本紀』

이후 서산西山에 은거하던 망제는 죽어서 그 혼이 두견이가 되었다고 합니다. 또한 두견이는 피를 토하며 우는데 그 피가 붉은 진달래꽃으로 핀다고 합니다. 두견이는 두견새라고도 하는데 그 이름이 몹시 많습니다. 그 몇 가지를 들어보면 자휴子嶲·자규子規·귀촉도歸蜀道·두우杜宇·망제혼望帝魂·불여귀不如歸·원조怨鳥·촉혼蜀魂·촉백蜀魄·사표謝豹 등인데, 이들 이름은 대개 망제의 전설을 배경으로 하고 있음을 알 수 있습니다. 이 망제의 전설은 일찍이 동아시아 전역으로 퍼져나가 많은 이들의 시심을 돋우었습니다.

촉나라 존망이 너에게 달려 있지 않았던가?	蜀國存亡在爾不
소리소리 피 토하며 우니 누구에게 원수를 갚으려나	聲聲啼血報誰仇
하늘 높고 땅 넓은데 아득한 나그네	天高地濶微茫客
달 지고 꽃 시들어 적막하게 수심 짓네	月落花殘寂寞愁

박익, 「두견새를 읊다[詠杜鵑]」

고려 말 박익의 시인데 망제의 전설을 그대로 차용했습니다.

몇 해나 떠돌며 귀향하지 못함을 한탄하는가	幾歲薄遊嘆不歸
고향의 옛 사립문은 별탈이 없는지	故山無恙舊柴扉

새벽의 비바람에 꽃 쓸쓸히 떨어지는데 　　　　　五更風雨花空落

두우가 우니 피울음 날리네 　　　　　　　　杜宇一聲啼血飛

시전묵성, 「두견이 소리를 듣다（聽杜鵑）」

　　일본 에도 시대의 시인 시전묵성柴田墨城의 시입니다. 두우의 전설은 일본에
서도 퍼져나갔습니다.

두우의 한이 서린 두견화

그대는 보지 못했는가 옛날 촉나라 천자가 君不見昔日蜀天子

두견새로 변하여 늙은 까마귀와 같음을 化爲杜鵑似老烏

남의 둥지에 자식 낳아놓고 스스로 먹이지 못하니 寄巢生子不自啄

여러 새들 지금 함께 새끼를 먹이네 羣鳥至今與哺雛

비록 군신들에겐 옛 예절이 있으나 雖同君臣有舊禮

골육들 시야에 가득한데 자신은 외롭게 떠도네 骨肉滿眼身羈孤

업공은 깊은 숲 속에 숨어서 業工窺伏深樹裏

사월 오월에 온통 울부짖네 四月五月偏號呼

그 소리 애통하고 입에는 피를 흘리니 其聲哀痛口流血

호소하는 것 어찌하여 항상 구구한가 所訴何事常區區

너는 어찌 최잔하여 비로소 발분하는가 爾豈摧殘始發憤

부끄럽게 날개 달고 모습 어리석은 것 상심하네 羞帶羽翮傷形愚

창천의 변화를 누가 헤아릴 수 있겠는가 蒼天變化誰料得

만사가 반복함이 어찌 까닭이 없겠는가 萬事反覆何所無

만사가 반복함이 어찌 까닭이 없겠는가 萬事反覆何所無

어찌 전각 앞에서 군신들이 따르던 일 기억하겠는가 豈憶當殿羣臣趨

두보, 「두견행」

두보의 「두견행杜鵑行」 역시 망제의 전설을 그대로 사용하고 있는데, 당시 현종이 안사의 난 이후, 숙종에게 억지로 왕위를 넘겨주고 유폐된 상황을 두견이에 비유하여 애통해한 것입니다. 두보는 평생 한순간도 우국충군의 마음을 저버린 적이 없다고 평가되는데, 이 시는 그의 충군 정신을 대표하는 작품 중 하나입니다. 두보의 시는 한 편 한 편이 모두 역사를 기록했다 하여 '시사詩史'라고 하는데, 이 시 또한 시사라고 할 것입니다.

달 밝은 밤 두견이 우네

단종은 숙부 수양대군에게 왕위를 빼앗기고 노산군으로 강등되어 강원도 영월로 유배되었다가 참혹하게 살해당한 비운의 왕입니다. 그가 유배지 영월에서 읊었다는 자규 시 두 편이 전합니다.

달 밝은 밤 두견이 우는데	月白夜, 蜀魄啾
근심 품고 누대 앞에 기대었네	含愁情, 倚樓頭
네가 슬피 우니 나는 듣기가 괴롭구나	爾啼悲, 我聞苦
네 울음소리가 없다면 나도 근심이 없으련만	無爾聲, 我無愁
세상의 괴로운 사람들이여	寄語世上勞苦人
부디 춘삼월 두견이 우는 누대엔 오르지 말게나	愼莫登春三月子規樓

단종, 「자규시」

원한 맺힌 새가 한 번 제궁을 나온 후	一自冤禽出帝宮
외로운 몸의 한 그림자가 푸른 산중에 있네	孤身隻影碧山中
밤마다 선잠조차 이룰 수 없고	假眠夜夜眠無假
깊은 한은 해마다 다하지 않네	窮恨年年恨不窮
소리 그친 새벽 봉우리엔 남은 달빛 밝은데	聲斷曉岑殘月白
피 뿌린 봄 골짜기엔 떨어진 꽃잎이 붉네	血流春谷落花紅
하늘은 귀먹어 오히려 슬픈 하소연을 듣지 못하는데	天聾尙未聞哀訴
어찌하여 근심 어린 내 귀만 유독 밝은가	胡乃愁人耳獨聰

단종, 「자규시」

두견화

단종은 자신의 원혼이 망제처럼 두견이가 될 것임을 미리 알았던 것일까요? 참으로 시가 슬프기 짝이 없습니다. 훗날 조상치·김시습·박도·김일손 등은 단종의 「자규시」에 차운하여 그 슬픈 영혼을 위로했습니다. 조상치는 집현전 부제학을 지냈는데, 단종이 내쫓기자 벼슬을 버리고 은거했습니다. 스스로 지어놓은 묘지명에 '노산조 부제학 포인 조상치의 묘魯山朝副提學逋人曺尙治之墓'라고 하여 세조의 신하가 아닌 노산군의 신하임을 분명히 했습니다. 김시습은 생육신의 한 사람이었고, 박도는 세조 정권 때 은거했고, 김일손은 연산군 때 세조 정권을 풍자한 스승 김종직의 「조의제문」을 사초에 실었다가 죽임을 당했습니다.

두견이는 뻐꾸기와 비슷한 새로서 뻐꾸기처럼 남의 둥지에 알을 낳는 탁란번식을 합니다. 앞의 두보의 시는 두견이의 탁란번식을 정확하게 지적하고 있습니다. 그런데 두견이는 우리나라에서는 좀처럼 볼 수 없는 중국 남방의 철새입니다. 고려와 조선의 많은 문인이 두견이를 노래하였지만 정작 그 실체를 본 사람은 거의 없었다고 해도 과언이 아닐 것입니다. 그들은 대부분 두견새를 올빼밋과의 소쩍새로 잘못 알았습니다. 그래서 유몽인柳夢寅의 『어우야담於于野談』과 허균의 『성수시화惺叟詩話』 등에서는 중국인들에게 직접 고증을 받아 우리나라 사람들은 소쩍새를 두견새로 착각할 뿐 이 땅에는 두견새가 없다는 결론을 내렸습니다.

나에게도 두견이는 여전히 수수께끼입니다. 도감의 사진으로만 보았을 뿐 수십 년 동안 그 진면목을 한번 보고자 하였으나 아직 소원을 이루지 못했습니다. 물론 소쩍새는 여러 번 보았지요. 어떤 이는 낮에 우는 것은 두견이요, 저녁에 우는 것은 소쩍새라고 주장하지만, 그 주장 역시 믿을 것이 못 됩니다. 우리나라에 과연 두견이가 존재하는지는 분명하지 않으나 이 봄에도 어김없이 진달래가 산야 곳곳에 핀 것을 보면 아무래도 두견이가 있으리라 여겨집니다. 그렇지 않다면 어떻게 핏빛 진달래가 해마다 이 땅의 온 산야에 피어날 수 있겠습니까?

불꽃 같은 진달래 작은 산을 비추는데　　　　　似火山榴映小山
번화하면서도 검박하고 요염하면서도 한아하네　繁中能薄艶中閑
한 가지 가인의 옥비녀 위에 꽂으니　　　　　一朶佳人玉釵上
푸른 구름머리를 태워버릴 것 같네　　　　　祇疑燒却翠雲鬟
두목, 「산석류」

평소 내가 애송하는 만당晚唐 두목杜牧의 시 「산석류山石榴」입니다. 산석류는 진달래의 별칭입니다. 문득 나도 불꽃 같은 진달래 한 가지를 누군가의 머리 위에 꽂아주고 싶어지는군요.

이 부 인 의 환 신

오얏꽃

언젠가 교양한문 시간에 한 학생에게 물었습니다. "학생은 어디 이씨인가?" 그 학생이 대답하기를 "오얏 이씨입니다"라고 했습니다. 순간 나도 모르게 웃음이 터질 뻔했지만 꾹 참으면서 다시 물었습니다. "오얏이 무엇인가?" 학생이 다시 대답하기를 "잘 모르겠습니다"라고 했습니다.

　오얏은 자두의 순수한 우리말입니다. 그런데 의외로 오얏이 무엇인지 모르는 사람이 많습니다. 그래서 자두를 오얏과 함께 표준말로 지정해 놓은 것입니다. 자두는 자도紫桃에서 나온 말이라고 하는데 한국이나 중국의 옛 문헌에서 '자도'는 복숭아의 한 품종을 지칭하는 말이었고, 자두를 지칭한 용례는 찾을 수가 없습니다.

　『시경』의 「왕풍王風」, 「구중유마丘中有麻」에서 "언덕 가운데 오얏나무가 있으니[丘中有李]"라고 하고, 「소남召南」에서 "어찌 저리 성한가, 꽃이 도리와 같네[何彼穠矣, 華如桃李]"라고 하고, 「대아大雅」, 「억抑」에서는 "나에게 복숭아를 던져주니, 오얏으로써 보답하네[投我以桃, 報之以李]"라고 했습니다.

　도리桃李는 복숭아와 오얏을 말하는 것으로 『시경』 시대에 두 과수를 재배했음을 알 수 있습니다. 그런데 『시경』에서 복숭아와 오얏을 병칭한 탓인지 후대에도 항상 '도리'라고 병칭되었습니다.

『관원사灌園史』에서는 "복숭아꽃은 여매(麗妹, 미인)와 같아서 가무장歌舞場 안에 진정 적게 할 수 없고, 오얏꽃은 여도사女道士와 같아서 연하煙霞와 천석泉石 사이에 유독 하나라도 없을 수가 있겠는가?"라고 했습니다. 『격물총화格物叢話』 에서는 "복숭아와 오얏 두 꽃은 동시에 나란히 핀다. 그러나 오얏꽃이 담백하고, 섬세하면서 곱고, 향기롭고 우아하며, 깨끗하고 무성한 데다 밤에도 볼 수 있으니 복숭아꽃에 견줄 바가 아니다"고 했습니다. 오얏꽃을 복숭아꽃보다 한 수 위로 평가한 것입니다.

먼 꽃이 저녁 이슬에 씻고	遙花洗宿潤
미인이 고요히 홀로 서서 외롭네	姝静耽獨立
햇살이 소복을 비추니	日光照素服
옥 기운이 수척으로 오르네	玉氣起數尺

유선, 「한가한 거처에 편히 앉아 성 모퉁이 오얏꽃을 바라보다[閒居燕坐望城隅李花]」

원나라 시인 유선劉詵이 오얏꽃을 노래한 오언 장편시의 일부입니다. 저녁 이슬에 깨끗이 씻고 미인이 홀로 외롭게 서 있습니다. 햇살이 소복을 비추니 옥의 기운이 수척으로 높이 오릅니다.

복숭아꽃과 오얏꽃은 한 시절에 동시에 피는 까닭에 고대부터 함께 병칭 되었지만 둘의 개성은 너무 다릅니다. 화사한 붉은색과 담백한 하얀색은 본래 우열을 가릴 수 없지만, 대부분의 사람들은 화려함을 더 좋아하는 경향이 있는 것 같습니다.

꽃 모양 은잔, 제작연도 미상, 국립고궁박물관 소장

오얏에 얽힌 몇몇 이야기

오얏은 인류와 유구한 관계를 맺어왔기 때문에 오얏에 관련된 많은 이야기가 전합니다.

『춘추春秋』, 「운두추運斗樞」에서는 "옥형성玉衡星이 흩어져 오얏이 되었다"고 했습니다. 옥형성은 북두칠성의 다섯 번째 별입니다. 오얏이 이 별의 정기로 태어난 나무라는 것입니다.

『황제내전黃帝內傳』에서는 "왕모王母가 황제에게 상청上淸의 옥문玉文 오얏을 보냈다"고 했습니다. 서왕모는 먹으면 불로장생한다는 반도蟠桃의 소유자로 유명한데 옥문 오얏도 가지고 있었던 것입니다. 그 옥문 오얏이라는 것이 무슨 효험이 있는 것인지 궁금합니다.

『신선전神仙傳』에서는 "노자의 모친이 마침 오얏나무 아래에 갔다가 노자를 낳았다. 노자는 태어나면서부터 말을 할 줄 알았는데 오얏나무를 가리키며 '이것으로써 내 성을 삼겠다'고 했다"고 했습니다. 일설에는 노자의 성명이 이이李耳라고 합니다. 후세에 노자는 신선을 꿈꾸는 도교의 신이 되었기 때문에 오얏을 '선리仙李'라고 표현하기도 했습니다.

『효자전孝子傳』에서는 "왕상王祥의 계모가 마당 안의 오얏나무에 막 열매가 열리자 왕상에게 낮에는 새를 감시하고 밤에는 쥐를 쫓으라고 했다. 어느 날 밤에 비바람이 크게 몰아치자 왕상이 새벽까지 오얏나무를 껴안고 우니 계모가 보고서 불쌍하게 여겼다"고 했습니다. 왕상은 계모가 한겨울에 물고기를 먹고 싶다고 하여 도끼를 들고 얼어붙은 강으로 갔더니 얼음 구멍으로 잉어가 스스로 튀어나왔다는 설화의 주인공입니다. 그런데 계모는 왕상을 미워하여 항상 죽이려고 했습니다. 그러나 결국 왕상의 지극한 효도에 감동을 받았답니다.

『진서晉書』 「왕제전王濟傳」에서는 "화교和嶠는 성품이 몹시 인색하였는데 집

자두

에 좋은 오얏나무가 있었다. 황제가 그 열매를 청했으나 불과 수십 알만 바쳤다. 왕제가 그 진상한 것을 살펴보고, 곧장 연소배들을 이끌고 그 오얏밭에 가서 함께 다 먹어 치운 후 나무를 베어버리고 떠나갔다"고 했습니다. 또한 『어림語林』에 "화교는 성품이 지극히 인색하여 집에 좋은 오얏나무가 있었는데 여러 아우들이 과수원 안에 가서 오얏을 먹으면 그 씨앗을 모두 계산하여 돈을 받았다"고 했습니다. 황제에게까지 인색했으니 형제들에게 오얏 값을 받은 것은 당연한 일이라 하겠습니다. 죽을 때 오얏나무를 잘 챙겨서 갔는지 궁금하군요.

『진서』, 「왕융전王戎傳」에서는 "왕융이 일찍이 여러 아이들과 길가에서 놀 때 오얏나무에 많은 열매가 달린 것을 보았다. 다른 아이들은 다투어 그곳으로 달려갔는데 왕융만은 가지 않았다. 어떤 사람이 그 이유를 물어보자, 왕융이 대답하기를 '길가에 있는 나무에 열매가 많으니 반드시 맛이 쓴 오얏일 겁니다'라고 했다. 따서 먹어보니 과연 그러했다"고 했습니다. 왕융은 어려서부터 참으로 오얏에 도통했던 모양입니다. 『세설신어世說新語』에서는 "왕융에게 좋은 오얏나무가 있었는데 오얏을 팔 때 남들이 그 종자를 얻을까 두려워서 항상 그 씨앗에 송곳으로 구멍을 뚫었다"고 했습니다. 왕융은 고상한 사람들의 모임이었다는 그 유명한 죽림칠현竹林七賢 중 한 사람입니다. 그런데 그 마음 씀씀이가 듣는 이를 씁쓰름하게 만듭니다. 죽림칠현이란 것이 과연 무슨 모임이었던 것인지?

『원지설림元池說林』에 "입하일立夏日에는 세속에서 오얏을 먹는데 당시 사람들이 말하기를 '입하에 오얏을 먹으면 안색을 아름답게 할 수 있다'고 했다. 그래서 이 날에 부녀자들이 '이회李會(오얏 모임)'을 갖고 오얏즙을 술에 섞어서 마셨는데 이를 '주색주駐色酒'라고 했다"는 기록이 있습니다. '주색주'는 안색을 젊은 상태로 유지하게 해주는 술이란 의미입니다.

『승평구찬承平舊纂』에서는 "소우(蕭瑀, 575~648)와 진숙달(陳叔達, 573~635)이 창룡사龍昌寺에서 오얏꽃을 구경하다가 서로 논하기를, 오얏꽃에는 구표(九標, 아홉 가지 격조)가 있는데 향기·고아함·세밀함·담박함·정결함·긴밀함·달밤에 잘 어울리는 것·젊은 미모에 잘 어울리는 것[宜緑鬢]·백주에 잘 어울리는 것[宜白酒] 등이라 했다"고 했습니다.

이부인의 환생

이부인李夫人은 한나라 무제가 총애하던 후궁이었습니다. 본래 음악가 집안 출신으로 오빠 이연년李延年은 궁중음악을 담당했습니다. 부인이란 황후 다음의 높은 칭호입니다. 가무에 능하고 절세미인이었던 이부인은 무제의 총애를 받았으나 병으로 요절하고 말았습니다. 전설에 따르면 무제는 죽은 이부인을 잊지 못하여 방사方士 소옹少翁을 불러다가 이부인의 혼을 부르는 초혼招魂 행사를 거행했다고 합니다. 나중에 이부인은 효무황후孝武皇后로 추대되고 무제의 사당에 모셔졌습니다.

후대에 이부인은 절세미인의 한 사람으로 많은 시인 묵객들의 작품에서 거론되었습니다.

처량한 바람 찬비가 마른 뿌리 적시니	凄風冷雨濕枯根
한 그루 미친 꽃이 홀로 봄을 펴내네	一樹狂花獨放春
기이한 향기가 취굴주에서 오니	無奈異香來聚窟
한나라 궁중에서 다시 이부인을 보네	漢宮重見李夫人

김극기(金克己, 1148~1209), 「이화李花」

이 시는 가을에 피어난 오얏꽃을 노래한 것이라고 작가가 밝히고 있습니다. 가을의 처량한 바람이 부는데 차가운 비가 마른 뿌리를 적시자 한 그루 오얏나무가 계절을 망각하고 꽃을 피웠습니다. 기이한 향기가 취굴주에서 온 듯하니 한나라 궁중에서 다시 이부인을 대하는 듯합니다. 취굴주는 전설 속의 신선이 사는 곳 중 하나입니다.

『십주기十洲記』에 "취굴주는 서해西海 안에 있다. 주 위에 풍향수楓香樹 비슷한 큰 나무가 있고, 잎의 향기가 천 리까지 끼치는데 이 나무의 이름을 반혼수返魂樹라고 한다. 그 나무를 두들기면 나무 스스로 소리를 내는데 그 소리가 소가 울부짖는 것 같아서, 그 소리를 듣는 사람은 모두 심장이 진동하고 정신이 놀란다. 그 뿌리 중심을 베어서 옥솥 안에다 삶아서 즙을 취하고, 다시 불로 졸여서 검은 엿처럼 되면 환丸을 만들 수 있다. 그 이름을 경정향驚精香이라 하는데, 혹은 진령환振靈丸이라고도 하고, 혹은 반생향返生香이라고도 하고, 혹은 인조정향人鳥精香이라고도 하고, 혹은 각사향卻死香이라고도 하여서 한 물건에 다섯 가지 이름이 있다. 이 영물靈物은 향기가 수백 리까지 끼치는데 땅에 있는 죽은 시체가 향기를 맡으면 곧 살아난다"는 기록이 있습니다.

죽은 시체를 살려내는 취굴주의 반생향이 끼쳐오니 쌀쌀한 가을에 오얏나무가 꽃을 피운 것입니다. 오얏나무는 바로 이부인의 환생입니다.

> 천 가지의 눈빛 꽃잎이 진창에 떨어지고   千條雪色委泥塵
> 다시 돌개바람에 옥린이 흩어지네   更有回風散玉鱗
> 가장 어렴풋이 잊을 수 없는 곳은   最是依俙難忘處
> 이부인을 본 것 같은 죽궁이리라   竹宮如見李夫人
> 남용익(南龍翼, 1628~1692), 「이화李花」

눈빛 꽃잎이 진창에 떨어지고 다시 돌개바람이 불자 옥빛 파편들이 흩날립니다. 죽궁은 한나라 무제 때 감천궁甘泉宮에서 3리 떨어진 곳에 있던 행궁行宮으로 국가의 제사를 지낼 때 무제가 머물던 곳입니다. 무제는 이곳에서 감천궁 원구단圜丘壇에 신광神光이 유성流星처럼 모이는 것을 바라보고 경배를 올렸다고 합니다. 그곳에서 이부인의 혼령을 보았던 것일까요?

자두꽃

피자두꽃

이부인의 환생 오얏꽃

살구꽃은 떨어져 이미 졌고	杏花落已盡
복숭아꽃은 다 피지 않았는데	桃花未全坼
담장 서쪽 천 그루 오얏나무가	墙西千樹李
찬란히 흰 꽃을 피웠네	粲然敷素萼
아름다운 군옥산의 선녀가	娉婷羣玉妃
흰 치마를 입고 가까이 기대어 어지럽네	縞帔紛倚薄
눈빛 하얀 피부를 친히 보니	親見雪肌膚
고야산이 먼 것을 깨닫지 못하네	未覺姑射邈
맑은 향기는 바람이 부채질하고	清香風似扇
빼어난 자태는 이슬로 씻었네	秀姿露爲濯
환하게 황혼을 비추고	耿耿照黃昏
아름답게 아침 햇살을 열었네	妍妍披曉旭
매형은 이미 신선이 되어 떠나갔지만	梅兄已仙去
전형이 여전히 눈앞에 있네	典刑猶在目
소중한 것은 천연스런 색인데	所貴天然色
붉은색과 자색은 사람을 속되게 한다네	紅紫令人俗

김리만(金履萬, 1683~1758), 「이화李花」

군옥산群玉山은 서왕모가 기주한다는 산인데 옥으로 된 봉우리가 많아서 붙여진 이름이라고 합니다. 여기서는 오얏꽃을 흰 치마를 걸친 서왕모로 비유한 것입니다. 또 고야산姑射山은 『장자』에 나오는 아득히 먼 전설적인 산으로, 그 산에 사는 신인神人은 피부가 빙설氷雪 같고 아름답기는 처자處子와 같다고 합니다. 이는 또한 오얏을 고야산의 신녀로 비유한 것입니다. 매형은 매화의 존칭인데, 매화가 신선이 되어 떠나가버린 후 오히려 오얏이 그 전형으로 남아 있다고 했습니다. 천하의 가장 천연스러운 색은 흰색입니다. 붉은색과 자주색과 같은 화려한 색은 사람을 속되게 만듭니다.

옛말에 오이밭에서는 신발을 고쳐 신지 말고 오얏나무 아래서는 모자를 바로잡지 말라고 했습니다. 항상 남에게 의심받을 짓을 하지 말고 조심조심 처신해야 한다는 것입니다.

또 복숭아나무와 오얏나무는 말을 하지 않아도 그 아래에 저절로 길이 생긴다고 했습니다. 좋은 열매를 가졌으니 누군들 그 아래로 가려고 하지 않겠습니까? 사람이 정직하고 인품을 고상하게 가꾸면 부르지 않아도 사람들이 몰려오는 것이 천리 아니겠습니까?

사 랑 의 정 표

명자나무

나에게 목도를 던져주니

화사한 봄날에는 명자나무 꽃이 있습니다. 4월과 5월에 걸쳐 피어서 빨갛게 시야를 물들이는 명자나무의 꽃은 봄날의 풍경에서 결코 빠뜨릴 수 없는 아름다운 자태입니다.

　명자나무가 동아시아의 꽃 문화에 등장한 것은 수천 년 전입니다.

나에게 모과를 던져주니	投我以木瓜
경거로써 보답하였네	報之以瓊琚
보답이 아니라	匪報也
영원히 좋은 정을 맺고자 함이네	永以爲好也
나에게 목도를 던져주니	投我以木桃
경요로써 보답하였네	報之以瓊瑤

보답이 아니라 　　　　　　　　　　　匪報也

영원히 좋은 정을 맺고자 함이네 　　　　永以爲好也

나에게 목리를 던져주니 　　　　　　　投我以木李

경구로써 보답하였네 　　　　　　　　報之以瓊玖

보답이 아니라 　　　　　　　　　　　匪報也

영원히 좋은 정을 맺고자 함이네 　　　　永以爲好也

『시경』, 「위풍衛風」, 「모과木瓜」

　　고대의 청춘 남녀가 서로 선물을 주고받으며 사랑을 맹세한 노래입니다. 주자도 이 시를 "남녀가 서로 선물하고 보답하는 말인 듯하니, 「정녀靜女」와 같은 종류이다"라고 했습니다. 「정녀」는 『시경』 「패풍邶風」의 노래로 청춘 남녀의 사랑이 그 내용입니다.

　　중국은 고대에 청춘 남녀가 사랑의 정표로 꽃이나 과일을 주는 풍속이 있었습니다. 「정녀」에서는 '띠풀의 붉은 싹'을 연인에게 선물하였고, 「정풍鄭風」의 「진유溱洧」에서는 연인끼리 작약을 주고받았습니다. 후세 진晉나라 반악潘岳은 빼어난 미남이었는데, 수레를 타고 거리에 나가면 아녀자들이 과일을 던져주어서 집에 돌아오면 수레에 과일이 가득했다고 합니다. 이처럼 후대까지도 애정의 표현으로 과일을 던져주는 풍속이 있었음을 알 수 있습니다.

　　모과木瓜와 목도木桃와 목리木李는 세 종류의 과일이고, 경거瓊琚와 경요瓊瑤와 경구瓊玖는 모두 아름다운 옥의 종류입니다. 과일을 선물로 받고 아름다운 옥으로 답례했는데, 선물에 대한 답례가 아니라 영원히 좋은 정을 맺으려는 것이라고 반복하여 강조합니다.

　　이 가운데 '목도'가 바로 오늘날의 명자나무 열매입니다.

모과의 사촌

명자나무는 장미과의 낙엽관목인데 같은 과의 모과나무와 사촌지간이랄 수 있습니다. 그러나 두 나무는 서로 다른 점이 있어서 쉽게 구분할 수 있습니다. 모과나무는 7~8미터까지 높이 자라고 나무가 굵고 재질이 단단하여 가구를 만들기에 좋은 재목이지만, 명자나무는 키가 2~3미터 정도로 뿌리에서 여러 잔가지가 나와서 옆으로 퍼지며 무더기로 자랍니다. 모과는 배롱나무처럼 나무껍질이 매끈하고 가시가 없지만, 명자나무는 가시가 있습니다. 명자나무 열매는 모과나무의 열매처럼 노랗게 익지만, 모과보다 훨씬 작습니다. 그러나 둘 다 모양은 비슷하고 향기가 뛰어납니다.

　　명자나무의 꽃은 잎이 나기 전에 피는데, 붉은색, 분홍색, 흰색 등이 있으며 모과나무의 꽃보다도 더 다닥다닥 피어납니다. 또한, 겹잎의 꽃도 있습니다.

송나라 육전(陸佃, 1042~1102)의 『비아坤雅』에 "(과일은) 둥글고 모과보다 작으며 먹으면 시고 떫어서 입안이 마비되므로 '목도木桃'라고 한다"라고 했습니다. '목도'의 목木은 마목麻木의 의미로 마비된다는 뜻입니다.

명자라는 이름은 모과木瓜를 뜻하는 '명사榠樝'에서 온 듯합니다. 우리나라 세간에서는 흔히 산당화山棠花라고 부릅니다. 그러나 우리나라나 중국의 옛 문헌에서는 명자와 산당화라는 이름은 찾아볼 수 없습니다. 이들은 모두 근래에 생긴 이름임을 짐작할 수 있습니다.

대만 식물학자 반부준潘富俊은 『시경식물도감』에서 '목도'의 지금 이름은 '모엽모과毛葉木瓜' 혹은 '모과해당木瓜海棠'이라 하고, 별도로 '추피모과皺皮木瓜'라 불리는 '첩경해당貼梗海棠' 등에 해당할 수 있다고 했습니다.

『증군방보增羣芳譜』에 "해당海棠은 네 종류인데 모두 목본木本이다. 일명 첩경貼梗은 총생叢生하고, 꽃의 색은 짙은 홍색인데 그 꽃이 가지에 달라붙어 있기 때문에 첩경이라고 이름을 붙인 것이다. 잎 사이에 서너 개의 꽃술이 금속金粟과 같고 수염[鬚]은 자색 실과 같다. 그중 일명 수사垂絲는 나무에 부드러운 가지가 돋아있고, 긴 꽃받침이 있고, 꽃의 색은 옅은 홍색이다. 그중 일명 서부西府는 나무가 약간 높고, 꽃의 색은 옅은 붉은색인데 짙은 연지색과 같고, 잎은 무성하고, 가지는 부드럽다. 그중 한 종류의 이름은 모과해당木瓜海棠인데, 그 열린 열매가 모과와 같고, 먹을 수 있으며, 가지와 잎과 꽃의 색이 모두 서부와 같다. 비록 네 가지 색을 구비했으나 향기는 없다. 세상 사람들이 진중하게 보고 시를 읊는 것은 대략 모두 서부일 뿐이다."라고 했다.

『어제연감류함御製淵鑑類函』 중에서

네 종류의 해당화, 즉 첩경, 수사, 서부, 모과 중에 첩경과 모과해당은 바로 명자나무였다고 여겨집니다.

　중국 문헌에서 해당화라고 말하는 것은 우리나라에서 말하는 해당화가 아닙니다. 우리가 해당화라고 하는 것을 중국에서는 매괴玫瑰라고 합니다. 매괴는 위에서 언급한 네 종류의 해당과는 전혀 다른 품종인데, 잔가시가 많고 해변에서 잘 자라는 장미의 일종입니다.

　어쨌든 수천 년 전에 사랑의 정표로서 『시경』에 등장한 목도는 모과와 함께 '명사'로 불리다가 해당의 하나가 되어 많은 시인·묵객의 사랑을 받아 왔습니다. 그리고 이제 우리나라에서는 '명사'라는 이름으로 봄을 상징하는 꽃으로 주목받습니다.

산 중 처 사 가 준 과 일

　명자나무의 열매는 명사榠樝라고 하는데, 명사榠楂라고도 표기합니다. 송나라 방원영龐元英의 『문창잡록文昌雜錄』에 "서울의 부귀한 집안에서는 도미(酴醿, 찔레꽃)를 술에 많이 담그는데, 다만 향기가 있을 뿐이다. 근년에 바야흐로 명사 꽃을 술 안에 매달아 놓게 되었는데, 향기가 사랑스러울 뿐만 아니라 또한 술맛을 진하고 서늘하게 만들 수 있다. 척리(戚里, 임금의 내척과 외척 집안)에서 시작했는데 외부 사람들은 대개 알지 못한다"라고 했습니다.

　명사는 모과의 일종이므로 향기가 좋아서 술을 담글 수 있고, 옷상자에 넣어서 방충제로 사용하였고, 또한 약용으로도 유용했습니다.

열매 붉어 찬에 올리니 미황색인데　　　　　　　　　子丹進饌色微黄

선로가 조리하여 삶는 것에 비방이 있네　　　　　　仙老調腼有禁方

| 오화삼이 기이하나 찾을 곳이 없는데 | 五和糁奇無處覓 |
| 명사가 새로 익어 가지를 누르고 향기롭네 | 榠樝新熟壓枝香 |

증극曾極, 「명사榠樝」

오화삼五和糁은 다섯 가지 약재를 섞어 끓인 죽인 듯합니다. 증극의 설명에 "명사는 모과와 같은데 익을 때 금황金黃색이다. 도홍경陶弘景이 오화삼 안에 사용한다고 했다"라고 했습니다. 도홍경(456~536)은 남조 양나라 사람으로 『본초경주本草經注』를 지은 저명한 의약가醫藥家였습니다.

증극은 평생 벼슬을 하지 않아서 생애가 상세하게 알려지지 않았습니다.

명사의 잎에 단풍이 들려고 하여	榠樝將葉學丹楓
장난삼아 가지 붙드니 저녁 바람이 흔들리네	戲與攀條撼晚風
한 이파리가 날아오니 가장 빼어난데	一片飛來最奇絶
푸른 소매 끝을 선홍색으로 물들이네	碧羅袖尾滴猩紅

양만리(楊萬里, 1127~1206) 「명사의 붉은 잎에 적다〔題榠樝紅葉〕」

가을입니다. 명사의 잎이 빨갛게 단풍이 들려고 합니다. 저녁 바람 속에 흔들리는 명사나무에서 한 이파리가 날아오는 것이 어찌 그리 멋집니까? 푸른 소매 끝을 시뻘겋게 물들일 것 같습니다.

양만리는 남송의 사대가로 불리는 뛰어난 시인이었습니다. 특히 그의 시는 자연 경물을 읊은 것이 많습니다.

| 객이 산중에서 와서 | 客從山中來 |
| 나에게 산중의 과일을 주셨네 | 贈我山中果 |

만사라는 이름이 가장 아름다운데	蠻樝名最佳
손에 넣으니 얼마나 커다란가	入手何磊砢
소반에 올린 것이 열두 개이니	登盤十二枚
얻은 것이 또한 너무 많네	所得亦已夥
청량한 풍미가 빼어나니	瀟灑風味殊
어찌 애리보다 못하겠는가	豈在哀梨左
한 조각 세상 밖의 향기가	一片世外香
멀리 취미봉에서 저절로 떨어졌네	遠自翠微墮
처사께서 주신 것을 소중히 여기니	珍重處士遺
은혜롭게 진정 나를 좋아하셨네	惠而眞好我
시를 적어 은근하게 사례하니	題詩謝殷勤
오래 소매 속에 품어주시구려	永言懷袖裹

송락(宋犖, 1634~1713), 「화공이 명사를 주어서 즉석에서 시를 지어 사례하다〔和公以榠樝見貽口占爲謝〕」

만사蠻樝는 명사의 별칭 중의 하나입니다. 애리哀梨는 한나라 말릉秣陵 사람 애중哀仲의 집에서 나온 배인데, 열매가 크고 맛이 좋아서 당시 사람들이 '애가리哀家梨'라고 불렀다고 합니다.

화공和公은 위례(魏禮, 1628~1693)의 자입니다. 강서성 영도현寧都縣 사람으로 명나라가 망하자 형 위희(魏禧, 1624~1680)를 따라서 취미봉翠微峰에 은거하여 학문에만 전념하였습니다.

송락은 청나라 초기에 시서화에 능했고 문단에서 문명을 날린 문인이었습니다. 벼슬도 이부상서를 지냈습니다.

황제가 사랑한 꽃

청나라 고종 건륭제는 63년간이나 청나라를 다스린, 참으로 천운을 타고난 황제였습니다. 그의 『어제시집』에는 수많은 꽃을 읊은 것이 많은데, 그중에 해당을 읊은 시도 많습니다. 그런데 네 종류의 해당 중에서도 유독 첩경해당을 많이 읊은 것이 주목됩니다. 첩경해당은 바로 명자나무의 꽃입니다.

서부나 수사해당을 칭하지 않고도	不稱西府不垂絲
어여쁜 행렬 중에 자못 스스로 지탱하네	姚冶行中頗自持
첩경은 저들의 하늘거림을 함께함을 수치스럽게 여기고	貼梗羞同他嫋娜
가을 되면 모과를 맺어서 남긴다네	秋來結得木瓜貽

건륭제, 「첩경해당」

첩경해당은 서부해당과 수사해당과 함께 해당의 행렬 속에 있습니다. 서부해당과 수사해당은 유약하게 하늘거립니다. 첩경은 그런 교태로운 자태를 함께 꾸미기를 수치스럽게 여깁니다. 그리고 가을에는 향기로운 모과 열매를 남깁니다.

송이송이 꽃 핀 것이 모두 첩경인데	朶朶開花皆貼梗
어찌 가볍게 간들대는 수사를 배울 것인가	那輕嫋娜學垂絲
낭현의 해당 계보를 갖추어 바로잡는다면	海棠設訂嫏嬛譜
억센 뼈와 부드러운 몸이 본래 차이가 있네	骨鯁體柔自有差

건륭제, 「첩경해당」

명자나무꽃

첩경은 가지에 달라붙어 있다는 뜻이고, 수사는 실을 늘어뜨리고 있다는 뜻입니다. 첩경해당은 꽃이 가지에 다닥다닥 붙어있어서 붙여진 이름이고, 수사해당은 유난히 길고 가는 꽃자루 끝에 매달린 꽃들이 아래로 늘어져 있어서 붙여진 이름입니다.

낭현娜嬛은 전설 속의 천상에 있다는 서고書庫입니다. 이 서고 안에 해당의 계보를 갖추어 바로잡는다면 첩경은 뼈가 억세고 수사는 몸이 유약하다고 해야 할 것입니다. 뼈가 억세다는 것은 강직한 정신을 말한 것입니다.

> 두 꽃가지가 동등하게 봄빛을 다투는데 　　　　　兩枝一例鬪春暉
> 하나는 노을빛 옷을 걸치고 하나는 눈빛 옷을 입었네 　或著霞衣或雪衣
> 낭현에 있는 계보에서 성씨를 찾아보면 　　　　譜向娜嬛尋姓氏
> 조비연은 깡마르고 태진은 비만하다네 　　　　趙家燕瘦太眞肥
> 건륭제, 「첩경해당과 오얏꽃〔貼梗海棠李〕」

첩경해당은 노을처럼 붉은 옷을 걸쳤고 오얏꽃은 눈처럼 흰옷을 입었습니다. 오얏꽃은 자두꽃인데, 꽃이 하얗고 향기가 좋습니다. 천상의 서고에 소장된 계보에서 그들 성씨를 찾아보면 깡마른 조비연趙飛燕이고 비만한 태진太眞입니다. 조비연은 한나라 성제成帝 때의 미인이고, 태진은 당나라 현종 때의 미인 양귀비입니다. '환비연수環肥燕瘦'라는 말이 있는데, 옥환玉環은 비만하고 비연은 수척하다는 뜻입니다. 옥환은 바로 양귀비의 이름입니다. 조비연은 가냘프고 가벼워서 사람의 손바닥 위에서 춤을 쳤다는 말이 전합니다. 양귀비는 매우 풍만한 여인이었다고 합니다.

두 미인 중에 첩경해당은 양귀비에 속합니다. 해당을 양귀비라고 한 것은 유래가 있습니다. 『양비외전楊妃外傳』에 "명황明皇이 침향전沈香亭에 올라 비자(妃

子, 양귀비를 말한다)를 불렀는데, 비자가 마침 묘주(卯酒, 아침에 마시는 술)에 취해서 깨어나지 못하고 있었다. 고력사高力士에게 명하여 시녀에게 부축하여 데려오도록 했다. 비자는 취하여 몸을 가누지 못하고 얼룩진 화장에 비녀는 기울었고 머리털은 어지러우며 황제에게 재배를 올리지도 못했다. 명황이 웃으며 말하기를 '이것이 어찌 비자가 취한 것이던가? 해당이 잠이 부족한 것일 뿐이다'라고 했다"라고 했습니다. 이 일로 해당화는 술에 취해 잠든 양귀비를 상징하게 되었습니다.

수선화와 첩경이 서로 의지했는데	水仙貼梗兩相依
하나는 아리따운 자태고 하나는 고요하고 향기롭네	一以妍姿一静菲
옛사람 중에서 성씨를 찾는다면	設古人中尋姓氏
복비는 본래 깡마르고 옥환은 비만하다네	虙妃本瘦玉環肥

건륭제, 「수선화와 첩경해당(水仙貼梗海棠)」

이번에는 수선화와 첩경해당을 비교하였습니다. 복비虙妃는 전설 속의 복희씨伏羲氏의 딸인데 낙수洛水에 익사하여 낙수의 신이 되었다고 합니다. 복비虙妃는 복비宓妃라고도 표기합니다.

수선화를 복비로 비유한 것은 송나라 황정견黃庭堅이었습니다. 황정견은 그의 유명한 시 「수선화」에서 수선화를 파도를 가르며 오는 선녀인 '능파선자凌波仙子'라고 하며 복비의 화신으로 비유했습니다.

수사의 그림자가 동요하는 것과 전혀 다르니	迥異垂絲影動搖
핀 꽃이 줄기에 붙어 어여쁜 모습을 보이네	敷花著帒見丰標
향기가 없더라도 스스로 또한 풍류와 운치가 넉넉하니	不香亦自饒風韻

황금의 집에 미녀를 두는 것이 무슨 상관이랴　　　　金屋何妨貯阿嬌

건륭제 「첩경해당」

첩경해당이 향기가 없다는 것은 한 속설인데, 사실은 그렇지 않습니다. 마치 모란에 향기가 없다는 낭설과 같습니다.

시의 마지막 구절은 한 고사를 빌려왔습니다. 송나라 왕우칭(王禹偁, 954~1001)의 『시화詩話』에 "석숭石崇이 해당을 보고 탄식하기를 '네가 만약 향기로울 수 있다면 마땅히 황금의 집에다 두리라'라고 했다"라고 했습니다. 석숭은 진晉나라 최고의 갑부였습니다. 황금의 집을 수백 채 지을 만한 실질적인 재력이 있었습니다. 그런데 그가 마주하고 향기가 없다고 한탄한 해당은 과연 무슨 해당이었는지?

잎은 짙푸르고 꽃은 짙은 붉은색인데　　　　葉標濃綠朶深朱

꽃의 입술은 향기가 없지만 운치는 절로 빼어나네　　　　磬口非香韻自殊

그림 속에 그려서 항상 머물러 상대하니　　　　寫入圖中常住相

자고 난 화장의 얼룩진 분칠이 없네　　　　宿粧殘粉得曾無

건륭제, 「첩경해당」

작가가 설명하기를 "『군방보羣芳譜』에 '해당은 네 종류가 있는데, 첩경해당은 경구(磬口, 꽃의 입술)가 짙은 붉은색이고 향기는 없다. 꽃은 처음에는 연지처럼 지극히 붉지만, 피어나면 점차 붉은 테두리가 맺히고, 떨어지면 자고 난 화장의 얼룩진 분칠과 같다'라고 했다"라고 했습니다. 그림 속의 해당화가 시들 리가 있겠습니까? 그러니 자고 난 화장의 얼룩진 분칠이 남아 있을 수 없습니다.

수사해당

서부해당

건륭제가 첩경해당, 즉 명자나무를 사랑하는 마음이 참으로 깊었다고 하겠습니다.

조선 사람 중에도 첩경해당에 대하여 시를 남긴 사람이 있습니다.

도리어 연분을 엷게 바르고	却把鉛華淡抹匀
의복은 원래 먼지에 물들지 않았네	衣衫原不染香塵
은근히 오른 술기운에, 또 봄바람에 시달려서	薄醺又被東風困
봄잠이 쏟아지는 작은 태진이네	春睡盈盈小太眞

김윤식(金允植, 1835~1922), 「첩경해당을 읊다(詠貼梗海棠)」

김윤식의 서문에 "세속에서는 산단山丹을 첩경해당이라고 하는데, 산단은 진한 홍색이고 해당과 같지 않아서 나는 항상 의심해왔다. 영탑산靈塔山 아래 인가에서 산본 한 그루를 얻어 화분에 옮겨 심었는데, 꽃이 피니 담백하고 엷은 홍색이어서 해당화와 서로 비슷했다. 산단 중에서 해당이란 이름을 얻은 것은 이 한 품종이 있는데 대개 귀한 품종이다"라고 했습니다. 영탑산은 충남 당진군 면천면에 있는 상왕산象王山을 말한 것인데, 그곳에 영탑사靈塔寺가 있습니다. 김윤식은 이 당시 영탑사에서 귀양살이를 하고 있었습니다.

명자나무는 근래 여러 가지 품종이 개발되어 다양한 모양과 색깔의 꽃들이 현란하기 짝이 없습니다. 분재로도 인기가 많아서 여기저기서 봄철이면 명자나무 분재 축제가 열립니다.

창덕궁에는 식물원 온실 밖에 수령이 오래된 흰 명자나무가 있는데, 꽃이 피면 참으로 장관입니다. 명자나무를 마주치면 그것이 첩경해당이라는 것도 기억해주었으면 합니다.

이 별 의   징 표

버드나무

버드나무의 종류

버드나무로 분류되는 나무는 전 세계에 대략 300여 종이 분포해 있다고 하며, 우리나라에도 40여 종이나 있다고 합니다. 이 가운데 우리에게 친숙한 것은 갯버들, 수양버들, 능수버들, 왕버들, 용버들 등이 아닐까 합니다. 이들은 모두 모습이 다르지만 공통적으로 물을 좋아하는 습성이 있습니다.

　　갯버들은 물가에서 자라는 작은 버드나무인데 우리가 흔히 버들개지라고 부르는 것입니다. 솜털이 보송보송한 그 버들개지를 꺾어다 물병에 꽂아놓고 봄을 기다리던 추억을 지닌 사람들이 많을 것입니다. 수양버들과 능수버들은 모두 가지가 축 늘어진 버드나무들인데 수양버들은 어린 가지의 색이 적갈색이고 능수버들은 황록색입니다. 왕버들은 연못이나 저수지 가에서 우람하게 자라는 대형 버드나무입니다. 댐 공사로 인해 마을이 수몰된 지역에서는 물속에 잠겨서 자라는 아름드리 왕버들을 종종 볼 수 있습니다. 용버들은 가지들이 용트림하듯 구불구불 굽어 있습니다. 그리고 우리가 보통 버드나무라고 부르는 것은 가지가 위로 치켜 있으며 어린 가지만 늘어져 있습니다.

버드나무는 생명력이 무척 강하여 가지를 꺾어 거꾸로 꽂아놓아도 살아난다는 말이 있을 정도입니다. 또한 빨리 성장하기 때문에 일찍부터 유용한 나무로 취급되었습니다.

문헌상에는 『시경』에 처음 등장하는데, "버드나무를 꺾어서 채소밭에 울타리를 친다"고 하였으며, 또 "지난날 내가 출정할 때는 버드나무가 무성하더니, 지금 내가 돌아오니 함박눈이 펄펄 내리네"라고 하였습니다. 한나라 고대 가요인 「고시십구수古詩十九首」에서는 "푸릇푸릇한 물가의 풀, 울창한 정원의 버드나무"라고 하였습니다. 버드나무는 한자로 양류楊柳라고 하는데, 『본초강목』에서는 "양지楊枝는 단단하여 위로 올라가기[揚起] 때문에 양이라고 부르고, 유지柳枝는 약하여 아래로 흘러내리기[垂流] 때문에 유柳라고 부른다. 대개 같은 유類인데 두 품종이다"라고 하였습니다. 또 『이아爾雅』에서는 "양은 포류蒲柳이고, 모旄는 택류澤柳이고, 성檉은 하류河柳다"라고 하였습니다. 이로 볼 때 양楊과 류柳는 서로 바꾸어 쓸 수 있는 글자로서 통상 병칭하여 버드나무를 지칭하였음을 알 수 있습니다.

버들 류, 머무를 류

'절양류折楊柳'는 고대의 악곡樂曲입니다. 처음에 한나라 장건張騫이 서역에서 들여왔다고 하는데, 이를 개작하여 군가로 사용하였다고 합니다. 위진 때는 한나라 곡은 없어지고 새로 작곡하였는데 주로 변방에서 근무하는 군인들의 노고를 위로하는 노래였습니다. 그런데 육조시대에 이르러 그 내용이 봄날의 시름과 이별의 슬픔을 더 강조하는 노래로 변하였습니다.

佳人花底簧千舌
韻士樽前柑一雙
歷亂金梭楊柳岸
惹煙和雨織春江
嘉軒源于古松館道
人吾文郁神

檀園寫

「유하청앵도柳下聽鶯圖」, 단원檀園
김홍도(金弘道, 1745~?), 간송미술관
소장.
그림에 쓴 제화시는 기성유성고송관도인
碁聲流水古松館道人. 김문욱金文郁이
쓴 "가인은 꽃 아래서 생황을 불고, 운치
있는 선비의 술동이 앞엔 감귤이 한
쌍이네. 버드나무 언덕엔 황금 베틀 북이
어지럽게 오가며, 안개와 구름으로 봄 강을
짜내네(佳人花底簧千舌, 韻士樽前柑一雙,
歷亂金梭楊柳岸, 惹煙和雨織春江)"이다.
김홍도의 그림은 버드나무 아래서
꾀꼬리 소리를 듣는 그림이다. 제화시는
버드나무를 베틀의 푸른 실로 보고,
버드나무 가지 사이를 날아다니는 노란
꾀꼬리를 황금 베틀 북으로 표현한 것이다.
이는 송나라 유극장劉克莊의 「앵사鶯梭」
시에서 유래한 것이다. 버드나무 그림도
또한 항상 노란 꾀꼬리를 함께 그리는 것이
관행이 되었다.

버드나무에 춘정이 움직이니	楊柳動春情
창원의 첩이 자주 놀라네	倡園妾屢驚
누대에 들어가 분색을 머금고	入樓含粉色
바람을 타고 피리 소리에 섞이네	依風雜管聲
무창에서 새로 심은 것을 아는데	武昌識新種
관의 나루엔 살아남은 것이 있네	官渡有殘生
다시 「출새곡」을 부르고	還將出塞曲
이어서 호가를 함께 부네	仍共胡笳鳴

진후주陳後主, 「절양류」

육조 진陳나라 후주後主의 노래입니다. 창원倡園은 가무를 담당하는 창기倡妓
가 기거하는 정원입니다. 변방으로 떠난 사람과 이별한 슬픔을 읊은 시입니다.

상심하여 길가 버들의 봄을 보는데	傷見路傍楊柳春
한 가지 꺾였는데 한 가지가 다시 새롭게 돋아났네	一枝折盡一重新
금년에 다시 지난해 꺾었던 곳에서 꺾었는데	今年還折去年處
지난해 이별했던 사람에게 보낼 수가 없네	不送去年離別人

시견오, 「절양류」

당나라 시인 시견오施肩吾의 「절양류」인데 역시 이별의 슬픔을 노래하고
있습니다. 작년에 버들가지를 꺾어 이별한 사람에게 주었는데, 올해 다시 버
들가지가 돋아났습니다. 그러나 이별한 사람은 소식도 없어 다시 버들가지를
꺾어 보낼 수가 없습니다.

버드나무엔 짧은 가지만 많고	楊柳多短枝
짧은 가지엔 이별이 많네	短枝多別離
먼 길 떠나는 이에게 주려고 자주 꺾어대니	贈遠累攀折
부드러운 가지를 어떻게 드리울 수 있으리	柔條安得垂
푸른 봄은 정해진 시절이 있건만	靑春有定節
이별은 정해진 때가 없네	離別無定時
님과의 이별이 촉박함을 두려워할 뿐	但恐人別促
돌아가는 것 더딤을 원망하지 않네	不怨來遲遲
짧은 버들가지에	莫言短枝條
영원한 그리움이 있다고 말하지 마오	中有長相思
고운 얼굴과 푸른 버들이	朱顏與綠楊
함께 이별하는 날에 있네	併在別離期

맹교, 「절양류」

당나라 시인 맹교의 「절양류」입니다. 먼 길 떠나는 사람에게 주려고 저마다 버들가지를 꺾어대니, 버드나무가 새 가지를 길게 드리울 틈이 없습니다. 인간사에 무슨 이별이 그리 많은 것인지?

길 떠나는 사람에게 버들가지를 꺾어준 것은, 강인한 버드나무의 생명력처럼 여행자가 무사할 것을 기원함과 동시에 버들 '류柳' 자가 머무를 '류留' 자와 발음이 같아서 떠나는 사람을 머무르게 하고 싶다는 마음을 전하고자 한 것이라고 합니다.

綠柳一株紅板橋東風閑力媚春朝可憐種
詞淮堤上不是低頭便折腰

「버드나무」, 나빙(羅聘, 1733~1799), 청나라 양주팔괴 중의 한 사람.

장대의 버들

장대章臺는 전국시대 진秦나라가 장안성 서남쪽에 세운 대臺 이름인데, 이후 한나라 때는 이 대를 낀 도로가 번화한 청루(靑樓: 妓樓)의 거리가 되었으며 특히 울창한 버드나무 가로수로 유명하였습니다. 이 명성은 당나라 때까지 이어졌습니다.

산호 채찍을 잃어버리니	遺却珊瑚鞭
백마가 교만해져 달리려 하지 않네	白馬驕不行
장대에서 버들가지 꺾어 드니	章臺折楊柳
봄풀 돋은 길가의 풍정이네	春草路旁情

최국보, 「소년행少年行」

당나라 시인 최국보崔國輔의 시입니다. 백마를 탄 청년은 산호 채찍을 어디서 잃어버린 것일까요? 어느 기방妓房에다 두고 온 것이 아닐까요? 아무튼 채찍을 잃어버린 것을 알고 교만하게 말을 듣지 않는 백마를 혼내줄 요량으로 장대의 버들가지를 꺾어 들었습니다.

유명한 청루의 거리였던 장대에는 여러 사랑 이야기가 전하고 있습니다. 그 가운데 당나라의 유명한 시인인 한굉韓翃과 창기 유씨柳氏의 사랑 이야기가 많은 사람들에게 회자되었습니다. 한굉은 젊었을 때 몹시 빈천하였는데, 장대의 아리따운 창기 유씨가 한굉이 수재임을 알아보고 몸소 주선하여 서로 사랑하게 되었습니다. 후에 한굉은 치청淄靑절도사 후희일侯希逸의 종사관이 되었는데 유씨를 데려가지 못하고 3년 동안 서로 헤어져 있게 되었습니다. 한굉은 장안에 두고 온 유씨에 대한 그리움과 불안한 심회를 다음과 같은 시에 담아 보

버드나무

냈습니다.

장대의 버들	章臺柳
장대의 버들	章臺柳
지난날엔 푸릇푸릇하였는데 지금도 남아 있는가	往日靑靑今在否
설사 긴 가지가 예전처럼 드리워 있더라도	縱使長條似舊垂
또한 마땅히 남의 손에 꺾어지리	也應攀折他人手

한굉의 시를 받은 유씨는 다음과 같은 답시를 보냈습니다.

버들가지	楊柳枝
향기로운 시절인데	芳菲節
해마다 이별하는 사람에게 꺾어 주는 것이 한스럽네	可恨年年贈離別
한 이파리 바람 따라 문득 가을을 알리니	一葉隨風忽報秋
가령 님이 돌아오더라도 어찌 꺾어 줄 수 있으리오	縱使君來豈堪折

한굉의 근심은 결국 현실이 되었는데, 당시 공을 세워 황제의 총애를 받던 번장蕃將 사타리沙吒利가 유씨의 미모에 반하여 유씨를 강제로 붙잡아다 애첩으로 삼은 것입니다. 한굉은 좌복야로 승진한 후 장안에 와서 유씨를 찾았지만 그 행방을 알 수 없었습니다. 그러다 어느 날 거리에서 우연히 수레를 타고 가는 유씨를 상봉하였습니다. 그러나 두 사람은 어쩔 도리가 없었습니다. 그런데 한굉의 사정을 들은 우후虞候 허준許俊이 의협심을 발휘하여 홀로 사타리의 집으로 쳐들어가서 유씨를 빼앗아 한굉에게 데려다 주었습니다. 그러나 상대는 황제의 총애를 받는 권세가였으므로 어떤 화를 당할지 몰랐습니다. 그

래서 마침내 후희일이 한굉의 일을 황제에게 아뢰었습니다. 두 사람의 사랑을 애틋하게 여긴 황제는 사타리에게 비단 이천 필을 내려주고 유씨를 한굉에게 돌려주도록 하였습니다. 이 이야기는 훗날 당나라 허요좌許堯佐가 『장대류전章臺柳傳』이란 전기소설로 지었습니다. 한굉은 시에 뛰어나서 대력십제자大曆十才子 중 한 사람이었으며, 벼슬은 중서사인을 지냈습니다.

버들가지 꺾어 떠나는 님께 드리니

버들가지 꺾어 천 리 길 떠나는 님께 드리니　　　折楊柳寄與千里人
나를 위해 마당 앞에 심어보시구려　　　爲我試向庭前種
하룻밤에 새로 돋아난 이파리　　　須知一夜新生葉
초췌한 수심 어린 눈썹이 곧 첩의 몸임을 알리라　　　憔悴愁眉是妾身
최경창, 「번방곡飜方曲」

조선 중기의 시인 최경창崔慶昌의 시인데, 실은 그가 사랑하던 애첩 홍랑洪娘의 시조를 한시로 번역한 것입니다.

묏버들 가려 꺾어 보내노라 님의 손에
자시는 창밖에 심어두고 보쇼서
밤비에 새닢 곳 나거든 날인가도 여기쇼서
홍랑

홍랑은 함경도 경성의 명기로 시문에 뛰어났다고 합니다. 북도평사로 부임한 최경창과 사랑에 빠져 애첩이 되었는데, 최경창이 서울로 돌아가게 되자 함관령咸關嶺까지 따라와서 이별의 정을 묏버들에 붙여 시조를 지어 주었다고 합니다. 이듬해 최경창이 병들어 누웠다는 소식을 전해 듣고 홍랑은 서울로 달려왔으나 곧 다시 이별해야만 하였습니다. 이후 최경창이 죽자 홍랑은 최경창의 묘소 옆에 초막을 짓고 3년 동안 시묘살이를 하였다고 합니다. 임진왜란 때는 최경창의 시문 원고를 간직하고 피난살이를 하여 그 원고를 보존할 수 있었다고 합니다. 홍랑의 그런 지극한 사랑은 결국 최경창의 집안사람들에게 받아들여져 사후 최경창의 묘소 아래 묻힐 수 있었다고 합니다.

최경창은 당시 '8문장' 중 한 사람이었으며, 또한 당시풍의 시에 뛰어나서 이달李達, 백광훈白光勳과 함께 '삼당시인三唐詩人'으로 불렸습니다. 그리고 서화에도 능하였으며 특히 피리를 잘 불었다고 합니다. 그는 어린 시절 영광에서 살 때 왜구들을 만나 위험에 처했는데 피리를 구슬프게 불어서 그에 감동한 왜구들이 그를 풀어주었다는 일화가 전합니다. 그는 한마디로 시서화와 음률에 능한 풍류남아였던 것입니다.

서로 보며 말없이 유란을 주니	相看脉脉贈幽蘭
이처럼 하늘 끝으로 떠나가면 언제나 돌아올지	此去天涯幾日還
함관령에서의 옛날 곡조를 부르지 마오	莫唱咸關舊時曲
지금 구름과 비가 청산에 어둡네	至今雲雨暗青山

최경창, 「증별贈別」

안개비 속에 제방의 버들이 늘어졌는데	烟雨空濛堤柳垂
가는 배는 출발하려다 일부러 지체하네	行舟欲發故遲遲
이별의 정을 강물에 비유하지 마오	莫把離情比江水
흘러가는 물결은 한 번 가면 돌아올 기약 없다오	流波一去沒回期

최경창이 홍랑에게 준 이별의 시입니다. 홍랑이 병든 최경창을 서울로 찾아왔다가 다시 함경도로 돌아갈 때 준 시입니다. 봄비에 젖은 제방의 버들이 이별의 상징임은 말할 것도 없습니다.

허공에 날리는 버들솜

'유서柳絮'는 유화柳花 혹은 양화楊花라고도 하는데, 즉 버드나무꽃입니다. 예전에는 도심에도 버드나무 가로수가 많이 있어서 봄이 되면 시야를 가릴 정도로 부옇게 버드나무의 흰 솜털들이 허공에 떠다니고, 도로 위에 눈발처럼 깔렸습니다. 그런데 언제부터인가 버드나무의 솜털을 눈병의 주범이라고 하여 버드나무 가로수를 모조리 베어내고 말았습니다.

사실 유서는 버드나무의 꽃이 아닙니다. 이는 종모種毛로서, 즉 종자를 멀리 날려 보내기 위한 솜털입니다. 곧 민들레의 낙하산 같은 것입니다. 그런데 옛사람들은 이것을 버들꽃[柳絮]으로 여겼습니다. 그리고 옛사람들은 이 버들꽃을 모아다 방석과 이불의 솜으로 사용하였는데 목면보다 더 따뜻하다고 하였습니다. 물론 눈병이 났다는 말은 전해오지 않습니다. 허공에 허옇게 날리는 버들솜은 옛사람들에게는 아름다운 봄날의 낭만적 광경이었습니다. 그래서 옛 시인들은 저마다 버들솜을 노래하는 시를 지었습니다.

꽃 같고 눈발이 아닌데 몹시 휘날리며	似花非雪最顚狂
허공 넓고 바람 약한데 더욱 아득하네	空闊風微轉渺茫
맑은 햇살 속 깊은 원락에서 헤매고	晴日欲迷深院落

「수하담소도樹下談笑圖」, 정선, 조선, 고려대학교박물관 소장

봄 물결 위 작은 연못에서 미동도 않네 　　　　春波不動小池塘

섬돌에 날려와도 가벼워서 그림자도 없고 　　飄來鉛砌輕無影

비단 창에 불어오니 작아도 향기 있네 　　　吹入紗窓細有香

문득 동쪽 언덕의 독서하던 곳 생각나니 　　却憶東皐讀書處

반은 붉은 꽃비 따라서 빈 책상에 부딪치리 　半隨紅雨撲空床

　　이제현, 「양화楊花」

　　고려 말기의 문신 이제현의 시인데, 버들꽃을 노래한 시 가운데 가장 뛰어나다는 평을 받았습니다. 그런데 버들꽃에서 향기가 난다는 것은 아무래도 시인의 상상이 아니겠는지요?

곳곳마다 봄바람이 석양에 몰아치니 　　　處處東風撲晚陽

가볍게 날리는 취한 분가루 떨어져도 향기 없네 　輕輕醉粉落無香

그 안에서 수제를 한스러워하니 　　　　就中堪恨隋堤上

일찍이 용주 타고 봉황 춤을 추었다지 　　曾惹龍舟舞鳳凰

　　나업, 「유서」

　　당나라 시인 나업羅鄴의 시입니다. 수나라 양제煬帝가 통제거通濟渠와 한구邗溝 운하를 열어서 그 둑길 양편에 버드나무를 심었는데 그 길이가 무려 3200리에 이르렀다고 합니다. 훗날 그 둑길을 '수제隋堤'라고 하고, 그곳의 버드나무를 '수제류隋堤柳'라고 불렀는데, 수제와 수제류는 곧 망국의 상징이었습니다.

　　섬진강 매화를 보러 가는 길에 잠시 남원 광한루에 들렀습니다. 광한루는 아직 동면 중입니다. 춘향 사당의 매화도 아직 피지 않았습니다. 그런데 이곳 광한루에서는 온갖 버드나무를 다 볼 수 있습니다. 귀류鬼柳라고 불리는 거대한 왕버들을 비롯하여, 용버들, 갯버들, 수양버들 등이 곳곳에 서서 그네 뛰는 봄을 준비하고 있습니다.

> 광한루 머지 않은데 또한 이곳을 논지論之하면 녹음은 우거지고 방초는 푸르러 앞내 버들은 초록장草綠帳을 두르고 뒷내 버들은 청포장靑蒲帳을 둘러 한 가지는 찢어지고 한 가지는 늘어져 바람이 불면 흔들흔들 우줄우줄 춤을 출 제 외씨 같은 네 발 맵시가 백운간白雲間에 해뜩 홍상紅裳 자락이 펄렁, 도령님이 보시고 너를 불렀지 내가 무슨 말을 하였단 말이냐, 잔말 말고 어서 가자.
> 「춘향가」 중에서

붉은 치마를 펄렁이며 백운간에 그네 뛰는 춘향의 모습은 진정 봄바람에 휘날리는 버들가지임이 틀림없습니다.

나무에 핀 연꽃

목련

목련의 다양한 이름

목련이란 이름은 '나무에서 핀 연꽃'이라는 뜻으로 붙여진 것입니다. 그래서 연꽃의 별칭인 부용을 빌려와서 목부용木芙蓉이라고도 합니다.

아침엔 목란에서 떨어진 이슬을 마시고	朝飮木蘭之墜露兮
저녁엔 가을 국화의 떨어진 꽃을 먹는다	夕餐秋菊之落英
굴원, 「이소」	

위 「이소」의 구절에 나오는 목란木蘭은 목련의 또 다른 이름입니다. 『본초 강목本草綱目』에서는 목란을 설명하기를 "목란의 가지와 잎은 모두 성기고, 그 꽃은 안쪽은 희고 바깥쪽은 붉다. 또한 사철 피는 것도 있으며 깊은 산에는 매우 큰 것이 있어서 배를 만들 수 있다"라고 했고, 그 석명釋名에서는 "두란杜蘭·임란林蘭·목련木蓮·황심黃心이라고도 하는데, 시진時珍이 말하길, 그 향이 난

과 같고 그 꽃이 연꽃 같아서 붙여진 이름이라고 했다"고 했습니다.

목련의 또 다른 이름으로 '신이辛夷'가 있습니다. 간혹 '신이新夷' 혹은 '신치辛雉'라고도 표기하였습니다. 꽃이 피기 전의 목련 꽃봉오리는 보송보송한 회백색 잔털로 둘러싸여 두툼한데, 이는 일찍부터 중요한 약재로 사용되었습니다. 이 꽃봉오리가 처음 돋아날 때의 모습이 띠의 싹[荑]과 같고 그 맛이 매워서[辛] '신이'라는 이름이 붙여졌다고 하는군요.

목란과 목련과 신이라는 이름은 고려의 시문에 이미 등장합니다. 물론 이들 이름들은 모두 중국에서 들어왔습니다. 그러나 우리나라 고유의 목련의 별칭도 있습니다.

이수광은 『지봉유설』에서 "(순천) 선암사에 나무가 있는데, 그것을 북향화北向花라고 한다. 그 꽃은 자줏빛인데 피기만 하면 반드시 북쪽을 향하기 때문에 이렇게 이름을 지었다고 한다"고 했습니다. 여기서 말하는 북향화는 목련의 또 다른 별칭입니다. 자줏빛이라 하였으니 자목련이군요. 자목련이건 백목련이건 목련꽃은 북쪽을 향하여 피는 특성이 있습니다. 그래서 남면南面한 임금을 향한다고 하여 충신화忠臣花라는 이름이 더해졌고, 절간에 많이 심어서 향불화向佛花라고도 불립니다. 이 밖에도 꽃봉오리가 붓과 같다고 하여 목필화木筆花라 불리고, 또 함박꽃·영춘화迎春花·거상화拒霜花 등의 별칭이 있습니다. 그런데 거상화란 이름은 서리가 내리는 중추에 피기 때문에 붙여졌다고 하는데, 이는 참으로 이해할 수 없습니다. 어쩌면 여름에서 가을까지 피는 숙근생 초본 거상화를 민간에서 흔히 부용이라 부르는 데서 혼동이 빚어진 게 아닌가 싶습니다. 목필화는 중국에서도 사용한 목련의 별칭이지만, 나머지 북향화·충신화·향불화 등은 중국 문헌에서는 전혀 찾아볼 수 없는 우리 고유의 명칭입니다.

근래 '후박厚朴나무'라고 부르는 목련을 주변에서 흔히 볼 수 있는데, 꽃이 유난히 크고 주먹만 한 빨간 열매가 열립니다. 이는 일본에서 수입한 일본목

목련의 꽃봉오리. 붓 모양 같다고 하여 목필화木筆花라고 한다.

련입니다. 일본인들의 한자 표기 그대로 후박나무라고 부르니, 우리 남해안에
서 자생하는 상록수 후박나무와 혼동을 초래하고 있는 실정입니다.

목련나무로 만든 배

옛 시문을 읽다 보면 배의 미칭으로 '목란주木蘭舟'라는 낱말이 상투적으로 등
장하곤 합니다. 나는 이것이 늘 의문이었습니다. 길을 오가며 목련을 목격하면,
"어떻게 저런 나무로 배를 만들 수 있단 말인가?"라고 속으로 중얼거리곤 했습
니다. 목련은 다른 나무에 비해 매우 빨리 성장하는 나무에 속합니다. 그 높이
또한 3층 건물 높이에 육박합니다. 그러나 그 둘레는 아름드리를 이루지 못합
니다. 어느 누가 보아도 목련을 좋은 재목감으로 여기지는 못할 것입니다.

『술이기述異記』란 책에서는 "목란주木蘭洲는 심양강潯陽江 가운데 있는데 목란
나무가 많다. 옛날 오왕 합려闔閭가 이곳에 목란을 심어서 궁전을 짓는 데 사용
하였다. 칠리주七里洲 안에는 노반魯般이 목란을 깎아서 만든 배가 있는데, 그 배
가 지금도 주洲 안에 남아 있다. 시가詩家들이 '목란주木蘭舟'라고 한 것은 여기에서
비롯되었다"고 했습니다.

심양강은 지금의 강서성 구강시 일대를 흐르는 장강의 한 지류입니다.
그 안에 있는 목란주라는 섬에 목란이 많아서 춘추시대 오나라 왕 합려가 궁
중을 짓는 목재로 사용했다는군요. 또 칠리주라는 섬에는 노반이 만든 배가
남아 있어서, 시인들이 목란주라고 운운하게 되었다고 하는군요. 노반은 노
나라 공수반公輸般인데, 전설적인 목수로 유명한 인물입니다. 여기서 언급한 목
란이 우리 주변에서 꽃나무로 재배하는 목련인지는 의심스럽습니다. 언젠가
지리산에서 노각나무를 보았는데 그 꽃이 목련과 흡사했습니다. 하늘을 찌를
듯 높고 우람한 것이 참으로 빼어난 목재라 여겨졌습니다. 혹시 그 노각나무

가 옛 서적에서 말하는 목란일지도 모르겠습니다.

동정호 물결 차갑고 새벽 기운 구름에 들 때	洞庭波冷曉侵雲
날마다 떠나는 배 먼 길 가는 손님을 전송하네	日日征帆送遠人
몇 번이나 목란주 위에서 바라보았던가	幾度木蘭舟上望
원래 이 꽃의 전신임을 모르고서	不知元是此花身
이상은,「목란화」	

당나라 시인 이상은李商隱의 시입니다. 동정호 나룻가에 목란꽃이 서 있습니다. 날마다 먼 길 떠나는 배에 오르는 손님들을 말없이 전송합니다. 몇 번이나 목란꽃의 전송을 받았던가요? 자신이 타고 떠나는 목란주가 바로 목란꽃의 몸뚱이인 것을 모르고서.

분분하게 피었다 지네

너를 연꽃이라 여기면 잎이 감잎 같고	以爾爲蓮葉如柿
너를 감나무라 여기면 꽃이 연꽃 같네	以爾爲柿花如蓮
초록 잎은 정건의 종이를 삼을 만하고	綠葉堪作鄭虔紙
옥빛 꽃은 고야선자에 비할 만하네	玉葩可比姑射仙
바람 불면 하늘하늘 흰 깃이 움직이고	風來裊裊素羽搖
달빛 아래 홀로 항아와 짝하여 잠드네	月下獨伴姮娥眠
맑은 향기 염염히 사람의 옷에 스며오니	清香冉冉襲人衣
아리따운 선자가 와서 나부끼는 듯하네	綽約仙子來翩躚
옥황이 너를 깊은 산중에 귀양 보냈으니	玉皇謫汝深山中

「뒷뜰의 정경」, 신윤복, 조선, 국립중앙박물관 소장

수운의 도포를 벗지 못한 게 몇 해이던가 不脫水雲袍幾年

애끊는 산바람이 땅을 말아오는 때이네 腸斷山風捲地時

흰 명주 두건이 맑은 개울가에 떨어지니 縞巾零落淸溪邊

내가 수습하여 의상을 지어 我欲收拾作衣裳

동천의 운수향에서 입으려 하네 服之洞天雲水鄕

아직 옥정이 태화산 꼭대기에 있는데 夷猶玉井太華巓

때때로 초평의 양을 타고 내려오네 有時騎下初平羊

김시습, 「목련」

김시습의 시 「목련」인데, 그 자주에 "산중에 나무가 있었는데, 잎은 감잎 같고 꽃은 흰 연꽃 같았다. 씨방은 도꼬마리 같았는데 열매는 붉었다. 승려들 이 목련이라고 불렀다"고 했습니다.

이 시에는 많은 고사가 동원되었는데 고야선자는 살결이 얼음과 눈과 같 다는 선녀이고, 정건은 당나라 사람으로 시서화에 뛰어나 삼절三絶로 불린 인 물인데 가난하여 감잎에다 글씨를 쓰는 연습을 했다고 합니다. 항아는 달에 산다는 선녀이고, 수운의 도포는 행각승行脚僧의 도포이고, 옥정玉井은 별 이름 이고, 초평初平은 원래 양치기였는데 도술을 배워 신선이 되었다는 인물로서 바위를 양으로 변하게 할 수 있었다고 합니다.

김시습은 목련을 천상에서 귀양을 와서 절간에 머무는 행각승으로 규정 하고 있습니다. 천상에서 귀양을 온 행각승! 바로 김시습 본인이 아니겠습니 까? 김시습은 생후 여덟 달 만에 문장의 뜻을 알았고, 세 살 때 글을 지었고, 다섯 살 때 신동으로 소문나서 세종에게 불려가 시험을 받고 비단을 하사받 았습니다. 스물한 살 때 수양대군이 단종을 내치고 왕위를 찬탈했다는 소식 을 듣고 스스로 승려가 되어 유교 체제 밖의 방외인이 되었습니다. 누가 강제로 방외로 귀양을 보낸 것이 아니라 스스로 귀양객이 된 것입니다. 그는 충남 홍산의 무량사에서 59세로 입적했습니다. 그곳에 그의 부도와 영정이 있어서 그의 유명한 소설 『금오신화』를 들고 찾아갔는데, 그게 벌써 기억이 가물가물한 먼 추억이 되었습니다.

해남성에 봄 지났는데 객이 거듭 오니	海城春盡客重來
한 나무의 기이한 꽃이 난간 틈에 피었네	一樹奇葩闌檻開
사람은 남쪽에 체류하여 돌아가지 못하는데	人自滯南身未返
꽃은 오히려 북쪽 향해 머리를 나란히 돌렸네	花猶向北首齊回
물성이 원래 차이 없음을 비로소 아는데	始知物性元無間
천공이 특별히 재배했음을 다시 깨닫네	更覺天工別有培
이로써 해바라기의 기움을 반드시 칭송할 수 없으니	從此葵傾不須賞
뿌리 옮겨 해 옆에다가 심고 싶네	移根欲傍日邊栽

구사맹, 「향북화」

인조의 외조부였던 구사맹의 시인데, 시의 서문에 "해남 동헌의 마당 가에 한 꽃나무가 있는데 겹꽃의 자색 꽃잎은 협소하면서 길었고, 향기는 몹시 강렬하였다. 그 이름을 물어보니 향북화라고 하였다. 비록 남쪽 가지는 굽어서 아래로 늘어져 있으나 꽃은 반드시 북쪽을 향해서 마치 머리를 돌리고 있는 것과 같아서 참으로 기이하였다. 마침내 감개하여 시를 지었다"라고 하였습니다. 즉 해남 관아의 뜰에 있던 자목련을 읊은 것입니다. 자목련은 백목련보다 1주일 내지 10여 일 늦게 꽃이 핍니다. 자목련이나 백목련 모두 꽃이 북쪽을 향해 피는데 아마 태양의 직사광선을 꺼려서 그런 것이 아닐까요? 나는 아직 겹꽃의 자목련을 보지 못했습니다.

자목련. 일명 신이화辛夷花라고 한다.

나무 끝의 부용꽃   木末芙蓉花

산중에서 붉은 꽃망울 터뜨렸네   山中發紅萼

개울가 집엔 적막히 인적 없는데   澗戶寂無人

분분하게 피었다가 지네   紛紛開且落

왕유, 「신이오」

당나라 왕유의 유명한 시 「신이오辛夷塢」입니다. "시 속에 그림이 있고[詩中有畵], 그림 속에 시가 있다[畵中有詩]"라는 그의 시와 그림에 대한 세간의 평가에 걸맞게, 이 시는 한 폭의 그림을 통해 높은 선적禪的 경계境界를 선명하게 드러냈습니다. 읽어보면 참으로 흉금이 시원해짐을 느낄 수 있습니다.

우리 집 창밖에는 4층 높이의 커다란 일본 백목련이 있습니다. 일본목련은 꽃이 커서 아름답습니다. 다만 꽃이 질 때는 대부분 나무에 매달린 채 까맣게 썩어버리기 때문에 좀 언짢은 느낌을 지울 수 없습니다. 어쨌든 해마다 나에게 봄소식을 전해준 지 십 년이 훌쩍 넘었습니다. 올해도 어김없이 분분하게 꽃을 피웠다가 졌습니다. 지금은 어느덧 녹음이 짙습니다. 꽃이 피고 지는 것을 지켜보노라면 세월이 참으로 빨리 흘러감을 절감할 수 있습니다.

목련을 보며 해마다 목란주를 생각하고, 김시습과 왕유를 생각하고, 간혹 남장 차림으로 전장에 나가 전공을 세운 여전사 뮬란[목란]을 생각하기도 합니다. 이는 나의 봄날의 복이라고 여깁니다.

사쿠라에 대한 유감

벚꽃

일본의 벚꽃 놀이

일본의 대표적인 벚꽃 놀이인 하나미花見는 이미 헤이안 시대(794~1185)부터 귀족들의 놀이로 시작되었다고 합니다. 에도 시대(1603~1867)에는 막부의 8대 장군인 도쿠가와 요시무네가 벚나무 가로수를 조성하여, 서민층까지 참여하여 즐기는 문화로 정착되었습니다.

> 벚나무 아래엔
> 국물에도 회무침에도
> 벚꽃 잎이네
> 마쓰오 바쇼

일본 민중 시인이라 불리는 마쓰오 바쇼(松尾芭蕉, 1644~1694)가 봄의 벚꽃 놀이를 읊은 하이쿠俳句입니다. 조선의 봄꽃놀이가 진달래를 구경하는 화전놀이였다면, 일본에서는 벚꽃 놀이가 대표적인 봄날의 꽃구경이었던 것입니다.

아리땁게 한번 돌아보면 성을 기울게 하고	嫣然一顧乃傾城
열은 햇무리 허공에서 점점 가벼워지네	薄暈摩空冉冉輕
이백 두보 한유 소식이 어찌 알았겠는가	李杜韓蘇寧識面
배꽃 복사꽃 매화 살구꽃은 모두 헛된 명성이네	梨桃梅杏總虛名
이 꽃이 날아간 후엔 봄에 안색이 없으니	此花飛後春無色
어느 곳에서 불어오는 바람에 정이 있겠는가	何處吹來風有情
우는 꾀꼬리여 스스로 애석해하며	寄語啼鶯須自惜
수양버들 가지에서 수고롭게 울지 마라	垂楊樹梢莫勞聲

히로세 켄(廣瀨謙, 1807~1863), 「앵화櫻花」

경성傾城은 경국지색傾國之色과 같은 말입니다. 벚꽃을 성을 기울게 하고, 나라를 기울게 하는 최고의 미인으로 말한 것입니다. 배꽃, 복사꽃, 살구꽃은 물론이고, 매화조차도 헛된 명성이라고 했으니, 일본에서는 벚꽃이 최고의 지위를 누렸음을 알 수 있습니다. 그런데 당나라 이백과 두보와 한유와 송나라 소식은 중국 최고의 시인들인데, 이들은 벚꽃을 노래한 시를 쓴 적이 전혀 없습니다. 당나라, 송나라에는 벚꽃 문화가 없었던 것입니다.

본래 봄날 제일의 꽃인데	自是三春第一芳
저속한 살구꽃 복사꽃이 어찌 영광을 다투겠는가	杏桃粗俗豈爭光
만약 당나라 산에 이 나무를 자라게 했다면	若使唐山生此樹
모란이 감히 화왕이라고 주제넘게 칭하지 못했으리라	牡丹不敢僭花王

석일겸, 「앵화」

일본의 승려 시인 니치켄(日謙, 1746~1829)의 시입니다. 벚꽃은 봄날 제일의 꽃이라고 했습니다. 살구꽃이나 복사꽃 따위는 저속하여 벚꽃의 상대가 되지 못하며, 당나라 산에 벚꽃이 자랐다면 꽃의 왕이라고 불린 모란이 감히 주제 넘게 화왕이라 칭하지 못했을 것이라고 했습니다. 당나라에 벚꽃이 있었는지 는 알 수 없습니다. 그러나 방대한 당시 가운데 벚꽃에 대한 시는 단 한 편도 없습니다. 당시뿐만 아니라 송시 또한 마찬가지입니다.

조선과 중국의 벚꽃 시

왕벚나무는 우리나라 한라산과 지리산이 원산지라고 합니다. 그러나 그것은 어디까지나 식물학적인 관점의 얘기일 뿐입니다. 벚꽃은 근대 이전에는 우리 문화 속으로 들어온 적이 없습니다. 조선 후기까지 벚나무는 조선인들에게는 생소한 것이었습니다.

조선 후기의 문인 이덕무는 『청장관전서靑莊館全書』, 「청령국지蜻蛉國志」 물산 物産조의 기목奇木에 "왜인은 앵화(櫻花, 벚꽃)를 중히 여기는데, 앵櫻은 산앵山櫻이 니, 곧 화(樺, 벚나무)다. 나무 높이는 두세 길이고, 꽃은 보통 백색인데 자색 꽃 도 있으며, 홑꽃잎의 것과 겹꽃잎의 것이 있다. 온갖 꽃 중의 어른으로 여기므 로, 이름을 가리켜 부르지 않고 그저 꽃(花, 하나)이라 부른다"고 했습니다. 청 령국蜻蛉國은 일본 땅이 잠자리[蜻蛉]를 닮았다고 하여 부르는 이름입니다.

조선 중기의 문인 정희득(鄭希得, 1575~1640)은 정유재란 때 포로로 잡혀 일본에서 3년간 살았습니다. 정희득은 『해상록海上錄』에 "예천원醴泉阮 천수天叟 가 우리 형제를 청해서 차를 마련하고 친절히 대접했다. 뜰에 있는 꽃나무 한 그루가 산행화山杏花 같은데 겹꽃으로 매우 고왔다. 왜인들은 이를 앵화라 한 다"고 했습니다.

흰 벚꽃이 절간을 아름답게 꾸몄는데   白櫻裝點梵王家

한 그루 나무가 대숲 밖에 비껴 있네   一樹春風竹外斜

만약 이 풍치를 화정에게 보인다면   風致若敎和靖見

그 심정이 어찌 꼭 매화에게만 향하랴   心情何必向梅花

 정희득, 「앵화 시에 차운하다〔次櫻花韻〕」

정희득이 일본에서 억류 생활을 할 때 지은 시로, 어쩌면 조선인이 지은 최초의 벚꽃 시일지도 모르겠습니다. 시에서 언급한 화정和靖은 송나라 시인 임포입니다. 동아시아 매화의 주인인 임포일지라도 벚꽃의 아름다움을 본다면 그 마음이 달라졌을 거라는 것입니다.

구름 오리고 눈에 새겨 선계에서 내려와서 剪雲雕雪下瑤空

푸른 가지 푸른 잎 속에 꿰어놓았네   綴向蒼柯翠葉中

진나라 무릉도원이 어찌 방문할 만하겠는가 晉代桃源何足問

봉래산 기이한 꽃이 신선의 풍채네   蓬山異卉是仙風

 축윤명, 「일본 승려 성좌가 그 나라에 있는 원씨원의 흰 벚꽃을 읊은 시에 화답하다〔和日本僧省佐詠

 其國中源氏園白櫻花〕」

명나라의 서예가로 유명한 축윤명(祝允明, 1460~1527)의 시인데, 시의 주석에 "성은 귤橘이고, 이름은 성좌省佐이고, 상국사相國寺 승려다"라고 했습니다. 명나라에 온 일본 사신 일행을 따라온 일본 교토에 있는 상국사 승려 귤성좌가 읊은 일본 원씨원源氏園에 있는 흰 벚꽃 시에 화답한 것입니다. 당시 축윤명이 벚꽃을 알고 있었는지는 의문입니다. 왜냐하면 중국에도 조선과 마찬가지로 벚꽃 문화가 전혀 없었기 때문입니다.

벚꽃

청나라 말기의 외교관이자 작가인 황준헌(黃遵憲, 1848~1905)은 1877년 주
일 청국 공사관 참찬관으로 있을 때 일본의 벚꽃 놀이를 목격하고, 장편의「앵
화가櫻花歌」를 지었습니다.

구름 뿜고 안개 불 듯 벚꽃이 무수한데   噴雲吹霧花無數
한 줄기 비단 수는 유람객들의 길이네   一條錦繡遊人路

벚꽃

밝은 누대는 허공에 기댔고	明明樓閣倚空虛
영롱한 천 그루 꽃을 문득 보네	玲瓏忽見花千樹
꽃이 피면 다른 현에서 꽃나무 옮겨 오고	花開別縣移花來
꽃이 지면 수천의 장정들이 꽃나무 실어 가네	花落千丁載花去
열흘간의 벚꽃 놀이에 온 나라가 광란하고	十日之遊擧國狂
해마다 즐거움이 아침저녁으로 이어지네	歲歲歡虞朝復暮

황준헌, 「앵화가」 중에서

일본 메이지 시대 벚꽃 놀이는 10일간에 걸친 거국적이고 광란적인 잔치였음을 알 수 있습니다. 황준헌은 『일본국지日本國志』와 『조선책략朝鮮策略』을 남긴 청나라의 뛰어난 외교관이었습니다. 그러나 「앵화가」를 지을 당시에는 벚꽃 놀이에 온 나라가 들썩이는 일본이 장차 청일전쟁을 일으키고, 조선을 강점하고, 중국을 침략하게 될 줄은 몰랐을 것입니다. 앵화는 근대 이전의 한국과 중국에서는 본래 앵두꽃[櫻桃花]을 지적하는 말이었습니다. 따라서 조선과 중국에서 읊은 많은 '앵화 시'들은 모두 앵두꽃을 노래한 것들입니다. 그러나 일본에서 앵화는 벚꽃을 의미하는 단어였습니다.

우리의 벚꽃 문화

우리나라에는 역사적으로 본래 벚꽃 문화가 없었습니다. 한라산과 지리산에 있던 벚꽃은 근대 이전에는 우리 문화권으로 들어온 적이 전혀 없습니다. 우리나라의 벚꽃 문화는 오로지 일제강점기에 일제에 의해 강제로 이식된 문화라고 할 수 있습니다. 그 유산이 지금도 전국 각지에 남아 있습니다. 창경궁을 동물원으로 만들고, 벚나무를 심어 유락지로 타락시킨 일제의 유산은 광복 후에도 1980년 대 초까지 창경원 밤 벚꽃 놀이로 계속되었습니다. 지금은 다행히 청산되었지만 그곳의 벚나무들은 국회의사당이 있는 여의도 윤중로로 옮겨져서 새로운 벚꽃 놀이의 명소가 되었습니다.

진해 군항제는 충무공 이순신 장군의 항일정신을 이어받는 것이 목적일 것입니다. 그러나 당초의 목적은 부수적인 것이 된 지 오래고, 매년 군항제에 몰려드는 수십만의 관광객들은 대부분 전국 최대의 벚꽃 놀이를 즐기고자 진해를 찾습니다. 일본을 상징하는 벚꽃이 흩날리는 가운데서 충무공의 승전 행진을 재현하고, 그 정신을 계승하자고 운운하는 것은 왠지 아이러니합니다.

전국에는 벚꽃 명소가 수도 없이 많습니다. 화개장터에서 쌍계사까지의 길, 영암군 월출산 아랫길, 경주 보문단지, 속리산, 계룡산, 충주호 등등. 이제 우리 생활이 되어버린 벚꽃 놀이를 새삼스레 그 기원을 운운하며 비난할 생각은 없습니다. 그러나 군항제나 국회의사당이 있는 윤중로의 벚꽃 놀이는 우리 모두가 돌이켜 생각해보아야 할 문제가 아니겠습니까?

영원한 유토피아의 꽃

복사꽃

나의 살던 고향의 꽃

이른 봄의 전령 매화의 흰 물결이 스러져갈 무렵 들녘 이곳저곳에는 붉은 물결이 출렁이기 시작합니다. 복숭아밭에 본격적으로 불이 붙는 것입니다. 그 주변의 온 천지는 파스텔을 칠해놓은 듯 하늘마저 붉게 물들어 마치 인상파의 밝은 화폭만 같습니다. 이 화사한 복사꽃이 봄바람 속에 붉은 꽃비로 흩날리면 마을의 큰애기들은 괜스레 가슴 설레게 마련입니다. 그리고 어느 날 녹음이 우거지고 호두만 한 풋복숭아가 다닥다닥 열리면 마을의 큰애기들은 저마다 머리에 수건을 쓰고 무리 지어 열매솎기 품앗이에 나섭니다. 그리고 그 솎아낸 털이 보송보송한 풋복숭아들은 동네 꼬마들의 차지가 됩니다. 배고팠던 그 시절, 솎아낸 풋복숭아는 아이들의 요긴한 간식거리였습니다. 물론 풋복숭아를 먹은 아이들은 모두 밤새 배앓이로 고생을 해야 했지요.

이렇듯 복사꽃은 항상 고향의 옛 추억을 생각나게 합니다. 복숭아밭에서 깔깔대며 푸른 열매를 솎던 큰애기들 중에는 내 이모들도 있었습니다. 그런데 지금은 그녀들 모두 할머니가 되었습니다.

복숭아나무 어리고 무성하여   桃之夭夭,
화사하게 활짝 핀 복사꽃   灼灼其華.
이 새색시 시집가니   之子于歸,
그 부부 다정하리라   宜其室家.

복숭아나무 어리고 무성하여   桃之夭夭,
얼룩덜룩하게 무르익은 복숭아들   有蕡其實.
이 새색시 시집가니   之子于歸,
그 부부 화목하리라   宜其室家.

복숭아나무 어리고 무성하여   桃之夭夭,
그 이파리 우거졌네   其葉蓁蓁.
이 새색시 시집가니   之子于歸,
그 시댁 사람들 화목하리라   宜其家人.

『시경』, 「주남周南 · 도요桃夭」

『시경』에 실린 복숭아나무 노래입니다. 복숭아나무의 화사한 꽃과 무성한 열매를 빌려 신혼부부의 행복한 앞날을 기원하고 있습니다.

복숭아나무는 고대 동아시아의 중요 과수로서 그 붉은 열매와 꽃으로 인하여 많은 상징성이 부여되었습니다. 그 나무는 사악한 기운이나 귀신을 쫓는 벽사辟邪의 도구로 사용되었는데, 복숭아 나뭇가지나 나무로 만든 빗자루, 인형, 활, 도장 등이 그것입니다. 또 한편으로 복숭아는 중요한 약재로서 세 그루의 복숭아를 다 먹으면 안색이 복사꽃 같아진다고 하며, 복사꽃을 술에 띄워 마시면 모든 질병이 낫고 안색이 좋아진다고 합니다. 여기서 더 나아가 서왕모西王母의 선도仙桃와 같은 불로장생의 영약으로까지 승격시켰습니다. 이러한 고대의 상상력은 아직도 여전히 우리 주변에 민간풍속으로 남아 있습니다.

복사꽃 가득한 무릉도원

당나라 이백은 그의 유명한 시「산중문답」에서 다음과 같이 노래하였습니다.

그대는 무슨 일로 푸른 산에서 사는가?	問汝何事棲碧山
웃으며 대답하지 않으니 마음 절로 한가롭네	笑而不答心自閑
복사꽃 흐르는 물에 아득히 떠내려가니	桃花流水杳然去
특별한 천지가 있어서 인간세상이 아니네	別有天地非人間

복사꽃이 아득히 흘러가는 별천지는 바로 무릉도원을 말합니다. 무릉도원은 진晋나라 도연명이 일찍이 꿈꾸던 이상향인데, 그것은 곧 복사꽃 핀 한 외딴 마을이었습니다.

진나라 태원太元 연간 어떤 무릉 사람이 어업을 생계로 삼고 있었다. 어느 날 시냇물을 따라 배를 저어가다가 길이 어디쯤 되는지를 잊고 말았다. 문득 복사꽃의 숲을 마주쳤는데 좁은 언덕이 수백 보나 뻗어 있었다. 중간에는 다른 나무는 없고 향기로운 화초가 눈부시게 고왔는데 떨어지는 꽃잎이 분분했다. 어부는 그것을 몹시 기이하게 생각했다. 다시 앞으로 나아가 그 숲의 끝까지 가보려고 했다. 숲이 끝난 곳에서 물이 흘러나오고 있었고 곧 한 산이

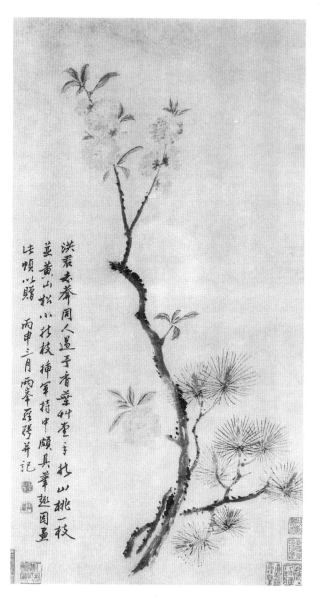

「도화송지도桃花松枝圖」, 나빙(羅聘, 1733~1799),
청나라 양주팔괴 중의 한 사람.

나왔다. 산에는 작은 입구가 있었는데 빛이 새어나오고 있는 듯했다. 곧 배를 버려두고 입구를 따라 들어갔다. 처음엔 몹시 협소하여 간신히 사람이 통과할 수 있었다. 다시 수십 보를 가니 넓게 트이며 밝아졌는데 토지는 평탄하고 넓었고 가옥들은 의젓했다. 또한 좋은 밭, 아름다운 연못, 뽕나무 대나무 등속이 있었다. 밭길이 서로 통하고 닭과 개 짖는 소리가 들렸다. 그 가운데 오가며 씨 뿌리고 곡식을 심고 있는 남녀의 옷차림새가 모두 외국인 같았다. 노인과 아이들은 즐겁게 놀고 있었다. 그들이 어부를 보고서 크게 놀라며 어디에서 왔는지를 물어서 어부는 상세하게 대답했다. 곧 어부를 청하여 함께 집으로 가서 술을 준비하고 닭을 잡아서 음식을 장만했다. 마을 사람들이 어부에 대한 소문을 듣고 모두가 와서 이것저것을 물었다. 그들이 말하기를 조상들이 진秦나라 때의 난리를 피하여 처자와 마을 사람들을 거느리고 이 외딴 곳으로 와서 다시 나가지 않아서 마침내 외부 사람들과 단절되었다고 했다. 지금이 어떤 시대인지를 물어보았는데, 한나라가 있었던 것도 몰랐고, 위나라 진나라에 대해서도 물론이었다. 어부가 하나하나 자신이 들은 바를 상세하게 말해주니 모두가 탄식했다. 다른 사람들도 각자 어부를 초청하여 집으로 데려가 술과 음식을 대접했다. 수일을 머문 후 하직하고 떠나왔다. 그곳 사람들이 말하기를 "외부 사람들에게는 말하지 마시오."라고 했다. 그곳을 나온 후 자신의 배를 타고 왔던 길을 거슬러 가며 곳곳을 기록했다. 군郡에 도착하자 태수에게 가서 그 일을 말했다. 태수는 곧 사람들을 파견하여 그를 따라가서 기록했던 곳을 찾도록 했다. 그러나 결국 헤매기만 하고 다시 그 길을 찾지 못했다. 남양南陽의 유자기劉子驥는 고상한 인사였는데 그 소문을 듣고 기뻐하며 찾아보려 했으나 끝내 찾지 못하고 곧 병이 들어 운명했다. 그 후 마침내 그곳에 대해 물어보는 사람이 없게 되었다.

도연명, 「도화원기」

도연명의 유명한 「도화원기桃花源記」입니다. 이로부터 무릉도원은 동아시아에서 이상향의 보편적 상징이 되었습니다. 도연명은 「도화원시」에서 다시 상세히 무릉도원의 모습을 기술했습니다. 그 대략을 소개하면, 콩과 기장 농사를 짓고, 누에를 치고, 제사와 의복은 전통을 준수하고, 노인과 어린이가 함께 즐겁게 어울리고, 외부와 교류하지 않고, 지혜를 사용할 필요가 없는 소박한 시골 마을의 모습입니다. 도연명은 「도화원시」에서뿐만 아니라 전원을 노래한 많은 시들에서 비슷한 삶의 형상을 그려냈습니다. 그는 아마 일찍이 노자가 말한 (어떤 문명의 도구도 없고, 배와 수레 같은 교통수단도 없고, 군대도 없고, 문자도 없는) 외딴 시골 마을을 무릉도원으로 본 것 같습니다. 도연명의 무릉도원에 대해 동아시아의 시인들이 언급한 것은 너무 많아서 헤아릴 수 없습니다.

그대는 강남촌을 보지 못했는가	君不見江南村
대나무로 문을 엮고 꽃나무로 울타리 만들었네	竹作戶花作藩
맑은 물 졸졸 찬 달빛 넘쳐나고	淸流涓涓寒月漫
푸른 수풀 적적한데 새들이 지저귀네	碧樹寂寂幽禽喧
한스러운 것은 거주민의 산업이 날로 영락한데	所恨居民産業日零落
현리가 미곡을 걷으러 장차 문을 두드리는 것일세	縣吏索米將敲門
다만 속세의 일 들어와 핍박하지 않으니	但無外事來相逼
산촌 곳곳이 모두 도원일세	山村處處皆桃源

진화, 「도원가桃源歌」 중에서

고려 사람 매호梅湖 진화陳澕가 무릉도원을 노래한 시인데 역시 한적한 시골 마을에 지나지 않습니다.

무릉도원의 꽃, 복사꽃

이제 나 일어나 가야지, 이니스프리로 가야지
거기에 나무 엮어 진흙 바른 작은 오두막 짓고
아홉 이랑에 콩 심고 벌통도 하나 놓으리라
벌들 붕붕대는 숲에 홀로 살리라
월리엄 버틀러 예이츠, 「이니스프리 호수의 섬」 중에서

아일랜드의 시인 윌리엄 버틀러 예이츠(William Butler Yeats, 1865~1939)의 시
입니다. 서구인들이 바라는 무릉도원이라고 할 수 있겠는데 도회지를 떠난
시골의 한적한 삶이 곧 이상향이라는 발상이 동아시아인들의 생각과 너무 닮
았군요.
　안평대군은 시서화는 물론이고, 음악에도 일가를 이룬 명실공이 문화계

의 맹주였습니다. 그는 어느 날 꿈속에서 무릉도원을 노닐었는데, 이를 안견에게 그리게 한 것이 바로 그 유명한 「몽유도원도」입니다. 이 그림에 대해 당시 성삼문·신숙주·서거정 등 집현전 학사들 모두가 시를 짓고 기문記文을 지었으니 참으로 전에 없던 성대한 일이었습니다. 그런데 안평대군이 수양대군과의 권력 다툼에서 패하여 사사되고, 사육신이 죽은 후 그와 관련된 시문들은 거의 일실되고 말았습니다. 물론 여러 문집들에 그 편린이 남아 있기는 합니다. 아무튼 「몽유도원도」 또한 일본으로 흘러가 있으니 참으로 안타까운 일이 아닐 수 없습니다.

사람 얼굴과 복사꽃이 서로 붉게 비추었네

'도화인면桃花人面'은 아름다운 여인 혹은 마음속 연인을 뜻하는 한자 성어입니다. 이는 당나라 최호崔護의 시에서 비롯되었습니다.

최호는 자질이 뛰어났는데 고결하여 세상과 영합함이 적었다. 진사 시험에 떨어진 후 청명일淸明日에 홀로 도성 남쪽으로 놀러 갔는데 한 시골집에 이르렀다. 일 무畝 넓이의 담장 안에 꽃나무가 우거져 푸르렀는데 적막하여 아무도 없는 듯하였다. 오랫동안 문을 두들기니 한 여자가 문틈으로 내다보며 누구냐고 물었다. 그는 성명을 말하고 홀로 봄놀이를 왔다가 목이 말라 마실 것을 구한다고 대답하였다. 그 여자가 잔에다 물을 떠 와서 문을 열고 평상을 펴서 앉으라고 하였다. 그녀는 작은 복숭아나무에 기대어 우두커니 서 있었는데 은근한 정이 역력하였다. 아리따운 자태가 몹시 가냘프고 맵시가 있었다. 최호는 말을 붙여보았지만 그녀는 대답을 하지 않고 오랫동안 지켜볼 뿐이었다. 최호가 사례를 하고 나오자 문까지 전송하였는데 정을 이기지 못

「배를 타고 복사꽃 마을을 찾아서
〔桃源行舟圖〕」, 안중식, 1915년,
국립중앙박물관 소장

하여 들어가지 못하는 듯하였다. 최호 또한 애타게 바라보았다. 그러나 그곳에서 돌아온 후 다시 찾아가지 않았다.

이듬해 청명일을 맞아 문득 그녀를 생각하고 정을 이길 수 없어서 곧 그곳을 찾아갔다. 문과 담장은 예전 그대로였지만 자물쇠가 굳게 채워져 있었다. 그래서 좌측 문에다 시를 적었다.

작년 오늘 이 문 안에는	去年今日此門中
사람 얼굴과 복사꽃이 서로 붉게 비추었네	人面桃花相映紅
그 고운 얼굴은 어디로 떠나갔는지 알 수 없는데	人面不知何處去
복사꽃만 예전처럼 봄바람 속에 웃고 있네	桃花依舊笑春風

수일 후 우연히 도성 남쪽에 갔다가 다시 그곳을 찾아가보았다. 그리고 그 안에서 통곡하는 소리를 들었다. 문을 두들겨 그 연유를 물었다. 한 노부老父가 나와서 "당신이 최호라는 사람입니까?"라고 물었다. 그렇다고 대답하니 노부는 다시 통곡을 하며 "당신이 내 딸을 죽였소"라고 하였다. 최호는 깜짝 놀라 일어나서 뭐라 말해야 할지 몰랐다. 노부가 말했다. "내 딸은 열여섯 살로서 글도 아는데 아직 시집가지 않았다오. 작년 이래 항상 멍하니 마치 실성한 듯하였소. 며칠 전 딸과 함께 외출을 하였다가 돌아왔는데, 딸이 좌측 문에 적힌 시를 읽어보고서 방으로 들어가 병이 났다오. 마침내 음식을 끊고 수일 만에 죽고 말았소. 나는 늙었는데 딸 하나 있는 것을 시집조차 보내지 못하였소. 장차 군자를 구하여 내 몸을 의탁하려고 하였는데 지금 불행히도 죽고 말았소. 당신이 내 딸을 죽인 것이 아니란 말이오?" 노부는 또다시 대성통곡하였다. 최호 또한 감동하여 슬피 울면서 들어가 곡하기를 청하였다. 그녀는 단정하게 침상에 있었는데, 최호는 그 머리를 감싸들고 그 팔을 베고서 통

곡하며 애도하였다 "내가 여기에 있소, 내가 여기에 있소." 그 순간 그녀는 눈을 뜨고서 반나절 만에 다시 살아났다. 노부는 몹시 기뻐하며 마침내 딸을 최호에게 시집보냈다.

맹계孟棨, 『본사시本事詩』 중에서

참으로 애틋하고 낭만적인 사랑 이야기가 아닐 수 없습니다. 이처럼 복사꽃은 화사한 여인의 이미지로 시인묵객들의 칭송을 받아왔습니다. 그러나 그 이미지가 항상 긍정적이지만은 않았습니다. 중국에서는 송나라 이후, 우리나라에서는 조선에 들어와서 종종 잠깐 피었다가 저버리는 경박한 꽃, 혹은 외양만 화려한 요화妖花, 정절 없는 창기娼妓 등으로 폄하되곤 했습니다. 그렇지만 이런 것은 주로 근엄한 도덕군자들의 일부 시각이었을 뿐 복사꽃에 대한 민간의 사랑은 변함이 없어서 오늘날에도 영원한 '고향의 꽃'으로 우리 가슴 속에 깊이 아로새겨져 있습니다.

청명절의 꽃

살구꽃

고대 동아시아의 중요한 과일나무

행단杏壇은 살구나무가 심어진 단입니다. 『장자』, 「어부」편에 "공자가 치유緇帷의 숲을 유람할 때 행단 위에서 쉬며 앉아 있었다. 제자들은 독서를 하고 공자는 현가絃歌를 부르며 금琴을 연주하였다"는 내용이 있습니다. 훗날 이를 근거로 지금의 산둥 성 곡부현谷阜縣의 공묘孔廟 대성전大成殿 앞에 단을 조성하고 정자와 비를 세우고 살구나무를 심어 '행단'이라 명명한 것입니다. 그리하여 행단은 강학하는 장소를 의미하게 되었습니다.

행전杏田은 살구나무밭입니다. 갈홍葛洪의 『신선전神仙傳』에 따르면, 삼국 오나라 명의였던 동봉董奉은 여산廬山에 은거하였는데, 환자를 치료하고도 돈을 받지 않고 다만 중증 환자에게는 살구나무 다섯 그루, 경증 환자에게는 한 그루를 심게 했다고 합니다. 그렇게 여러 해가 지나자 10만여 그루의 드넓은 살구나무 숲이 이루어졌습니다. 동봉은 이 살구나무 숲에서 생산된 살구를 팔아 가난한 백성들을 구휼했다고 합니다. 이로부터 행전은 은자가 백성들을 구휼

한다는 의미를 갖게 되었고, 또한 '행림杏林'은 뛰어난 의사를 의미하는 낱말이 되었습니다.

이 행단과 행전의 고사에서 보듯 살구나무는 일찍부터 동아시아 고대 문화권으로 들어온 중요한 과일나무였습니다.

한편 '행화풍杏花風'은 청명절淸明節 전후에 부는 바람이고, '행화우杏花雨'는 청명절 전후에 내리는 봄비를 말하는데, 바로 살구꽃이 청명절을 상징했던 꽃임을 알 수 있습니다.

청명 시절에 봄비 부슬부슬	淸明時節雨紛紛
길가의 나그네는 애간장 끊기려 하네	路上行人欲斷魂
물어보자 주막이 어디 있는지?	借問酒家何處有
목동이 멀리 살구꽃 핀 마을을 가리키네	牧童遙指杏花村
두목, 「청명」	

두목의 유명한 시 「청명」입니다. 길 가는 나그네는 문득 청명절임을 깨닫고 가족들 생각에 슬픔에 잠겼습니다. 그리하여 근심을 풀려고 주막을 찾습니다. 목동이 멀리 살구꽃 핀 마을을 가리킵니다. 이 시로 인하여 '행화촌杏花村'은 주막을 의미하는 낱말이 되었습니다.

요염한 품격

조선의 꽃노래 〈화편花編〉에서는 "모란은 화중왕이요, 향일화는 충신이로다. 연화는 군자요, 행화는 소인이라"고 했습니다. 이에 대해 문일평은 『화하만필』에서 "견지에 따라 평가가 다르겠지마는 연화는 어니(淤泥, 진흙)에 더럽혀

치유의 나무 살구꽃

지지 않는다 하여 군자에 비할진대 적어도 행화는 요염한 것으로 미인에 비하여야 할 것이다"라고 했습니다. 그리고 살구꽃의 품격을 논하여 "그야 미로 말하면 도화도 있고 해당도 있고 장미도 있어 행화가 비록 선창娟娟한 것은 도화에 미치지 못하며 명려明麗한 것은 해당에 미치지 못하며 가염佳艷한 것은 장미에 미치지 못하나 요염妖艷한 것은 도화 해당 장미가 또한 행화에 일보를 양여(讓與, 양보)할는지도 모른다"라고 했습니다.

요염! 그렇습니다. 연분홍 살구꽃은 참으로 요염하기 짝이 없습니다. 바로 이 점이 살구꽃이 소인이란 모욕을 당한 이유입니다. 이는 물론 도덕군자의 편협한 시각일 뿐이지만.

어쨌든 동아시아의 시인묵객들은 살구꽃의 연분홍을 지극히 사랑했습니다.

새벽의 등불 그림자 남은 화장 비추는데　　　五更燈影照殘粧
이별을 말하려니 먼저 애간장 끊어지네　　　欲話別離先斷腸
반 마당의 지는 달빛 아래 문 밀치고 나오니　落月半庭推戶出
살구꽃 성긴 그림자 의상에 가득하네　　　　杏花疎影滿衣裳
정포, 「양주객사의 벽에 적다(題梁州客舍壁)」

고려 말의 문신 정포鄭誧의 시입니다. 밤새 사랑하는 여인과 사랑을 속삭이다 새벽녘이 되고 말았습니다. 이제 이별을 해야 할 때입니다. 그런데 막상 이별의 말을 하려니 먼저 애간장이 무너집니다. 그러나 이별은 어쩔 수 없는 일, 사랑하는 임을 방에 남겨두고 스러지는 새벽 달빛 아래 마당으로 나오니 갑자기 살구꽃 성긴 그림자가 의상 가득히 어른대는군요.

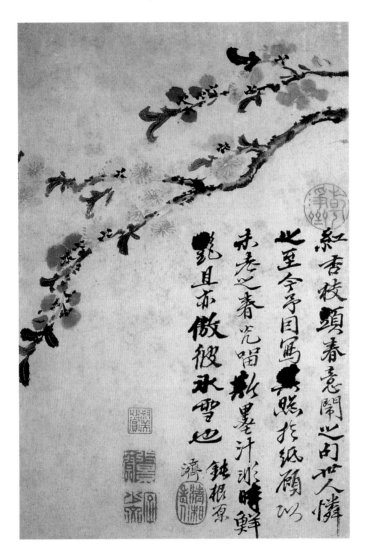

「홍행화책엽紅杏花册頁」, 석도石濤, 중국 청나라.

세상 재미 연래에 비단보다 엷은데	世味年來薄似紗
누가 말을 타고 서울로 오게 하였나	誰令騎馬客京華
작은 누대에서 하룻밤 봄비 소리 들었는데	小樓一夜聽春雨
깊은 골목에서 이튿날 아침에 살구꽃 사라는 외침	深巷明朝賣杏花
작은 종이에 사선 그어 한가하게 초서를 쓰며	矮紙斜行閒作草
밝은 창가에서 세유차를 장난삼아 감별해보네	晴窓細乳戱分茶
흰옷 걸치고 풍진을 탄식하지 않으니	素衣莫起風塵嘆
오히려 청명 때엔 집에 도착할 수 있으리라	猶及淸明可到家

육유, 「임안에서 봄비가 처음 개다[臨安春雨初霽]」

남송 육유陸游의 시입니다. 서울로 온 나그네는 작은 누대에서 밤새 봄비 소리를 들었는데, 이튿날 아침 깊은 골목에서 들려오는 살구꽃 사라는 외침을 듣습니다. 살구꽃 사려! 참으로 그 소리가 지금 내 귓가에 생생하게 들리는 듯합니다.

임안臨安은 남송의 서울로, 지금의 항주입니다.

지금 내 서재엔 살구꽃 한 가지가 만개하였습니다. 며칠 전 꺾어와서 유리컵에 꽂아둔 것입니다. 그 연분홍빛 미소가 참으로 뇌쇄적으로 황홀하군요.

달 빛 속 의 가 인

배꽃

달빛에 어우러진 배꽃잎 흩날릴 제

배는 중국 고대부터 이미 과일 중의 으뜸으로 받들어진 과일이었습니다. 이
땅에서 배의 고장으로는 전남 나주가 으뜸이지만 요즈음은 전국 어디에서나
재배하는 과수가 되었습니다.

　배는 또한 이른 봄에 피는 하얀 꽃이 아름다워 일찍부터 시인묵객의 주목
을 받았습니다.

　남조 양나라 소자현蘇子顯은 「연가행燕歌行」에서 "낙양의 배꽃은 눈발처럼
떨어지고, 하수 가의 작은 풀은 사철쑥처럼 작네[洛陽梨花落如雪, 河邊細草細如
茵]"라고 배꽃을 봄의 전령으로 읊은 바 있습니다. 그렇습니다. 배꽃은 복사
꽃, 오얏꽃과 함께 봄을 상징하는 꽃 중 하나였습니다.

　이화梨花에 월백月白하고 은한銀漢이 삼경인 제

　일지춘심一枝春心을 자규子規야 알랴만은

다정도 병인 냥하여 잠 못 드러 하노라

이조년, 「다정가」

고려 후기의 문신 이조년李兆年의 유명한 「다정가多情歌」입니다. 참으로 배꽃에는 달빛이 어우러져야 그 진면목이 드러난다고 생각합니다. 달빛에 어우러진 배꽃을 보고도 그리운 사람을 그리워하지 않는다면, 이미 시심을 잃어버린 살풍경한 사람일 것입니다. 그래서 우리 꽃노래〈화편〉에서는 배꽃을 시객이라고 했습니다.

이화우梨花雨 흩날릴 제 울며 잡고 이별한 님

추풍낙엽에 저도 날 생각난가

천 리에 외로운 꿈만 오락가락하노매

이매창, 「이화우」

조선 중기의 여류 시인 이매창李梅窓의 시조입니다. 이화우는 배꽃에 흩날리는 봄비입니다. 봄비에 젖은 배꽃은 또 하나의 진면목! 달빛에 잠기고 봄비에 젖은 배꽃을 보며 옛 여인들은 애타는 춘심에 홀로 흐느껴야 했습니다.

원락은 침침한 새벽인데	院落沈沈曉
배꽃 피어 백설의 향기 나네	花開白雪香
한 가지 봄비에 살짝 젖으니	一枝輕帶雨
눈물 젖은 귀비의 모습이네	淚濕貴妃妝

강수, 「이화」

순결한 옥빛의 배꽃

송나라의 강수江洙는 봄비에 젖은 배꽃을 묘사하였는데, 후반 두 구절은
다음의 시구를 빌려온 것입니다.

옥 같은 얼굴 적막하게 눈물 흘리니　　　　　　　　　　玉容寂寞淚闌干
배꽃 한 가지 봄비에 젖은 듯　　　　　　　　　　　　　梨花一枝春帶雨
백거이, 「장한가長恨歌」의 구절

현종과의 화려했던 사랑을 잃고 죽어서 초췌한 혼령이 된 양귀비의 모습
을 봄비에 젖은 배꽃에 비유한 것입니다. 양귀비는 안록산의 반란이 일어났을
때 현종과 남쪽 촉 땅으로 피난을 가다가 마외파馬嵬坡란 곳에서 군사들의 강
요에 따라 자결을 해야만 했습니다. 현종은 속수무책이었고, 나중에 난리가
평정된 후 홀로 장안으로 돌아와 숙종에게 왕위를 넘기고 유폐되었습니다.
자나 깨나 양귀비를 잊지 못하여 남몰래 방사方士를 불러서 그녀의 혼을 찾게
했습니다. 방사는 봉래도에서 선녀가 되어 있는 그녀를 찾았습니다. 현종의

사신이 왔다는 소식을 들은 그녀는 눈물 흘리며 방사를 맞이했습니다. 그 모습이 봄비에 젖은 배꽃과 같았습니다. 방사가 떠나올 때 그녀는 현종에게 전할 징표로서 현종과 단 둘이만 알고 있는 맹세의 말을 전하게 했습니다. "하늘에서는 비익조(比翼鳥, 암수가 눈과 날개가 하나이기 때문에 반드시 짝을 지어야 날 수 있는 새)가 되고, 땅에서는 연리지連理枝가 되리라. 영원한 하늘과 땅도 언젠가 없어질 때가 있겠지만 이 한은 끊임없어 끊어질 때가 없으리라."

눈발인가 나비인가

배꽃은 그 순결한 옥빛으로 인하여 하얀 눈과 나비로 자주 묘사되었습니다.

처음엔 가지 위에 눈꽃이 피었나 싶었는데	初疑枝上雪黏華
맑은 향기가 끼처와 비로소 꽃인 줄 알았네	爲有淸香認是花
한매의 옥빛 얼굴의 순결함도 깎아버리고	剝却寒梅瓊臉潔
농염한 살구꽃 비단 꽃받침의 화려함도 비웃네	笑他穠杏錦跗奢
날아오니 푸른 나무 사이에서 쉽게 보이고	飛來易見穿靑樹
떨어져 가니 흰모래와 섞여 알아보기 어렵네	落去難知混白沙
새하얀 팔의 가인이 비단 소매를 걸치고	皓腕佳人披練袂
살짝 미소 머금고 다정도 하네	微微合笑拙情多

이규보, 「옥야현 객사에서 현판 위의 학사 채보문의 이화시에 차운함(沃野縣客舍, 次韻板上蔡學士寶文梨花詩)」

매화의 옥 같은 얼굴의 순결함도, 살구꽃의 비단 같은 꽃받침의 화려함도, 배꽃의 아름다움에는 당할 수 없습니다. 왜냐하면 배꽃은 비단 소매를 휘날리는 하얀 팔을 가진 가인이니까요. 옥야현沃野縣은 지금의 전북 익산 지역입니다. 채보문은 고려 의종 때 과거에 합격하여 보문각 대제학寶文閣大提學을 지낸 뛰어난 문사였습니다.

냉염한 꽃 완전히 눈발로 속았는데	冷艶全欺雪
남은 향기 곧 옷자락으로 끼쳐오네	餘香乍入衣
봄바람 그치지 않아서	春風且莫定
옥계로 날려보내네	吹向玉階飛

구위, 「좌액이화左掖梨花」

당나라 구위(丘爲, 694~789) 역시 배꽃을 눈발로 묘사하였습니다. 구위는 왕유와 친했던 시인으로, 96세까지 장수를 누렸습니다.

날아 춤추며 훨훨 갔다가 되돌아와서	飛舞翩翩去却迴
거꾸로 불리어 다시 가지 위에 피려 하네	倒吹還欲上枝開
무단히 한 꽃잎이 거미줄에 걸리어	無端一片黏絲網
때때로 거미가 나비를 포획하러 내려옴을 보네	時見蜘蛛捕蝶來

김구, 「떨어진 배꽃〔落梨花〕」

바람에 날린 흰 꽃잎 한 조각이 하필 거미줄에 걸렸습니다. 거미가 흰나비인가 싶어서 잽싸게 꽃잎을 덮쳤습니다. 그런데 향내 나는 이것은 대체 무언가? 배꽃을 보듬고 자꾸만 혼란에 빠져드는 거미가 재미납니다.

김구金坵는 한림학사를 지낸 고려 문인입니다.

차가운 향기 다하고 저녁 바람 부는데   冷香銷盡晚風吹

말끄러미 말없이 지는 햇살 마주하였네   脈脈無言對落輝

지난날 교외 서쪽의 천 그루 눈빛 꽃들   舊日郊西千樹雪

지금 호랑나비 따라 떼 지어 날고 있네   今隨蝴蝶作團飛

사일, 「이화」

「화조6폭병풍」(부분), 채용신,
순천대학교박물관 소장

송나라 사일謝逸 또한 바람에 날리는 배꽃을 나비로 비유하였습니다. 그는 호랑나비[胡蝶] 시 300여 수를 지어 '사호접謝蝴蝶'이란 별명을 얻은 시인이었습니다. 그래서 바람에 흩날리는 배꽃이 나비로 보였던 것일까요?

배꽃은 담백하고 버들은 짙푸른데	梨花淡白柳深靑
버들솜 날릴 때 배꽃이 성에 가득하네	柳絮飛時花滿城
슬프구나 동쪽 난간의 한 그루 눈빛의 꽃	惆悵東欄一株雪
인생에서 몇 번이나 청명절을 볼 것인가?	人生看得幾淸明

소식, 「공밀주의 「동쪽난간의 이화」 시에 화답하다[和孔密州東欄梨花]」

참으로 우리는 인생에서 몇 번이나 청명날의 배꽃을 대할 수 있을까요? 배꽃은 전국 어디에서나 흔히 볼 수 있어서 굳이 특별한 명소를 찾을 필요가 없습니다. 다만 우리 주변의 모든 사물이 그러하듯 무심한 시선으로는 배꽃을 결코 볼 수 없을 것입니다. 혹시 한식과 청명 무렵에 교외로 나간다면 유심히 한번 주변을 둘러보시길 바랍니다. 그러면 거기에 아름다운 배꽃이 당신에게 미소 짓고 있을 것입니다.

금촌추에 대한 추억

전에 살던 아파트 화단에 배나무가 있었는데 미루나무처럼 컸습니다. 그 하늘을 찌르는 웅장한 기상을 바라보고 있노라면 절로 존경심이 일어났습니다. 과수원의 나무처럼 인공적인 전지 작업을 받지 않았기 때문에 가지는 손에 닿지 않았고, 모두 하늘을 향해 치솟았습니다. 해마다 배가 열렸는데 그 크기가 복숭아만 했습니다. 열매가 크도록 꽃이나 열매를 솎아주지 않았기 때문입니다. 떨어진 열매를 먹어보니 맛이 달콤하면서 떫었습니다. 문득 나의 먼 기억 속에 있는 추억의 맛이 떠올랐습니다.

내 외가는 배로 유명한 나주입니다. 외조부 때부터 지금까지 100여 년 동안 배 농사를 짓고 있습니다. 어린 시절 과수원에서는 금촌추(今村秋, 이마무라), 장십랑(長十郞, 조지로), 만삼길晩三吉 등 여러 일본 품종의 배를 재배했습니다. 그 중에서 지금도 가끔 생각나는 배가 금촌추입니다.

금촌추는 대형 배로서 좀 울퉁불퉁하고, 저장성이 뛰어나고, 맛이 달면서 새콤한 신맛이 있고, 과즙이 넉넉하여 식감이 좋아서 당시 나주 배의 명성을 떨치게 한 품종이었습니다. 그러나 이미 오래전에 신고新高와 같은 품종에 밀려서 거의 도태되고 말았습니다.

금촌추가 도태당한 것은 그 맛 때문이 아니었습니다. 금촌추의 특징 하나가 껍질에 검버섯 같은 검은 반점이 있는 것입니다. 이 검버섯 반점과 울퉁불퉁한 모양 때문에 소비자들에게 외면받은 것입니다. 맛이 가장 뛰어난 최고의 배가 그 겉모습 때문에 도태당한 것이 좀 슬프군요. 내 외가에서도 이미 오래전에 금촌추 대신 다른 품종을 가꾸고 있습니다. 다만 금촌추 몇 그루를 기념 삼아 남겨두었습니다. 그래서 가끔 추억의 맛을 볼 기회가 있기는 합니다만 항상 아쉽기 그지없습니다. 근래 추황秋黃이란 품종의 배를 맛보니 금촌추 비슷한 새콤한 신맛이 있어서 반가웠습니다.

요즈음은 긴 장마 때문에 배를 비롯한 모든 과일의 작황이 좋지 않다고 합니다. 내 외가의 배는 어떠한지 궁금하군요.

미인의 입술

앵두

종묘에 바치는 열매

『예기』, 「월령」을 보면 천자가 종묘에 함도含桃를 제수로 올렸다는 기록이 있는데, 이 함도가 바로 앵두입니다. 한나라 숙손통叔孫通도 혜제惠帝에게 건의하여 앵두를 종묘에 올리게 했다고 합니다. 이러한 전통은 후대에도 계승되어 당나라, 고려, 조선에서도 시행되었습니다.

이규보가 쓴 「대묘에 망제를 고하고 겸하여 보리와 앵두를 올리는 제축문[告望大廟兼薦麥櫻桃祭祝]」도 종묘에 앵두와 햇보리를 올렸다는 기록을 전합니다.

조선 『태종실록』에는 "예조禮曹에 명하여 천신법薦新法을 상고하여 아뢰게 하였다. 임금이 말하기를, '종묘에 앵두를 천신(薦新, 절기마다 새로운 산물을 올리는 것)하는 것이 의궤(儀軌)에 실려 있는데, 반드시 5월 초하루와 보름 제사에 겸행하게 되어 있다. 만약 초하루 제사 때에 아직 익지 않았다면 보름 제사를 기다려서 겸행하게 되어 있으니, 참으로 융통성이 없어 인정人情에 어긋난다. 앵두가 잘 익을 때는 바로 단오 때이니, 이제부터는 앵두가 잘 익는 날을 따라

종묘에 바쳤던 열매, 앵두

천신하게 하고, 초하루 제사와 보름 제사에 구애받지 말라'고 했다"는 기록이
있습니다.

오월 요동은 더운 기운 약한데	五月遼東暑氣微
앵두가 막 익어서 가지를 눌러 내렸네	櫻桃初熟壓低枝
새 과일을 맛보고 도리어 애가 끊기는 것은	嘗新客路還腸斷
우리 임금께서 종묘에 올릴 때에 이르지 못하기 때문이네	不及吾君薦廟時

정몽주, 「복주에서 앵두를 먹다〔復州, 食櫻桃〕」

고려 말기 문인 정몽주(鄭夢周, 1337~1392)가 요동 복주에서 앵두를 처음
맛보고 지은 시입니다. 맛있는 앵두를 먹고 도리어 마음이 슬픕니다. 왜냐하
면 임금께서 종묘에 앵두를 올리는 때까지 조국으로 돌아가지 못하기 때문입
니다. 당시 정몽주는 금나라에 사신으로 가서 고려와 금나라의 영토 문제 등
을 협상하는 외교 임무를 수행하고 있었습니다.

앵두는 한자로 앵도櫻桃라고 표기합니다. 문자학에 정통한 송나라 학자
육전陸佃은 『비아埤雅』에서 "앵도는 목질이고 그늘이 많고 그 과일은 먼저 익는
다. 일명 형도荊桃 또는 함도含桃라고 한다. 허신許慎이 말하기를 '꾀꼬리가 삼켜
먹기 때문에 함도含桃라고 한 것이다. 앵도鸎桃라고 한 것 또한 꾀꼬리가 삼켜
먹기 때문에 앵도라고 한 것이다'라고 했다"고 했습니다. 『본초연의本草衍義』에
서는 "그 모양이 복숭아를 닮아서 앵도櫻桃라고 한다"고 했습니다.

여러 책에서 앵두의 별칭으로 앵주櫻珠, 납주蠟珠, 우도牛桃, 맥영麥英, 주수朱
茱 등을 언급했습니다. 우리나라 『악학궤범樂學軌範』에서는 천금千金이라고 했
습니다.

앵두나무는 장미과의 작은 교목으로 3미터 정도로 자라며 초봄 잎이 나

오기 전에 다섯 꽃잎으로 이루어진 하얀 꽃이 가지를 뒤덮듯이 핍니다. 마치 눈이 쌓인 듯하여 장관입니다. 꽃은 매화보다 늦게 피지만 과일은 먼저 익습니다. 처음에 맺힌 작은 초록색 열매는 노란색으로 변했다가 완전히 익으면 빨간색이 됩니다. 열매의 맛은 시큼하면서 달콤한데 남다른 매력이 있습니다.

임금이 신하에게 하사한 과일

옛 시절에는 사계절의 산물이나 지방의 특산물을 임금의 이름으로 신하들에게 하사했는데, 과일 가운데는 귤이 대표적인 하사품이었습니다. 그리고 초여름 과일 중에서는 앵두가 대표적인 하사품이었습니다.

궁중 안 붉은 앵두를 적옥반에 담아서	宮裏朱櫻赤玉盤
옥반을 달빛 아래서 모든 관리에게 하사했네	盤從月下賜千官
구천에서 받들어 나오니 자리 앞에서 잃어버리고	九天擎出當筵失
한밤중에 전하여 보니 젓가락 대기 어렵네	半夜傳看放箸難
시야 드는 건 빛나는 붉은색뿐이라 모두 놀라고	入眼共驚紅的的
가득 품어보고 둥글둥글한 열매를 겨우 분별하네	盈懷緫辨實團團
시신 중에 누가 상여처럼 소갈증이 있던가	侍臣誰是相如渴
금경의 차가운 새벽이슬을 바라지 않네	不羨金莖曉露寒

이민서(李敏敍, 1633~1688), 「영반으로 앵두를 하사하다〔瑛盤賜櫻桃〕」

붉은 옥쟁반에 앵두를 담아서 달밤에 하사해준 것을 읊은 시입니다. 붉은 앵두를 붉은 옥쟁반에 담아서 달빛 아래 내놓으니 붉은 앵두와 붉은 옥쟁반의 색이 같아서 마치 빈 쟁반처럼 보입니다. 그래서 자리 앞에서 앵두를 찾지 못하여 젓가락을 대기 어렵습니다.

상여는 한나라 사마상여(司馬相如, 기원전 179~기원전 117)를 말하는데, 그는 평생 소갈증에 시달렸다고 합니다. 앵두가 소갈증을 풀어줄 것이니 금경으로 받은 차가운 새벽이슬을 바랄 필요가 없습니다. 금경은 구리 기둥인데, 한무제가 불로장생을 위해 구리 기둥을 세우고 그 위에 대야를 올려놓고 새벽이슬을 받아 먹었다고 합니다. 이를 승로반承露盤이라고 합니다.

이 시는 옛날의 고사를 빌려왔습니다.

한나라 명제明帝가 화림원華林園에서 군신群臣들에게 밤 연회를 베풀어주었는데 대관大官에게 앵두를 올리게 명하고, 적하영(赤瑕瑛, 붉은 옥으로 만든 쟁반)에 담아 군신들에게 하사했다. 그 잎을 제거한 까닭에 달빛 아래서 보니 쟁반과 앵두가 모두 한 색깔이었다. 여러 신하들이 웃으면서 "이는 빈 쟁반이다"라고 했다. 그때 황제가 궁궐 안에 앉게 하고 승로조사承露詔使에게 촛불을 들고 다시 비춰주도록 했다. 여러 신하들이 이에 쟁반 안이 비지 않았음을 알고 모두 사례하고 즐거워했다.

이방李昉, 『태평어람太平御覽』

한나라 때부터 앵두를 신하들에게 하사했으니 그 유래가 유구합니다.

부용궐 아래 모든 관리들을 모이게 하고	芙蓉闕下會千官
궁중의 붉은 앵두를 난간 위로 내오네	紫禁朱櫻出上闌
방금 침원에 봄 제수로 올린 후이니	緦是寢園春薦後
어원에서 새가 먹고 남긴 것이 아니네	非關御苑鳥銜殘
돌아가는 말에 다퉈 청사롱을 매다니	歸鞍競帶青絲籠

중사는 자주 적옥반을 기울이네	中使頻傾赤玉盤
포식해도 오장의 열을 근심할 필요 없으니	飽食不湏愁内熱
대관에게 도리어 차가운 사탕수수즙이 있다네	大官還有蔗漿寒

왕유, 「백관에게 앵두를 하사하시다〔勅賜百官櫻桃〕」

당나라 이작李綽이 쓴 『진중세시기秦中歳時記』에 "4월 1일에 내원內園에서 앵두를 올리니 침묘寝廟에 올린 후에 나누어 하사했는데 각각 차등이 있었다. 왕유의 시에……"라는 기록이 있습니다. 당나라 때도 종묘에 앵두를 올린 후 신하들에게 하사했음을 알 수 있습니다.

청사롱은 푸른 실로 짠 바구니인데 궁중의 내시가 적옥반에 담긴 앵두를 돌아가는 신하들의 청사롱에 하나하나 담아준 것입니다. 포식해도 오장의 열을 근심할 필요가 없다고 했으니 앵두는 과식을 해도 배탈이 나지 않나 봅니다.

앵두 같은 입술, 버들 같은 허리

우리가 흔히 사용하는 '앵두 같은 입술'이란 말은 아름다운 여인의 미모를 비유하는 표현입니다. 그 옛날에도 이런 표현을 썼나 봅니다.

당나라 백거이에게 두 기녀 첩이 있었는데 번소樊素는 노래를 잘 불렀고, 소만小蠻은 춤을 잘 추었습니다. 백거이는 시를 지어 이들 두 사람을 다음과 같이 묘사했습니다.

| 앵도는 번소의 입이요 | 櫻桃樊素口 |
| 버들은 소만의 허리네 | 楊柳小蠻腰 |

앵두꽃

앵두

'버들 같은 허리' 또한 우리가 흔히 사용하는 허리가 가는 여인을 묘사하는 말입니다.

담장 밖 수양버들은 가는 허리로 춤추는데	墻外垂楊舞細腰
당 앞에 또 붉은 앵두를 심었네	堂前更植赤櫻桃
늙은이의 풍정이 박하다고 말하지 마오	休言老子風情薄
오래 봄바람 대하며 이교를 동반했다네	長對春風伴二喬

이정암(李廷馣, 1541~1600), 「앵두」

가는 허리의 버드나무는 담장 밖에서 춤추는데 당 앞에 또 앵두나무를 심었습니다. 버드나무와 앵두나무를 이교二喬라고 했습니다. 이교는 중국 삼국시대 오나라 최고의 미녀 교씨喬氏 자매입니다. 언니 대교大喬는 손책孫策의 부인이고, 동생 소교小喬는 주유周瑜의 부인이었습니다. 조조曹操가 적벽대전을 벌였을 때 제갈공명은 전쟁에 망설이는 손권孫權에게 조조의 속셈은 이교를 차지하려는 것이라며 손권에게 전쟁을 결심하게 한 바 있습니다.

그 대단한 절세미인 이교를 거느렸으니 조조의 동작대(銅雀臺, 조조가 업鄴의 서북쪽에 지은 누대인데, 소설 『삼국지』에서 제갈공명이 주유에게 말하기를 조조가 동작대를 지은 목적은 이교를 데려다놓고 밤낮으로 즐기려고 하는 것이라고 했다)가 아니라도 세상 부러울 것이 없는 노인의 풍정입니다.

잎 아래 앵두 수많은 열매가 둥근데	葉底櫻桃萬顆圓
햇살 비껴 비추니 색과 모습이 아름답네	日斜交映色相鮮
문득 미녀가 푸른 누대 위에 있는 듯하고	却疑美女靑樓上
또 산호가 푸른 물 앞에 있는 것을 상상하네	更想珊瑚綠水前

정두경(鄭斗卿, 1597~1673),「앵두〔櫻桃〕」

앵두를 푸른 누대에 있는 미녀와 푸른 물 앞에 있는 산호로 비유했습니다.

꽃 필 땐 쫓아가 구경하노라 밤을 지새우고	花時追賞夜將朝
꽃 진 후엔 늦잠으로 해가 높이 떴네	花過遲眠日儘高
또 산새와 먹을거리 다투느라	又與山禽爭口腹
장대 들고 탄환 가지고 앵두를 지키네	執竿挾彈守櫻桃

양만리,「늦봄에 즉석에서 짓다〔暮春卽事〕」

참 바쁜 사람이군요. 꽃이 피면 구경하노라 밤을 새우고, 열매가 익으면 산새에게 빼앗길까 장대 들고 탄환 가지고 앵두를 지키니 참으로 앵두를 보물처럼 사랑하는 사람인가 봅니다.

몇 점의 단사가 녹음을 비추는가	幾點丹砂照綠陰
요지 내사의 노을 소매는 푸르네	瑤池內史翠霞襟
봄바람 속 어디에서 서로 알았던가	東風何處曾相識
침수향 사라지고 대낮 집안이 깊네	沈水香消午院深

후복侯復,「앵두와 파랑새 그림에 적다〔題櫻桃翠羽圖〕」

앵두와 파랑새 그림에 적은 시입니다. 꽃나무와 새를 그린 화조도나 벌레와 초목을 그린 화충도에 앵두는 자주 등장하는 소재였습니다.

파랑새는 전설 속의 새로, 요지瑤池에 산다는 서왕모西王母의 사자입니다. 서왕모의 사자와 앵두는 언제부터 아는 사이였을까요?

형제의 우애

박태기나무

전씨 형제의 나무

개나리, 살구꽃, 복사꽃이 이미 시들어버린 늦봄에 박태기나무는 비로소 피어
납니다. 가는 봄을 전송하며 온몸을 붉게 사릅니다.

박태기나무는 콩과 식물로 낙엽관목입니다. 늦봄에 푸른 잎이 나오기 전
에 조그마한 붉은 꽃들이 무더기로 줄기와 가지를 온통 뒤덮으며 피어서 마
치 나무 전체가 불타는 듯합니다. 꽃이 지면 콩깍지 같은 꼬투리 열매가 무더
기로 맺힙니다. 이 열매는 겨울에는 눈 속에 달려 있고, 이듬해 봄 다음 꽃이
필 때까지 달려 있습니다.

박태기라는 이름은 그 작은 꽃의 모양이 밥태기, 즉 밥알 같아서 붙여진
것이라고 합니다.

박태기나무의 원산지는 중국이고, 한자 이름은 자형紫荊이라고 하는데 그
나무가 황형黃荊나무와 같고 꽃의 색이 자색이어서 붙여진 것이라고 합니다.
별칭은 만조홍滿條紅이고 가지에 가득 피는 붉은 꽃이란 뜻입니다.

한나라 경조(京兆, 장안)에 사는 전진田眞 형제 세 사람이 재산 분배를 함께 의논하여 재물을 공평하게 나누었다. 다만 당堂 앞의 한 그루 자형수紫荊樹는 서로 의논하여 세 조각으로 쪼개기로 하고 다음 날 가서 자르려고 했다. 그 나무는 곧 말라 죽어버렸는데 모양이 불에 탄 것 같았다. 전진이 가서 보고는 크게 놀라서 동생들에게 말하기를 "나무가 본래 같은 줄기인데 쪼개서 나누려 한다는 말을 듣고 말라버린 것이다. 사람이 나무보다 못하구나"라고 했다. 이로 인해 슬픔을 이길 수 없어서 다시 나무를 쪼개려 하지 않았다. 나무가 이에 응하여 다시 무성해졌다. 형제들이 서로 감개하여 재산을 합해 마침내 효자 집안을 이루었다. 전진은 벼슬하여 대중대부大中大夫에 이르렀다.

오균(吳均, 469~520), 『제해기齊諧記』

이 이야기로 인하여 박태기나무는 형제간의 우애를 상징하게 되었습니다. 진晉나라 육기陸機가 「예장행豫章行」이라는 시에서 "세 조각 박태기나무지만 같은 그루였음을 기뻐하네[三荊歡同株]"라고 이 고사를 처음으로 취했습니다.

박태기나무에 바람 부니	風吹紫荊樹
풍광이 봄 정원과 함께 저물고	色與春庭暮
꽃 떨어져 옛 가지를 떠나는데	花落辭故枝
바람 몰아쳐 돌아갈 곳이 없네	風回返無處
형제의 소중한 편지가 은혜롭지만	骨肉恩書重
정처 없이 떠도니 서로 만나기 어렵네	漂泊難相遇
오히려 눈물이 은하수를 이루어	猶有淚成河
하늘을 지나 다시 동쪽으로 흘러가네	經天復東注

두보, 「동생의 소식을 듣고[得舍弟消息]」

밥알을 닮은 박태기꽃

박태기나무는 늦봄에 핍니다. 그 꽃이 피면 이제 봄이 얼마 남지 않았다는 것을 뜻합니다. 꽃은 옛 가지에서 떨어지는데 바람이 불어 돌아갈 곳도 없습니다. 모처럼 형제의 편지를 받았는데 정처 없는 신세라서 서로 만나기가 어렵습니다. 그저 슬픈 눈물만 은하수를 이루어 하늘을 지나 동쪽으로 흘러갈 뿐입니다. 이 시에서 박태기나무는 형제애를 상징합니다.

많은 꽃들이 어지럽게 이미 떨어져 쌓였는데	雜英紛已積
향기 머금고 늦봄에 홀로 피어 있네	含芳獨暮春
도리어 고향의 나무 같으니	還如故園樹
문득 고향 사람을 생각하네	忽憶故園人

위응물韋應物, 「자형화를 보다〔見紫荊花〕」

여러 꽃들에서 떨어진 꽃잎들이 이미 쌓여 있는 늦봄인데 박태기꽃만 향기 머금고 홀로 피어 있습니다. 마치 고향에 있는 나무 같습니다. 그래서 자신도 모르게 고향에 있는 형제들을 생각합니다. 모두들 잘 있는지?

박태기나무에 봄빛이 이르니

박태기나무가 언제 한반도로 왔는지 문헌상으로는 증명할 방법이 없습니다. 그러나 자형이라는 한자 이름과 전씨 형제들의 고사는 이미 고려 말의 문헌에 등장했습니다.

아황 자매는 반죽을 이루었고	娥皇二女成班竹
전씨 삼 형제는 박태기나무를 마르게 했네	田氏三人悴紫荊

원천석(元天錫, 1330년~?), 「진감眞感」

아황娥皇은 여영女英과 친자매로서 요堯임금의 딸인데 순舜임금에게 함께 시집갔습니다. 순 임금이 호남성 소상강瀟湘江가에서 죽자 아황 자매는 피눈물을 강가의 대나무에 뿌리고서 강에 투신하여 강의 신인 상비湘妃가 되었습니다. 그때 뿌린 피눈물이 대나무에 묻어 얼룩점이 있는 반죽班竹이 되었다고 합니다. 전씨 삼형제는 물론 전진 형제들입니다.

시렁에 가득한 의상은 정해진 주인이 없고	滿架衣裳無定主
비바람 속에 침상 마주하고 우애가 더욱 깊네	對床風雨意彌深
박태기나무 가지 위에 봄빛이 다시 이르니	紫荊枝上春光再
형제 두 사람이 한마음이 되었네	兄弟二人同一心

이첨(李詹, 1345~1405), 「김돈신의 시 「증형」에 차운하다(次金篤信贈兄詩韻)」

시렁은 긴 대나무 같은 것을 벽에 매달아둔 것으로 지금의 옷걸이와 같은 것입니다. 거기에 걸어둔 형제의 옷은 내 것과 네 것이 따로 없습니다. 비바람 속에 침상을 마주하고 지내니 형제의 우애가 깊을 수밖에 없습니다. 때마침 박태기나무에 봄빛이 이르러 꽃을 피우니 형제 두 사람의 한마음 같습니다.

희황 시절의 신세인데 북창이 서늘하고	羲皇身世北窓凉
발을 걷은 빈 당에 여름날이 기네	簾捲虛堂夏日長
초록나무 그늘 속에 꾀꼬리가 짝을 부르고	綠樹陰中鸎喚友
박태기꽃 아래 나비가 향기를 찾네	紫荊花下蝶尋芳

이언적(李彦迪, 1491~1553), 「여름날 즉석에서 짓다〔夏日卽事〕」

희황은 태고시대의 제왕으로 요순처럼 태평성대를 상징합니다. 시의 첫 구절은 진나라 도연명이 큰아들 엄儼 등 다섯 아들에게 준 글인 「여자엄등소與子儼等疏」에서 "오뉴월 중에 북창 아래에 누워서 서늘한 바람이 살랑살랑 불어오는 것을 맞고 있노라면 스스로 희황 시대의 사람이라 생각된다"고 한 말을 빌려온 것입니다.

태평한 시대를 맞아 북창도 서늘하고, 발을 걷은 빈 당에는 여름날이 길기만 합니다. 초록 나무의 녹음 속에선 꾀꼬리가 제 짝을 부르고, 박태기꽃 아래선 나비가 향기를 찾고 있습니다. 참으로 태평성대의 할 일 없는 여름날입니다.

여기서 박태기꽃은 형제간의 우애를 상징하는 대상이 아니라 여름날의 한 풍광으로 등장합니다. 관념적인 상징으로써 거론한 것이 아니라 실제로 피어 있는 박태기꽃을 묘사한 것입니다.

조선의 문인들은 부모에 대한 효도와 형제간의 우애를 절대 가치로 삼는

우애의 상징 박태기꽃

유교 도덕주의의 환경 속에 있었습니다. 그래서인지 박태기꽃이 등장하는 시문이 수백 편에 이릅니다. 물론 형제애의 상징물로써 이끌어온 것입니다. 그러나 박태기꽃은 그런 상징에 힘입지 않더라도 여러 명화名花들과 함께 개성 넘치는 아름다움을 다툴 만한 품격이 있습니다. 꽃뿐만 아니라 그 나무줄기와 잎 또한 완상의 가치가 충분합니다. 나는 한겨울에 마른 꼬투리 열매를 달고 눈에 쌓여 있는 박태기나무의 가지와 줄기를 볼 때마다 영원히 끊어질 것 같지 않은 쇠줄의 강인한 힘을 느끼곤 합니다.

양귀비의 열매

여지

망국의 열매

여지荔枝는 우리나라에 없는 열대 과일나무입니다. 그러나 고려 때부터 이 땅의 지식인들은 중국의 시문을 통하여 여지를 접하고 비상한 관심을 보였습니다. 왜냐하면 양귀비가 가장 좋아했다는 열매이기 때문입니다.

옥유와 빙장의 맛이 여전히 신선한 것은	玉乳氷漿味尙新
별처럼 날아 역마가 풍진 속을 달려온 탓이네	星飛馹騎走風塵
도리어 삼천 리를 지척처럼 달려왔기에	却因咫尺三千里
미인의 얼굴에 한 미소의 봄을 더하게 했네	添得紅顏一笑春

이규보, 「여지荔支」

이규보는 이 시의 서문에서 "『당서唐書』에 '귀비貴妃가 여지를 좋아했는데 반드시 신선한 것으로 가져와야 했다. 이에 역마를 설치하고 수천 리 거리를 전송했는데 맛이 변하기 전에 이미 경사에 도착했다'고 했다. 두목杜牧의 시에 '한 필 역마가 붉은 먼지 날리니 귀비가 미소 짓는데, 이것이 여지가 온 것임을 아는 사람이 없네[一騎紅塵妃子笑, 無人知是荔支來.]'라고 했다"고 했습니다.

옥유는 옥빛의 우유고, 빙장은 차가운 음료로 바로 여지의 즙액을 말합니다. 삼천 리 길을 별처럼 날아서 신선한 여지를 바치니 미인의 얼굴에 환한 미소가 절로 번집니다.

그러나 미인의 얼굴에 환한 미소를 띠게 한 대가는 너무 컸습니다.

십 리 역참마다 먼지 날리고	十里一置飛塵灰
오 리 이정표마다 병사들이 화급히 재촉하네	五里一堠兵火催
구덩이에 처박히고 골짜기에 엎어져 시신들 쌓이니	顛坑仆谷相枕藉
여지와 용안육이 올라오는 때임을 알겠네	知是荔枝龍眼來
나는 듯한 수레가 산을 넘고 날랜 배가 바다를 건너니	飛車跨山鶻橫海
나부끼는 가지 이슬 맺힌 잎이 갓 따온 듯하네	風枝露葉如新采
궁중 미인의 한 번의 미소를 위해	宮中美人一破顏
날리는 먼지 속에 뿌린 피가 천 년을 흐르네	驚塵濺血流千載
영원 연간엔 여지를 교주에서 바쳤는데	永元荔枝來交州
천보 연간엔 세공으로 부주에서 취해왔네	天寶歲貢取之涪
지금도 이임보의 살코기를 씹고자 하는데	至今欲食林甫肉
술잔 들어 백유에게 제사 올리는 사람이 없네	無人舉觴酹伯遊
내 바라건대 천공께서는 백성을 불쌍히 여기시어	我願天公憐赤子
이 진기한 물건을 내어 폐단을 만들지 마시오	莫生尤物爲瘡痏
비바람 순조로워 백곡이 풍년 들어	雨順風調百穀登
백성들이 기한을 겪지 않는 것이 큰 복이라네	民不饑寒爲上瑞

(하략)

소식, 「여지탄荔枝歎」

소식의 유명한 시 「여지탄」입니다. 여지에 대한 탄식을 토한 이 시는 많은 이들의 공감을 얻어서 한국과 중국의 지식인들이 차운시를 많이 남겼습니다.

당나라 현종의 애첩 양귀비는 유독 남방 과일인 여지와 용안육龍眼肉을 좋아했는데 항상 신선한 것만 먹고자 하여, 그녀의 식탐 때문에 역참의 기마들이 남방에서부터 수천 리를 내달려 장안까지 운송했다고 합니다. 바다와 강을 건너고 산을 넘는 이 험난한 운송 과정에서 날짜를 맞추지 못하거나 열매가 썩으면 운송자를 사형시켰다고 합니다.

이런 일을 계획하여 양귀비의 총애를 얻고자 한 사람은 당나라 최악의 간신으로 꼽히는 이임보李林甫였습니다.

남방의 과일인 여지와 용안육이 처음 궁중의 진상품이 된 것은 한나라 화제和帝 때입니다. 남쪽 교주(交州, 지금의 베트남 북부와 중국 광서성 지역)에서 장안까지 이 과일들을 신선한 상태로 진상하려고 10리마다 역참을 두고 5리마다 이정표를 세워 역마들이 숨 가쁘게 운송했습니다. 이 과정에서 많은 사람들이 목숨을 잃었고 맹수와 독충에게 해를 당한 사람은 헤아릴 수 없을 지경이었습니다. 그래서 당시 충신이던 당강唐羌은 상소를 올려 두 과일을 진상하는 일을 그만둘 것을 주장했는데 도리어 파직당하고 말았습니다. 시에서 언급한 백유伯游는 바로 당강의 자字입니다.

부주涪州는 지금의 사천성 일대로 당나라 때 여지의 산지였습니다.

용안육은 여지와 맛은 비슷하지만 외양은 다른데 그 생산 시기가 여지보다 약간 늦습니다. 이 두 과일은 청나라 때까지 줄곧 궁중의 중요한 진상물이었는데, 좋은 맛과 함께 생명을 연장시켜주는 효능이 있다고 여겼기 때문입니다.

비단결 피부 옥즙액이 상쾌히 목구멍을 자극하니	錦膚瓊液爽焦喉
냄새와 맛이 오월의 서늘함을 머금었네	氣味中含五月秋
이 과일이 유명하여 백성들 불행했으니	此物知名民不幸
영원과 천보 연간에 남쪽 고을을 병들게 했네	永元天寶病南州

이회보, 「여지」

영원은 한나라 화제의 연호고, 천보는 당나라 현종의 연호입니다. 소식의 시를 참고했음이 분명합니다. 그런데 이 시를 쓴 조선 중기 문인 이회보(李回寶, 1594~1669)는 어디서 여지를 얻어서 먹었을까요?

| 나라가 망한 것은 여자 오랑캐 때문이니 | 亡國由來是女戎 |

창생의 골수는 탕진되었는데 여지는 붉네	蒼生髓竭荔枝紅
어찌 오십 년 천하를	豈知五十年天下
허망하게 미인의 한 미소에 걸 줄 알았으랴	虛賭蛾眉一笑中

김리만, 「'한 필 역마가 붉은 먼지 날리니 귀비가 미소 짓네'라는 구절을 얻어서 읊다[賦得一騎紅塵妃子笑]」

당나라 두목杜牧의 시구를 얻어서 부연한 시입니다. 50년 천하라는 것은 현종이 재위한 기간을 말한 것입니다. 미인과 여지는 결국 망국의 한 원인이 었던가요?

여지의 동래

고려 말과 조선 초부터 중국에 사신으로 간 사람들은 여지를 중국에서 직접 맛보았는데, 더러는 가져오기도 했을 것입니다. 또한 중국에서 온 사신이 가져온 예물에는 으레 여지와 용안육이 있었습니다. 태종과 세종의 실록에는 중국에서 파견한 사신이 여지와 용안육을 바쳤다는 기록이 있습니다. 그래서 일부 왕족과 측근 신하들은 몇 알씩이나마 여지와 용안육을 이 땅에서 맛볼 수 있었습니다.

고려 말기 문인 이첨은 1400년(정종 2)과 1402년(태종 2)에 두 번이나 명나라에 다녀왔는데, 그는 시 「산동에서 돌아오며 보고 들은 것을 기록하다[山東回還, 記所見聞]」에서 "여지는 쟁반에 쌓여 향기와 맛이 빼어나고, 감귤은 광주리에 가득하여 안색이 노랗네[荔枝堆盤氣味絶, 柑子滿籃顔色黃]"라고 했습니다.

주름진 열매 막 터지면 열매는 황금 같고	皺縫初綻子如金

희고 찬 즙액은 빼어난 맛이 깊네 　　　　　　　雪酪氷漿一味深

소로는 민과 촉 지역을 알지 못하고 갔는데 　　　蘇老不知閩蜀去

어찌 너를 위해 길게 읊었던가 　　　　　　　何曾爲汝一長吟

서거정, 「여지荔枝」

소로는 소식蘇軾인데 남방의 민閩과 촉蜀 지역에서 귀양살이를 오래 했습니다. 그곳에서 남방의 풍속을 접하고 진기한 여러 과일을 맛보고 시로 남긴 것이 많습니다.

서거정은 조정의 중신으로서 귀한 여지를 하사받아 맛을 본 모양입니다.

연산군은 여지와 용안육을 특히 좋아한 것 같습니다. 중국으로 가는 사신에게 용안육과 여지를 많이 사 오라고 명했고, 여지를 승정원에 하사하고 승지들에게 칠언율시를 지어 올리라고 했습니다.

중종 때는 사탕沙糖·용안육·여지를 연산군이 좋아하였다고 하여 무역을 금하였으나 그것은 잠시였고, 조선 말까지 여지와 용안육은 중요한 수입품이었으며 궁중 잔치 때는 빠지지 않는 과일이었습니다.

조선 후기 실학자 홍대용(洪大容, 1731~1783)이 연경을 다녀온 견문을 기록한 『연기燕記』에 따르면, 요동의 책문柵門에서 이루어진 조선과 청나라의 무역에서 조선 상인들이 중국 상인들에게 사들인 물품은 면화棉花·함석咸錫·소목蘇木·호초胡椒·용안육龍眼肉·여지荔枝·민강閩薑·귤병橘餠과 각종 자기磁器 등속이라고 했습니다. 당시 용안육과 여지의 국내 수요가 상당했음을 알 수 있습니다.

여지를 먹다

여지는 남방 아열대 나무라서 중국의 북방인들에게는 여지를 맛보는 것이 평생의 행운이었습니다.

나부산 아래는 사철이 봄이라서	羅浮山下四時春
노귤과 양매가 차례로 신선하네	盧橘楊梅次第新
매일 여지 삼 백 알을 먹으니	日啖荔枝三百顆
오래 영남 사람이 되는 것을 사양하지 않으리라	不辭長作嶺南人

소식, 「여지를 먹다〔食荔支〕」

소식이 1096년 혜주惠州에서 지은 시입니다. 영남은 지금의 양광兩廣 일대 지역입니다. 소식은 영남 혜주에서 3년 동안 귀양살이를 했습니다. 북방인으로서 남방 오지의 삶은 하루하루가 죽음과 직결되는 고통이었지만 여지를 매일 300알이나 먹을 수 있어 오래 영남 사람이 되는 것을 사양하지 않겠다고 했으니, 여지를 처음 맛본 감회가 어떠했는지 엿볼 수 있습니다.

큰비가 내려서 관아의 객들과 종일 한담을 했다. 각자 은자銀子 한 푼씩을 내서 여지를 사왔다. 그 모양과 크기는 자두 열매 같고, 껍질은 자태피紫泰皮와 같으며, 그 안에 엉긴 즙은 호박琥珀처럼 하얗고, 씨는 개암열매 같았는데 흑색이었다. 맛은 달고 매끄러웠고 맑은 즙이 줄줄 흘렀다. 잎은 동백 같았으나 잎의 면이 약간 작았다. 맺힌 과일의 모양은 몇 촌의 작은 가지일지라도 수백 개로 많이 열린다. 이 나무를 심은 곳은 먼 지방에 있기 때문에 바람 먼지 속에 역마가 천 리 밖에서 가져온 것이다. 여름철의 맑고 매끄러운 진기한 과일로는 이보다 더 나은 것이 없다. 사람마다 기쁘게 먹으면서 사지 못할까 두려워하는 듯했다. 시장에 가득 쌓아놓으니 붉은색이 거리에 널렸고, 일시에 다 팔려버리니 그 이익이 적지 않다. 그래서 초楚 이남 지역에서는 집집마다 즐겨 심는데 과수원에 가득한 것은 모두 이 과일이다. 늙은 나무는 몇 아름이 넘고 가장 키가 큰 것은 10여 길이나 되고, 초록 잎이 무성하고 붉은 열매가 가지에 가득하여 많이 심은 시골 마을에는 붉은색과 초록색이 산에 비친다. 재화를 늘려서 재산을 일군 사람이 헤아릴 수 없이 많은데 이 과일에 힘입은 바 많다고 한다.

노인, 『금계일기錦溪日記』 중에서

노인(魯認, 1566~1623)은 임진왜란 때 권율 휘하에서 의병으로 활약하다가 1597년(선조 30) 8월 남원전투에서 포로가 되어 일본으로 끌려갔습니다. 일본에서 중국 사람 몇 명과 배를 타고 중국 복건福建으로 탈출하였다가 명나라 정부의 배려로 조국으로 돌아왔습니다.

중국 남방에서 여지를 먹고 상세하게 여지에 대하여 기록했습니다. 조선인의 여지에 대한 기록으로서 이보다 더 상세한 것은 없을 듯합니다.

여지는 향초(香蕉, 바나나), 파라(波蘿, 파인애플), 용안육과 함께 중국 남방의 4대 과일로 꼽힙니다. 아열대 상록교목으로 높이가 10미터에 달하며, 3~4월에 하얀 꽃이 무더기로 피고 5~8월 사이에 열매가 성숙합니다. 과일 껍질에는 많은 점이 있고 돌기가 있으며, 색은 선홍색과 자홍색이 있습니다.

당나라 백거이는 여지에 대해 "이 과일은 나뭇가지에서 떨어지면 하루가 지나서 색이 변하고, 이틀이 되면 향이 변하고, 사흘이 되면 맛이 변하고, 4~5일 후에는 색과 향과 맛이 모두 남아 있지 않기 때문에 이지離枝라고 이름을 붙인 것이다"고 했습니다.

좋은 품종이 현포의 나무였는데　　　　　　　　佳種標玄圃
언제 촉도로 나왔던가　　　　　　　　　　　　何曾出蜀都

「여지도荔枝圖」, 나빙(羅聘, 1733~1799), 청나라 양주팔괴 중의 한 사람.

애밀의 맛과 같은데	堪同厓蜜味
누가 여지노라고 불렀던가	誰喚荔枝奴
윤기는 삼위의 이슬을 빼앗았고	潤奪三危露
향기는 만 알의 구슬에 엉겼네	香凝萬顆珠
술잔 앞에서 기쁘게 먹으니	樽前欣可口
한 번의 시식이 고달픈 여정을 위로하네	一飷慰窮途

최연, 「용안을 먹다〔食龍眼〕」

현포는 곤륜산 꼭대기에 있다는 신선의 거주지입니다. 신선의 과수원에 있던 나무가 언제 중국 남방 촉도로 왔던가요? 맛이 애밀(석청)과 같은데 누가 여지노라고 불렀던가요? 당나라 유순劉恂의 『영표록이嶺表錄異』에서는 "여지 철이 막 지나가면 용안이 곧 익는다. 남쪽 사람들은 용안을 여지노荔枝奴라고 부르는데 그것은 용안이 항상 여지를 뒤따르기 때문이다"고 했습니다. 삼위三危는 고대 순舜임금이 묘족苗族을 내쫓아 살게 했다는 변방의 산 이름입니다.

최연(崔演, 1503~1546)은 1546년(명종 원년)에 사은사謝恩使로 명나라에 갔습니다. 그런데 돌아오던 도중 평양에 이르러 세상을 떠나고 말았습니다.

몇 해 전 중국 호남성으로 여러 학우들과 학술 답사를 갔는데 한겨울인데도 노란 용안육을 팔았습니다. 함께 동행한 권 선생께서 용안육을 몇 다발 사서 일행에게 나눠 주어 모두들 종일 용안육을 먹었습니다.

누구처럼 매일 붉은 여지를 삼 백알씩 먹을 수 있다면 남방의 무더위와 독충을 마다하지 않겠습니다.

수 로 부 인 의 꽃

철쭉

신라 절세의 미인

신라의 미인이라 하면 대부분 사람들은 선덕여왕이나 진덕여왕을 떠올릴지도 모르겠습니다. 그러나 동해의 용왕까지 반하게 했던 수로부인水路夫人을 첫째로 꼽지 않을 수 없습니다.

성덕왕聖德王 때 순정공純貞公이 강릉江陵 태수로 부임하던 중에 바닷가에 이르러 점심을 먹게 되었다. 옆에 바위 봉우리가 병풍처럼 바다에 임해 있었는데 높이가 천 길이고 그 위에 철쭉화躑躅花가 활짝 피어 있었다.

공의 부인 수로水路가 그것을 보고 좌우 사람들에게 말하기를 "누가 저 꽃을 꺾어다가 바치겠는가?"라고 했다. 시종들이 "사람이 올라가 도달할 수 있는 곳이 아닙니다"라고 하며, 모두 사양하고 꽃을 꺾어다 바치지 못했다.

옆에 어떤 노인이 암소를 끌고 지나가다가 부인의 말을 듣고서 그 꽃을 꺾고, 또한 가사歌詞를 지어 바쳤는데 그 노인이 어떤 사람인지 몰랐다. (중략) 노인의 「헌화가獻花歌」는 "자줏빛 바윗가에 잡고 온 암소를 놓고, 나를 부끄럽게 여기지 않는다면 꽃을 꺾어 바치리라"고 했다.

『삼국유사』 중에서

수로부인은 강릉으로 가던 중 동해의 용에게 납치되었다가 여러 사람들이 용을 성토하여 간신히 구조되기도 했습니다. 그때 용을 협박하며 부른 노래가 「해가海歌」였다지요. 또 그 절세의 용모 때문에 깊은 산과 큰 못을 지날 때마다 신물神物들에게 여러 번 납치당했다고 합니다. 산천의 요괴들까지 그녀의 미모를 탐낼 정도였다니 그 미모가 도대체 상상이 되질 않습니다.

『삼국유사』에 언급된 척촉화가 바로 철쭉꽃의 한자어입니다. 많은 사람들이 그 뜻을 '아름다워서 차마 떠나가지 못하고 서성이게 하는 꽃'으로 알고 있습니다. 그런데 송나라 문인 증조曾慥는 『유설類說』에서 "척촉화는 양이 먹으면 서성이다가 죽는다. 이로 인하여 이름을 얻었다"고 했습니다. 또 『고금주』에서는 "양척촉화羊躑躅花는 황양黃羊이 먹으면 죽는데, 양들이 그 꽃을 보면 서성이며 나뉘어 흩어지기 때문에 양척촉이라 이름 지은 것이다"고 했습니다.

철쭉은 진달래과의 낙엽소관목입니다. 철쭉은 진달래와 사촌지간이지만 개화 시기가 진달래보다 조금 늦습니다. 우리나라에서는 예부터 진달래를 참꽃이라고 하여 삼짇날 화전놀이의 대상으로 삼았으나, 철쭉은 개꽃이라고 하여 먹지 않고 소도 먹으면 탈이 난다는 그 독성을 경계했습니다.

서시에 비견되는 일본 철쭉

우리 산천에는 철쭉과 진달래가 지천이지만 그중에서도 좋은 품종은 이미 고려 때부터 집 안의 화단에서 귀하게 가꾸었습니다.

주상 전하께서 나라를 다스린 지 23년(1441) 봄에 일본국에서 척촉화 여러 화분을 바쳤다. 주상께서 내정內庭에 두게 했다. 그 꽃이 피어나니 단엽이면서 꽃잎은 몹시 크고 색은 석류와 같았고 꽃받침은 중첩되고 오랫동안 시들지 않았다. 그것과 우리나라의 자주색에 천엽인 꽃과 비교하면 아름다움과 추함이 모모嫫母와 서시西施의 차이보다 심했다. 주상께서는 아름답게 여겨 감상하시고 상림원上林園에 나누어 심게 하고 외부 사람에게는 감추고 얻어 갈 수 없게 했다. 다행히 나는 인척이라서 한 종실에게서 작은 뿌리 하나를 얻을 수 있었다. 그 성품을 알지 못하여 하나는 화분에 심고 하나는 땅에 심어서 시험해보았는데 땅에 심은 것은 얼어 죽었고, 화분에 심은 것은 탈이 없이 수년 사이에 가지가 무성해졌다. 사오월에 이르러 여러 꽃들이 시들어버렸을 때 큰 자태의 농염한 꽃이 붉은 비단처럼 난만히 피었는데 실로 누추한 집에서 감상할 바가 아니었다. 손님이 오면 한 화분을 보여주었는데 모두가 무슨 꽃인지 알지 못했다.

강희안, 『양화소록』 중에서

주상 전하는 세종대왕입니다. 일본 대마도주 소 사다모리宗貞盛가 1441년에 대마도의 여러 토산물과 함께 그곳 철쭉을 보내온 것입니다. 꽃이 큰 붉은색의 단엽 철쭉으로 품종이 좋았던 모양입니다.

모모는 삼황오제三皇五帝 시대 황제黃帝의 네 번째 비로 천하의 박색으로 전해지고, 서시는 오나라 왕 부차夫差의 애첩으로 미인의 대명사입니다. 일본 철쭉이 우리나라 철쭉보다 훨씬 예뻤던 모양입니다. 이 일본 철쭉은 이후 많은 호사가들이 집 안에 가꾸고 싶어했습니다.

만 리 푸른 파도 밖에서　　　　　　　　　　　　萬里滄波外

누가 이 좋은 꽃을 전했던가	誰傳此勝花
비단으로 금곡의 병풍을 두르고	錦圍金谷障
바람은 적성의 놀을 일으키네	風起赤城霞
뺨 위엔 연지가 매끄럽고	臉上丹脂膩
비녀 머리엔 붉은 제비 비껴 있네	釵頭紫燕斜
동쪽 가지에 눈물 이슬이 많으니	東枝多泣露
고향 집을 생각하는 듯하네	似是憶鄕家

정수강(丁壽崗, 1454~1527), 「일본척촉日本躑躅」

금곡은 진晉나라 석숭石崇이 건축한 호화로운 정원 금곡원金谷園입니다. 적성赤城은 신선이 산다는 전설 속 선경의 한 곳입니다.

얼굴에는 연지가 매끄럽고 비녀 머리 장식은 붉은 제비 모양입니다. 바로 일본 철쭉의 모습입니다. 그런데 동쪽 가지에 눈물 이슬이 맺혀 있다니, 바다 건너 동쪽 고향 집이 그리워 홀로 운 것일까요?

서울의 정원에 몇 곳이나 피었는가	京洛園亭幾處開
천 전으로도 한 뿌리를 사서 심기 어렵다네	千錢難換一根栽
불쌍하다 네가 도리어 누추한 문 아래 있어서	憐渠却在衡門下
빼어난 아름다움이 부질없이 잡초만 비추네	奇艶徒然映草萊

김창업, 「왜척촉倭躑躅」

서울의 대궐이나 대갓집 정원에 있어야 어울릴 천 전이나 되는 고가의 왜척촉입니다. 그런데 누추한 집에 피어서 그 아름다움이 잡초 속에 파묻혀 있습니다.

김창업은 꽃을 좋아하여 많은 꽃을 수집하고 소유했으며, 꽃에 대한 시
문도 많이 남겼습니다.

본래 꽃 중의 제일류인데   自是花中第一流
평양에서 높은 가격 백금으로 팔리네   西京高價百金酬
대궐에 옮겨 심는 데 누가 힘을 쓰겠는가   移栽禁籞誰能力

헌화가의 철쭉꽃

변방 산에서 피고 지는 네가 근심이네	開落關山爾可愁
옅게 연지 바른 변방 땅의 안색이니	淺得臙脂邊土色
벌 나비가 늦봄에도 전혀 찾아오지 않네	斷無蜂蝶暮春求
붉은 단장을 황사 먼지에 맡겨두니	紅粧一任黃沙汚
공주의 비파 곡과 함께 한이 기네	公主琵琶恨共悠

이헌경,「금석산 안에서 왜척촉이 절벽 골짜기에서 환히 비추는 것을 보았다. 평양 사람들은 이 꽃을 보배로 여겨서 모든 꽃들 중에서 으뜸이라 한다. 영산홍과 서로 백중 관계로 큰 저택의 이름난 정원에서도 많이 볼 수 없는데 지금 산중에 가득 피었지만 땅이 궁벽하고 멀어서 완상할 사람도 없이 변경의 바람 속에서 피고 질 뿐이다. 감개하여 율시 한 수를 읊다〔金石山中, 見倭躑躅照爛崖谷. 西京人寶此花, 爲百花之冠領. 與映山紅相伯仲, 甲第名園, 亦不多見. 今遍滿山中, 而地僻遠無人賞玩, 開落於邊風而已. 感吟一律〕」

조선의 문인 이헌경(李獻慶, 1719~1791)이 북경으로 가던 중에 만주 금석산에 가득 핀 왜척촉을 보고 감개하여 지은 시입니다. 평양에서 이 품종이 고가로 판매되었음을 알려줍니다.

공주는 오손공주烏孫公主로, 한나라 무제 때 서역의 오손국烏孫國과 혼인동맹을 맺고자 보내진 유세군劉細君을 말합니다. 그녀는 한나라를 떠날 때 자신의 슬픈 심회를 비파 곡으로 연주했다고 합니다. 변방의 황사 먼지 속에 버려진 붉은 단장의 왜척촉이 마치 오손공주의 신세와 같습니다.

이헌경이 본 금석산에 가득 핀 왜척촉이 세종 때 대마도주가 바친 일본 철쭉일 리는 만무합니다. 아마 일본에서 바쳤다는 왜척촉이니 일본 철쭉이니 하는 품종이 소문나서 그 비슷한 여러 철쭉들이 같은 이름으로 유통되지 않았나 싶습니다.

금과도 바꾸지 않을 꽃

진달래와 철쭉과 영산홍映山紅은 본래 한집안이라 구별하기가 쉽지 않습니다.

영산홍의 본명은 산척촉山躑躅이고 꽃은 두견(杜鵑, 진달래)과 같으나 약간 크고
단엽이고 색은 옅다. 산꼭대기에 가득히 자라면 그해에 풍년이 든다고 하여
사람들이 다투어 채집을 한다. 그 밖에 자색과 분홍 두 색이 있다.

고렴高濂, 『준생팔전遵生八牋』

『격물총론格物總論』에 "두견화杜鵑花는 일명 산석류山石榴, 일명 산척촉인데, 촉蜀
지역 사람들은 영산홍이라 부른다. 이 꽃은 황색, 자색, 홍색이 있고 꽃잎이
다섯 개인 것과 꽃잎이 여러 겹으로 포개진 것이 있다. 나무 높이는 4~5척 혹
은 한 길 정도고 봄에 돋아난 어린잎은 옅은 녹색이고 꽃은 몹시 난만하다.
두견새가 울 때 처음 피기 때문에 이름 붙여진 것이다. 석류꽃 모양과 비슷하
고 양이 그 잎을 잘못 먹으면 서성이다가 죽기 때문에 산척촉이라고 이름 지
었다"고 했다.

팽대익彭大翼, 『산당사고山堂肆考』

위의 자료를 보면 중국에서는 옛날부터 진달래와 철쭉과 영산홍을 같은
품종으로 보고 그다지 엄격하게 구분하지 않았음을 알 수 있습니다. 그러나
한국에서는 중국과 달리 세 꽃을 비교적 엄격하게 구별했던 것 같습니다.

연산군은 영산홍을 좋아하여 1505년에 "영산홍 1만 그루를 후원後苑에 심
으라"고 명하고, 또 그 이듬해에는 "영산홍은 그늘에서 잘 사니, 그것을 땅에
심을 때는 먼저 땅을 파고 또 움막을 지어서 추위가 닥쳐도 말라 죽는 일이 없

철쭉꽃

게 하라"고 상세하게 재배 기술까지 지시했습니다.

보슬비 흐릿하여 바다 산이 어두운데	小雨溕濛暗海山
시험 삼아 귀로의 소나무 사이를 찾아보니	試尋歸路萬松間
봄바람이 나그네의 뜻을 아는 양	春風似識遊人意
다시 아름다운 붉은 꽃을 피워 내 얼굴을 비추네	却放嫣紅照我顔

강희맹(姜希孟, 1424~1483), 「상원역에서 말을 멈추고 길가의 영산홍을 보고 절구 한 수를 읊다〔歇馬于祥原驛, 路上見映山紅, 賦一絶云〕」

조선인들은 길가의 영산홍을 보면 금방 알아보았던 모양입니다.

문득 한 무더기 불길을 보니	忽看一堆火
푸른 솔밭을 태우려고 하네	欲燒靑松林
대낮에는 빛이 불꽃같고	白日光猶惔
황혼 녘에는 더욱 짙게 비추네	黃昏暎更深
온 정원을 천한 눈길로 살피니	滿園當賤目
한 그루 나무라서 마음을 놀라게 하네	獨樹故驚心
호사엔 꽃 품종이 많지만	壺舍多花品
이것만은 금으로도 바꾸지 않으리라	玆惟不換金

김조순, 「호사에 영산홍이 활짝 피다〔壺舍暎山紅盛開〕」

영산홍이란 이름은 붉게 산을 비춘다는 의미로 붙여진 이름입니다. 그래서 자주 환하게 타는 불길로 묘사됩니다.

조선 말에 안동 김씨의 세도정치를 연 김조순(金祖淳, 1765~1832)의 시입니다. 호사는 지금의 종로구 삼청동에 있었던 그의 별장 옥호정玉壺亭입니다. 여기에 온갖 화초들이 많았는데 영산홍만은 금으로도 바꾸지 않겠다고 했으니 얼마나 좋은 품종의 영산홍이었을까요?

예전에는 겁 없이 진달래와 철쭉과 영산홍을 멋대로 구분했지만 지금은 이들 품종에 대해서 아예 입을 다물고 있습니다. 수십 종에서 수백 종에 이르는 이들 품종을 구별할 수 있는 사람은 아마 거의 없다고 해도 과언이 아닐 것입니다.

강원도 정선 반론산에 있는 천연기념물 348호인 철쭉은 크기가 살구나무만 한데 꽃이 피면 그 일대가 눈부실 정도로 환하다고 합니다. 나는 아직 사진으로만 보고 찾아가보지 못했는데 언젠가 상봉의 인연을 기약해봅니다.

운 향 의 일 사

찔레꽃

도미라는 이름

올해도 옥상 화분에 찔레꽃이 가득 피었습니다. 열악한 환경에서 10여 년 동
안 한결같이 꽃을 피워주는 그 신의가 대견하고 감사합니다.

찔레는 장미과 장미속의 관목으로 우리 산과 들에 지천으로 자생하고 있
습니다. 줄기는 가시가 많고 불규칙하게 옆으로 휘어지며 자라는데, 새하얀
작은 꽃들이 올망졸망 무리 지어 핍니다. 특히 그 향기는 맑고 진하여 가히 일
품이라고 할 수 있습니다. 가을이면 작은 열매들이 빨갛게 맺히는데 이듬해
다시 꽃이 필 때까지 매달려있기도 합니다.

찔레라는 이름은 가시로 찌른다는 발상에서 지어진 듯싶습니다. 한자로
는 도미茶蘼 혹은 도미酴醾라고 표기하며, 야장미野薔薇라고도 합니다.

명나라 학자 도종의(陶宗儀, 1316~1369)는 『설부說郛』에서 "도미酴醾는 본래
술 이름이다. 새로 핀 꽃이 원래 그 색깔과 같아서 이름으로 취한 것이다"고
했습니다.

청나라 주이존朱彝尊은 『정지거시화靜志居詩話』에서 "도미酴醾에 대하여, 황노직(黃魯直, 黃庭堅)의 시에서 '이름자가 술로 인한 것이네'라고 했는데 그 주注에 '본래 술 이름인데 꽃의 색이 그것과 같아서 술 이름으로 취한 것이다'고 했다. 한지국(韓持國, 韓維)이 말하기를 '매번 봄이 가면 남은 한이 있음이 두려운데, 전형典型은 원래 술잔 안에 있네'라고 하고, 유언충(劉彦沖, 劉子翬)이 말하기를 '다만 봄이 가면 남은 한이 있음이 두려운데, 전형은 여전히 탁한 술 안에 있네'라고 했는데 모두 잘못이다. 이 꽃은 본래 도미荼蘼라고 표기하고, 꽃으로 인하여 술에 이름을 붙인 것이다"라고 했습니다.

애초에 꽃 이름으로 술 이름을 삼은 것인지, 술 이름으로 꽃 이름을 삼은 것인지는 증명할 길이 없습니다. 그러나 도미라는 이름이 술과 관련된 까닭에 찔레를 노래한 역대의 시문 중에는 찔레를 술과 관련하여 언급한 것이 많았습니다.

타향의 한식날에 슬픈 마음 배가 되는데	異鄕寒食倍傷情
비는 근심을 일으키며 개려 하지 않네	雨惹愁端不肯晴
다 떨어진 살구꽃에 한 잔 술도 없는데	落盡杏花無一飮
도미는 공연히 스스로 청명 날에 취했네	酴醾空自醉淸明

권벽, 「빗속에서 꽃을 대하다(雨中對花)」

한식날은 가족과 함께 보내며 조상을 기리는 중요한 명절이었습니다. 그런데 타향에서 한식을 보내니 슬픔이 배나 됩니다. 더욱이 비가 내려서 나그넷길의 근심을 불러일으킵니다. 살구꽃은 비로 인하여 다 떨어져버렸는데 시름을 풀 한잔 술을 마실 곳도 없습니다. 그런데 찔레꽃만 부질없이 스스로 청명 날에 취했습니다.

한식은 청명 날과 하루 이틀 사이로 거의 같습니다. 살구꽃은 찔레꽃과 마찬가지로 술과 관련이 깊습니다. 당나라 두목杜牧의 시 「청명淸明」에 "청명 시절에 비가 부슬부슬 내리니, 길 가는 나그네는 애간장이 끊기네. 물어보자 술집이 어디 있는지? 목동이 멀리 살구꽃 핀 마을을 가리키네"라고 했습니다. 이 시로 말미암아 살구꽃 핀 마을, 행화촌杏花村은 술집을 상징하는 전고가 되었습니다.

조선 중기의 문인 권벽(權擘, 1520~1593)은 시에 뛰어났는데 그의 아들 권필權韠은 더욱 빼어난 시인이었습니다. 그런데 애석하게도 권필은 광해군을 비방한 시를 썼다가 귀양 가게 되었을 때 동대문에서 밤새 폭음하고 세상을 떠나고 말았습니다. 겨우 44세 때였습니다.

평생 이 짙은 향기를 사랑하여　　　　　　　　　　平生爲愛此香濃
얼굴 들고 항상 시렁에 떨어지는 바람을 맞이했네　　仰面常迎落架風
매번 봄이 돌아가는 때가 되면 남은 한이 있지만　　每至春歸有遺恨
전형은 원래 술잔 안에 있다네　　　　　　　　　典型原在酒杯中
한유(韓維, 1017~1098), 「도미酴醾」

찔레꽃의 향기를 사랑하여 항상 그 옆을 떠나지 못하는데 찔레꽃은 봄과 함께 가고 맙니다. 그때마다 남은 한이 쌓입니다. 그러나 다행히도 찔레꽃의 전형은 술잔 안에 남아 있습니다.

이 시는 많은 평자들에게 칭찬받은 한유의 출세작입니다. 한유는 여러 편의 찔레꽃 시를 지었는데 모두 명편으로 전합니다.

향낭에 넣어 간직하고픈 향기

찔레꽃의 향기는 참으로 청량하여 다른 꽃들의 향기를 압도합니다. 그래서 그 향기는 오래전부터 술에 이용되었고, 의복이나 침구 등에 사용되었습니다. 또 향수로 만들어져 여성들의 화장품으로도 쓰였습니다.

하늘의 뜻이 재삼 고아한 꽃을 소중히 여기니	天意再三珍雅艶
꽃 중에서 가장 나중에 기이한 향기를 토하네	花中最後吐奇香
광풍은 남은 꽃들을 다 쓸어버리지 말고	狂風莫掃殘英盡
가인에게 남겨주어 붉은 향낭에 넣도록 하구려	留與佳人貯絳囊

한유, 「도미를 애석해하다(惜酴醾)」

찔레는 늦봄과 여름에 걸쳐서 피기 때문에 봄꽃 중에서 마지막 꽃이라고 할 수 있습니다. 그 향기는 기이한 향기로서 가인이 향낭에 넣어서 간직할 만합니다.

명나라 문인 주가주(周嘉胄, 1582~1658)가 쓴 『향승香乘』은 세상의 온갖 향香에 대한 기록을 집대성한 책인데 그중에서 찔레의 향을 운향韻香이라고 하고, 그 품격을 일사逸士라고 했습니다. 운향은 운치 있는 향이고, 일사는 인품이 맑고 고상하며 세속의 명예와 이익을 탐하지 않는 은자를 말합니다.

봄이 왔으나 모든 것이 시야에 들지 않는데	春來百物不入眼
오직 이 꽃을 보니 애끊는 슬픔을 감당할 수 있네	唯見此花堪斷腸
물어보자 애끊는 슬픔은 무엇 때문인가	借問斷腸緣底事
그녀의 비단옷에서 일찍이 이 꽃의 향기가 났다네	羅衣曾似此花香

「협접도蛺蝶圖」, 김홍도, 조선, 국립중앙박물관 소장

술 이름에서 유래한 도미화

봄이 되었는데 그 어느 것도 관심을 끌지 못합니다. 다만 찔레꽃만이 슬픔을 달래줄 만합니다. 왜 슬픔이 밀려온 걸까요? 그 옛날 그녀의 비단옷에서 나던 향기가 바로 찔레꽃 향기여서 그렇다는군요.

진관(秦觀, 1049~1100)은 북송 후기의 유명한 완약파(婉約派, 송사宋詞 유파 가운데 하나로 완전유미宛轉柔美한 사풍詞風을 특징으로 한다) 사인詞人으로서 그의 사詞는 남녀의 애정을 묘사한 것이 많았습니다.

새 화장 끝내자마자 찔레꽃 채취하니	新粧纔罷採酴醾
아침 이슬 마르지 않은 두세 가지네	朝露未晞三兩枝
꽃술을 사랑하여 쌍나비가 자기 때문에	爲愛花心雙蝶宿
그들이 날아가길 기다리며 서 있는 시간이 많네	待他飛去立多時

변종운,「꽃 아래 미인 그림에 적다(題花下美人圖)」

이른 새벽에 한 미인이 아침 단장을 하자마자 찔레꽃을 채취합니다. 꽃가지에 아직 이슬이 마르지 않았습니다. 꽃술 속에 쌍나비가 잠들어 있습니다. 찔레꽃의 꽃술을 너무도 사랑했나 봅니다. 그들의 새벽잠을 방해하지 않으려고 나비들이 깰 때까지 기다리는 시간이 많습니다.

누가 그린 미인도였을까요? 조선 후기의 문인 변종운(卞鍾運, 1790~1866)은 중인 출신으로 순조 때 역과譯科에 합격했고, 시문에 뛰어났다고 합니다.

요대에서 내려온 선녀

순백색의 앙증맞은 찔레꽃 앞에서 아름다운 미인이나 선녀를 상상하는 것은 너무도 자연스런 일이라 하겠습니다. 그래서 역대 시인 중 어떤 이는 요대에서 내려온 선녀로, 또 어떤 이는 월궁에서 귀양 온 옥녀로 찔레꽃을 묘사했습니다.

아침 비 내려 씻은 듯 깨끗한데	朝雨淨如洗
도미화가 가지에 가득하네	荼蘼花滿枝
옥인을 상대하여 말하니	玉人相對語
요도에서 언제 왔던가	瑤島幾時來
물에 비쳐 잠긴 그림자 맑고	照水淸涵影
술통에 침범하니 술이 차갑네	侵樽冷潑醅
나는 담박함을 더욱 사랑하여	我尤憐淡泊
떠나려다가 다시 서성이네	欲去更徘徊

서거정, 「도미荼蘼」

조선 초의 문인 서거정의 찔레꽃 시입니다. 조선인 가운데 찔레꽃 시를 가장 많이 남긴 시인은 바로 서거정이 아닌가 싶습니다.

아침 비가 내려서 씻어낸 듯 깨끗합니다. 찔레꽃이 가지마다 가득 피었습니다. 옥인을 마주하고 물어봅니다. 요도에서 언제 왔는지? 옥인은 선녀이고 요도는 신선이 산다는 전설 속의 섬입니다. 찔레꽃은 물에 비쳐 그림자가 맑고, 그 꽃잎이 술통에 떨어지니 술이 차갑습니다. 시인은 그 꾸미지 않은 담박한 모습이 너무 좋아서 떠나려던 발길을 멈추고 그 곁을 서성입니다.

온갖 꽃들 어지럽게 푸른 이끼에 떨어지니　　　百花狼籍點青苔

비로소 도미가 찬란히 핀 것을 보네　　　始見酴醾爛漫開

괵국은 천자를 뵐 때 화장 얼룩을 꺼리고　　　虢國朝天嫌粉汚

당창은 달 밝은 밤에 선녀가 오는 것을 두려워하네　　　唐昌夜月恐仙來

매화의 빼어난 운치는 벗을 삼을 만하지만　　　寒梅勝韻聊堪友

자두꽃의 평범한 자태가 어찌 감히 모실 수 있겠는가　　　穠李凡姿詎敢陪

곧 바람 타고 올라가 그림자 드리우고　　　便欲乘風凌倒影

취하여 향기로운 길 찾아 요대로 올라가네　　　醉尋香徑上瑤臺

왕정규(王庭珪, 1079~1171), 「도미荼蘼」

찔레꽃

옛사람들은 찔레꽃이 피면 봄이 다 지나가는 때라고 생각했습니다.

괵국은 양귀비의 자매로 현종의 총애를 받고 부인夫人에 봉해진 여인입니다. 자신의 미모를 과신하여 현종을 뵐 때도 화장을 하지 않은 맨 얼굴이었다고 합니다. 괵국부인의 화장하지 않은 맨 얼굴의 미모가 바로 찔레꽃의 모습입니다.

당창은 현종의 공주인데 시집가서 당창관唐昌館에 경화瓊花를 심자 선녀가 구경을 왔다고 합니다. 허난설헌은 「유선사遊仙詞」에서 "당창관에 경화(불두화)가 무리 지어 피니, 선자仙子가 와서 보느라 봉황수레를 머물렀네. 혜초 옷엔 먼지 끼고 봉래도蓬萊島는 먼데, 옥채찍으로 멀리 바다구름 끝을 가리키네"라고 했는데 바로 당창공주의 전설을 읊은 것입니다. 여기서는 그녀가 키운 경화를 찔레꽃에 비유한 것입니다.

'세한삼우' 중 하나인 매화는 고상한 찔레의 벗이 될 수 있지만, 복사꽃과 짝을 이루어 요도농리夭桃穠李라 불리는 자두꽃은 감히 그 동반자가 될 수 없습니다. 그런데 찔레꽃은 금방 바람을 타고 취한 채 향기로운 길을 찾아 요대로 올라가고 맙니다. 원래 요대의 선녀가 잠시 지상으로 나들이를 했던 것입니다.

섬돌 앞 하얀 꽃이 그윽이 향기 피우니   臨階雪艶暗生香
밤이슬이 은근하게 화장을 씻어주네   夜露慇懃與洗粧
월궁의 여러 옥녀들인가 싶은데   疑是月宮諸玉女
귀양 와서도 여전히 하얀 무지개 옷을 입고 춤추네   謫來猶舞白霓裳
이수광, 「달밤에 도미화를 구경하다〔月夜翫酴醾花〕」

조선 중기의 문인 이수광이 달밤에 본 찔레꽃은 월궁에서 귀양 온 여러 옥녀들이었습니다. 그런데 그녀들은 자신의 처지도 망각한 채 월궁에서처럼 하얀 무지개 옷을 걸치고 춤을 춥니다.

시의 마지막 구절은 송나라 황정견(黃庭堅, 1045~1105)의 시 「도미화」의 "난간에 기대어 하얀 무지개 옷의 춤을 재촉하네[倚闌催舞白霓裳]"라는 구절을 변용한 것입니다.

옥빛 얼굴과 붉은 얼굴

찔레꽃 중에 분홍색이나 붉은색 꽃이 있다고 말하는 사람이 많습니다. 이에 대하여 식물학자 이유미는 『우리가 정말 알아야 할 우리 나무 백 가지』에서 "찔레꽃 가운데는 연한 분홍빛이 도는 것이 있기는 하지만 붉게 핀다는 것은 아무래도 맞지 않고……"라고 했습니다.

남송 때 복건성의 지리지인 『순희삼산지淳熙三山志』에서는 "도미화酴醾花는 하얗고 향이 있다. …… 또 연분홍 꽃술에 붉은 것이 있는데 더욱 향기가 있다"고 했습니다.

6월에 몇몇 벗들과 함께 영광 백수해안으로 해당화를 보러 갔다가 돌아오는 길에 부안의 한 농원에서 붉은 찔레꽃을 보았습니다. 꽃술 부분은 희고 꽃잎은 빨간색이었는데 그것이 진짜 찔레꽃인지 아니면 장미의 한 변종인지는 알 수 없었습니다.

옥빛 얼굴과 붉은 얼굴 둘이 아름다움을 다투는데	玉顔紅頰兩爭嬌
아침 술기운 처음 오르자 햇무리는 반이 없어졌네	卯酒初酣暈半消
봄옷에 향기 끼쳐오는 곳을 알려고 하니	欲識春衣香動處
금낭의 비스듬한 허리띠가 가는 허리에 매달려있네	錦囊斜帶繫纖腰

붉은 얼굴의 찔레꽃

성현, 「홍색과 백색의 찔레꽃이 섞어 피었는데 그 아래 금낭화가 활짝 피어 있었다(紅白茶蘼交發, 其下又有錦囊花盛開)」

흰색과 붉은색의 찔레꽃을 읊은 시입니다. 성현(成俔, 1439~1504)이 살던 조선 초에도 붉은 찔레꽃이 있었던 모양입니다.

그 옛날 여러 동무들과 함께 봄에 막 돋아난 찔레 순을 하염없이 꺾어 먹던 기억이 새롭습니다. 사각사각하면서 떫고도 달짝지근한 그 맛! 그 동무들도 아직 그 맛을 기억할까요? 또한 한겨울에 눈 속에 파묻혀 있던 빨간 찔레 열매는 얼마나 아름다웠던가!

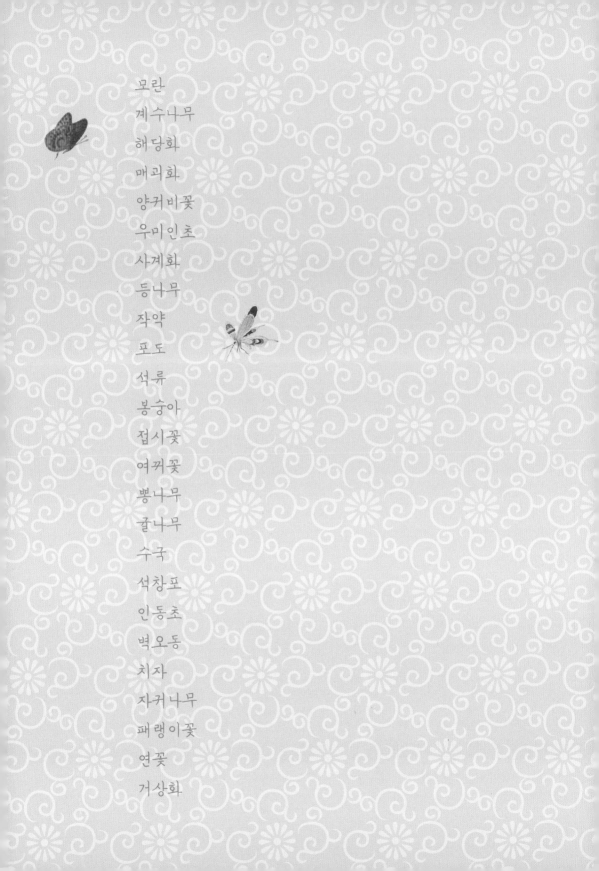

모란

계수나무

해당화

매괴화

양귀비꽃

우미인초

사계화

등나무

작약

포도

석류

봉숭아

접시꽃

여뀌꽃

뽕나무

귤나무

수국

석창포

인동초

벽오동

치자

자귀나무

패랭이꽃

연꽃

거상화

부 귀 길 상 의 화 중 왕

모란

화중왕의 유래

오월은 모란의 계절입니다. 내가 사는 아파트 화단에 자줏빛 모란 수십 송이
가 한꺼번에 활짝 피어났습니다. 오랫동안 모란이 피기를 기다렸던 터라 나는
이른 아침부터 벌써 몇 번이나 모란꽃 주변을 맴돌았는지 모릅니다. 노란 꽃
술과 자줏빛 비단을 오려놓은 듯 두꺼우면서 풍성하게 넓은 꽃잎! 아, 지금 당
신에게 이 어여쁜 모란꽃을 보여줄 수 있다면…….

　　지금은 장미를 꽃의 여왕이라고 말하지만 사실 동아시아 문화권에서 진
정한 화중왕花中王은 모란이었습니다. 화중왕으로서 모란이 누린 재위 기간은
천 년이 훨씬 넘는 세월이었지요. 모란의 원산지는 중국인데, 수나라 양제 때
부터 사랑을 받더니 당대에 이르러서는 왕후와 귀족들 사이에서 권력과 부를
상징하는 꽃이 되었습니다.

서울 거리에 봄이 저물어갈 때　　　　　　　　　　帝城春欲暮

소란한 수레와 말들 지나는 소리	喧喧車馬度
사람마다 모란 철이라며	共道牡丹時
서로 줄지어 꽃을 사러 간다네	相隨買花去
귀하고 천한 것 정해진 가격도 없어	貴賤無常價
꽃송이 수만 헤아려 값을 치를 뿐인데	酬值看花數
(중략)	
한 시골 늙은이가	有一田舍翁
우연히 꽃시장에 왔다가	偶來買花處
고개 숙이고 홀로 길게 탄식하는데	低頭獨長嘆
이 탄식 아무도 알지 못하네	此嘆無人喻
"한 떨기 짙은 색 꽃값이	一叢深色花
열 집의 세금과 맞먹는구나!"	十戶中人賦

백거이, 「매화」

지금으로부터 대략 1200년 전 당나라 서울의 한 꽃시장 풍경입니다. 모란에 대한 당시 사람들의 애호가 대단했음을 여실히 보여주는 광경이지요. 또한 그것이 얼마나 사치스러운 풍속이었는지는 우연히 꽃시장에 들른 한 시골 노인의 "한 떨기 짙은 색 꽃 값이 열 집의 세금과 맞먹는구나!"라는 비통한 울부짖음에서 십분 짐작할 수 있습니다.

이렇듯 일찍부터 동아시아 문화권 내에서 화중왕으로 등극한 모란이 이 땅에 들어온 것은 이미 삼국시대의 일이었습니다. 고구려와 백제에는 모란에 대한 기록이 남아 있지 않으나 신라에서는 그 기록을 찾아볼 수 있습니다.

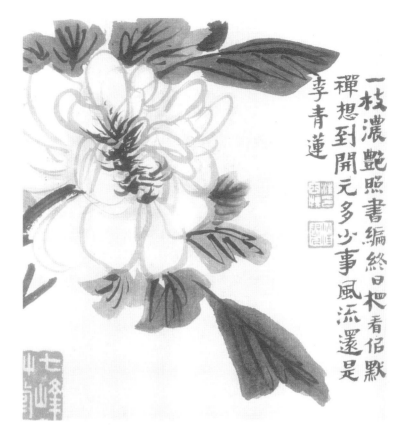

一枝濃艶照書編終日把看侶默
禪想到開元多少事風流還是
李青蓮

「모란도」, 왕사신, 청나라 서화가. 양주팔괴 중의 한 사람. 그림의 시구 "개원 연간 다소의 일을 상상하면, 풍류는 도리어 이청련이네〔想到開元多少事, 風流還是李青蓮〕"는 당나라 현종이 침향정沈香亭에서 양귀비와 함께 모란을 구경할 때 이백이 「청평조사淸平調詞」를 읊은 일을 말한다. 청련은 이백의 호이다.

가인과 장부, 누구를 취할 것인가

당나라 태종은 632년, 신라의 진평왕에게 붉은색, 자주색, 흰색의 세 가지 모란꽃 그림과 그 씨앗 석 되를 보내왔습니다. 일종의 외교적 선물이었지요. 그런데 진평왕의 공주 덕만이 그림을 보고 "꽃은 아름다우나 향기가 없으리라"고 하였습니다. "네가 그걸 어떻게 아느냐?"고 왕이 물으니, 덕만이 "이 그림에 벌과 나비가 없기 때문에 그것을 알 수 있습니다. 대개 여자로서 국색이면 남자들이 따르고, 꽃으로서 향기가 있으면 벌과 나비가 찾아들게 마련입니다. 그런데 이 꽃은 매우 곱기는 하나 그림에 벌과 나비가 없으니 이는 반드시 향기가 없는 꽃입니다"라고 대답하였습니다. 이에 그 종자를 심어보니 과연 향기가 없었다고 하는 바, 이 덕만 공주가 바로 진평왕을 이어 왕위에 오른 선덕여왕이지요. 물론 모란꽃에는 향기가 있고, 더욱이 그 향기는 매우 진합니다. 그러니 이 이야기의 진위가 다소 수상합니다만, 당나라 때 이미 100여 종류의 모란을 재배하였다고 하니 그 가운데 향기가 없는 꽃이 혹시 있었을 수도 있겠지요.

『삼국사기』에는 모란이 주인공으로 등장하는 다음과 같은 설화가 실려 있습니다.

옛적에 화왕(모란)이 처음으로 오자, 이를 꽃동산에 심고 푸른 장막으로 보호하였더니, 봄이 되자 어여쁘게 피어나서 모든 꽃들을 능가하여 홀로 뛰어났습니다. 이에 가까운 곳 먼 곳의 곱고 싱그러운 꽃들이 모두 분주히 와서 화왕을 뵈려고 하였는데 다만 뵙지 못할까 걱정하였습니다. 홀연 붉은 얼굴과 옥 같은 이[齒]를 지닌 한 가인이 곱게 화장하고 맵시 있는 옷을 입고 하늘거리며 와서는 얌전히 앞으로 나와 말했습니다. "첩은 눈같이 흰 모래밭을 밟고, 거울처럼 맑은 바다를 대하고, 봄비로 목욕하여 때를 씻고, 맑은 바람을 상쾌하게 여기며 스스로 잘 지내는데, 이름은 장미라고 합니다. 왕의 훌륭한 덕망을 듣고 향기로운 장막에서 잠자리를 모시고자 하오니 저를 받아주시겠습니까?" 그런데 또 어떤 장부가 베옷에 가죽 띠를 두르고, 백발에 지팡이를 짚고 꾸부정하게 걸어와서 허리를 구부리고 나와 말하였다. "나는 경성 밖 큰길가에 살면서, 아래로는 푸르고 너른 들 경치를 내려다보고, 위로는 드높은 산색을 의지하고 있사온데, 이름은 백두옹(白頭翁, 할미꽃)이라 합니다. 생각건대 좌우의 공급이 넉넉하여 비록 고량진미로 배를 채우고, 차와 술로 정신을 맑게 할지라도, 상자 속에는 기를 보강할 양약과 독을 제거할 악석(惡石, 극약)이 반드시 있어야만 합니다. 그래서 옛말에 '비록 생사(生絲)와 삼베가 있더라도 왕골이나 띠풀도 버리지 않고, 무릇 모든 군자는 결핍에 대비한다'고 하였습니다. 왕께서도 여기에 뜻을 두실지 모르겠습니다." 어떤 이가 물었습니다. "두 사람이 왔는데, 누구를 취하고 누구를 버리시겠습니까?" 왕이 대답하기를 "장부의 말에도 도리가 있지만, 가인은 얻기 어려우니 장차 이를 어찌할 것인가?"라고 하였습니다. 장부가 나와 말하기를 "나는 왕께서 총명하여 의리를 아신다고 듣고서 왔을 뿐인데, 지금 보니 그렇지 못합니다. 무릇 임금이 된 사람 가운데 간사하고 아첨하는 자를 가까이하고 정직한 자를 밀리하지 않는 이가 드뭅니다. 그러므로 맹자는 불우하게 생을 마쳤고, 풍당(馮唐)은 낭서(郎署)라는 낮은 관직으로 백발이 되었습니다. 옛날부터 이러하였으니, 낸들 어찌하리오"라고 하니, 화왕이 "내가 잘못하였다. 내가 잘못하였다"고 하였습니다.

설총, 「화왕계」

화왕 모란이 미녀인 장미와 재야의 선비 백두옹 사이에서 괴로워하는 모습이 자못 심각하면서도 재미있지요. 설총은 원효대사의 아들로 알려져 있는

데, 이두 문자를 만들어낸 언어학자이자 유학자였습니다. 이 「화왕계花王戒」는 신문왕에게 충고할 목적으로 지은 것입니다. 신문왕은 통일신라의 국가제도를 완비한 왕입니다.

설총의 「화왕계」는 조선 중기의 문인 임제의 한문소설 「화사花史」에 영향을 미쳤습니다. 여기서도 모란은 꽃 나라 왕으로 설정되어 있습니다. 이처럼 모란은 동아시아 문화권에서 일찍부터 꽃의 왕이었습니다. 요즘 장미를 꽃의 여왕이라고 운운하는 것은 우리 문화와는 아무래도 괴리가 있습니다.

이규보, 모란을 읊다

고려에 이르러 모란은 완연히 왕족과 귀족들의 꽃으로 자리 잡았습니다. 고려 자기의 꽃문양 가운데는 연꽃과 더불어 모란이 가장 많습니다. 또한 고려 사대부의 노래인 〈한림별곡〉에서도 '홍모란 백모란 정홍모란'을 꽃 중에서 첫째로 꼽고 있지요.

　　문일평은 『화하만필』에서 "고금을 통틀어 모란에 대한 음영吟咏이 많기로는 고려의 이규보가 제일일 것이니 그 문집을 뒤져보면 맨 모란 시뿐이로다. 그러나 그중에서도 가장 '로맨틱'한 것을 구하건대 「절화행折花行」이 아마 대표작이 될 줄로 믿는 바, 이것이 비록 모란을 직접으로 읊은 것은 아니나 모란을 꺾어 든 미인의 온갖 아양을 여실히 그려낸 것이다"라고 하고, 다음의 시를 소개하였습니다.

모란이 머금은 이슬 진주알 같은데	牡丹含露眞珠顆
미인이 꺾어 들고 창 앞을 지나가네	美人折得牕前過
미소 띠고 낭군에게 묻기를	含笑問檀郎
"꽃이 예뻐요, 제 모습이 예뻐요?"	花强妾貌强
낭군은 일부러 장난하려고	檀郎故相戲
짐짓 꽃이 더 좋다고 말하네	强道花枝好
꽃이 더 낫다는 말에 미인이 질투가 나서	美人妬花勝
꽃가지를 짓밟으며 말하길	踏破花枝道
"꽃이 나보다도 낫거들랑	花若勝於妾

오늘밤은 꽃과 함께 주무시구려"   今宵花與宿

당나라 무명씨, 「보살만」

　낭군의 말에 시샘이 나서 들고 있던 꽃을 팽개치고 마구 짓밟아대는 미인의 모습이 눈앞에 생생하지요. 그러나 이 시는 『전당시全唐詩』에 실려 있는 무명씨의 「보살만菩薩蠻」과 단지 뒤의 몇 구만 다를 뿐이니 어찌 이규보의 시라고 할 수 있겠습니까?

　이규보의 진정한 모란 시를 봅시다.

향기로운 이슬 소야거를 적시며   香露低霑炤夜車

한 꽃가지가 가볍게 흔들리며 새벽바람에 비껴 있네   一枝輕拂曉風斜

금원의 복사꽃 오얏꽃은 모두 무 색한데   禁園桃李渾無色

홀로 궁중의 해어화를 대적한다네   獨敵宮中解語花

이규보, 「목작약」

　이규보의 시 「목작약木芍藥」입니다. 목작약은 모란의 다른 이름이지요. 모란과 작약은 그 꽃이 매우 흡사하여 구별하기 쉽지 않습니다. 그래서 화왕을 닮은 작약을 꽃의 정승이라 하여 화상花相이라 부릅니다. 그러나 두 꽃은 생태가 매우 다릅니다. 모란은 목본인 반면 작약은 여러해살이 숙근생宿根生으로 겨울에는 뿌리만 살아있고 지상의 줄기가 풀처럼 완전히 시들어버린답니다. 그리고 해마다 봄이면 새싹이 사슴뿔처럼 붉고 뾰쪽하게 흙을 뚫고 올라오지요. 그 꽃철은 모란보다 약간 뒤랍니다.

허련의 묵모란도

강희안의 『양화소록』에는 모란이 빠져 있습니다. 그것은 아마 청빈과 절의를 표방한 조선 사대부의 선비정신과 모란이 상징하는 화려함과 부귀가 서로 어울리지 않는다고 생각했기 때문일 것입니다. 그래서 모란을 내치고 사군자를 추구한 것이겠지요.

조선의 대표적 사대부 가운데 한 사람인 점필재佔畢齋 김종직은 "눈 온 뒤의 한매寒梅와 비 온 뒤의 난은, 보기는 쉬우나 그리기는 어렵다네. 세상 사람들의 눈에 들지 못함을 일찍이 알았더라면, 차라리 연지를 가지고 모란이나 그릴 것을"이라고 하여 부귀와 권세만을 추구하는 세태를 모란을 빌려 통탄하였습니다. 이처럼 일부 사대부들에게는 기피 대상이었지만, 세속인들에게 모란은 여전히 화왕으로 받들어지며 사랑을 받았습니다.

나는 지금 소치 허련(許鍊, 1808~1897)의 「묵모란도」를 펼쳐놓고 있습니다. 오원吾園 장승업과 더불어 조선 후기의 2대 화가로 꼽히는 소치는 많은 산수도와 사군자를 그렸지만, 정작 모란 그림으로 명성을 떨쳐 '허모란'이라 불리었습니다. 그는 왕실의 모란 병풍에 화려한 채색 그림을 남긴 바 있으나 평소에는 오로지 검은 먹물만 사용하여 묵모란을 즐겨 그렸습니다. 구한말의 대시인 강위姜瑋는 소치의 묵모란을 다음과 같이 평하였습니다.

육법을 중국에선 대가로 쳐주지만　　　　　　　六法中朝數大家
홀로 새 길을 개척하여 포사도를 뚫었네　　　　獨開新徑出褒斜
대와 난에 희로애락을 모두 붙이지 않고　　　　竹蘭喜怒皆無賴
늙어서 세상의 부귀화를 그려내었네　　　　　　老寫人間富貴花
강위, 「우주 가는 도중에 허마힐에게 화답하다〔芋州途中, 和許摩詰〕」

「묵모란도墨牡丹圖」, 허련, 조선, 국립중앙박물관 소장

육법은 남조 제나라의 사혁謝赫이 주창한 기운생동氣韻生動 · 골법용필骨法用筆 · 응물상형應物象形 · 수류부채隨類賦彩 · 경영위치經營位置 · 진이모사傳移模寫 등 여섯 가지 화법을 말합니다. 포사도褒斜道는 옛 도로의 명칭으로 험난하기로 유명했다고 합니다. 그러한 험난함을 뚫고 소치의 화법이 중국의 육법을 넘어서서 독자적인 길을 개척하였다는 뜻이니 대단한 칭찬이 아닐 수 없습니다.

또 동시대의 여항시인 나기(羅岐, 1828~1874)는 다음과 같이 소치의 「묵모란도」를 칭송하였습니다.

한겨울 북풍이 창틈으로 몰아치는데	大冬北風射窓隙
병풍에서 문득 모란 가지를 보았네	屛障忽見牡丹枝
채색을 쓰지 않고 먹물로만 그리어	不用丹靑染墨瀋
청한淸寒한 모습에 부귀한 자태까지 겸하었네	淸寒兼得富貴姿
(중략)	
서시의 미소 띤 진면목을 열어놓고	西子嫣然開眞面
요황과 위자 따윈 동시東施로 보았다네	姚黃魏紫視東施
오백 년 후까지 이 그림이 남아 있을 것이니	後五百年享畫壽
재주의 명성을 당시에만 떨칠 뿐이겠는가?	非但才名擅當時
전신前身은 당연히 고개지의 치癡였을 것이니	前身應是虎頭癡
치로써 호를 삼은 것은 마땅하고 마땅하다	癡之爲號宜乎宜

나기, 「소치의 묵모란 그림에 적다〔題小痴墨牡丹圖〕」

나기는 이 시에서 소치의 「묵모란도」를 핍진하게 묘사하였습니다. 서시西施는 중국 춘추시대의 최고 미인이며, 요황姚黃과 위자魏紫는 송나라 때의 유명한 모란의 품종이며, 고개지顧愷之는 자가 호두虎頭인데, 화성畫聖으로 추앙받는 동진의 화가입니다. 재절才絶·화절畵絶·치절癡絶 등 삼절로 유명했답니다.

누가 그랬던가요? 먹에는 천만 가지 색상이 다 갖추어져 있다고. 소치의 「묵모란도」를 들여다보고 있노라면 참으로 그렇다는 생각에 절로 고개가 끄덕여집니다. 단지 검은 먹물로만 그려놓았을 뿐인데 짙고 옅은 먹빛 속에 원래의 화려함이 그대로 간직되어 있을 뿐 아니라 나아가 그 화려함에 가려져 있던 담박하고 고아한 진면목까지 여실히 드러나 있지 않습니까?

「묵모란도」를 보고 또 보노라니 문득 일찍이 만난 많은 모란들이 그리워지는군요. 어린 시절 고향집 뜨락의 담홍모란, 봄비를 맞고 있던 영랑 생가의 백모란, 지리산 어느 산마을에 피어 있던 황모란, 덕수궁 화단에 무리 지은 자모란 등이 세월의 벽을 넘어 어제인 듯 선연히 떠오릅니다. 혹시 시간이 허락한다면 오늘 나와 함께 덕수궁에 들러보지 않으시렵니까?

항 아 의 나 무

계수나무

잃 어 버 린 이름

달나라에 계수나무가 있고 옥토끼가 절구질을 하며 선녀 항아가 산다는 사실은 삼척동자도 압니다. 그러나 달나라 계수나무의 정체에 대해서는 잘 알지 못하는 듯합니다.

지금 여러 도감에서 계수나무라고 소개하는 나무들에는 일본이 원산인 미나리아재비목 낙엽교목으로 입이 둥글고 높이가 15~20미터에 달하는 중국에서는 연향수連香樹라 불리는 일본 계수나무와, 그 잎이 서양요리의 중요한 향신료로 쓰이는 지중해가 원산인 녹나뭇과 상록교목인 월계수月桂樹, 그리고 수정과에 들어가는 계피로 잘 알려진 동남아와 중국 남방이 원산지인 육계肉桂나무가 있습니다.

옛사람들이 월궁月宮의 항아를 상상하며 노래한 계수나무는 과연 어떤 것이었을까요?

천만 꽃들로 봄꽃이 풍족했는데	萬卉千葩春事足
한 바위틈에 계수가 가을빛에서 절로 굳세네	一巖桂自壯秋光
바람 이슬 맑고 서늘하고 달빛이 한밤중에 비추니	清泠風露月侵午
천상과 인간 세상에서 서로 향기를 대하네	天上人間相對香

진감지陳鑑之, 「달빛 아래 계수꽃을 보고 기쁜 마음이 들어 스물여덟 자를 짓다〔月下見桂花欣然會心賦二十八字〕」

바람과 이슬이 서늘한 가을 달빛 아래 계수꽃이 피었습니다. 천상과 인간 세상에서 함께 그 향기를 대하고 있습니다.

그대의 시구가 바르고 꽃 같음이 부러운데	羨君詩句正而葩
한가히 가을바람 대하고 계수꽃을 읊네	閑對西風賦桂花
나눠 온 월궁의 품종을 아낄 만한데	可惜分來蟾窟種
지금 시골 사람 집에 두루 피었네	如今開遍野人家

양공원(楊公遠, 1228~?), 「성재의 「계화」 시에 차운하다〔次省齋桂花〕」

벗의 시가 뛰어남이 부러운데 벗은 또 한가히 가을바람 속의 계수꽃을 읊고 있습니다. 섬굴蟾窟은 두꺼비 굴이란 뜻인데 바로 월궁입니다. 전설에 항아가 남편 예羿의 불사약을 훔쳐 달나라 월궁으로 달아났다가 죄를 받아 두꺼비가 되었다고 합니다. 아무튼 월궁의 계수나무를 어떻게 나눠 와서 시골 사람의 집에 두루 피게 했을까요?

| 손에 백옥 절굿공이 들고 | 手持白玉杵 |
| 항상 장생약을 찧네 | 常搗長生藥 |

밤마다 항아를 동반하여   夜夜伴姮娥

가을바람에 계수꽃 떨어지네   秋風桂花落

김수항(金壽恒, 1629~1689), 「그림첩에 적다〔題畵簡〕」

옥토끼가 달나라에서 백옥 절굿공이를 들고 장생약을 찧습니다. 밤마다
항아를 동반하여 가을바람에 계수꽃이 떨어집니다.

송나라, 원나라, 조선 시인이 읊은 계수는 모두 가을에 꽃을 피워 향기를
풍깁니다. 이처럼 동아시아의 옛 시인들은 가을에 피는 계수나무를 보고 항아
의 달나라를 상상한 것입니다.

일본 계수나무와 서양의 월계수와 동남아의 육계나무는 모두 4~5월에
꽃이 피는 나무들로 동아시아 시문에 나오는 품종이 아닙니다. 가을에 피는
계수나무는 지금 중국에서 계화桂花라고 불리는 목서과木犀科 목서속木犀屬의 나
무로서, 흔히 암계巖桂, 목서木犀라고 하며, 속칭으로 계화수桂花樹라고 합니다. 상
록관목 혹은 소교목인데 우리나라에서는 목서木犀라고 불리는 나무입니다. 그
꽃의 빛깔에 따라 흰색은 은계銀桂, 붉은색은 단계丹桂, 담황색은 금계金桂라고 구
분합니다.

이 품종을 우리나라에서는 계수나무라는 이름 대신 주로 '목서'라고 부
르면서 그 꽃의 색깔을 구분하여 '은목서', '금목서'로 구분하고 있습니다. 은
목서는 은계이며, 금목서는 금계입니다.

고려와 조선의 전통적인 계수나무는 근래 도입된 일본 계수나무와 서양
의 월계수 등에게 계수나무라는 명칭과 그 전설마저 빼앗긴 채 '목서'라는 이
름만으로 불리고 있는 것입니다.

달나라의 계수나무 목서꽃

항아의 나무

서양의 월계수는 원래 그리스어로 다프네Daphne인데 중국으로 들어올 때 월계수란 명칭으로 번역한 것입니다. 다프네는 하신河神 페네이오스Peneios의 딸로서 아폴론의 사랑을 거절하고 부친의 마법에 힘입어 월계수로 변했다고 합니다.

항아는 활의 신인 예의 부인이었는데 남편의 불사약을 훔쳐서 월궁으로 달아났다가 벌을 받아 두꺼비로 변했다고 합니다. 그래서 두꺼비는 고대에 달의 상징이 되었습니다.

또 다른 전설에 따르면, 달나라에 계수나무가 있는데 오강吳剛이라는 신선이 천제에게 죄를 짓고 월궁으로 쫓겨나 계수나무를 도끼로 베는 형벌을 받았는데 그 계수나무는 도끼질로 넘어지면 곧 다른 계수나무가 솟아나와 형벌의 노역을 영원히 그치지 못한다고 합니다.

이런 여러 신화와 전설은 시인들의 영감을 자극했습니다.

언제 구름 타고 광한궁에 이르렀던가	何日乘雲到廣寒
바람이 붉은 계수꽃을 다 불어 날리네	天風吹盡桂花丹
옥토끼가 장생약을 찧는 소리가 들리는 듯하니	似聞玉兎長生藥
약물을 얻어서 젊은 얼굴을 유지하려네	乞與圭刀駐少顔

서거정, 「항아도姮娥圖」

광한궁廣寒宮은 달 속에 있다는 선궁입니다. 붉은 계수꽃이 바람에 다 날리고 있습니다. 옥토끼가 장생약을 찧고 있으니 그 약을 얻어다가 영원히 젊음에 머물고 싶습니다.

마당에 인적 조용하고 달이 허공에 이르니	一庭人靜月當空
계수꽃 많지 않지만 바람이 살랑거리니	桂不多花細細風
향기로운 이슬이 옷에 젖어 물처럼 서늘하고	香露滴衣凉似水
황홀히 광한궁으로 옮겨 내려가네	恍然移下廣寒宮

진기陳起, 「달빛 아래서 계수꽃 향기를 맡다〔月下聞桂花〕」

계수꽃을 대하면 월궁의 세계를 상상하는 것은 한국인이나 중국인이나 다르지 않습니다. 모두 함께 동아시아 문화권의 사람들이기 때문입니다.

절계折桂라는 말은 계수 가지를 꺾는다는 뜻인데 곧 과거에 합격하는 것을 말합니다. 진晉나라 무제 때 극선郤詵이란 사람이 현량 대책賢良對策 시험에서 장원을 했는데 황제가 소감을 묻자, "계수나무 숲의 한 가지를 꺾은 것이요, 곤륜산의 한 조각 옥돌을 주운 것입니다"고 대답했다는 일에서 유래한 것입니다.

우리 남쪽 지방에는 곳곳마다 수형과 향기가 좋은 고목의 목서木犀가 많습니다. 목서라는 명칭은 그 목재의 나뭇결이 무소뿔[犀角]의 문양과 같다고 하여 붙여진 이름입니다. 우리 목서가 그 옛날의 명칭인 계수나무로 불리지 못하는 현실이 몹시 아쉽습니다.

술 에 취 해 잠 든 미 녀

해당화

바닷가에 붉게 피는 해당화

굴비로 유명한 영광은 긴 바닷길을 끼고 있어서 풍광 좋은 곳이 많습니다. 그 중에서도 백수면 바닷길은 높은 절벽을 이루어 멀리 바다를 내려다볼 수 있습니다. 그 풍광이 좋아서 관광도로로 유명한데, 오월이 되면 따뜻한 햇살 아래 붉은 해당화가 한창 피어납니다. 높은 해안을 따라 수 킬로미터에 걸쳐 조성된 해당화길은 참으로 볼 만한 구경거리입니다. 붉은 해당화 무리 속에 몇 그루의 흰 해당화가 섞여 있어 몹시 이채롭습니다.

해당화는 원래 바닷가에서 자라는 꽃입니다. 그래서 예부터 바닷가에 해당화의 명소가 많았습니다. 장연의 몽금포, 영동의 간성 죽도와 울진 망향정 등은 오래전부터 해당화로 유명한 곳이었습니다. 고려 승려 선탄禪坦은 일찍이 영동의 해당화를 다음과 같이 노래했습니다.

명사십리에 해당화 피고   明沙十里海棠花

갈매기 쌍쌍이 보슬비 속에 날고 있네 　　　　　　　白鷗兩兩飛疎雨

선탄, 「영동을 유람하다〔遊嶺東〕」

선탄은 이 시로 인하여 '소우선사疎雨禪師'라는 별명을 얻었다고 합니다. 후
세에 선탄의 시는 다음과 같은 노래로 개작되었습니다.

묻노니 저 선사야

관동팔경 어떻더냐

명사십리에 해당화 붉어 있고

원포遠浦에 양양兩兩 백구白鷗는 비소우飛疎雨하더라

신위, 「묻노라 저 선사야」

햇살 눈부신 바닷가 모래밭 십 리 길에 떼를 지어 피어 있는 붉은 해당화!
상상만 해도 참으로 장관이 아닐 수 없습니다.

양귀비가 술에 취했을 때

고려의 선사뿐만 아니라 사대부들 또한 해당화를 가꾸고 노래했습니다.

해당화가 잠이 깊어 노곤하게 늘어져 있으니 　　　　海棠眠重欲欹垂

양귀비가 술에 취했을 때와 흡사하네 　　　　　　　恰似楊妃被酒時

다행히 꾀꼬리가 울어서 잠을 깨우니 　　　　　　　賴有黃鶯呼破夢

다시 미소 머금고 교치를 띠네 　　　　　　　　　　更含微笑帶嬌癡

이규보, 「해당」

「서부해당도西部海棠圖」, 왕사신, 청나라 서화가. 양주팔괴 중의 한 사람. 그림의 시구 "아리따운 힘없는 자태를 보니,
취한 몸 부축받아 동황을 뵙는 듯하네〔看到可憐無力態, 似扶殘醉覲東皇〕"는 술 취한 양귀비가 현종을 뵙는 것을 비유한
것이다.

깊은 잠에 취하여 노곤하게 늘어진 해당화를 술에 취하여 잠에 빠진 양귀비라고 했습니다. 이는 해당화에 대한 전형적인 묘사입니다. 당나라 현종이 일찍이 심향정沈香亭에 올라 양귀비를 불렀는데 때마침 그녀는 새벽 술에 취하여 깨어나지 못했습니다. 양귀비가 시녀들의 부축을 받고 오자, 현종이 "어찌 귀비가 술에 취한 것이던가? 해당화가 잠이 부족할 뿐이다"라고 했다고 합니다. 이로부터 해당화를 술에 취해 잠든 양귀비로 묘사하게 되었습니다.

술 흔적 미미하게 옥 같은 뺨에 묻었는데	酒痕微微點玉腮
암향이 요탕하며 숲 너머로 끼쳐오네	暗香搖蕩隔林入
분홍 살구꽃과 붉은 복사꽃은 깊은 운치가 없으니	紅杏紫桃無遠韻
한 가지의 꽃이 온통 상원의 봄을 독점하였네	一枝都占上園春

진화, 「해당」

고려의 문인 진화 또한 해당화를 술에 취하여 잠든 미녀로 묘사했습니다. 이 역시 현종과 양귀비의 고사를 취한 것입니다.

해당화의 서글픈 처지

당나라 재상 가탐(賈耽, 730~805)은 「화보」에서 해당화를 '화중신선花中神仙'이라 했습니다. 이 꽃의 신선을 노래한 유명한 시가 많지만 소식이 정혜원에 핀 해당화를 노래한 시는 그 가운데서도 압권으로 일컬어집니다.

강성 장기의 땅엔 초목이 무성한데	江城地瘴蕃草木
명화가 적막하고 고독함을 괴로워하네	只有名花苦幽獨

술에 취해 잠에 빠진 꽃 해당화

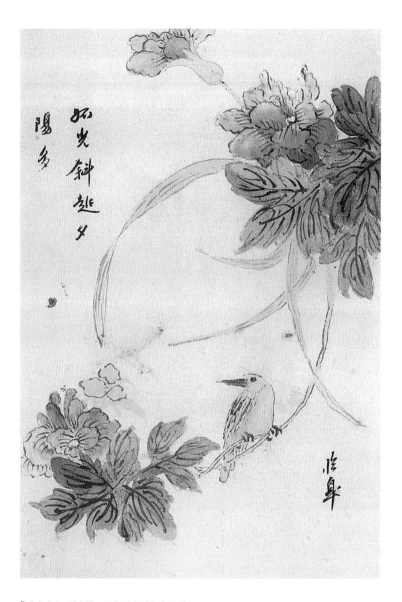

「해당비취」, 왕우중, 조선, 간송미술관 소장

아리따운 한 미소 대나무 울 사이에 있으니　　　嫣然一笑竹籬間

복사꽃 오얏꽃은 산에 가득 모두 속될 뿐이네　　桃李漫山總麤俗

알겠구나 조물주가 깊은 뜻이 있어　　　　　　也知造物有深意

일부러 가인을 보내어 빈 골짜기에 있게 하였네　故遣佳人在空谷

(중략)

궁벽한 시골 어디에서 이 꽃을 얻었던가　　　　陋邦何處得此花

아마 호사가가 서촉에서 옮겨 왔던가　　　　　無乃好事移西蜀

작은 뿌리 천 리 멀리 도달하기 쉽지 않은데　　寸根千里不易到

씨앗 물고 날아온 건 진정 홍곡이리라　　　　　銜子飛來定鴻鵠

천애에서 유락함을 함께 염려하니　　　　　　　天涯流落俱可念

한 동이 술을 마시고 이 노래를 부르네　　　　爲飮一樽歌此曲

내일 아침 술이 깨면 다시 홀로 찾아오리니　　明朝酒醒還獨來

눈발처럼 분분히 떨어질까 싶어 차마 만질 수가 없네　雪落紛紛那忍觸

소식, 「정혜원 동쪽에 우거하는데, 여러 꽃들이 산에 가득하다. 그중 해당화 한 주가 있는데 주민들은
귀한 줄을 모른다〔寓居定惠院之東, 雜花滿山, 有海棠一株, 土人不知貴也〕」

소식이 남방 황강현黃岡縣에서 귀양살이하며 지은 시입니다. 궁벽한 시골
에서 해당화를 만나 서로의 유락하는 처지를 노래했습니다. 주민들도 알아주
지 않은 명화 해당화를 곧 자신의 서글픈 처지에 비유한 것입니다. 많은 조선
인들이 소식의 이 시를 언급했는데, 그중 다산 정약용은 두 번이나 이 시에 차
운했습니다. 같은 귀양살이하는 처지로서 동병상련이 있었던 것일까요?

동풍이 살랑살랑 불어 봄빛 감돌고　　　　　　東風裊裊泛崇光

향기로운 안개 몽롱한데 달빛은 회랑을 도네　　香霧空濛月轉廊

다만 밤이 깊어 꽃이 잠들어버릴까 봐   只恐夜深花睡去

다시 긴 촛불 사르며 홍장을 비추네   更燒高燭照紅粧

소식, 「해당」

역시 소식의 시인데, 해당화가 잠들어버릴까 봐 긴 촛불로 아리따운 모습을 밤새 비추는 그 심정이 진정 간절하게 느껴집니다.

한국 해당과 중국 해당

김창업은 1712년(숙종 38)에 형 창집이 사은사로 청나라에 갈 때 함께 다녀온 뒤 『연행일기燕行日記』를 남겼습니다. 그 『연행일기』에 "(북경 궁궐) 뜰 좌우에 나무가 두 그루 있는데, 높이는 한 길 남짓하다. 가지와 줄기는 배나무와도 비슷하고 또 모과나무와도 비슷한데, 이름을 물으니 서부해당西府海棠이라 하며 꽃 빛깔은 분홍이라고 한다"라고 했습니다.

이덕무는 1778년(정조 2)에 사은 겸 진주사謝恩兼陳奏使 심염조沈念祖의 서장관으로 청나라 연경에 갔습니다. 그때 쓴 『입연기入燕記』에 "중후소中後所에서 점심을 먹고, 40리를 가서 양수참涼水站에서 유숙했다. 아침에 점방에서 해당화를 보았다. 잎사귀는 치자 같았고 꽃은 철쭉꽃 같았다. 꽃송이는 작고 꽃잎은 다섯이었으며, 줄기는 희고 향기가 없었다. 우리나라에서 이른바 해당화라 하는 것은 향기가 있고 가시가 많은데, 곧 홍장미다. 또 매괴玫瑰라고도 한다"라고 했습니다.

해당에는 여러 종류가 있다. 서부해당西府海棠·첩경해당貼梗海棠·수사해당垂絲海棠·모과해당木瓜海棠·추해당秋海棠·황해당黃海棠 등이다. 그 나무의 높이는 혹은

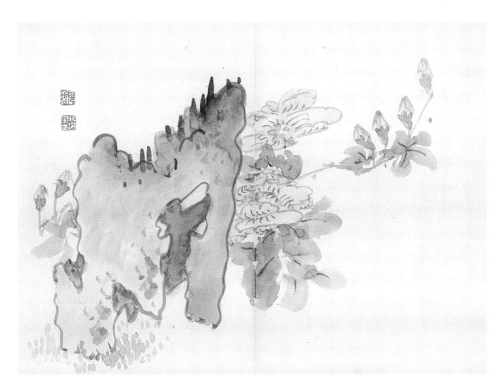

「해당함소」, 김수철, 조선, 간송미술관 소장

한두 장丈이고, 창주昌州의 해당은 그 나무가 한 아름에 이른다. 『화보』에 "서검徐儉의 집에 해당을 심었는데 그 위에 집을 짓고, 손님들을 데리고 나무에 올라가 술을 마신다"고 했다. 원호문元好問의 시에 "해당의 바람 속에 그네의 붉은 줄을 매네"라고 했다. 그 나무가 크고 높음을 알 수 있다. 우리나라 사람은 매괴화玫瑰花를 해당이라고 잘못 여긴다. 또 어떤 이는 "금강산 밖 동해 물가 모래밭에 꽃이 피는데 선홍색이 사랑스럽다. 이것이 진짜 해당이다"라고 하는데, 또한 잘못이다. 매괴는 일명 배회화裵回花인데 곳곳에 있다. 그 나무는 가시가 많고, 꽃은 장미와 같다. 진씨(陳氏, 진호자)는 『화경花鏡』에서 "색은 자주색이고, 향기는 기름지고 짙은데 말릴수록 더욱 강렬하다. 부채에 매다는 향낭으로 삼는다. 혹은 당상(餳霜, 흰엿)을 만들 때 오매烏梅와 함께 익혀서 찧는데 매괴장玫瑰醬이라 부른다"고 했다. 우리나라 사람은 모두 알지 못한다.

정약용, 『아언각비雅言覺非』, 해당매괴화海棠玫瑰花

위에서 보듯이 한국과 중국의 해당은 전혀 다른 꽃나무입니다. 추해당은 베고니아이고 황해당은 물레나물로서 또한 해당과는 별개의 식물입니다. 중국인이 말하는 매괴라는 것도 겹꽃인 장미의 일종을 말하는 것으로서 단엽꽃인 우리의 해당을 정확히 가리키는 것도 아닙니다.

조선 초 강희안은 『양화소록』에서 "세상 사람들은 여러 꽃들의 이름과 품종에 익숙하지 못하여 …… 매괴를 해당이라 하고, 해당을 금자錦子라고 한다"고 했습니다. 강희안은 이미 우리 해당과 중국 해당이 다름을 지적한 것입니다.

동풍이 살랑살랑 불어 봄빛 감돌고　　　　　　香風娚娚泛崇光
또한 향기 없는 것이 있는 것보다 낫네　　　　也是無香勝有香

어찌하여 두보의 시구를 널리 구하지 못하고   如何未博杜陵句

내 시에 의지하여 명성을 날리려 하는가   憑仗吾詩欲發揚

서거정, 「해당화도에 적다[題海棠花圖]」

    강희안과 동시대인인 서거정이 해당화 그림에 적은 시입니다. 첫 구는 소동파의 시 「해당」의 "동풍묘묘범숭광東風渺渺泛崇光"이라는 구를 그대로 가져와서 두 글자만 바꾸었습니다. 중국인들은 해당은 향기가 없다고 여겼습니다.

해당화

두릉杜陵은 당나라 두보입니다. 두보는 해당화의 명소인 사천성 성도成都에서 여러 해를 살았지만 해당화 시를 한 편도 남기지 않았습니다. 그의 어머니의 이름이 해당이었기 때문이라고 합니다. 그래서 송나라 곽진郭槇은 시 「해당을 읊다[咏海棠]」에서 "마땅히 시를 짓지 않은 두보를 원망하며, 지금도 이슬 머금고 눈물 글썽이고 있네[應爲無詩怨工部, 至今含露作啼妝]"라고 했습니다.

두보가 해당화 시를 남기지 않은 것은 두보와 해당화 모두에게 불행한 일이라고 하겠습니다. 그런데 서거정이 본 그림에 등장하는 해당화가 어떤 해당화였는지 궁금합니다. 우리 해당이었을까요, 매괴였을까요 아니면 중국의 서부해당이었을까요?

우리나라 해당

매괴화

바닷가의 꽃 매괴화

해당화는 고려 때부터 이규보, 진화와 같은 유명 문인들이 사랑하던 꽃이었습니다. 당시 금강산 아래 고성 등지의 동해안에 명사십리의 해당화 군락지가 있어서 많은 유람객이 시문으로 그 아름다움을 칭송했습니다. 그런데 이 해당화는 중국 문인들이 시문으로 칭송했던 해당화와는 전혀 다른 것이었습니다.

　이러한 사실은 이미 조선 초의 여러 사람이 알고 있었습니다. 『양화소록』의 저자 강희안과 서거정 등이 그 대표인데, 우리나라에서 해당화라고 부르는 꽃이 실은 매괴화玫瑰花라는 것을 잘 알고 있었습니다.

　중원(中原, 중국)의 해당과 우리나라 해당은 이름은 같지만 종류는 다르다. 우리가 해당이라고 부르는 것은 곧 매괴玫瑰인데 중원에서 장미라고 부르는 종류이다. 나의 왕고(王考, 돌아가신 할아버지)께서 편찬한 『청비록淸脾錄』과 정다산(丁茶山, 정약용)의 『아언각비雅言覺非』에서 이미 살펴볼 만한 변증辨證이 있다. "「화보(花譜)」를 살펴보니, 해당은 잎이 치자꽃(梔子花)과 같으나 작고, 꽃잎은 5장이고, 줄기는 희고, 향기가 없다. 씨를 맺은 것을 잘라버리면 내년에 꽃이 무성해진다. 해당은 향기가 없어서 예원진(倪元鎭, 倪瓚)이 한스러워했는데 창주(滄州)의 해당은 홀로 향기가 있다"라고 했다. 이것이 그 대략인데『광군방보(廣群芳譜)』와『군방보(群芳譜)』등에 상세하게 나온다. 우리나라에는 본래 이 종류가 없고 장미와 같은 한 종류가 있는데 해당이라고 칭한다. 그 모양을 상세히 살펴보면 곧 붉은 매괴이다. 천엽과 단엽과 바닷가에서 자라는 것이 있어서 모두 세 종류이다. 육지에서 자라는 것은 무리 지어 자라며, 가지를 뽑아내는데 길이는 1장(丈) 남짓이고 가는 가시가 많고, 줄기는 붉고 가시는 희고, 잎은 둥글면서 작은데 천엽과 단엽이 같다. 사오월에 꽃을 피우고 짙은 홍색이고 향기가 있으며, 꽃이 지면 열매를 맺는데 작은 당리(棠梨, 팥배)와 같고 자랄 때는 푸른데 익으면 황적색이다. 어린애들이 간혹 따서 먹는데 맛이 약간 시다. 바닷

한국 해당. 일명 매괴화

가 모래밭 안에서 자라는 것은 덩굴을 뻗은 것이 거우 모래 밖으로 나오고 떨기를 이루고 무리 지어 모여있다. 여름과 가을에 두 번 꽃을 피우고, 맺은 열매는 육지에서 자라는 것과 같다. 열매의 크기는 엄지손가락 머리만 하고 익으면 홍황색인데 씨앗이 그 안에 가득하다. 맛은 매우 달고 신데 먹을 만하고 절여서 익히면 더욱 좋아서 과일 소반에 담아서 술안주로 대용할 수 있다. 흉년이면 바닷가 백성은 따다가 옹기 안에 덮어두고 찧어 삭혀서 배고픈 시기를 보내는데, 동서남북의 바닷가에서 모두 같다. 꽃은 흰 모래밭에 퍼져서 완전히 비단을 펼쳐놓은 듯하여 한 경치를 돕는다. 그래서 "명사십리에 해당화 붉고(鳴沙十里海棠紅)"라는 시구가 있는 것이다. 우리나라에서 이른바 해당이라는 것은 중원의 해당과 이름만 같고 실물은 부합되지 않지만, 본래 바닷가에서 자라며 그 열매는 해당과 같다. 해당이라고 이름을 붙인 것은 그 열매 때문에 이름 지은 것이고, 또한 바닷가에서 자라므로 옛사람이 해당이라고 이름을 부여한 것은 석류 중에 신라에서 생산되는 것을 해석류海石榴라고 이름 붙인 것과 한가지이다. 『화한삼재도회和漢三才圖會』에 "매괴화를 살펴보니, 장미의 종류이고 가시가 많고 4월에 꽃이 피며, 단엽에는 흰색과 자색이 있는데 모두 꽃이 매우 크다. 또, 적색과 자색의 천엽이 있는데 그 꽃은 약간 작으면서 향기가 있다"라고 했다. 이것이 어찌 우리나라의 해당이 아니겠는가? 『화보花譜』에 조선 해당화 한 종류의 명목名目을 별도로 세우는 것이 또한 무슨 방해가 되겠는가? 이것이 『본초강목』 대황大黃 하下에서 양제채(羊蹄菜, 소리쟁이)를 양제대황羊蹄大黃이라고 한 것과 어찌 다르겠는가? 또한 『청삼통淸三通』 모란牡丹 하下에서 우리나라에서 생산되는 만모란蔓牡丹을 고려모란高麗牡丹이라고 한 것과 같지 않겠는가?

이규경(李圭景, 1788~1856), 「해당과 매괴 변증설(海棠玫瑰辨證說)」

이규경은 조선 후기 실학파 학자인데 『청비록』의 저자인 이덕무의 손자입니다. 이규경은 윗글에서 조선 초부터 수백 년 동안 의문이 제기되어왔던 중국 해당과 우리 해당의 실체를 명확하게 변증을 했습니다. 이규경이 언급한 『아언각비』는 다산 정약용의 저서이고, 『광군방보』는 청나라 강희제 때 명나라 왕상진王象晉의 『군방보』를 증보한 것이고, 『화한삼재도회』는 명나라 왕기王圻와 왕사의王思義 부자가 편찬한 『삼재도회』를 본받아 일본 데라시마 료안寺島良安이 편찬한 일종의 백과사전입니다.

이규경은 우리나라 해당이 비록 중국 해당과는 다른 종류의 매괴이지만, 마땅히 「화보」에 조선 해당화로서 명목을 올려야 한다고 주장했습니다.

이규경이 말한 "꽃은 흰 모래밭에 펴져서 완전히 비단을 펼쳐놓은 듯하여 한 경치를 돕는다. 그래서 '명사십리에 해당화 붉고〔鳴沙十里海棠紅〕'라는 시구가 있는 것이다"라는 것은 빈말이 아닙니다. 십 리의 바닷가 하얀 모래밭에 비단을 펼쳐놓은 듯한 광경은 중국 해당들은 결코 연출할 수 없고, 오직 조선 해당만이 만들어 낼 수 있는 장관입니다. 더구나 그 열매는 술안주로 적당하고 기근 때의 구황식물로도 적합하니 그 미덕을 칭송하지 않을 수가 없습니다.

해당에는 여러 종류가 있는데, 서부해당西府海棠, 첩경해당(貼梗海棠, 명자나무), 수사해당垂絲海棠, 모과해당木瓜海棠, 추해당(秋海棠, 베고니아), 황해당黃海棠 등이다. (중략) 우리나라 사람들은 매괴화를 해당으로 잘못 여긴다. 또, 어떤 사람은 "금강산 밖 동해 물가의 모래밭에서 꽃이 나오는데 선홍색으로 사랑스럽다. 이것이 진짜 해당이다"라고 하는데 또한 잘못이다. 매괴는 일명 배회화徘徊花이고 곳곳마다 있는데 그 나무는 가시가 많고 꽃은 장미와 같다. 진씨陳氏의 『화경花鏡』에 "색은 자색이고, 향기는 무성하고 말릴수록 더욱 강렬해지는데 부채에 매다는 향주머니로 만들 수 있다. 혹은 설탕에 절여 오매烏梅를 으깨어

수사해당

찧는 것처럼 하여 저장하는데 매괴장玫瑰醬이라 부른다"라고 했다. 우리나라
사람들은 모두 알지 못한다.

정약용, 『아언각비』, 「해당매괴화海棠玫瑰花」

정약용은 중국에서 해당이라고 부르는 여러 종류를 열거하고 금강산 아
래 동해안에 있는 해당은 매괴화라고 했습니다. 또, 청나라 진호자陳淏子의 『화
경』을 인용하여, 매괴화는 향기가 강렬하여 향주머니를 만들고, 그 열매로는
매괴장을 만든다고 했습니다.

매괴玫瑰는 원래 귀한 옥의 이름인데 매괴화의 꽃을 귀하게 여겨서 옥의
이름을 따서 이름을 붙였다고 합니다. 또, 일명 배회화인데 꽃이 아름다워서
걸음을 멈추고 배회하게 한다는 의미입니다. 또, 자객刺客이라고도 하는데 가

시가 많아서 붙여진 이름입니다.

　매과화는 향기가 좋아서 향주머니를 만들었고, 또한 차에 넣고, 술에 넣고, 꿀에 넣어서 식용하였습니다. 그 열매도 설탕에 절여서 식용하였는데 부귀가富貴家에서만 먹는 귀한 음식이었다고 합니다.

한국 해당의 명소

한국의 해당화, 즉 매괴화는 그 명칭이야 어떠하였든지 간에 고려 때부터 시인과 묵객의 사랑을 받았습니다. 전국 여러 곳에 유명한 해당화의 군락지가 있어서 많은 시문을 통하여 전해왔습니다.

　동협東峽은 일찍 서리가 내리기 때문에 9월이면 추워서 붉은 잎과 황화(黃花, 국화)가 거의 모두 시들어버린다. 바닷가 긴 제방에는 해당이 무리 지어 자라는데, 하나하나 모래와 자갈 속에 뿌리를 붙이고 잎은 초록이고 가지에는 가시가 많다. 높이는 1척에 불과하고 덩굴은 무성하여 대나무 울타리 같은데 남북으로 십 리나 이어진다. 꽃은 옅은 붉은색이고 크기는 철쭉꽃만 하다. 온갖 꽃이 피지 않았을 때 이 꽃만이 홀로 아름다운데, 바람에 까불리며 모래를 따라 밤낮을 보낸다. 모래 제방마다 다 있는 것은 아니고 우리나라에서는 서해의 장연長淵 바닷가와 관북關北의 두만강豆滿江에 있으며, 동쪽이 또한 그곳과 같다. 옛날 해당을 논했던 자가 매우 많은데 모두 향기가 없다고 했다. 북방의 종류는 향기가 무성하고 강렬하고 서쪽과 동쪽의 종류는 적적寂寂하게 향기가 없는데 취하여, 잠을 생각하는 모습은 두만강의 것에 미치지 못한다. 두만강의 것은 그 잎이 모두 7장인데 소양少陽의 기氣를 얻어서 그런 것인가?『군방보』를 살펴보니 "해당은 4종류가 있는데 남해南海의 것은 가지에 굴곡이 많고

가시가 있으며 꽃은 사계화四季花보다 약간 일찍 피고 관목으로 자라며 연지
臙脂처럼 붉다. 나무가 작은 것은 첩경貼梗이다. 촉주蜀州와 창주昌州의 것은 유독
향기가 있다"라고 했다. 지금 관동의 종류는 도리어 남해의 여파餘派라고 할
수 있고, 두만강의 종류는 아마 촉중蜀中의 종류가 아니겠는가.

이유원(李裕元, 1814~1888), 『동협해당기東峽海棠記』

동협은 관동 지방입니다. 그 동해 해변에 해당으로 유명한 명사십리가 있
습니다. 이수광의 『지봉유설』에 "고려 승려 선탄禪坦의 시 「유영동遊嶺東」에 '명
사십리 해당이 붉고, 갈매기 쌍쌍이 보슬비 속에 나네〔鳴沙十里海棠紅, 白鷗兩兩飛
疎雨〕'라고 했다. 어떤 사람이 관동으로 유람을 가려다가 선탄의 시 구절을 듣
고 말하기를 '이미 명구를 얻었구나!'라고 하고 마침내 여행을 그만두었다고
한다"라고 했습니다. 동해의 명사십리와 더불어 황해도 장연 바닷가와 두만
강 일대가 그 옛날 해당의 명소였습니다.

　　이유원이 우리 해당을 『군방보』에서 언급한 해당과 비교한 것은 애당초
잘못된 일이었습니다. 아마 이유원은 우리 해당이 중국의 해당과는 전혀 다른
매괴화임을 몰랐던 것 같습니다.

명사 일대가 해당화 핀 물가인데	鳴沙一帶海棠洲
늙은 수령은 게을러 나가지 못하니 어찌하나	老守其如懶出遊
담 아래 몇 가지 꽃의 색이 그것이니	墙下數枝花色是
갈매기와 보슬비의 풍류는 멀리서 다스리려네	白鷗疏雨領風流

최립, 「해당海棠」

최립이 강릉부사 때 지은 시입니다. 명사십리의 해당화 핀 계절인데 늙은

수령은 병이 들어 나가볼 수 없습니다. 담 아래 몇 그루 해당화를 보면서 갈매기와 보슬비의 풍류는 멀리서 다스리겠다고 했습니다. 시의 말구는 고려 선탄의 시를 빌려온 것입니다.

최립은 대문장가로서 명나라에 사신으로 가서 왕세정王世貞과 문장을 논하여 명나라 문인들로부터 칭송을 받은 적이 있습니다.

푸른 바다 동쪽은 모두 명사인데	滄溟東畔盡鳴沙
나그네는 말채찍 거두고 천천히 지나가네	客子停鞭緩緩過
한 줄기 석양의 하늘색이 먼데	一抹斜陽天色遠
말발굽에 어지럽게 날리는 해당화이네	馬蹄撩亂海棠花

양대박(梁大樸, 1544~1592), 「명사鳴沙」

명사鳴沙는 밟으면 사각사각 소리가 난다고 하여 붙은 모래밭의 이름입니다. 아마 동해의 명사십리를 지나면서 지은 시 같습니다. 석양에 물든 아득한 수평선과 말발굽에 어지럽게 날리는 해당화가 눈앞에 선명합니다.

양대박은 남원 사람으로 임진왜란 때 의병장이었습니다.

푸른 솔이 길을 끼고 모두 명사인데	蒼松挾路盡明沙
어렴풋이 비추는 구름과 파도가 한 색으로 기울었네	隱映雲濤一色斜
반나절을 가고 또 가도 사람은 보이질 않고	半日行行人不見
말 앞에는 바람에 떨어지는 해당화뿐이네	馬前風落海棠花

조재호(趙載浩, 1702~1762), 「양양 가는 도중에[襄陽途中]」

명사明沙는 깨끗하고 고운 모래밭을 말합니다. 양양으로 가는 길은 솔밭 사이의 명사 길입니다. 바다의 구름과 파도가 아득히 보이고 가도 가도 인적은 없습니다. 바람에 떨어지는 해당화만이 말 앞에 있을 뿐입니다.

조재호는 우의정을 지냈는데 말년에 장헌세자莊獻世子를 구하려다가 귀양 가서 사사되었습니다.

행인은 추위서 금모래 밭에 이르지 못하고	行人寒不到金沙
눈보라 치는 서주는 한 조망 속에 아득하네	風雪西州一望賒
강남으로 돌아가면 사오월에	歸去江南四五月
곳곳의 해당화를 부끄럽게 보리라	羞看處處海棠花

신광수(申光洙, 1712~1775), 「장연 가는 도중에(長淵道中)」

장연은 장산곶과 몽금포가 있는 황해도의 서해 해변입니다. 예로부터 해당화의 명소였습니다. 그런데 지금은 눈보라가 치는 계절! 그저 멀리서 금모래 밭을 바라볼 뿐입니다. 강남으로 돌아간 후 사오월에 곳곳에서 해당화를 보게 될 터이지만, 장연의 해당화를 보지 못한 것은 부끄러운 기억으로 남을 것입니다.

신광수는 시인으로 한때 명성을 날렸는데 번번이 과거에 떨어지다, 50세에 비로소 시의 명성을 통해 벼슬에 올라 우승지를 지냈습니다.

두만강 가의 해당화는	豆滿江邊海棠花
오월과 유월에 처음 열매를 맺는데	五月六月初結實
성 안의 아녀자들이 열 명씩 무리를 지어	城中兒女十成羣
옷자락 추켜올리고 광주리 들고 일시에 나왔네	褰裳帶筐一時出
큰 것은 살구만 하고 신맛은 매실 같은데	大者如杏酸如梅

과육은 적고 씨만 많아서 맛볼 수가 없네	肉少子多不堪㗖
그대들은 이 열매를 어찌 부지런히 따는가	問爾摘此何太勤
이 땅엔 과일이 없어서 대추와 밤을 대신한다오	此地無果代棗栗

홍양호(洪良浩, 1724~1802), 「해당화」

초여름 두만강 가에서 아녀자들이 무리를 지어 해당화의 열매를 땁니다. 북방에는 과일이 없어서 해당화 열매로 대추와 밤을 대용한다는군요.

북방은 봄이 지나서 꽃을 볼 수 없는데	北方春盡不見花
해당화가 강가의 흰 모래밭에 막 피었네	海棠初開江上之白沙
노부는 병에서 일어나 힘써 문을 나서	老夫病起强出門
작은 수레로 구불구불 밝은 사초를 밟아가네	小輿逶迤踏晴莎
처음엔 지상에 붉은 비단을 펼쳐놓은 듯했는데	初如地上鋪紅錦
다시 수면에 채색 노을이 어려 있는 듯하네	更似水面凝彩霞
초록 잎과 날카로운 가지 어지럽게 살랑대고	綠葉剡枝紛婀娜
붉은 입술 황금 수염 하늘의 꽃이 피었네	絳脣金鬚坼天葩
향기는 어찌 그리 강렬한가 폐가 절로 맑아지고	香何酷烈肺自清
색은 어찌 그리 현란한가 얼굴이 붉어지려 하네	色何炫爛顏欲酡
양귀비가 잠에서 깨어나 자태가 진정 농염하고	楊妃睡罷態正濃
붉은 분과 초록 눈썹이 반쯤 기울었네	鉛朱黛綠半欹斜
요황이 아우이고 위자가 형인데	姚黃是弟魏紫兄
어찌 장미와 동백을 끼울 수가 있겠는가	肯數薔薇與山茶
뜻밖에 먼 변방의 자갈밭에 기이한 꽃이 나오니	不意絕海窮磧產奇卉
아마 부상의 석목이 정화를 남긴 것이 아니겠는가	無乃扶桑析木留精華

매괴화

한 가지를 손으로 꺾어서 모자에 꽂으려 하다가	手折一枝欲揷冠
화려한 붉은 꽃이 내 양쪽 귀밑머리 흰 것을	却媿繁紅笑我兩鬢皤
비웃어서 문득 부끄럽네	
꽃이여 내 귀밑머리가 흰 것을 비웃지 말라	花兮莫笑我鬢皤
소년의 의기가 아직 사라지지 않았다네	少年意氣未消磨
오히려 먼 사막으로 말을 달릴 수 있고	尙堪馳馬絶大漠
때때로 통음하며 긴 노래를 부를 수 있다네	時復痛飮作長歌
너는 어찌 맑은 낙수 북쪽 곡강 가에서	爾何不向淸洛之陽曲江頭
부연 달빛과 봄바람 속에서 함께 춤추지 않고	烟月春風共婆娑
나와 함께 하늘 끝에 떠도는가	同我流落天一涯
참으로 복사꽃과 오얏꽃과 함께 아름다움을	苟不與夭桃穠李爭姸而競媚

다투고 아양 떨지 못하니

꽃이여 꽃이여 너를 어이 할까나　　　　　　花兮花兮奈爾何

홍양호, 「해당화가海棠花歌」

　　홍양호의 서문에 "서수라西水羅에서 두만강 가에까지 모래와 자갈밭에는 모두 해당화가 자란다. 항상 오월에 꽃이 피는데 비단 장막처럼 찬란하고, 꽃잎은 모란에 비해 작지만 진홍색으로 다섯 잎씩 나오고 향기가 강렬하다. 대개 남쪽 땅에서 자라는 것과는 전혀 다르다"라고 했습니다. 서수라는 함경도 경흥에 있는 항구 이름입니다.

　　홍양호는 정조 때 세도정치의 권력가 홍국영에게 밉보여 경흥부사로 쫓겨났는데 이때 지은 시입니다.

　　요황姚黃과 위자魏紫는 송나라 때 유명한 모란의 품종입니다. 요씨 집에서 나온 황모란과 위씨 집에서 나온 자색 모란으로 귀한 대접을 받았습니다.

　　부상扶桑은 동해에 있는 전설 속의 신목神木으로 해가 뜨는 곳이고, 석목析木은 별자리로서 기성箕星과 두성斗星의 두 별 사이를 가리키는데 정동향 인방寅方에 해당합니다. 따라서 두만강의 해당화는 동쪽을 담당하는 별의 정화로 피어난 꽃입니다.

　　홍양호는 두만강의 해당화를 아름다움을 다툴 줄 모르고 아양을 떨지 못하여 변방으로 떠도는 신세로 묘사했습니다. 바로 자신의 신세를 투영한 것입니다. 마치 북송의 소식이 남방 황강현黃岡縣으로 귀양을 가서 정혜원定惠院 해당화를 보고 자신의 불행한 신세를 노래했던 것과 흡사합니다. 물론 홍양호가 읊었던 것은 매괴화이고 소식의 해당화와는 다른 꽃이었습니다.

매괴화 시

고려나 조선인이 읊은 해당화 시는 대부분 매괴화를 읊은 것입니다. 그러나 매괴화라는 제목의 시 또한 적지 않았습니다.

한 동원이 깊고 외진데 비 갠 후	一園深僻雨晴時
행장을 갖추고 한가히 나가 낮은 울타리 지나네	杖屨閑行過短籬
석양 속 미풍이 소매에 가득 불고	落日小風吹滿袖
매괴화 가지 위에 꾀꼬리가 우네	玫瑰梢上囀鸎兒

서거정, 「소원小園」

작은 동원이 깊고 외진데 비가 개었습니다. 지팡이를 짚고 나막신을 신고 한가히 나가서 낮은 담을 지나갑니다. 해가 떨어지는 석양에 미풍이 소매에 가득 불어옵니다. 매괴화의 가지 위에서는 꾀꼬리가 웁니다. 때는 늦봄이 아닌가 싶습니다.

한 그루 매괴나무	一朶玫瑰樹
사람들은 이를 해당이라고 전하네	人傳是海棠
이슬 맺힌 꽃은 지분을 가볍게 씻어냈고	露華輕洗粉
풍골엔 향기가 가늘게 통하네	風骨細通香
처음엔 붉은 비단을 오렸나 싶었는데	始訝紅羅翦
나중엔 비단 양산을 펼쳐놓았네	終成錦繖張
네가 빼어난 아름다움을 자랑함을 사랑하니	憐渠矜絕艷
독서하는 책상에 가깝게 피었네	開近讀書床

귀한 옥에서 유래한 매괴화

매괴화를 사람들은 해당이라고 잘못 전합니다. 이슬 맺힌 꽃은 지분을 씻어냈고, 풍채와 골격은 향기롭습니다. 붉은 비단을 오려낸 듯하고 비단 양산을 펼쳐놓은 듯합니다. 그 빼어난 아름다움을 사랑하니 독서하는 책상에 가깝게 피웠습니다.

심홍색의 여러 종류가 모두 선명한데	深紅數種惣鮮明
황색이 또한 북경에 있다고 들었네	黃色又聞在北京
너를 보니 또한 스스로 낮은 품종이 아니니	看君亦自非庸品
도리어 해당이란 이름을 훔쳐 써도 무방하리라	不妨還冒海棠名

김창업, 「매괴」

작자의 설명에 "매괴는 곧 세속에서 해당이라 부른다. 종류가 자못 많은데 꽃에 짙은 색과 옅은 색, 중엽과 단엽의 구별이 있다"라고 했습니다. 노란 매괴화가 북경에 있다고 하니 참으로 보고 싶습니다. 스스로 낮은 품종이 아닌데 남의 이름을 훔쳐 쓸 필요가 있겠습니까?

매괴주의 맛은 포도주보다 독한데	玫瑰味比蒲萄辣
불수감의 향과 죽엽주의 청량함을 겸했네	佛手香兼竹葉淸
시와 술은 예로부터 두 가지 이치가 없으니	詩酒從來無二致
온유돈후한 맛이 인정에 가깝네	溫柔敦厚近人情

이상적(李尙迪, 1804~1865), 「남이 술을 보내주어 사례하다〔謝人餉酒〕」

부처님 손 모양인 불수감

　매괴주는 포도주보다 독하고, 불수감佛手柑의 향과 죽엽주竹葉酒의 청량함
을 겸했습니다. 시와 술은 예로부터 두 가지 이치가 없습니다. 매괴주의 온유
돈후한 맛은 인정에 가깝습니다. 공자가 말하기를 "그 사람됨이 온유하고 돈
후한 것은 시의 가르침이다(其爲人也 溫柔敦厚 詩敎也)"라고 했습니다.

　불수감은 감귤의 일종인데, 부처의 손바닥 모양 같다고 하여 붙인 이름
입니다. 향이 좋기로 이름이 나있습니다. 조선 시대에 매괴주를 빚어 먹었음을
알 수 있습니다.

향기로운 꽃을 월왕대에서 옮겨오니	芳菲移自越王臺
가장 장미와 같아서 기쁘게 함께 심었네	最似薔薇好並栽
농염함은 채색 그림보다 나아서 모두 사랑하고	穠艶盡憐勝綵繪
좋은 이름으로 매괴라고 누가 지어주었던가	嘉名誰贈作玫瑰
봄이 이뤄낸 비단 수를 바람이 불어 피우고	春成錦繡風吹坼
하늘이 물들인 경요를 햇살이 비춰 열었네	天染瓊瑤日照開

자사에게 알려 일찍 객들을 부르게 하여	爲報朱衣早邀客
떨어져서 푸른 이끼 위에서 시들게 하지 마오	莫教零落委蒼苔

서인徐夤, 「사직 순관 무제가 매괴화를 옮겨 왔다〔司直巡官無諸移到玫瑰花〕」

월왕대는 절강성 소흥紹興 와룡산臥龍山 남쪽 기슭에 있는데, 그 옛날 월나라 왕 구천句踐이 와신상담臥薪嘗膽을 하여 고국을 회복한 것을 후인들이 기념하여 세운 대라고 전합니다. 이 유서 깊은 월왕대에서 매괴화를 옮겨왔습니다. 장미와 같은 이 꽃을 장미와 함께 심었습니다. 그림 속의 꽃보다도 농염한데, 누가 매괴라는 아름다운 이름을 지어주었던가요? 봄이 이뤄낸 비단 수를 봄바람이 피워내고, 하늘이 물들인 아름다운 옥을 햇살이 비춰 열었습니다. 자사(刺史, 각 주의 감찰사)에게 알려서 빨리 객들을 불러 감상회를 열도록 하여, 매괴화가 푸른 이끼 위에 떨어져 부질없이 시들게 하지 말아야 합니다.

서인은 당나라 말엽의 시인인데 어린 시절에 만당의 대표 시인 중의 한 사람인 온정균溫庭筠에게 시를 배웠습니다.

사향 심지에 맑은 불꽃이 오르고	麝炷騰淸燎
교사로 짠 초록 덮개를 둘러썼네	鮫紗覆綠蒙
궁중 화장으로 아침 해에 임하고	宮妝臨曉日
비단 자락이 봄바람에 떨어지네	錦段落東風
봄 안개 속에서 힘이 없고	無力春煙裏
저녁 빗속에서 근심이 많네	多愁暮雨中
무슨 뜻인지 알 수 없는데	不知何事意
짙고 옅은 두 가지 붉은색이네	深淺兩般紅

당나라 당언겸(唐彦謙, ?~893), 「매괴」

매괴화는 향기가 좋아서 마치 사향 심지에서 맑은 불꽃이 나오는 듯합니다. 교사는 교인鮫人이 짠 비단인데 천하에 없는 보물이라고 합니다. 교인은 교인蛟人이라고도 표기하며 전설에서 동해 안에 산다는 일종의 인어와 같은 존재입니다. 교인은 항상 비단을 짠다고 하며, 그가 흘린 눈물은 진주가 된다고 합니다. 초록 덮개를 둘러쓴 매괴화는 궁중 여인의 화장으로 아침 해를 맞이하고, 비단 같은 꽃잎은 봄바람 속에 떨어집니다. 봄 안개 속에서 힘이 없고 저녁 빗속에서 수심 어린 모습입니다. 한 꽃에 짙고 옅은 붉은 색이 더불어 있는 것은 도대체 어떤 의미인지?

당언겸은 만당 시인으로 벽주자사壁州刺史를 지내고 만년에는 녹문산鹿門山에 은거하여 저술에 전념했습니다.

색과 향을 함께 부여받으니　　　　　色與香同賦

강마을의 품종이 또한 드문 것이네　　　江鄕種亦稀

이웃집 아녀자들이 달려가며　　　　　鄰家走兒女

장미라고 착각하네　　　　　　　　　錯認是薔薇

진순(陳淳, 1483~1544), 「매괴」

매괴는 본래 색과 향이 뛰어난데 궁벽한 강마을의 품종이 참으로 보기 드문 것입니다. 그런데 이웃 아녀자들은 장미라고 착각합니다. 물론 이를 해당으로 착각하는 사람은 없습니다.

진순은 명나라의 유명한 화가였습니다.

근래 서해와 동해의 여러 지역에 우리 해당화로 꽃길을 조성해놓은 곳이 많습니다. 영광 백수 해안 길은 해당의 명소가 된 지가 10여 년이 넘습니다. 그곳 바닷가에 펼쳐진 십 리의 해당화 길은 참으로 장관입니다. 백령도의 해당화도 유명하다고 하는데 아직 가보지 못했습니다. 언젠가 인연이 닿기를 기원해봅니다.

지중해에서 온

양귀비꽃

양귀비꽃의 고향

내 어린 시절 팔순의 할머니께서는 가끔 심한 복통을 앓으셨는데 양약이나 한약의 백약이 효험이 없었습니다. 그때마다 나는 시골의 외가로 말린 앵속 열매를 구하러 가는 심부름을 하곤 했습니다. 앵속 열매를 달여 드신 할머니께서는 곧 병석에서 일어나셨습니다. 할머니의 복통을 다스릴 수 있는 것은 오직 말린 앵속 열매뿐이었던 것입니다.

당시 외가 마을 몇 집에서는 비상 약으로 쓰려고 해마다 화단에 앵속을 서너 그루씩 길러서 그 열매를 채취하여 말려두곤 했습니다. 어린 시절에 보았던 그 앵속 열매가 마약 아편을 만드는 양귀비꽃 열매였다는 것을 안 것은 그로부터 10여 년 뒤였습니다. 지금은 어디에서도 앵속을 쉽게 볼 수 없습니다. 법으로 재배를 금지하는 식물이 되어서 누구도 앵속을 마음대로 심어서 기를 수 없기 때문입니다.

앵속의 고향은 지중해 동부 소아시아와 이집트, 터키, 이란 등지라고 합니다. 이 지중해의 앵속은 7세기 무렵에 페르시아에서 실크로드를 통하여 중국으로 들어왔습니다.

양귀비꽃〔학명 Papaver somniferum〕은 영어로 오피엄 포피Opium poppy라고 하는데, 중국에 들어와서 앵속罌粟이라는 이름을 얻었습니다. 앵속의 열매는 장미 열매처럼 둥글고 그 안에 수천 개의 작은 씨앗이 들어있어서, 그 열매의 모양과 생태를 보고 이름을 지었습니다. 앵罌은 배 부분이 볼록한 단지이고, 속粟은 좁쌀 혹은 곡식입니다. 그러니 앵속의 뜻은 곡식이 담긴 단지라는 것입니다. 앵속의 다른 이름인 미낭화米囊花도 역시 쌀자루라는 뜻이니 앵속과 같은 의미입니다. 앵속은 꾀꼬리 앵鶯 자를 써서 앵속鶯粟이라고도 표기하였는데, 물론 앵罌과 앵鶯의 발음이 같아서였을 뿐이고 꾀꼬리와는 아무 상관도 없습니다.

앵속이나 미낭화라는 이름에서 애초에 이 식물을 화초로서보다는 약초와 채소로서 중시했다는 것을 짐작해볼 수 있겠습니다.

길이 험한 잔도를 지나 포사곡을 나와서	行過險棧出褒斜
평천을 다 벗어나니 집에 도착한 듯하네	出盡平川似到家
만 리 길 나그네 근심이 오늘 풀어지는 것은	萬里客愁今日散
말 앞의 미낭화를 비로소 보았기 때문이네	馬前初見米囊花

옹도(雍陶, 789?~873?), 「서쪽으로 돌아가며 포사곡을 나오다〔西歸出斜谷〕」

옹도의 이 시는 양귀비꽃을 언급한 동아시아 최초의 시가 아닌가 싶습니다. 포사곡褒斜谷은 섬서성陝西省 종남산終南山의 골짜기 이름인데 한나라 때 건설한 험준한 잔도로 유명했습니다. 한나라 이후 장안에서 남방의 촉蜀 지역으로 가는 중요한 도로였습니다.

옹도의 고향은 바로 옛날 촉한의 수도였던 사천성四川省 성도成都입니다. 장

채소나 보양식품으로 재배되었던 앵속

안에서 성도까지 포사곡을 비롯한 험난한 도로들을 지나야 하니 나그네의 여정은 얼마나 근심스러운 것이던가요? 그 근심이 풀린 것은 말이 나아가는 앞쪽 멀리에 핀 미낭화를 비로소 보았기 때문입니다. 그리운 고향 땅에 다 온 것입니다.

옹도는 미낭화를 그의 고향의 상징으로 기억했습니다. 이로 보면 당나라 때 이미 미낭화가 중국 남방의 성도 지역에서 많이 재배하였던 정황을 짐작할 수 있겠습니다.

옹도는 가도賈島, 은요번殷堯藩, 무가無可, 서응徐凝 등과 친했던 중당의 저명한 시인이었습니다.

꿀을 타 먹는 앵속탕

당나라 때부터 본격적으로 재배된 양귀비꽃은 송나라에 와서 약용과 강장 식품으로서 애용되었습니다.

앵속화罌粟花 : 앵속罌粟은 일명 미낭화米囊花, 일명 어미화御米花, 일명 미각화米殼花이다. 『본초本草』에 "앵속罌粟은 일명 상곡象穀인데, 푸른 줄기는 높이가 1~2척이고, 잎은 쑥갓과 같고, 꽃에는 대홍大紅, 도홍桃紅, 홍자紅紫 순자純紫 순백純白이 있어서 한 종류에 여러 색을 갖추었다. 또 천엽과 단엽이 있어서 한 꽃에 두 종류를 갖추었다. 아름다워서 완상할 만하고, 열매는 연밥(蓮房)과 같고, 그 씨앗 주머니에는 수천 알의 크고 작은 열매가 있는데 냉이의 씨앗과 같다"라고 했다. 『본초』에 "소송蘇頌이 말하기를 '9월에 씨를 뿌려 겨울을 지내고 봄이 되면 비로소 싹이 나와서 몹시 무성해진다'라고 했다. 이시진李時珍이 말하기를 '3, 4월에 꽃 대궁이 나와서 푸른 꽃봉오리를 맺는다. 꽃이 피면 봉오리

껍데기는 떨어져 나가고 크기는 사발만 한 단지(罌)가 꽃 안에 있어 수술들이 그것을 감싸는데, 꽃은 피면 사흘 만에 시든다. 그러나 단지는 줄기 끝에 있고, 길이는 일이 척이고, 크기는 마두령(馬兜鈴, 쥐방울덩굴 열매)과 같고, 위에 덮개가 있고 아래에 받침이 있어서 완연히 술병과 같은데 안에 있는 하얀 씨앗은 지극히 작다'라고 했다"라고 했다.

『어제패문재광군방보御製佩文齋廣羣芳譜』 중에서

청나라 강희제 때 왕호汪灝 등이 명나라 왕상진(王象晉, 1561~1653)의 『군방보群芳譜』를 보완한 『어제패문재광군방보』의 기사입니다. 양귀비꽃의 생태가 매우 자세합니다. 앵속이라는 이름 외에도 미낭화, 어미화, 미각화, 상곡 등의 별칭이 있고, 붉은색 외에도 다양한 색이 있고, 겹꽃과 홑꽃이 있음을 알 수 있습니다.

송나라 휘종徽宗 때의 의학자인 구종석寇宗奭의 『본초연의本草衍義』에 "앵속미罌粟米는 성질이 차고, 많이 먹으면 소변과 대변에 이롭고, 방광의 기운을 움직이게 한다. 복식하는 사람은 이를 갈아서 물에 달이고 꿀을 타서 탕으로 만들어 마시면 매우 좋을 것이다."라고 했습니다.

도인은 계소수를 권하고	道人勸飮雞蘇水
동자는 앵속탕을 다릴 줄 아네	童子能煎鶯粟湯
잠시 등나무 침상과 질 베개를 빌려서	暫借藤床與瓦枕
댓바람의 서늘함을 저버리지 않으리라	莫教辜負竹風涼

소식(蘇軾, 1037~1101), 「의흥으로 돌아가며 죽서사에 적어서 남기다(歸宜興留題竹西寺)」

송나라 소식이 강소성 남부에 있는 의흥으로 돌아가면서 양주揚州에 있는 죽서사에 남긴 시입니다.

　계소수는 계소라는 약초를 끓인 탕으로 허한 기운을 돕는다고 합니다. 앵속탕은 양귀비꽃의 씨앗으로 다린 탕인데 강장 효과가 있다고 하여서 당시에 널리 유행했습니다.

농부가 나에게 알려주기를	畦夫告予
앵속은 양식이 될 만하다네	罌粟可儲
씨방은 병처럼 작고	罌小如罌
씨앗은 조처럼 작은데	粟細如粟
보리와 함께 파종하고	與麥皆種
기장과 함께 익는다네	與穄皆熟
어린 싹은 봄의 채소가 되고	苗堪春菜
열매는 가을 곡식과 비할 만하고	實比秋穀
갈아서 우유처럼 만들어	研作牛乳
끓여서 불죽을 쑬 수 있다네	烹爲佛粥
노인이 기운이 쇠약하여	老人氣衰
먹는 것도 거의 없고	飮食無幾
고기를 먹으면 소화하지 못하고	食肉不消
채소를 먹으면 입맛이 없을 때	食菜寡味
돌그릇에 버드나무 공이로 가루를 내어	柳槌石鉢
끓여서 꿀물을 타면	煎以蜜水
입을 편하게 하고 목구멍을 이롭게 하며	便口利喉
폐와 위를 보양할 수 있다네	調肺養胃

소철(蘇轍, 1039~1112), 「종약묘種藥苗」 중에서

소식의 동생인 소철의 시인데, 그 서문에 "내가 영천穎川에서 한가히 지낼 때 집이 가난하여 고기반찬을 마련할 수 없었다. 항상 여름과 가을이 교체되는 시기에는 배추나 겨자도 자라지 않아서 소반 안이 삭막했다. 어떤 사람이 나에게 앵속과 결명決明을 심으면 그 부족한 것을 보충할 수 있다고 가르쳐주었다. 영천에서 우거하고 있는 여러 집안사람은 이것을 모르므로 「종약묘」라는 두 편의 시를 지어서 모두에게 알리고자 한다."라고 했습니다.

소식과 소철의 시로 보면 당시 절간이나 민간에서 앵속을 채소나 보양 식품으로서 널리 재배했음을 알 수 있습니다.

소식과 소철은 그 부친 소순蘇洵과 함께 3부자가 문장으로써 당송팔가唐宋八家로 꼽혔던 대문장가들이었습니다.

조선의 양귀비꽃

양귀비꽃이 중국에서 한반도로 들어온 정확한 시기는 알 수 없으나, 『세종실록지리지』에 경상도에서 재배하는 약재로 기록되어있습니다. 그러니 적어도 고려 말이나 조선 초 무렵에는 이미 양귀비꽃이 이 땅에 들어오지 않았나 싶습니다.

한가히 대베개에 기대 비단 두건을 치켜 썼는데	閑憑竹枕岸巾紗
때때로 빼어난 향기가 연꽃에서 끼쳐오네	時有奇香動芰荷
나비들이 날아 맴돌며 돌아가지 않은 것은	蛺蝶飛飛不歸去
뜰 가득히 앵속화가 다 피었기 때문이리라	滿庭開盡鶯粟花

서거정, 「즉사卽事」

조선 초의 서거정은 뜰에 가득히 앵속화를 키웠습니다. 유난히 꽃을 좋

「귀비호접」, 신사임당, 조선, 간송미술관 소장

아했던 서거정은 많은 꽃에 대한 시를 남겼는데 양귀비꽃은 또 어떻게 구했던
것일까요.

> 약 화로와 경서로 세월을 보내는　　　　　　　　藥爐經卷送年華
>
> 예와 다름없는 쓸쓸한 시골 노인 집이네　　　　　寥落依然野老家
>
> 가난하여 빈 벽만 서있다고 걱정할 필요 없으니　　契濶不須愁壁立
>
> 뜰에 가득한 것은 모두 미낭화라네　　　　　　　滿庭都是米囊花
>
> 신후재(申厚載, 1636~1699), 「앵속은 일명 미낭화이다. 오랫동안 피어있어 사랑할 만하여 절구 한
> 수를 지었다〔罌粟一名米囊, 耐久可愛, 因題一絶〕」

화로에 약을 달이고 경서를 읽으면서 세월을 보내는 쓸쓸한 시골 노인의
집입니다. 재산도 없어서 빈 벽만 서있는 가난한 살림입니다. 그러나 굶어 죽
을 걱정은 하지 않습니다. 뜰에 가득히 미낭화가 피어있기 때문입니다. 미낭
화가 무엇입니까. 바로 쌀자루가 아니겠습니까.

신후재는 강원도관찰사와 한성부판윤을 지낸 고관이었는데, 1694년 갑
술옥사 때 귀양을 갔다가 4년 후 사면을 받고 충청도 음성군으로 낙향하여
독서로 노년을 보냈습니다.

> 생계가 졸렬하여 자주 굶는데　　　　　　　　　計拙謀生任屢空
>
> 구멍 난 빈 창문은 바람조차 막지 못하네　　　　破窓虛牖不遮風
>
> 동원엔 비 온 후 남은 꽃이 없는데　　　　　　　園中雨後無餘物
>
> 앵속화가 피어 섬돌엔 붉은 꽃이 가득하네　　　　罌粟花開滿砌紅
>
> 김유(金楺, 1653~1719), 「우연히 집의 벽에 적다〔偶題屋壁〕」

생계를 꾸릴 계책이 졸렬하여 자주 굶습니다. 창문은 구멍이 나서 바람조차 막아내지를 못합니다. 동원에는 비가 온 후 모든 꽃이 다 지고 말았습니다. 그런데 앵속화가 피어 뜰에는 온통 붉은 꽃으로 가득합니다. 그러니 이제 밥을 굶는 일은 걱정하지 않아도 될 것입니다. 앵속이 무엇입니까. 바로 곡식 단지가 아니겠습니까.

김유는 숙종 때 대제학을 지낸 인물로『동국여지승람』의 증보에 참여하기도 했습니다.

앵속이나 미낭화라는 이름 자체가 곡식 단지와 쌀자루라는 뜻이어서 양귀비꽃을 읊은 시 중에는 가난과 양식 타령을 늘어놓은 작품이 적지 않습니다. 이는 조선의 시인 뿐만은 아니었습니다.

새 울고 벌 붕붕거리고 나비 역시 바쁜데　　　　鳥語蜂喧蝶亦忙
다투어 천제의 말을 화왕에게 전하네　　　　　爭傳天詔詔花王
동군의 우위군에게 양식을 공급할 수 없으니　　東君羽衛無供給
봄바람에게 열흘 치 양식을 찾아서 빌려오라 했다네　探借春風十日糧
양만리(楊萬里, 1127~1206), 「미낭화米囊花」

송나라 양만리의 시 「미낭화」인데 역시 양식을 언급했습니다. 새와 벌과 나비 들이 바쁘게 화왕에게 천제의 말을 전합니다. 봄의 신인 동군의 호위와 의장대에게 지급할 양식이 없으니 봄바람에게 열흘 치 양식을 빌려오라 했다는군요.

양만리는 남송의 저명한 학자이자 시인으로서 평생 2만여 수의 시를 지었다고 전합니다.

양귀비꽃이라는 이름

앵속을 양귀비꽃이라고 부르는 것은 오직 한국뿐입니다. 중국과 일본에서는 앵속을 양귀비와 연관하여 언급한 적이 없었습니다.

누가 명화를 귀비에게 비견했던가	誰把名花比貴妃
아리따운 국색을 어렴풋이 보네	嬌妖國艶見依俙
향기로운 혼은 피에 젖어 소멸되기 어려워	香魂汚血應難泯
해마다 나는 꾀꼬리에게 부치네	付與年年黃鳥飛
일찍이 명황이 미소 띠고 보아주어서	曾被明皇帶笑看
제일의 풍류로 화단에서 빼어났네	風流第一擅花壇
지금 침향정의 얼굴을 남겨두니	只今留得沈香面
품평은 마땅히 초목단이라 부르네	題品宜稱草牧丹

이정암,「앵속화鶯粟花」

명화를 양귀비에게 비유한 사람은 누구였던가요. 그 아리따운 국색이 어렴풋이 보이는 듯합니다. 피에 젖은 향기로운 혼은 쉽게 사라지지 않아서 해마다 나는 꾀꼬리에게 그 한을 부칩니다.

일찍이 명황이 명화를 미소 띠고 보아주어서 제일의 풍류를 화단에서 차지했습니다. 지금 침향정의 얼굴을 남겨두니, 그 품평이 마땅히 초목단이라 부릅니다. 피에 젖은 향기로운 혼은 양귀비를 말합니다. 안녹산의 반란으로 양귀비는 현종과 함께 남쪽으로 피난을 가던 도중 군사들의 강요로 자결해야 했습니다. 이 시는 다음의 시를 배경으로 합니다.

명화와 경국이 둘 다 서로 즐거우니	名花傾國兩相歡
오랫동안 군왕에게 미소 띠고 보게 하네	長得君王帶笑看
봄바람에 무한한 한을 풀어놓고	解釋春風無限恨
침향정 북쪽 난간에 기대었네	沈香亭北倚闌干

이백, 「청평조淸平調」

당나라 현종은 흥경지興慶池 동쪽 침향정 앞에 여러 색깔의 모란을 구해다 심어놓고 꽃이 활짝 피어나자 양귀비를 거느리고 꽃 잔치를 벌였습니다. 현종이 "명화를 감상하면서 비자妃子를 대하는데 어찌 옛 노랫말을 사용하겠는가!"라고 하고, 이백에게 새 노랫말을 짓게 하였습니다. 이백은 즉시 「청평악사淸平樂詞」 세 편을 지어 올렸는데, 위의 시는 그중의 한 수입니다.

이정암은 이백의 시를 가져와서 앵속화를 양귀비에게 비견하고, 그 품평은 마땅히 초목단이라 한다고 했습니다. 또 '초목단'이란 이름도 어디에서도 찾아볼 수 없는 새로운 발상이었습니다. 목단은 곧 모란입니다.

밤비에 젖은 방울은 검각에서 슬피 울리고	夜雨淋鈴劍閣哀
경양루 종소리 흩어지자 해당화는 꺾이었네	景陽鍾散海棠摧
향혼은 부끄럽게 이향의 귀신 되었는데	香魂羞作離鄕鬼
군왕이 마외파를 지나가게 한 것을 후회하네	悔遣君王過馬嵬

조면호(趙冕鎬, 1803~1887), 「귀비화貴妃花」

검각劍閣은 지금의 사천성 북부에 있는 험준한 산맥입니다. 옛날에는 북쪽 중원에서 남쪽 촉蜀 지역으로 가는 유일한 통로였습니다. 안녹산安祿山의 난리 때 현종은 이곳 잔도(棧道, 험한 벼랑 같은 곳에 낸 길)를 통해 촉으로 피란을 갔습니다. 그때 장맛비가 열흘이나 계속되었는데 현종은 빗속에서 방울 소리를 들었습니다. 현종은 문득 이미 죽은 양귀비의 환영을 보는 듯했습니다. 나중에 현종은 이때의 기억을 되살려 〈우림령雨淋鈴〉이란 악곡을 지어서 양귀비에 대한 그리움을 부쳤습니다.

경양루景陽樓는 궁궐의 종각입니다. 남조南朝 때 제무제齊武帝가 대궐이 깊어서 단문(端門, 궁전의 정전 앞에 있는 정문)의 고루鼓漏 소리가 잘 들리지 않자, 경양루에 종을 설치하여 궁인宮人들을 깨웠다고 합니다.

해당화는 양귀비를 상징하는 꽃입니다. 현종이 침향전에서 양귀비를 불렀는데 마침 양귀비는 새벽 술에 취하여 몸을 가누지도 못했습니다. 현종이 "어찌 귀비가 술에 취한 것이던가? 해당화가 잠이 부족한 것일 뿐이다"라고 했습니다. 이로부터 해당화는 양귀비를 상징하게 되었습니다.

마외파馬嵬坡는 양귀비가 군사들의 강요 속에 자결한 곳입니다.

이 시의 작가 주석에 "앵속화는 속칭 양귀비이다. 옮겨 심으면 곧 말라 죽고 자라지 않는다"라고 했습니다. 조면호는 추사 김정희의 처가 조카이자 제자로서 글씨를 잘 썼습니다. 시도 잘 지었는데 특히 수선화를 좋아하여 백여 수의 수선화를 소재로 한 시를 남겼습니다.

앵속화를 '양귀비꽃'이라고 기록한 자료는 오직 조선에서만 찾아볼 수 있습니다. 그러나 조선의 민간에서 언제 앵속화를 양귀비꽃이라 부르기 시작했는지는 알 수 없습니다.

동아시아의 역사를 바꾼 아편

아편은 양귀비꽃의 씨방에서 짜낸 진액입니다. 이것이 마취와 환각 작용을 일으키는 마약입니다. 서구 열강들이 동아시아에 들여오기 훨씬 이전에 이미 중국에서는 아편의 제조법을 알고 있었습니다.

원나라 명의名醫 주진형(朱震亨, 1281~1358)은 "지금 사람들은 몸과 마음이 허약하고 피로하여 기침하는 데에 속각(粟殼, 앵속의 씨방 껍질)을 사용하여 죽을 고비를 많이 넘기고, 습기와 열기로 인한 설사와 이질에도 속각을 사용하여 수렴을 한다. 그 병을 그치게 하는 효험이 비록 빠르더라도 사람을 죽이는 것이 검과 같으므로 마땅히 깊이 경계해야 한다"라고 했습니다. 주진형은 이미 사람의 목숨을 빼앗을 수 있는 앵속각의 부작용을 알았던 것입니다.

> 앵속화 : 『광의廣義』에 "중구(重九, 음력 9월 9일)에 씨를 뿌린다"라고 했는데, 혹은 중추中秋의 정오에 씨를 뿌린다고 했다. 꽃이 진 후 병 모양의 자루가 있고, 그 안에 작은 씨앗이 들어있어서 죽을 끓일 수 있고, 채취하여 기름을 짤 수 있다. 그 껍질은 약으로 쓰는데 혈기가 막힘을 치료한다. 그 맺힌 푸른 씨방을 때맞추어 침으로 찔러서 10여 구멍을 내놓으면 그 진액이 절로 나오는데, 거두어 자기磁器에 담아 종이로 입구를 봉하여 14일 동안 햇볕에 말리면 곧 아편鴉片이 되는데, 막힌 정기에 가장 효능이 있다.
>
> 방이지(方以智, 1611~1671), 『물리소식物理小識』 중에서

아편을 제조하는 방법이 상세합니다. 그러나 이 아편은 어디까지나 약용이었고, 환각을 위한 마약은 아니었습니다.

이후 1820년경부터 서구 열강에 의해 중국으로 유입되기 시작한 이른바 담배처럼 흡입하는 아편연阿片煙의 등장으로 중국은 급속하게 그 해독에 병들었습니다. 빈민층의 농민으로부터 군대의 장교와 병사, 심지어 조정의 고관에 이르기까지 아편연에 중독되어 가산을 탕진하고 심신이 병드니, 나라가 마비될 지경에 이르렀습니다.

약용으로 쓰인 앵속

조선에서도 이즈음 중국을 왕래한 여러 사신의 보고를 통하여 아편연의 심각성을 주목하고 있었습니다.

대개 아편이라는 것은 서양에서 나온 것이다. 그 만드는 법은 순양(純陽, 다른 것이 조금도 섞이지 아니한 제대로 온전한 양기)의 남자를 죽여서 그 고혈(膏血, 사람의 기름과 피)로써 담배를 재배하여 고(膏, 기름)를 만들어 먹는 것이다. 어떤 사람은 말하기를 "앵속에 약을 섞어 달여서 만드는데, 사람에게 정신을 되살리게 하여 어린 시절의 일을 기억하게 하지만, 근골이 풀어져서 망가지고 기혈이 소모되어 오래지 않아 곧 죽게 된다. 그래서 여러 번 금하는 칙령을 내렸지만, 끝내 그치게 할 수 없었다"라고 했다.

김경선(金景善, 1788~?), 『연원직지燕轅直指』, 「유관록留館錄」 하 중에서

김경선이 1833년(순조 33)에 사신의 일행으로 북경에 다녀오면서 남긴 기록입니다. 당시 청나라에서 떠돌던 아편에 대한 유언비어와 아편연을 금지하지 못하는 청나라 조정의 정황을 알 수 있습니다.

이후 청나라는 임칙서林則徐를 광동에 파견하여 아편의 무역을 막으려 했지만 역부족이었습니다. 결국 아편전쟁(1840~1842)에서 영국에 패배한 청나라는 망국의 길을 걷게 되었습니다. 몇천 년 동안 세계의 중심이라고 자부했던 중국의 환상이 깨지게 된 빌미가 아편이었다는 것이 참으로 허망합니다.

이제 양귀비꽃은 우리의 화단에 키울 수 없는 꽃이 되고 말았습니다. 그 것은 양귀비꽃의 잘못이 아니고 오로지 예쁜 꽃을 악용하려는 인간들의 부도 덕성 때문이 아니겠습니까.

양귀비꽃을 우리 가까이 둘 수는 없지만, 여전히 우리 마음속에 붉은 충

혼忠魂으로 흐르고 있습니다.

아 강낭콩 꽃보다도 더 푸른

그 물결 위에

양귀비꽃보다도 더 붉은

그 마음 흘러라

변영로(卞榮魯, 1897~1961), 「논개論介」 중에서

우 미 인 의 화 신

우미인초

패왕별희

우미인虞美人은 우희虞姬입니다. 항우의 애첩이었습니다. 항우는 서초패왕西楚覇王
을 자칭하고, 한왕 유방과 천하를 다투었습니다. 이 초한 전쟁은 무려 4여 년
동안 계속하면서 백여 번이 넘는 전투를 벌였는데 항상 초나라군이 백전백승
이었습니다. 그러나 기원전 202년에 형세가 역전되어 같은 해 12월에 항우의
군대는 해하성(垓下城, 지금의 안휘성 영벽현)에서 포위당하고 말았습니다. 한나라
군대가 한밤중에 사면에서 초나라 노래(楚歌)를 부르며 심리전을 펴니 초나라
군의 사기는 한순간에 무너졌습니다.

　　항우는 놀라서 말하기를 "한나라군이 이미 초나라를 다 점령했던가! 어
찌 초나라 사람들이 저리 많단 말인가!"라고 했습니다. 그리고 술에 취해 강개
하여 노래를 불렀습니다.

　　힘은 산을 뽑고 기개는 세상을 덮는데　　　　　　　　力拔山兮氣蓋世

시운이 불리해 오추마가 전진하지 못하네	時不利兮騅不逝
오추마가 전진하지 못하니 어찌하리오	騅不逝兮可奈何
우희여 우희여 그대를 어찌하리오	虞兮虞兮奈若何

항우가 노래를 마치자 우희가 그 노래에 화답하였습니다.

한나라 군대가 이미 국토를 점령하여	漢兵已略地
사방에선 초나라 노랫소리가 울려나네	四方楚歌聲
대왕의 의기가 꺾이었으니	大王意氣盡
천첩이 어찌 살 수 있으리오	賤妾何聊生

우희는 노래를 마치고 칼을 뽑아 자신의 목을 찔러 자결했습니다.

항우는 대세가 이미 기운 것을 깨닫고 팔백 명의 기병을 거느리고 포위를 뚫고 남쪽으로 달아났습니다. 음릉陰陵에서 길을 잃고 한나라 군대에 추격당한 항우는 오강烏江에 이르렀습니다. 오강의 정장亭長이 "강동江東은 비록 작지만 지방이 천 리이고, 무리가 수십만 명이니 왕이 될 수 있습니다. 대왕께서는 빨리 강을 건너십시오"라고 하였습니다. 항우가 말하기를 "하늘이 나를 망하게 했는데 내가 어찌 강을 건너겠는가! 게다가 나는 강동의 자제 8천 명과 함께 강을 건너와 서쪽으로 갔었는데 지금은 한 사람도 돌아오지 못했다. 설령 강동의 부로(父老, 한 동네에서 나이가 많은 남자 어른을 높여 이르는 말)들이 나를 왕으로 삼아줄지라도 내가 무슨 면목으로 그들을 보겠는가? 설령 저들이 말하지 않는다고 할지라도 내가 홀로 마음속에 부끄러움이 없겠는가?"라고 하고는, 스스로 목을 찔러 자결하고 말았습니다.

참으로 비참한 패왕과 우희의 사별이었는데, 이 사별은 아주 오랜 세월이 지난 후에 '패왕별희'라는 경극으로 재현되었습니다.

　전설에 의하면, 나중에 우희의 무덤에서 이름 모를 꽃이 피어났는데 사람들이 그 꽃을 우미인초虞美人草라고 불렀습니다. 우리나라에서는 앵속罌粟을 양귀비꽃이라고 부르는데, 우미인초는 개양귀비 혹은 꽃양귀비라고 부릅니다. 이는 남의 이름을 빼앗고 다른 사람의 이름을 붙인 것이니 우미인의 혼령이 애통해하지 않겠습니까!

춤추는 꽃

우미인초〔학명 Papaver rhoeas〕는 앵속과 같은 과이며, 그 고향도 지중해 연안과 중동 지역으로 같습니다. 외관상으로 보면 두 꽃은 원래 혈통적으로 사촌지간이라 무척 흡사합니다. 그러나 실제로는 서로 다른 점이 있습니다. 우미인초는 줄기 전체에 털이 있으며 열매는 상대적으로 작습니다. 앵속은 줄기가 매끄럽고 빛나는 데다 털이 없으며 열매가 상대적으로 큽니다. 우미인초의 꽃봉오리는 피기 전에는 고개를 숙이고 있다가 꽃이 피면 고개를 치켜듭니다. 앵속은 아편을 제조할 수 있지만, 우미인초는 그렇지 못합니다.

　　『화경花鏡』에 "강소성과 절강성에 가장 많은데 무더기로 자라며 꽃과 잎은 앵속과 비슷하지만 작다. 한 그루에 수십 송이 꽃이 있고 줄기는 가늘면서 털이 있다. 꽃봉오리는 나와서 고개를 숙이고 있다가 꽃이 피면 비로소 직립한다. 오색을 구비하여 자태가 빼어나고, 바람이 불면 날듯이 춤을 추는데 엄연히 나비의 날개가 펄렁이는 듯하니 또한 꽃 중의 묘품妙品이다"라고 했다.
　　『익주초본기益州草木記』에 "아주雅州 명산현名山縣에 우미인초가 나오는데 꽃과 잎이 둘 다 서로 마주하고서 사람이 가까이 가면 곧 사람을 향하여 고개를 숙인다. 〈우미인곡〉을 부르면 이 꽃은 상응하여 춤을 춘다. 다른 곡을 부르면 그렇지 않다"라고 했다.

『가씨담록(賈氏談錄)』에 "포사산(褒斜山) 골짜기 안에 우미인초가 있는데 모양이 닭의 볏(雞冠)과 같고 큰 잎이 서로 마주 보다가 〈우미인곡〉을 부르면 두 잎이 사람이 손뼉을 치는 모양처럼 자못 박자를 맞춘다"라고 했다.

『어제패문재광군방보』 중에서

우미인의 혼령, 우미인초

무초舞草 : 『유양잡조酉陽雜俎』에 "아주雅州에서 무초舞草가 나오는데 한 줄기에 세 잎이 있고, 잎은 결명決明과 같다. 한 잎은 줄기 끝에 있고 두 잎은 줄기 중간에서 마주 대한다. 사람이 가까이 가서 노래하며 손뼉을 치면 잎이 춤추는 듯이 움직인다"라고 했다. 『본초本草』에 "이는 곧 우미인초인데 또한 바람이 없어도 홀로 움직이는 종류이다"라고 했다.

『연감유함淵鑑類函』 중에서

위 기사들에서 보는 바와 같이 우미인초의 별칭은 '무초'입니다. 물론 그 뜻은 춤추는 화초라는 것입니다. 그래서 역대 우미인초를 읊은 시들은 항상 춤을 언급했습니다.

깊은 밤에 큰 노랫소리 일어나고	夜闌浩歌起
옥장에서는 슬픈 바람 일어나네	玉帳生悲風
강동 땅은 천 리인데	江東可千里
쑥대밭에 애첩을 버렸네	棄妾蓬蒿中
망부석으로 변하면 어찌 말을 알아듣겠는가	化石那解語
화초가 되니 오히려 춤출 수 있네	作草猶可舞
밭두둑 위에서 오추마가 오는 것을 보려고	陌上望騅來
갑자기 돌아보지도 않네	翻然不相顧

강기(姜夔, 1154~1221), 「우미인초를 읊다〔賦虞美人草〕」

남송 강기의 시인데, 우미인이 망부석으로 변하지 않은 것은 말을 알아들을 수 없어서인데, 화초가 되니 오히려 춤을 출 수 있다고 했습니다.

역대 우미인초 시편들

우미인은 항우가 안심하고 탈출할 수 있도록 스스로 자결했습니다. 그 자결은 또한 적군에게 유린당하지 않고 절개를 지키고자 했던 것입니다. 그 최후가 영웅 항우와 더불어 비장했으므로 역대 여러 문인들은 우미인의 영혼에 많은 시문을 바쳤습니다. 그중에 인구에 회자되는 명편이 적지 않습니다.

홍문의 옥 술잔은 눈발처럼 가루가 되고	鴻門玉斗紛如雪
십만 항복한 병사는 밤에 피를 흘리며 죽었네	十萬降兵夜流血
함양궁전은 삼 개월간 불타서	咸陽宮殿三月紅
패업은 이미 연기와 함께 사라졌네	霸業已隨煙燼滅
강포한 자는 반드시 죽고 인의한 자가 왕이 되는 법이니	剛強必死仁義王
음릉에서 길 잃은 것은 하늘이 망하게 한 것이 아니었네	陰陵失道非天亡
영웅이 본래 만인적을 배웠는데	英雄本學萬人敵
어찌하여 간절하게 미인을 슬퍼했던가	何用屑屑悲紅妝
삼군은 패배하여 깃발이 꺾이니	三軍敗盡旌旗倒
옥장의 가인은 앉아서 늙어갔네	玉帳佳人坐中老
향기로운 혼은 밤에 검광을 따라 날아가고	香魂夜逐劍光飛
푸른 피는 들 위의 화초로 변했네	靑血化爲原上草
향기로운 마음을 적막하게 찬 가지에 부쳤는데	芳心寂寞寄寒枝
옛 노래 들려오니 눈썹을 찡그리는 듯하네	舊曲聞來似斂眉
애원하며 배회하며 근심스레 말하지 않으니	哀怨徘徊愁不語
흡사 그 당시에 사면의 초가를 듣던 때와 같네	恰如初聽楚歌時
끊임없이 흐르는 물은 고금을 흘러가고	滔滔逝水流今古

「우미인초(개양귀비)」, 변수민(邊壽民, 1684~1752), 청나라 양주팔괴 중의 한 사람. 그림의 시구는 "영웅이 지하에서도 여전히 미색을 좋아하여, 황금을 아끼지 않고 미인을 주조했네(英雄地下猶憐色, 不惜黃金鑄美人)"이다. 영웅은 항우이고, 미인은 우미인이다.

초나라와 한나라의 흥망은 모두 묘지가 되었네   楚漢興亡兩邱土

당년에 남긴 일은 모두 공허하게 되었는데   當年遺事總成空

강개한 술자리 앞에서 누굴 위해 춤추는가   慷慨尊前爲誰舞

허언국許彦國, 「우미인초행虞美人草行」

홍문은 지금의 섬서성陝西省 임동현臨潼縣 동쪽에 있는 지명인데, 항우는 범증范增의 계책을 받아들여 홍문에서 연회를 벌이고 유방을 초청하여 죽이려고 했습니다. 그러나 유방은 책사 장량張良의 도움으로 탈출하였고, 사실상 두 영웅의 운명은 여기서 결정되었습니다.

옥두玉斗는 옥으로 만든 술을 뜨는 국자입니다. 장량이 항우와 범증을 이간하려 옥두 한 쌍을 범증에게 선사했는데, 범증은 칼로 옥두를 쳐서 깨버리면서 "항왕의 천하를 빼앗을 자는 반드시 패공(沛公, 유방)일 것이며, 우리는 포로가 되고 말 것이다"라고 비통하게 소리쳤습니다.

항우는 진나라의 항복한 군사 10만을 모조리 살해하고, 도성 함양에 있는 아방궁을 불태워버렸는데 3개월간이나 불탔다고 합니다. 항복한 포로를 죽이고 점령한 도성을 불태운 강포한 자가 어찌 천하의 왕이 될 수 있겠습니까. 해하에서 탈출하여 음릉에서 길을 잃은 것은 자신의 잘못이지 하늘이 망하게 한 것은 아니었습니다.

항우는 젊어서 검술을 배우다가 칼을 내던지고 "한 사람을 상대할 검술보다는 차라리 만인의 적을 무찌를 병법을 배우겠다!"라고 했습니다. 그런 영웅이 어찌 한 미인을 애절하게 슬퍼했던가요.

미인의 혼은 칼날의 빛을 따라 날아가고, 그 썩지 않은 푸른 피는 들판의 화초가 되었습니다. 향기로운 마음을 차가운 가지에 부쳤는데, 옛 노래 〈해하가〉가 들려오자 눈썹을 찡그립니다. 애원하며 배회하며 말없이 근심에 잠긴 모습은 마치 해하에서 사면에서 초나라 노래를 듣던 때와 같습니다.

　그러나 이제 초나라와 한나라의 흥망성쇠는 모두 묘지가 되고 말았습니다. 승자와 패자의 이야기는 이미 의미가 없게 되었는데, 강개한 술자리 앞에서 대체 누구를 위하여 춤추는 것일까요.

　이 시의 작가에 대해서는 송나라 시대부터 의문이 많았습니다. 판본에 따라서 북송의 증공(曾鞏, 1019~1083), 혹은 증공의 아우인 증포曾布의 처 위부인魏夫人이 작가라고 전하는데, 북송의 호자(胡仔, 1110~1170)가 허언국의 작품이라고 고증한 바 있습니다.

　고려 이규보는 최자崔滋가 허언국의 「우미인초가虞美人草歌」에 화답한 시 7수를 칭송하였는데, 고려 때 이 「우미인초가」는 허언국의 작품으로 전해졌음을 알 수 있습니다. 허언국은 생애가 상세하게 알려지지 않았는데, 북송 휘종徽宗 선화(宣和, 1119~1125) 연간에 낮은 관직을 지냈습니다.

초나라 궁중의 꽃다운 자태가 지금도 남았으니	楚宮花態至今存
경국 경성의 미인들은 모두 논할 수가 없네	傾國傾城總莫論
밤 휘장 속의 한 노래에 목숨을 쉽게 내던지니	夜帳一歌身易殞
봄바람 속 천년 동안에 한을 삼키기 어렵네	春風千載恨難吞
연지 칠한 뺨 위엔 운 흔적이 남아있고	胭脂臉上啼痕在
분과 눈썹먹의 빛 속엔 피눈물이 새롭네	粉黛光中血淚新
누가 한나라 궁중의 꽃이 비단 같다고 했던가	誰道漢宮花似錦
또한 들풀을 따라 세월에 맡겼네	也隨荒草任朝昏

손제지孫齊之, 「우미인초를 읊다〔詠虞美人草〕」

　초나라 궁중의 아름다운 자태가 지금도 남아있으니 경국이니 경성이니 하는 미인들은 모두 당해낼 수가 없습니다. 밤의 군막 안에서 영웅의 비통한 〈해하가〉를 듣고 스스로 자결했지만, 천년의 봄바람 속에서 한을 삭일 수는 없었습니다. 연지 칠한 뺨에는 운 흔적이 남아있고, 분 바르고 눈썹 그린 먹의 빛에는 피눈물이 새롭습니다. 누가 한나라 궁중의 꽃들이 비단 같다고 했는 가요. 다만 들풀을 따라 세월에 맡겼습니다.

사후에도 생전에도 항우의 사람이니	身後身前屬項家
오 땅의 노래 한 곡조에 너울너울 춤추네	吳音一曲舞婆娑
그 해의 한을 다 풀어내지 못하여	消磨不盡當年恨
무정한 방초도 또한 노래를 알아듣는구나	芳草無情亦解歌

신위, 「우미인」

우미인은 생전은 물론 사후에도 항우의 사람이었습니다. 오음吳音은 초나라 노래를 말합니다. 그 해의 한이 다 사라지지 않아서 본래 무정한 방초도 고국의 노래를 알아듣습니다.

신위는 이 시의 서문에서 "집에 일재逸齋가 그린 여덟 폭 족자가 있는데, 비단의 색과 칠한 채색이 명나라 말의 사람 같았다. 『도회보감圖繪寶鑑』과 『보해록寶繪錄』과 『화징록畫徵錄』 등 여러 책을 살펴보았으나 모두 그 이름을 볼 수 없었다. 내가 상산(象山, 황해도 곡산)에 있을 때 머리맡에 치는 작은 병풍으로 꾸몄었다. 지금 폭마다 시 한 수씩 지어놓고 고증을 기다린다"라고 했습니다. 누군지 확실히 알 수 없지만, 명나라 말기의 사람으로 추정되는 일재라는 화가가 그린 여덟 폭의 그림에 적은 시 중의 하나임을 알 수 있습니다.

초나라 미인은 춤추고 초왕은 노래하는데	楚姬起舞楚王歌

우미인초

성 아래 한나라 군사에는 초나라 사람이 많았네	城下漢軍楚人多
초왕의 노래 그치니 초나라 미인은 스스로 목을 찌르고	楚王歌斷楚姬刎
장막 아래 초나라 사람들은 눈물을 흘렸네	帳下楚人涕淚沱
원한 어린 피는 밤에 작은 풀의 색으로 응결되고	冤血夜凝纖草色
알록달록한 초나라 대나무는 강아를 조문하였네	斑斑楚竹弔江娥
붉은 꽃은 이슬 눈물이 맺혀 흰 눈썹이 쓸쓸하고	紅艶露啼空白眉
푸른 잎은 바람 앞에서 춤추며 두 눈썹 찌푸리네	翠葉風舞顰雙蛾
그대는 보지 못했는가	君不見
한왕이 초나라 노래를 부르고 한나라 미인이 춤추는 것이	漢王楚歌漢姬舞
도리어 종전에 그대가 있었던 곳과 같네	却似從前君所所
인체는 벙어리가 되고 여의는 죽었으니	人彘呑聲如意死
초나라 노래가 초나라만 망하게 했을 뿐이 아니었네	楚歌非獨能亡楚

아라이 하쿠세키(新井白石, 1657~1725), 「우미인초행」

강아江娥는 순舜임금의 비인 아황娥皇과 여영女英입니다. 순임금이 남방을 순행하다가 죽자, 소상강瀟湘工 가에서 대나무에 피눈물을 흘리자, 그 피눈물이 떨어진 대나무에 알록달록 반점이 생겼다고 합니다. 아황과 여영은 강에 뛰어들어 죽었는데, 강의 신인 상비湘妃가 되었다고 합니다.

인체人彘는 사람 돼지라는 뜻으로 유방의 애첩 척부인입니다. 척부인은 지금의 산동성 정도定陶 사람인데, 비천한 가정 출신으로 가무에 능했던 여인이었습니다. 16세에 전쟁터에서 유방의 애첩이 되었습니다. 사마천의 『사기』에 의하면, 소매를 날리고 허리를 꺾는 '교수절요翹袖折腰'라는 춤에 능하며, 초가楚歌를 잘 부르고, 여러 악기의 연주도 뛰어났다고 합니다. 척부인이 악기를 연주하며 노래하면, 유방도 함께 화답의 노래를 부르며 그녀의 춤과 노래에 도취

했다고 합니다. 아라이 하쿠세키의 시구에서 "한왕이 초나라 노래를 부르고 한나라 미인이 춤추는 것"은 바로 유방이 노래하고 척부인이 춤추는 것을 말합니다.

　나중에 유방이 천하를 통일한 후에 척부인은 더욱 총애를 받았고, 아들 여의如意를 태자로 세우려고 시도하기도 했습니다. 그러나 유방이 죽은 후에 유방의 황후였던 여치呂雉는 척부인의 손과 발을 자르고, 귀를 불태우고, 약을 먹여서 벙어리로 만든 후 측간에 가두어 사람 돼지〔人彘〕로 만들었습니다. 물론 그녀의 아들 여의도 역시 살해되었습니다.

　아라이 하쿠세키는 일본의 한학자이며, 주자학자였으며, 한문 시문에 뛰어났던 문인이었습니다. 또한, 1711년 조태억趙泰億이 정사正使로서 갔던 조선통신사를 강호江戶에서 접대한 대표자이기도 했습니다.

플랑드르 들판의 개양귀비꽃

개양귀비꽃은 원래 유럽이 원산지라서, 유럽에서는 일찍이 농작물로서 재배하였습니다.

　제1차 대전이 벌어졌던 1915년 봄에 캐나다 군의관 존 맥크래 중령은 연합군과 독일군이 참호를 파놓고 대치했던 서부전선 플랑드르에 있었습니다. 중령은 아끼던 부하의 전사를 목격하고 부하를 추모하는 시를 지었습니다.

　　줄줄이 서있는 십자가들 사이에서 피어서
　　우리가 잠든 곳을 알려주네
　　하늘에는 종달새 힘차게 노래하며 날아오르건만
　　저 밑의 요란한 총소리 속에 그 노래 잘 들리지 않네

우리는 이제 죽은 사람들

며칠 전만 해도 살아서 새벽을 느끼고 석양을 바라보았고

사랑을 하기도 받기도 하였는데

지금 우리는 플랑드르 들판에 누워 있다네

적들과 우리의 싸움을 포기하려는데

힘이 빠져가는 손으로 그대에게 던지는 이 횃불을

그대가 잡고 높이 쳐들어 주오

죽은 우리들과의 신의를 저버린다면

비록 플랑드르 들판에 개양귀비꽃 피었다 하여도

우리는 영영 잠들지 못하리라

In Flanders fields the poppies blow

Between the crosses, row on row,

That mark our place; and in the sky

The larks, still bravely singing, fly

Scarce heard amid the guns below.

We are the dead. Short days ago

We lived, felt dawn, saw sunset glow,

Loved, and were loved, and now we lie

In Flanders fields.

Take up our quarrel with the foe:

To you from failing hands we throw

The torch; be yours to hold it high.

If ye break faith with us who die

We shall not sleep, though poppies grow

In Flanders fields.

존 맥크래(Lt.-Col. John McCrae, 1872~1918)

전쟁이 끝난 후 영연방 국가들은 제1차 대전의 종전일인 11월 11일을 전사자를 위한 현충일로 정했습니다. 그리고 이 시로 말미암아 개양귀비꽃을 그 상징으로 삼았습니다. 영국과 캐나다 등지에서는 현충일에 천이나 종이로 만든 개양귀비꽃을 옷깃에 다는 풍습이 생겼습니다.

동아시아에서는 우미인의 슬픈 넋이고, 서양에서는 전사자를 추념하는 상징이 되었으니 이래저래 개양비귀꽃은 슬픈 꽃이 아닐 수 없습니다.

사 철 피 는 장 미
사계화

동아시아의 장미

장미를 꽃의 여왕이라고 하는 것은 서양 문화의 영향 때문일 것입니다. 근대 이전까지 동아시아의 화왕은 모란이었으니까요. 근대 이후 서구적 취향의 꽃 문화가 유행하면서 모란은 본의 아니게 장미에게 왕위를 물려주어야만 하였습니다. 심지어 어떤 이는 장미를 근대 이후에 서양에서 처음 건너온 외래종으로 여기기까지 합니다. 물론 지금 우리가 애완하는 장미는 대부분 서구에서 수입된 개량종들이지만, 동아시아의 재래종 장미 또한 그 역사가 유구합니다.

장미는 우륵牛勒·우자牛棘·자홍刺紅·야객野客 등 여러 이름으로 불렸고 품종도 다양했는데, 월계月季·매괴玫瑰·도미荼蘼·다화多花·목향木香 등이 유명했습니다.

한무제가 애첩 여연麗娟과 함께 후원에서 봄꽃을 구경하는데, 때마침 장미가 막 피어나서 마치 미소를 머금은 듯하였습니다. 무제가 그 장미를 보고 "이 꽃의 미소가 미인의 미소보다 훨씬 낫다"고 하였습니다. 그러자 여연이 장난 삼아 "사람의 미소를 살 수 있습니까?"라고 물었습니다. 황제가 살 수 있다고 대답하자, 여연은 황금 백 근을 가져다가 황제에게 올리면서 "황제의 미소를 사고자 합니다"라고 하였답니다. 이런 연유로 장미는 '매소화買笑花'라는 별칭으로 불리게 되었다고 합니다. 그러나 매소화는 훗날 창기娼妓를 지칭하는 용어가 되었습니다.

남조 양나라의 마지막 황제인 원제元帝는 장미를 몹시 좋아하여 장미 화원을 만들어 여러 품종의 장미를 손수 가꾸었습니다. 또한 신하들에게 장미를 노래하는 시를 짓게 하여 비단 도포를 상으로 내렸다고 합니다.

미인이 봄의 규방에서 심심하여   倡女倦春閨

봄바람 맞으며 옥섬돌에서 노는데   迎風戲玉除

떨기 가까이 꽃 그림자 우거짐을 보고   近叢看影密

매소화로 불린 장미

미인의 미소보다 낫다는 장미

나무 너머로 덩굴이 성김을 바라보네   隔樹望釵疎

뻗은 가지는 기울어 소매에 걸리고   橫枝斜絓袖

여린 잎은 아래로 치마를 잡아당기네   嫩葉下牽裾

담이 높아서 오를 수 없고   牆高擧不及

꽃이 새로 피었는데 꺾을 수가 없네   花新摘未舒

머리에 꽂은 꽃 적다고 하지 마오   莫疑挿鬢少

남들과 나누어도 오히려 넉넉하리라   分人猶有餘

원제, 「장미를 꺾는 것을 보다看摘薔薇」

미인이 장미를 꺾는 것을 보고 지은 원제의 시입니다.

낮은 가지 어찌 잎보다 무성한가   低枝詎勝葉

맑은 향기 다행히 절로 통하네   輕香幸自通

꽃받침 벌어져 처음 붉은 꽃 피어나니   發萼初攢紫

넘치게 채집해도 여전히 붉은 꽃잎 날리네 餘采猶布紅

새 꽃은 밝은 해를 대하고   新花對白日

옛 꽃술은 지나는 바람을 쫓아가네   故蕊逐行風

사조, 「영장미詠薔薇」

육조六朝 제나라의 시인 사조(謝朓, 464~499)의 시입니다. 이처럼 장미는 육조 때 이미 군신君臣들 모두에게 사랑받던 꽃이었습니다.

사시사철 피는 꽃 사계화

우리나라에서도 장미는 이미 삼국시대에 등장합니다. 신라 설총의 「화왕계」에서 장미는 임금의 잠자리를 모시겠다고 찾아온 요염한 여인으로 묘사되었습니다.

고려 때도 장미는 시인 묵객들이 가꾸며 사랑하던 꽃이었습니다.

지난해 꽃을 심을 때	去年方種花
때마침 그대가 찾아왔네	得得君適至
두 손의 더러운 진흙을 털고서	兩手揮汀泥
잔을 잡고 곧 취했네	奉酌徑霑醉
금년에 꽃이 활짝 피었는데	今年花盛開
그대가 또 어디에서 오는가	君又從何來
꽃이 그대에게 유독 후하니	花於子獨厚
아마 전생에 빚이 있어서인가	豈有前債哉
심던 날도 술을 마셨는데	種日猶擧酒
하물며 다시 활짝 핀 후임에랴	況復繁開後
이 술을 그대는 사양하지 마오	此酒君莫謝
이 꽃을 저버릴 수 없다오	此花不可負

이규보, 「집 정원의 장미 아래서 술을 마시다. 전이지에게 줌〔飮家園薔薇下, 贈全履之〕」

고려 이규보의 시입니다. 장미를 심던 날 벗이 때마침 찾아와서 술을 마셨는데, 이듬해 장미꽃이 활짝 피었을 때 그 벗이 다시 찾아왔습니다. 그래서 장미꽃 아래서 함께 술을 마시며 벗과 장미의 유별난 인연을 시로 읊은 것입니다.

「장미도薔薇圖」, 이선(李鱓, 1686~1756),
청나라 양주팔괴 중의 한 사람.

「백자황채장미문병」, 조선, 국립고궁박물관 소장

장미 가운데 '사계화四季花'라는 품종이 있는데, 사시사철 꽃이 피어서 더욱 남다른 사랑을 받았습니다.

모든 꽃들을 너와 동반함을 허락하지만	好許千花伴爾榮
한 봄이 지나가 버리면 어찌 다툴 수 있겠는가	一春歸後可堪爭
오나라 초나라의 미인들 분분히 흩어지고	吳姬楚艷紛紛散
세월 오래되니 비로소 정녀의 정을 깨닫네	歲久方知靜女情

소나무는 곧고 대나무 모진데 작고 여린 너의 자태	松直竹悍小柔姿
더위와 추위를 지나며 절로 아름답네	跨涉炎寒也自宜
너는 봄의 붉은 꽃과 같은 모양인데	爾與春紅同一樣
어찌하여 눈서리 내릴 때까지 피는가	如何猶到雪霜時

이규보, 「사계화」

이규보는 눈 속에 피는 사계화를 정절 굳은 정녀靜女라고 하였습니다. 강희안의 『양화소록』에 사계화에 대한 설명이 자세합니다.

이 꽃은 사철의 끝 달[季月]마다 피기 때문에 세속에서 사계四季라고 부른다. 그러나 어디에 근거한 것인지 모르겠다. 이 꽃은 운격韻格을 지녔는데, 옛사람들이 명품으로 드러내지 않은 것이 몹시 탄식할 만하다. 그러나 명화名畫를 볼 때마다 그림 속에 이 꽃을 그린 것이 많으니 어찌 명품이 아니겠는가.
(중략)
이 꽃에는 세 종류가 있다. 꽃이 붉고, 음력 3월, 6월, 9월, 12월마다 꽃이 피는 것을 '사계'라고 하고, 색이 희고 잎이 둥글고 큰 것을 '월계月季'라고 하고, 푸

른 줄기가 꽃받침을 끌고 봄가을에 한 차례씩 꽃을 피우는 것을 '청간淸澗'이
라고 한다. 사계와 청간은 예쁘지 않다.

강희안, 『양화소록』 중에서

월계화란 이름은 중국에서도 사용하였으나, 사계와 청간은 주로 우리나
라에서 사용하던 장미의 이름입니다.

사계화로도 불린 장미

어제 꽃가지를 보내 객의 자리를 꾸며주었는데 　　　昨送花枝侈客筵

음산한 바람 많아서 꽃구경 막히었네 　　　　　　陰風多事阻歡妍

월계화의 풍운 온전함이 몹시 사랑스러워 　　　　最憐月季全風韻

곁가지 얻어다가 눈앞에 꽂아놓았네 　　　　　　願乞旁條挿眼前

김인후, 「언옥씨가 산다·월계·황백 국화 등을 묶어서 좌석으로 보내주었다. 이튿날 아침 시를 지어 사

례하고 다시 월계화를 얻었다. 彦沃氏折山茶·月季·黃白諸菊, 束寄席上. 翌朝, 作詩謝之, 因又乞月季」

천지를 적시는 비바람 축축한데 　　　　　　　　淋淫六合風雲濕

쓸쓸한 외딴 마을에 초목이 자라네 　　　　　　廓落孤村草木長

담가에 뿌리내리고 사철 꽃핌을 홀로 사랑하는데 　獨愛墻根花四季

아리땁게 지난해의 향기 줄지 않았네 　　　　　　盈盈不減去年香

김인후, 「사계화」

조선 중기의 문인 김인후(金麟厚, 1510~1560)가 월계화와 사계화를 읊은 시
입니다.

매년 밭두둑에 눈발 같은 꽃잎 분분한데 　　　　每年畦塹雪紛紛

자욱한 맑은 향기 원근에 끼쳐오네 　　　　　　馥郁淸香遠近聞

절로 지고 핌을 누가 다시 감상해주는가 　　　　自落自開誰復賞

농가에서 다만 밭갈이를 살피는 데 이용하네 　　田家只用候耕耘

김창업, 「야장미野薔薇」

김창업의 시 「야장미」입니다. '야장미'는 '들장미'를 말한 것인데, 여기서
는 찔레꽃을 지칭한 듯합니다. 찔레꽃은 입하立夏 무렵에 피는데, 향기가 유독

맑으며, 바람에 흩날리는 무수한 흰 꽃잎은 마치 눈발 같습니다. 찔레꽃이 필무렵이면 보리를 수확하고 밭을 갈아 여름 농사를 시작해야 합니다. 예전 보릿고개 때 여린 찔레 순을 하염없이 꺾어 먹던 추억이 생생합니다.

> 장미에는 여러 종류가 있는데   薔薇自有數般種
> 우리나라에선 노란 꽃을 가장 중시하네   我國黃花最見重
> 울타리가에 덩굴 뻗음이 기쁜데   沿籬且喜能蔓延
> 시렁에 올릴 땐 반드시 번거로운 가지를 잘라주어야 하리 引架還須剪煩冗
> 김창업, 「장미」

조선에서는 노란 장미를 귀하게 여겼음을 알 수 있습니다.

나는 아직 사계화와 월계화를 보지 못하였습니다. 서양에서 건너온 개량종 장미의 범람 속에서 우리 재래종 장미들은 이렇게 그 이름마저 잊혀져 가고 있습니다.

용 이 변 한

등나무

지팡이 나무

초등학교 시절 학교 운동장가에 등나무 시렁이 두 군데나 있었습니다. 우거
진 등나무 그늘에 10여 개의 의자가 있어서 잠시 따가운 햇볕을 피할 수 있었
지요. 그런데 그와 똑같은 등나무 시렁이 중학교에도 고등학교에도 있었습니
다. 기차역이나 우체국 앞 광장에도 등나무 시렁은 흔하게 있었습니다. 당시
는 등나무 시렁이 공공시설에서 유행했던 모양입니다. 물론 지금도 고속도로
휴게소나 공원 같은 데서 손쉽게 대할 수 있습니다.

어린 시절 등나무 시렁에 포도송이 같은 보라색 꽃이 주렁주렁 매달리면
시절이 오월인 줄 알았습니다. 그리고 그 꽃들이 지고 대신 콩깍지들이 매달
리면 이제 가을이구나 싶었습니다. 또 한때 미국 흰불나방이 기승을 부릴 때
등나무 시렁은 그 애벌레들의 온상이었습니다. 등나무 아래 의자에 앉아 있으
면 온몸이 털로 뒤덮인 송충이 같은 벌레들이 머리 위로 떨어져서 깜짝 놀라
곤 하던 기억이 지금도 생생합니다.

지팡이 나무 등나무

등나무는 콩과 식물로 낙엽이 지는 목질 덩굴나무인데 우리나라 전국 산야에 자생하고 있습니다. 경상북도 경주시 견곡면과 부산 금정구 범어사와 서울 삼청동 총리공관의 등나무는 천연기념물로 지정되어 있습니다. 범어사의 등나무는 군락으로 유명하고, 견곡면과 삼청동의 등나무는 수백 년이 넘은 오랜 수명과 품격 높은 자태로 유명합니다.

등나무는 동아시아 문화권에서 일찍이 2000년 전에 『산해경』과 『이아爾雅』와 『광아廣雅』와 같은 문헌에 상세히 기록된 나무입니다. 그 껍질로 바구니를 짜고, 등거리라는 여름옷을 짰습니다. 고려 때는 등나무 섬유로 종이를 만들었다고 합니다. 특히 남쪽의 등나무로 만든 지팡이인 적등장赤藤杖을 귀하게 여겼습니다.

늙은 등나무가 선산 안에 의탁하여	老藤托在仙山中
위로 송백을 감으니 얼마나 푸른가	上纏松柏何靑蔥
기이한 모습으로 굴곡하니 교룡과 같고	奇形屈曲似蛟龍
좌우로 붙잡고 푸른 허공으로 솟아났네	左攀右挐凌蒼空
잎은 치밀하고 가지는 검은데 천둥과 비를 간직하고	葉密枝黑藏雷雨
안개 낀 골짜기 구름 속 뿌리는 서리와 바람을 머금었네	霧壑雲根飽霜風
누가 베어다가 지팡이로 다듬어 만들었던가	何人斫取裁作筇
힘을 들인 것이 옥공인의 공력뿐이 아니네	費力不啻玉人攻
요괴한 도깨비가 아까워해도 어쩔 수 없고	妖魑怪魅惜不得
그 머리는 비둘기고 그 모습은 붉네	鳩其頭兮赤其容
가져와 폄재 노인에게 올리니	携持進之砭齋翁
궤안의 금슬과 함께 하는데	乃與几案琴瑟從
노인은 한 방안에 거처하며 문을 나가지 않고	翁居一室不出門

앉아서 두류산 천만 봉우리를 대하네	坐對頭流千萬峯
의리가 높은 구름과 같고 만금을 경시하여	義薄層雲萬金輕
나에게 지팡이를 주니 깊은 정을 알겠네	贈我以杖知深情
(중략)	
구절장과 녹옥장은 이름만 들었고 보지 못했는데	九節綠玉但聞其名未見之
어찌 이 물건은 문채와 질박함이 모두 아름다워	
참되고 기이한가	豈若此物文質俱美眞且奇
지팡이여 지팡이여 노부는 너를 의지함을	
운명으로 삼으리니	杖兮杖兮老夫托爾以爲命
너는 변화를 배워 용이 되어 천 길 푸른 못으로	
들어가지 말라	愼莫學變化爲龍躍入於
	千丈之綠陂
푸른 산 흐르는 물 흰 구름 밖에서	靑山流水白雲外
나와 배회하며 곳곳에서 오래 나와 함께 따르자꾸나	與我徜徉兮處處長相隨

이경석, 「적등장가赤藤杖歌」

조선의 문인 이경석(李景奭, 1595~1671)이 적등장을 읊은 장편 시인데, 이경석은 서문에 "내가 남원南原에 있을 때 폄재貶齋 최온崔蘊 장령掌令이 나에게 적등장을 주었다. 서울로 올라온 후 편지를 부쳐서 노래를 지어달라고 하여 마침내 이것을 읊게 되었다"고 했습니다.

두류산은 지리산의 다른 이름인데 또 다른 별칭으로 신선산인 방장산方丈山으로 불립니다. 이 신선산에서 교룡과 같은 등나무를 베어다가 옥을 가공하는 공인의 정성으로 깎고 다듬어서 지팡이를 만든 것입니다. 이런 귀한 지팡이를 선뜻 선물로 주니 그 의리와 깊은 정이 감격스럽습니다.

구절장과 녹옥장은 전설 속의 유명한 지팡이입니다. 『열선전列仙傳』에서는 "왕렬王烈이 일찍이 적성노인赤城老人에게 구절창등장九節蒼藤杖을 받았는데 그 지팡이를 짚고 걸어가면 말을 달려 쫓아가도 미칠 수 없다"고 했습니다. 참으로 대단한 마술 지팡이였나 봅니다.

『격고요언格古要言』에 따르면 "화등花藤이 광서廣西에서 산출되는데 줄기가 가늘고 검은 반점이 있고, 지팡이를 만들 수 있다"고 했습니다.

명나라 사조제謝肇淛는 『전략滇畧』에서 "적등赤藤은 면전(緬甸, 미얀마)에서 산출되는데 주색朱色이고 지팡이를 만들 수 있다"고 했습니다.

당나라 한유는 시 「적등장가赤藤杖歌」에서 "적등으로 지팡이를 만드니 세상에서 보지 못했던 것이네"라고 했습니다. 적등의 지팡이는 당시에도 몹시 귀했던 듯합니다.

친구가 산강을 건너서 떠나가니	交親過滻別
말 수레는 강에 이르러 돌아오네	車馬到江廻
오직 홍등 지팡이가 있어서	惟有紅藤杖
서로 따르며 만 리를 왔네	相隨萬里來

백거이, 「홍등장紅藤杖」

당나라 시인 백거이(白居易, 772~846)가 읊은 홍등장은 곧 적등장이 아닌가 싶습니다.

오월의 보리색 꽃

등나무에는 오월에 보라색 꽃이 핍니다. 포도송이처럼 작은 꽃들이 뭉쳐서 피

「등나무」, 이선(李鱓, 1686~1756), 청나라 양주팔괴 중의 한 사람.

어나 주렁주렁 매달린 모습은 일찍부터 시인 묵객들을 매혹시켰습니다.

자등이 구름 낀 나무에 매달려　　　　　　　紫藤挂雲木
꽃 핀 덩굴이 따뜻한 봄에 어울리네　　　　　花蔓宜陽春
무성한 잎 속엔 노래하는 새가 숨었고　　　　密葉隱歌鳥
향기로운 바람엔 미인이 머물렀네　　　　　　香風留美人
이백, 「자등수紫藤樹」

등나무는 보라색 꽃이 피는 까닭에 일찍부터 자등紫藤이라 불렸습니다. 자등이 구름 낀 높은 나무에 감겨서 꽃이 핀 덩굴이 봄날에 잘 어울립니다. 무성하게 치밀한 잎 속에는 노래하는 새가 숨어 있고, 자등의 향기로운 바람에 미인이 발걸음을 멈추고 머뭅니다.

외롭게 엎드려 있는 은퇴한 객인데　　　　　耿仆高蹤客
산중에서 홀로 문을 닫았네　　　　　　　　山中獨掩扉
물은 푸른 봉우리에서 흘러오고　　　　　　水因靑嶂合
울타리는 자등으로 둘렀네　　　　　　　　籬以紫藤圍
세상을 피하려는 뜻이 아닌데　　　　　　　非是隱淪志
자연히 찾아오는 말수레가 드무네　　　　　自然車馬稀
이 사이에 참된 즐거움이 있으니　　　　　　此間有眞樂
그윽한 경치를 완전히 감추지 못하네　　　　幽事未全微
정철, 「소쇄원 시에 차운하다〔次瀟灑園韻〕」

담양 무등산 아래 있는 소쇄원은 가장 아름다운 조선의 원림園林으로 손

꼽힙니다. 주인 양산보(梁山甫, 1503~1557)는 조광조의 제자로서 스승이 기묘사화 때 능주에서 사약을 마시고 세상을 떠나자 17세의 나이로 세상을 버리고 영원히 은거하여 처사로 생애를 마쳤습니다.

송강 정철은 원래 서울 출신이었지만 소쇄원이 있는 지실마을에서 청소년 시절을 보내며 공부를 했습니다. 소쇄원에서 냇물 하나를 건넌 곳에 있는 환벽당은 정철이 어린 시절 공부를 한 곳이고, 소쇄원에서 지척인 식영정息影亭은 정철이 임억령林億齡, 김성원金成遠, 고경명高敬命 등과 교유交遊하며 「성산별곡星山別曲」을 지은 곳입니다. 또한 만년에는 소쇄원에서 멀지 않은 인근 송강정松江亭에서 4년간 지내면서 「사미인곡思美人曲」과 「속미인곡續美人曲」을 짓기도 했습니다.

정철의 시로 미루어보건대 당시 소쇄원은 자등을 심어서 울타리로 삼았던 듯싶습니다. 나는 40여 년 동안 소쇄원을 수십 번 출입했는데 그 담장에서 자등을 구경하지 못했습니다. 몇백 년의 세월이 원래 모습을 많이 바꾸어 놓았기 때문이 아니겠습니까?

소쇄원의 예로 보듯이 조선의 문인들은 등나무를 중요한 정원수로서 심고 가꾸었습니다.

조선에서 가장 등나무를 사랑한 문인

조선 후기의 문인 자하 신위는 자신의 서옥 이름을 자등서옥紫藤書屋이라 했는데 등나무를 너무나 사랑했기 때문입니다.

등나무가 본래 멀리 수춘에서 왔는데	藤本迢迢自壽春
십 년간 길러서 한 시렁이 새롭네	十年滋養一架新

자등으로 불린 등나무꽃

처음 배로 부쳐 부지런히 신의 지키니	憶初附舶勤充信
나에게 집에 이름 새겨 주인이 되게 했네	餉我銘菴作主人
칠보가 섞여 있는 영락의 모습이니	七寶如參瓔珞相
모든 꽃들은 이 색과 향기의 진면목이 없네	百花無此色香眞
지금부터 시인 집의 경치를 흡족히 더해주니	從今恰補詩家景
분가루 떨구는 붉은 꽃이 시 속에 자주 들어오리라	墮粉嫣紅入詠頻

등나무 심은 지 지금 꼭 십삼 년인데	種藤今恰十三春
서옥이 푸르게 면목이 새롭네	書屋蒼朕面目新
땅에 가득한 짙은 그늘에 처음 햇살이 스밀 때	滿地濃陰初漏日
주렴 걷고 옆으로 누워 낮에 깨어난 사람이네	揭簾側卧午醒人
덩굴은 서로 움켜잡은 흔적이 전자를 이루고	蔓如爭攫痕成篆
꽃은 장엄한 그림자가 초상화를 그려내네	花欲莊嚴影寫眞
초록 잎 우거진 사방 이웃은 봄날이 저물었는데	綠葉四鄰芳節晏
이곳엔 여전히 벌 나비가 빈번히 오가네	此猶蜂蝶往來頻

신위, 「자등화紫藤花」 2수

신위는 주석에서 말하길 "계미년 가을에 수춘壽春의 조경회趙景晦 진사가
이 등나무를 부쳐주었다. 그래서 내 집 이름을 자등서옥이라고 했는데 지금
13년이 되었다"고 했습니다.

수춘은 지금의 강원도 춘천입니다. 신위는 1818년에 춘천 부사로 부임했
습니다. 춘천 부사 시절에 신위는 「수춘관 자등화가壽春舘紫藤花歌」라는 장편의
시를 지어서 자등을 칭송하고 자신의 서옥 옆에 옮겨 심고 싶다는 희망을 피
력했습니다.

신위가 춘천 부사에서 파직되어 서울로 돌아온 5년 후에 조경회가 자등을 배로 부쳐주었습니다. 이에 「수춘의 조경회가 배로 자등 한 그루를 부쳐주어서 장가를 지어서 사례하다[壽春趙景晦船寄紫藤一本, 作長歌爲謝]」라는 장편 시를 지었습니다. 참으로 자등에 대한 애착이 깊었던 모양입니다.

자등을 맥인의 터에서 옮겨 오니	紫藤移自貊人墟
흰 담장에서 이 시옹의 집을 보완해주네	粉墻補此詩翁廬
시골 화장을 하고 멀리 시집감을 근심하니	村粧野餙愁遠嫁
동서들과 함께 즐거움을 나누지 못해서라네	不與娣姒歡相於
근심스레 푸른 소매를 긴 대나무에 기대고	悒悒翠袖倚修竹
허리는 가늘고 피부는 여위어 부실하네	腰肢細小肌羸虛
삼 년간 꽃을 피우지 않고 안색을 감추니	三年不花秘顏色
아마 깊은 한을 지니고 고향을 생각했던 것인가	豈有深恨思鄕歟
금년 봄에 꽃술 토해 한 자쯤 되니	今春吐穗一尺許
점차 물과 토양이 익숙해져 향기로운 마음을 편 것이네	漸習水土香心舒
집의 이름을 벽로방으로 부르는 것이 합당하지 못하니	齋名不合蘆舫喚
이름을 말할 땐 등화거로 쓰고 싶네	道銜欲署藤花居
이 같은 부처 목의 영락의 상을 드러내고	現此佛頸瓔珞相
내 상 머리의 불경 글자에 그늘 지우네	蔭我牀頭梵夾書

신위, 「자등화 시를 보완하다[紫藤花補題]」

맥인貊人은 맥국貊國 사람이란 뜻으로 곧 춘천 사람을 말한 것입니다. 맥국은 춘천의 북쪽 소양강 북쪽에 있었다는 고대국가 이름입니다.

이 시에서 자등은 강원도 시골에서 서울로 시집온 한 많고 수줍은 아낙으로 그려졌습니다. 이 가련한 아낙은 3년 동안이나 새로운 환경에 적응하지 못하고 수척해졌습니다. 3년이 지난 후에야 비로소 꽃술을 터뜨렸습니다.

벽로방碧蘆舫은 신위의 서실 이름입니다. 신위는 「벽로방고서碧蘆舫藁序」에서 "금년에 장흥방리(長興坊里, 서울 종로구 적선동과 내자동 일대)에 있는 집 정원에서 푸른 갈대 여러 떨기가 절로 자라났다. 어떤 사람이 말하기를 '주인이 강호에 은거할 상象이다'고 했다. 이에 관직을 그만둔 후의 작품을 모아서 제목을 적기를 '벽로방고碧蘆舫藁'라고 했다"고 했습니다. 이 '벽로방'은 그의 서실 이름으로 사용되었는데 추사 김정희가 그 현판 글씨를 썼습니다. 그런데 이 '벽로방'을 '등화거'로 고치고 싶다고 했습니다. 결국 그는 서옥의 이름을 '자등서옥'으로 바꾸었습니다. 그는 조선 시인 가운데서 가장 등나무를 사랑한 사람이었습니다.

이유미는 『우리가 정말 알아야 할 우리 나무 백 가지』에서 "흔히 보는 참등은 지주목을 오른쪽 방향으로 감고 올라간다고 잘못 알려져 있는데, 오른쪽뿐만 아니라 왼쪽 방향으로도 감고 올라간다"고 했습니다. 여기서 말하는 참등은 바로 자등입니다.

꽃 의 정 승

작약

사랑과 이별의 정표

진수와 유수는	溱與洧
깊고도 맑네	瀏其淸矣
청년들과 아가씨들	士與女
무리 지어 많이 모였네	殷其盈矣
아가씨가 말하네 "우리 구경 갈까요?"	女曰觀乎
청년이 대답하네 "난 벌써 갔다 왔는데."	士曰旣且
"또다시 구경 가는 게 어때요?	且往觀乎
유수 너머는	洧之外
정말 넓고도 즐겁다는데!"	洵訏且樂
청년과 아가씨	維士與女
서로 깔깔대며	伊其相謔
작약을 주고받네	贈之以勺藥

고대 주나라 제후국의 하나였던 정나라의 3월 3일 삼진날 광경입니다. 이날 진수溱水와 유수洧水가에는 미혼의 젊은 남녀들이 무리 지어서 사악한 기운을 물리치는 봄놀이 행사를 벌였습니다. 고대사회에도 남녀 간의 교제에는 엄격한 예절이 있어서 중매인을 통하는 절차가 있어야만 했습니다. 그러나 이날만은 나라에서 자유로운 남녀의 교제를 허용하고 장려했습니다. 미혼 남녀의 결혼을 통해 백성들의 숫자를 늘리려는 것이 그 목적이었습니다. 이날의 행사에서 청춘 남녀들은 서로 마음에 드는 상대와 사랑의 정표로 작약꽃을 주고받았습니다.

작약은 또한 남녀가 이별할 때 석별의 정을 표하는 꽃이기도 했습니다. 진晉나라 문인 최표崔豹는 『고금주』에서 "장차 이별하려 할 때 서로 작약을 준다. 작약은 일명 '가리可離'이기 때문에 서로 작약을 주고받는 것이다"라고 했습니다. 그래서 작약은 '장리초將離草'라고도 합니다.

4500년 전부터 이어진 인연

『본초강목』에서 "작약芍藥은 작약綽約과 같은데 아름다운 모습을 말한다. 이 화초의 꽃 모양이 가냘프고 아름답기[綽約] 때문에 이름으로 삼은 것이다"고 했습니다.

작약은 4500년 전 삼대三代 시대에 이미 재배되었다고 합니다. 그러니 작약이 『시경』과 『초사』에 등장한 것은 자연스런 일이었습니다. 그리고 역대에 걸쳐 다양한 의미의 별칭을 얻어서 그 이름이 다양합니다. 그만큼 인류 문화와 깊은 인연이 있었다는 의미입니다.

이별의 꽃 작약

『초사』「이소離騷」에서는 작약을 '유이留夷'라고 했고, 「구가九歌」에서는 '신이辛夷'라고 했는데, '신이'는 당나라에 이르러 목련을 지칭하는 용어로 변했습니다. '유이'는 『한서漢書』에는 '유이流夷'로 적혀 있습니다.

명나라 문인 장일규蔣一葵는 『요산당외기堯山堂外紀』에서 "호교胡嶠의 시에 '병 속에 몇 가지의 남미춘이네[缾裏數枝婪尾春]'라고 했는데 당시 사람들이 그 뜻을 알지 못했다. 상유한桑維翰이 '당나라 말의 문인 중에 작약을 남미춘이라 한 사람이 있다. 남미주婪尾酒는 가장 마지막 잔을 말하는데 작약이 늦봄에 피기 때문에 또한 이 이름을 얻었다'고 했다"고 했습니다.

작약은 크고 색이 고우며 아름답고 다양한 자태 때문에 '교용嬌容' 혹은 '여용餘容'이란 이름을 얻었습니다.

작약은 미나리아재비과에 속하는 여러해살이 초본식물로 단단한 목질의 줄기가 없기 때문에 유약하여 뼈가 없다는 의미로 '몰골화沒骨花'란 명칭도 얻었습니다.

『명의별록名醫別錄』에는 '이식梨食', '백출白朮', '정鋌' 등의 작약의 별칭이 더 보입니다.

꽃의 왕과 꽃의 정승

작약과 모란은 그 꽃이 너무 비슷하여 분간하기가 쉽지 않습니다. 작약의 품종은 지금 200여 종에 이르고, 모란 또한 100여 종에 이르니 꽃만 보고서는 헷갈리기 일쑤입니다. 그러나 작약은 다년생 초본이고, 모란은 목본이라는 너무 다른 특징이 있어서 조금만 관심을 기울인다면 어렵지 않게 구별할 수 있습니다.

모란을 꽃의 왕인 화왕花王이라 하고 작약을 꽃의 정승이라 하여 화상花相이라고 하는데, 이는 작약으로서는 참으로 애통한 일입니다. 왜냐하면 이미 『시경』과 『초사』에 이름을 올린 작약에 비하여 모란은 불과 1000여 년 전에 등장한 까마득한 후배로 처음에는 이름도 없어서 작약의 이름을 빌려 '목작약木芍藥'이라고 했기 때문입니다.

송나라 정초鄭樵가 말하기를 "작약은 풍아(風雅, 『시경』의 시)에 보이니 가장 오래되었다. 모란은 늦게 나와서 작약에 의지하여 이름을 얻었기 때문에 처음에는 '목작약'이라고 했다. 이는 목부용(木芙蓉, 거상화)이 부용(芙蓉, 연꽃)에 의지하여 이름을 얻은 것과 같다. 그런데 당나라 사람들이 소중하게 여겼기 때문에 귀족들이 다투어 기르려 했다. 지금에 이르러 더욱 심해져서 마침내 작약을 『낙보洛譜』에서 쇠락한 종족이 되게 했다"고 했다.

호진형胡震亨, 『당음계첨唐音癸籤』

『낙보洛譜』는 낙양에서 기른 화초의 계보입니다. 까마득한 후배가 사람들의 기호에 힘입어 낙양화洛陽花니 부귀화富貴花니 하는 명칭을 얻어 화왕이 되고, 작약은 졸지에 화상으로 몰락한 것입니다.

언제 시골 노인 집으로 옮겨 왔던가	幾日移來野老家
한 정원의 봄꽃이 가장 사치스럽네	一園春事最豪奢
모란과 더불어 마땅히 천자를 다툴 만한데	牧丹合與爭天子
고금에 오히려 상국화라고 불렀네	今古猶稱相國花

윤광계(尹光啓, 1559~?), 「작약을 읊다(詠芍藥)」

어떤 시골 노인의 집에 작약이 피어 있습니다. 꽃의 정승을 시골 정원에 데려다 놓았으니 웬 사치란 말입니까? 작약은 모란과 천자의 자리를 다툴 만한데 고금에 오히려 정승 꽃이라고 불리었습니다. 참으로 애석한 일이 아닐 수 없습니다.

가장 오래된 광릉의 산물이고	最古廣陵産
늦은 시절의 남미춘이네	殿時婪尾春
광화가 참으로 재상이니	光華眞宰相
화왕의 곁을 가깝게 모시네	近侍花王隣

이이순, 「화상 작약花相 芍藥」

광릉은 강소성 양주입니다. 중국 최고의 작약 산지가 바로 양주입니다.

남송 호자胡仔는 『초계어은총화苕溪漁隱叢話』에서 "동파(東坡, 소식)가 말하기를 '양주의 작약은 천하의 으뜸이다. 채번경蔡繁卿이 태수가 되었을 때 처음 만화회萬花會를 시행했는데 꽃 10여 만 그루를 사용하여 많은 화원들을 황폐화시켰다. 또 아전들이 그 일을 핑계로 간악을 저지르니 백성들이 몹시 병폐로 여겼다. 내가 처음 이곳에 와서 백성들의 질고를 물으니 이것을 첫째로 삼아서 마침내 폐지했다'고 했다"고 했습니다.

만화회란 지금의 꽃 축제와 같은 것인데 10만 그루의 작약을 백성들의 화원에서 동원했으니 병폐가 아닐 수 없었습니다. 지금 중국의 양주에서는 이 송나라 시절의 만화회를 부활시켜서 매년 봄에 작약 축제를 연다고 합니다.

이이순(李頤淳, 1754~1832)은 퇴계 이황의 후손으로 은진 현감을 지냈습니다. 문장에 능하여 소설 「화왕전花王傳」을 지었습니다. 신라 설총薛聰의 「화왕계花王戒」와 조선 임제林悌의 「화사花史」를 잇는 작품이라 할 수 있습니다. 그 내용을 보면 화왕인 모란이 작약을 재상으로 삼고 매화와 대나무를 기용하여 정작약이 언제 한반도로 들어왔는지는 알 수 없는데, 모란이 신라 때 들어온 것으로 보아서 작약 또한 동일한 시기에 들어오지 않았나 싶습니다. 고려 때는 여러 품종의 작약이 들어온 듯합니다.

서시는 본명이 시이광施夷光인데 춘추시대 말에 월나라 저라촌苧蘿村에서 태어났습니다. 부친은 나무꾼이었고 모친은 빨래하는 노동자였습니다. 서시 또한 빨래하는 어린 노동자였는데 타고난 미모가 뛰어나 월나라 왕 구천句踐의 모사 범려范蠡에게 뽑혀서 4년간 노래와 춤, 복식과 걸음걸이 등 미녀 수업을

꽃의 정승 작약

「꽃과 곤충그림」, 작자 미상, 중국 청나라, 국립중앙박물관 소장

치를 잘했는데 만년에 경국지색인 해당화와 환락에 빠져서 정사를 소홀히 했다고 합니다. 그러자 가을의 신인 욕수辱收가 쳐들어와서 나라가 망하니 모란은 작약과 함께 죽었으며, 대나무는 겨우 절개를 지켰고, 매화는 귀양을 갔다는 것입니다.

서시의 후신

곱게 화장한 두 볼은 취기로 붉고　　　　　　嚴粧兩臉醉潮勻
모두 서시의 옛날 모습을 끌어왔네　　　　　　共導西施舊日身
웃음으로 오나라를 망치고도 오히려 부족하여　　笑破吳家猶不足
다시 와서 또 누구를 괴롭히려는가　　　　　　却來還欲惱何人
　이규보, 「홍작약紅芍藥」

좋구나 아름다움 넘치는 온갖 아양 떠는 자태　　好箇嬌饒百媚姿
사람들은 이 꽃이 곧 취서시라 하네　　　　　　人言此是醉西施
뒤집히는 이슬 젖은 꽃을 바람이 들어 올리니　　露舵欹倒風擡擧
오궁에서 춤추던 때와 흡사하네　　　　　　　　恰似吳宮起舞時
　이규보, 「취서시 작약醉西施芍藥」

이규보의 두 편의 시는 모두 작약을 술에 취한 서시西施로 묘사하고 있습니다. 작약을 서시의 후신으로 본 것은 이규보의 창작이 아닙니다. '취서시醉西施'는 송나라 때 작약의 한 품종 이름이었습니다. 송나라 왕관王觀의 『양주작약보揚州芍藥譜』에 '취서시'라는 작약 품종이 실려 있는데, 가지가 크고 부드러운 꽃으로 색은 담홍淡紅이라고 했습니다.

받고 오나라 왕 부차夫差에게 바쳐졌습니다. 서시의 미모에 빠진 부차는 고소대姑蘇臺를 새로 건축하고 매일 환락에서 헤어나지 못하니 구천은 기회를 놓치지 않고 오나라를 멸망시켜 와신상담의 복수를 완수했습니다. 이에 범려는 서시를 배에 태우고 떠나가 영원히 세상에서 자취를 감추었습니다.

훗날 역대의 역사가와 문인들은 서시에 대해서 오나라를 망친 죄인으로 단죄하거나, 혹은 그 미모를 찬양하는 시문을 바쳤습니다. 당나라 이백은 「오서곡烏棲曲」에서 "고소대 위에 까마귀 깃들 때, 오왕의 궁중엔 서시가 취해 있네"라고 했습니다. 작약의 분홍 꽃잎을 보며 술에 취해 양 뺨에 홍조를 띤 서시의 얼굴을 상상한 사람들이 작약의 이름을 취서시로 지은 것입니다.

고소대에서 연회할 때 사태가 다급했는데	蘇臺方宴事蒼黃
여전히 당년의 취한 얼굴의 향기를 띠고 있네	猶帶當年醉臉香
종일 말 없으니 한이 있는 듯한데	盡日無言如有恨
말로 오왕을 그르친 것을 후회하는 것이리라	悔將言語誤吳王

조호익(曺好益, 1545~1609), 「작약芍藥」

오나라를 망친 것을 오로지 서시의 책임으로 몰아가는 것이 정당한 일이겠습니까?

국가의 흥망은 본래 천운이 있는 것인데	國家興亡自有時
오나라 사람들은 어찌 몹시 서시를 원망하는가	吳人何苦怨西施
서시가 만약 오나라를 기울게 하였다면	西施若解傾吳國
월나라가 망한 것은 또 누구 때문이란 말인가	越國亡來又是誰

나은(羅隱, 833~909), 「서시西施」

나라가 망한 것은 통치자의 잘못이지 일개 여인의 미모 때문이겠습니까? 서시는 다만 정치적 희생물이었을 뿐입니다.

서시의 최후는 알려지지 않았습니다. 범려가 그녀를 배에 태우고 떠나갔다고만 전합니다. 그리고 언제부터인가 그녀는 작약꽃으로 화하여 우리 곁에서 먼 역사의 허망함을 일깨워줍니다.

푸른 소매와 얇은 비단 옷을 걸친 미인

작약은 동아시아의 유구한 내력을 지닌 명화名花로서 역대의 유명한 문인들이 시문으로 노래했고, 또한 유명한 화가들이 그림으로 그렸습니다.

대나무에 기댄 가인의 푸른 소매가 길고	倚竹佳人翠袖長
날 찬데 여전히 얇은 비단옷을 걸쳤네	天寒猶著薄羅裳
양주의 근일의 붉은 천엽종인데	揚州近日紅千葉
스스로의 풍류가 당시 유행하는 화장이네	自是風流時世妝

소식, 「조창의 작약 그림에 적다(題趙昌芍藥)」

북송의 소식이 북송 화가 조창의 작약 그림에 적은 시입니다. 진종眞宗 때 활약한 조창趙昌은 꽃과 과일 그림을 잘 그렸는데 특히 절지화折枝花를 많이 그렸습니다.

화가는 양주의 붉은 천엽종 작약을 그렸는데, 시인은 푸른 소매와 얇은 비단 옷을 걸친 미인으로 묘사했습니다.

교외 집이 가장 황량하고 외진데	郊扉最荒僻

빈 뜰엔 잡초만 무성하네   空庭雜草繁

꿈속에서 화성 안에 있던 때를 상상하니   夢想華省中

계단 앞에서 붉은 비단옷 뒤집히고 있었네   當堦紅錦翻

강세황, 「작약도芍藥圖」

단원 김홍도의 스승 표암 강세황이 「작약도」에 적은 제화시입니다. 황량하고 외진 교외의 집, 잡초만 무성한 빈 뜰에 외롭게 핀 작약을 그렸습니다. 작약은 화성 안에 있던 때를 꿈속에서 상상합니다. 궁궐의 관서 계단 옆에서 붉은 비단옷을 휘날리던 시절이 그립습니다.

누가 궁궐에 있던 작약을 황량한 교외의 집으로 옮겨온 것일까요?

천엽의 양주 품종인데   千葉揚州種

봄 깊어 모든 꽃을 제패했네   春深霸衆芳

말 없음은 군자와 같고   無言比君子

아름다운 모습으로 온화한 향기를 지녔네   窈窕有溫香

왕십붕, 「작약芍藥」

천엽의 양주 품종이 모든 꽃을 압도했습니다. 묵묵히 말 없는 모습은 군자와 같고, 아름다운 모습으로 온화한 향기를 지니고 있습니다.

초록 꽃받침은 바람 맞아 수척한데   綠萼披風瘦

붉은 꽃봉오리는 이슬 젖어 비대하네   紅苞泄露肥

다만 봄꿈이 끊어질까 근심하여   只愁春夢斷

채색 구름으로 변하여 날아가네   化作彩雲飛

작약의 낙화를 읊은 시입니다. 봄날이 가고 바람에 날려가는 작약 꽃잎은 마치 채색 구름으로 변하여 날아가는 듯합니다.

봄이 막 시작될 때 겨우내 얼었던 땅속에서 붉은 작약의 싹이 돋아나는 모습은 참으로 감동을 줍니다. 사슴뿔처럼 뾰쪽한 모습이 얼마나 앙증맞고 귀여우면서도 강인함이 느껴지는지 모릅니다.

올해도 내 작약은 잘 피고 졌습니다. 다만 이파리에 하얀 분말이 생긴 것이 마음이 아픕니다. 무슨 병인지?

중앙아시아에서 온

포도

포도의 고향

어린 시절 시골의 외가 마당에 포도나무 시렁이 있었습니다. 왕대를 기둥으로 박고 신우대를 엮어서 덮은 넓은 시렁에 매년 포도 덩굴이 자라서 짙은 녹음을 드리웠습니다. 그 아래 대나무 평상에 누워 있으면 한여름 더위도 잊을 수 있었습니다.

늦여름에는 주렁주렁 매달린 초록 포도송이가 보랏빛으로 물들었습니다. 그런데 항상 몇 줄기 포도 덩굴이 시렁을 벗어나서 바로 옆 배롱나무를 타고 올라가 팔월 한여름 그 붉은 꽃이 핀 가지에 포도송이가 대여섯 개씩 대롱대롱 매달려 있었습니다. 이 기이한 모습을 본 마을 사람들은 모두 감탄했습니다. 그래서 해마다 일부러 포도 덩굴을 배롱나무에 올려서 특별한 구경거리로 삼았습니다.

가끔 마당에 포도 시렁을 올린 집을 보면 그 옛날 외가의 포도나무가 절로 떠오르곤 합니다.

포도는 그 초록 잎사귀가 광택이 나며 크고 아름다워 관상 가치가 큽니다. 무더운 여름 햇볕을 가려 넓은 녹음을 만들 수 있는 정원수일 뿐만 아니라 열매 또한 맛이 빼어나고 쓰임새가 다양하여 사과, 감귤, 바나나와 함께 세계 4대 과일로 꼽힙니다.

포도는 한나라 무제 때 장건張騫이 서역西域 대완국大宛國에서 중국으로 가져왔다고 전합니다. 그러나 『본초강목』에는 이와는 다른 주장이 실려 있습니다.

> 포도葡萄는 『한서漢書』에서는 포도蒲桃라고 표기했다. 술을 제조할 수 있는데 사람이 잔치에서 마시면 도연陶然히 취하기 때문에 이런 이름이 붙은 것이다. 그 품종 중에 둥근 것의 이름은 초룡주草龍珠, 길쭉한 것의 이름은 마유포도馬乳葡萄, 하얀 것의 이름은 수정포도水晶葡萄, 검은 것의 이름은 자포도紫葡萄다. 『한서』에서는 장건張騫이 서역西域에 사신으로 갔다가 돌아올 때 처음 이 품종을 얻어 왔다고 했다. 그러나 『신농본초神農本草』에 이미 포도가 있으니, 한나라 이전 농서隴西에 예부터 있었지만 다만 관문으로 들어오지 않았을 뿐이다.
>
> 『본초강목』 중에서

장건이 서역에서 포도나무를 가져오기 전에 농서 지역, 지금의 신강성과 감숙성에서 이미 포도를 재배했는데 다만 도성으로 전해지지 않았다는 것입니다. 그 진위야 어쨌든 한나라 때부터 당나라 때까지 서역 국가들과의 전쟁과 외교, 무역 활동을 통하여 여러 품종의 포도와 다양한 포도주 양조법이 중국으로 전해진 것 같습니다.

마유포도는 마내자포도馬奶子葡萄라고 하는데 그 모양이 길쭉한 말의 유두乳頭와 같아서 붙여진 이름입니다. 이 품종은 당나라 태종太宗이 서역의 고창국(高昌國, 지금의 투루판)을 정복하고 그 포도와 양조법을 얻어 온 것이라고

서역에서 부의 상징이었던 포도

합니다.

포도는 서역 국가의 부의 상징이었습니다. 장건이 서역에 머물던 당시 대완국의 부자는 포도주를 1만여 석石 보관하고 있었고, 그중 오래된 것은 10여 년이 넘었는데 부패하지 않았다고 합니다. 당시 이미 포도주는 오래 묵을수록 고가였던 모양입니다.

야광 술잔의 맛좋은 포도주	蒲萄美酒夜光杯
마시려는데 비파 소리가 말 위에서 재촉하네	欲飮琵琶馬上催
전장에 취해 누운 것을 그대는 비웃지 마오	醉臥沙場君莫笑
예부터 정벌 전쟁에서 몇이나 살아 돌아왔던가?	古來征戰幾人回
왕한, 「양주사涼州詞」	

당나라 시인 왕한(王翰, 687~726)의 「양주사」란 시인데 칠언절구의 백미 중 하나로 칭송받는 시입니다. 특히 첫 구절은 만고의 명구로 명성을 떨쳤습니다.

포도주와 옥으로 만든 술잔인 야광배는 모두 서역의 특산물입니다. 이 이국의 술잔으로 이국의 술을 마시려는데 출정을 알리는 비파 소리가 마상에서 울립니다. 비파 또한 이국 유목민의 악기로서 말 위에서 연주하는 현악기입니다. 출정 명령이 떨어졌는데 한 병사가 포도주에 취해 사막의 전장에 여전히 누워 있습니다. 그리고 그를 한심한 표정으로 바라보는 전우에게 말합니다. "그대여 포도주에 취해 전쟁터에 누워 있다고 비웃지 말게나. 옛날부터 정벌 전쟁에서 몇 사람이나 살아 돌아왔던가?"

양주는 지금의 감숙성 무위현武威縣으로 중국 포도주의 고향이라고 일컬어지는 곳입니다. 당나라 당시에는 서역 국가와의 전쟁터이자 서방 무역의 주요 통로였습니다.

대낮엔 산에 올라 봉홧불을 바라보고	白日登山望烽火
황혼엔 교하에서 말에게 물을 먹이네	黃昏飮馬傍交河
……	
해마다 전사의 해골을 황무지 밖에다 묻으며	年年戰骨埋荒外
포도가 한나라로 들어옴을 공허하게 바라보네	空見蒲桃入漢家

이기, 「고종군행古從軍行」

당나라 시인 이기(李頎, ?~751?)의 이 시는 한나라 무제 때 서역과 벌인 전쟁을 끌어와서 당나라 현종의 영토 확장 전쟁을 비판한 내용입니다.

교하交河는 한나라 때 거사전왕국車師前王國의 성城인데, 지금의 신강성新疆省 토노번 현(吐魯番縣, 투루판 서쪽)에 그 유적 터가 있습니다. 그곳은 지금도 포도와 하미과哈密瓜라고 부르는 참외의 생산지로 유명합니다.

해마다 전사의 해골을 이국의 황무지에 묻는 것이 겨우 포도를 들여오기 위해서란 말인가? 시인의 참담한 말이 가슴속을 저리게 합니다.

굳이 술을 빚을 필요가 있겠는가

서역에서 중국으로 들어온 포도가 언제 한국에 들어왔는지는 알 수 없습니다. 삼국시대에 이미 들어왔다고 막연히 짐작할 뿐입니다. 신라 시대 기와에 포도 당초 문양이 있는 것으로 보아서 적어도 포도나무에 대해 알고는 있었던 같습니다.

고려 때는 이미 포도나무를 재배하여 시렁을 만들고 그 열매로 술을 빚

흑수정으로 불린 포도

었으며 또한 문인들이 즐겨 시로 읊었습니다.

식 스님의 방장실은 몹시 맑고 그윽한데	息師方丈儘淸幽
누대 밖에 포도 한 시렁이 가을이네	樓外葡萄一架秋
쟁반 가득 마유가 쌓인 것이 가장 좋으니	最好滿盤堆馬乳
굳이 술을 빚어 양주를 얻을 필요가 있겠는가	何須作酒博涼州

이숭인, 「신효사 식 스님의 포도헌에 적다. 달가와 경지 제공과 함께 읊다〔題神孝寺息師蒲萄軒, 與達可, 敬之諸公同賦〕」

고려 이숭인(李崇仁, 1349~1392)이 신효사 식 스님의 포도헌에 적은 시입니다. 달가 정몽주와 경지 김구용(金九容, 1338~1384)과 함께 읊은 것입니다.

신효사는 경기도 개풍군 중서면 토성리 묵사동에 있던 절로 묵사墨寺라고도 합니다. 그 창건의 유래는 알 수 없고, 고려 말기에 충렬왕이 중창하고 원당願堂으로 삼았습니다. 충렬왕은 26년 동안 이 절을 열여덟 차례나 방문했다고 『고려사』에 기록되어 있습니다. 왕실의 사찰이었으니 그 규모가 매우 컸을 것이라 여겨집니다.

이 절의 방장인 식 스님이 누구인지는 알 수 없으나 포도나무를 무척 사랑했나 봅니다. 자신의 거처를 포도헌이라 이름 짓고 누대 밖에 포도 시렁을 올렸는데 지금은 포도가 익은 가을입니다. 쟁반에 가득 마유가 쌓여 있는 것이 가장 좋은데 구태여 포도주로 빚어서 양주涼州를 얻을 필요가 있겠습니까?

시의 말구는 후한後漢 영제靈帝 때의 맹타孟佗의 고사를 인용한 것입니다. 맹타는 처세술이 뛰어나서 당시 권세를 장악한 환관 장양張讓에게 포도주 한 말을 뇌물로 바치고 양주 자사涼州刺史가 되었다고 합니다.

서역에서 중국으로 전해진 마유포도라는 이름을 그대로 고려에서 사용했음을 볼 수 있습니다.

이숭인과 정몽주는 정도전의 하수인에게 피살되었습니다. 김구용은 명나라에 사신으로 갔다가 이국땅에서 귀양을 가던 도중 세상을 떠났습니다.

깡마른 줄기와 덩굴 모습이 몹시 기이한데	瘦莖苦蔓狀深奇
선원에 심으려고 비 맞으며 옮겨 왔네	爲向仙園帶雨移
가을 쟁반에 마유가 쌓이길 바라지 않고	不願秋盤堆馬乳
무성한 잎이 창의 햇볕을 가리는 것만 사랑한다네	只憐濃葉掩窓曦

이건, 「포도나무를 얻어서 옮겨 심다〔乞葡萄移種〕」

이건(李健, 1614~1662)은 선조의 일곱째 아들 인성군仁城君 이공(李珙,

1588~1628)의 아들입니다. 부친이 역모 죄로 죽임을 당하여 15세 때 두 형과 함께 9년간 제주도에서 귀양살이를 했습니다. 나중에 사면된 후 시서화로 유명했습니다.

포도나무는 깡마른 줄기와 덩굴이 기이합니다. 이런 포도나무를 얻어서 비를 맞으며 옮겨 와서 심습니다. 가을에 맛있는 포도 열매가 열리기를 바라지는 않습니다. 다만 무성한 잎의 녹음이 창 앞의 햇볕을 가려주기만을 바랄 뿐입니다.

열 말이면 한 고을을 살 수 있던 포도주

포도주는 지금도 비싼 술입니다. 한나라 때는 맹타라는 사람이 권력가에게 포도주 한 말을 뇌물로 바치고 양주 자사 관직을 얻을 정도였고, 당나라에서는 황제가 신하들에게 하사한 특별한 술이었습니다.

포도주 한 말이면 천금이라 은총을 살 수 있어	斗酒千金足市恩
옛사람이 일찍이 귀인의 집에 바쳤다네	古人曾獻貴人門
산속 노인은 어리석어 교묘함이 없어서	山翁癡拙無機巧
양주를 헛되이 먹어치우며 한 마을에서 늙어가네	虛食凉州老一村

안축, 「포도주를 화주 은자가 가지고 와서 나에게 권했다〔葡萄酒和州隱者持以勸余〕」

고려 말기의 문인 안축(安軸, 1287~1348)은 경기체가 「관동별곡關東別曲」과 「죽계별곡竹溪別曲」의 작가로 유명한데 관리로서도 재능이 있었습니다.

화주는 함경도 영흥永興으로 당시 원나라가 고려 땅을 강탈하여 쌍성총관부雙城摠管府를 두었던 곳입니다. 이곳에 은거하는 어떤 사람이 포도주를 가지고 와서 권하자 그 감회를 읊은 것입니다.

시에서 언급한 옛사람이란 바로 맹타를 말합니다. 남다른 처세술로써 포도주를 뇌물로 주고 양주 자사가 되었던 인물입니다. 그런데 산속 노인은 어리석어서 맹타의 처세술은 전혀 알지 못하고 그 양주 자사를 살 수 있는 귀한 포도주를 헛되이 마셔대며 시골에서 늙어가고 있다는 것입니다. 물론 산속 노인의 어리석음을 비웃는 말은 아니고 그 은거를 칭송하여 귀한 포도주를 준 데 대하여 사례한 것입니다.

내 흑수정에 대해 들었는데	吾聞黑水晶
술 담그면 온갖 근심을 풀 수 있다네	作酒消千憂
맹세코 한 방울이라도	誓無將一滴
양주 백 개와 바꾸지 않으리라	換取百涼州

성삼문, 「촉포도蜀葡萄」

사육신의 한 사람인 성삼문(成三問, 1418~1456)의 시 「촉포도」입니다. 당시 촉포도라는 품종이 있었던 모양입니다. 포도를 흑수정이라 표현하고, 포도주는 온갖 근심을 풀 수 있다고 했습니다. 그러나 한 방울이라도 양주 백 개와 바꾸지 않겠다고 맹세했습니다. 맹타와 같은 처세술로 지조를 팔면서 세상을 살아가지 않겠다는 것입니다.

이 시는 당시 문화계의 맹주였던 비해당匪懈堂 안평대군의 「사십팔영四十八詠」에 차운한 시 가운데 하나입니다. 「사십팔영」은 30여 종의 꽃과 나무와 새와 짐승, 그리고 몇몇 풍경을 읊은 것인데 아마 그림 병풍에 적은 시가 아닌가 싶습니다. 이 「사십팔영」에 차운한 사람들은 안평대군을 따르던 집현전의 학사들인데 성삼문을 비롯한 최항崔恒, 김수온金守溫, 서거정, 신숙주 등 여러 사람이있습니다. 그런데 나중에 이들 가운데 대다수는 안평대군이 수양대군에 의해 사사된 뒤 수양대군의 세조 정권에 참여하여 누군가는 영의정에 이르고, 또 누군가는 여섯 임금을 섬기면서 문필의 재간을 다 발휘하고 천복을 누렸습니다.

내게 포도나무 두세 그루가 있어	我有葡萄三兩株
높은 시렁에 줄기 뻗어 용수염이 내달리네	高架引蔓走龍胡
짙은 그늘 땅에 가득하고 푸른 구름 퍼졌는데	濃陰滿地翠雲敷
주렁주렁 열매 맺어 여주를 드리웠네	纍纍結子垂驪珠
수박보다 달고 연유보다 매끄러워	甜於西瓜潤於酥
한 알을 먹으면 고질병을 고친다네	一顆入口沈痾蘇
어떻게 만 곡의 술을 빚어서	安得釀成萬斛酒
내 매일 삼백 말씩 마실까나?	我時日飲三百斗
첫 잔으론 나의 세속의 십년 먼지를 씻어내고	一飲洗我風塵十載之昏垢
둘째 잔으론 나의 흉중의 만 길 회포를 쏟아내면	再飲瀉我胸中萬丈之堆皐
기개는 훨씬 도연명과 유령을 뛰어넘을 것이고	氣岸迥出陶劉右
풍류는 어찌 왕도와 사안의 뒤에 있겠는가	風流敢居王謝後
생전의 호탕함은 천하를 좁게 여기고	生前豪宕隘九有
사후의 명성은 영원히 전해지련만	死後聲名傳不朽
그대 보지 못했던가 옛날 젊을 때 낯이 이미 두꺼워	君不見昔時少年顔已厚
일생 열 식구 생계만을 도모하여	一生只解謀十口
말술로 끝내 양주 자사를 얻어냈던 것을	斗酒竟博涼州綬

서거정, 「포도가葡萄歌」

「포도」, 신사임당, 조선, 간송미술관 소장

조선 초 서거정의 「포도가」입니다. 포도는 흑룡의 턱 아래 있다는 여주로서 맛은 수박보다 달고 연유보다 매끄럽고, 그 약효로 고질병을 고칠 수 있습니다. 그 포도를 술로 빚어서 흉금을 씻어내고 회포를 풀어낸다면 기개는 도연명陶淵明과 유령劉伶을 뛰어넘을 것이고 풍류는 왕도王導와 사안謝安에게 어찌 뒤질 것입니까?

도연명은 진晉나라 은자고, 유령은 죽림칠현 중 한 사람인데 모두 술꾼으로 유명하여 고려 〈한림별곡〉에서 술꾼의 대표 인물로 거론된 자들입니다. 왕도와 사안은 진나라 명문 귀족으로서 천하에 풍류를 떨친 자들입니다.

그런데 서거정은 젊은 시절에 이미 낯이 두꺼워 열 식구의 호구를 위해 포도주로 양주 자사를 샀다고 고백하고 있습니다. 서거정은 본래 양평대군의 사람이었지만 성삼문과 길을 달리하여 세조 정권에 참여했습니다. 그는 평생 45년 동안 세종·문종·단종·세조·예종·성종 등 여섯 임금을 모시면서 고위 관직을 지내며 천수를 누렸습니다.

다산과 풍요의 상징

포도는 열매가 많이 열리기 때문에 석류처럼 다산과 풍요를 상징합니다. 포도 그림은 조선 이전까지는 주로 건물과 기물의 당초문이나 도자기의 문양 형태로 나타났습니다.

포도를 종이와 비단에 정식 회화로서 그리기 시작한 것이 언제인지는 정확히 알 수 없습니다. 지금 전해지는 가장 오래된 포도 그림으로는 조선 중기의 신사임당, 사임당의 막내아들 이우(李瑀, 1542~1609), 황집중(黃執中, 1533~?), 이계호(李繼祜, 1574~1645) 등의 작품이 있습니다. 그러나 조선 초기에 이미 포도 그림은 문인화로서 정착하지 않았나 싶습니다.

가지와 덩굴이 뻗어서 늘어지고 솟았는데	枝蔓離披倒復扶
검은 구름 드리운 곳에 용수염이 어둡네	黑雲垂地暗龍胡
한 뜰에 비바람 쳐서 가을이 저물려 하니	一庭風雨秋將晚
비취색이 발에 엉겨 맑게 사라지려 하네	翠色凝簾淡欲無

위는 비바람 속의 포도 그림이다〔右風雨葡萄圖〕

여주가 맑게 우는 푸른 강 달빛 속에	驪珠清泣滄江月
마유가 살쪄 쌓여 시렁에 가득한 가을이네	馬乳肥堆滿架秋
따 와서 사마상여의 소갈증을 해소하니	摘來解消司馬渴
구태여 말술로 양주를 얻을 필요가 있겠는가	何須斗酒博涼州

위는 밝은 달빛 속의 포도 그림이다〔右明月葡萄圖〕

서거정, 「강청천의 포도 그림 두 폭, 채자휴가 소장한 것이다〔姜菁川畫葡萄二幅, 蔡子休所藏〕」

서거정이 강청천의 포도 그림 두 폭에 적은 시입니다. 이 그림의 소장자
는 채신보(蔡申保, 1420~1489)인데 그의 자가 자휴입니다. 강청천은 바로 『양화
소록』의 저자 강희안입니다. 채신보는 강희안의 동생 강희맹과 절친한 사이
였습니다. 그런 이유로 강희안의 그림을 소장했던 것 같습니다.

포도나무를 초룡草龍이라 하고, 그 덩굴을 용수염이라고 한 것은 포도를
나타내는 전형적인 표현입니다. 한나라 사마상여司馬相如는 평생 소갈증에 시달
렸다고 전합니다.

누가 덩굴 끌어 교룡을 달리게 했나	誰教引蔓走龍蛟
빛나는 명주가 시렁 가득히 높이 매달렸네	的的明珠滿架高
다만 달고 시원한 맛이 갈증을 풀 수 있어 좋으니	只喜甜寒能解渴

「포도」, 『표암첩』, 강세황, 조선, 국립중앙박물관 소장

어찌 한 말 포도주로 관직과 바꿀 필요가 있겠는가   何須一斗換三刀

서거정, 「포도, 경우 강희안의 그림 병풍에 적다〔葡萄, 題姜景愚畫屛希顔〕」

역시 서거정이 강희안의 병풍 그림에 적은 시입니다. 이 병풍은 밤, 오이, 귤, 가지, 수박, 참외, 포도, 연밥 등을 그린 것이었는데 지금은 전하지 않습니다.

시의 말구는 앞에서 언급한 맹타의 고사와 진晉나라 왕준王濬의 고사를 혼용했습니다. 왕준이 어느 날 대들보 위에 칼 세 개[三刀]가 걸리고 얼마 후 다시 칼 하나가 더 걸리는 꿈을 꾸고 기분이 나빴는데, 주부主簿 이의李毅가 축하하기를 "칼 세 개는 주州를 뜻하고 거기에 칼 하나가 더해졌으니, 익주 자사益州刺史로 승진해서 나갈 것이 분명하다"고 했습니다. 과연 그 뒤에 익주 자사가 되었다고 합니다.

비낀 가지가 쇠줄로 이어지고   橫枝連鐵索

열매 맺히니 명주가 어지럽네   結實亂明珠

그림 또한 보배로 삼을 만하니   粉圖亦足寶

마주 대하며 강호에서 늙을 수 있으리   相對老江湖

최전, 「포도도葡萄圖」

최전(崔澱, 1567~1588)은 율곡 이이 문하의 문인으로 진사 시험에 합격했으나 일찍 요절하고 말았습니다. 시문에 뛰어나고, 매화와 시를 잘 그리고, 글씨도 잘 썼다고 합니다. 포도 그림을 보며 강호에서 늙을 수 있겠다고 했지만 하늘이 그것을 허락하지 않았으니 슬픈 일이 아닐 수 없습니다.

포도는 서역의 산물인데   葡萄西域産

일찍이 한나라 신하를 쫓아왔네	曾逐漢家臣
그림 속 둥근 열매가 향기로워	畵裏[]圓子
사람에게 자주 씹는 흉내를 내게 하네	令人大嚼頻
종이에 포도를 그려내니	紙上寫葡萄
둥글둥글 열매가 나란하네	團團齊結子
그윽이 들여다보니 색깔이 먹음직하여	耽看色可飡
나도 모르게 이빨 사이로 침이 흐르네	不覺涎生齒

김득신, 「그림을 읊다. 포도(詠畫, 葡萄)」

백곡栢谷 김득신(金得臣, 1604~1684)이 매화, 국화, 대나무 그림과 함께 읊은 포도 그림입니다. 입에 침을 고이게 할 만큼 매우 사실적인 포도 그림이었던 모양입니다.

백곡 김득신은 문인으로서 도화서의 화원이던 긍재兢齋 김득신(金得臣, 1754~1822)과는 동명이인입니다.

바람에 흔들리는 흑수정들

포도가 서역에서 동아시아로 들어오기 전에는 포도주가 없었지만 그 비슷한 머루주는 있었습니다. 포도주가 보편화되자 머루주는 점차 쇠퇴하였습니다.

머루는 이미 『시경』에 등장한 바 있는 동아시아 인류와 관계가 유구한 다년생 목질 덩굴식물입니다.

남쪽에 규목이 있는데	南有樛木
머루 덩굴이 감겨 있네	葛「累之

『시경』, 「주남周南」, 「규목樛木」

| 길게 늘어진 머루 덩굴 | 綿綿葛藟 |
| 하수 물가에 있도다 | 在河之滸 |

『시경』, 「왕풍王風」, 「갈류葛藟」

갈류葛藟는 바로 머루입니다. 야포도野葡萄, 산포도山葡萄라고 합니다. 고려속요 「청산별곡靑山別曲」에서 "살어리 살어리랏다 청산靑山애 살어리랏다. 멀위랑 다래랑 먹고 청산靑山애 살어리랏다. 얄리얄리 얄랑셩 얄라리 얄라"라고 노래한 그 머루입니다.

산중에 가을 기운이 완전히 맑으니	山中秋氣十分淸
바람에 흔들리는 주렁주렁한 흑수정들이네	風動粲粲黑水精
잎에 여주를 싸 와서 집을 비추니	葉裹驪珠來照屋
흰 구름 깊은 곳에서 내 마음을 감동시키네	白雲深處動吾情

이색, 「산중에 포도가 익어서 나무꾼이 따가지고 왔다[山中葡萄熟, 樵者摘以來]」

산중에 가을 기운이 무르익으니 흑수정들이 주렁주렁 열렸습니다. 나무꾼이 여주 같은 머루를 잎에 싸서 가져왔습니다. 첩첩산중 흰 구름 깊은 곳에서 그 나무꾼의 마음에 감동하지 않을 수 없습니다.

이것은 고향에서 먹던 과실인데	此是故山物
네가 어디서 구해 왔는가	汝從何處求
맛을 보니 메마른 가슴이 적셔져서	嘗來潤枯肺

나그네 수심이 줄어듦을 문득 깨닫네　　　　　　頓覺減羈愁

정온, 「동노가 산포도를 올리다〔同奴進山葡萄〕」

　　고향을 떠나온 한 나그네에게 그의 하인이 어디선가 머루를 따 왔습니다.
바로 고향에서 맛보던 과일이 아니겠습니까? 어디서 따 왔던가? 맛을 보니 메
마른 가슴속이 적셔진 듯하여 나그네의 근심이 풀어지는 것 같습니다.

　　조선 중기의 문인 정온(鄭蘊, 1569~1641)의 고향은 경상도 거창입니다. 지
리산 줄기가 뻗어 있는 곳이지요.

　　머루는 다래와 함께 중요한 산열매였습니다. 심상규(沈象奎, 1766~1838) 등
이 편찬한 『만기요람萬機要覽』은 궁중의 식례式例와 온갖 정무政務에 관한 내용을
모은 책인데, 그 속에 "다래[獼猴萄] 3두 매두의 값은 8전. 머루[山葡萄] 3두 매두
의 값은 8전"이라고 했습니다. 이처럼 다래와 머루는 궁중에서 구입하던 과일
이었습니다.

　　머루는 또한 약용식물이기도 했습니다. 다산 정약용이 편찬한 의학책인
『마과회통麻科會通』에 "머루[蘡薁]는 눈동자 속의 장애를 치료한다. 『본초강목』
에 '영욱등蘡薁藤을 물속에 담갔다가 말려서 즙을 내어 눈동자 안에 그 방울을
넣으면 열이 나서 흐릿하고 붉고 허연 장애를 제거할 수 있다'고 했다. 나의
외가 백련동白蓮洞 윤씨의 아들이 일곱 살인데 천연두를 앓은 뒤에 흰 막이 눈동
자를 가렸다. 온갖 약이 효험이 없었는데 어떤 시골 여자가 처방을 가르쳐주
어 머루 열매[蘡薁子]를 구해서 즙을 짜서 눈에 그 방울을 넣으니 열흘 만에 나
았다. 참으로 신통한 처방이었다. 옛날에는 그 줄기를 사용했으나 지금은 열
매를 사용한다. 영욱蘡薁은 산포도인데 우리말로는 머루[麻婁]라고 한다"는 글
이 있습니다.

　　정약용이 외갓집 백련동 윤씨라고 한 것은 바로 윤선도(尹善道, 1587~1671)

약용으로도 사용한 머루

의 집안을 말합니다. 정약용의 모친은 윤선도의 6세손이고, 윤두서(尹斗緖, 1668~1715)의 손녀입니다.

　나는 젊은 시절 무등산, 지리산, 월출산, 추월산, 조계산, 백암산 등 크고 작은 많은 산들을 돌아다녔습니다. 여름과 가을이면 산에는 산딸기, 복분자, 머루, 다래, 으름, 산딸나무 열매, 꾸지뽕 열매 등 시고 달콤하고 떫은 산열매들이 많았습니다. 그 독특한 맛들이 항상 추억으로 남아 있습니다.

　언젠가 속리산 법주사 입구 돌다리 옆에서 까맣게 익은 머루 송이를 발견하고 반가운 마음에 덥석 손으로 따다가 뭔가 손가락을 쏘는 바람에 나도 모르게 비명을 지르고 말았습니다. 먼저 온 손님이 있었던 것입니다. 바로 땡삐라고 불리는 땅벌 여러 마리가 머루 송이에 붙어서 시고 달콤한 즙을 빨다가 갑작스런 침입자를 독침으로 쏘아버린 것입니다. 독침을 두 군데나 맞은 내 손가락은 며칠 동안이나 빨갛게 부어 있었습니다. 이 또한 머루와 얽힌 잊지 못할 나의 추억입니다.

서 역 에 서 온 손 님

석 류

석 류 의 유 래

석류는 기원전 2세기 한나라 무제 때 장건張騫이 서역에 사신으로 갔다가 돌아
올 때 안석국安石國에서 대산大蒜 · 호도胡桃 · 포도蒲桃 등과 함께 들여왔다고 전합
니다. 그런데 그 열매가 큰 혹巨瘤]처럼 생겨서 안석국에서 가져온 큰 혹 같은
열매라는 의미로 안석류安石榴라고 불리게 되었다고 합니다. 안석국은 카스피
해 남부에 있었던 페르시아계의 '파르티아'라고 하는데, 곧 안식국安息國을 말
합니다.

　　강희안은『양화소록』에서『격물총화格物叢話』를 인용하여 "석류화는 안석
국에서 왔기 때문에 안석류라고 부른다. 또한 해외 신라국에서 온 것이 있어서
'해류海榴'라고 부른다"라고 하였습니다. 또한 석류의 별칭으로 단약丹若 · 약류
若榴 등을 소개하고 백엽百葉 · 백양栢樣 · 주석류柱石榴 · 수석류藪石榴 · 백양류栢樣榴 등
의 품종을 언급하고 있습니다.

　　우리나라에 석류가 언제 들어왔는지는 알 수 없지만 이미 신라 때 재배

하였고, 그중 어떤 품종은 중국으로 되돌아가서 해류라고 불렸다니 그 재배의 역사가 오래되었음을 짐작할 수 있겠습니다.

　　중국 진晉나라 때 석류는 "천하의 기이한 나무, 구주九州의 이름난 과일"로 널리 알려져서 반니潘尼와 장협張協 등 당대의 이름난 문인들이 '안석류부安石榴賦'를 다투어 지어서 석류를 찬양하였습니다. 이렇듯 석류는 일찍부터 문사의 꽃이요 과일로서 사랑을 받았습니다.

양주의 석류화를	揚州石榴花
꺾어서 양 옷깃에 꽂아주니	摘揷兩襟中
무성해지면 마땅히 나를 생각해주고	葳蕤當憶我
예쁜 꽃을 남에겐 주지 마세요	莫持艶他儂

무명씨, 「맹주곡孟珠曲」

조선 시대 공물로 올렸던 석류

「석류」, 이선(李鱓, 1686~1756), 청나라
양주팔괴 중의 한 사람, 석류와 함께 그려진 꽃은
원추리와 규화葵花이다.

남북조시대에 민간에서 유행한 노래입니다. 이 노래를 통해 당시 민간에서도 석류를 노래하였음을 알 수 있습니다.

오월 석류꽃 눈이 부시게 비추는데　　　　　　　五月榴花照眼明
가지 사이에서 때때로 열매 맺힌 것을 보네　　　枝間時見子初成
가련하다 이곳엔 오는 수레와 말도 없는데　　　可憐此地無車馬
푸른 이끼 위에 엎어진 채 붉은 꽃들 떨어져 있네　顚倒靑苔落絳英
한유, 「장십일이 묵고 있는 여관의 석류꽃을 읊다[詠張十一旅舍榴花]」

당나라 한유의 석류 시입니다. 초여름 눈부신 햇살 아래 피는 석류는 선홍색 빛이 참으로 정열적인데, 비바람에 떨어진 석류의 통꽃은 처연하기 그지없습니다.

붉은 피를 누가 붉은 주머니에 칠해놓았는가　　猩血誰敎染絳囊
푸른 구름 쌓인 곳에서 윤기 나고 향내 나네　　綠雲堆裏潤生香
노니는 벌이 꽃가지에 불이 났다고 착각하고　　遊蜂錯認枝頭火
다급하게 훈풍 타고 낮은 담장을 넘어가네　　　忙駕薰風過短場
장홍범, 「유화榴花」

원나라 장홍범張弘範의 시입니다. 가지 끝에 매달린 핏빛의 가죽 주머니를 보고 불이 났다고 여기고 허겁지겁 달아나는 벌의 모습이 절로 미소를 짓게 합니다.

철심장도 미간을 펴게 되네

『고려사절요』에 "(의종이) 밤에 내시 이양윤李陽允, 사관 이인영李仁榮 등 열세 명을 봉원전으로 불러서 종이와 붓을 주고 석류화 시를 짓도록 명하고, 초에 금을 그어서 시간을 제한하였는데, 양윤 등 일곱 명이 합격하여 술과 과실 및 비단을 하사했다"고 했습니다. 이처럼 석류는 고려 왕실에서도 특별한 꽃이었던 모양입니다.

조선에서도 석류는 중요한 공물이자 종묘의 제사에 올리는 귀중한 과일이었습니다. 세종 때는 국가의 수용에 대비하도록 강화도에 석류 등을 재배할 것을 상림원上林園에서 건의하였습니다. 연산군은 전라도와 경상도에 "맛이 단 석류를 별례방으로 밀봉하여 올려라"고 특명을 내렸고, 또 팔도에 명하여 궁궐에 심을 각종 화초를 바치게 했는데, 석류 또한 그 안에 포함되어 있었습니다. 또한 석류의 꽃과 열매는 문사들이 즐겨 노래하던 대상이었습니다.

진흙 위에 드리운 많은 가지를 얻으니　　　　　倒憑土肉得繁枝
여러 붉은 꽃의 아리따운 자태를 실컷 보네　　厭見群紅婀娜姿
너희 꽃 가운데 유독 안석류에 의지하여　　　賴爾花中獨安石
나 같은 철심장도 오히려 미간을 펴게 되네　　鐵腸如我尙開眉
이규보, 「석류화」

고려의 문인 이규보는 철심장을 가진 무정한 사람조차도 석류꽃 앞에서는 절로 미소를 짓게 된다고 석류를 찬양했습니다.

삼월에 석류 잎이 처음 나오고　　　　　　　三月石榴葉初抽

南風滿院
墻陰夏逐香
紅慇始到花
士愼

「석류도」, 왕사신, 청나라 서화가. 양주팔괴 중의 한 사람.

붉은 가죽 주머니를 품은 석류꽃

오월에 주렁주렁 꽃이 피었네	五月磥磥花正開
매화는 일찍 지고 국화는 너무 늦으니	梅兄失早菊太晚
어찌 아름다운 꽃이 중재함만 같겠는가	爭如艷姿得中裁
남산의 주인이 가장 먼저 사랑하여	南山主人最先愛
여러 나무를 마당에 옮겨 심으니	移取數本庭中栽
철쭉은 안색을 잃고 해당화는 근심하고	躑躅無顏海棠愁
화왕(모란)은 자리를 피해 요대를 내려가네	花王避席下瑤臺
본래 절색으로 마땅히 나라를 기울이리니	自是絕色應傾國
시인이 보고서 금 술잔을 찾네	詞人看罷索金杯
우습구나 해어화는 늙지 않았는데	堪笑解語花未老
천자는 호마가 몰려오는 것을 놀라며 듣네	天子驚聞胡馬來

이육, 「석류」

성종 때 대사헌을 지낸 이육의 시입니다. 매화는 너무 일찍 져버리고 국화는 너무 늦게 피는데, 그 중간에 아름다운 석류꽃이 피었습니다. 석류꽃 앞에서는 철쭉도, 해당화도, 모란도 그 아리따움을 당할 수 없습니다.

해어화解語花는 양귀비인데, 천자인 현종은 양귀비와 향락을 즐기다가 안록산의 반란군이 탄 호마胡馬들이 몰려오는 소리를 놀라며 들었습니다. 여기에 양귀비가 등장한 것은 이유가 있습니다. 전설에 양귀비는 석류꽃을 특별히 좋아했는데, 현종이 화청지華清池 서수령西繡嶺과 왕모사王母祠 등지에 석류나무를 널리 심게 하고, 항상 꽃이 만개할 때에 연회를 베풀었다고 합니다. 양귀비가 석류꽃 아래에서 술에 취해 양쪽 볼이 붉어지면, 현종은 그 모습을 즐기며 "귀비의 붉은 목덜미와 석류꽃의 붉은색 중에 어느 것이 더 아름다운가?"라고 했답니다.

한번은 현종이 석류꽃 연회에 조정의 신하들을 초청했습니다. 그런데 신하들은 양귀비를 미워하여 예를 올리지 않았습니다. 그때 양귀비는 석류꽃을 가득히 수놓은 채색 치마를 입고 있었습니다. 현종이 신하들을 위해 양귀비에게 춤을 추라고 하자, 양귀비가 현종에게 속삭이기를 "신하들 대부분이 첩을 흘겨보며, 예를 올리지 않고 공경하지 않으니, 저들을 위해 춤을 올리고 싶지 않습니다"라고 했습니다. 현종은 분노하여 문관과 무관들 모두에게 양귀비에게 예를 올리도록 명하고, 응하지 않는 자는 군주를 기만한 죄로 다스리겠다고 했습니다. 이에 신하들은 할 수 없이 양귀비의 석류꽃 치마 아래에 무릎 꿇고 예를 올려야만 했습니다. 이 일로 인하여 "석류꽃 치마 아래 절을 올리다[拜倒在石榴裙下]"라는 말이 전해오게 되었다고 합니다.

나에게 석류는 추억의 나무입니다. 우리 집 우물가에 서 있었던 늙은 석류나무에 피던 한여름의 붉은 꽃들과 가을의 주먹만 한 열매들이 지금도 눈앞에 생생합니다. 장마가 그친 후 이끼 낀 우물가에 무수히 떨어져 있던 그 선홍색 꽃들! 그리고 먹을 때마다 절로 진저리 치게 하던 그 열매의 신맛!

몇 해 전 이 땅에는 다이어트와 건강에 좋은 식품이라며 석류 열풍이 몰아친 적이 있습니다. 그래서 우즈베키스탄 등 중앙아시아에서 수입한 석류가 거리 거리에서 팔렸습니다. 나도 옛 추억을 생각하고 두어 개 사다가 먹어보았습니다. 그러나 곧 그 맛에 실망하고 말았습니다. 내가 기대하던 추억 속 그 맛이 결코 아니었던 것입니다. 신맛이 전혀 없는 그 열매는 너무 달아서 결국 먹지 못하고 말았습니다. 나는 석류의 참맛은 절로 진저리 치게 하는 그 신맛이라고 지금도 굳게 믿고 있습니다.

다산 정약용은 서울에서 벼슬살이를 할 때 명례방明禮坊에 살았습니다. 지금의 명동 지역인 명례방은 고관들의 집이 많아서 수레와 말들만 길을 메우고, 주위에는 연못이나 정원 같은 것이 없어서 살풍경했습니다. 다산은 전원

고개 숙인 석류꽃

풍경이 그리워서 마당에 여러 꽃과 과일나무를 심었는데, 그중에 석류도 여러
그루가 있었습니다.

> 안석류 중에 잎이 비대하고 열매가 단 것을 해류海榴라 하며, 왜류倭榴라고도
> 하는데, 왜류는 네 그루가 있다. 줄기가 위로 곧게 뻗어 한 장丈쯤 되고, 곁에
> 가지가 없고, 위가 쟁반같이 둥글게 생긴 것은 세속에서 능장류稜杖榴라고 부
> 른다. 이것이 두 그루 있다. 석류 중에 꽃만 피고 열매를 맺지 못하는 것을 화
> 석류(花石榴, 꽃석류)라고 하는데, 화석류는 한 그루 있다.
>
> 정약용, 「죽란화목기竹欄花木記」 중에서

석류가 종류별로 모두 일곱 그루나 있다니, 다산은 참으로 부자입니다.
한 그루도 갖지 못한 나는 그저 부럽고 또 부럽기만 합니다.

나 역시 오래전부터 꽃과 열매가 좋은 석류나무 한 그루 갖고 싶었으나
큰 나무를 심을 마당이 없어서 그저 세월만 보냈습니다. 다만 옆집 마당에 오

래 묵은 석류나무가 있어서 오륙 년 동안 그 앞을 지나며 해마다 붉은 꽃과 석류 열매를 구경할 수 있었습니다. 그런데 올해는 강추위와 긴 장마 때문에 꽃이 피지 않았습니다. 부디 내년에는 옆집의 석류나무가 많은 꽃을 피우기를 기원해봅니다.

봉 황 의 화 신

봉숭아

봉황이 내려와 꽃으로 피어나다

봉숭아는 초여름에 꽃이 피어 여름 내내 우리 곁에 있습니다. 울타리, 화단, 장독대 주변에 열을 지어 오색 꽃을 피웁니다. 옛사람들은 그 꽃을 보고 상서로운 새인 봉황鳳凰의 모습을 상상했습니다. 그래서 봉황의 봉鳳 자로 꽃 이름을 지었습니다.

인도와 인도네시아와 중국 등지가 그 원산지라고 하는데 언제 한반도에 들어왔는지는 정확히 알 수 없습니다. 그러나 고려 때 이미 널리 애완되던 꽃이었습니다.

봉숭아는 우리말 이름이고, 한자 이름인 봉선화鳳仙花는 우리나라는 물론 중국, 일본이 함께 사용했던 이름입니다. 그런데 봉선화란 이름은 고려의 기록에는 보이지 않습니다. 대신 봉상화鳳翔花란 이름이 보입니다. 물론 그 뜻은 봉황이 나는 듯한 꽃이란 것입니다.

흰 꽃 붉은 꽃 섞여 피어 몹시 기이하니	丹白相交兩絕奇
비바람이 말아서 떨구지 말게 하오	莫敎風雨卷離披
일찍이 덕을 보고 천 길 높이에서 내려와서	早宜覽德下千仞
도리어 꽃이 되어 한 가지에 피었네	反自爲花依一枝
오색의 비단 무늬 네 이미 얻었는데	五色錦章渠已得
아홉 번 연주하는 「소악」을 또 어찌 알았던가	九成韶樂又何知
아름다운 자태를 잎 속 깊이 감추지 말라	休將嬌態深藏葉
네 모습을 내가 시로 짓고자 하노라	我欲影容爲作詞

이규보, 「봉상화鳳翔花」

이규보의 시 「봉상화」입니다. 본래 제목은 「상국相國 이인식李仁植과 학사學士 박인저朴仁氐가 함께 방문했다. 이날은 7월 25일이다. 마침 집 정원에 봉상화가 만발했다. 운자를 불러 영상인英上人에게 곧장 시를 짓게 하고, 나 또한 즉석에서 화답하여 보였다」입니다.

봉황은 덕을 갖춘 성인聖人이 세상에 출현하면 나타난다는 상서로운 새입니다. 닭의 머리와 뱀의 목, 거북의 등, 제비의 날개, 물고기 꼬리를 갖추었다는 오색이 찬란한 새입니다. 『서경』에 따르면 "순舜임금이 창작한 소소簫韶 악곡을 아홉 번 연주하자, 봉황이 날아와서 예의를 올렸다"고 합니다.

이규보는 봉상화가 봉황이 변한 꽃임을 위 시에서 상세히 서술하고 있습니다.

붉고 흰 오색이 찬란한데	紅白朱殷五彩明
누가 봉상이란 이름으로 불렀던가	何人喚作鳳翔名
은근히 말을 지어 꽃가지 보내니	殷勤爲說花枝送

봉황이 날고 또 봉황이 우네   不獨鳳翔已鳳鳴

서거정, 「이차공李次公이 봉상화를 구하므로 수십 그루를 캐어 보내면서 겸하여 시를 부치다[李次公
借鳳翔花, 探送數十本, 兼寄以詩]」

무수히 꽃 피어 난간을 비추니   花開無數映雕闌

오색이 분명한 봉황이 나네   五色分明翕鳳鸞

이슬 띤 가을 향기 더욱 사랑스러워   帶露秋香尤可愛

꺾어 와서 꽃병에다 한가히 꽂아놓고 바라보네   折來閑挿膽瓶看

서거정, 「봉상화」

조선 초의 서거정이 봉상화를 노래한 시들입니다. 두 시 모두 봉상화가
오색찬란한 봉황의 화신임을 말하고 있습니다.

봉상화란 이름은 중국에서는 전혀 사용하지 않던 우리만의 독특한 이름
이었습니다. 그런데 고려와 조선 초에만 보이고 그 이후로는 사라지고 말았
습니다. 아마 봉선화鳳仙花란 한자 이름이 중국에서 들어와 널리 사용되면서 그
이름이 사라지지 않았나 싶습니다.

봉선화란 이름은 조선 중기에 처음 나타났습니다.

천연스런 창조물을 누가 몹시 공교롭게 했는가   天然造物孰尤工

앞에서 달관하니 색즉공이로세   達觀前頭色卽空

시든 안색 근심하며 장차 어디로 가려는가   歇顔羞殺將安往

차라리 가인의 옥손톱의 붉은색으로 들어가리라   寧入佳人玉爪紅

신광한, 「봉선화가 스스로 해명하다[鳳仙花自解]」

신광한(申光漢, 1484~1555)은 봉선화를 달관한 꽃이며, 스스로 가인의 옥
손톱의 붉은색으로 들어가 최후를 마친다고 했습니다. 그리하여 가인의 붉은
손톱에서 영생을 누리게 된다는 것이지요.

진홍 연분홍 담홍색 　　　　　　　　　　　　　深紅淺紅又澹紅

삼색 꽃이 빗속에서 아름다움을 다투네 　　　　　三色爭姸一雨中

완연히 왕소군이 먼 나라로 시집감을 근심하는 듯 　宛是昭君愁遠嫁

떠날 때 옥난간 바람 속에 눈물 떨구네 　　　　　臨行垂淚玉欄風

권호문(權好文, 1532~1587), 「빗속에서 봉선화를 완상하다(雨中, 賞鳳仙花)」

삼색의 봉선화가 빗속에서 저마다 고운 색을 다툽니다. 비에 젖은 봉선화
는 누구의 화신이던가요? 먼 옛날 한나라 궁녀로서 흉노에게 시집가야만 했
던 비운의 여인 왕소군王昭君입니다. 지금 왕소군이 먼 길을 떠나기에 앞서 다시
는 돌아올 수 없는 한나라 궁궐의 옥난간 바람 속에 눈물을 떨구고 있습니다.

　명나라 이시진李時珍이 편찬한 『본초강목』에는 "봉선화는 급성자急性子, 한
진주旱珍珠, 금봉화金鳳花, 소도홍小桃紅, 협죽도夾竹桃, 해납海蒳, 염지갑초染指甲草, 국비
菊婢라고 한다. 그 꽃의 머리와 날개, 꼬리와 발이 모두 봉황의 모습처럼 높이
나는 듯하여 그렇게 이름을 지은 것이다. 여인이 그 꽃과 잎을 채취하여 손톱
에 싸서 물들인다. 그 열매는 소도小桃와 같은데 익으면 갈라져 터진다. 그래서
지갑指甲, 급성急性, 소도小桃라는 여러 이름이 있게 되었다. 송나라 광종光宗의 황
후 이후李后의 이름 봉鳳 자를 피하여 궁중에서는 호여아화好女兒花라고 불렀다.
장완구張宛丘는 국비菊婢라고 불렀고, 위거韋居는 우객羽客이라 했다"는 기록이 있
습니다.

　참으로 봉선화의 이름이 다양함을 알 수 있습니다. 그러나 앞에서 이미

지적했듯이 우리나라에서는 봉숭아, 봉상화라는 독특한 이름이 있었으며, 홍만종洪萬宗의 『산림경제』에서는 봉선화를 일명 은선자隱仙子라고 했습니다. 이 또한 우리나라에서만 보이는 별칭입니다.

저 높은 산에서 봉황이 우네

봉선화는 문사들이 사랑한 꽃입니다. 그래서 당나라 때부터 역대에 걸쳐 봉선화에 관한 시문이 적잖이 남아 있습니다.

향기로운 붉은 꽃 여린 푸른 잎이 필 때	香紅嫩綠正開時
추운 나비 굶주린 벌도 모두 알지 못하네	冷蝶飢蜂兩不知
이때 어느 곳을 보는 곳이 가장 좋은가	此際最宜何處看
조양의 벽오동 가지에 처음 오르는 곳이네	朝陽初上碧梧枝

오인벽, 「봉선화」

당나라 시인 오인벽吳仁璧이 봉선화를 노래한 시입니다. 아마 동아시아에서 봉선화를 노래한 최초의 시가 아닌가 싶습니다. 시의 4구는 『시경』의 「대아大雅·권아卷阿」에 나오는 "저 높은 산에서 봉황이 우네, 조양에서 오동나무가 자라네"라는 구절을 인용했습니다. 조양은 해가 처음 뜨는 산 동쪽을 말합니다. 봉선화가 봉황의 화신이기 때문에 봉황 운운한 구절을 끌어온 것입니다. 전설에 봉황은 오동나무가 아니면 머물지 않고, 죽실이 아니면 먹지 않는다고 했습니다. 그러니 시의 4구는 곧 봉선화가 봉황이 되어 벽오동나무에 오른다는 것입니다. 이는 인간 세상에 상서로운 조짐이 아닐 수 없습니다.

「봉숭아와 풍뎅이」, 『표암선생 담채화훼첩』, 강세황, 조선, 개인 소장

붉은 난간에 둘러 심던 때 생각하니   憶繞朱欄手自栽

초록 잎 위아래에 몇 번이나 피었던가   綠叢高下幾番開

중정에 비 지나고 인적 없는데   中庭雨過無人跡

푸른 이끼에 새빨간 꽃잎들 어지럽게 떨어졌네 狼藉深紅點綠苔

구양수歐陽脩, 「금봉화金鳳花」

봉선화를 금봉화라 부른 것은 송나라 때부터입니다.

송나라 대문장가인 구양수는 붉은 난간 주위에 금봉화를 손수 심었습니다. 초록 잎 위아래에 오색 꽃이 몇 번이나 피고 졌을까요? 어느 날 비를 맞고 초록 이끼 위에 어지럽게 떨어진 붉은 금봉화 꽃잎을 보았습니다. 초록 융단 위의 새빨간 금봉화 꽃잎은 참으로 대문장가의 마음을 붙들어둘 만합니다.

붉은 벼 밭 가운데 서너 칸 오두막   紅稬稀中屋數椽

촌사람 지나가며 문득 흐뭇해하네   村夫子過便欣然

평생 의지가 부족하여 부끄러운데   平生媿乏操持力

오색 꽃봉오리가 선정을 깨뜨리려 하네 五色花毬欲破禪

김정희, 「마을에 봉선화가 무성하게 피어 오색을 이루고 꽃봉오리도 매우 큰데 남쪽 지역에서도 또한 드문 것이다〔村中鳳仙花盛開, 結成五色, 毬甚大, 在南地亦希〕」

추사 김정희는 남쪽 지역 한 마을에 머물며 무성하게 핀 봉선화를 보았습니다. 그 품종이 빼어난 오색의 큰 꽃봉오리라서 남다릅니다. 지나가는 마을 사람이 오두막에 핀 탐스런 봉선화를 보고 흐뭇한 표정을 짓습니다. 평소 의지가 부족한 것을 부끄럽게 여겼는데, 이번엔 오색 봉선화가 마음을 고요히 다스리려는 나의 참선을 깨뜨리려고 합니다. 너무 아리따운 봉선화의 자태에 마음이 흔들린 것입니다. 오색 봉선화를 대한다면 아무리 고명한 선사인들 마음이 흔들리지 않겠습니까?

봉선화 색이 연지색을 빼앗기니　　　　　　鳳仙花色奪臙脂
계절 사물이 창망한 시월이네　　　　　　　節物蒼茫十月時
굴자가 좋은 꽃을 버리고 「이소」에 싣지 않았으니　屈子遺賢經不著
세상 사람 그 누가 서리 이기는 자태를 알겠는가　世人誰識傲霜姿

김응조金應祖, 「봉선화」

늦가을이 되자 봉선화는 붉은 연지색이 바랬습니다. 그러나 서리 속에서 봉선화는 의연하게 남아 있습니다. 굴자는 전국시대 굴원입니다. 참소를 당하여 조정에서 쫓겨나 비분과 충심을 그의 유명한 초사 작품인 「이소離騷」에다 표현했습니다. 그런데 여기에 수많은 식물들을 동원하여 현인과 악인을 비유했는데 불행히도 그 가운데 매화가 빠져서 두고두고 훗날 문인들의 구실거리가 되었습니다. 시인은 굴원이 봉선화의 진면목을 알아보지 못하고 「이소」에 싣지 않았기 때문에, 세상 사람들에게 봉선화의 서리를 이기는 자태를 알지 못하게 했다고 원망합니다.

손톱에 봉선화 물을 들이고

손톱에 봉선화 물을 들이는 염지染指는 동아시아에서 아녀자들의 오랜 풍속이었습니다. 그래서 봉선화를 염지갑초라고 하고, 또한 아녀화라고 합니다.

　한국에서는 고려 때 이미 염지 풍속이 있었고, 조선 시대에는 단오에 행하는 한 풍속이었습니다.

홍석모(洪錫謨, 1781~1857)의 『동국세시기東國歲時記』 4월조에 "처녀와 어린아이들이 모두 봉선화에 백반을 섞어 손톱에 물을 들인다"는 기록이 있습니다. 이유원李裕元의 『임하필기林下筆記』에서는 "세속에서 봉선화로 손톱에 물을 들이는 일은 송나라 때부터 시작되었다. 『계신잡지癸辛雜識』에 따르면, '봉선화의 붉은 꽃잎을 찧어서 거기에 명반明礬을 조금 넣어 손톱에 물을 들이는데, 비단 조각으로 동여서 밤을 지낸다. 이와 같이 서너 차례 물을 들이면 그 색이 진홍이어서 씻어도 지워지지 않고, 손톱이 자라남에 따라 점점 밀려나게 된다. 회회국回回國 부인들이 대부분 이것을 즐긴다'고 하였다. 그러나 오늘날의 풍속은 회회국 부인들만 그러는 것이 아니다"라고 했습니다. 또 "손톱을 아름답게 꾸미려는 마음과 함께 사악함을 물리치려는 의미가 있으므로 악귀로부터 몸을 보호하려는 뜻도 담겨 있다"고 했습니다.

봉선화 피니 연지와 같고	鳳仙花發臙脂同
한 줄기에 천 꽃송이 무궁하게 피었네	一幹千葩吐不窮
계집아이 백반 섞어 손톱에 물들이니	兒女和礬染指甲
아름답기가 수궁 칠처럼 붉네	娟娟恰似守宮紅

홍석모, 「봉선염지鳳仙染指」

수궁守宮은 도마뱀 종류입니다. 벽호壁虎, 언정蝘蜓, 갈호蝎虎, 언갈蝘蝎 등으로도 불립니다. 상자에 넣어 단사丹砂를 먹여 키워서 무게가 7근斤이 되면 절구로 빻은 다음 말린 가루를 여자의 몸에 칠하는데 그러면 평생 붉은 점이 지워지지 않는다고 합니다. 그러나 남녀의 교접이 있으면 지워져버린다고 합니다. 그러니 수궁 가루를 칠한 붉은 점은 일종의 정표인 셈입니다.

염지갑초로 불린 봉숭아

벽옥 푸른 누대의 여인   碧玉靑樓女

아름답게 홍분으로 단장했네   盈盈粧粉紅

손톱엔 칠하지 않았건만   不應試醮甲

도리어 수궁에게 질투하게 하네   翻令妬守宮

명나라 고린顧璘, 「봉선화」

　벽옥으로 장식한 푸른 누대의 여인이 아름답게 붉은 분으로 화장했습니다. 손톱에는 칠하지 않았는데 도리어 수궁에게 질투하게 합니다. 붉은 화장이 너무 아름답기 때문입니다.

빗속에서 어린 계집종 바쁜데   雨中忙殺小鬟丫

파 모종과 가지 모종 옮겨 심으라고 분부했네　　吩咐披蔥又別茄

나이 어려 동약의 뜻을 들어본 적 없어서　　生少不聞僮約指

화단에 올라 먼저 봉선화부터 심는구나　　上臺先挿鳳仙花

정약용, 「여름날 전원의 여러 흥취. 범성대范成大와 양만리楊萬里 두 사람의 시를 본받다[夏日田園雜興. 效范楊二家體. 二十四首]」

　　빗속에서 어린 계집종이 바쁩니다. 주인이 파 모종과 가지 모종을 옮겨 심으라고 분부했기 때문입니다. 그런데 분부받은 일은 하지 않고 화단에 올라 봉선화부터 심습니다. 아마 아직 나이가 어려서『동약僮約』의 지침을 들은 적이 없어서일 것입니다.『동약』은 한나라 왕포王褒가 지은 노비가 지켜야 할 규약서입니다. 주인의 지엄한 분부를 어기고 봉선화부터 심는 어린 계집종의 마음이 귀엽기 짝이 없습니다. 봉선화가 피면 제 손톱에 봉선화 물을 빨갛게 들이겠다는 속셈인 것이지요.

금 화분의 저녁 이슬 붉은 꽃봉오리에 맺히고　　金盆夕露凝紅房

가인의 열 손가락 가늘고 기네　　佳人十指纖纖長

대나무 맷돌에 찧어내어 배춧잎으로 말아서　　竹破搗出捲菘葉

등불 앞에서 동여매니 쌍귀걸이 울리네　　燈前勤護雙鳴璫

장루에서 새벽에 일어나 주렴 걷으니　　粧樓曉起簾初捲

거울에 비친 별을 기쁘게 바라보네　　喜看火星拋鏡面

화초 꺾으니 붉은 나비 나는 듯하고　　拾草疑飛紅蛺蝶

쟁을 타니 복사꽃잎 어지럽게 떨어지는 듯하네　　彈箏驚落桃花片

뺨에 고루 분 바르고 비단 머리 매만지니　　徐勻粉頰整羅鬢

강가에서 상죽에 피눈물 흘린 얼룩 같네　　湘竹臨江淚血斑

이따금 채색 붓으로 초승달 눈썹 그리면 時把彩毫描却月

붉은 꽃비가 봄 산을 지나는 듯하네 只疑紅雨過春山

허난설헌, 「손톱에 물들이는 봉선화 노래[染指鳳仙花歌]」

허난설헌(許蘭雪軒, 1563~1589)의 유명한 봉선화 노래입니다. 규방의 가인이 한밤중 등불 아래 봉선화 물을 들였습니다. 장루(粧樓, 여성이 거주하는 누대)에서 발을 걷으니 붉은 손톱이 거울에 별처럼 비추고, 화초를 꺾으니 붉은 나비가 나는 듯하고, 쟁을 연주하니 복사꽃잎이 어지럽게 떨어지는 것 같습니다. 뺨에 분 바르고 비단 머리 매만지니 상죽湘竹이 강가에서 피눈물 흘린 얼룩 같습니다. 상죽은 소상반죽瀟湘斑竹입니다. 전설에 순舜임금이 창오(蒼梧, 중국 호남성에 있는 지명)에서 죽자, 순임금의 두 비인 아황娥皇과 여영女英이 소상강에 이르러 통곡하며 피눈물을 흘렸는데 그 피눈물이 대나무에 묻어 얼룩이 들었다고 합니다. 또 눈썹을 그리면 붉은 꽃비가 봄 산을 지나가는 듯합니다.

그런데 난설헌의 이 시는 원나라 양유정(楊維楨, 1296~1370)의 시를 모방한 것입니다.

금봉화 피어 색이 더욱 선명한데 金鳳花開色更鮮

가인이 손톱에 붉게 물들었네 佳人染得指頭丹

쟁을 타면 복사꽃잎 어지럽게 떨어지고 彈箏亂落桃花瓣

술잔 들면 대모 반점이 가볍게 떠오르네 把酒輕浮玳瑁斑

거울 보면 화성이 달밤에 흘러가고 拂鏡火星流夜月

눈썹 그리면 붉은 꽃비가 봄 산을 지나가네 畫眉紅雨過春山

때때로 향기로운 얼굴을 받치면 有時漫托香腮想

연지가 옥빛 얼굴에 점 찍혔나 싶네 疑是胭脂點玉顏

첫사랑의 추억을 담은 봉숭아

손톱에 봉선화 물을 들인 가인이 "쟁을 타면 복사꽃잎 어지럽게 떨어지고", "거울 보면 화성이 달밤에 흘러가고", "눈썹 그리면 붉은 꽃비가 봄 산을 지나가네" 등의 구절은 난설헌의 시구와 흡사합니다.

요즘에는 봉선화 물을 들인 여인의 손가락이 보기 드뭅니다. 시대가 바뀐 탓일 터이지요.

봉선화는 식용 기름과 약용으로 쓰였는데, 청나라 조학민趙學敏이 지은 『봉선보鳳仙譜』에는 200여 종의 봉선화 종류가 실려 있고, 세계 각지에 있는 봉선화 종류는 대략 500종이 된다고 합니다.

은행나무와 대추나무가 이어져 있고	鴨脚樹連羊棗樹
맨드라미와 봉상화가 서로 비추네	鷄頭花映鳳翔花
한가한 곳이 즐거운 곳임을 아니	自知閑處是樂處
남들이 내 집을 시골집 같다고 말하네	人道吾家似野家

서거정, 「한가한 중에 즉석에서 짓다〔閑中卽事〕」

은행나무, 대추나무, 맨드라미, 봉선화가 있는 마당이 마치 내 어린 시절의 시골집 풍경 같습니다. 이들 옆에는 달리아, 분꽃, 샐비어, 칸나, 채송화, 나팔꽃, 여주, 석류 등이 줄지어 있었지요. 50여 년 전에는 어느 집이건 화단에는 대략 이런 꽃들이 있었답니다.

무 당 의 꽃

접시꽃

버 림 받 은 꽃

지금 창밖에는 여름 햇살 아래 접시꽃이 한창입니다. 울긋불긋한 수많은 꽃들이 현란하기 짝이 없습니다. 번식력이 왕성하여 그간 몇 차례 베어냈건만 또 다시 뜰 가득히 우거지고 말았습니다.

우리 꽃노래 〈화편〉에서는 촉규화蜀葵花를 무당이라고 했습니다. 촉규화는 접시꽃의 한자 이름입니다. 우리말로 '둑두화' 혹은 '어승어'라고도 하는데 융규戎葵·호규胡葵·오규吳葵 등의 별칭이 있습니다.

규葵는 본래 채소 아욱을 뜻하는 글자인데, 촉규란 '촉 땅의 아욱'이란 의미로 붙여진 것으로 보입니다. 촉규화가 막 돋아날 때 그 잎을 보면 영락없이 아욱 잎과 흡사하여 착각을 일으킬 만합니다.

접시꽃은 여러해살이 초본식물로 중요한 약용식물이며, 그 꽃은 홍색·자색·황색·백색 등 다양하고 밑에서 위쪽으로 계속해서 꽃을 피워갑니다. 또한 그 높은 키 때문에 '일장홍一丈紅'이란 별칭을 얻었습니다. 접시꽃을 무당이라고 한 것은 아마 그 울긋불긋 현란한 꽃들이 무당의 색동옷을 연상시키기 때문이 아닌가 싶습니다.

접시꽃은 번식력이 왕성하여 신경 써서 귀하게 가꿀 필요도 없으며, 또한 그 타고난 화품이 고귀하다고는 말할 수 없습니다. 그래서 주로 울타리 옆이나 밭두둑에 심던 꽃입니다. 그러나 한여름 햇살 아래 무리 지어 피어난 그 화사한 꽃은 나름대로 시인묵객의 시선을 끌 만한 충분한 개성을 지니고 있습니다.

적막하고 황폐한 밭 가에	寂寞荒田側
많은 꽃이 부드러운 가지 누르고 피었네	繁花壓柔枝
향기는 매우를 겪어 없어지고	香經梅雨歇
꽃 그림자는 맥풍을 띠고 기울어 있네	影帶麥風欹
수레와 말 탄 사람 중 누가 보고서 완상해줄 것인가	車馬誰見賞
벌과 나비만이 부질없이 엿볼 뿐이네	蜂蝶徒相窺
자라난 땅이 천함을 스스로 부끄러워하며	自慙生地賤
남들에게 버림받음을 한스러워하네	堪恨人棄遺

최치원, 「촉규화」

최치원의 시 「촉규화」입니다. 매우梅雨는 매실이 익을 무렵 내리는 초여름 장마이고, 맥풍麥風은 보리밭에 부는 바람입니다. 황폐한 밭 가에 피어난 촉규화는 수레와 말 탄 고귀한 사람들은 거들떠보지도 않고 벌과 나비만이 엿보는 존재입니다. 그래서 태어난 곳이 천함을 스스로 부끄러워하며 남들에게 버림받음을 한스러워합니다. 이것은 곧 평민 출신으로서 당시 골품제라는 신분의 벽 때문에 크게 등용되지 못한 최치원 자신의 처지를 촉규화에 비유한 것

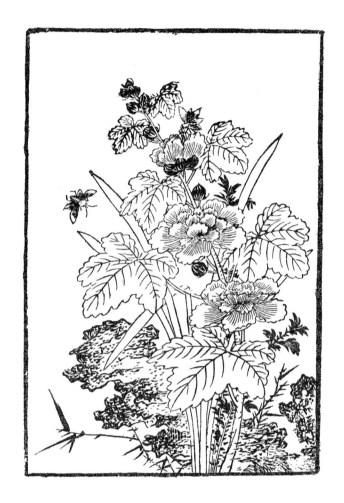

「촉규화(蜀葵花, 일명 융규戎葵라고 한다)」목판화, 작자미상,
『초본화시보草本花詩譜』명나라 황봉지(黃鳳池) 편간

입니다.

최치원은 868년(경문왕 8) 12세 때 월출산 아래서 상선을 타고 당나라에 유학을 갔습니다. 장안에서 공부한 지 7년 만에 18세의 나이로 외국 유학생을 위한 빈공과賓貢科에 장원급제했습니다. 중국에서 강소성 율수溧水 현위를 하고, 회남절도사 고변高駢의 종사관 등을 역임했습니다. 그러나 신라인이라는 이방인의 한계를 느끼고 885년에 고국 신라로 돌아왔습니다. 귀국한 최치원은 국제적 지식인으로서 고국을 위해 자신의 재능을 펼쳐보려 했으나 여의치 못했습니다. 혈통주의 귀족정치를 고집한 신라는 끝내 망국의 길로 걸어갔고, 최치원은 절망에 빠져 방황하다가 결국 말년의 종적을 가야산과 지리산 일대에 숱한 전설로 남기고 세속에서 영원히 사라지고 말았습니다.

어제 새 부인이 오니	昨日新人至
오늘 옛 부인은 버림받았네	今日舊人棄
어제는 가도가 이루어졌으나	昨日家道成
오늘은 가도가 기울었네	今日家道傾
부인의 어질고 어리석음에 따라 가도가 성하고 쇠하니	因婦賢愚家盛衰
늙음과 젊음 예쁨과 추함과는 관계가 없다네	不係老少與妍媸
새사람 맞아 옛사람 보내는 것을 그대는 취하지 마오	迎新送舊君莫取
그대는 순량한 부인을 보지 못하였던가	君不見純良婦

고상안, 「잠가주의 「촉규화」 체를 본떠 참봉 장사성에게 주다(效岑嘉州蜀葵花體, 戲贈張參奉士誠)」

조선 중기의 학자 고상안(高尚顏, 1553~1623)이 당나라 잠삼岑參의 「촉규화가蜀葵花歌」를 본받아 지은 시입니다. 여기서 촉규화는 어질어서 집안을 잘 다스렸는데도 아무 죄도 없이 단지 늙고 예쁘지 않다는 이유로 소박맞고 쫓겨난

버림받은 꽃 촉규화

옛 부인으로 묘사되었습니다.

고상안은 인조 때 풍기군수를 지냈는데, 광해군이 집권한 후 정치가 문란해지자 사직하고 물러나 고향에서 농사를 지으며 생애를 마쳤습니다.

위촉규의 정체

『좌전左傳』, 「성공십칠년成公十七年」에는 "중니(仲尼, 공자)가 말하길 '포장자鮑莊子의 지혜는 규葵만 못하다. 규는 오히려 그 발을 보호할 줄 안다'고 했다"는 내용이 있습니다. 이에 대해 두예杜預는 주를 달기를, "규는 잎을 기울여 해를 향함으로써 그 뿌리를 가린다"고 했습니다. 그런데 여기에서 언급하고 있는 규의 정체가 모호하기 짝이 없습니다. 해를 향한다는 언급에서 해바라기인 향일규向日葵를 연상하기 쉽지만 섣불리 단정할 수 없는 일입니다. 왜냐하면 고대에 모든 채소의 근본[百菜之本]으로 일컬어진 동규(冬葵, 아욱) 또한 그 잎이 태양을 향한다고 하여 임금에 대한 충성의 상징으로 널리 인식되었기 때문입니다.

삼국시대 위나라의 조식은 "아욱과 콩은 잎을 기울이는데 태양이 비록 빛을 비추어주지 않더라도 끝내 태양을 향하는 것은 성심입니다. 신臣은 마음으로 스스로를 아욱과 콩에 비합니다"라고 자신의 충심을 아욱과 콩에 비유한 바 있습니다.

아욱과 콩잎은 태양을 향해 기우는데	葵藿傾太陽
타고난 물성은 진실로 빼앗기 어렵네	物性固難奪

두보, 「경사에서 봉선현으로 가며, 오백 글자로 회포를 읊다(自京赴奉先縣, 詠懷五百字)」

마음 기울임을 아욱과 콩에 비하니	傾心比葵藿

조석으로 광휘를 받드네   朝夕奉光輝

이교, 「일시日詩」

위에 인용한 당나라의 시인 두보와 이교李嶠의 시에서 보듯 아욱과 콩잎은 충성의 상징물로 널리 쓰였습니다. 그러니 위족규衛足葵의 정체를 쉽게 말할 수는 없는 일입니다. 더욱이 종종 위족규를 촉규화로 인식한 혼란까지 더해져 촉규화 또한 충성의 상징으로 노래되었습니다.

사월 맑고 온화하여 좋은 바람 부는 날	四月淸和好風日
외로운 뿌리 싹이 돋아 옥처럼 푸르네	孤根拔出靑如玉
붉은 비단 빛 서로 눈빛 살결에 비추고	絳紗相暎雪膚肌
하나하나 예상의 초록을 이어가네	一一承以霓裳綠
연산의 타향살이 자못 청화하고	燕山僑居頗淸華
유악엔 푸름이 요동하고 흐르는 물은 푸르네	柳幄翠搖流水碧
서왕모의 반도화를 생각하지 않고	不思王母蟠桃花
심향과 목작약을 읊지 않네	不賦沈香木芍藥
이 꽃은 비록 화품이 천하나	此花雖品賤
나는 홀로 감격함이 많네	我獨多感激
그대 보게나 화려한 꽃들 봄바람 속에서 자랑하니	君看繁麗誇春風
비단 자리의 미인들 다투어 꺾어 드네	錦筵雲鬢爭攀折
누가 아는가 한 미소가 아리따움을	誰知一笑足嫣然
다시 깊은 동원에 유절함을 부치었네	更在深園寄幽絕
내 지금 이 꽃을 노래함이 어찌 미친 짓이던가	我今歌此豈狂哉
내 생명 지키는 것 위족규처럼 하리라	願衛吾生如衛足

소외된 꽃 촉규화.

비록 작은 담 그늘에서 헛되게 늙어가나   雖然虛老小墻陰

절로 마음 기울여 양곡을 향하네   自是傾心向暘谷

이색, 「촉규화가」

고려 말 이색의 시입니다. 이색은 당시 이성계 일파와의 정치 투쟁에서 패하여 말년에 다년간 귀양살이를 해야 했습니다. 이 「촉규화가」는 아마 귀양살이를 하던 때의 자신의 불우한 처지를 촉규화에 비유한 것이라 여겨집니다. 이 시에서 이색이 『좌전』에서 언급한 위족규를 촉규화로 상정하고 있음을 볼 수 있습니다.

이색은 "내 생명 지키는 것 위족규처럼 하리라"고 했지만, 이성계의 위화도회군 이후 정치적 몰락을 면할 수 없었습니다. 결국 먼 변방으로 떠돌며 유배 생활을 하다가 조선이 건국한 이후에는 서인으로 강등되어 쓸쓸히 생애를 마쳤습니다.

지난날 명을 받고 신주에 갔다가   昔曾銜命赴神州

요동성으로 돌아와 몇 날을 머물었네   還到遼城數日留

함께 꽃가지 사랑하여 나누어 방을 비추었는데   共愛花枝分戶映

홀로 촉규화 씨앗을 찾아 자루에 가득 거두었네   獨尋葵子滿囊收

마음 기울여 해를 향하는 것 참으로 빼앗기 어렵고   傾心向日誠難奪

발을 보호하여 생명을 보존하는 지혜 또한 주밀하네   衛足專生智亦周

붉고 검고 열고 짙은 붉은색과 흰색을   紫黑淺深紅與白

거듭거듭 잘라내니 가장 구하기 어려운 것들이라네   重重巧剪最難求

성석린, 「손수 촉규화 씨앗을 채취하여 성산 선생 향재에 올리다(手自採蜀葵花子, 奉呈星山先生亨齋)」

접시꽃 —— 455

고려 말, 조선 초의 문신 성석린이 중국에 사신 갔다가 요동성에서 촉규화 씨앗을 채취해 오면서 지은 시입니다. 성석린 역시 여기서 위족규를 촉규화로 상정하고 충성의 상징으로 비유하고 있습니다.

성석린은 고려 때 정당문학政堂文學을 지냈고, 조선 태종 때 영의정을 지냈습니다. 태조와 태종을 화해시킨 함흥차사로도 유명합니다. 난세를 잘 살아갔으니 위족규와 같았다고 할 수 있겠군요. 그가 중국에서 채취해 온 촉규화 씨앗을 올린 성산 선생은 도은陶隱 이숭인李崇仁입니다. 도은은 목은 이색과 포은 정몽주와 함께 고려 말 삼은三隱으로 일컬어지는데, 정도전의 자객에게 피살되었습니다.

이 땅엔 항상 햇살이 없는데	此地常無日
푸릇푸릇 홀로 그늘에 있네	靑靑獨在陰
태양 빛이 두루 미치지 못하나	太陽偏不及
마음 기울이지 않음이 아니네	非是未傾心

유장경, 「남국에 놀러 갔다가 우연히 그늘진 담 아래 규를 보고 읊다〔遊南國, 偶見在陰墻下葵, 因以成詠〕」

당나라 시인 유장경劉長卿이 햇살이 들지 않는 담 아래서 푸릇푸릇하게 자라고 있는 규를 보고 읊은 시입니다. 이 시에서 노래하고 있는 규는 과연 해바라기인가? 아욱인가? 아니면 촉규화인가? 그 어떤 주석가도 결코 단정할 수 없는 일일 것입니다.

참으로 고전 번역은 날이 가면 갈수록 더욱 어려워지기만 하니 한숨만 절로 나옵니다.

고 대 의 향 신 료

여뀌꽃

아름다운 잡초

옥상에 올려놓은 십여 개의 화분에 초대하지 않은 손님들이 제집인 양 자리를 차지하고 봄부터 가을까지 좀처럼 떠나가지를 않습니다. 그중에서도 가장 끈질긴 것은 괭이밥, 까마중, 달개비, 망초, 제비꽃 등입니다. 이 중에 또 여뀌도 있습니다. 이는 모두 우리가 잡초라고 부르는 풀입니다. 이들이 어떻게 도시 한복판의 높은 옥상까지 초청장도 없이 올 수 있는지 참으로 수수께끼가 아닐 수 없습니다.

　한동안 이들 잡초를 열심히 뽑아냈지만, 천성이 부지런하지 못한 나는 얼마 후 두 손을 들고 말았습니다. 그렇게 몇 년이 흐르다 보니 나도 모르게 이들과 정이 들고 말았습니다.

　괭이밥은 작은 노란 꽃이 피고, 클로버와 같은 모양의 잎은 신맛이 나고, 오이와 닮은 작은 열매가 열리는데 다 익으면 봉숭아 열매처럼 건드리면 터져서 씨앗이 멀리 날아갑니다. 까마중은 흰 꽃이 피고 머루알 같은 까만 열매가 열리는데 먹어보면 새콤달콤합니다. 파란 꽃이 피는 달개비는 닭의장풀이라고 하는데, 긴 줄기가 중간중간에 꺾이어 마치 닭의 내장 같아서 지어진 이름이라고 짐작됩니다. 망초는 긴 줄기에 하얀 꽃이 피는데 키가 사람의 허리 높이까지 자랍니다. 제비꽃은 보라색과 하얀색이 있습니다.

여뀌는 가는 줄기에 키가 크고 벼 이삭 같은 꽃이 피는데 고개를 숙인 붉은 꽃이 자못 자연의 흥취를 자아냅니다. 그래서 옛 그림에 자주 그려지곤 했습니다.

생물학적 의미에서 잡초와 화초의 차이는 처음부터 전혀 없는 것인데, 단지 사람들이 느끼는 호오好惡의 차이 때문에 차별을 둔다는 것은 부당한 것이 아닌가 싶습니다. 우리가 잡초라고 부르는 많은 풀은 사실 저마다 개성 있는 아름다움을 지니고 있지 않은 것이 없습니다. 그 아름다움을 보지 못한 것은 우리 자신의 마음이 그것을 살펴보려는 여유를 갖지 못한 탓이라 여겨집니다.

고대의 향신료

여뀌는 한자로 요蓼라고 합니다. 동아시아 고대 문헌인 『시경』과 『서경』에 일찍부터 등장했으며 채소와 약용식물과 향신료로서 중요했습니다.

여뀌는 마디풀과의 한해살이풀로 키는 80센티미터까지 큽니다. 6~9월 무렵에 벼 이삭 모양의 흰색, 녹색, 붉은색 등의 꽃이 핍니다. 주로 물가에서 무리 지어 자라지만 산과 들에서도 자라는 품종을 쉽게 찾아볼 수 있습니다. 그만큼 종류가 다양하다는 것입니다. 현재 우리나라에 30여 종의 여뀌가 있다고 합니다. 고대에도 여러 종류의 여뀌를 분류해 놓았습니다.

요화蓼花는 그 종류가 매우 많다. 청료青蓼와 향료香蓼는 잎이 작고 좁으며 얇고,

향신료로 쓰인 여뀌

자료紫蓼와 적료赤蓼는 잎이 비슷하지만 두텁다. 마료馬蓼는 『본초강목』에 "마료는 일명 묵기초墨記草이고 세속에서는 대료大蓼라고 하는 것이 그것이다"라고 했다. 수료水蓼는 『개보본초開寶本草』에 "얕은 수택(水澤, 물이 질펀하게 괸 넓은 땅) 안에 자라므로 수료라고 한다"라고 했다. 『이아爾雅』를 살펴보니, 색우료薔虞蓼의 주注에 "우료虞蓼는 택료澤蓼이다"라고 했는데 바로 그것이다. 잎은 넓고 큰데 위에 검은 점이 있다. 목료木蓼는 일명 천료天蓼이고, 만생(蔓生, 식물의 줄기가 넝쿨로 자람)이며, 잎은 사탕수수와 같다. 여섯 종의 요화는 꽃이 모두 홍백紅白이고, 열매는 모두 호마(胡麻, 참깨)처럼 크고 적흑赤黑색이고 뾰족하면서 납작하다. 오직 목료만이 꽃이 황백黃白이고, 열매는 껍질이 생길 때는 푸르고 익으면 검어진다. 사람이 먹을 수 있는 것은 세 종이다. 청료는 잎이 둥근 것과 뾰족한 것이 있는데 둥근 것이 낫다. 자료는 서로 같지만 색이 자색이고, 향료는 서로 같지만 향기롭다. 모두 그다지 맵지 않아서 먹을 수 있다. 여러 요화는 봄에 싹이 나서 여름에 무성해지고 가을에 비로소 꽃이 핀다. 꽃이 피면 꽃망울들이 늘어지는데 작다. 길이는 2촌寸이고 가지마다 아래로 드리우는데 색은 분홍이고 관상할 만하다. 물가에 매우 많아서 또한 이름을 수홍화水紅花라고 한다. 『명의별록名醫別錄』에 "마료 중에 가장 큰 것은 이름을 농고蘢蔲라고 하는데 곧 수홍이다"라고 했다. 『본초습유本草拾遺』에 "천료天蓼는 곧 수홍이다"라고 했고, 『본초강목』에 "홍초紅草는 일명 홍혈鴻䔉, 일명 농고蘢古, 일명 유룡游龍, 일명 석룡石龍, 일명 대료이다"라고 했다. 키가 큰 것은 1장 남짓이고, 마디가 대나무처럼 생겨나고 가을에 난만하여 사랑스럽다. 한 종류는 총생(叢生, 뭉쳐나기)하고 높이가 겨우 2척尺 남짓이고 가는 줄기와 약한 잎은 버드나무와 같다. 그 맛은 향기롭고 매워서 사람들이 날료辣蓼라고 부른다. 모두 겨울에는 죽지만, 오직 향료만이 묵은 뿌리가 다시 자라나는데 생채(生菜, 익히지 않고 날로 무친 나물)로 삼을 수 있다. 청료는 약으로 쓸 수 있다. 옛사람들은 여뀌를 사용하여 국에 간을 했는데, 후세에서 음식에 다시 사용하지 않으니 사람들이 또한 심어서 가꾸는 것이 드물다. 지금은 다만 평택平澤에서 자라는 향료, 청료, 자료만을 좋은 것으로 여긴다"라고 했다.

『어제패문재광군방보』 중에서

옛사람은 여뀌를 심어서 채소로 삼았고 열매는 거두어 약으로 사용했다. 그래서 『예기』에 '닭, 돼지, 물고기, 게를 삶을 때는 모두 그 배 속에 여뀌를 채워 넣는다. 국과 회에 간을 맞출 때 또한 반드시 여뀌를 썰어 넣어야 한다.'라고 했다. 후세에는 음식에 사용하지 않아서 사람들 또한 다시 재배하지 않았는데, 오직 술누룩을 만들 때 그 즙을 사용할 뿐이다.

『본초강목』 중에서

「여뀌〔蓼花〕」목판화, 작자미상, 『초본화시보草本花詩譜』
명나라 황봉지(黃鳳池) 편간

위 인용문에서 보는 바와 같이 여뀌는 고대에 식용과 약용식물로서 재배하였던 작물이었습니다. 매운맛을 내는 여뀌는 고기와 생선의 비린내를 제거하는 향신료로 중요하였는데 후대에는 마늘, 산초, 파, 생강 등에 밀려났다고 짐작됩니다. 그러나 지금도 중국과 일본에는 고기 요리와 생선회에 전통을 고수하여 필수적으로 여뀌를 사용하는 요릿집도 있다고 합니다.

조선에서도 여뀌의 싹은 나물로 먹었습니다.

절개의 상징 요충

어린 시절에 골짜기의 개울이나 들녘의 냇가에서 물고기를 잡을 때 산초, 어성초, 여뀌 등의 줄기와 잎을 돌로 찧어서 물에 풀어놓으면 물고기가 기절하여 물 위로 둥둥 떠올랐습니다. 그만큼 독성이 강한 식물들이라는 것이겠지요. 그런데 이런 독성이 강한 식물들을 주식으로 삼은 벌레들이 있습니다.

호랑나비 애벌레는 탱자나무 잎과 산초나무 잎을 먹고 자라는데, 다른 애벌레들은 그 쓴맛을 견딜 수 없어서 감히 이들 나무에 서식하지 못합니다.

여뀌의 즙액은 물고기를 질식시킬 정도인데 이를 즐기는 벌레가 있습니다. 바로 요충蓼蟲입니다. 여뀌의 독액을 달게 먹고 사는 요충은 고대인들에게 많은 상상을 일으켰습니다.

『전국책戰國策』에 "요충은 여뀌에 있으면 살고 겨자에 있으면 죽는다. 여뀌는 인자하고 겨자는 혜치기 때문이 아니라 본성을 잃을 수 없기 때문이다"라고 했습니다. 모든 것은 자신의 본성에서 벗어나면 위험하다는 교훈입니다.

계수나무 벌레는 머무를 바를 모르고　　　　　桂蟲不知所淹留兮
여뀌의 벌레는 아욱잎으로 옮겨갈 줄 모르네　　蓼蟲不知徙乎葵菜

약용으로도 쓰인 여뀌

혼란한 탁한 세상에 처하여	處溷溷之濁世兮
지금 어찌 내 뜻을 펴겠는가	今安所達乎吾志
뜻을 지니고도 멀리 떠나가니	意有所載而遠逝兮
참으로 여러 사람은 알지 못하는 바이로다	固非衆人之所識

동방삭東方朔, 「세상을 원망하다〔怨世〕」 중에서

이 「초사」에 대한 왕일王逸의 주석에 "계두桂蠹는 녹을 먹는 신하를 비유한 것이다. 계두는 향기로운 먹이를 먹고 높은 자리를 차지하고도 머무를 줄 모르는데, 함부로 옮겨 가려고 한다면 달콤하고 맛 좋은 나무를 잃고 그 거처도 없게 될 것이다. 이것으로써 여러 신하가 임금의 녹봉을 먹으면서 충신忠信을 세우지 못하고 망령되게 아부하면 장차 그 지위와 있을 곳을 잃게 되리라는 것을 말한 것이다"라고 했습니다. 또 "요충이 있는 곳은 매운 풀인데, 쓰고 나쁜 먹이를 먹으면서도 아욱잎으로 옮겨 가서 달고 맛있는 먹이를 먹을 줄 모르니 끝내 괴롭고 수척하게 된다. 이것으로써 이미 결백히 닦아서 뜻이 변하고 행실을 바꾸어 녹봉과 지위를 구할 수 없으므로 또한 장차 종신토록 빈천하고 곤궁할 것을 말한 것이다"라고 했습니다.

명나라 양신楊愼은 『승암집升菴集』에서 "「초사」의 주에 '계두는 녹을 먹는 신하를 비유하였고, 요충은 쫓겨난 선비를 비유했다'라고 했다"라고 했습니다.

요충은 아욱을 피하고	蓼蟲避葵菫
쓴맛에 익숙하여 그르다고 하지 않네	習苦不言非
소인들은 스스로 악착스러운데	小人自齷齪
어찌 광달한 선비의 회포를 알겠는가	安知曠士懷

포조(鮑照, 414?~466), 「방가행放歌行」 중에서

요충은 맛있는 아욱을 거절하고 여뀌의 쓴맛을 그르다고 말하지 않습니다. 악착같은 소인배들이 어찌 광달한 선비의 품은 뜻을 알겠습니까?

청렴한 빈곤과 더러운 부귀는 함께하기 매우 어려우니　清貧濁富迥難同
여뀌를 먹는 벌레는 벌꿀을 먹는 것을 부끄러워하네　食蓼蟲慚食蜜蜂

원나라 후극중(侯克中, 1225~1315), 「청빈清貧」 중에서

청렴한 빈곤과 더러운 부귀는 함께할 수 없습니다. 그래서 요충은 벌꿀을 먹는 것을 부끄럽게 여깁니다. 여뀌를 먹는 요충을 청빈한 사람에 비유한 것입니다.

남편은 죽고 시부모는 늙었는데　　　夫死舅姑老
내가 어디로 돌아가리오　　　　　　妾身安所歸
등불 앞의 몸이 그림자와 함께하고　　燈前形共影
다만 세 살 먹은 아이만 남겨놓았네　　獨留三歲兒
아이가 날로 성장하여서　　　　　　願兒日長大
훗날 집안을 맡기를 바라며　　　　　他年應門戶
벌꿀의 단맛을 바라지 않고　　　　　莫戀蜜脾甜
요충이 먹는 쓴맛을 달게 여기리라　　甘爲蓼蟲苦

명나라 호규胡奎, 「절부음節婦吟」 중에서

젊은 나이에 남편을 잃고 과부가 되었습니다. 더구나 늙은 시부모와 어린 아들을 부양해야 하는 처지입니다. 그 앞날의 고난을 쉽게 상상할 수 있습니다. 그러나 이 젊은 과부는 차마 개가하여 팔자를 고치는 대신 자식을 위해

「홍료추선」, 정선, 조선, 간송미술관 소장

고난의 길을 걷기로 맹세합니다. 벌꿀의 단맛은 생각하지 않고 요충이 먹는 쓴맛을 달게 여기리라!

물가의 가을꽃

여뀌는 갈대와 함께 가을의 풍광을 대표하고 나아가 강호를 상징했던 풀이기도 했습니다. 그래서 역대의 시인·묵객이 여뀌를 읊은 시문이 많습니다.

여뀌꽃이 맑고 수척하게 가을에 피었는데	蓼花淸瘦向秋開
흰 이슬과 가을바람이 교묘하게 오려놓은 것이네	玉露金風巧剪裁
연못과 정원이 있는 우리 집이 물가와 같은데	池院吾家似洲渚
고깃배가 꽃을 헤치고 오지 않으니 한스럽네	恨無漁艇拂花來

서거정, 「여뀌꽃〔蓼花〕」

가을에 핀 여뀌꽃이 마치 옥 같은 이슬과 가을바람이 교묘하게 오려놓은 것 같습니다. 연못과 정원이 있는 시인의 집은 자못 강의 물가와 같습니다. 금방이라도 고깃배가 우거진 여뀌꽃을 헤치고 올 것 같은데 단지 시인의 소망일 뿐이니 한스럽지 않겠습니까?

쓸쓸한 시든 꽃이 자유롭지 못한데	冷落殘花不自由
물억새 핀 강섬에서 무성하게 서로 비추네	扶疏相映荻花洲
아득한 물나라에 사람은 보이지 않는데	微茫水國無人見
어옹이 매놓은 고깃배를 감춰두었네	藏却漁翁繫釣舟

김시습(金時習, 1435~1493), 「시든 여뀌꽃〔敗蓼花〕」

가을이 깊어져서 겨울 기운이 돌면 여뀌꽃은 시듭니다. 물억새꽃도 하양게 핀 강섬입니다. 한적한 물나라에 인적은 없고 늙은 어부가 매놓은 고깃배가 여뀌와 물억새가 가득한 숲 속에 감춰져 있습니다.

소나무 아래 바람 부니 더운 기운이 적고	松下風來暑氣微
가을이 가까우니 매미 소리가 더욱 맑은 기운이네	近秋蟬語更淸機
누대 앞에서 문득 강호의 색을 보니	樓前忽見江湖色
석양의 빗속에 붉은 여뀌꽃이 짙네	紅蓼花深夕雨霏

심사주(沈師周, 1691~1757), 「누대 앞의 붉은 여뀌꽃이 비에 젖어 막 피어났는데 곧 강호를 생각나게 했다(樓前紅蓼, 帶雨初開, 便有江湖之意)」

여뀌꽃은 늦여름에 피어나기 시작합니다. 더위는 점차 가시고 가을 기운 속에 매미 소리는 더욱 청량합니다. 석양의 빗속에 피어난 붉은 여뀌꽃을 보고 있자니 곧 강호로 은퇴하고 싶은 생각이 들었습니다. 여뀌꽃이 우거진 물가에 낚싯대를 던져놓고 보내는 여생이 진정 신선의 생활이 아니겠습니까?

무리 짓고 또 떼를 지어 자라니	簇簇復悠悠
해마다 넘친 물이 스쳐 흘러가네	年年拂漫流
들쭉날쭉 노란 국화를 동반하고	差池伴黃菊
냉담하게 맑은 가을을 보내네	冷淡過淸秋
석양을 띠니 벌레 소리 급하고	晩帶鳴蟲急
추위를 간직하니 깃든 해오라기가 근심하네	寒藏宿鷺愁
고향 개울에 돌아가지 못하고	故溪歸不得
매놓은 고깃배에 의지하였네	憑仗繫漁舟

당나라 정곡(鄭谷, 851?~910?), 「여뀌꽃」

여뀌는 무리 지어 물가에 자랍니다. 해마다 홍수가 나면 여뀌 숲은 물에 휩쓸리고 맙니다. 그러나 다시 의연하게 숲을 이루고 노란 국화와 함께 가을의 풍경을 대표합니다. 저물어가는 가을에는 여뀌 숲에 가을벌레의 마지막 합창이 급하고 여뀌 숲을 보금자리로 삼아왔던 해오라기들도 이제 먼 여행을 생각해야 합니다.

청렴한 빈곤의 꽃 여뀌군락

시인은 고향의 개울을 떠올리며 고깃배 안에서 향수에 젖습니다. 무슨 연유로 타향에 있는 것인지?

정곡은 자고새를 소재로 한 시를 잘 지어서 정자고로 불렸던 유명한 시인이었습니다.

붉은 꽃엔 밤이슬이 맑고	紅芳宵露清
푸른 마디를 저녁 창으로 맞이하네	翠節晚窓迎
비 온 후 석양을 쬐니	雨後曬殘日
가을 모습이 난간 정자에 가득하네	秋容滿檻亭

송나라 문동(文同, 1018~1079), 「여뀌꽃」

가을비가 내리고 난 후 해가 질 무렵 여뀌의 모습은 더욱 신선합니다. 참으로 천하에 가을이 온 것입니다.

문동은 대나무 그림으로 유명한데 여뀌 그림도 그렸나 궁금합니다.

십 년간 시와 술로 도주에서 나그네 생활을 하며	十年詩酒客刀州
항상 명화를 위해 촛불 들고 놀았었네	每爲名花秉燭遊
늙어서 어옹이 되었어도 여전히 즐거우니	老作漁翁猶喜事
여러 줄기 붉은 여뀌꽃이 맑은 가을에 취했네	數枝紅蓼醉清秋

송나라 육유(陸游, 1125~1210), 「여뀌꽃」

도주刀州는 사천성 익주益州의 별칭입니다. 시인은 익주에서 10여 년 동안 시와 술로 나그네 생활을 하면서 좋은 꽃이 피는 시절이면 밤이 깊도록 불을 밝히고 놀았습니다. 비록 타향살이였지만 그의 생애에서 좋은 시절이었던 모양입니다. 그러나 모든 일에서 은퇴하여 늙은 어부가 되었는데 여전히 인생은 즐겁습니다. 맑은 가을에 강가의 붉은 여뀌꽃을 보면 마음이 평화롭지 않겠습니까?

육유는 남송 제일의 시인으로 꼽힙니다. 금나라의 침략 속에서 항전파로서 많은 애국시를 남겼습니다.

어린 시절 여뀌가 우거진 강가에서 낚시하며 잡은 피라미, 동자개, 매기, 모래무지, 참마자, 돌고기 등을 여뀌 줄기에 꿰어놓곤 했습니다. 낚시를 지루하게 여기는 다른 동무들은 강물로 흘러드는 작은 도랑을 막아놓고 여뀌를 한 아름 꺾어다가 돌로 찧어 물에 풀어서 질식하여 떠오르는 물고기를 양푼에 주워 담았습니다. 나이가 든 요즈음도 가끔 그 옛 추억이 문득 떠오르면 그때의 여뀌가 우거진 강가로 달려가고 싶은 생각 든 적이 한두 번이 아니었습니다.

동방의 신목

뽕나무

『시경』 속의 뽕나무

동아시아 고대 문헌에서 가장 많이 언급된 나무는 아마 뽕나무가 아닌가 싶습니다. 뽕나무는 한자로 상桑이라 합니다.

　『전술典術』에 "상목桑木은 기성箕星의 정(精, 정수)으로 신목神木이다. 벌레가 잎을 먹어 문장文章을 이루는데, 사람이 이를 먹으면 노인이 어린아이가 된다"라고 했습니다. 또, 남당南唐의 언어학자 서개(徐鍇, 920~974)의 『설문통석說文通釋』에 "상桑은 동방의 자연신목自然神木을 부르는 이름이다. 그 글자는 누에가 잎을 먹는 것을 상형象形한 것이다"라고 했습니다. 이처럼 뽕나무는 일찍부터 신목으로 신성시되었습니다.

　『예기』에 "옛날에는 천자와 제후는 반드시 공상公桑을 두었는데, 잠실(蠶室, 누에를 치는 방)을 냇가 근처에다 만들었다"라고 했습니다. 공상은 관청에서 관리하는 뽕밭입니다. 뽕나무를 재배하여 누에를 기르는 것은 실로 국가적 사업이었던 것입니다.

『맹자』에 "5묘畝 넓이의 집에서는 담장 아래에 뽕나무를 심는다"라고 했으니, 집마다 뽕나무 심기를 장려했던 것입니다.

뽕나무는 『시경』 안에 등장한 식물 가운데 가장 많이 출현한 나무였습니다. 무려 스무 수의 시편에서 볼 수 있으니, 뽕나무가 그만큼 고대인의 생활과 밀접한 관련이 있었음을 알 수 있습니다.

뽕나무는 낙엽교목으로 아열대 지역이 원산지인데, 일찍이 중요한 재배 수목으로서 동아시아 지역에 널리 퍼졌습니다. 『양서梁書』에 "신라는 토지가 비옥하여 오곡을 심는 데 적당하고, 뽕나무와 삼나무가 많아서 비단과 삼베를 짠다"라고 했고, 『북사北史』에 "백제는 삼베와 비단, 명주실과 삼실, 쌀 등으로 세금을 거둔다"라고 했습니다. 신라와 백제에서 뽕나무를 재배하여 양잠을 활발히 했음을 짐작할 수 있습니다.

상재桑梓는 뽕나무와 개오동나무인데 고향을 상징하는 말입니다. 할아버지와 아버지가 집 주변에 심었던 나무를 생각하여 형성된 낱말이라고 여겨집니다.

뽕나무는 양잠하여 비단을 짜는 데 필수적이었고, 그 열매 오디는 구황 식품이었고, 뽕나무 안쪽 껍질인 상피桑皮는 약으로 썼고, 바깥 껍질인 수피樹皮는 종이를 만드는 재료였습니다. 또한, 그 재목은 단단하고 치밀하여 활을 만드는 데 쓰였습니다.

뽕잎이 떨어지기 전에는	桑之未落
그 잎이 윤택하였네	其葉沃若
아 비둘기여	于嗟鳩兮
오디를 먹지 말거라	無食桑葚
아 여자여	于嗟女兮

남자와 사랑에 빠지지 말지어다	無與士耽
남자가 사랑에 빠지는 것은	士之耽兮
오히려 벗어날 수 있지만	猶可說也
여자가 사랑에 빠지는 것은	女之耽兮
벗어날 수 없느니라	不可說也

『시경』, 「위풍衛風」, 「맹氓」

맹氓은 고향을 떠나 떠도는 백성이란 뜻입니다. 「맹」 시는 한 여자가 한 떠돌이 사내와 연애하고 결혼하였다가 학대받고 버림을 받는 과정을 노래한 것입니다. 장편의 이 시는 여자의 비통한 후회와 단호한 이별의 감정을 표현합니다.

뽕잎이 윤택하였다는 말은 여자의 젊은 시절을 말하고 있습니다. 그러나 이제 늙고 병든 처지는 떨어진 뽕잎 같은 신세입니다. 비둘기는 여자 자신입니다. 오디를 먹지 말라는 것은 오디 같은 달콤한 사랑에 빠지지 말라고 경계한 것입니다. 여자는 한번 사랑에 빠지면 돌이킬 수 없습니다. 후회해본들 소용이 없습니다.

주희는 이 시를 "음란한 아녀자가 사내에게 버림받고 스스로 그 일을 서술하여 그 회한의 뜻을 말한 것이다"라고 했습니다. 이는 고대사회에서 여자가 연애하고 결혼하는 데 있어서 일방적으로 강압과 피해를 당하는 심각한 문제를 간과한 것이라 하겠습니다.

나와 상중에서 만나기로 약속하였고	期我乎桑中
나를 상궁에서 맞이하였고	要我乎上宮
나를 기수 가에서 전송하였네	送我乎淇之上矣

뽕나무 열매 오디

『시경』, 「용풍鄘風」, 「상중桑中」

　　「상중」은 상간桑間과 같은 말로 뽕나무 숲 속이란 말입니다. 「상중」은 한 남자가 자기 애인과 은밀하게 만나려는 약속을 노래한 것입니다. 뽕밭이 남녀가 은밀하게 만나는 장소가 된 것은 참으로 그 유래가 유구합니다.

내려와 뽕나무를 살펴보니	降觀于桑
점괘에 길하다 하였는데	卜云其吉
끝내 참으로 좋구나	終焉允臧
(중략)	
별을 보고 일찍 수레를 메고	星言夙駕

| 뽕밭에 멈추었네 | 說於桑田 |

『시경』, 「용풍鄘風」, 「정지방중定之方中」

「정지방중」은 위문공衛文公이 조읍漕邑에서 초구楚丘로 천도하여 새로 국가를 건설한 것을 찬미한 노래입니다. 나라의 토지가 뽕나무 농사에 적합한지를 살펴보는 장면으로 뽕나무 농사가 얼마나 국가에 중요한 일이었는지를 알 수 있습니다.

| 내 담장을 넘지 말라 | 無踰我牆 |
| 내 뽕나무를 꺾지 말라 | 無折我樹桑 |

『시경』, 「정풍鄭風」, 「장중자將仲子」

「장중자」는 한 여인이 집안의 반대와 남들의 비난으로 말미암아 한 남자의 사랑을 거절하는 내용입니다. 여인은 남자에게 자기 집의 담장을 넘지 말고 자신의 뽕나무를 꺾지 말라고 말하고 있지만, 그녀의 진짜 속내는 과연 무엇이었을까요?

저 오솔길을 따라서	遵彼微行
이에 부드러운 뽕잎을 따네	爰求柔桑
(중략)	
누에 치는 달에 뽕잎을 따러	蠶月條桑
저 도끼를 가지고	取彼斧斨
길고 높은 뽕나무 가지를 쳐서	以伐遠揚
저 부드러운 뽕잎을 끌어당기네	猗彼女桑

『시경』, 「빈풍豳風」, 「칠월七月」

「칠월」은 농민들의 일 년 사계절의 농사와 생활을 묘사한 시입니다.

맥상상

〈맥상상陌上桑〉은 한나라 고대 악부의 제목으로 뽕밭의 밭두둑에서 부른 노래라는 의미입니다. 진晉나라 최표崔豹의 『고금주古今注』에 의하면, 한단邯鄲 사람인 진씨秦氏의 딸 나부羅敷는 말단 관리 왕인王仁의 처입니다. 그런데 왕인의 상관인 사군使君 조왕趙王이 뽕잎을 따던 나부의 미모에 반하여 유혹하려고 했으나 나부는 쟁箏을 연주하며 "사군께서는 부인이 있고, 나부도 부군이 있습니다〔使君自有婦, 羅敷自有夫〕"라고 하며 단호히 거절하여 정절을 지켰다고 합니다.

이 뽕밭에서 일어난 사건을 노래한 〈맥상상〉은 후대에 동아시아 전역에서 같은 제목으로 계속하여 읊어졌습니다.

미녀가 위수 다리 동쪽에서	美女渭橋東
봄이 돌아오니 양잠을 시작하네	春還事蠶作
오마가 비룡 같은데	五馬如飛龍
푸른 말고삐엔 금락을 묶었고	青絲結金絡
누구 집 자식인지 알 수 없는데	不知誰家子
미소 지으며 와서 희롱하네	調笑來相謔
첩은 본래 진나부로서	妾本秦羅敷
옥안이 유명한 도시에서 아리따웠네	玉顔艷名都
초록 뽕잎의 가지가 하얀 손을 덮어 가리니	綠條映素手

뽕잎을 따려고 성 모퉁이로 향한다네	採桑向城隅
사군도 돌아보지 않았는데	使君且不顧
하물며 추호자를 논하겠는가	況復論秋胡
가을 쓰르라미는 푸른 풀을 사랑하고	寒螿愛碧草
우는 봉황은 푸른 오동나무에 깃든다네	鳴鳳栖青梧
마음을 맡겨 처신하는 바가 스스로 있는데	託心自有處
다만 옆 사람의 어리석음이 괴이하네	但怪旁人愚
단지 밝은 해만 저물게 하고	徒令白日暮
높은 수레는 공연히 서성이네	高駕空踟躕

이백, 〈맥상상〉

　시선詩仙 이백의 〈맥상상〉 시입니다. 위수渭水의 다리는 장안 근처의 다리입니다. 오마는 다섯 필의 말이 끄는 수레를 말하는데, 주로 지방장관인 태수의 마차를 말합니다. 여기서는 태수의 마차는 아니고 어느 부귀한 집안 청년의 마차 같습니다. 금락金絡은 말 머리에 치장한 황금 장식입니다. 청년은 자신의 부귀한 신분을 믿고 예의도 없이 처음 보는 뽕잎 따는 여자를 희롱합니다. 그러나 상대를 잘못 본 것입니다. 이 뽕잎 따는 여인이 진나부라는 것을 몰랐습니다. 진나부가 누구입니까? 대도시 한단에서 미모로 명성을 날리고, 지방장관 사군인 조왕의 유혹을 단호하게 물리쳤던 여인인데 추호자 따위를 거들떠보겠습니까?

　『열녀전列女傳』에 "노나라 추호자秋胡子는 처를 맞이한 지 닷새 만에 진陳나라로 가서 벼슬하다가 나중에 돌아왔다. 집에 이르기 전에 길가에서 아름다운 부인을 보았는데 바야흐로 뽕잎을 따고 있었다. 추호자가 반하여 수레를 멈추고 뽕나무 그늘로 가기를 원했지만, 부인은 뽕잎을 따며 돌아보지 않았다. 추호자가 말하기를 '힘써 밭갈이를 하는 것은 풍년을 맞이하는 것만 못하고, 뽕잎을 따는 것은 낭군을 만나는 것만 못하오. 지금 나에게 황금이 있는데 부인에게 주고 싶소'라고 했다. 그러나 부인은 받지 않았다. 추호자는 이에 집으로 돌아갔다. 모친이 그 부인을 불러냈는데 곧 뽕잎을 따던 사람이었다. 부인은 추호자의 죄를 꾸짖고는 스스로 강물에 투신하였다"라고 했습니다.

쓰르라미는 푸른 풀에 맺힌 이슬만 먹으며, 봉황은 오동나무가 아니면 깃들지 않는다고 합니다. 그런데 사리를 분별하지 못한 청년은 부질없이 해가 저물도록 뽕밭 주변을 맴돌고 있습니다.

푸릇푸릇한 밭두둑의 뽕나무	靑靑陌上桑
윤택한 잎이 아침 햇살에 빛나네	沃若朝日兊
흰 손으로 뽕잎을 따려 하니	素手欲採掇
잎에 맺힌 이슬이 비단옷을 적시네	葉露沾羅裳
날 저물어 누에가 배고플 것이니	日晏蚕應饑
광주리 들고 돌아갈 마음 급한데	提筐歸意忙
오마가 멋대로 서성이니	五馬謾跰蹦
사군이 어리석고 미친 것이리라	使君癡且狂

박태순(朴泰淳, 1653~1704), 〈맥상상〉

뽕잎 따는 여인은 오로지 배고픈 누에만 생각하는데, 오마가 이끄는 수레를 탄 사군이 주위에서 서성이고 있습니다. 어리석고 미친 것이 아니라면 그 무엇이겠습니까?

봄 뽕잎은 물빛처럼 푸르고	春桑綠如水

봄옷은 곱고 빛나네	春服麗且華
홍안을 스스로 아름답다 여기지 않는데	紅顔不自艶
길가의 사람들은 꽃처럼 보네	路人看似花
오마를 돌아보려 하지 않는 것은	不肯顧五馬
많은 천 기병을 거느린 사람은 인연이 아니기 때문이네	非緣千騎多
사군은 돌아가시오 날 저물까 두려운데	君歸恐日晚
하필 내 집을 묻는 것인가요	何必問儂家

강준흠(姜浚欽, 1768~1833), 〈맥상상〉

여인은 자신의 미모를 과시한 적이 없는데 사람들은 꽃처럼 봅니다. 오마의 수레를 타고 천 명의 기병을 거느린 사군이 어찌 뽕잎을 따는 여자의 인연이겠습니까? 그런데 날이 저물려고 하는데 사군은 서성이며 그녀의 집이 어디인지를 물어봅니다.

첩의 집은 횡당에 있는데	妾家住横塘
문 앞길에는 수양버들이 있지요	垂楊門前路
잠시 저 길을 따라가서	薄言遵彼路
성남에서 뽕잎을 따는데 날이 저물었네	采桑城南暮
뽕잎을 따서 누구에게 주려는가	採之欲遺誰
장차 낭군에게 주려는 것이네	將以遺夫壻
열일곱에 처음 혼인하여	十七初成婚
머리 묶고 잠자리를 함께했고	結髮同寢處
봄철 베틀에서 고운 비단을 짜서	春機織纖羅
쌍 원앙새를 교묘하게 수놓았네	巧繡雙鴛鴦

동심을 백 번 맺으니	同心而百結
은애를 잊지 못하네	恩愛莫相忘
뜻밖에 호화로운 청년을	不意繁華子
향기로운 화초 핀 들판에서 만났네	相逢芳草塲
옥녹로를 풀지 마오	莫解玉轆轤
사내를 그리워하는 여자가 아니라네	有女非懷春
첩의 몸은 밝은 달과 같아서	妾身似明月
바라볼 수는 있으나 가까이할 수는 없다네	可望不可親

김구주(金龜柱, 1740~1786), 〈맥상상〉

첫 구절은 당나라 이하李賀의 「대제곡大堤曲」의 첫 구절을 그대로 빌려왔습니다. 횡당橫塘은 중국 소주에 있는 유명한 제방의 이름입니다.

어린 부인은 열일곱에 시집을 와서 낭군과 금실이 좋습니다. 손수 짠 비단에 원앙새를 수로 놓았고, 동심결同心結로 백 번이나 매듭을 지었습니다. 그런데 향기로운 꽃다운 방초 핀 들판에서 호화로운 청년을 만났습니다. 청년은 그녀의 미모에 반하여 허리에 장식했던 옥녹로를 풀어서 주려고 합니다. 어린 부인은 단호히 거절하며 자신은 하늘의 밝은 달과 같아서 바라볼 수는 있으나 가까이할 수 없다고 합니다.

밤에 따는 뽕잎

뽕잎은 환한 낮에 따는 것인데, 밤에 뽕잎을 따는 것은 무슨 사연 때문일까요?

뽕잎 따는 여인은	採桑女

양잠의 중요성을 일깨우는 창덕궁의 뽕나무

뽕잎 따러 어디로 가나	採桑阿那去
아침에도 화장하지 않고	朝來不成粧
해가 저무니 스스로 광주리를 집어 드네	日暮自提筐
남쪽 밭둑길과 동성 길이 굽이굽이 이어졌는데	逶迤南陌與東城
부드러운 가지는 한들대며 잎이 막 돋아났네	柔條裊娜葉初生
잎이 막 돋았는데 누에는 발에 가득하니	葉初生蠶滿箔
홀로 가는 것이 괴롭지만 마음엔 할 일이 있다네	獨行雖苦意有營
어찌 도는 바람이	豈不解搖風
흔들리는 풍경과 동반하여 노니는 것을 모르겠는가	蕩景結伴遊
어찌 불안해하며 밤중에 구하는가	胡爲促刺夜相求
나부는 옛날에 황금을 물리쳤지만	羅敷昔時却黃金
사군의 오마는 멋대로 머물렀다네	使君五馬謾淹留
밝은 해가 경쾌하게 갈림길에서 아름다운데	白日輕盈嬌路歧
어찌하여 달빛 타고 가서 채취하려는가	何如乘月行采之
오잠은 꿈틀꿈틀 이미 잠을 잤고	吳蠶蝡蝡已經眠
작은 뽕나무는 무성하여 지금 의지할 수 있네	女桑猗猗方可持
가지가 높아 손이 닿기 어렵고	枝高難及手
이슬 맺혀 옷이 젖기 쉽네	露結易沾衣
나무의 위아래서 남은 뽕잎을 찾으며	樹頭樹尾覓餘叢
광주리가 차지 않으면 감히 돌아가지 못하네	不至盈筐不敢歸
봄철 파 같은 하얀 열 손가락으로 뽕잎 조각을 뿌리니	春葱十指撒作片
반은 실을 뽑고 반은 고치를 만드네	一半抽絲一半璽
새북에선 해마다 소식이 끊겼는데	塞北年年消息斷
강남에선 해마다 시절의 풍광이 변하네	江南歲歲時物變

「채상가」엔 일정한 곡이 있건만	采桑歌有曲
뽕 따는 일은 특히 끝이 없다네	采桑殊未歇
지금 낭군을 기다리는데 달이 둥글어	正待藁砧月生羾
관산 천 리에서 함께 빛을 나누리라	關山千里共分輝
그대는 마땅히 이곳으로 돌아올 꿈을 꿀 터인데	君應夢此大刀頭
나도 또한 「맥상사」를 읊조린다네	我亦沉吟陌上辭

임전(任錪, 1560~1611), 「밤에 뽕을 따다〔夜採桑〕」

홀로 밤길을 가는 것은 두렵기 짝이 없습니다. 그러나 환한 대낮처럼 자신을 드러내지 않을 수 있습니다. 그 옛날 진나부가 겪었던 사군의 유혹을 피하려면 밤길이 제격입니다.

아낙의 남편은 지금 새북에 있습니다. 새북은 북쪽 변방인데 아마 남편은 군대 생활을 하는 듯합니다. 그러나 소식이 끊긴 지 여러 해가 되었습니다. 죽었는지 살았는지? 물론 살아있겠지요. 이 둥근달을 먼 북방 관산에서 바라보며 귀향을 꿈속에서 생각하고 있겠지요. 아낙 또한 「맥상사」를 읊조리며 자신의 절개를 다시금 다짐합니다.

오잠吳蠶은 중국 남방 오吳 지역에서 기르는 누에입니다. 이백의 「동노의 두 어린 자식에게 부친다〔寄東魯二稚子〕」 시에서 "오 지역의 뽕잎은 푸르고, 오잠은 이미 세 잠을 잤네"라고 했습니다.

여성의 중노동 양잠

양잠은 예로부터 일정 정도 국가의 부를 좌우하는 경제활동이었습니다. 그러나 뽕잎을 따서 누에를 기르고, 비단을 짜는 일은 사실 하층민의 여성에게 평생 강요된 중노동이었습니다. 또한, 이 중노동의 당사자들은 그 혜택을 누리지 못했습니다.

부군은 농가의 아들이고	夫是田中郎
첩은 농가의 딸인데	妾是田中女
당년에 시집와서 그대를 얻고	當年嫁得君
그대를 위해 베틀을 잡았지요	爲君秉機杼
근력이 날로 쇠약해지건만	筋力日已疲
창 아래 베틀을 멈출 수가 없군요	不息窗下機
어찌하여 흰 비단을 짜는데	如何織紈素
스스로 남루한 옷을 걸쳐야 합니까?	自着藍縷衣
관가에서 마을 길에 방을 붙였는데	官家牓村路
다시 뽕나무를 심으라 하는군요	更索栽桑樹

당나라 맹교(孟郊, 751~814), 「직부사織婦辭」

비단을 짜는 사람이 비단옷을 입지 못하는 것은 모순이 아닐 수 없습니다. 시집와서 베틀을 잡고 평생 기력이 소진한 늙은 나이가 되어서도 베틀을 멈출 수가 없습니다. 이토록 비단을 짜왔지만 비단옷을 입어보기는커녕 한평생 누더기만 걸치고 살아왔습니다. 이 무슨 요지경 속이란 말입니까? 그런데 관가에서는 뽕나무를 더욱 많이 심으라고 재촉합니다.

맹교는 가도賈島와 더불어 평생 직접 가난의 비참함을 겪으며 그 고통을 시로 읊었던 시인이었습니다.

오 묘의 밭에 여덟 명의 식구인데	五畝之田八口家

딸이 있어 뽕잎을 따는 소녀이네	有女有女條桑女
소녀의 나이 열여섯인데 여자의 일에 근면하여	女年十六女工勤
버드나무 옆에서 그네 타는 벗들을 따르지 않네	不隨柳傍鞦韆侶
십 리 밖 공상에 봄날 해가 떴는데	十里公桑春載陽
새벽에 일어나 푸른 창에서 비둘기 울음을 듣네	曉起碧窓聞鳩語
부드러운 가지가 휘날려 검은 머리 수그리고	柔條飄拂翠鬢低
윤택한 잎이 무성하여 섬섬옥수를 치켜드네	沃葉蔥蘢纖手擧
가지 잡고 잎을 따는데 해가 정오이고	攀條摘葉日向午
녹음은 안개처럼 들판 농막에 격해있네	綠陰如烟隔野墅
채색 광주리에 가득하니 화장이 땀에 얼룩지고	綵筐盈盈滴汗粉
따고 따서 마음껏 쌓아 간수하네	採之擷之隨意貯
두 눈썹이 그윽하여 절로 아름다우니	雙蛾窈窕自春色
오마는 배회하며 무슨 의도이던가	五馬徘徨何意緒
돌아오니 모친이 여러 가지를 물어보고	歸來阿母問多少
기쁘게 규방의 양잠소를 향하네	好向春閨養蠶所
누에가 세 잠에 이르러 고치를 짜려 하니	蠶到三眠欲成繭
또한 귀뚜라미가 내 베틀에서 우는 것을 기다리네	且待促織鳴我杼
가련하구나 양잠하는 소녀가 공연히 고생하는 것이	可憐蠶女空辛苦
관청 곳간의 비단들은 모두 네게서 나온 것이네	官箱疋帛皆出汝

조수삼趙秀三, 「채상녀採桑女」

5묘 넓이의 작은 밭에 식구가 8명이니 그 가난한 살림을 충분히 짐작할 수 있겠습니다. 딸이 있는데 뽕잎을 따는 일에 종사합니다. 같은 또래의 동무들은 버드나무 옆에서 그네를 타는데 그녀는 그들과 함께하지 않았습니다.

타고난 품성이 여자의 일에 근면해서가 아니라 집안 사정이 그렇게 할 수밖에 없는 처지입니다. 십 리 길 공상(나라에서 설치하여 운영하던 뽕밭)에 가서 종일 뽕잎을 따가지고 돌아옵니다.

촉직促織은 귀뚜라미의 별칭입니다. 그 우는 소리가 '베를 짜라'라고 하는 듯하여 붙여진 이름이라고 합니다. 귀뚜라미가 베틀에서 우는 가을이면 비단을 짤 시기가 되는 것입니다. 그 힘든 노동은 또 겨우내 이어질 것입니다. 그러나 소녀의 노역은 그녀 자신을 위한 것이 되지 못합니다. 모두 관청에 낼 세금으로 충당되고 맙니다.

누에가 된 소녀

태고太古 때 어떤 사람이 먼 여행을 갔는데, 집에는 딸 한 명과 말 한 필이 있었다. 딸은 아버지를 그리워하며 이에 말에게 장난삼아 말하기를 "나를 위해 아버지를 데려다준다면 내가 장차 너에게 시집가리라"라고 했다. 말은 고삐를 끊고 떠나가서 아버지가 있는 곳에 이르렀다. 아버지는 집안에 사고가 났다고 의심하고 말을 타고 돌아왔다. 말은 나중에 딸을 보자 곧 화를 내어 날뛰며 덤벼들었다. 아버지가 괴상하게 여기고 몰래 딸에게 물어보니, 딸이 상세하게 아버지에게 사실을 알렸다. 아버지는 말을 도살하여 마당에서 그 가죽을 햇볕에 말렸다. 딸이 가죽이 있는 곳으로 가서 발로 차면서 말하기를 "너는 말인데 사람을 부인으로 삼으려 했다가 도살되어 가죽이 벗겨짐을 스스로 부른 것이니 어떠하냐?"라고 했다. 말이 끝나기도 전에 가죽이 벌떡 일어나서 딸을 말아서 가버렸다. 아버지는 딸을 잃어버린 후 큰 뽕나무 가지 사이에서 딸과 가죽을 찾았는데, 모두 누에로 변하여 나무 위에서 실을 뽑았다. 고치가 두텁고 커서 이상했다. 인근의 부녀자들이 가져다가 키웠는데 수입이

수배나 되었다. 그로 말미암아 그 나무를 상桑이라 불렀는데, 상이란 것은 상喪의 의미이다. 이로부터 백성들이 그것을 심었다. 지금 세상에서 기르는 것이 이것이다. 한나라 예법에 황후가 친히 뽕잎을 채취하여 잠신蠶神에게 제사를 올리는데 완유부인菀窳婦人과 우씨공주寓氏公主라고 한다. 공주는 여자에 대한 존칭이다. 완유부인은 맨 처음 양잠한 사람이다. 그래서 세상에서는 혹은 누에를 여아女兒라고 하는 것은 옛날부터 전해오는 말이다.

『수신기搜神記』 중에서

한 소녀가 말과 함께 누에로 변하여 잠신이 되었다는 이 신기한 이야기는 여러 서적에 약간씩 윤색되어 실려 있습니다.

청나라 진원룡陳元龍의 『격치경원格致鏡原』에 "『황도요람皇圖要覽』에 '복희伏羲가 누에로 변하여 비단실을 만들었고, 황제黃帝의 원비元妃 서릉씨西陵氏가 처음 양잠했다.'라고 했다. 『구한의舊漢儀』에 '지금 잠신을 완유부인菀窳婦人과 우씨공주寓氏公主라고 하는데 모두 두 사람이다'라고 했다. 『잠경蠶經』에 '완유부인은 맨 처음 양잠한 사람이다. 촉蜀에 잠녀蠶女 마두랑馬頭娘이 있다'라고 했다. 역대에서 제사 지낸 신은 같지 않은데 지금 세상에서 누에를 여아女兒라고 하는 것은 옛날부터 전해온 말이다. (중략) 목희문穆希文의 『담사蟫史』에 '세상에서 전하기를 누에는 말이 변한 것이라서 등에 말의 흔적이 있고, 허물을 벗을 때 머리가 말과 같다. 지금 사람들이 마두랑馬頭娘에게 제사를 지내고, 이름을 마면보살馬面菩薩이라 하는데 곧 그 신이다'라고 했다"라고 했습니다.

송나라 대식戴埴의 『서박鼠璞』에서는 당나라 『승이집乘異集』을 인용하여 "촉중蜀中의 절과 도관(道觀, 도교 사원)에는 여인의 소상(塑像, 찰흙으로 만든 형상)이 말가죽을 쓴 것이 많은데, 마두랑이라 하고 양잠을 기원한다"라고 했습니다.

우리나라는 양잠의 역사가 유구한데 근래 중국산 명주실이 저가로 들어오자 양잠 농가들은 거의 모두 몰락하고 말았습니다. 그러나 요즈음 다시 전국 각지에서 뽕나무를 다투어 심게 되었습니다. 이는 누에를 키우려는 것이 아니고 건강식품의 재료로서 뽕나무를 키우려는 것입니다. 뽕잎으로 차를 만들거나 분말을 만들어 국수 등 여러 요리에 넣고, 열매 오디는 생식하거나 음료수와 술을 만들고, 누에로는 동충하초를 생산하니, 뽕나무는 다시 황금 나무가 되었습니다.

이처럼 우리 일상에서 여러 형태로 뽕잎을 먹으니 언젠가 우리 인간들이 누에를 대신하여 실을 뽑아낼 날이 머지않은 듯합니다.

후 황 의 아 름 다 운 나 무

귤나무

깊고 굳은 뿌리

유월이면 제주도 곳곳의 귤밭에는 흰 눈이 내린 듯 순백의 물결이 출렁입니다. 그리고 오랫동안 초여름의 눈부신 햇살 속에 귤꽃 향기가 해풍에 날립니다. 녹색 이파리 사이에서 올망졸망 피어나는 귤꽃은 순백색인데 꽃받침과 꽃잎이 다섯 장이며 중심에 노란 수술이 많이 달려 있습니다. 향기는 맑고 진하여 누구나 감탄하지 않을 수 없습니다. 그러나 귤나무는 열대, 아열대에서 자라기 때문에 남방 사람이 아니라면 그 앙증맞게 귀여운 꽃을 대하기가 어렵습니다. 그래서 귤은 꽃보다는 그 황금빛 열매가 널리 알려져왔습니다.

동아시아에서 귤은 이미 수천 년 전부터 재배되었고, 일찍부터 문사들에게 굳은 절개를 지닌 지사로서 칭송을 받아왔습니다.

후황의 아름다운 나무　　　　　　　后皇嘉樹

귤이 와서 적응하였네　　　　　　　橘徠服兮

품성이 바뀌지 않아	受命不遷
남국에서 자라네	生南國兮
깊고 굳은 뿌리는 옮기기 어려워	深固難徙
더욱 한결같은 지조가 있네	更壹志兮
(중략)	
세상에서 홀로 자각하고 서서	蘇世獨立
마음 따라 행하고 세속에 휩쓸리지 않네	橫而不流兮

고려 때부터 공물이었던 귤

마음 닫고 스스로 신중하여	閉心自愼
끝내 잘못을 저지르지 않네	終不過失兮
덕을 지니고 사심 없이	秉德無私
천지의 덕에 참여하네	參天地兮
바라건대 세월이 다 지나도	願歲并謝
오래도록 함께 벗하고 싶네	與長友兮
아름다움을 더럽힐 수 없고	淑離不淫
강직하면서 조리를 지녔네	梗其有理兮
나이는 비록 어리지만	年歲雖少
스승이나 어른으로 삼을 수 있네	可師長兮
행실이 백이에게 비할 수 있으니	行比伯夷
귤나무를 심어두고 본보기로 삼으리라	置以爲像兮

굴원, 「귤송橘頌」

굴원은 귤나무가 자생하는 강남 초나라 출신입니다. 굴원은 귤나무를 후황(后皇, 지신과 천신)의 아름다운 나무라고 하고, 굳은 절개를 지닌 백이와 같다고 칭송하였습니다. 자신의 충정을 귤나무에 비한 것입니다. 이후 귤나무는 충정의 상징이 되었습니다. 굴원은 전국시대 초나라 충신이었습니다. 처음에는 회왕懷王의 신임을 받아 20대에 중책을 맡았으나 정적의 참소를 당하여 쫓겨나고 말았습니다. 「이소」를 지어서 자신의 결백을 주장했고, 「어부사漁父詞」를 지어서 세상의 불의와 결코 타협할 수 없음을 선포했습니다. 결국 그는 멱라수에 몸을 던져 자결하고 말았습니다. 중국의 단오절은 굴원의 충혼을 위로할 목적으로 시작되었다고 하는데, 지금도 강남에서 단옷날 강에서 벌이는 용선경주는 굴원의 혼령을 건져내는 의식에서 비롯되었다고 합니다.

중국에서 전해진 귤나무

중국이 원산지인 귤나무를 이 땅에서 언제부터 재배한 것인지는 알 수가 없습니다. 그러나 고려 때부터 귤은 남방의 중요한 공물이었으며, 귤에 대한 고려 문인들의 시문도 적지 않아서 지식층의 화훼 문화 속에 귤이 이미 정착했음을 짐작할 수 있습니다.

전해오는 말에 남쪽 지역에 있으면 귤이 되었다가 북쪽 지역에 있으면 탱자가 된다고 한다. 대개 초목은 그 본래의 토양이 아니면 그 품성을 따를 수 없다. 어제 궁궐 문을 나서 어화원御花苑에 이르러 귤나무를 보았는데 높이가 한 길이나 되고 맺은 열매가 몹시 많았다. 원리苑吏에게 물어보니 "남주南州 사람이 바친 것인데 아침마다 소금물로 뿌리를 적셔주니 무성해졌다"고 하였다. 아! 초목이란 원래 지각이 없는 것인데 물을 대어 가꾸어주는 힘을 얻어서 이렇게 된 것이다.

이인로, 『파한집破閑集』 중에서

위 글에서 보듯이 고려 때 이미 궁궐의 화원에서 귤나무를 가꾸었습니다.

계해년(1443, 세종 25) 제야에 모든 유자儒者들이 모여 숙직하며 술에 취하였는데 임금께서 시종에게 명하여 금귤 여러 쟁반을 내려주셨다. 나도 수십여 과를 얻어서 돌아와 부모님께 드리고 그 씨를 화분 두세 개에다 심었다. 봄이 끝날 무렵에 모두 싹이 터서 가지와 이파리가 남국에서 자라는 것과 차이가 전혀 없었다. 서리와 눈을 만나도 두꺼운 잎은 푸르렀고, 미풍이 한차례 지나가면 향기가 그치지 않았다. 반걸음을 나서지 않았는데 동정洞庭의 승경이 완연히

있는 듯하였다. 이른바 품성이 바뀌지 않아서 강북에서는 탱자가 된다고 하였는데, 그것이 어찌 고정된 이치이겠는가?

강희안, 『양화소록』 중에서

조선 초 한양의 민간에서도 강희안 같은 일부 호사가들이 귤나무를 가꾸었음을 알 수 있습니다.

서리 내린 숲에 가을이 드니 잎이 반이나 졌는데	秋入霜林葉半無
황금 열매 주렁주렁 가지 누르며 늘어졌네	黃金磊落壓枝低
후황이 뜻이 있어 아름다운 나무를 자라게 했는데	后皇有意生嘉樹
주위 사람들에게 목노라고 잘못 불리게 되었네	誤被傍人喚木奴

서거정, 「강경우의 그림 병풍 8폭, 황귤[姜景愚畫屛八幅, 黃橘]」

강경우는 곧 강희안입니다. 그는 유명한 「고사관수도高士觀水圖」를 남긴 화가이기도 한데, 그가 그린 몇몇 과일과 채소를 그린 8폭 병풍에 서거정이 시를 쓴 것입니다. 강희안이 8폭 병풍에 그린 것은 황귤 외에, 율목(栗木, 밤나무)·서과(西瓜, 수박)·가자(茄子, 가지)·홍시紅柿·첨과(甜瓜, 참외)·황과(黃瓜, 오이) 등인데, 이 그림이 지금까지 전하는지는 모르겠군요.

목노木奴는 귤의 별칭입니다. 나무 노예라는 뜻입니다. 중국 한나라 말 단양丹陽 태수를 지낸 이형李衡이 자식들을 위해 귤나무 천 그루를 심고, "너희를 위해 이 목노를 심었으니, 너희는 의식衣食 걱정을 하지 않을 것이다"고 했습니다. 과연 그 목노 덕분에 해마다 비단 천 필을 벌어들였다고 합니다.

조선 임억령은 목노라는 이름을 혐오하여 "귤은 본래 바다 가운데서 나는 선과다. 그런데 세상 사람들은 목노라고 부르니 천하지 않은가? 목선木仙이라고 개명할 것을 청하며 시를 지어 귤나무를 위로한다"는 장편의 시를 지어 그 부당함을 격렬하게 논박했습니다. 참으로 문인들은 타고난 호사가들이 아닐 수 없습니다.

귤나무의 수난사

다산 정약용이 유배 생활을 한 다산초당이 있는 마을은 귤동橘洞입니다. 다산의 『목민심서』에는 다음과 같은 귤에 대한 기록이 전합니다.

『귤사橘史』에서 말했다. "남쪽 연안의 예닐곱 고을에서는 모두 귤과 유자가 생산되는데 (서쪽 해남에서 동쪽 순천까지) 소속된 여러 섬에서는 더욱 풍성하게 생산된다. 수십 년 이래 날마다 쇠퇴하고 달마다 줄어들어 지금은 오직 귀족 집에나 혹 한 그루 있고 성중에 다만 현관縣官이 직접 관리하는 네댓 그루가 있을 뿐이다. 그 까닭을 물으니 답하기를, '매년 중추가 되면 저졸邸卒이 이첩吏帖, 관리의 첩지)을 가지고 와서 그 열매의 개수를 세고 나무둥치에 표시를 해두고 갔다가 과일이 누렇게 익으면 비로소 와서 따간다. 간혹 바람에 떨어진 것이 여러 개 있는데 곧 추궁해서 보충하게 하고 그렇게 하지 못할 것 같으면 그 값을 징수한다. 광주리째 가지고 가면서 돈은 한 푼도 주지 않는다. 저졸을 대접하느라 닭을 삶고 돼지를 잡게 되니 그 비용이 많이 든다. 이웃이 떠들썩하게 모두 이 집을 나무라고 들어간 비용을 이 집에서 받아낸다'고 한다. 이에 몰래 그 나무에 구멍을 뚫고 호초胡椒, 고춧가루)를 집어넣어 그 나무가 저절로 말라 죽으면 그 대장에서 빠지게 된다(호초를 집어넣으면 나무가 절로 죽는다). 그루터기에서 움이 돋아나면 잘라버리고 씨가 떨어져 싹이 나는 족족 뽑아버리니 이것이 귤과 유자가 없어지는 까닭이다." 요사이 들으니 제주 또한 이와 같은 폐단이 있다는데 만약 이런 일이 그치지 않는다면 불과 몇십 년 안에 우리나라에서 귤과 유자가 없어질 것이다.

정약용, 『목민심서』 중에서

다산 서쪽 100여 보 떨어진 곳에 한 가난한 선비가 있었다. 그 집에 귤나무 한 그루가 있었는데 해마다 돈 500~600닢을 벌어 환곡을 갚았다. 이 얘기가 조금 새나가자 저졸이 달려들어 갖가지로 공갈하고 안뜰에까지 돌입하니 그 선비가 분함을 참지 못하고 손에 도끼를 잡고 나무를 베어 던져주어 버렸다. 온 가족이 모두 울었다. 내가 「참귤사斬橘詞」를 지어 위로하였다.

정약용, 『목민심서』 중에서

참으로 비통한 귤나무의 수난사가 아닐 수 없습니다. 남도의 남해 일대 섬들에 우거졌던 귤나무들이 가렴주구로 인하여 무참하게 죽어간 것입니다. 미처 익지 않은 나무의 열매를 미리 세어두었다가 그 숫자대로 공물로 바치게 하는 것이 말이 되는 소리겠습니까? 그래서 백성들은 세금의 근거가 되는 귤나무에 구멍을 파서 고춧가루를 집어넣어 말라 죽게 한 것입니다. 그렇기는 해도 다산 또한 귤을 몹시 사랑했습니다.

산속 정자에는 서적이라곤 전혀 없고	都無書籍貯山亭
다만 화경과 수경뿐이네	唯是花經與水經
귤 숲에 비 내린 후를 몹시 사랑하니	頗愛橘林新雨後
바위 샘물을 떠 와서 차병을 씻네	巖泉手取洗茶瓶

정약용, 「다산화사茶山花史」

『화경花經』은 꽃나무에 관한 서적이고, 『수경水經』은 하천과 수계에 관한 책입니다. 박학다식한 다산은 『조선수경』을 저술하기도 했습니다.

조선 귤의 종류

1703년(숙종 29)에 제주 목사를 지냈던 병와瓶窩 이형상이 쓴 『탐라순력도耽羅巡歷圖』를 보니 「감귤봉진도柑橘封進圖」가 있고 그 아래 다음과 같은 진상 물목 단자가 있습니다.

당금귤唐金橘 678개
감자柑子 2만 5844개

금귤金橘 900개

유감乳柑 2644개

동정귤洞庭橘 2804개

산귤山橘 828개

청귤靑橘 876개

유자柚子 1460개

당유자唐柚子 4010개

치자梔子 112근

진피陳皮 48근

청피靑皮 30근

조선시대에도 이미 여러 종류의 귤이 있었음을 알 수 있습니다. 근세에는 주로 일본 품종을 재배하였는데 '한라봉'과 같은 우리 품종이 새로 개발된 것은 다행한 일이라 할 것입니다.

고려와 조선시대까지만 해도 귤은 서민들과는 동떨어진 지식층의 애완물이었습니다. 아니 불과 1970년대까지만 해도 귤은 서민들은 가까이하기 어려운 귀한 과일이었습니다. 그러던 것이 요즈음은 과잉 공급으로 인하여 천한 존재가 되었으니 귀천이란 것이 영원하지 않음을 알겠습니다.

수놓은 둥근 공

수국

수를 놓은 둥근 공처럼 피는 꽃

칠팔월 한여름의 햇살이 눈을 부시게 할 때 공원이나 아파트 화단 여기저기서 선명한 파란색 꽃들의 무리를 손쉽게 마주칩니다. 바로 수국입니다. 그 꽃의 색이 너무 선명하고 매혹적이어서 누구나 그 앞에서 잠시 걸음을 멈추지 않을 수 없습니다.

　　근래 꽃에 관한 어떤 책에서 수국을 한자로 '水菊'이라고 하며, 물을 좋아하고 국화처럼 풍성하게 꽃을 피워서 붙여진 이름이라고 했습니다. 그러나 수국이란 명칭은 근래 누군가가 수국의 유래를 전혀 고려하지 않고 잘못 지어낸 한자 표기어일 뿐 근대 이전의 동아시아 문헌에서는 결코 나타나지 않았던 것입니다. 수국의 본래 한자 표기는 수구화繡毬花라고 하는데 그 뜻은 수를 놓은 둥근 공처럼 피는 꽃이란 뜻입니다.

　　중국에서는 일찍이 설구화雪毬花, 분단화粉團花, 팔선화八仙花 등의 명칭을 사용했는데 근래에는 목수구木繡球와 팔선화란 명칭을 사용합니다. 일본에서는 자양화紫陽花라고 부릅니다.

　수국의 원산지는 중국 남부 일대와 일본이라고 알려져 있는데 우리나라에도 산수국이라는 야생화가 전국의 산야에 널리 분포해 있습니다. 수국이 동아시아 문헌에 처음 등장한 것은 북송 때가 아닌가 싶습니다.

옥을 깎아낸 어여쁜 모습에 티끌도 없고	琢玉英標不染塵
달빛을 머금어 더욱 맑고 새롭네	光含月影愈清新
꽃의 신이 연회 마치고 기예를 펼쳐내어	青皇宴罷呈餘技
봄바람 향해 내던지니 자주 흔들리네	抛向東風展轉頻

양손재, 「곤수구滾繡毬」

어지럽게 붉은 꽃들이 향기를 다투지만	紛紛紅紫競芳菲
피부가 하얀 월 땅 미인의 빼어남과 어찌 같겠는가	爭似團酥越樣奇
생각건대 꽃의 신이 한가히 격구를 하였는데	料想花神閑戲擊
바람 따라 공중으로 솟았다가 많은 가지로 떨어졌으리	隨風吹起墜繁枝

양손재, 「옥수구玉繡毬」

　송나라 시인 양손재楊巽齋의 시 「곤수구」와 「옥수구」인데 모두 수국을 읊은 것입니다. 수국을 옥으로 깎아낸 어여쁜 모습과 피부가 하얀 월 땅의 미인에 비유했습니다. 월 땅은 중국 남방 지역으로 일찍이 유명한 미인 서시西施가 태어난 나라였습니다. 또한 수국의 원산지이기도 합니다. 양손재는 수국을 꽃의 신이 격구를 하다가 잃어버린 공으로 보았습니다.

　궁궐에서 꽃을 감상하는 곳은 한 군데가 아니다. …… 종미당鍾美堂에 가면 큰

수구에서 유래한 수국화

「수구석도(繡毬石圖)」, 신명연,
조선, 서울대학교박물관 소장

꽃이 가장 성대하다. 당 앞 삼면은 모두 화석花石으로 대臺를 쌓아서 각각 명품들을 심었고, 대 뒤에는 옥란玉蘭과 수구繡毬 수백 그루를 나누어 심었는데 옥을 아로새긴 병풍처럼 아름답다.

남송南宋 주밀(周密, 1232~1298), 『무림구사武林舊事』 중에서

수국은 송나라 때 이미 궁궐 정원에서 재배한 중요한 꽃 가운데 하나였습니다. 궁궐 종미당이란 곳에 꽃동산을 만들었는데 백목련인 옥란과 수국 수백 그루를 심어서 옥병풍처럼 꾸몄다는 것입니다.

이처럼 송나라 궁궐에서 애완되던 수국은 원나라, 명나라에서도 문사들이 직접 재배하고 시문으로 칭송했습니다.

꽃의 신이 교묘하게 배워 궁중 양식으로 전하니	花神巧學傳宮樣
재봉사의 솜씨가 아니라 조화공의 솜씨네	不屬針工屬化工
아름다운 옥을 막 깎아놓았나 싶었는데	疑是瓊瑤初琢就
한 무리 향기로운 하얀 꽃이 봄바람에 날리네	一團香雪滾春風

황경黃庚, 「옥수구화玉繡毬花」

꽃의 신이 교묘하게 배워서 궁중 양식으로 전한 수놓은 공은 재봉사의 솜씨가 아니라 조물주의 솜씨입니다. 옥을 깎아놓았나 잠시 착각했는데 향기로운 하얀 꽃이 봄바람 속에 날립니다.

많은 꽃들은 옥을 잘게 오려서 둥글둥글하고	萬花碎剪玉團團
하얀 꽃이 향기 날리니 밤이 춥지 않네	晴雪飛香夜不寒
흡사 옥인을 대하고 서 있는 듯하여	恰似玉人相對立

술동이를 달빛으로 옮기고 가까이 가서 바라보네   酒尊移月近前看

전유선(錢惟善, ?~1369), 「분단화 아래서 밤에 술을 마시다[粉團花下夜飮]」

분단화는 수국의 별칭 중 하나로 분가루처럼 하얗고 둥근 꽃이란 의미입니다. 옥인은 마음이 고결한 사람이나 아름다운 미인을 형용하는 말입니다. 물론 여기서는 미인이 적합하겠지요. 아름다운 미인을 마주하니 좀 더 가까이 다가가서 바라보지 않을 수 없습니다. 그래서 술동이를 달빛 속으로 옮겨서 수국 앞으로 바짝 다가갔습니다.

옥빛 꽃무리에 구름 열리자 눈이 둥글게 뭉치고   玉簇雲開雪作團
아리따운 찬 꽃이 추위를 이기지 못하네   輕盈冷艶不勝寒
왕손이 축국을 하며 귀가가 늦는데   王孫蹴踘歸來晚
오히려 맑은 자태를 사랑하여 거울 속에서 보네   猶愛冰姿鏡裡看

고병, 「설구화 그림에 적다[題雪毬花]」

명나라 시인 고병(高棅, 1350~1423)이 설구화 그림에 적은 시입니다. 설구화는 수국의 별칭인데 눈처럼 하얀 공 같은 꽃이란 뜻입니다. 명나라 때 설구화가 그림으로 그려졌음을 알 수 있습니다. 고병은 유명한 『당시품휘唐詩品彙』의 저자 고정례高廷禮의 초명입니다.

왕손은 공을 차는 놀이[蹴鞠]를 하러 가서 아직 돌아올 줄 모르는데 그 걱정은 잊고 오히려 맑은 자태의 설구화를 사랑하여 거울 속에서 봅니다.

잠시 푸른 구름의 색이   暫以碧雲色
약간 봄 달빛을 머금고 둥그니   微籠春月圓

사람을 그윽한 향기 속에 던져놓고 　　　　　抛人暗香裏

말을 날리는 먼지 옆으로 잘못 가게 하네 　　誤馬軟塵邊

왕세정(王世貞, 1526~1590), 「수구화 그림에 적다[題繡毬花]」

역시 수구화 그림에 적은 시입니다. 달빛 머금고 피어 있는 수구화가 사람을 그윽한 향기에 빠뜨리고, 말을 먼지 날리는 길로 잘못 가게 합니다. 사람과 말이 그 향기와 미색에 현혹되었다는 것입니다.

조선의 수국

우리나라에 수국이 언제 들어왔는지는 알 수 없습니다.

수구는 흡사 눈꽃 덩이 같은데 　　　　　繡毬渾似雪花團

주렁주렁 꿰어 얻으니 또한 볼 만하네 　　綴得重重亦可觀

푸른 숲에서 멀리 비춰 마땅한 곳을 얻었으니 　遠映靑林應得地

마당 가까이로 옮겨 올 필요가 없으리라 　　移來不必近庭闌

김창업, 「수구화繡毬花」

김창업의 시 「수구화」인데, "다른 이름은 분단粉團이고 속명은 불두佛頭고, 입하立夏 후 망종芒種 전에 피는데 왜척촉倭躑躅과 같은 시기다"라고 본인이 직접 설명을 붙여놓았습니다.

김창업은 1712년 55세 때 큰형 김창집이 동지사冬至使로 연경(燕京, 북경)에 갈 때 따라가서 청나라 풍물을 두루 견문하고 돌아왔습니다. 이때 수선화를 거금을 주고 사 왔다고 했습니다. 혹시 그때 수국도 함께 사 오지 않았을까요?

남쪽 소주와 항주에서 태어나	南産蘇杭界
동쪽으로 온 지 육십 년이네	東來六十年
이국 품종이어서 귀하고	品因殊域貴
명성은 여러 꽃향기를 뛰어넘어 전하네	名出衆香傳
햇볕을 싫어하여 햇볕을 두루 막아주고	惡曝偏遮景
젖음을 좋아하여 여러 번 샘물을 뿌려주네	宜霑數灌泉
붉게 비치는 장막을 한가히 바라보니	坐看紅暎屋
꽃송이가 주먹보다 크구나	華蕚大於拳

박윤묵, 「수구화를 읊다[詠繡毬花]」

조선 후기의 문인 박윤묵(朴允默, 1771~1849)이 수구화를 노래한 시입니다. 소주와 항주는 중국 남방 강소성과 절강성에 있는 지명으로 바로 수구화의 원산지입니다. 우리나라로 온 지 60년이라고 했는데 박윤묵과 관련된 누군가가 60년 전에 청나라에 갔다가 그곳 남방에서 수구화를 가져온 모양입니다. 박윤묵은 직사광선을 싫어하고 물을 좋아하는 수국의 성질을 잘 파악하고 있습니다. 오랜 세월 동안 가꾸어온 경험에서 얻은 것이겠지요.

누가 축국을 고운 난간 앞에 던져놓았는가	誰抛蹴鞠畫欄前
옥과 구슬을 꿰어 이어서 안개처럼 푸르네	綴玉聯珠碧似烟
신령한 사자가 솜씨 좋게 갖고 놀았다고 들었는데	聞說神獅工把弄
사람의 시상을 원만하게 일으키네	惹人詩思一般圓

이상적, 「수구화繡毬花」

이상적(李尚迪, 1804~1865)은 역관으로 열두 차례나 연경에 다녀온 국제적 지식인이었습니다. 추사 김정희의 제자로서 죽을 때까지 스승에 대한 신의를 저버리지 않아서 추사에게 그 유명한 「세한도」를 받은 인물입니다.

　　신령한 사자라는 것은 사자곤수구獅子滾繡毬라는 중국의 연희演戱를 말한 것입니다. 무사 분장을 한 배우가 사자 분장을 한 배우를 채색 공으로 놀리는 놀이입니다.

　　누대 앞 한 나무에 어지럽게 잎이 돋았는데　　　　　　一樹當樓葉亂抽

카멜레온 수국화

가지 끝에는 꽃망울이 전혀 없네 　　　　　　都無蓓蕾著枝頭

전년에 정원지기가 잘못 베어버렸는데 　　　前年枉被園丁斸

꽃이 피고 보니 바로 수구이네 　　　　　　待到花開是繡毬

정약용, 「다산화사茶山花史」

다산 정약용은 19년 동안 강진 다산에서 유배 생활을 했는데 그 유배지의 초당에 많은 꽃과 나무들을 심어놓고 마음의 위안을 삼았습니다. 그중에 수국도 있었습니다.

전년에 정원지기가 수국을 실수로 베어내버렸습니다. 그런데 죽지 않고 올해 다시 움이 돋았습니다. 무슨 꽃나무인지 도무지 알 수 없었는데 막상 꽃이 피어나니 바로 수국이었습니다.

수국과 불두화

수국과 불두화佛頭花는 전혀 다른 꽃나무입니다. 그러나 그 꽃의 생김새가 너무 비슷하여 많은 사람들이 불두화를 수국으로 착각하곤 합니다. 그것은 옛사람들도 마찬가지였습니다.

수구화繡毬花는 목본木本으로 주름진 몸에 잎은 푸르고 약간 검은색을 띤다. 봄에 꽃이 피는데 다섯 닢의 꽃잎으로 된 100여 개의 꽃이 한 송이를 이루며 공처럼 둥글다. 그런 공이 나무에 가득한데 홍색과 흰색의 두 종류가 있다.

왕상진, 『군방보羣芳譜』

명나라 학자 왕상진(王象晉, 1561~1653)의 『군방보』에 있는 수국에 대한 설명입니다. 수국의 종류에 홍색과 흰색이 있다고 했습니다.

명나라 문인 진계유(陳繼儒, 1558~1639)는 『암서유사岩棲幽事』에서 "촉蜀 지역에는 자수구紫繡毬가 있다"고 했습니다.

청나라 강희康熙와 옹정雍正 시대에 진몽뢰陳夢雷 등이 편찬한 백과사전 『고금도서집성古今圖書集成』의 「초목전草木典」에서는 "수구繡毬를 살펴보니 초본草本과 목본木本이 있다. 『약포동춘藥圃同春』과 『군방보群芳譜』에 실린 것은 모두 목본이다. 그 초본 수구는 민중(閩中, 복건성)에서 나와서 점차 강소성과 절강성으로 퍼졌는데 나무의 높이는 3~4척이고 꽃은 목본에 비하여 약간 작고 납작하다. 처음 피었을 때의 색은 약간 푸른데 활짝 피면 순백이 되고 점차 자색으로 변하고 다시 홍색으로 변하여 떨어진다. 서적에 실려서 전하는 것은 드물다"고 했습니다.

위의 과거 몇몇 기록을 곰곰 생각해보건대, 목수구라는 것은 우리가 불두화라고 부르는 꽃이고 초수구라는 것은 바로 수국이라고 생각됩니다. 그러니 중국에서 과거 시문에 등장한 곤수구, 옥수구, 설구화, 옥설구화, 분단화 등은 모두 불두화인 듯합니다. 조선의 시문에 등장한 수구 또한 그것이 불두화인지 수국인지 명확히 확정할 수 없습니다.

수국과 불두화는 꽃은 공처럼 비슷하나 잎은 전혀 다릅니다. 수국의 잎은 형태가 들깻잎과 비슷하고 잎 가장자리에 톱니 모양이 있는 것도 비슷합니다. 그러나 불두화는 그 잎의 모양이 포도 잎처럼 세 갈래로 갈라져 있어서 전혀 다릅니다. 또한 크기도 수국은 성인의 허리를 넘지 못하지만 불두화는 3미터까지 자랍니다.

수국을 초수구라고 한 것은 잘못입니다. 수국 또한 목본의 관목 활엽수이기 때문입니다. 단지 불두화인 목수구과 구분하려고 부득이하게 지어낸 말이라 생각됩니다.

수국은 무성화無性花와 유성화有性花가 한 나무에 피는 특이한 꽃나무입니

부처님 머리를 닮은 불두화

다. 무성화는 암술과 수술이 퇴화되어 열매를 맺지 못하는 꽃이고 유성화는 암술과 수술이 있어서 열매를 맺을 수 있는 꽃입니다. 다시 말해 우리가 아름답다고 여기는 큰 꽃은 무성화이고 그 무성화 아래 숨어 좁쌀처럼 조그만 알갱이들이 뭉쳐 있는 꽃 같지 않은 것이 유성화입니다. 무성화는 벌이나 나비와 같이 수분을 시켜줄 수 있는 곤충들을 꾀는 네온사인 간판에 불과하고 유성화가 수분되면 곧 색깔을 바꾸면서 시들어버립니다. 이처럼 가짜 꽃과 진짜 꽃이 공존하는 것이 수국의 특징입니다. 전 세계적으로 현재 개발된 수국은 30여 종이라고 하는데 그 대부분은 무성화 수국이라고 합니다. 이들 수국의 조상은 물론 야생 수국입니다.

　　그러나 불두화의 조상은 백당나무입니다. 백당나무는 유성화와 무성화가 함께 피고 빨간 열매가 열립니다. 이런 백당나무에서 무성화만 피어 열매를 맺지 못하는 불두화가 나온 것입니다. 옛사람들이 백당나무와 불두화를 구분한 것 같지는 않습니다.

불두화는 부처님 머리와 비슷하다고 해서 붙여진 이름으로 오직 조선에서만 사용한 명칭입니다. 조선 초 서거정의 시에 불두화란 이름이 처음 등장했는데 이미 고려 때 그런 명칭이 있었을 것으로 짐작됩니다.

풀은 서대를 뽑아냄이 사랑스럽고	草愛抽書帶
꽃은 불두를 환히 비치는 것을 보네	花看映佛頭

서거정, 「원림園林」

서대초書帶草와 불두화를 언급한 구절입니다. 서대초는 한나라 정현鄭玄의 문인들이 책을 묶었다는 풀로 전해오는데 이후 문인들이 서적과 관련된 풀이라 하여 시문에 즐겨 언급하였습니다.

팔공산 산세가 진정 높은데	八公山勢正嵯峨
달빛 새는 남은 구름에 빗방울 어둡게 날리네	月漏殘雲雨暗斜
취하여 장송에 기댔다가 떨어지는 눈에 놀랐는데	醉倚長松驚落雪
술이 깬 후 불두화임을 알았네	醒來知是佛頭花

김휴(金烋, 1597~1638), 「도리사에서 본 것을 기록하다(桃李寺記所見)」

도리사는 경상도 팔공산에 있는 신라 때 창건되었다는 절인데 지금도 남아 있습니다. 술에 취해 큰 소나무에 기댔는데 갑자기 눈발이 떨어졌습니다. 술이 깬 후에 살펴보니 눈발의 정체는 불두화였습니다.

가지 끝에 이어져서 둥근 원과 같은데	點綴枝端似許圓
색은 벽옥 같고 크기는 주먹만 하네	色如碧玉大如拳
하나하나 영롱한 기를 방출하니	頭頭放出玲瓏氣
불이문 앞에서 모두 선정에 들었네	不二門前盡入禪

박윤묵, 「불두화를 읊다〔詠佛頭花〕」

불이문은 아무런 문자나 언어도 없는, 아무런 차별이 없이 평등한 불법의 경지를 말합니다. 불두화는 그런 선정에 든 꽃입니다.

하늘이 낸 수놓은 공이 여러 꽃 속에 있어서	天生繡鞠在羣芳
한가히 던지고 던지니 섬돌가에 이르렀네	閒擲閒抛到砌傍
기이한 색은 보살의 모습을 뵙는 듯하고	幻色如參菩薩相
호방한 기백은 젊은 시절 광기를 추억할 만하네	豪情堪憶少年狂
초록이 뒤섞인 주름진 면은 층층이 비단이고	綠差皺面層層錦
붉은색 모인 동일한 중심엔 점점이 향기 나네	紅簇同心點點香
대저 요염한 자태가 전혀 없으니	大抵絶無夭冶態
품격을 논한다면 선방에 적당하리라	若論風品合禪房

신위, 「수구화繡毬花」

시와 글씨와 그림에 뛰어나서 삼절三絶이라 불린 신위의 시 「수구화」입니다. 하늘이 만들어내고 수놓은 공이 섬돌가에 있습니다. 기이한 색깔은 보살의 모습을 뵙는 듯하고, 호방한 기백을 담고 있어서 젊은 시절의 광기를 추억하게 합니다. 초록빛이 도는 꽃잎은 겹겹이 비단이고 붉은색이 모인 중심에서는 하나하나 향기가 납니다. 요염한 자태가 전혀 없으니 그 품격이 선사禪師의 선방에 심어야 마땅합니다.

그런데 이 시를 읽어보면 수국은 전혀 떠오르지 않고 불두화의 모습만 선명하게 그려집니다.

신위는 여러 꽃 그림을 남겼는데 혹시 수국 그림도 있는 것인지? 국립중앙박물관에 신위의 아들 신명연(申命衍, 1809~1886)의 수국 그림이 있다는데 나는 아직 구경하지 못했습니다. 그 그림이 진정 수국인지 아니면 불두화인지 궁금하기만 하군요.

수국은 어쩌면 주변 환경에 적응하여 수시로 변하는 카멜레온인지도 모르겠습니다. 처음 피었을 때는 약간 푸른 색조를 띠는데 활짝 피면 순백이 되고, 시들어가면서 점차 보라색으로 변했다가 다시 붉은색으로 변하여 떨어집니다.

또한 수국은 토양의 성질에도 민감하여 토양이 중성이면 백색 꽃이 피고, 산성이면 청색 꽃이 피고, 알칼리성이면 분홍빛 꽃이 핍니다. 흰 꽃의 수국에

무성화와 유성화가 있는 산수국

백반을 녹인 물을 뿌려주면 흰 꽃이 청색으로 변하고, 잿물이나 석회를 뿌려주면 분홍색으로 변합니다.

나는 수십 년에 걸쳐 많은 수국을 키워보았는데 그 성질이 추위에 약하고 물을 좋아하며, 직사광선을 싫어하고 반+응달을 좋아했습니다.

10여 년 전 몇몇 학우들과 함께 지리산 쌍계사 뒤에 있는 불일폭포를 찾아갔는데 가는 길목 한 골짜기에 몇 그루 산수국이 활짝 피어 있었습니다. 우리 일행은 누가 먼저랄 것도 없이 동시에 탄성을 지르며 그 신비로운 파란 꽃에 감탄했습니다. 지금도 그때 그 자리에 함께 있었던 학우들은 모이기만 하면 가끔 그 산수국의 안부를 궁금해합니다.

지리산과 한라산에는 산수국의 넓은 군락지가 있다고 합니다. 기약할 수 없는 상봉을 막연히 바라면서 그 청색 물결을 상상해보며 그저 한숨만 내쉽니다.

궤 안 위 의 벗

석창포

단오의 상징 창포

창포菖蒲는 창양菖陽 · 요구堯韭 · 수검초水劍草라고도 하는데, 하늘의 정精이 내려와 변한 것이라 하며 혹은 별이 흩어져 변한 것이라고도 합니다. 창포는 음력 5월 5일 단오를 상징하는 식물입니다. 단오에 아녀자들은 창포탕으로 머리를 감고, 창포 뿌리로 만든 비녀를 꽂았으며, 남정네들은 창포술을 마셨습니다. 이로써 악기를 쫓고 장수를 기원하였습니다. 이는 동아시아의 오랜 풍습이었습니다.

오일은 단오인데	五日是重午
일 년 중 명절이네	一年方令辰
거연히 기장밥을 지었는데	居然炊黍飯
문득 쑥대 인형을 만나네	忽爾逢艾人
못의 연꽃은 붉은 꽃이 막 피어나 작고	池藕紅初細

마당의 난은 푸른빛이 더욱 새롭네 　　　　　　　庭蘭綠更新

한 잔의 창포술을 　　　　　　　　　　　　　一杯蒲節酒

홀로 따르니 누구와 친해야 하나 　　　　　　　獨酌與誰親

서거정, 「단오」

조선 초 서거정의 시 「단오」인데, 쑥으로 인형을 만들어 악한 기운을 쫓고, 창포술을 마시며 장수를 기원하던 당시의 풍속을 엿볼 수 있습니다.

창포 뿌리 가늘게 깎아 연지 바르고 　　　　　菖根纖削着臙脂

굽은 줄기에 수복 글자 새기네 　　　　　　　壽福字成屈曲枝

꽃 캐어 머리 감는 여아절 　　　　　　　　　華采沐芳女兒節

머리마다 다투어 꽂아 창포비녀 가득 드리웠네 　頭頭爭揷滿簪垂

홍석모, 「창포잠菖蒲簪」

『동국세시기』의 저자 홍석모의 시인데, 단오에 아녀자들이 창포탕으로 머리를 감고 창포비녀를 꽂던 풍속을 알 수 있습니다. 그래서 단오를 '여아절' 이라고 합니다.

창포는 향료와 약용식물로서 고대부터 중시되었는데, 굴원의 『초사』에 는 '손蓀' 혹은 '전荃'이란 이름으로 언급되었습니다. 공자는 문왕文王이 창포저 (菖蒲菹, 창포 뿌리)를 소금에 절인 것을 좋아했다는 말을 듣고 얼굴을 찡그리며 이를 복용하였는데 3년 후에야 비로소 얼굴을 펴고 먹을 수 있었다고 합니다. 이는 창포를 복용하면 장수할 수 있다고 믿었기 때문입니다.

백제의 옛 물건 돌항아리가 있는데 　　　　　百濟古物惟石甕

선비의 벗 석창포꽃

배가 크고 펑퍼짐한데 어디에 쓸 것인가	腹大濩落將底用
창포가 천지의 정령임을 누가 아는가	誰知菖陽天地精
구름 열고 바위 깎아 가까이 옮겨 심었네	開雲斲石比移種
뿌리 서린 아홉 마디 교룡처럼 늙고	根盤九節蛟龍老
성질은 신령에 통하니 천하에서 드무네	性通神靈天下少
이를 복용하면 수명을 늘릴 수 있는데	餌之可以延脩齡
어찌 구구하게 요초를 구할 건가	何用區區拾瑤草

서거정, 「석옹창포石甕菖蒲」

　　백제의 골동품 돌항아리에 천지의 정령인 창포를 심고서, 성질이 신령에 통하여 수명까지 연장해주는 창포는 어떤 다른 기화요초보다 낫다고 칭송하고 있습니다. 그런데 시 가운데 '아홉 마디[九節]'란 표현은 원래 석창포에 적용해야 할 표현입니다. 왜냐하면 뿌리가 아홉 마디인 것은 창포가 아니라 구절포九節蒲란 별칭을 가진 석창포이기 때문입니다.

선비와 승려의 벗 석창포

석창포는 창포의 일종으로 70센티미터 안팎으로 자라는 창포와는 달리 10~30센티미터가량으로 작고, 산골짜기나 냇가의 바위틈에서 자랍니다. 그 잎은 부추처럼 가늘고 황색 꽃이 피며, 그 여윈 뿌리는 구불구불 엉켜 있고 조밀한 마디가 있습니다. 석창포는 향초 및 약초로서 일찍부터 중시되었는데, 그 별칭으로는 구절포九節蒲 · 석상초石上草 · 수창포水菖蒲 · 계손溪蓀 등이 있습니다.

 석창포는 선비와 승려들이 일찍부터 수분水盆의 괴석에 키워 궤안 위에 올려두고 그 파리한 뿌리와 향기를 사랑하던 꽃입니다.

대개 식물의 번영과 시듦은	凡物之榮悴
모두 땅의 척박함과 비육함에 달렸는데	皆因地瘠肥
진흙에 두텁게 심어놓으면	土肉厚封植
오히려 때때로 병들까 두렵네	猶恐有時腓
아! 너는 이와 다르니	嗟爾異於是
본성이 기름진 진흙에 맞지 않네	性與膏泥違
작고 단단한 화분 아래	區區硬盆底
선명한 잔돌들에 싸여 있네	鑿鑿碎石圍
여기가 네가 뿌리를 의탁한 곳인데	是汝託根處
지맥이 어디로 돌아갈 것인가	地脈安所歸

초록 이파리 축축하게 무성히 뻗어서	綠葉滋暢茂
여덟 자 길이까지 바랄 만하네	尋尺猶可希
가장 사랑스러운 것은 맑은 새벽이슬인데	最愛淸曉露
둥글둥글 구슬을 꿰어놓았네	團團綴珠璣
해맑게 궤안 위에서	蕭然几案上
오래도록 나와 함께 의지하네	永與我相依

이규보, 「소분석창포小盆石菖蒲」

고려 이규보가 작은 화분의 석창포를 읊은 시인데, 비옥한 진흙을 멀리하고 맑은 물속의 돌 틈에서 자라는 석창포의 고결한 성품을 칭송하고 영원한 궤안 위의 벗이라고 하였습니다.

화분의 잔 옥돌들 작은 물방울 머금었는데	花瓷碎玉含微涓
석창포 푸른 싹이 나고 뿌리는 용처럼 서렸네	溪毛翠嫩根龍纏
풍자가 여위어 몹시 사랑스러우니	風姿癯瘦甚可愛
풀 가운데 산택의 신선임을 알겠네	知是草中山澤仙
스스로 영액에다 차가운 푸름을 물들이어	自將靈液侵寒碧
새벽에 이파리마다 맑은 물방울 드리우네	曉來葉葉垂淸滴
가을 기운이 방 안에 드리움에 이미 놀랐는데	已驚秋意蒲房櫳
시혼이 수석에서 헤맴을 문득 보네	忽見詩魂迷水石
연꽃의 청정함은 진흙에서 나왔고	蓮花淸淨出泥淤
백지의 향기는 바다 모퉁이에서 생겨났네	白芷芳馨生海隅
누가 궤안 위의 푸름을 아는가	誰識蒼然几案上
짧은 뿌리 세월 오래되어 다시 수염이 돋아났네	寸根歲久還生鬚

선창엔 해가 길어 향 연기 하늘거리는데   禪窓日永香煙裊

한 베개 가에 바람 따라 대나무 그늘이 곱네   一枕隨風竹陰好

상인은 잠결의 눈빛 서늘한데 ·   上人睡足眼波寒

연석에 앉아 서로 보며 늙음을 모르네   宴坐相看不知老

진화, 「금명전석창포金明殿石菖蒲」

고려의 문인 진화가 금명전 석창포를 노래한 것인데, 풀 가운데 '산택선山

澤仙'으로 규정하고 상인(上人, 지혜와 덕을 갖추어 타인의 스승이 될 수 있는 고승)의 선창禪窓가의 벗이라고 하였습니다.

한편『양화소록』에서는『본초강목』을 인용하여 석창포의 약효를 말하길 "오래 복용하면 몸이 가벼워지고, 귀와 눈이 밝아지고, 기억을 잊지 않고 미혹되지 않고, 수명을 연장하며, 심지心智를 더해주고, 높은 뜻이 노쇠하지 않게 한다"고 하였습니다.

나는 아직 석창포를 키워보지 못하였습니다. 나 자신은 고매한 선비나 달관한 선사들과는 거리가 먼 속인에 불과하지만 언젠가 기회가 온다면 석창포와 인연을 맺어보고 싶은 생각이 간절합니다.

동장군을 이겨내는

인동초

겨우살이넌출

올해도 옥상 화분에 인동초꽃이 어김없이 피었습니다. 수년 전에 조그만 가지 하나를 꺾어 와 화분에 꽂아둔 것이 이듬해부터 꽃을 피우기 시작하여 지금까지 변함이 없습니다. 특히 올해는 2월까지 강추위가 계속되어 10여 년을 키운 옥상의 매화와 모과나무가 얼어 죽고 말았습니다. 그러나 인동초忍冬草는 이 모진 동장군을 이겨낸 것입니다. 과연 그 이름답습니다.

인동초는 『동의보감』과 『산림경제』에서 순우리말 이름으로 '겨우살이넌출'이라고 했습니다. 겨울을 이겨내고 시들지 않는 덩굴이란 뜻입니다. 바로 한자어 인동초와 같습니다.

금은화金銀花는 『본초本草』에서는 이름을 인동忍冬이라 했다. 일명 노사등鷺鷥藤, 일명 좌전등左纏藤, 일명 금차고金釵股다. 또 이름이 노옹수老翁鬚고 역시 이름이 인동등忍冬藤이다. …… 그 줄기가 겨울을 이기고 시들지 않기 때문에 이름을 인동초라고 했다. 나무에 붙어서 덩굴을 뻗어서 자란다. 줄기는 약간 자색이고 마디를 마주 보고 잎을 내는데 잎은 벽려薜荔 잎과 같으면서 푸르다. …… 처음 피면 백색인데 1~2일을 지나면 색이 황색이 되기 때문에 이름을 금은화라 하였다. 등에 난 종기를 잘 치료할 수 있는데, 근대의 명인이 그것을 사용하여 좋은 효험을 보았다. 맛이 달고 성질이 따뜻하며 독이 없어서 기근을 구제할 수 있다.

명나라 주숙朱橚, 『구황본초救荒本草』

인동초는 별칭이 많습니다. 처음 꽃이 필 때는 하얀색인데 2~3일이 지나면 황금색으로 변합니다. 그사이에 다른 꽃들이 끊임없이 피어나기 때문에 하얀색 꽃과 황금색 꽃이 항상 같이 있게 됩니다. 그래서 금은화라고 합니다. 또 꽃 모양이 날개를 펼친 해오라기 같아서 노사등이라고 하고, 덩굴줄기가 좌측으로 감고 올라가기 때문에 좌전등이라고 하며, 또 그 모양과 색이 금비녀 같다고 하여 금차고라 하고, 노인의 수염 같다고 하여 노옹수라고도 합니다.

인동초는 등창과 같은 종기에 특효약이고 더불어 기근 때 식량을 대신할 수 있는 구황식물이기도 했습니다.

노사등이 예쁜 꽃을 피우니 참신한데	鷺鷥藤吐嫩花新
황색은 순금 같고 백색은 은 같네	黃似兼金白似銀
이름과 색 때문에 속인들이 흠모하는데	名色故應俗人慕
영험함에 통하는 신선의 진보를 누가 알겠는가	通靈誰識上仙珍

건륭제, 「금은화金銀花」

노사등, 금은화, 통령초通靈草 등 인동초의 별칭들이 많이 동원되었습니다.

겨우살이넌출 인동초

사람들은 금은이라는 부를 상징하는 이름과 그 황금색과 백색을 사랑하지만,
인동초가 영험함에 통하는 신선의 진보인 명약名藥임을 알지 못합니다.

　　송나라 장방기張邦基가 쓴『묵장만록墨莊漫錄』에는 "숭녕崇寧 연간에 평강부平
江府 천평산天平山 백운사白雲寺에서 승려들 몇이 산행을 하다가 버섯 군락을 발견
하여 함께 삶아 먹었다. 밤이 되자 구토를 했는데 세 사람은 급히 원앙초鴛鴦草
를 구해다가 생으로 먹고 마침내 나았다. 나머지 두 사람은 먹지 않았는데 구

토를 하다가 죽고 말았다"는 기록이 있습니다.

이 원앙초가 바로 인동초입니다. 황색과 백색 꽃이 다정한 원앙처럼 서로 마주 보고 피기 때문에 붙여진 이름입니다.

인동초는 이처럼 해독 작용이 뛰어난 명약이었던 모양입니다.

초록 잎과 꽃이 향기로운 섬돌에 가득하고	綠英滿香砌
쌍쌍이 마주한 원앙이 작네	兩兩鴛鴦小
단지 봄날이 긴 것을 즐길 뿐	但娛春日長
봄바람이 이른 것을 상관하지 않네	不管春風早

설도, 「원앙초鴛鴦草」

가곡 「동심초」 가사의 원작자로 우리에게 잘 알려진 설도(薛濤, 768?~832)의 시입니다. 당나라 시인 설도는 장안 출신이었으나 부친이 남방 성도成都에서 지방관을 지낸 까닭에 촉蜀 지역으로 이주하여 살았습니다. 부친이 죽은 후 가난 때문에 한때 관청에서 노래하는 기녀로 지냈지만 나중에 기녀 생활을 그만두고 평생 독신으로 살았습니다. 당대 유명한 문인들과 교유하며 최고의 여류 시인으로 당당히 살았는데 가끔 여성으로서 원앙새 같은 다정한 부부의 생활을 꿈꾸지 않았을까요?

푸른 꽃이 마주 보며 피어나	翠蕕對生
흡사 짝 지은 새와 같네	甚似匹鳥
가까이 가서 살펴보니	逼而觀之
형세가 함께 나는 듯하네	勢若偕矯

송기, 「원앙초찬鴛鴦草贊」

송나라 송기(宋祁, 998~1061)는 수십 종의 꽃을 노래한 찬贊을 지었는데 그 중 한 편입니다. 당시에는 인동초나 금은화보다는 원앙초란 이름이 더 보편적으로 알려졌던 모양입니다.

초야에 버려진 꽃

인동초는 당나라나 송나라 시문에서는 거의 언급되지 않았습니다. 그저 시골 산야에 널린 야생초에 불과했던 모양입니다.

덩굴나무가 있어 이름이 노사인데	有藤名鷺鷥
하늘이 낸 것이고 사람이 기른 것이 아니네	天生匪人育
금꽃에 은꽃이 섞여 있고	金花間銀蕊
푸른 덩굴이 절로 무리를 이루었네	翠蔓自成簇
아래옷을 걷고 봄 개울을 건너	褰裳涉春溪
채취하니 점차 한 움큼이 가득하네	朵之漸盈掬
약물로 때맞춰 쓰려는 것이고	藥物時所需
배를 채우기 위해서가 아니네	非爲事口腹
소 오줌과 말똥이라도	牛溲與馬渤
양의는 오히려 함께 간직하거늘	良醫猶並蓄
하물며 이 향과 색은 빼어나서	況此香色奇
둘 다 코와 눈에 통함에 있어서랴	兩通鼻與目
종양을 치료할 수 있음이 더욱 기쁘니	尤喜療瘡瘍
선현이 익히 강론했었네	先賢講之熟
세속에서는 사랑할 줄 모르고	世俗不知愛

금은화로 불린 인동꽃

빈 골짜기 안에 버려두었네	棄置在空谷
시를 짓고 품평하는 것은	作詩與題評
평범한 초목과 구별시키고자 함이네	使異凡草木

단극기, 「봉중견과 함께 노사등을 채취하다가 시를 지어 아우 성지에게 부치다(同封仲堅采鷺鷥藤, 因而成詠寄家弟誠之)」

금나라 시인 단극기(段克己, 1196~1254)가 노사등을 노래한 시입니다. 노사등은 색과 향이 빼어난 꽃이고 약용으로도 유용한데, 세상 사람들은 그 진가를 사랑하지 않고 빈 골짜기 안에 버려두었습니다. 그래서 시를 짓고 찬양하는 평을 하여 노사등이 평범한 초목과 다름을 널리 알리려 한 것입니다.

개량된 붉은 인동꽃

단극기의 동생 단성기(段成己, 1199~1279)는 형의 시에 화답한 「노사등 시에 화답하다和鷺鷥藤詩」라는 시의 서문에서 "내 형이 중견仲堅과 함께 오근午芹의 동계東溪에서 노사등을 채취하다가 시를 지어 보여주었는데, 이전 시대의 시인들이 이 꽃을 읊은 것을 들어본 적이 없다. 이 꽃은 시골의 울타리 사이에서 자라는데 사람들은 지푸라기 보듯 볼 뿐이다. 이 시가 한번 나왔으니 호사가들이 장차 귀한 바를 알게 될 것이다. 감탄한 후에 삼가 그 시에 차운하니, 나와 뜻을 함께하는 사람들이 계속하여 짓는다면 아름답지 않겠는가?"라고 했습니다.

단극기와 단성기는 금나라 말과 원나라 초에 살았던 유명한 문인들로서 그들의 공동 시집『이묘집二妙集』이 전해집니다.

태양이 흰 꽃을 잉태하여 품으니

청나라 문인들은 빈 골짜기 안에 버려져 있던 인동초의 고결한 모습을 칭송하고 그림으로 그리고 차로 애용했습니다.

금호가 흰 꽃을 잉태하여 품으니	金虎胎含素
황금색 은색의 상서로움이 구름에서 나오네	黃銀瑞出雲
들쭉날쭉 마음대로 물들고	參差隨意染
짙고 옅은 향기가 한결같네	深淺一香薰
아름다운 귀밑머리 속에 기울어 정돈하기 어렵고	霧鬢欲難整
고운 머리 안의 비취색을 구분할 수 없네	煙鬟翠不分
고사의 풍모에 부끄럽지 않은 것은	無慚高士韻
은근한 향기 풍기는 것에 힘입었네	賴有暗香聞

왕부지, 「금차고金釵股」

금호는 태양의 별칭입니다. 태양이 인동초를 잉태하여 황금색과 은색의 상서로운 빛이 구름에서 나왔습니다. 인동초는 금비녀와 닮았다고 하여 금차고라고도 합니다. 이 금차고는 아름다운 여인의 고운 머리 안에서 기울어져 있고, 그 비취빛을 구분하기 어렵습니다. 그러나 인동초의 참된 모습은 고사高士의 풍모입니다. 더욱이 은근한 향기를 풍기니 고사의 청량한 정신을 엿볼 수 있습니다.

청나라 왕부지(王夫之, 1619~1692)는 명나라 말에 태어나 청나라 초엽을 살다 간 인물인데 당시 황종의黃宗羲, 고염무顧炎武와 함께 3대 사상가로 꼽힙니다.

천공은 일을 살피는 데 번잡함을 싫어하니	天公省事厭紛華
흰 꽃과 미황색 꽃이 본래 한집안이었네	淡白微黃本一家
도리어 붓끝으로 그려 색칠하여 내니	却被毫端勾染出
무단히 두 종류 꽃으로 나누어 놓았네	無端分作兩般花

사신행(査愼行, 1650~1727), 「오자매가 소장한 오백이 그린 채색 금은화에 적다〔題吳紫莓所藏吳白畫設色金銀花〕」

채색 금은화 그림을 읊은 시입니다. 금은화는 황금색과 은색의 두 가지 꽃이 공존하지만 원래 한 뿌리에서 나온 형제지간입니다. 그런데 화가가 그려 놓은 그림은 마치 두 종류의 꽃처럼 보입니다.

평복 입고 채식하나 몸을 편안히 할 수 있는데	褐衣蔬食足安身
끝없이 재물을 탐닉하는 세상 사람들을 한탄하네	溺貨滔滔歎世人

우연히 밭 사이를 향하다 한 번의 개탄을 더하니	偶向田間增一慨
들꽃에 어찌하여 또한 금은이 있는가	野花何事亦金銀

박태순, 「금은화金銀花」

벼슬하여 출세하지 않고 채소만 먹고 살아도 몸을 편안히 할 수 있습니다. 그런데 세상 사람들은 하염없이 재물만 탐할 뿐입니다. 청빈한 삶을 모르니 그 심신이 평생 피곤하지 않겠습니까? 한탄이 절로 나옵니다. 우연히 밭 사이를 향하다가 다시 한 번 개탄을 합니다. 소박해야 할 들꽃에 금은이라는 이름이 있다니!

박태순(朴泰淳, 1653~1704)은 숙종 때 형조판서와 전라도와 경상도 관찰사를 지냈습니다.

중국에서는 오래전부터 인동초를 차로 마셨는데 특히 청나라 때 인동초차가 유행했다고 합니다. 여름철 더위를 이기는 데 효험이 뛰어났다고 합니다.

언덕에 인동초가 있어	坂有忍冬草
채취하여 차 대신 마시네	采茋代茶飮
이외엔 좋은 물건이 없으니	此外無長物
등나무 침상과 자기 베개뿐이네	藤床與瓦枕

권춘란, 「차나무 언덕〔茶坂〕」

조선에서도 어떤 이들은 인동초를 차의 대용품으로 이용했나 봅니다. 권춘란(權春蘭, 1539~1617)은 퇴계 이황의 문인으로 선조 때 영천 군수와 의성 현령 등을 지냈습니다. 이 시는 주자의 시에 차운한 것입니다.

서울의 여러 도로변 언덕에는 조경 식물로 인동초를 많이 심어놓았습니다. 인동초는 남쪽에서는 상록 식물이지만 서울 같은 북쪽 지역에서는 낙엽 식물로 변하고 맙니다. 물론 그 덩굴줄기는 추위에 강하여 이듬해 잎과 꽃을 다시 피웁니다. 요즘에는 붉은 꽃이 피는 아메리카가 원산지인 외래종 인동초도 곳곳에서 흔히 볼 수 있습니다. 금은화란 이름을 이 외래종에는 적용하지 못할 듯합니다.

봉 황 이 머 무 는 신 령 한 나 무

벽오동

중국 고서에 등장하는 오동나무

늦봄 오월 허공에는 여기저기 보랏빛이 화사합니다. 오동꽃이 본격적으로 피어나 조만간 여름이 올 것을 알리는 것입니다. 두꺼운 육질의 통꽃인 오동꽃은 보랏빛 색상이 좋고 향기 또한 뛰어나며, 아름드리로 자라는 줄기는 늠름하기가 그지없습니다.

그런데 중국의 고서에 나오는 오동은 우리가 벽오동碧梧桐이라고 부르는 나무를 지칭하는 용어였습니다. 중국에서는 벽오동이란 이름은 거의 사용하지 않았고, 오동 혹은 청동青桐이라 했습니다. 또 우리가 오동나무라고 하는 것을 중국에서는 포동泡桐이라고 합니다. 오동과 벽오동은 종류가 완전히 다른 나무로서 벽오동은 줄기가 푸르고, 희고 작은 꽃들이 졸망졸망 모여서 핍니다. 반면에 오동은 보라색 혹은 흰색의 통꽃이 종처럼 줄줄이 매달려 핍니다. 그 잎과 열매 또한 형태와 크기가 서로 다릅니다. 어쨌든 고대 중국인들은 오동(벽오동)을 악기와 상자 등을 만드는 유용한 재목으로 중시하였고 또한 신령한 나무로 받들었습니다.

봉황이 우네	鳳凰鳴矣
저 높은 언덕에서	于彼高岡
오동나무 자라네	梧桐生矣
저 산 동쪽에서	于彼朝陽
오동나무 무성하고	菶菶萋萋
봉황은 화락하게 우네	雝雝喈喈

『시경』, 「대아大雅 · 권아卷阿」 중에서

위 『시경』의 시에서 언급하고 있는 오동은 벽오동입니다. 봉황은 신화상의 상서로운 새로서 언제나 벽오동나무에만 머문다고 합니다. 봉황과 오동나무의 관계는 이처럼 일찍부터 형성된 신화로서, 『장자』, 「추수秋水」에서도 "원추(鵷雛, 봉황의 일종)는 남해에서 출발하여 북해까지 날아가는데 오동이 아니면 머물지 않고, 연실(練實, 죽실)이 아니면 먹지 않고, 예천(醴泉, 단 샘물)이 아니면 마시지 않는다"라고 했습니다.

봉황은 위대한 정치 지도자인 성인聖人의 출현과 태평성대를 상징하는 상서로운 새인 까닭에 봉황과 오동나무의 신화는 동아시아 전역에 퍼져나가 모두가 공유하는 보편적인 신화가 되었습니다. 지금도 그 신화의 효력은 여전하여 봉황은 청와대의 문장으로 사용되고 있고, 벽오동은 일본 왕실의 문장으로 사용되고 있습니다.

정성이 정중앙에 위치할 때	定之方中
초궁을 짓네	作于楚宮

봉황이 머무는 벽오동

해 그림자를 헤아려서   揆之以日

초실을 짓네   作于楚室

개암나무 밤나무와   樹之榛栗

산오동 오동 개오동 옻나무를 심어   椅桐梓漆

베어다가 금과 슬을 만드네   爰伐琴瑟

『시경』, 「용풍鄘風 · 정지방중定之方中」 중에서

대만인 생물학자 반부준은 『시경식물도감』에서 이 노래에 등장하는 '동
桐'은 벽오동이 아닌 오동나무[泡桐]로 보아야 한다고 했습니다. 그 이유는 경
제적 목적에서 조림을 한 것이므로 재목으로서 경제적 가치가 벽오동보다도
상대적으로 훨씬 높은 오동나무가 마땅하다고 했습니다. 일리 있는 주장이라
생각합니다.

베어져 거문고가 되고자 하네

『서경書經』, 「우공禹貢」에 "역양고동嶧陽孤桐"이라 했는데, 즉 역산嶧山의 남쪽 언덕
에 한 그루 오동나무가 자라는데 금琴을 만드는 데 적합했다고 합니다. 역산
이 어디를 가리키는지에 대해서는 강소성 하비下邳의 갈역산葛嶧山이라는 설과
산동성 추현鄒縣의 추역산鄒嶧山이라는 설이 있습니다.

봉황이 머무는 곳   鳳凰所宿處

달빛 비추는 외로운 오동나무 차갑네   月映孤桐寒

마른 잎 영락하여 다 졌는데   槁葉零落盡

빈 가지엔 푸른빛 남아 있네   空柯蒼翠殘

허심을 누가 볼 수 있는가	虛心誰能見
곧은 그림자 무단하지 않네	直影非無端
음향 울리니 가락이 오히려 괴로운데	響發調尙苦
청상곡을 수고롭게 한 차례 연주하네	淸商勞一彈

왕창령, 「단유청의 고동[段宥廳孤桐]」

봉황이 머무는 외로운 오동나무가 달빛 속에 차갑습니다. 가을에 잎이
다 졌지만 오히려 푸른빛을 잃지 않았습니다. 벽오동은 겨울에도 줄기와 가지
가 푸른빛을 띠기 때문입니다. 세속에 대한 욕심을 버린 그 허심을 누가 알 수
있을까요? 곧은 그림자가 그 마음을 투영할 뿐입니다. 고동은 끝내는 금이 됩
니다. 슬픈 가락을 토해내며 「청상곡」을 전합니다. 왕창령(王昌齡, 698~756)은
이백·두보와 이름을 나란히 한 시인으로서 특히 칠언절구를 잘 지어서 '칠절
성수七絕聖手'로 불렸고, 또 '시가천자詩家天子'란 칭호를 얻었습니다.

타고난 성질이 본래 높이 자라는데	天質自森森
고고함이 몇백 길이던가?	孤高幾百尋
하늘 찌르며 굴복하지 않고	凌霄不屈己
땅을 얻음에 본래 마음이 없네	得地本虛心
세월 오래되니 뿌리가 더욱 장대하고	歲老根彌壯
햇볕 높으니 잎이 더욱 그늘지네	陽驕葉更陰
태평시절에 원망을 풀어주려고	明時思解慍
베어져 오현금이 되고자 하네	願斫五弦琴

왕안석, 「고동孤桐」

오동나무꽃

　　송나라의 정치가이자 문필가 왕안석王安石의 시인데, 역시 외로운 오동나무의 고고하고 세속에 대한 욕심을 비운 허심과 끝내 오현금五絃琴이 되어서 백성들의 원망을 풀어주려는 희생정신을 칭송하고 있습니다. 오현금은 남훈금南薰琴이라고도 합니다. 순舜임금이 오현금을 타면서 「남풍가南風歌」를 노래했는데, 그 가사는 "남풍이 훈훈함이여. 우리 백성의 노여움을 풀어주리라. 남풍이 때맞춰 불어옴이여. 우리 백성의 재물을 부유케 하리라"였습니다.

오동잎에 적은 시

당나라 시인 맹계가 편찬한 『본사시』에는 다음과 같은 기사가 실려 있습니다.

고황이 낙양(洛陽)에 있을 때 한가한 틈을 타 세 시우(詩友)들과 함께 궁궐 원림에서 놀았다. 흐르는 물가에 앉아 있다가 큰 오동잎을 물에서 건져냈는데 그 위에 시가 적혀 있었다.

한번 깊은 궁궐로 들어오니	一入深宮裏
해마다 봄을 볼 수 없네	年年不見春
애오라지 한 이파리에 시를 적어서	聊題一片葉
정을 품은 사람에게 보내노라	寄與有情人

고황은 이튿날 상류에서 오동잎에 다음과 같은 시를 적어서 물결에 띄워놓았다.

꽃이 진 깊은 궁궐에 꾀꼬리 소리 또한 슬픈데	花落深宮鶯亦悲
상양궁 궁녀가 애간장 끊길 때이네	上陽宮女斷腸時
황제의 궁성에서 동쪽으로 흐르는 물을 막을 수 없으니	帝城不禁東流水
이파리 위에 시를 적어 누구에게 보내려는가	葉上題詩欲寄誰

10여 일 후에 어떤 사람이 원림 안에서 봄 구경을 하다가 또 오동잎 위에 적은 시를 얻어서 고황에게 보여주었다. 시는 다음과 같았다.

한 이파리에 적은 시가 궁궐 밖으로 나가니	一葉題詩出禁城
누가 화답하여 홀로 정을 품었는가	誰人酬和獨含情
물결의 이파리를 따를 수 없음을 스스로 한탄하니	自嗟不及波中葉
출렁이는 봄물 타고 차례로 흘러가네	蕩漾乘春取次行

당나라 고황(顧況, 727?~815?)은 평생 저작랑著作郞 등 낮은 관직에서 떠돌았지만 명성 있는 시인이었습니다. 그가 낙양의 궁궐 원림에서 놀다가 궁궐 안에서 흘러나온 오동잎을 얻었는데 그 위에 시가 적혀 있었다고 합니다. 상양궁의 어떤 궁녀가 오동잎에 시를 적어 물에 띄워 보낸 것입니다. 상양궁은 궁궐 원림의 동쪽에 있던 별궁인데, 한때 측천무후가 거주했던 곳입니다. 고황은 얼굴도 모르는 그 어떤 궁녀의 시에 화답하는 시를 오동잎에 적어서 물길로 보냈습니다. 물론 어떤 기대를 하고 한 일은 아니었습니다. 그런데 기적처럼 다시 그 답장을 받았습니다. 물론 그 궁녀가 누군지는 영원히 알 수 없었습니다. 궁녀는 궁궐이라는 폐쇄된 공간에 유폐된 여인입니다. 국왕의 총애를 받는 특별한 처지가 아니라면 대다수 궁녀들은 외로움 속에서 생애를 보내야 했습니다. 그래서 종종 이처럼 외부와의 소통을 시도하곤 했습니다. 굳이 오동잎에 외로운 심회를 적은 것은 오동잎이 다른 어느 이파리보다 크기 때문일 것입니다.

가을을 알리는 나무

옛말에 "오동잎 한 닢 떨어지니 천하에 가을이 왔음을 안다"고 했습니다. 크고 넓은 오동잎은 가을 기운에 민감하여 일찍 낙엽이 됩니다. 그래서 예부터 가을을 알리는 나무로 간주되었습니다.

곧은 줄기 무성히 옥섬돌 옆에 있고	直幹扶疏玉砌傍
좋은 재목이 역산의 남쪽을 탓하지 않네	良材不數嶧山陽

高士洗桐圖
題克園畫

「고사세동도高士洗桐圖」, 장승업, 조선,
삼성리움 소장

벽오동나무 열매

불태워지던 당일에 기이한 화를 당하고	焦焚當日遭奇禍
벽력은 어느 해에 내려와 데려갔던가	霹靂何年下取將
짙은 그림자 마당에 드리워 흰 달빛을 알고	濃影鋪庭知皓月
미풍이 잎을 떨구니 맑은 서리를 깨닫네	微風拂葉覺淸霜
은상과 금정에 짙은 그늘 합하고	銀床金井繁陰合
높은 가지에 깃들 봉황을 기다리네	待見高枝棲鳳凰

채수, 「오동엽」

조선 전기의 문신 채수蔡壽는 "미풍이 잎을 떨구니 맑은 서리를 깨닫네"라고 오동잎의 낙엽을 통하여 가을을 안다고 했습니다. 그런데 이 시는 오동나무에 관련된 고사를 총집합해놓은 듯합니다. 역산은 이미 언급하였듯이 고대 오동나무의 산지입니다.

셋째 구의 "불태워지던 당일"이란 '초미금焦尾琴'의 고사인데, 후한 때 오吳 땅의 어떤 사람이 오동나무를 태워 밥을 짓고 있었는데, 그 불타는 소리를 때마침 채옹蔡邕이 듣고서 좋은 목재임을 간파해 장작으로 불타던 오동나무를 구해다가 금을 만드니 과연 아름다운 소리가 났다고 합니다. 그런데 금의 꼬리 부분에 여전히 불탄 흔적이 남아 있어서 '초미금'이라고 이름이 붙여졌다고 합니다. 넷째 구의 "벽력" 운운한 것은 '벽력금霹靂琴'의 고사로서 벼락을 맞고 말라 죽은 오동나무로 만들었다는 유명한 금에 대한 이야기를 가져온 것입니다. 이에 대해서는 당나라 유종원柳宗元이 쓴 「벽력금찬인霹靂琴讚引」이란 유명한 글이 있습니다. 은상銀床은 우물 난간이며, 금정金井은 난간을 화려하게 장식한 우물을 말합니다.

국화와 붉은 잎 가을 산에 가득한데	黃花紅葉滿秋山

달빛 어린 은하수 밤이 깊지 않네   月浸銀河夜未闌

오동잎 적막히 깊은 담장에 떨어지는데   寂寞梧桐深院落

누가 어디에서 난간에 기대고 있는가   有人何處倚闌干

야율초재,「설백통의 운에 화답하다〔和薛伯通韻〕」

야율초재(耶律楚材, 1190~1244)의 시인데 역시 오동잎의 낙엽을 통해 적막한 가을을 묘사했습니다. 야율초재는 거란의 귀족 출신으로 한문에 능통하고, 온갖 서적을 섭렵했으며 천문·지리·율력에도 정통했습니다. 금나라를 멸망시킨 칭기즈칸에게 발탁되어 참모로서 6년 동안 서역 정벌에 참여했으며, 그곳의 견문록인『서유록西遊錄』을 남겼습니다. 나중에 원나라를 건국할 때 중서령中書令을 지내면서 국가제도를 확립하는 데 막대한 공을 세웠습니다.

미인이 이별을 슬퍼하며   美人傷別離

우물물 긷고자 항상 새벽을 기다리네   汲井常待曉

도르래 도는 소리에 근심 짓고   愁因轆轤轉

쌍으로 깃든 새에 놀라네   驚起雙栖鳥

우물 난간 옆에 홀로 서 있는데   獨立傍銀牀

벽오동이 바람 속에 하늘거리네   碧桐風裊裊

육구몽,「우물가의 오동〔井上桐〕」

당나라 육구몽陸龜蒙은 우물가의 벽오동을 노래했습니다. 벽오동은 '정동井桐'이라 불리기도 하는데, 이러한 별칭은 중국에서 옛날부터 우물가에 벽오동을 심는 관습에서 유래한 것입니다.

어느 해 한 벗과 함께 회기역 근처 파전골목에서 대낮부터 파전 한 접시를 앞에 두고 동동주를 기울이고 있었습니다. '오동나무집'이란 옥호의 그 가게 앞에는 아름드리 오동나무가 장엄하게 서 있었는데 때마침 보랏빛 꽃이 한창이었습니다. 그 꽃향기가 가게 안에 진동하여 벗과 나는 감탄을 금치 못하였습니다. 그런데 갑자기 광풍과 함께 소나기가 억수같이 쏟아졌습니다. 그 광란의 소나기는 한 시간 만에야 겨우 그쳤습니다. 벗과 내가 '오동나무집'을 나오니 골목엔 비바람에 떨어진 보랏빛 오동꽃이 가득하였습니다. 우린 그 꽃들을 밟으며 돌아왔습니다. 그날 대낮부터 동동주를 기울이며 벗과 나눈 이야기는 전혀 기억이 나지 않는데 그 오동꽃 향기와 골목을 가득 메웠던 보랏빛 낙화는 지금도 생생하게 뇌리에 남아 있습니다.

꽃 중의 선우

치자

세상에서 드문 존재

송나라 문인 증조曾慥는 꽃 가운데서 열 명의 벗을 취했는데 담복簷蔔을 선우(禪友, 참선하는 벗)로 꼽았습니다. 담복은 곧 치자입니다. 왜 하필 치자를 선우라고 하였을까요? 불경 『유마경維摩經』에서 "담복 숲에 들어가면 다만 담복의 향기만 맡을 수 있을 뿐 다른 향기는 맡을 수 없다"고 거론하였기 때문일까요?

　치자는 그 꽃이 아름답고 향기가 좋을뿐더러 음식이나 의복에 물들이는 염료와 약용식물로서 경제적 가치가 높아서 일찍부터 사람들이 중시하였습니다. 한나라 때 이미 염료식물로서 치자와 꼭두서니(붉은색을 얻는 염료식물)를 재배하는 농원이 있었다고 합니다. 따라서 지방에 따라 불린 이름이 적지 않아서 담복 외에도 지자支子·황치黃梔·임란林蘭·월도越桃·목단木丹 등의 별칭이 있습니다. 치자라는 이름은 고대의 술잔인 '치卮'와 치자 열매의 형상이 비슷하여 '치자卮子'라고 불린 데서 유래했다고 합니다.

치자는 여러 나무에 비하면	梔子比衆木
세상에서 참으로 많지 않네	人間誠未多
몸 색은 유용하고	於身色有用
도기와 더불어 서로 화합하네	與道氣相和
붉은색은 바람서리 속 열매에서 취하고	紅取風霜實
푸른색은 비이슬 젖은 가지에서 보네	靑看雨露柯
무정한 너를 옮겨 심으니	無情移得汝
고귀한 모습이 강 물결에 비치네	貴在映江波

두보, 「치자」

치자는 세상에서 드문 존재입니다. 몸의 색은 염료로서 유용하고, 불경에 등장하는 꽃이기 때문에 도기道氣를 품고 있습니다. 붉은 열매는 서리가 내릴 때 따고, 사시사철 비이슬에 젖은 푸른 가지를 볼 수 있습니다. 무정하지만 고귀한 모습입니다. 이것이 두보가 본 치자의 모습입니다. 치자는 약용식물로도 유용합니다. 『본초강목』에 "치자는 오내五內의 사기邪氣와 위 속의 열기를 치료하고 기를 다스려 밝게 한다"고 하였습니다.

빗속의 두어 집에 닭이 울고	雨裏鷄鳴一兩家
대숲 개울의 마을길엔 나무다리 비껴 있네	竹溪村路板橋斜
며느리 시어미는 서로 부르며 욕잠하러 갔는데	婦姑相喚浴蠶去
한가히 마당의 치자꽃을 바라보네	閒着中庭梔子花

당나라 왕건王建, 「빗속에 산촌을 방문하다〔雨過山村〕」

치자꽃은 초여름에 핍니다. 비 오는 산골 마을 어느 마당에 피어 있는 치

세상의 드문 존재 치자

자꽃! 내 어린 시절 초여름 장마 속에 촉촉이 젖어 있던 우물가의 치자꽃이 문득 생각나는군요. 욕잠浴蠶은 옛날에 어린누에를 고르던 방법을 말합니다. 즉 누에를 물에 띄워서 우량종을 골라내는 것입니다.

치자의 네 가지 아름다움

치자는 원래 서역의 꽃이라고도 하고 중국이 원산지라고도 하는데 언제 이 땅에 들어왔는지는 알 수 없습니다. 조선 초에 따뜻한 남쪽 지방에서는 이미 치자를 밖의 화단에서 가꾸었고, 추운 한양에서는 화분에다 심어 재배했습니다.

강희안은 『양화소록』에서 치자는 네 가지 아름다움을 지녔다고 하며 다음과 같이 말했습니다. "치자는 네 가지 아름다움을 지녔다. 꽃의 색이 희고 살진 것이 첫째요, 꽃의 향이 맑고 풍부한 것이 둘째요, 겨울에도 잎이 변하지 않는 것이 셋째요, 열매로 황색 물을 들이는 것이 넷째다. 치자는 꽃 가운데서 가장 귀한 것인데도 감상하고 기르는 사람들이 잘 알지 못하고 자주 말려 죽이곤 한다." 또 "내가 눈꽃을 살펴보니 육각형이었고, 태음현정석太陰玄精石 역시 육각이었다. 대개 음기가 모인 것은 모두 여섯 수다. 이 치자꽃 역시 음기가 모인 것이기 때문에 꽃잎이 여섯 개가 나왔고, 성질이 건조하고 따뜻한 것을 몹시 싫어한다"고 했습니다.

꽃잎이 여섯 잎인 치자꽃을 음기의 화신으로 규정한 것입니다. 물론 치자꽃에는 겹잎인 천엽도 있습니다. 우리가 흔히 꽃치자라고 부르는 겹잎의 치자가 그렇습니다. 꽃치자는 향기는 강렬하지만 열매가 없어서 뭔가 허전한 감을 금할 수 없습니다. 진정 그 주황색 열매가 없다면 어찌 치자라고 할 수 있겠는지요?

열매는 황금빛 아름다움이 사랑스럽고	子愛黃金嫩
꽃은 백옥색과 향기가 어여쁘네	花憐白玉香
게다가 겨울의 잎이 있어서	又有歲寒葉
푸릇푸릇 눈과 서리를 이긴다네	靑靑耐雪霜

성삼문, 「치자화」

황금빛 열매와 백옥색으로 향기가 강렬한 꽃, 그리고 겨울에도 눈과 서리를 이겨내는 늘 푸른 잎, 이것이 치자의 진면목입니다.

담복은 언제 옛 가지를 떠나왔던가	詹蔔何年辭故枝
별원으로 옮겨 온 후 예전처럼 변함없네	移來別院故依依
꽃이 여섯 잎으로 피는 것은 종류가 드문데	花開六出無多種
잎은 무성하게 천 층을 이루니 또한 기이하네	葉鬪千層又一奇
향긋한 코는 선로의 음식을 실컷 맛보고	香鼻飽參禪老味
꽃의 이름은 두릉의 시로 들어갔네	芳名都入杜陵詩
감상하는 마음 진정 봄바람과 멀지만	賞心正與東風隔
구경이 처음 피어 씨 맺을 때에 이르렀네	看到初開結子時

서거정, 「치자화」

선로禪老는 유마거사維摩居士로서 일찍이 중향국衆香國에 여덟 보살을 파견하여 향적여래香積如來에게서 부처가 먹고 남은 음식을 얻어다가 대중들에게 나누어 주었답니다. 그 음식은 향기가 진동하였다고 합니다. 치자의 향기를 부처의 향기 나는 음식에 비유한 것입니다. '두릉杜陵의 시'는 앞에서 소개한 두보의 시 「치자」를 말합니다. 두릉은 두보의 별호입니다.

치자 열매

치자는 명품은 아니지만　　　　　　　　　　　　　　栀子非名品
오히려 엄한 추위를 이겨내네　　　　　　　　　　　　猶能傲嚴寒
가지마다 묵은 푸름이 가득하고　　　　　　　　　　　枝枝森宿翠
열매마다 신단 빛이 찬란하네　　　　　　　　　　　　顆顆粲神丹
김종직, 「치자」

　　치자가 명품이 아니라면 과연 어떤 꽃이 명품이란 말입니까? 신단神丹은 동
한東漢 때 도사 위백양魏伯陽이 만들었다는 단사인데, 복용하면 시선詩仙이 된다
고 합니다. 스스로 치자 열매가 신단이라고 말하면서 명품이 아니라고 하니
모순이 아닙니까? 김종직이 생각하는 명품의 꽃이 어떤 것인지 궁금하군요.

이름은 헌황의 약초 숲에 오르고	名著軒皇藥草林
시는 한자가 섬돌에 앉아 읊었네	詩成韓子坐階吟
사랑스럽고 어여쁜 초록의 새잎이 나오니	可憐嫩綠新生葉
빈 처마에 정오의 해그늘을 만드네	猶作虛簷午景陰

정홍명鄭弘溟, 「치자」

헌황軒皇은 헌원軒轅으로서 곧 전설 속 황제의 이름입니다. 중국에서 가장 오래된 의서인 『황제내경』을 지었다고 전설은 전합니다. 한자는 당나라 한유인데, 그는 시 「산석山石」에서 "당에 올라 섬돌에 앉으니 새 빗발 쏟아지고, 파초 잎은 크고 치자는 살쪄 있네"라고 했습니다.

나는 여러 해 동안 화분에 치자를 가꾸었습니다. 여섯 잎의 순백의 꽃과 붉은 열매와 생쥐의 귀같이 뾰족한 초록 잎은 볼 때마다 즐거웠습니다. 그리고 그 향기는 진정 황홀하였습니다. 그런데 이태 전 엄동에 내 곁을 떠나가고 말았습니다. 100여 년 만에 처음이라는 그 추위가 너무 모질었던 것이었을까요? 아니면 나의 게으름에 실망한 것이었을까요? 어쨌든 항상 곁에 있던 벗이 갑자기 떠나버리다니 무정하기 짝이 없습니다. 그 같은 이별의 슬픔을 두 번 다시 당하지 않겠다고 맹세하였건만 그 아리따운 모습을 잊을 수가 없군요. 그래서 올해에는 다시 새 벗을 맞이하려고 생각하고 있습니다.

부 부 의 금 실

자귀나무

분노를 막는 묘약

봄꽃이 다 저버린 칠월에는 사방에 녹음만 가득합니다. 초여름이 되면 이 녹음의 적막을 깨고 붉은 불꽃처럼 기묘한 모습의 꽃이 피어나는데 바로 자귀나무의 꽃입니다.

자귀나무는 콩과 식물이고 낙엽교목으로 키가 5미터까지 자라는데 가지가 옆으로 넓게 펴집니다. 우리나라를 비롯한 동아시아와 동남아 일대가 그 원산지이며 우리의 산과 들에서 흔히 볼 수 있습니다. 요즘에는 중요한 조경수로서 인기가 높아서 도시의 화단이나 공원에서도 쉽게 마주칠 수 있습니다. 또한 도로가의 가로수로 심어놓은 곳도 많습니다.

자귀나무 잎은 미모사 잎과 비슷한 형태로 새의 깃털처럼 생겼습니다. 이 잎은 긴 줄기에 짝수로 나 있는데 밤이 되면 서로 합쳐지고 낮에는 부채처럼 활짝 펴집니다. 이러한 특징 때문에 잠자는 귀신 같은 나무라 하여 자귀나무라는 이름이 붙여졌다고 합니다. 물론 누군가가 상상력을 발휘해 제기한 주장이겠지요. 한자로는 합혼合昏 혹은 야합夜合이라고 하는데 밤에 잎이 서로 합쳐진다는 의미입니다. 또 합환合歡이라고 하는데 다정한 남녀처럼 즐거움을 나눈다는 뜻입니다. 이런 이유로 자귀나무를 부부의 침실 앞에 많이 심었다고 합니다.

그러나 사실 자귀나무 잎은 밤에만 합쳐지는 것이 아닙니다. 그 잎은 빛과 온도에 민감하여 비가 오거나, 날이 흐리거나, 건조하거나, 기온이 너무 높을 때도 잎이 서로 합쳐지곤 합니다.

자귀나무에 관한 기록은 고대의 여러 문헌에서 어렵지 않게 찾아볼 수 있습니다. 그만큼 우리 생활에 일찍부터 밀접했다는 것이겠지요.

> 사람의 근심을 잊게 하고 싶다면 단극丹棘을 준다. 단극은 일명 망우초(忘憂草, 원추리)인데 사람이 근심을 잊게 한다. 사람의 분노를 없애고 싶으면 청상靑裳을 준다. 청상은 일명 합환合歡인데 합환은 분노를 잊게 한다.
>
> 진晉나라 최표, 『고금주古今注』 중에서

최표의 『고금주』에 따르면 자귀나무의 별칭은 청상이고 사람의 분노를 풀 수 있다고 했습니다.

> 『산해경』에 "진산秦山에 정목합환貞木合歡이 많다"고 했다. 일명 야합夜合이고, 일명 청상靑裳인데 북쪽 사람들은 마영화馬纓花라고 한다. 나무는 오동梧桐 같고, 잎은 조협皁莢나무나 회화나무와 같이 저녁이 되면 합쳐진다. 오월에 꽃이 피고 홍백색인데 색실 같다. 혜강嵇康이 합환으로 분노를 풀었다고 한다.
>
> 주기周祈, 『명의고名義考』 중에서

중국 북부 지역에서는 자귀나무를 마영화라고 불렀다고 합니다.

진나라 죽림칠현 가운데 한 사람인 혜강嵇康은 자신의 집 앞에 자귀나무를 많이 심었는데 바로 분노를 다스리고자 그리했다고 합니다.

『군방보群芳譜』에서는 "당나라 두고杜羔의 처 조씨趙氏는 항상 단오에 야합화夜合花를 따다가 베개 안에 넣어두었다. 두고가 조금이라도 즐거워하지 않으면 곧 그것을 조금 가져다가 술에 넣어서 여종을 시켜 보내어 마시게 했는데 금방 즐거운 마음이 되었다"고 했습니다.

『본초강목』에서도 "합환은 맛이 달고 오장五臟을 편안하게 하고 심지心志를 화평하게 한다. 사람을 즐겁게 하고 근심을 없애는데 오래 복용하면 몸을 가볍게 하고 눈을 밝게 한다"고 했습니다.

정을 지닌 나무

자귀나무는 일찍이 한나라와 진晉나라 궁궐에서 재배되었는데, 그 꽃이 남녀의 사랑을 상징하고 분노를 풀어준다는 약효 때문에 문인들이 직접 재배하고 시문으로 노래한 꽃나무입니다.

남쪽 이웃에 기이한 나무가 있어	南隣有奇樹
봄기운 받들어 흰 꽃을 피웠네	承春挺素花
풍부한 깃털은 긴 가지를 덮고	豐翹被長條
초록 잎은 붉은 줄기를 가렸네	綠葉蔽朱柯
바람 불면 작은 음률을 토하고	因風吐微音
향기는 붉은 놀로 들어가네	芳氣入紫霞
내 마음이 이 나무를 좋아하여	我心羨此木

자귀나무

내 집에 옮겨 심고 願徙著余家

저녁에는 그 아래서 놀고 夕得遊其下

아침에는 그 꽃을 즐기고 싶네 朝得弄其葩

네 뿌리는 깊고도 견고한데 爾根深且固

내 집은 얕으면서 진흙탕이니 余宅淺且洿

옮겨심기가 참으로 기약할 수 없어 移植良無期

탄식하며 장차 어이하리오   歎息將如何

진晉나라 양방楊方, 「합환合歡」

　　남쪽 이웃에 기이한 나무가 있어서 지금 아름다운 꽃을 활짝 피웠습니다. 깃털 같은 꽃과 초록 잎의 녹음! 이 나무를 좋아하여 집에 옮겨 심고 밤낮으로 바라보며 즐기고 싶습니다. 그러나 나무의 뿌리는 깊고 견고한데 내 집의 흙은 얕고 물러서 옮겨 심을 수가 없습니다. 그저 탄식만 할 뿐입니다. 이 시에서 자귀나무는 이룰 수 없는 사랑의 대상인 듯합니다. 짝사랑하는 어떤 여인을 자귀나무로 비유한 것이 아닐는지요? 자귀나무는 정을 지닌 나무라고 하여 유정수有情樹라고도 하는데, 어찌 이 애타는 사랑을 몰라주는 것일까요?

한 달 늦게 옮겨 심었더니   移晩較一月

꽃이 반년이나 늦게 피었네   花遲過半年

꽃이 피니 늦가을날인데   紅開杪秋日

푸른 잎 합쳐지니 날이 저물려 하네   翠合欲昏天

흰 이슬 맺혀도 죽지 않고   白露滴不死

서늘한 바람 부니 더욱 곱네   凉風吹更鮮

시기가 지났는데 누가 기꺼이 보아주겠는가   後時誰肯顧

오직 나와 그대가 사랑하리라   惟我與君憐

백거이, 「늦게 핀 야합화를 대하다. 황보 낭중에게 주다(對晚開夜合花, 贈皇甫郎中)」

　　초여름에 피어야 할 자귀나무가 늦가을에 피었습니다. 시기를 맞추지 못하고 한 달 늦게 옮겨 심었더니 반년이나 늦게 꽃이 핀 것입니다. 그런데 가을 이슬을 이기고 서늘한 바람 속에서도 더욱 아름답습니다. 이 늦은 시기에 핀 꽃을 누가 보아주겠습니까? 오직 나와 그대만이 사랑해줄 것이라고 했습니다. 황보 낭중은 백거이와 친했던 황보식(皇甫湜, 777~835)인데 공부낭중工部郎中을 지냈습니다.

합혼의 가지가 늙어 처마 모서리에 닿고　　　　　　合昏枝老拂簷牙
홍백으로 햇무리에 잠긴 꽃을 피워냈네　　　　　　紅白開成蘸暈花
가장 좋은 것은 맑은 향이 분노를 없애주니　　　　最是清香合鑴忿
수십 일 동안 바람이 비단 창으로 향기를 보내주네　累旬風送入窗紗

송나라 한기(韓琦, 1008~1075), 「합혼合昏」

자귀나무 가지가 늙어서 처마 모서리까지 닿았습니다. 홍백색 꽃은 햇무리에 잠긴 듯합니다. 그 나무의 가장 좋은 점은 향기가 분노를 삭여주는 것인데 수십 일 동안이나 바람이 비단 창으로 향기를 전해줍니다. 화를 내지 않는다면 그만큼 평안하겠지요.

자귀나무 꽃은 우산 모양으로 피는데 그 꽃술은 아래는 희고 위는 붉습니다. 멀리서 바라보면 마치 불꽃 같기도 합니다.

꽃나무들이 겹겹이 임금 수레를 가리니　　　　花樹重重隔翠華
미인은 양 수레를 머물게 할 계책이 없네　　　玉顏無計駐羊車
푸른 비단 등롱 속엔 은등잔불 가물대는데　　碧紗籠裏銀缸影
심궁의 야합화를 비춰보네　　　　　　　　　照見深宮夜合花

왕의王誼, 「야합화夜合花」

꽃나무들이 무성하게 임금의 수레를 가려서 볼 수가 없습니다. 그러니 미인은 양 수레를 자신의 거처에 머물게 할 방도가 없습니다. 양 수레는 바로 궁궐에서 임금이 탄 수레입니다. 진晉나라 무제는 항상 양이 끄는 수레를 타고서 그 수레가 가는 대로 놓아두었다가 수레가 멈춘 궁녀의 거처에서 밤을 보냈다고 합니다. 그래서 궁녀들은 양 수레를 유인하려고 양들이 좋아하는 댓잎을 거처의 문에 꽂아놓고 소금물을 땅에 뿌려놓았다고 합니다.

밤새 양 수레를 기다렸건만 푸른 비단 속 은등잔불은 이제 꺼지려고 가물댑니다. 새벽이 가까워진 것입니다. 그래도 미련이 남아서 희미한 등잔불로 임금이 계신 심궁의 야합화를 비춰봅니다.

먼 여행 소식은 하늘 끝에 이르렀는데	遠遊消息到天涯
제비만 공연히 첩의 집에 이르렀네	燕子空能到妾家
봄 경치는 홀로 있는 사람을 알지 못하고	春色不知人獨自

합환화 자귀나무꽃

마당 앞에 합환화를 두루 피어놓았네 　　　　　　庭前開徧合歡花

명나라 왕야王野, 「합환화合歡花」

사랑하는 낭군의 소식은 먼 하늘 끝에 있습니다. 봄이 되어 제비만 다시 찾아왔습니다. 봄 경치는 홀로 있는 사람의 외로운 심정을 알지 못하고 마당 앞에 합환화를 두루 피워놓았습니다. 합환화는 사랑하는 사람이 함께 보아야 할 꽃인데도!

매우가 개니 곳곳에 개구리 울고 　　　　　　梅雨晴時處處蛙
항상 집에서 술 빚으니 외상술이 필요 없네 　　尋常家釀不須賒
노친께서 취한 후 접시의 음식을 나눠 주고 　　老親醉後盤餐散
꽃병 속에서 처음 야합화가 피어났네 　　　　　瓶裏初開夜合花

명나라 진계유陳繼儒, 「야합화夜合花」

매우는 매실이 익을 때 내리는 초여름 장맛비입니다. 장맛비가 내리니 곳곳에 개구리 우는 소리가 요란합니다. 항상 집에서 술을 빚으니 주막에서 외상술을 살 필요가 없습니다. 노친께서 술에 취하신 후 접시의 음식들을 고루 나눠 주었습니다. 꽃병에 꽂아둔 야합화가 처음 피어났습니다. 참으로 화목한 집안 같습니다.

푸른 잎을 이미 교묘히 합치고 　　　　　　　翠葉既巧合
붉은 꽃도 또한 기이하게 만들었네 　　　　　　紅英亦異製
깎고 아로새김이 어찌 여기까지 이르렀던가 　　刻雕其至此
조화옹의 세심함에 세 번 감탄하네 　　　　　　三歎化翁細

푸른 잎은 합쳐지고, 붉은 꽃의 모습도 기이하니 자귀나무의 잎과 꽃은 참으로 조화옹(조물주)의 신묘한 솜씨가 빚은 결과입니다. 그 세심한 마음에 그저 감탄만 나올 뿐입니다.

합환화는 한낱 아름다울 뿐이고	合歡花徒艶
의남초는 스스로 자랄 뿐이네	宜男草自生
첩의 한이 언제나 그칠 것인가	妾恨何時已
낭군을 보면 마음이 비로소 편안해지리라	見郎心始平

최기남, 「염체艶體」

합환화는 분노를 풀어준다는 묘약이고, 의남초는 원추리의 별칭인데 여인이 복용하면 남아를 낳는다고 하여 붙여진 이름입니다. 원추리는 또한 근심을 풀어준다고 하여 망우초忘憂草라고도 합니다. 그러나 이 여인의 한에는 합환화나 의남초의 약효가 무용지물입니다. 이 여인의 한을 풀어줄 수 있는 것은 오직 낭군뿐입니다.

최기남(崔奇男, 1586~?)은 선조 때 시로 명성을 떨친 위항시인委巷詩人이었습니다. 특히 남녀의 애정을 내용으로 하는 염체시에 뛰어났습니다.

자귀나무는 내 어릴 적부터 몹시 친숙한 꽃이었습니다. 외가의 시골 언덕에 자귀나무가 많았는데 소가 그 잎을 좋아하여 농부들은 낫으로 그 가지를 한 다발씩 베어다가 외양간에 던져주곤 했습니다.

나는 곤충채집을 좋아했는데 긴꼬리제비나비를 잡으려면 으레 자귀나무를 찾아가곤 했습니다. 그 나비는 항상 자귀나무 꽃 위에 있었으니까요. 그

것은 결코 우연이 아닙니다. 수십 년 동안 내가 자귀나무 꽃 위에 앉아 있는 긴꼬리제비나비를 목격한 것이 수십 번도 넘습니다.

지금 내가 사는 곳에서 가까운 공원에 자귀나무가 많습니다. 올여름 혹시 자귀나무 꽃에 앉은 긴꼬리제비나비를 목격하게 될지도 모르겠습니다.

화 중 소 년

패랭이꽃

석죽화는 소년이라

오랜만에 섬진강가 구례를 찾았습니다. 화엄사 입구 광의마을로 가서 경술국
치庚戌國恥 때 자결한 애국 시인 매천 황현의 영정을 모신 매천사梅泉祠를 둘러보
았습니다. 그곳 마을은 근래 야생화 재배 단지로 변모하였습니다. 길가의 한
비닐하우스에는 온통 패랭이꽃만 가득하였습니다. 빨강, 분홍, 흰색 등 색깔
도 다양하고 모양 또한 제각기 다른 여러 종류의 패랭이꽃이 있었습니다. 우
리 토종의 패랭이꽃이 이처럼 종류가 많은지 처음 알았습니다.

우리 꽃노래에서는 "박꽃은 노인이요 석죽화石竹花는 소년이라"고 하였습
니다. 석죽화는 패랭이꽃의 한자어입니다. 꽃과 줄기가 앙증맞게 작아서 소년
이라고 한 것이라 짐작됩니다. 패랭이는 조선 시대에 일반 서민이 쓰던 모자인
데 꽃 모양이 마치 패랭이와 같다고 하여 붙여진 이름입니다. 그러니 패랭이는
처음부터 귀골 아닌 서민의 이미지로 취급된 것입니다.

한편 석죽화란 이름은 돌밭 같은 거친 땅에서 자라고 대나무처럼 마디가

있다고 하여 붙여진 이름이라고 짐작됩니다.

마디는 차군을 닮아 고상한데 　　　　　　節肖此君高

꽃은 아녀자의 아름다움을 피워내네 　　　　花開兒女艶

떨어져 날려 가을을 견디지 못하니 　　　　飄零不耐秋

대나무에게 외람됨이 없겠는가 　　　　　　爲竹能無濫

이규보, 「석죽화」

바위는 대나무가 자랄 곳이 아니고 　　　　石也非竹生

대나무는 본래 꽃이 없는데 　　　　　　　竹也本無花

이렇게 이름 지은 것은 　　　　　　　　　以玆立名字

아마 과장에 가까우리라 　　　　　　　　　無乃近於誇

그렇다 하나 차공 댁엔 　　　　　　　　　雖然此公宅

물건마다 절로 사악함이 없네 　　　　　　物物自無邪

이행, 「석죽화」

고려 이규보와 조선 이행(李荇, 1478~1534)은 모두 석죽화란 이름에 대나무 죽竹 자가 들어 있지만 일년생 초본인 석죽화가 대나무와 같지 않음이 유감이라고 하였습니다. 차군此君은 대나무의 별칭인데, 이행은 이를 차공此公으로 바꾸어 사용하였습니다.

시골 노인의 꽃

산과 들, 냇가 등지의 풀밭에서 자라는 패랭이는 아무래도 신분 높은 귀공자

패랭이꽃

들보다는 서민들에게 더 친숙한 꽃이었습니다.

세상에서는 모란의 붉은 꽃을 사랑하여	世愛牡丹紅
화원 가득히 재배하네	栽培滿院中
누가 아는가 황량한 초야에도	誰知荒草野
또한 좋은 꽃 떨기가 있음을	亦有好花叢
색은 시골 연못의 달빛에 비추고	色透村塘月
향기는 밭두둑 나무의 바람 속에 전해지네	香傳隴樹風
땅이 궁벽하여 공자들은 적게 오니	地偏公子少
아름다운 자태는 시골 늙은이의 몫이라네	嬌態屬田翁

정습명, 「석죽화」

품격과 색이 비록 좋다 하나	品色雖云好
항상 풀밭 속에서 의지하네	常倚草莽中

비 내리어 작은 잎 돋아나고	雨沾生細葉
이슬 젖어 꽃떨기 무리 이루었네	露浥亞芳叢
모랫둑 달빛 속에 꽃 그림자 얕고	影淺沙堤月
버들 언덕의 바람 속에 향기 이어지네	香連柳岸風
누가 보고서 감상해줄 건지를 말하지 마오	莫言誰見賞
옆에 백발노인이 있다오	邊有白頭翁

원천석, 「석죽화」

냇가에서 평범하게 점점이 붉게 피었는데	川邊尋常點點紅
어린 하인이 나에게 아부하러 정원 안으로 들여왔네	奚童媚我入園中
가련하구나 풍격이 시골에서 생애를 마치니	可憐風格終田野
백발로 관직에 있는 깡마른 나와 같구나	白首官居踈瘦同

최립, 「석죽화」

고려의 정습명(鄭襲明, ?~1151)과 원천석(元天錫, 1330~?), 조선의 최립 모두 패랭이를 훌륭한 품격을 지니고 있으나 시골의 풀밭에 내버려져서 시골 노인이나 감상하는 꽃이라고 하였습니다. 세 사람 모두 초야에 버려진 자신들의 신세를 패랭이꽃에 비유한 것입니다.

그러나 원래 패랭이꽃은 초야에 버려진 존재가 아니었습니다. 이미 남북조시대부터 궁중에서 애완하던 꽃으로서 '낙양화洛陽花'란 별칭까지 얻은 귀한 신분이었습니다.

「황묘농접」, 김홍도, 조선, 간송미술관 소장

「패랭이꽃」, 『표암첩』, 강세황, 조선, 국립중앙박물관 소장

비단옷에 핀 패랭이꽃

일찍이 남조에서 그린 미녀를 보니	曾見南朝畵國姓
옛 비단옷 위에 밝은 놀빛이 번져 있었네	古羅衣上碎明霞
지금 금전화와 함께 다투게 하지 마오	而今莫共金錢鬪
봄바람 매각한 건 이 꽃이라오	買却春風是此花

육구몽, 「석죽화」

당나라 문인 육구몽陸龜蒙이 남조에서 그린 미녀도를 보고 읊은 시인데, 그 미녀의 비단옷에 수놓아진 놀빛 석죽화를 노래하였습니다.

어려서부터 금옥에서 자라나	小小生金屋
아리따운 자태 자미성에 있네	盈盈在紫微
산꽃을 구름머리에 꽂고	山花揷寶髻
석죽화를 비단옷에 수놓았네	石竹繡羅衣
언제나 깊은 궁중에서 나와서	每出深宮裏
항상 보련을 수행하여 돌아가네	常隨步輦歸
다만 걱정스러운 건 가무가 파하면	只愁歌舞散
채색 구름으로 변하여 날아가버릴까 싶은 것이네	化作綵雲飛

이백, 「궁중행락사宮中行樂詞」

위 이백의 시에서 당나라 때 또한 궁녀들의 비단옷에 석죽화가 수놓여 있었음을 알 수 있습니다. 이처럼 석죽화는 남조 때부터 궁궐 여인들의 꽃이었습니다. 나아가 그림의 중요한 소재였으니 중국과 한국의 여러 초충도草蟲圖 등에

소년을 상징하는 패랭이꽃

서 패랭이꽃을 쉽게 찾아볼 수 있습니다.

붉은 꽃들과 봄빛을 다투는 것 수치스러운데	羞同紅紫競韶光
속세의 많은 근심 어찌 피할 수 있겠는가	塵世多憂詎勝忌
담박한 마음의 기약 석죽화에게 있으니	淡泊襟期有石竹
곁에 온 벌과 나비 그윽한 향기에 놀라네	邊來蜂蝶訝幽香

김안국, 「윤 찬성 인경의 작은 병풍에 적다. 석죽화(題尹贊成仁鏡所藏小屛, 石竹花)」

조선 중기의 문인 김안국(金安國, 1478~1543)이 찬성 윤인경이 소장한 병풍에 그려져 있던 석죽화를 읊은 시입니다. 벌과 나비와 함께 그려진 석죽화는 오늘날에도 수와 그림의 중요한 소재로서 사랑받고 있습니다. 그 전통이 유구함을 이로써 확인할 수 있겠습니다.

구례 광의마을에서 재배하는 패랭이꽃들은 전국 각지에서 채집해온 것들이라 합니다. 그 가운데 여러 종류의 술패랭이들은 참으로 색상과 모양이 기묘하고 화려하기 짝이 없습니다. 진정 서양의 카네이션에서는 볼 수 없는 독특한 품격이 있습니다. 언젠가는 어버이날의 꽃으로 우리 패랭이꽃들이 서양 카네이션을 대체할 날이 오기를 기대해봅니다.

진흙 속에서 나왔으나
　　더러움에 물들지 않고

연꽃

무안의 백련을 찾아

흰 연꽃을 보려고 전남 무안군 일로읍 복용리의 회산방죽을 찾아왔습니다. 서울서 자동차로 꼬박 여섯 시간이나 걸리는 먼 길이었습니다. 다음 날이면 연중행사인 백련축제가 열린다고 하는데 드넓은 연못에는 방석만 한 진초록 연잎들만 일산처럼 끝없이 펼쳐져 있을 뿐 정작 구경하러 온 백련은 군데군데 드물게 피어 있어 눈에 잘 띄지도 않았습니다. 오래 계속된 장마로 일조량이 적어 수온이 낮았던 탓에 아직 연꽃이 피지 않은 것이라 했습니다. 시야 가득 넘쳐날 백련의 흰 물결을 기대했던 나는 실망을 금할 수 없었습니다.

　그러나 연못가를 거닐면서 나는 어느덧 실망 대신 황홀한 행복감에 젖어 들었습니다. 수직으로 쏟아지는 팔월의 햇볕은 따가웠지만 연신 불어오는 시원한 바람은 정말 감미로웠습니다. 바람이 불 때마다 시야 가득 펼쳐지는 연잎들의 끝없는 초록 너울이라니! 바라보고 있자니 절로 머리가 맑아지고 가슴 속이 환하게 트이는 듯합니다. 게다가 한차례 지나간 소나기는 또 다른 별세계를 보여주었습니다. 초록 연잎 위에 수많은 흰 물방울들이 부딪혀 깨어지고 굴러떨어지는 모습이 참으로 아름답기 그지없습니다. 바로 저걸 보기 위해서 였을까요? 고려 때 한림을 지낸 곽예는 비가 올 때마다 반드시 맨발로 우산을 들고 용화원 숭교사의 연못에 가서 빗속의 연꽃을 구경했다고 합니다. 이제현 의 『역옹패설櫟翁稗說』에도 연꽃을 읊은 그의 시 한 수가 전해지고 있습니다.

연꽃을 보러 세 번이나 삼지에 오니	賞蓮三度到三池
비췻빛 일산과 붉은 단장은 예와 같은데	翠蓋紅粧似舊時
다만 꽃구경 온 옥당의 길손	唯有玉堂看花客
풍정은 줄지 않았으되 귀밑머리 어언 희어졌네	風情未減鬢如絲

참으로 그는 귀밑머리가 세도록 평생 연꽃을 사랑하였나 봅니다. '비췻 빛 일산과 붉은 단장[翠蓋紅粧]'은 한시에서 초록 연잎과 붉은 연꽃을 형용하 는 상투어입니다.

나는 보슬비를 맞으며 방죽 한가운데 걸쳐놓은 수백 미터 길이의 나무다 리를 건너 맞은편 연꽃 전시장을 잠시 둘러보았습니다. 노랑어리연·어리연· 부레옥잠·수련·가시연·네가래[田字草]·물양귀비·마름 등 여러 종류의 연 꽃과 수초들이 있었습니다. 전시장 한편에는 연화차를 파는 가게도 있었습니 다. 연화차! 문득 아득한 기억 속에서 한 여인의 이름이 떠올랐습니다.

여름철 처음 연꽃이 필 때 연꽃은 저녁에는 오므라들었다가 새벽에 활짝 피 었다. 운芸은 작은 비단 주머니에 찻잎을 약간 넣어서 꽃봉오리 속에 넣어두 었다. 다음 날 아침에 꺼내어 샘물을 끓여 우려내면 향기가 더욱 뛰어났다.
심복沈復, 『부생육기浮生六記』 중에서

백련

운! 성은 진씨陳氏, 자는 숙진淑珍. 젊은 시절 한때 열렬히 연모한 여인입니다! 그녀를 생각할 때마다 꽃봉오리 속에 밤새 찻잎을 넣어두었다가 우려낸 그 연화차의 맛과 향이 더불어 두고두고 궁금했습니다.

연화차에 대해서는 명나라 도융屠隆도 『고반여사考槃餘事』에서 "해가 미처 뜨기 전에 반쯤 오므린 백련꽃을 열고 가는 차 한 줌을 꽃봉오리 속에 가득 채워 삼 껍질로 동여맨 후 하룻밤을 지나게 한다. 아침에 꽃을 꺾어 찻잎을 털어내어 건지로 싸서 불로 건조한다. 다시 전번과 같이 마음에 드는 다른 꽃으로 조제한 후 불로 건조하여 거두어두었다가 이용하면 그 향미가 뛰어나다"고 했습니다.

연화차라는 것이 무엇인지는 대략 알 것 같습니다. 그런데 이곳에서 파는 연화차는 연잎을 덖어서 우려낸 것으로 운이나 도융의 것과는 전혀 다른 종류입니다.

비가 그쳐서 잠시 방죽 가 의자에 앉아 쉬고 있는데 바로 앞 연잎 숲 속에서 갑자기 한 무리의 물닭 가족이 나타났습니다. 사람들이 발길을 멈추고 탄성을 지르며 그들을 구경합니다. 어미 한 마리와 병아리 네 마리로 이루어진 이들 일가족은 지척의 구경꾼들을 무시한 채 연신 자맥질을 하면서 멋진 잠수 솜씨를 뽐냅니다. 어미는 이마와 부리가 하얗고 눈은 붉으며 몸은 온통 검은색입니다. 병아리들은 아직 붉은 갈색의 보호색이 뚜렷했습니다. 뜸부깃과에 속하는 이 새를 만난 것은 또 다른 행운이라 할 것입니다.

물가 정자에서 종일 홀로 배회하며	水亭終日獨徘徊
연꽃이 피었나 피지 않았나 살펴보는데	點檢荷花開未開
잠든 오리의 한가로움 나의 뜻과 같고	睡鴨閑閑如我意

물총새는 분주하게 또 날아오네 　　　　　　　翠鳥多事亦飛來

서거정, 「연정蓮亭」

연꽃과 연잎 아래에서 노니는 새들을 바라보고 있노라면 세속의 근심에서 벗어나 마음이 한없이 평안해지곤 합니다. 그래서 연못을 찾았다가 그들과 조우하는 우연을 나는 늘 특별한 행운으로 여깁니다.

연밥 따는 아가씨

연꽃이 동아시아 문화권에 들어온 것은 수천 년 전입니다. 5000~7000년 전 선사시대 유적에서 그 꽃가루와 씨앗을 발굴하였다는 학계의 보고가 있습니다. 문헌상으로는 『시경』에 처음 연꽃이 등장합니다.

저 못의 둑 가에 부들과 연잎 　　　　　　　　彼澤之陂, 有蒲與荷.

한 어여쁜 사람이 있는데 내 그녀를 어이하리 　　　有美一人, 傷如之何.

자나 깨나 어찌할 수 없어 눈물 콧물만 흘리네 　　寤寐無爲, 涕泗滂沱.

저 못의 둑 가에 부들과 연밥 　　　　　　　　彼澤之陂, 有蒲與蕑.

한 어여쁜 사람이 있는데 풍만하고 아름답네 　　有美一人, 碩大且卷.

자나 깨나 어찌할 수 없어 마음만 태우네 　　　寤寐無爲, 中心悁悁.

저 못의 둑 가에 부들과 연꽃 　　　　　　　　彼澤之陂, 有蒲菡萏.

한 어여쁜 사람이 있는데 풍만하고 두툼한 턱 　　有美一人, 碩大且儼.

자나 깨나 어찌할 수 없어 뒤척이며 잠 못 이루네 　寤寐無爲, 輾轉伏枕.

「하화청정」, 김홍도, 조선, 간송미술관 소장

여기서 연꽃은 사랑하는 님을 상징합니다. 이 노래 외에도 춘추시대 오왕吳王 부차夫差가 애첩 서시西施를 위하여 완화지라는 인공 못을 조성하여 연꽃을 심었다는 기록이 있습니다. 또 전국시대 초나라 충신 굴원은 「이소」에서 "마름과 연잎으로 웃옷을 짓고, 연꽃잎을 엮어 아래옷을 짓네[制菱荷以爲衣兮, 集芙蓉以爲裳]"라고 하여 연꽃으로 자신의 결백함을 상징했습니다.

이처럼 연꽃은 그 아름다움과 정결함으로 말미암아 일찍부터 애완되었을 뿐 아니라 고대사회의 중요한 식량 자원이기도 했습니다. 어린 연잎은 나물로 먹었으며, 씨앗과 뿌리는 녹말을 얻는 중요한 식량이었습니다. 그래서 연이 많이 생산되는 중국 남방에서는 음력 6월 24일을 관련절觀蓮節이라 하여 연못가에서 혹은 배를 타고 연꽃을 구경하는 날로 삼았습니다. 그리고 연밥이 익는 가을에는 인근의 모든 아녀자를 동원하여 연밥을 거두는 행사를 벌였습니다. 이 이채로운 행사는 시인들의 주목을 받아 일찍이 육조시대부터 시가의 주된 소재로 정착되었습니다.

가을 강 언덕 가에 연밥이 많아	秋江岸上蓮子多
연밥 따는 아가씨들 뱃전에 기대어 노래하네	採蓮女兒憑船歌
푸른 연밥에 둥근 열매가 가지런히 박혔는데	靑房圓實齊戢戢
앞다투어 꺾어대니 물결이 출렁이네	爭前競折蕩漾波
초록 줄기를 당겨 물 밑으로 연뿌리를 찾는데	試牽綠莖下尋藕
줄기 꺾어진 곳엔 연실이 많고 가시가 손을 찌르네	斷處絲多刺傷手
흰 비단 띠로 허리를 동여매고 소매는 반쯤 걷어붙이고	白練束要袖半卷
옥비녀도 꽂지 않고 화장도 대충 하였네	不揷玉釵妝梳淺

배에 가득 차지 않았는데 앞 섬으로 가니	船中未滿度前洲
물어보자! 어느 아가씨의 집이 가장 먼 곳인지?	借問誰家家住遠
돌아올 때 함께 저녁 조수 차오르기를 기다리며	歸時共待暮潮上
연꽃으로 장난치며 다시 상앗대를 놀리네	自弄芙蓉還蕩槳

장적, 「채련곡」

당나라 중기의 시인 장적張籍의 「채련곡采蓮曲」입니다. 연밥 따는 노동의 정
경과 아가씨들의 건강하고 발랄한 모습을 생생하게 묘사하고 있습니다. 한편
연밥 따는 현장은 청춘남녀의 은밀한 사랑의 현장이기도 했습니다.

연잎을 마름질하여 장막을 만들고	蓮葉裁成幄
연 실로 베를 짜서 옷을 지었네	蓮絲織作裳
맑은 향 전혀 없어지지 않으니	淸芬殊不歇
가지고 가서 낭군에게 주어야지	持此贈仙郞

이숙원, 「채련곡」

연밥을 따러 나왔다가 연밥은 따지 않고 대신 연잎을 엮어 장막을 만들
고 연 섬유를 뽑아 옷을 지었습니다. 맑은 향이 나는 장막과 옷을 가져다가
사랑하는 낭군에게 주려고 합니다.

이숙원李淑媛은 옥봉玉峰이란 호로 더 잘 알려진 여류 시인인데 임진왜란 때
순절했습니다. 청나라 전겸익錢謙益이 펴낸 『열조시집列朝詩集』에 그녀의 시 11수
가 실려 있습니다.

| 가을 맑은 긴 호수에 푸른 옥빛 물결 | 秋淨長湖碧玉流 |

「연당의 여인[蓮塘女人]」, 신윤복, 조선, 국립중앙박물관 소장

연꽃 우거진 곳에 목란배 매어두고	荷花深處繫蘭舟
낭군 만나 물 너머로 연밥을 던지다가	逢郎隔水投蓮子
멀리 남에게 들켜서 반나절이나 부끄러웠네	遙被人知半日羞

허난설헌, 「채련곡」

연꽃 우거진 깊은 곳에 배를 대놓고 연밥을 따다가 낭군과 마주쳤습니다. 그래서 사랑의 정표로 연밥을 던졌습니다. 그런데 그만 멀리 있는 남에게 들키고 말았습니다. 얼마나 난감하고 부끄러웠는지 반나절 내내 얼굴이 화끈댔습니다.

저 아리따운 연밥 따는 아가씨	彼美採蓮女
횡당 물가에 배를 매어놓고	繫舟橫塘渚
말 위의 낭군을 수줍게 훔쳐보다	羞見馬上郎
웃으며 연꽃 속으로 숨어버리네	笑入荷花去

홍만종洪萬宗, 「채련곡」

횡당 물가에 배를 대놓고 연밥을 따던 아가씨가 우연히 말을 타고 지나가는 청년을 몰래 훔쳐봅니다. 그런데 그만 그 청년과 눈이 마주치고 말았습니다. 그래서 너무 부끄러워 연꽃 속으로 숨고 말았습니다. 횡당은 원래 중국 강소성江蘇省 오현吳縣에 있는 연꽃으로 유명한 제방 이름인데, 시가에서 연못의 범칭으로 흔히 사용되었습니다.

상주 함창 공갈못에/ 연밥 따는 저 처녀야
연밥 줄밥 내 따줄께/ 이네 품에 잠자주소

잠자기는 어렵잖소/ 연밥 따기 늦어지오

상주 지방 민요

경상도 상주 지방의 민요로, 사랑의 호소가 자못 노골적입니다. 몇 해 전한여름에 공검지(공갈못)를 찾은 적이 있습니다. 때마침 붉은 연꽃들이 만발해 있었는데 기대와는 달리 연못의 규모가 너무 협소했습니다. 이미 오래전에 그 유서 깊은 연못은 거의 논으로 변해버리고 초라한 모습으로 겨우 명목만 유지하고 있었습니다.

영원한 시간 속에 피어 있는 연꽃

동아시아에 서역의 불교가 들어오자 연꽃은 불교의 서방정토, 즉 연화세계를 상징하는 신성한 꽃이 되었습니다. 서역에서 연꽃은 일찍부터 불교의 꽃이었습니다. 석가가 걸어가는 발자국마다 연꽃이 피어났다고 하며, 관음보살은 바로 연꽃의 화신이라고 전하고 있습니다.

그래서 내생에 서방정토에서 태어나기를 염원하는 사람들은 신성한 연꽃에 자신들의 소망을 담았습니다. 고구려 고분 쌍영총의 전실과 후실 천장에는 중앙에 한 송이 연꽃이 활짝 피어 있습니다. 열두 닢의 꽃잎이 겹으로 핀 연꽃은 옆에 해와 달을 상징하는 세 발 달린 까마귀[三足烏]와 두꺼비[蟾蜍]를 거느리고 있는데, 바로 그곳이 연화세계임을 말해주고 있습니다. 이 같은 연화세계는 고구려의 다른 고분인 안악삼호분, 연화총, 산련화총 등에서도 찾아볼 수 있습니다. 백제와 신라인들 또한 고분에 연화세계를 이루어놓았습니다. 이 가운데 무령왕릉의 내부 벽돌 하나하나마다 피어 있는 수많은 연꽃은 그 선이 부드러우면서도 고아하고 화사하기 그지없습니다.

홍련

삼국시대 전국의 산야에 건설해놓은 절집들 역시 연화세계라고 할 것입니다. 여러 부처들을 연꽃 위에 모신 수많은 불당들에는 각종 연꽃이 피어 있습니다. 와당, 서까래, 천장, 기둥, 벽, 문살 등에서 영원한 시간 속에 피어 있는 연꽃들을 봅니다. 불탑과 범종과 석등, 여러 선사들의 부도와 비석에도 연꽃은 어김없이 피어 있습니다. 언젠가 공주박물관에서 본 백제의 와당에 피어 있던 연꽃들과 김천 직지사의 범종에 피어 있던 연꽃은 아직까지 내 기억 속에 선명하게 남아 있습니다. 고려인들도 예외가 아니었습니다. 송나라 서긍徐兢이 쓴 『고려도경高麗圖經』은 고려 사람들이 연꽃을 몹시 신성시하여 함부로 꺾거나 만지지 않는다고 전하고 있습니다. 이처럼 연꽃을 신성시한 고려인들은 특히 뜨거운 불 속에서 비색의 연꽃을 피워내는 신비한 솜씨가 있었습니다. 각종 고려청자에 피어난 비색의 연꽃들은 신비 그 자체입니다. 진정 연화세계에 대한 신심이 깊은 고려인이 아니고서는 불가능한 일이었을 것입니다.

연꽃은 군자로다

초목 가운데 군자라고 하면 누구나 사군자를 떠올릴 것입니다. 그러나 사군자 이전에 군자로 받들어진 꽃이 있으니 바로 연꽃입니다. 그것은 다음의 글에서 유래하였습니다.

물과 육지에서 자라는 초목의 꽃들 가운데는 사랑할 만한 것이 매우 많다. 진나라 도연명은 홀로 국화를 사랑하였는데, 이씨의 당나라 이후, 세상 사람들은 몹시 모란을 사랑하였다. 나는 홀로, 연꽃이 진흙 속에서 나왔으나 더러움에 물들지 않고, 맑은 물결에 몸을 씻었으나 요염하지 않고, 줄기의 가운데는 통해 있으면서 밖으로는 곧고, 덩굴이나 가지도 뻗어나지 않고, 향기는 멀

「연화蓮花와 일월상日月象」, 고구려 쌍영총雙楹塚 후실後室 천정天井 문양이다.

리 퍼지면서 더욱 맑고, 의젓하게 정결히 서 있어서 멀리서만 바라볼 수 있을 뿐 함부로 완상할 수 없는 점을 사랑한다. 나는 생각한다. 국화는 꽃 가운데 은일자요, 모란은 꽃 가운데 부귀자요, 연꽃은 꽃 가운데 군자다. 아! 국화를 사랑함은, 도연명 이후 그 소문이 드문데, 연꽃을 사랑함을 나와 함께 할 사람은 누구일까? 모란에 대한 사랑만이 많기만 하구나.

주돈이, 「애련설」

송나라 사람인 주돈이는 자가 무숙茂叔인데 세상에선 염계濂溪 선생이라 불렀습니다. 인품이 몹시 고고하고, 흉중은 광풍제월(光風霽月, 비가 갠 뒤의 맑은 바람과 밝은 달)처럼 쇄락(灑落, 티끌 하나 없이 깨끗함)하였다고 합니다. 신유학이라 불리는 성리학의 개조開祖로서, '태극'이니 '이기理氣'니 하는 용어를 처음으로 사용한 인물입니다. 그의 학문은 정호·정이 형제를 거쳐 주희에 이르러 이른바 '주자학'으로 정리되었습니다. 이 '주자학'이 조선의 성리학에 막대한 영향을 끼쳤음은 주지의 사실입니다. 이런 이유로 주돈이는 일찍부터 조선 유학자들의 주목을 받았는데 그의 「애련설愛蓮說」은 군자적 삶의 상징으로 받아들여졌습니다.

모란은 아름답고 국화는 어질다 하며	牡丹傾世菊鳴賢
천 년 동안 연꽃을 사랑하는 사람은 없었네	千載無人解賞蓮
감발함이 지극히 깊었던 무극 노인	感發特深無極老
꽃 중의 군자가 천연스럽게 피어났네	花中君子出天然

이황, 「염계애련濂溪愛蓮」

퇴계 이황의 시입니다. 주렴계에 대한 사모의 정이 넘칩니다. 연꽃이 진흙

노랑어리연

에서 피어났으나 더러움에 물들지 않는 정결함을 사랑한 그 마음으로 평생을 고결하게 산 그 삶을 연모한 것이지요. 이렇듯 연꽃은 일찍이 조선 초부터 군자의 꽃으로 자리 잡았습니다. 그리하여 서울의 궁궐은 물론이고, 지방 곳곳에 선비가 거처한 곳이면 으레 크고 작은 연못을 조성하고 그 옆에 정자를 세웠습니다. 창덕궁의 애련정, 경복궁의 향원정을 비롯하여 부용정·연정·익청정 등의 이름을 가진 정자들을 전국 여러 곳에서 흔하게 마주칠 수 있는 것은 모두 「애련설」의 영향이라고 해야 할 것입니다.

부용芙蓉은 연꽃의 별칭인데, 부거芙蕖·함담菡萏·정우淨友라고도 합니다. 『이아爾雅』에 "하荷는 부거다. 그 줄기는 가茄이고, 그 잎은 하荷이고, 그 꽃은 함담이고, 그 열매는 연蓮이고, 그 뿌리는 우藕이고, 그 씨앗은 적的이다"라고 하였습니다.

흰 꽃이 다른 꽃들의 업신여김을 받을 때가 많은데	素蘤多蒙別艷欺
이 꽃은 마땅히 요지에 있어야 하리라	此花端合在瑤池
무정하나 한이 있음을 누가 알 것인가?	無情有恨何人覺
달 밝고 바람 맑을 때에 지려고 하네	月曉風淸欲墮時

당나라 육구몽陸龜蒙, 「백련白蓮」

요지瑤池는 전설 속의 서왕모西王母가 사는 곤륜산崑崙山에 있다는 연못입니다. 백련은 마땅히 요지에 있어야 할 꽃입니다. 그러니 백련의 보금자리인 이 회산방죽이 바로 요지가 아니겠습니까?

이제 회산방죽의 흰 연꽃들과 이별해야 할 시간입니다. 서녘 하늘에는 이미 저녁놀이 붉습니다. 먼 길을 달려와 불과 몇 시간 만에 떠나야 하다니 섭섭하기 그지없습니다. 그러나 인연이 있으면 다시 찾아올 날이 있겠지요. 저 고려 적 사람 곽예가 읊었듯이, 머리는 희어져도 풍정은 줄지 않는 법입니다.

서 리 속 에 피 는 부 용

거상화

부용꽃만 홀로 향기롭네

여러 꽃에 같은 이름이 통용되면 헷갈리기 쉽습니다. 부용이란 이름이 그러합
니다. 부용은 연꽃의 별칭이라고 일반적으로 알려진 것과는 달리 연꽃 아닌
몇몇 다른 꽃을 가리키는 데에도 통용된 지 오래되었습니다. 그래서 옛사람들
도 많은 착오를 겪어야 했습니다.

부용芙蓉에는 네 종류가 있습니다. 연꽃을 부용이라 하는데, 거상화拒霜花 또한
이름이 부용입니다. 이른바 "부용이 가을 강가에 자라서, 봄바람 향해 원망하
며 피지 않네[芙蓉生在秋江上, 莫向春風怨未開]"라고 한 것이 그것입니다. 신이화辛
夷花 또한 이름이 부용인데 이른바 "나무 끝의 부용화, 산중에서 붉은 꽃이 피
었네[木末芙蓉花, 山中發紅蕚]"라고 한 것이 그것입니다. 초화草花 또한 이름이 초
부용草芙蓉이란 것도 있습니다. 지금 우리 형께서 말씀하신 것은 목련木蓮이고,
목부용木芙蓉이 아닙니다.

　조선 시대의 어떤 분이 문인 이학규(李學逵, 1770~1835)에게 부용에 대한 질문을 했는데 그에 대한 답변입니다. 조선 시대에도 부용이란 명칭과 관련해 혼란이 있었던 것입니다.

　조선 시대에는 연꽃, 거상화[목부용], 목련[신이화], 초부용 등을 모두 부용이라 부른 것입니다. 이러한 관습은 지금까지 우리 주변에 남아 있습니다.

거상화

목부용은 일명 지부용地芙蓉, 일명 목련木蓮, 일명 화목華木, 일명 화목杝木, 일명 거상화拒霜花인데, 모란이나 작약과 비슷하고 홍, 백, 황 세 종류가 있다. 송기(宋祁, 998~1061)의 『익도방물략기益都方物略記』에서는 "첨색거상화添色拒霜花가 팽주彭州, 한주漢州, 촉주蜀州에서 나는데 처음 필 때는 백색이고 다음 날은 약간 붉고, 또 그 다음 날은 복사꽃과 같다"고 했다. ……『화사花史』를 살펴보니 "공주邛州에 농색목부용弄色木芙蓉이 나는데 첫째 날은 희고, 둘째 날은 연분홍이고, 셋째 날은 황색이고, 넷째 날은 심홍색이고, 꽃이 떨어질 때는 자색이다. 사람들이 문관화文官花라고 부른다.

『흠정속통지欽定續通志』 중에서

첨색거상화와 농색목부용이란 품종은 매일 꽃의 색이 바뀌는 특성을 지녔다고 합니다. 문관화라는 거상화의 별칭을 확인할 수 있습니다.

거상화는 금규과錦葵科 목근속木槿屬이고, 그 줄기와 꽃의 모습은 접시꽃을 많이 닮았는데 꽃은 접시꽃보다 훨씬 더 큽니다. 거상화를 목부용이라고 한 것은 잘못인 듯합니다. 왜냐하면 거상화는 접시꽃처럼 여러해살이 숙근생의 초본 식물입니다. 목부용이라고 한 것은 물속의 연꽃과 구분하려고 만들어낸 궁색한 명칭이었을 것으로 생각됩니다.

거상화란 이름은 가을까지 꽃이 피기 때문에 서리를 이겨낸다는 의미를 담고 있습니다.

온 숲이 쓸려서 한 번 노래졌는네	千株掃作一番黃
단지 부용꽃만 홀로 절로 향기롭네	只有芙蓉獨自芳
거상화라 부르는 것이 맞지 않다고 여겼는네	喚作拒霜知未稱
곰곰 생각하니 도리어 서리와 가장 잘 어울리네	細思却是最宜霜

소식, 「진술고의 거상화 시에 화답하다(和陳述古拒霜花)」

온 숲이 가을바람에 쓸려서 온통 노랗게 낙엽이 들었습니다. 다만 부용 꽃만이 홀로 향기롭습니다. 이 아름다운 꽃의 이름이 거상화라는 것이 맞지 않다고 여겼는데 곰곰 생각해보니 서리 내릴 때 피는 그 품성과 잘 어울리는 명칭입니다.

봄을 다투지 않는 꽃

거상화는 간혹 늦여름에도 피지만 가을에 오래 핍니다. 그래서 가을의 꽃으로 인식되어 왔습니다.

가을바람이 기러기를 부니 새벽에 날아가고	西風吹鴈曉來過
이슬방울로 붉은 먹을 갈아 한 점을 찍었네	滴露研朱點一窠
서자가 가슴 부여안고 취하여 요염하고	西子捧心怜醉艷
청아가 환골탈태한 서리를 이기는 꽃이네	靑娥換骨傲霜華
그림자는 맑고 서늘한 가을 계수와 나누고	影分淸冷三秋桂
향기는 요염한 국화에 이르렀네	香到嬌嬈九日花
부용꽃과 억지로 분별하지 마오	莫把芙蓉强分別
참신한 붉은 꽃이 스스로 일가를 이루었다오	斬新紅藥自成家

서거정, 「거상화拒霜花」

거상화는 중국이 원산지인데 조선 초 안평대군의 「비해당사십팔영」에 이미 등장했습니다. 서거정의 이 시는 바로 그것에 차운한 시입니다.

「화지유금」, 신명연, 조선, 간송미술관 소장

가을바람 속에 붉게 핀 거상화는 서자가 가슴을 부여안고 술에 취한 요염한 모습이고, 청아가 환골탈태하여 피어난 서리를 이기는 꽃입니다. 서자는 서시西施인데 그녀는 심장병이 있어서 항상 가슴을 부여안고 얼굴을 찡그렸다고 합니다. 청아는 고대 미인의 이름입니다. 거상화는 술에 취한 붉은 얼굴의 서시이고, 아름다운 청아가 변한 서리를 이기는 꽃입니다.

거상화는 가을에 피는 계수나무와 국화와 함께 벗하는데 부용이란 이름을 빌려서 자신을 치장하지 않습니다. 왜냐하면 스스로 일가를 이룬 개성 있는 꽃이기 때문입니다.

저녁에 찬비 내려 마당 이끼 가득하고	晚來寒雨滿庭苔
울타리 국화는 사람을 기만하고 피려고 하지 않네	籬菊欺人不肯開
중양절이 지나서 그대들이 찾아오니	過了重陽君始至
거상화 아래서 깊은 술잔을 부르네	拒霜花下喚深杯

김창업, 「중양절 후에 여러 친구들이 방문하다〔重陽後, 諸友見訪〕」

저녁에 찬 가을비가 내리고 마당에는 이끼가 가득합니다. 울타리가의 국화는 사람을 속이고 피려고 하지 않습니다. 중양절을 장식해야 할 국화는 피지 않았고, 벗들도 중양절이 지나서야 찾아왔습니다. 그래서 거상화 아래 술자리를 차리고 깊은 술잔을 가져오라고 불렀습니다. 아무래도 밤새워 통음을 해야 할 분위기입니다.

가을바람 속에 이슬에 젖고	染露金風裏
맑은 물가에서 서리에 어울리네	宜霜玉水濱
가장 늦게 피는 것을 꺼리지 않으니	莫嫌開最晚

원래 스스로 봄을 다투지 않는다네 　　　　　　　　　元自不爭春

양만리, 「목부용木芙蓉」

　가을 이슬에 젖고 물가에서 서리를 맞고 거상화가 피었습니다. 거상화는 원래 다른 꽃들과 봄을 다툴 생각이 전혀 없습니다. 다른 꽃들이 생을 마치고 어지럽게 떨어지는 가을을 홀로 지키고 있습니다.

　거상화란 이름은 우리 주변에서는 부용꽃으로 더 많이 알려져 있는 듯합니다. 중국에서는 목부용이란 이름이 더 통상적입니다.

　요즘은 거상화를 도로나 공원 또는 주택단지의 조경화로 많이 심고, 그 꽃의 색과 모양도 다양하며 가을까지 피는 인상적인 꽃으로 친숙해졌습니다. 키우기도 까다롭지 않아서 씨를 받아서 화단에 뿌려두면 절로 알아서 싹을 틔우고 해마다 꽃을 피웁니다. 잘 자라면 2~3미터까지 자라는데 줄기가 겨울에는 풀처럼 말라버리고 맙니다. 그러나 항상 가을에는 또다시 우리 곁에 거상화가 있을 것입니다.

원추리
백합화
맨드라미
나팔꽃
무궁화
배롱나무
회화나무
갈대
능소화
파초
금전화
옥잠화
국화
차나무
비파
대추나무
감나무
은행나무
단풍나무
대나무
소나무

근 심 을 잊 게 하 는 꽃

원추리

근심을 잊게 하는 신비한 약초

초봄에 원추리의 초록 싹은 모조리 베어지고 맙니다. 나물을 무치고 국을 끓이기 위해서입니다. 그러나 원추리는 다시 줄기를 키워서 여름 햇살 아래 주황색 꽃을 피우고야 맙니다. 원추리는 전국의 산과 들 어디에나 있는데 지리산 같은 곳에서는 큰 군락을 이루어 대자연의 장관을 보여주기도 합니다. 독이 전혀 없어서 뿌리와 줄기, 꽃과 잎 모두를 식용하는 원추리는 '넘나물'로 불리는데, 이미 아득한 고대부터 신비한 약초로 중시한 꽃입니다.

낭군의 늠름한 모습이여	伯兮朅兮
나라의 영걸이네	邦之桀兮
낭군은 창을 들고	伯也執殳
왕의 전구가 되었네	爲王前驅
(중략)	

애타게 낭군을 그리워하니	願言思伯
마음 아프고 머리 아프네	甘心首疾
어디에서 훤초를 얻어서	焉得諼草
곧 북당에다 심을까	言樹之背
애타게 낭군을 그리워하니	願言思伯
내 마음 고통스럽네	使我心痗

『시경』, 「위풍衛風·백혜伯兮」

'훤초諼草'는 곧 원추리인데 후세에 '훤초萱草'로 표기하였습니다. 주자는 주에서 훤초를 '합환合歡'이라고 했습니다. 이 시는 한 장교의 부인이 전쟁에 출정한 남편을 그리워하는 고통스러운 마음을 노래한 것입니다. 애타는 마음의 고통과 두통을 잊고자 원추리를 구해다가 북당에 심겠다고 하였습니다. 이 시기 원추리는 이미 근심을 잊게 하는 신비의 약초였던 것입니다. 그래서 원추리를 '망우초'라고도 합니다.

원추리의 또 다른 별칭으로는 '단극丹棘'과 '의남초宜男草'가 있습니다. 의남초란 이름은 부녀자가 원추리를 패용하거나 복용하면 아들을 낳는다고 하여 붙여진 이름입니다. 위나라 조식曹植은 「의남화송宜男花頌」이란 글에서 "아녀자가 원추리를 복용하면 아들을 얻을 수 있다"고 하였습니다.

원추리는 옛날에는 부녀자나 어머니가 거처하는 북당에 많이 심어서 북당화北堂花라고 하였으나 지금은 중요한 조경화가 되어 도로변이나 아파트 화단 등에서도 흔히 볼 수 있습니다.

「원추리」, 왕사신, 청나라 양주팔괴 중의 한 사람. 제화시에 '아녀화兒女花'라고 했다.

인자한 어머니의 꽃

원추리는 원래 『시경』에서 북당에 심는다고 언급한 이래 아녀자의 꽃이었는데,
다음 시로 인해 인자한 어머니를 상징하게 되었다고 합니다.

원추리는 북당 섬돌 가에서 자라는데   萱草生堂階

집 떠난 아들은 하늘 끝을 가는구나   游子行天涯

왕원추리

자애로운 어머니는 문에 기댄 채   慈親倚堂門

원추리꽃을 보지 못하네   不見萱草花

맹교, 「유자」

당나라 시인 맹교孟郊의 시입니다. 유자游子는 고향을 떠나 떠돌아다니는 나그네입니다. 북당에 원추리가 자라는데 아들은 집을 떠나 돌아올 줄 모릅니다. 어머니는 아들을 기다리노라고 매일 문전에 기대어 노심초사합니다. 아들 걱정으로 북당 섬돌 가에 핀 원추리꽃도 미처 보지 못했습니다. 그 꽃을 바라보면 고통스러운 마음이 편안해질 터인데도.

맹교에게는 「유자음遊子吟」이란 유명한 시가 있는데, 그 시에서 "작은 풀의 마음이 봄의 햇볕에 보답할 수 있다고 누가 말하는가?[誰言寸草心, 報得三春暉]"라고 했습니다. '작은 풀[寸草]'은 자식이고, '봄의 햇볕[春暉]'은 어머니의 은혜를 비유한 것입니다. 그런데 어떤 번역자는 작은 풀을 원추리로 번역하기도 하더군요. 그렇게 볼 어떤 근거도 없는데 말입니다. 아마 시 「유자」를 보고 작은 풀을 원추리로 상상한 것이라 여겨집니다.

원추리는 백합과의 다년생 초본인데 그 꽃은 참나리와 크기와 형태가 같습니다. 그러나 긴 줄기에 작은 잎이 어긋나게 달리는 참나리와는 달리 원추리 잎은 범부채의 잎처럼 위로 부챗살처럼 퍼집니다. 그 가운데서 잎보다 훨씬 긴 가는 초록 꽃대가 올라와서 여러 개의 꽃망울을 맺는데 꽃의 수명은 단 하루뿐입니다. 그러나 많은 꽃망울이 번갈아 각기 피고 지고를 반복하기 때문에 여름 내내 그 꽃을 볼 수 있습니다.

북당에 외로운 뿌리가 의탁한 지 얼마이던가   堂北孤根托幾時

앵무새 날개 봉황의 발톱 같은 꽃의 향기 터지는 것 더디네   鸚翎鳳爪綻香遲

선인은 양성에 약이 되는 줄 알았고	仙人養性知能藥
아녀자는 근심 치료하려 그리움을 붙였네	兒女療愁寄所思
빼어난 풀빛이라 한 것은 소자의 흥치였고	秀拔草光蘇子興
눈빛을 이겨냈다고 한 것은 두옹의 비탄이었네	侵凌雪色杜翁悲
꽃을 바쳐 어머니의 얼굴이 펴지기를 원하는데	擎花願得慈顔破
집 떠난 아들의 돌아올 마음은 믿을 수 없구나	遊子歸心不自恃

김일손, 「근심을 잊게 하는 원추리[忘憂萱草]」

김일손金馹孫은 시의 말미에서 원추리를 어머니에게 바치는 꽃으로 묘사했는데, 그의 또 다른 시 「망우훤초」에서는 "작고 무성한 꽃 진정 망우라는 이름이 적당하니, 북당에 심으려고 마땅히 먼저 효자가 가지고 가네"라고 효자가 어머니에게 바치는 꽃이라고 했습니다.

위 시에서 언급한 소자蘇子는 소식蘇軾인데, "빼어난 풀빛[秀拔草光]"은 소식의 어느 시에서 나온 것인지 알 수 없군요. 두옹杜翁은 두보인데, 그는 시 「납일臘日」에서 "새해 기운이 눈빛을 이겨내고 원추리에게 돌아왔네"라고 하였습니다.

원추리는 번식력이 참으로 왕성합니다. 아무리 국으로 끓여 먹고 나물로 무쳐 먹어도 해마다 화단을 뒤덮어버립니다. 그리고 한여름 내내 눈부신 주황색 꽃을 피워냅니다. 얼마나 아름답고 기특한 꽃인지 모르겠습니다.

구례의 지리산 노고단은 8월에 야생 원추리가 군락을 이루어 주황색 물결을 이루어냅니다. 평지보다 낮은 기온 때문에 한 달 정도 늦게 피는 셈입니다. 젊은 시절 네다섯 번 그곳을 찾았는데 그중에서 두어 번 그 주황색 물결을 목격했습니다. 가끔 그곳이 그립지만 다시 찾을 수 있을지는 스스로 의문이군요. 산행을 그만둔 지가 아득하기 때문입니다. 그런데 다행히도 근래 구례군에서 원추리를 지리산 야생화의 대표로 삼아서 그곳 서시천 가에 원추리 꽃

「사임당초충도병」(부분), 신사임당, 조선, 오죽헌시립박물관 소장

원추리

길을 조성했다 하는군요. 이제는 높은 산에 오르지 않아도 마음만 먹으면 원추리의 주황색 군락을 쉽게 만날 수 있게 되었습니다. 더구나 구례 섬진강은 20여 년 동안 내가 해마다 찾아다니는 곳인데, 원추리 구경까지 더해지게 되었으니 얼마나 행운입니까?

미녀가 산골짜기에서 태어나	美女生山谷
노래와 춤도 모르네	不解歌與舞
그대 야생초 꽃을 보구려	君看野草花
근심을 풀 수 있다오	可以解憂悴

소식, 「원초」 중에서

내가 가끔 홀로 중얼대는 소식의 시구입니다.

개 나 리 로 불 린

백합화

백합의 우리말

아주 오래전 어느 일간신문에 한국인이 좋아하는 꽃들이 소개되었는데, 그 첫
번째가 백합이고, 장미, 튤립, 안개꽃 등이 그 뒤를 이었습니다. 지금은 이 좋
아하는 꽃의 순서가 어떻게 변했는지 궁금합니다.

백합을 하얀 꽃이며 외래종이라고 여기는 사람이 많습니다. 아마 '백합百
合'을 '백합白合'으로 오인하여 하얗다고 여기고, 또한 외래종의 하얀 꽃만 대하
다 보니 우리나라에도 다양한 색과 형태를 가진 토종 백합들이 있다는 사실
을 모르는 것일 터이지요.

백합은 꽃으로서 아름답고 약용 및 식용으로서 중요한 자원이어서 우리
의 꽃 문화에 일찍부터 등장했습니다. 백합의 우리말은 '나리꽃'입니다. 백합
의 이두 글자로는 '견내리화犬乃里花' 혹은 '견이나리근犬伊那里根', '견이일犬伊日' 등
이 있고,『동의보감』과『산림경제』에서는 백합을 '개나리불휘'라고 했습니다.

1820년경에 유희(柳僖, 1773~1837)가 편찬한『물명고物名攷』에는 "'흰날이'

는 향기로운 흰 백합을 말한다. 또한 '산날이'는 붉은 꽃이 피는 산단山丹을 가리키며, '개날이'는 붉은 꽃에 검은 반점이 있는 권단卷丹을 말한다. 뿌리는 쪄서 먹는다"라고 하였습니다.

문일평(文一平, 1888~1939)의 『화하만필花下漫筆』의 「야백합화(野百合花, 개나리꽃)」에서 "야백합野百合, 다시 말하면 산야에 자생하는 개나리는 일찍부터 일반 민중의 사랑을 받아 이처럼 찬미하게 되었으니, 이로 보면 한문에 중독된 시인·묵객이 돌아보지 않는 초화草花의 미를 오히려 민중으로 말미암아 발견하니 만큼 조선적 정조情調를 여기서 볼 수 있다. 백합은 본래 한어漢語니 그 경(莖, 줄기)에 구근이 많으므로 이름한 것이나 한어의 백합보다는 조선어의 '개나리' 혹은 '나리'란 명칭이 일찍 현해玄海를 건너가 '유리日語'의 모어母語가 되었고, 또 서양어의 '릴리'와도 서로 공통된다 하거니와……"라고 했습니다.

백합에 대한 여러 표기를 보면 백합의 우리 고유한 말은 본래 '개나리'가 아니었나 싶습니다.

백합의 종류

백합은 전 세계적으로 수많은 자생종이 있으며, 이를 교배하여 원예용으로 개발한 꽃은 셀 수 없을 지경입니다. 우리나라를 포함한 동아시아 지역의 토종 백합도 수십 종에 이릅니다.

> 백합百合은 그 뿌리가 백 조각으로 포개지고 합쳐져서 자라므로 백합이라고 이름을 지었다. 그 뿌리를 취해다가 푹 익히면 맛이 매우 순후醇厚한데 구황救荒의 좋은 재료이다. 세 가지 종류가 있는데, 한 종류는 잎이 작고 꽃이 홍백색이고, 또 한 종류는 잎이 크고 줄기가 길며 뿌리는 거칠고 꽃은 하얀데 약

「초충도草蟲圖」, 현재玄齋 심사정(沈師正, 1707~1769), 서울대학교박물관 소장

으로 쓸 수 있다. 또, 한 종류는 꽃은 황색이고 검은 점이 있고 잎 사이에 검은 열매가 있는데 약으로 쓸 수 없다. 『양로서養老書』에 "비옥한 땅을 잘 일구고 봄에 뿌리를 취해다가 알뿌리를 쪼개어 마늘을 심는 것처럼 하고, 거름물을 준다. 싹이 나면 사방에 김을 매어 풀이 전혀 없게 하고, 밭이랑이 마르면 즉시 물을 주면 3년 후에는 그 크기가 주먹만 해진다. 만약 종자를 취해다 심는다면 1년 후나 2년 내에 비로소 싹이 트는데 알뿌리를 심는 것만 못하다."라고 했다. 『사이지四夷志』에는 "도파국都播國 사람들은 농사를 알지 못하고 백합을 양식으로 삼는 것이 많다"라고 했다.

신경준, 『순원화훼잡설淳園花卉雜說』, 「백합百合」

신경준은 백합이 구황과 약용식물로서 유용한 점을 들고, 홍백색, 흰색, 황색 등 우리나라 세 종류의 백합을 소개하고, 그 재배 방법을 상세히 설명했습니다. 백합을 양식으로 삼는다는 도파국은 당나라 태종 때 서역에 있었던 한 나라입니다.

그 잎이 짧고 넓으며 댓잎처럼 작고, 흰 꽃이 사방으로 드리운 것은 백합이다. 잎이 길고 좁으며 버들잎처럼 뾰쪽하고, 붉은 꽃이 사방으로 드리우지 않는 것은 산단山丹이다. 줄기와 잎이 산단과 같으면서 높고, 붉은 꽃이 황색을 띠면서 사방으로 드리우고, 위에 검은 반점이 있고, 그 열매가 가지와 잎 사이에 맺히는 것은 권단卷丹이다. 또 한 종이 있어서 색은 연초록이고, 개화가 가장 늦는데 세속에서 진백합眞百合이라 부른다.

『어제수시통고御製授時通考』 중에서

청나라 건륭제 때 발간한 『어제수시통고』의 기사인데, 네 종류의 백합을 소개하였습니다.

산단은 산에 나는 붉은 백합이란 의미이고, 권단은 꽃잎이 뒤쪽으로 말려 있는 붉은 백합이라는 뜻입니다. 산단이라는 명칭은 우리나라에서는 붉은 장미의 이름이기도 했습니다. 권단은 지금 우리가 참나리라고 부르는 종류라고 짐작됩니다. 참나리의 잎과 줄기 사이에 구슬같이 까맣게 맺히는 것은 열매가 아니라 '주아珠芽'라는 것입니다. 이 '주아'가 땅에 떨어져 새로운 백합으로 번식하므로 꽃이 씨앗을 맺는 일이 드물다고 합니다.

식물도감을 보니, 참나리, 하늘나리, 중나리, 털중나리, 말나리, 하늘말나리, 섬말나리, 솔나리, 땅나리, 응달나리 등등 우리의 토박이 백합들이 다양했습니다.

우리 나라 최초의 백합 시

문일평은 『화하만필』에서 "근역槿域의 산야에 자생하는 야백합은 드물게는 백색도 있으나 흔히는 주황색이니, 하절夏節이 되면 깊은 숲 속에 고요히 피어있을 때 그 미자美姿와 청향淸香을 알아주는 이 없건마는 조금도 원망하는 빛이 없이 항상 고개를 숙이고 탐스러운 웃음만 머금고 있다. 그러나 만일 야백합으로 하여금 불평을 말하게 한다면, 그는 수천 년 동안 귀인貴人들이 한시漢詩를 짓고 묵화墨畵를 그리면서도 나를 별別로 읊어주거나 그려준 일은 없었다고 할 것이다"라고 했습니다.

우리나라의 시인들이 백합을 읊지 않았고, 화가가 그림으로 그리지 않았다고 한 것은 문일평의 오해에 불과합니다. 고려 때 이미 백합을 시로 읊고 그림으로 그렸으며, 조선 때도 많은 백합 시가 지어졌고, 그림도 또한 적지 않았습니다. 신명연(申命衍, 1808~1892)의 백합 그림이 대표적입니다.

「백합」, 신명연, 조선, 국립중앙박물관 소장

여러 꽃을 따라 일시에 자라남을 싫어하여 　　　　　　　　 猒隨群○一時生

일부러 늦봄의 뒤에서 차례로 피어났네 　　　　　　　　 故殿餘春次第萌

지난날엔 언덕 위에서 천시받는 것을 싫어했는데 　　 隴上昔嫌多被賤

지금은 궁궐 안에서 홀로 은총을 받는 것을 기뻐하네 　禁中今喜獨承榮

(이 꽃은 들판에서 자라다가 궁궐 안으로 들어왔는데, 다행히 임금께서 감상하여주시는 은혜를 입
었다)

바람 속 입술을 반쯤 말고 붉은 흔적이 매끄럽고 　　 風脣半卷○痕膩

이슬 젖은 뺨은 처음 살찌고 검은 열매가 밝네 　　　 露臉初肥黑子明

원보엔 마땅히 구○이라 적었는데 　　　　　　　　　 苑譜○宜題作狗

임금께서 백합이란 좋은 이름으로 바꾸어주셨네 　　 天敎百合換芳名

(이 꽃의 속명은 구狗○인데 성상聖上께서 백합이라는 이름을 하사하셨다.)

고려 백분화(白賁華, 1180~1224), 「선인의 백합화 시에 다시 화답하여 최승제께 올리다[追和先人
百合花呈崔承制]」

백분화는 이 시의 서문에 "어제 사원司院 홍승전洪承傳이 화전花牋 한 두루마
리를 소매에 넣어와서 나에게 보여주며 말하기를 '이것은 성고聖考의 묵적墨跡
인데 여기에 적어놓은 시는 그대의 선군先君께서 조승제趙承制 집안의 백합화 그
림에 적은 작품입니다'라고 했다. 놀라고 기뻐서 받들어 열람했다. 이로 인하
여 우리 선군께서 선조先朝에서 총애를 두텁게 받은 것을 알고 감개하고 사모
함을 이길 수 없었다. 일부러 그 운자에 따라 화답한 시 한 수를 지어서 좌우
에 삼가 올렸다. 임금께 말씀을 아뢰면서 여가가 있으면 임금께서 아뢰어주기
를 삼가 바란 것인데, 참으로 부자父子가 만세萬世에 한 번 만날 수 있는 영광일
것이다"라고 했습니다.

이 서문에 의하면, 홍승전이라는 사람이 꽃문양이 있는 종이 두루마리를

보여주며 돌아가신 임금이 손수 쓴 글씨인데, 바로 백분화의 부친 백광신白光臣이 조승제라는 사람의 집안에 소장한 백합화 그림에 적었던 시라는 것이었습니다. 그래서 부친의 시에 화답하는 시를 지은 것입니다. 돌아가신 임금은 백광신이 비서성 한림학사를 지냈던 당시의 임금 신종神宗이 아닌가 싶습니다. 승전과 승제는 벼슬 이름으로 홍승전과 조승제는 누군지 알 수 없습니다.

시의 내용은 들에 핀 백합을 궁궐로 옮겨서 임금이 감상하였는데, 백합의 원래 이름은 '구○狗○'이었지만 임금께서 '백합'이라는 이름을 하사했다는 것입니다. '구○'의 없어진 글자가 궁금합니다. 이 시가 실려 있는 백분화의 『남양시집南陽詩集』은 현존하는 국내에서 가장 오래된 목판본의 하나인데 많은 글자가 마모되었습니다.

이처럼 고려 때 이미 백합을 그림으로 그리고 시로 읊었음을 알 수 있습니다.

역대 백합 시

한여름 무더위에 대낮 해가 돌고	朱夏炎炎午景回
녹음이 물과 같아 정자가 떠 있네	綠陰如水泛亭臺
꿀벌과 흰나비가 미친 듯이 대열을 이룬 것은	蜜蜂粉蝶狂成隊
황촉규화와 백합이 피었기 때문이네	黃蜀葵花百合開

신위, 「백합과 촉규화〔百合與葵〕」

신위가 명나라 말의 화가로 추측되는 일재逸齋라는 사람이 그린 그림에 적은 시입니다.

한여름 무더위에 정오의 해가 돌고, 짙은 녹음 속에 정자가 마치 물 위에

「산단(山丹, 백합의 일종)」 목판화, 작자미상,『초본화시보草本花詩譜』
명나라 황봉지(黃鳳池) 편간

떠 있는 듯합니다. 꿀벌과 흰나비 들이 미친 듯이 대열을 이루고 날아다닙니다. 황촉규와 백합이 피었기 때문입니다.

황촉규는 아욱과에 속하는 한해살이풀로 여름에 황색의 꽃이 핍니다. 그 뿌리로 종이를 만들어서 일명 닥풀이라 부릅니다.

신위가 소장했던 이 그림은 지금은 전해오지 않습니다. 그의 아들 신명연이 그린 백합 그림이 국립중앙박물관에 소장되어있는데, 비단에 그린 흰 백합은 화사하기 그지없습니다. 그런데 아무래도 우리 재래종 백합과는 다른 모습입니다. 혹시 중국이나 서구의 그림을 모사한 것이 아니었던가? 궁금하기 짝이 없습니다.

백합꽃이 피고 달빛이 성에 가득한데	百合花開月滿城
의성의 술이 익으니 웃으며 서로 맞이하네	宜城酒熟笑相迎
향거는 오릉 길로 달려가지 말고	香車莫走五陵陌
첩의 오뇌곡 애끊는 가락을 들어보구려	聽妾懊惱斷腸聲

신흠(申欽, 1566~1628), 「오래 원융의 막하에 있었는데 여러 기생이 종이를 들고 와서 시를 요청하여서 써서 주었다[久在元戎幕下, 諸妓執牋求詩, 書以贈之]」

백합꽃이 피고 달빛이 성안에 가득합니다. 의성의 술이 익어서 사람들이 서로 즐겁게 맞이합니다. 의성의 술은 지금의 중국 호북성 양주襄州 의성宜城에서 생산되었던 옛날의 유명한 술입니다. 여기서는 그저 좋은 술이라는 의미로 언급한 것입니다. 향거는 오릉 길로 달려가지 말고 〈오뇌곡〉의 애끊는 가락을 들어달라고 호소합니다. 향거는 향나무로 만든 호화로운 수레입니다. 오릉은 장안 부근에 있던 다섯 황제의 능을 말합니다. 이곳에 사방의 부호와 외척들을 이주시켜 살게 했기에 번화한 도성 거리를 일컫는 말이 되었습니다. 〈오뇌곡〉은 고대 악곡의 하나로 굳은 정절로 변치 않는 애정을 노래한 곡입니다.

신흠은 임진왜란 때 도체찰사都體察使로 충청도와 전라도의 군대를 관장했던 정철의 휘하에서 종사관을 지냈습니다. 아마 이 시는 그때 지었던 것 같습니다. 백합꽃이 피었다고 했으니 여름날이었겠지요.

백합화가 피고 파초 잎은 길어지니   百合花開蕉葉長

백합

비 온 후 못가 누각은 여름에도 서늘하네 　　　　　雨餘池閣夏生涼

맑은 밤 궁궐의 숙직에 한가히 일도 없어서 　　　　清宵禁直閑無事

흐르는 구름이 달빛을 토함을 누워서 보네 　　　　臥看流雲吐月光

　　김육(金堉, 1580~1658),「달밤에 기성에서 숙직하다〔月夜直騎省〕」

백합화가 피고 파초 잎이 자라났습니다. 비가 내린 후 못가 누각은 여름
인데도 서늘합니다. 맑은 밤에 궁궐에서 숙직하는데 한가하게 일도 없어서 흐
르는 구름이 달빛을 토하는 것을 누워서 바라봅니다.

　김육은 인조 때 병조좌랑을 지냈습니다. 기성은 바로 병조의 별칭입니다.
이 시는 병조좌랑 시절에 병조에서 숙직하며 지은 듯합니다. 궁궐에도 백합화
가 있었던 것 같습니다. 김육은 나중에 영의정까지 지낸 인물이었습니다.

잠깬 후 향기로운 뺨엔 옅은 노을빛이 어려 있고 　　睡餘香臉暈輕霞

난새 문양의 경대 옆에서 옥비녀를 정돈하네 　　　　鸞鏡臺邊整玉珈

낭군을 만나 말없이 고개 숙이고 미소 지으며 　　　逢郎無語低頭笑

손으로 난간 동쪽의 백합화를 가리키네 　　　　　手指闌東百合花

　　조하망(曺夏望, 1682~1747),「항렴사시사香奩四時詞」

한 미인이 잠을 깨었습니다. 향기로운 뺨에는 붉은 노을빛이 어립니다.
아마 엊저녁 마신 술기운이 다 가시지 않은 듯합니다. 난새 문양이 아로새겨
진 화려한 경대 앞에서 옥비녀를 정성스럽게 정돈합니다. 낭군을 만나 수줍게
말없이 고개 숙이고 그저 미소만 짓습니다. 그리고 난간 동쪽에 핀 백합화를
손가락으로 가리킵니다.

　조하망은 강릉부사를 지낼 때 경포대를 중건하고 그 상량문을 지었는데

명문이라고 많은 칭송을 받았습니다.

향기로운 난을 숲에 두루 옮겨 심고	芳蘭移取徧中林
남은 땅에 옥잠화를 심는 것이 어찌 방해되랴	餘地何妨種玉簪
다시 두 떨기의 향백합을 구했으니	更乞兩叢香百合
칠십 늙은이가 여전히 동심이네	老翁七十尚童心

육유(陸游, 1125~1210), 「창 앞에 작은 흙산을 만들어 난과 옥잠화를 심고, 맨 나중에 백합을 얻어서 함께 심고서 장난삼아 읊다〔窓前作小土山, 蓺蘭及玉簪, 最後得香百合併種之, 戱作〕」

창 앞에 작은 흙산을 만들어 난과 옥잠화와 백합을 심었습니다. 나이가 칠순이지만, 마음은 여전히 동심입니다. 꽃을 사랑하는 마음이 동심이 아니면 무엇이겠습니까?

육유는 남송 제일의 시인이면서 위대한 애국 시인이었습니다.

봄이 지나서 찾아갈 만한 꽃이 없는데	春去無芳可得尋
산단이 가장 늦게 구름 낀 숲에서 나왔네	山丹最晚出雲林
홍시와 같은 색이 비단 소매에서 밝고	柿紅一色明羅袖
금색 화분 속 벌떼가 칠보 비녀에 모였네	金粉羣蜂集寶簪
꽃은 원추리 같은데 도리어 오래가고	花似鹿蔥還耐久
잎은 작약 같지만 그다지 무성하진 않네	葉如芍藥不多深
맑은 술통 질항아리에 산꽃을 옮겨서	淸樽瓦斛移山蘤
애오라지 서재의 창에 두고 작은 읊조림에 동반하리라	聊著書窓伴小吟

양만리(楊萬里, 1127~1206), 「산단화山丹花」

산단화는 빨간 백합으로 일명 홍백합이라고 합니다. 6월에서 7월 사이에 산과 들에서 피어납니다. 봄꽃이 다 지고 난 후 깊은 숲에서 만난 빨간 산단화는 얼마나 반가운 꽃이겠습니까? 비단 소매 같은 그 꽃잎은 홍시처럼 빨갛고, 칠보비녀와 같은 수술에 맺힌 금빛 화분은 꿀벌들이 붙은 듯합니다. 꽃의 모양은 원추리와 같은데 그보다 더 오래가고, 그 잎은 작약과 비슷하지만 무성하지는 않습니다. 질항아리에 이 산꽃을 옮겨 심어 서재의 창 앞에 두었습니다. 작은 읊조림의 동반으로 삼으려고 합니다.

양만리는 육유와 함께 남송의 시인 사대가四大家로 꼽힙니다. 그는 유독 전원을 사랑했던 시인이었습니다.

어린 시절에 참나리의 까만 주아가 구슬같이 아름다워서 한 주먹 따서 주머니에 가득 넣고 다녔던 일이 엊그제 같습니다. 이번 여름에는 참나리의 주아를 구해다가 화분에 심어볼까 싶습니다.

닭 의 벼 슬

맨드라미

투계의 혼령

맨드라미는 지금도 어느 곳에서나 흔히 볼 수 있는 꽃입니다. 특히 예전의 도시나 시골 화단에서는 반드시 있어야 할 꽃 중 하나였습니다.

맨드라미는 비름과의 일년생 초본식물입니다. 그 고향은 원래 인도 지역의 아열대였다고 합니다. 그것이 언제 어떻게 중국을 거쳐 한국에 들어왔는지 고증할 방법은 없습니다. 그러나 이미 고려 시대부터 애완되던 화초입니다. 조선 시대에도 문인들이 맨드라미를 시로 읊고 그림으로 그렸습니다. 신사임당의 유명한 「초충도」에는 맨드라미와 쇠똥벌레를 그린 그림이 있습니다.

중국에서도 맨드라미를 노래한 많은 시문과 그를 그린 그림이 전해 옵니다. 맨드라미는 원산지가 비록 동아시아는 아니지만 일찍부터 동아시아 꽃 문화에서 중요한 꽃 중 하나였던 것입니다.

꽃이 빈 땅에 적은 듯 싶었는데　　　　　　　　　　花於曠地似或慳

피어서 한 동산을 차지하니 참으로 무성하네	開擅一園眞盛矣
모든 꽃들은 피고 지는 것이 단지 봄여름 사이인데	百花開謝只春夏
네가 여름을 지나 가을까지 피는 것이 사랑스럽네	憐渠涉夏入秋季
누가 처음 계관이라 불렀던가	何人始作雞冠呼
높은 상투의 선홍색이 닮아서가 아니겠는가	高髻鮮紅無柰似
내 짐작건대 옛날 투계가 있었는데	我疑昔者有鬪雞
갑자기 강적을 만나서 죽기로 싸우다가	忽逢強禦至必死
붉은 관모 붉은 두건에서 흘린 피가 떨어져	朱冠赤幘濺血落
비단 수처럼 흩어져 어지럽게 땅에 가득했네	錦繡離披紛滿地
투계의 혼령이 진흙과 함께 썩지 않고	物靈不共泥壤朽
곧장 향기로운 꽃이 되어 짙은 자색을 자랑하네	直作芳華誇釅紫
(중략)	
바람 앞에서 치켜든 높은 머리가 좋은데	臨風掀擧好昂頭
또 적과 함께 서로 성내며 발톱을 세우네	又欲與敵相奮趾
마땅히 너의 교만한 마음을 버리고	宜哉去汝驕矜心
다만 부지런히 꽃 피우면 칭송을 받으리라	但可勤開邀賞耳

이규보, 「계관화가 정원 가득 무성히 피어 여름부터 가을까지 이르니 사랑하여 읊고, 이어서 이백전 학사를 맞아 함께 지었다〔雞冠花滿苑盛開, 自夏至秋季, 愛而賦之, 仍邀李百全學士同賦〕」

계관화雞冠花는 맨드라미의 한자어입니다. 그 꽃 모양이 마치 닭의 벼슬처럼 생겨서 붙여진 이름입니다.

이규보는 맨드라미가 피를 흘리며 싸우다가 죽은 투계의 혼령이 꽃으로 변한 것이라고 했습니다. 맨드라미의 붉고 넓적한 꽃을 보면 누군들 닭의 벼슬을 연상하지 않겠습니까? 바람 앞에서 치켜든 늠름한 머리! 날카롭게 세운 발톱!

「맨드라미」(초충도 8폭 병풍 중 한 폭), 신사임당, 조선, 국립중앙박물관 소장

어디서 닭이 울어 천하가 밝았는가	何處一聲天下白
서리가 저녁에 붉은 운관에 떨어지네	霜華晚拂絳雲冠
오릉에서 싸움 끝내고 돌아온 후	五陵鬪罷歸來後
가을 정자에 홀로 서서 피가 마르지 않았네	獨立秋亭血未乾

요문환, 「계관화 그림에 적다〔題畫雞冠花〕」

원나라 말의 요문환姚文奐이 계관화 그림에 적은 시입니다. 시의 첫 구는 당나라 이하李賀가 지은 「치주행致酒行」에서 "수탉이 한 번 우니 천하가 밝아졌네〔雄雞一聲天下白〕"라는 구절을 응용한 것입니다. 운관雲冠은 승려나 은자가 쓰는 높은 모자입니다. 계관화를 붉은 운관으로 묘사했습니다. 오릉五陵은 한漢나라 때 장안 부근에 있던 다섯 황제의 능입니다. 이곳에 사방의 부호와 외척外戚들을 이주시켜 살게 했기 때문에 번화한 도성 거리가 되었습니다. 그래서 권세가와 부호의 자제들이 오릉에서 투계와 말 경주를 일삼았습니다.

오릉에서 싸우고 돌아온 투계가 가을 정자에 홀로 서 있는데 붉은 피가 아직 마르지 않았습니다. 바로 가을날 맨드라미의 모습입니다.

하얀 맨드라미와 양색 맨드라미

맨드라미는 붉은색만 있는 것이 아닙니다. 노란색, 분홍색, 귤색 등 다양하며 단색이 아닌 두 가지 색 이상이 함께 있는 꽃도 있습니다. 그 모양 또한 넓적한 것, 둥근 것, 길쭉한 것 등 다양합니다.

명나라 해진(解縉, 1369~1415)은 성조成祖 때 한림학사를 지낸 저명한 학자였습니다. 성조는 해진의 재능을 사랑했지만 그 오만함은 싫어했습니다. 그래서 언젠가는 그 오만함을 꺾어버리려고 했습니다.

하루는 성조가 어화원御花園에서 가을 경치를 구경하다가 붉은 맨드라미들 속에서 한 그루 하얀 맨드라미를 발견했습니다. 몹시 기이하다고 여겨 그 하얀 맨드라미를 꺾어 소매 속에 감춰 넣고 한림원으로 달려갔습니다. 성조는 곧장 해진을 불러다가 맨드라미 시를 짓도록 명령했습니다. 해진이 즉시 첫 구를 지었습니다.

계관화는 본래 연지를 칠했는데   鷄冠本是臙脂染

성조가 물었습니다. "계관화는 모두 붉은색뿐인가?" 해진이 대답하기를 "그렇습니다"라고 했습니다. 성조가 냉소를 지으며 소매 속에 감춰놓았던 하얀 맨드라미를 꺼내 보였습니다. 그러나 해진은 당황하지 않고 둘째 구를 지었습니다.

어찌하여 오늘은 하얗게 화장했는가   爲何今日淺淡妝

성조는 해진이 거침없이 짓자, 오히려 호기심을 느끼고 "대체 무슨 말을 하려는 것인가?"라고 물으며 짓기를 재촉했습니다. 해진이 3, 4구를 곧 완성했습니다.

다만 오경에 새벽을 알리려고 했는데   只爲五更貪報曉
지금까지 머리에 가득한 서리를 이고 있다네   至今戴却滿頭霜

성조는 완성된 시를 보고 자신도 모르게 감탄사를 연발했습니다.

계관화 맨드라미

벼슬은 있어 도리어 여러 모양인데	有冠還色色
날개가 없는데 어찌 날겠는가	無翅豈提提
새벽이 되어도 울지 않고	不爲天晨叫
날이 저물어도 깃들지 않네	非因日夕栖
뿌리 내린 외딴 절이 저무는데	托根孤寺晚
꽃 피운 여러 떨기가 유혹하네	開艶數叢迷
홍색과 자색 중 어느 것이 더 나은가	紅紫知誰勝
옅고 짙은 색을 철저히 들여다보네	淺深看盡低
한 가지에 어찌 두 종류가 있던가	一枝寧兩種
만상이 본래 천 갈래라네	萬象自千蹊
승려들의 완상을 넘치게 받았는데	剩被居僧玩
학사가 시로 읊어줌을 새로 받았네	新經學士題
기이한 꽃은 중국에 많은데	奇花富中土
어찌 홀로 서천에서 태어났던가	何獨産天西

김중청,「손 학사 여유가 「이응악의 양색 계관화」를 읊은 시에 차운하다〔次孫學士汝遊賦李應嶽兩色鷄冠花韻〕」

김중청(金中淸, 1567~1629)은 1614년에 성절사聖節使의 서장관書狀官으로 명나라에 다녀왔는데, 당시 명나라에 머물면서 지은 시입니다. 학사 손여유와 이응악은 조선 사신 일행을 접대했던 명나라 인사들입니다.

이 시는 김중청이 손여유의 시에 차운한 것으로, 맨드라미를 직접 보고 지은 것은 아닙니다. 내용은 중국의 어느 절에 핀 한 가지에 두 색깔이 어우러진 맨드라미를 읊은 것입니다. 그런데 이 기이한 품종은 중국산이 아니고 인도에서 들여온 것인 듯합니다.

맨드라미의 별칭, 후정화

『화사花史』에서 "계관화는 속명이 바라사화波羅奢花다"고 했습니다. 바라사화란 이름은 인도에서 건너온 것이 아닌가 싶습니다.

송나라 도성 변경(汴京, 개봉)에서는 계관화를 세수화洗手花라고 하고, 중원절(中元節, 음력 7월 15일) 전에 아이들이 맨드라미를 노래 부르며 팔았는데 바로 조상에게 바치는 꽃이었던 것입니다.

맨드라미는 이런 별칭 이외에도 후정화後庭花라는 이름이 또 있습니다.

> 오吳와 촉蜀 지역의 계관화 중에 작은 한 종류가 있는데 높이가 불과 5~6촌寸이고, 붉은색, 옅은 붉은색, 옅은 백색이 있는데 세상에서 후정화後庭花라고 한다.
>
> 왕작王灼, 『벽계만지碧雞漫志』 중에서

『화목고花木考』에 "소식蘇軾과 황정견黃庭堅의 문하에서 계관화 시를 읊기를 '뒤뜰에 화초가 무성한데 네가 흥망에 관계됨이 가련하다[後庭花草盛, 憐汝繫興亡]'고 했는데, 세상에서 계관화를 옥수후정화玉樹後庭花로 여겼다. 『세설신어世說新語』에 '갈대가 옥수에 의지했네[蒹葭倚玉樹]'라는 말이 있고, 두보의 「음중팔선가飲中八仙歌」에 '교결함이 옥수가 바람 앞에 있는 듯하네[皎如玉樹臨風前]'라는 구절이 있는 것을 모른 것이다. 옥수玉樹 한 종류는 단연코 초본草本이 아니다. 어떤 사람은 또 『화경花經』에 실려 있는 별도의 후정화가 있으니, 아마 꽃 이름은 후정화지만 옥수라고 하여 아름답다고 한 것이 아니겠는가?'라고 한다. 송나라와 원나라 이래 어떤 사람은 후정화를 산반山礬이라 여겼고, 어떤 사람은 양화瑒花라고 여겼다. 명나라 양신楊愼과 왕세정王世貞은 정향丁香과 치자梔子

라고 생각했다. 계관화의 설을 어찌 다 믿을 수 있겠는가?"라고 했다.

『어제패문재광군방보』 중에서

옥수후정화가 역대 지식인들의 논란거리가 된 것은 진숙보(陳叔寶, 553~604)의 다음 노래 때문입니다.

장려한 궁전 향기로운 숲은 높은 누각을 마주하고	麗宇芳林對高閣
새 단장한 아름다운 자질은 본래 경성의 미색이네	新妝艷質本傾城
창에 비치는 아리따운 그림자 곧 나서질 않는데	映戶凝嬌乍不進
휘장을 나선 어여쁜 자태 미소로 맞이하네	出帷含態笑相迎
요염한 여인의 뺨은 꽃이 이슬을 머금은 듯한데	妖姬臉似花含露
옥수에 흐르는 빛은 뒤뜰을 비추네	玉樹流光照後庭

진숙보, 「옥수후정화玉樹後庭花」

진숙보는 남조南朝 진후주陳後主로서 수나라에게 나라를 멸망당한 망국의 황제였습니다. 황제로서 자질은 없었지만 시문과 그림에 뛰어난 예술인이었습니다. 천하를 다스려야 할 황제의 직위에서 예술인의 풍류에만 몰두하였으니 비극적인 결말을 맞지 않을 수 없었습니다. 그래서 그가 남긴 「옥수후정화」는 망국의 노래라는 낙인이 찍혔습니다.

역대의 문인들은 이 옥수후정화가 과연 무슨 꽃나무였는지 궁금해 했습니다. 그래서 여러 가지 상상력을 나름대로 발휘했던 것이지요. 물론 그 어떤 것도 근거 있는 주장은 아닙니다.

나는 맨드라미가 호화로운 궁궐의 뒤뜰을 꾸몄던 옥수였는지 여부에는 관심이 없습니다. 다만 맨드라미의 품격은 궁궐의 뜰이 아닌 시골의 풍광에

맨드라미

더 어울리지 않나 싶습니다.

스승과 제자의 맨드라미 시

닭 머리 뾰쪽한 뿔이 꽃이 아닌데	鷄頭尖角也非花
그윽한 꽃에 붉은 두건을 씌워놓았나 싶네	試訝幽芳絳幘加
장독 항아리 동쪽 서쪽에 한 격조를 더했으니	醬甕東西增一格
붉고 하얀 봉선화가 번화함을 함께하네	鳳仙紅白共繁華

김정희, 「계관화」

깃털과 울음은 원래 보통 새와 다르지 않는데	翰音原不離凡鳥
붉은 두건 쓰고 어디서 와서 여러 꽃들 옆에 있는가	絳幘何來廁衆芳
몇 번이나 주주 불러내려 했던가	幾度朱朱呼欲出
시골 사람 담장 안에 가을빛이 숨겨 있네	野人籬落隱秋光

이상적, 「계관화」

김정희와 이상적(李尙迪, 1803~1865)은 만고의 참다운 스승과 제자였습니다. 이상적은 중인 출신으로 중국어 역관이었습니다. 생전에 열두 번이나 중국을 왕래하며 청나라의 대학자 옹방강翁方綱 등과 교유한 국제적 지식인이었습니다. 시문을 잘 지었고 서화와 금석문 감식에도 뛰어났는데 청나라에서 시집을 펴내기도 했습니다.

스승 김정희가 제주도에서 유배 생활을 하는 중에도 스승에 대한 의리를 잊지 않고 청나라 서적을 구입하여 부쳐주었고, 또한 김정희의 서찰을 중국 인사들에게 전해주기도 했습니다. 이에 김정희는 제자의 변치 않는 의리에 감복하여「세한도」를 이상적에게 그려주었습니다.

　김정희는 장독대에서 봉선화와 함께 핀 맨드라미를 읊었고, 이상적은 가을날 시골집 담장가에 핀 맨드라미를 읊었습니다. 바로 이런 풍광 속에서 맨드라미가 그 진면목을 여실히 드러낸 것이 아닌가 싶습니다.

　두 사람 모두 맨드라미를 붉은 두건[絳幘]으로 표현했는데 서로 마음이 통했던 것일까요?

　맨드라미는 참으로 봉선화와 잘 어울리는 짝입니다. 문득 그 옛날 시골마을의 돌담가와 장독가에 피어 있던 맨드라미와 봉선화들이 그리워집니다.

새 벽 을 알 리 는

나팔꽃

나팔꽃의 별칭

나팔꽃은 샛별을 보며 일어나는 우리네 농부들처럼 참으로 부지런합니다. 동이 틀 무렵이면 나팔꽃은 이슬을 머금은 채 이미 활짝 피어나 있습니다. 대낮에 햇볕이 비칠 때는 부끄러운 듯 나팔을 오므리고 있다가 저녁이 되면 미련 없이 저버립니다. 이렇게 그 짧은 하루의 생애가 끝나버립니다.

나팔꽃은 메꽃과의 일년생 초본 덩굴식물입니다. 원산지는 인도를 비롯한 아시아 아열대라고 합니다. 6월부터 10월까지 한여름과 초가을에 걸쳐 꽃이 피고, 꽃이 지면 금방 씨앗이 맺힙니다.

나팔꽃의 씨앗은 변비 치료와 이뇨제로 일찍부터 중요한 약제였습니다. 그 약제로서 씨앗의 명칭을 견우자牽牛子라고 하는데 『세종실록지리지』에는 여러 지방이 견우자의 생산지로 기록되어 있습니다. 이를 통해 조선 초에 나팔꽃을 중요한 약용식물로 재배했음을 알 수 있습니다.

나팔꽃이란 이름은 물론 나팔喇叭을 닮았다 하여 부르는 이름입니다. 이 나팔화喇叭花의 통상적인 한자 이름은 견우화牽牛花입니다. 『본초강목』에 "이 약[견우자]이 처음 나오자, 시골 사람이 소를 끌고 와서 약값으로 사례했기 때문에 견우라고 이름이 붙여졌다"고 했습니다.

조선 후기의 실학자 이규경(李圭景, 1788~?)이 쓴 『오주연문장전산고五洲衍文長箋散稿』에서는 "견우화를 살펴보니 지금 지방에서 쓰는 이름은 냉취화冷翠花고, 세속에서 흑축화黑丑花라고 한다. 이는 노고초老姑草와는 전혀 다르다. 냉취화는 담장 사이에서 잘 자라는데 덩굴이 담장 위로 뻗는다. 그 꽃은 선복화旋覆花와 같으나 색은 푸른색에 홍자紅紫색을 띤다"고 했습니다. 조선 시대에 나팔꽃이 지방과 세속에서 냉취화와 흑축화라고 불렸음을 알 수 있습니다. 이규경이 기사 중에 언급한 노고초는 백두옹白頭翁이라 불리는 할미꽃이고, 선복화는 금불초金佛草인데 나팔꽃과는 모양이 전혀 다른 국화과 초본식물입니다. 아마 메꽃인 선화旋花와 혼동했던 모양입니다.

북송의 학자 도곡이 쓴 『청이록淸異錄』에서는 "견우牽牛는 가군자假君子다"라고 했는데 어떤 이유로 나팔꽃을 이런 모욕적인 말로 표현한 것인지 도무지 모르겠습니다.

일본에서는 나팔꽃을 조안화朝顔花라고 부르는데 아침 일찍 피기 때문에 붙여진 이름입니다.

한 줄기 깊은 은하수에서 옷이 붉게 물드니	一泓天水染朱衣
붉은 먼지가 햇살 속에 날리는 것이 두려워	生怕紅埃透日飛
급히 주렁주렁한 푸른 옥패를 정돈하고	急整離離着玉佩
새벽 구름 햇살 속에 은하수 건너 돌아가네	曉雲光裏渡河歸

남송 시청신施淸臣, 「견우화牽牛花」

은하수가에 서 있는데 아침놀이 옷을 붉게 물들입니다. 날이 밝고 조금 시간이 흐르자 붉은 먼지가 햇살을 뚫고 날릴까 두려워집니다. 급히 주렁주렁 매달린 푸른 옥패를 정돈하고 새벽 구름 햇살 속에 은하수를 건너서 돌아갑니다. 바로 아침에만 잠깐 피어나는 견우화의 모습입니다. 이처럼 나팔꽃은 늦잠 자는 게으른 사람을 기다려주지 않는 매정한 꽃입니다.

직녀의 눈물

나팔꽃의 한자 이름이 견우화라서 나팔꽃을 읊은 많은 시에서 견우과 직녀의 신화를 차용하곤 했습니다.

동전처럼 둥근데 푸른 비단을 오렸고	圓似流泉碧翦紗
담장 위 덩굴들이 절로 얽혔네	牆頭藤蔓自交加
직녀가 그리운 눈물방울을 떨궜는데	天孫滴下相思淚
오래 깊은 가을 기다려 이 꽃을 피웠네	長向秋深結此花

송나라 임포산林逋山, 「견우화牽牛花」

나팔꽃은 구멍 뚫린 동전처럼 둥급니다. 색은 푸른 비단을 오려낸 듯합니다. 담장 위에 나팔꽃 덩굴들이 서로 얽혀 있습니다. 지난 칠석날 직녀가 견우를 그리워하는 눈물방울을 떨구었는데 깊은 가을이 되기를 기다려 이 나팔꽃을 피웠습니다. 나팔꽃은 바로 직녀의 눈물이 변한 것입니다!

칠석날에 때맞춰 꽃이 시렁에 가득하니	適時七夕花滿棚
사람들이 말하길 직녀의 눈물방울이 피운 거라 하네	人道天孫淚滴成

견우화 나팔꽃

처사는 예부터 근거 없는 의론을 좋아하니　　　　　　　處士從來好橫議

원량의 「한정부」를 싫어할 만하리라　　　　　　　　　可嫌元亮賦閒情

심상규, 「견우화」

　　나팔꽃이 칠석날에 때맞춰 시렁에 가득 피었습니다. 사람들이 말합니다. 이 꽃은 직녀의 눈물이 변한 것이라고. 초야에 숨어 사는 처사들은 예부터 제멋대로 의논을 펴는 무리입니다. 그러니 원량의 「한정부」도 싫어할 만합니다.

　　이 시는 앞에서 소개한 송나라 임포산의 시 「견우화」를 염두에 두고 읊은 것입니다. 작자는 원주原註에 "임포의 시에 '직녀가 그리운 눈물방울을 떨궜는데, 오래 깊은 가을 기다려 이 꽃을 피웠네[天孫滴下相思淚, 長向秋深結此花]'라고 했다"고 했습니다. 이로 보면 심상규는 임포산을 매화를 처로 삼고 학을 자식으로 삼은 고산孤山 처사 임포로 착각했던 것 같습니다. 임포산과 임포는 같은 송나라 사람이지만 전혀 별개의 인물입니다. 임포산은 생애가 전혀 알려지지 않은 사람입니다.

원량은 진晉나라 도연명입니다. 그의 「한정부」는 어떤 여인을 그리워하는 장편 시입니다. 심상규(沈象奎, 1766~1838)는 정조의 지우를 받고 순조 때 우의정을 지닌 인물입니다.

푸르고 푸른 부드러운 덩굴이 긴 대나무를 감고	青青柔蔓繞修篁
푸르게 꽃 피운 곳에 향기 나네	刷翠成花著處芳
마땅히 견우의 손에 꺾어서	應是折從河鼓手

나팔꽃

직녀가 비스듬히 꽂아서 고운 머리 향기로우리   天孫斜挿鬢雲香

양손재, 「견우화」

나팔꽃 덩굴이 긴 대나무를 타고 올라가서 푸른 꽃을 피웠습니다. 마땅히 견우가 꺾어서 직녀에게 줄 것입니다. 직녀는 그 사랑의 징표를 머리에 비스듬히 꽂을 것이니 그녀의 고운 머리에서는 나팔꽃 향기가 날 것입니다. 하고河鼓는 견우의 별명이며, 천손天孫은 직녀의 별명입니다.

이 시의 작가 양손재楊巽齋는 생애를 알 수 없는 사람인데, 『양송명현소집兩宋名賢小集』에는 남송 위진(危稹, 1158~1234)의 작품으로 되어 있습니다. 위진의 호가 손재巽齋이기 때문에 이런 혼란이 생긴 것 같습니다.

견우가 송아지 끌고 오는 것을 오래 보며   久盼牛郎牽犢來

직녀는 언덕 저쪽에서 천 번을 바라보네   天孫隔岸望千回

그리움의 눈물이 천 송이 꽃으로 변하여   相思淚化花千朶

인간 세상으로 날아와 아름답게 피었네   飄向人間爛漫開

중국 무명씨, 「견우화」

시대와 작자를 알 수 없는 시인데 역시 나팔꽃을 직녀의 눈물이 변한 것이라고 말하고 있습니다.

일찍 일어나는 것은 견우화를 보기 위해서라네

비 온 후 파초가 정결하고   雨後綠天淨

푸른 구름이 암자 위를 가렸네   碧雲庵上遮

사람들이 항상 일찍 일어나는 것은	人家常早起
견우화를 보기 위해서라네	爲看牽牛花

이학규, 「양생의 그림〔楊生畵〕」

비가 내린 후 파초 잎이 더욱 깨끗해졌습니다. 푸른 구름이 암자 위를 덮었습니다. 사람들이 항상 일찍 일어나는 것은 바로 견우화를 보기 위해서입니다. 견우화는 이른 아침이 아니면 볼 수 없는 매정한 꽃이기 때문입니다.

시의 1, 2구는 당나라 승려 회소(懷素, 725~785)의 고사를 차용한 것입니다. 녹천綠天은 파초입니다. 당나라 때 초서로 유명했던 회소는 파초 1만 그루를 심어놓고 그 잎에다 글씨를 연습했다고 합니다. 그가 기거했던 암자는 녹천암綠天庵이라 했는데 지금의 호남성 영주永州 고산사高山寺 대웅보전大雄寶殿 뒤에 있었습니다.

회소가 기거했던 파초 우거진 녹천암은 훗날 저명한 화가들이 그림으로 많이 그렸습니다. 명나라 동기창董其昌의 「녹천암도綠天庵圖」와 서위徐渭의 「녹천우벽綠天雨碧」 등이 그 대표적인 그림입니다.

이 파초와 녹천암과 견우화를 그린 양생楊生이 누구인지는 알 수 없습니다. 이학규(李學逵, 1770~1834)는 정약용 등과 함께 신유옥사 때 천주교도로 몰려서 24년 동안이나 능주와 김해 등지에서 유배 생활을 한 불우한 문인입니다.

삼경에 가을바람 불고 밤에 서리 내리니	三徑秋風夜有霜
무성하게 흰 꽃과 옅은 노란 꽃이 섞여 있네	離離淡白雜輕黃
중양절에 푸른 꽃술을 딸 만하네	重陽靑蕊猶堪摘
어찌하여 나팔꽃과 마타리꽃까지 그렸던가	何事牽牛更女郞

강항, 「왜승 가길이 병풍에 황색과 백색 국화, 여랑화〔마타리꽃〕, 견우화를 그려놓고 나에게 시를 적

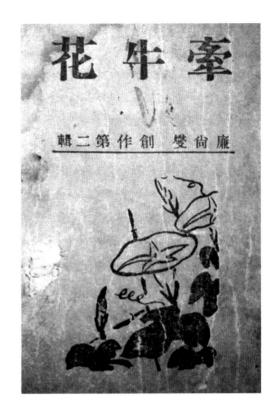

염상섭의 단편집 『견우화』의 표지, 나혜석, 1924

강항(姜沆, 1567~1618)은 정유재란 때 가족들과 함께 고향 영광에서 왜군의 포로가 되어 일본으로 끌려가서 4년 동안 억류당했다가 돌아왔습니다. 일본에서 억류당한 동안에 주자학을 일본 지식층에게 전했고, 나중에 일본 견문록인 『간양록看羊錄』을 저술했습니다.

이 시는 강항이 교토의 후시미 성[伏見城]에 억류되어 있을 때 일본 승려 가길이란 자가 병풍에 국화와 마타리꽃과 나팔꽃을 그려놓고 시를 청하여 지은 것입니다.

삼경은 정원의 세 오솔길을 말하는데 한나라 때 은사隱士 장후蔣詡가 정원에 오솔길 셋을 내고 소나무, 국화, 대나무를 심은 고사에서 유래한 말입니다. 삼경에 가을 기운이 깊으니 백색과 황색 국화가 무성하게 피었습니다. 중양절은 음력 9월 9일로 높은 곳에 올라 수유茱萸 주머니를 차고 국화주를 마시며, 액운을 물리치고 장수를 기원하던 명절입니다. 강항은 중양절을 기념할 만한 국화가 무성한데 어찌 마타리꽃과 나팔꽃까지 그렸느냐고 묻습니다.

중국의 경극 배우 매란방(梅蘭芳, 1894~1961)은 꽃을 무척 좋아하여 모란, 국화, 매화 등 많은 꽃을 직접 기르고 애완했다고 합니다. 그중에서도 나팔꽃을 유난히 좋아하여 직접 새로운 품종들을 많이 개발해냈다고 합니다. 근세 중국의 위대한 화가 제백석(齊白石, 1864~1957)은 매란방의 집에서 주발보다 큰 나팔꽃을 보고 몹시 감동하여 그 꽃을 그리고서 "이 큰 꽃을 그렸는데 오히려 작게 여겨진다"고 했답니다. 도대체 얼마나 큰 나팔꽃이었을까요?

몇 해 전 나는 호남성 상담시湘潭市 백석기념관을 방문했습니다. 그곳에서 병아리와 나팔꽃을 그린 「추계견우도雛鷄牽牛圖」와 나팔꽃과 잠자리를 그린 「견우청정도牽牛蜻蜓圖」를 보았습니다. 그림에 무지한 내가 느낀 바로는 「추계견우도」의 나팔꽃은 몽환적이었고,「견우청정도」의 나팔꽃은 창날처럼 날카로웠습니다.

근대소설가 염상섭(廉想涉, 1897~1963)은 1924년(28세)에「표본실의 청개구리」와「암야」와「제야」등 세 편의 단편소설을 묶어『견우화』란 제목으로 출간했습니다. 그 소설집의 표지 그림을 근대 여류 화가 나혜석(羅蕙錫, 1896~1948)이 그렸습니다.

나는 항상 궁금했습니다. 왜 하필 견우화란 제목을 붙였을까요?

우리나라의 영원한 꽃

무궁화

아리따운 미인의 얼굴

여름 내내 무궁화는 끝없이 피고 집니다. 금규과錦葵科 낙엽관목인 무궁화는 그 꽃이 크고, 색상도 자색, 홍색, 분홍색, 백색 등 다양하고 화려하여 일찍부터 정원의 관상수와 울타리나무로 사랑을 받았습니다. 고대인들은 그 어린잎으로 국을 끓여 먹고, 풍병을 치료하는 중요한 약재로 이용하였습니다. 또 그 어린잎을 차로도 만들어 마셨는데 쉽게 잠들게 하는 효능이 있다고 합니다. 무궁화는 일찍부터 아리따운 여인을 형용하는 꽃으로서 시가 속에 등장하였습니다.

어떤 여자와 수레를 함께 타니	有女同車
얼굴이 무궁화 같네	顔如舜華
나는 듯 날렵하게 걷는 맵시	將翶將翔
패옥은 경거네	佩玉瓊琚
저 아리따운 맹강 같은 여인이여	彼美孟姜

참으로 아리땁고 어여쁘네	洵美且都

어떤 여자와 길을 함께 가니	有女同行
얼굴이 무궁화 같네	顔如舜英
나는 듯 날렵하게 걷는 맵시	將翱將翔
패옥 소리 장장하네	佩玉將將
저 아리따운 맹강 같은 여인이여	彼美孟姜
그 덕음을 잊지 못하리라	德音不忘

『시경』, 「정풍鄭風·유녀동거有女同車」

위 『시경』의 노래에 등장하는 '순화舜華'와 '순영舜英'은 곧 무궁화의 처음 이름입니다. '순舜'은 순瞬이란 의미로, 순식간瞬息間에 피고 저버리는 꽃이라는 뜻입니다. 맹강孟姜은 제나라 후侯의 맏딸 문강文姜인데 아리따운 여인의 범칭으로 쓰였습니다. 이처럼 무궁화는 아리따운 미인의 얼굴을 형용하였는데 이것은 곧 전통이 되어 길이 이어졌습니다.

동원의 꽃들 향기로운 때를 즐거워하고	園花笑芳年
못가의 풀은 봄빛이 아름답지만	池草艶春色
오히려 무궁화가	猶不如槿花
옥계 옆에 아리땁게 서 있는 것만 못하네	嬋娟玉階側
향기로운 꽃은 어찌 일찍 시듦을 재촉하는가	芬榮何夭促
영락함이 순식간에 있네	零落在瞬息
어찌 경수의 가지처럼	豈若瓊樹枝
세월 다하도록 무성함만 같겠는가	終歲長翁艳

이백의 시는 무궁화가 동원의 어떤 꽃보다도 아름답지만 일찍 시드는 것이 안타깝다고 하였습니다. 근槿은 무궁화의 또 다른 한자 이름입니다.

시골 거처 적막하게 푸른 이끼만 자라는데	村居寂寞長靑苔
문득 아름다운 꽃이 시야를 비추며 피었네	忽見瓊華照眼開
붉은 작약은 비록 번화하지만 속됨을 면하지 못하고	紅藥雖繁難免俗
한매는 너무 담박하여 비웃을 만하네	寒梅太淡亦堪哈
풍요한 피부의 합덕이 향기롭게 목욕하였고	豊肌合德熏湯浴
빼어난 미색의 항아가 달빛으로 내려왔네	秀色姮娥降月來
가장 덧없는 꽃들이 다 지나가버린 때	最是浮花都過盡
노란 국화보다 앞서 깊은 술잔에 띄우네	且先黃菊泛深盃

임수간, 「흰 무궁화를 노래하다〔詠白槿花〕」

조선 후기의 문신 임수간(任守幹, 1665~1721)이 흰 무궁화를 읊은 시인데, 무궁화가 작약이나 매화보다도 낫다고 칭송하고, 전설 속 미녀인 합덕合德과 항아姮娥의 환신이라고 하였습니다. 합덕은 한나라 미녀 조비연趙飛燕의 동생인데 피부가 매끄럽고 몸에서는 향기가 났다고 합니다. 항아는 달의 여신입니다.

아침에 피어 저녁에 져버리니

무궁화는 아침에 피어서 저녁에 져버리는 무정한 꽃입니다. 그러니 우리가 오늘 보는 꽃은 어제 본 꽃이 아닌 전혀 다른 새로운 꽃입니다. 역대의 무궁화

무궁화

시는 항상 그 덧없는 생을 안타까워하고 나아가 새로운 의미를 부여하곤 하였습니다.

새벽의 아름다운 꽃은 손무의 진영을 펼쳐놓고　　　　曉艷欲開孫武陣

저녁의 꽃은 녹주의 누대에서 다투어 떨어지네　　　　晚英爭墜綠珠樓

올 때는 급한 번개 같아서 머무르게 할 수 없고　　　　來如急電無因駐

갈 때는 놀란 기러기 같아서 거두어둘 수가 없네　　　　去似驚鴻不可收

양만리, 「근화를 노래하다」

　남송의 시인 양만리楊萬里의 시입니다. 무궁화의 짧은 생에 초점을 맞추었습니다. 올 때는 급한 번개 같고, 갈 때는 놀라서 날아가는 기러기같이 잠깐 스쳐가듯 피었다가 지는 꽃! 손무는 『손자병법』의 저자이고, 녹주綠珠는 진晉나라 석숭石崇의 애첩인데, 정절을 지키고자 누대에서 투신하여 자결한 슬픈 여인으로서 세칭 '추루인墜樓人'이라 불립니다.

붉은 근화를 절집에다 옮겨 심은 것은	朱槿移栽釋梵中
노승이 꽃의 붉은빛을 사랑해서가 아니라네	老僧非是愛花紅
아침에 피어 저녁에 져버리니 무슨 일에 관계하랴	朝開暮落關何事
다만 사람들에게 색이 곧 공이란 것을 깨닫게 함이라네	祇要人知色是空

승소융, 「주근朱槿」

송나라 승려 소융紹隆의 시입니다. 붉은 무궁화를 절집에 옮겨다 심은 것은 꽃의 붉은빛을 사랑해서가 아니라고 애써 부인하고 있습니다. 사실은 그 붉은빛을 몹시 사랑한다는 말이겠지요. 아침에 피었다가 저녁에 져버리는 덧없는 무궁화를 통하여 '색즉시공'의 진리를 사람들에게 깨우치게 하려는 것이라는 말은 왠지 구차한 변명처럼 들리는군요.

붉은 무궁화 피어 가을을 더욱 재촉하니	紅槿花開秋更催
아침에 피어 저녁에 떨어지고 또다시 아침에 피네	朝開暮落復朝開
사랑스럽구나 연속하여 피어나 다하지 않으니	可憐續續開無盡
사랑하는 임이 떠나가서 돌아오지 않는 것보다 낫네	猶勝情人去不來

서거정, 「붉은 무궁화를 읊다(詠紅槿花)」

조선 초기의 문신 서거정의 시입니다. 피고 지고, 또다시 피어나는 무궁무진한 무궁화가 떠나가서 돌아오지 않는 사랑하는 임보다 낫다는 것입니다.

'무궁화'란 이름

무궁화의 한자 이름은 앞에서 언급한 '순화舜華'·'순영舜英'·'근화槿花' 외에도, 목근木槿·주근朱槿·조균朝菌·조화朝花·일급日給·중태重台·왕증王蒸·화상화花上花·일급日及·번리초藩籬草·평조수平條樹·청명리淸明籬 등이 있습니다. 무궁화는 우리나라에서만 쓴 용어인데 고려 때에 이미 그 이름이 등장하였습니다. 아래 이규보의 글과 시가 그 사실을 말해주고 있습니다.

장로長老 문공文公과 동고자東皐子 박환길朴還吉이 각자 근화槿花의 이름에 대하여 논하였다. 한 사람은 '무궁無窮'이라고 말하며, 무궁의 의미는 이 꽃이 피고 지는 것이 무궁하다는 뜻이라고 하였다. 또 한 사람은 '무궁無宮'이라고 말하며, 무궁의 의미는 옛날 군왕이 이 꽃을 사랑하였는데, 육궁六宮의 궁녀들이 무색하여서 그랬다는 것이었다. 각자 고집하여 결론을 내리지 못하였다. 그로 인하여 백낙천의 시를 찾아서, 그 운을 취하여 각자 한 편씩을 짓고서 또한 나에게도 회답하도록 권하였다.

근화의 두 이름이	槿花之二名
내 두 벗에게서 나왔는데	發自吾二友
한 가지를 고집하며 각자 바꾸지 않으니	滯一各不移
좌우에서 대치한 듯하네	若尙左尙右
내 장차 새 용기를 시험하여	我將試新勇
양 적을 한 손으로 깨뜨리려고 하네	兩敵破一手
일찍이 듣자니 옛사람이	嘗聞古之人
장난삼아 구‖를 구九로 삼았다는데	戲‖以爲九

궁宮과 궁窮 또한 장난인 듯하네	宮窮亦似戲
처음에 누구 입에서 전해왔던가	初傳自誰口
나는 홀로 곧 결단할 수 있으니	予獨立可斷
순주醇酒와 이주醨酒를 분별하는 것과 같네	如辨醇醨酒
이 꽃은 잠깐 동안 피었다가	此花片時榮
오히려 하루 동안도 가지 못하니	尙欠一日久
사람들이 덧없는 인생 같다고 꺼려하며	人嫌似浮生
꽃이 진 후를 차마 보지 못하네	不忍見落後
도리어 무궁無窮이라고 이름 지은 것은	反以無窮名
아마 무궁함이 있기를 바라서이리라	儻可無窮有
두 사람은 내 말을 듣고 놀라서	二子聞之驚
입을 다문 것이 찢어진 창문 같네	闔吻如閉牖
나의 설은 참으로 기댈 수 있으니	我說誠有憑
그대들에게 가부를 묻고 싶네	問君肯之否
만일 장차 조정으로 옮겨 간다면	如將移諸朝
또한 해수를 말할 수 있으리라	亦可言亥首

이규보, 「문장로와 박환고가 근화를 논한 것에 차운하고 아울러 서를 쓰다〔次韻文長老, 朴還古論槿花, 幷序〕」

무궁無窮이란 끝이 없다는 뜻입니다. 무궁화의 하나하나의 꽃은 하루를 넘기지 못하고 아침에 피어 저녁에 지고 말지만, 나무 전체로 보면 한 꽃이 피고 지면 다음 날 다른 꽃이 계속하여 피어나서 여름 내내 무궁하게 꽃을 이어갑니다. 또 무궁화는 생명력이 강하여 가지를 꺾어 거꾸로 꽂아놓아도 살아난다는 말이 있을 정도입니다. 이와 같은 무궁한 생명력으로 보면 그 이름이 참으로 적합하다고 여겨집니다.

우리나라의 영원한 꽃

근역槿域은 무궁화 나라라는 뜻인데, 곧 우리나라를 지칭하는 용어입니다. 이 말은 멀리『산해경』에 그 근거를 두고 있습니다.

군자국君子國이 그 북쪽에 있다. …… 훈화초薰華草가 있는데, 아침에 나서 저녁에 죽는다.

『산해경』, 「해외동경海外東經」 중에서

이 기사에 나오는 '훈화초'를 후대의 주석가들은 모두 목근木槿으로 상정하였는데 곧 무궁화라는 것입니다. 그리고 '군자국'을 동이東夷로 상정하였습니다. 후대의『예문유취藝文類聚』등에는 "군자국에는 목근화木槿花가 많은데 인민들이 그것을 먹는다"라고 하였습니다. 그런데 우리나라에서는 아직 무궁화의 자생지가 보고된 바가 없으니『산해경』에서 언급한 군자국이 과연 우리나라인지 의심스럽습니다.

아무튼 언제부터 우리 스스로 무궁화를 우리나라를 상징하는 꽃으로 생각하고 우리나라를 근역으로 상정하게 된 것인지는 정확히 알 수 없으나, 신라 최치원이 신라를 '근화향槿花鄕'이라고 지칭한 용례가 있습니다. 그러나 근역이란 말이 널리 쓰이게 된 것은 아마 구한말 무렵이 아닌가 싶습니다.

새도 짐승도 슬피 울고 바다와 산악도 찡그리는데　　鳥獸哀鳴海嶽嚬
무궁화 세계가 이미 멸망하였네　　槿花世界已沈淪

우리나라 꽃

가을 등불 아래 책을 덮고 천고의 역사를 회고하니　　秋燈掩卷懷千古

인간세상에서 지식인 노릇이 어렵구나　　　　　　　難作人間識字人

황현, 「절명시絶命詩」

한일합방 소식을 듣고 음독 자결한 순국시인 매천 황현의 시입니다. 우리나라를 '근화세계'라고 지칭하였습니다. 이후 일제강점기 동안 무궁화가 우리 민족을 상징하는 꽃으로 널리 자리 잡게 되자 일제는 광분하여 전국의 무궁화를 베어서 불태워버렸습니다. 게다가 일제는 무궁화 꽃가루가 피부에 닿으면 부스럼을 나게 하는 '부스럼 꽃'이고, 눈에 들어가면 핏발이 서서 눈병을 나게 하는 '눈의 피 꽃'이라고 하며, 그 말도 안 되는 헛소문을 시골 초등학교까지 조직적으로 퍼트려서 우리 민족의 가슴속에서 무궁화를 없애버리고자 하였습니다. 그러나 이 땅의 유구한 역사의 무궁화가 일제의 그따위 농간에 소멸될 수 있겠습니까? 광복 후 무궁화는 또다시 우리 민족을 상징하는 꽃으로 꼿꼿하게 부활하여 우리 곁에 있게 되었습니다.

이처럼 무궁화가 우리 민족을 상징하는 꽃이 된 것은 어떤 법적 합의에 따른 것이 아닌 자연스레 그렇게 된 것입니다. 그러니 이제는 무궁화가 진딧물이 많고 자생종이 아니므로 나라꽃으로 적당하지 않다느니 하는 따위의 비방은 그만두었으면 합니다.

무궁화를 가로수로 활용하겠다는 기사를 신문에서 보았습니다. 기쁜 소식이 아닐 수 없습니다. 빨리 그 계획이 실천될 날을 기다려봅니다.

백 일 의 붉 은 놀 빛
배롱나무

간지럼 타던 쌀밥나무

내 어린 시절 외가의 화단에 이백여 년 수령의 늙은 배롱나무가 있었는데, 외증조할머니는 그 나무를 항상 쌀밥나무라고 불렀습니다. 한여름 무더위와 장마 속에서 백 일 동안 끊임없이 피고 지는 배롱나무의 붉은 꽃이 마지막으로 지려 할 때 본격적으로 추수가 시작되기 때문이지요. 그 가난하던 시절 배롱나무의 가을꽃이 지면 실로 오랜만에 햅쌀로 지은 하얀 쌀밥을 맛볼 수 있었지요.

　외가의 그 늙은 배롱나무는 바로 옆에 자리한 동백나무의 울창한 그늘을 피하여 마당 쪽으로 구부정하게 줄기와 가지를 뻗었습니다. 그 모습이 마치 용트림하듯 기묘하고 웅장하여 인근에 소문이 자자하였지요. 먼 대처에서까지 구경 오는 사람이 많았는데, 어떤 사람은 비싼 돈으로 사겠다며 졸라대고, 또 어떤 이는 꽃사슴 한 쌍과 바꾸자고 생떼를 쓰기도 하였습니다. 물론 외가의 배롱나무는 여전히 제자리에 서 있었습니다.

　외증조할머니는 그때 이미 구순의 연세였는데 가끔 어린 나에게 신기한 마술을 보여주셨습니다. 외증조할머니가 배롱나무의 옹이 진 늙은 밑둥치를 손톱으로 살살 긁으면 갑자기 나무가 소스라치게 놀라며 온몸을 마구 떠는 것이었습니다. 그 신비한 광경에 내가 깜짝 놀라면 할머니는 더욱 당신의 마술이 자랑스러워 활짝 미소를 지으셨습니다. 마치 장난꾸러기 소녀처럼. 그러나 나는 곧 그 마술을 전수받았지요. 그리하여 외가의 늙은 배롱나무는 물론, 마을의 모든 배롱나무들은 나의 간지럼 태움에 하루에도 몇 번씩 화들짝 몸을 떨어야 했지요. 나는 요즈음도 배롱나무를 볼 때마다 그 옛날의 추억에 잠기곤 합니다. 이미 오래전에 백수의 연세로 세상을 뜨신 외증조할머니와 외가의 늙은 배롱나무……

배롱나무의 여러 이름

배롱나무는 원래 백일홍나무(배기롱나무)인데 그 발음이 와전되어 굳어진 것입니다. 뜻은 물론 백 일 동안 붉게 꽃을 피운다는 것이지요. 초본 백일홍과 구분하기 위하여 흔히 목백일홍이라 부릅니다. 한자 이름은 자미화紫薇花입니다. 당나라 현종은 개원 원년(713)에 중서성을 황제를 상징하는 별인 자미원紫微垣의 이름을 가져다가 자미성紫微省이라 고치고, 중서사인中書舍人을 자미사인紫微舍人이라고 불렀습니다. 그런데 이 자미성 안에 자미화를 많이 심었던 모양입니다.

사륜각에 문서 일이 조용하고 絲綸閣下文書靜
종고루의 물시계 소리 오래되었네 鐘鼓樓中刻漏長
황혼에 홀로 앉았는데 누가 벗해줄 건가? 獨坐黃昏誰是伴
자미화가 자미랑을 대하였네 紫薇花對紫微郎
백거이, 「자미화」

배롱나무꽃

당나라 중기의 시인 백거이의 시입니다. 사륜각은 국가의 여러 문서를 담당하는 관청으로 곧 자미성입니다. 자미랑은 중서사인의 별칭입니다. 이처럼 하루 문서 일을 끝낸 자미성의 문사들은 한여름 긴 밤의 무료한 심사를 자미화에 붙인 시를 많이 남겨서 자미화는 어느덧 자미성 문사의 상징이 되었습니다. 우리도 마찬가지였습니다. 사육신의 한 사람인 성삼문은 「난만자미爛曼紫薇」란 시에서 다음과 같이 읊었습니다.

해마다 사륜각에서	歲歲絲綸閣
붓 들고 자미화를 대하였네	抽毫對紫薇
금년도 꽃 아래서 술 마시니	今來花下飮
가는 곳마다 서로 따르는 듯하네	到處似相隨

배롱나무의 또 다른 이름은 파양수怕癢樹입니다. 글자 그대로 간지럼을 두려워하는 나무라는 뜻입니다. 배롱나무 줄기는 해를 묵을수록 담홍색을 띠고 껍질은 얇고 무척 매끄럽습니다. 마치 노각나무나 모과나무의 살결과 비슷한데 신경이 몹시 예민하여 간지럼을 잘 탑니다. 이 밖에 배롱나무의 별칭으로 양양화癢癢花 · 만당홍滿堂紅 · 자수화紫繡花 · 내구붕耐久朋 따위가 있답니다. 또 그 꽃의 색에 따라서 자주 꽃은 자미紫薇, 흰 꽃은 백미白薇, 붉은 꽃은 홍미紅薇, 푸른빛을 띤 꽃은 취미翠薇라고 구분하기도 합니다.

명옥헌 붉은 꽃무리가 만들어낸 장관

배롱나무의 원산지는 아시아 열대지역인데, 우리나라에는 중국을 거쳐 들어온 것으로 짐작됩니다. 그 정확한 시기는 알 수 없으나 고려 최자의『보한집補

閑集』에 자미화란 이름이 보이고, 조선 초에는 이미 사대부들이 관상수로서 애완한 것 같습니다.

> 이 꽃은 중국에서 성 안에 많이 심었기 때문에 옛 문사들이 모두 이 꽃을 시로 읊었다. 우리나라의 성원城院에서는 이 꽃을 본 적이 없고 다만 홍작약 몇 그루가 있을 뿐이다. 오직 영남 근해의 여러 군과 촌락에서 많이 심는다. 다만 기후가 약간 늦어서 오뉴월에 비로소 피었다가 칠팔월이 되면 곧 진다. 비단 같은 꽃이 노을빛처럼 고운데 뜰을 비추면 사람들의 시선을 어지럽게 빼앗으니, 풍격이 가장 유려하다. 도하의 공후들의 저택에 정원수로도 많이 심었는데 높이가 한 길이 넘는 것도 있다. 근래에 영북嶺北의 기후가 몹시 추워서 대부분 얼어 죽었고, 호사가의 보호를 받아 죽음을 면한 것은 겨우 열 가운데 한둘뿐이다. 몹시 애석한 일이다.
>
> 강희안, 『양화소록』, 「자미화」

영남 근해와 한양의 공후들의 저택에 배롱나무가 많았음을 알 수 있습니다. 『양화소록』에는 호남에 대해선 언급하고 있지 않으나 호남 또한 예외가 아니었습니다.

꽃이 백 일이나 핀 것은	花能住白日
물가에 심었기 때문이네	所以水邊栽
봄이 지나도 이와 같으니	春後有如此
봄의 신이 아마 시기하리라	東君無乃猜

정철, 「자미탄」

명옥헌

타고난 자태가 원래 부귀한데	天姿元富貴
어찌 해 주변에 심어주기를 기다리랴	寧待日邊栽
좁은 기슭에 붉은 놀빛 가득하니	夾岸紅霞漲
어부의 놀란 눈길이 꺼려하네	漁郞恐眼猜

고경명, 「자미탄」

송강 정철과 제봉 고경명의 시입니다. 자미탄紫薇灘은 무등산 골짜기에 있는 식영정과 환벽당 사이를 흐르던 여울의 이름인데, 배롱나무들이 여울 가에 심겨 있었기 때문에 그렇게 이름을 붙인 것입니다. 지금은 광주댐 속에 수몰되어 그 모습을 볼 수 없지만 송강과 제봉의 시를 통하여 그 옛날의 모습을 상상해볼 수는 있을 것입니다. 제봉의 시에서 '해 주변[日邊]'이란 임금이 사는 곳인 궁궐을 말합니다. 타고난 자태가 원래 부귀하니 굳이 궁궐의 뜰에 심기기를 바라지 않는다는 것이지요. 여울 가 기슭에 핀 붉은 꽃이 놀빛으로 퍼져서 어부가 저녁놀로 착각하여 꺼려한다는 것입니다. 지금 광주댐 가에는 배롱나무를 가로수로 심어서 그 옛날의 자미탄을 기념하고 있습니다.

배롱나무는 본래 추위에 약하여 중부지방에서는 귀한 나무였으나 요즘은 재배 기술이 발달하여 서울의 곳곳은 물론이고, 전국 어디에서나 쉽게 볼 수 있습니다. 그러나 가장 멋진 배롱나무 군락을 보고 싶다면 반드시 전남 담양의 명옥헌을 찾아가야 할 것입니다.

명옥헌은 무등산 골짜기에 있는 소쇄원과 식영정에서 송강정과 면앙정으로 가는 중간 길목에 있습니다. 명옥헌이 있는 담양군 고서면 산복리 후산마을은 광주에서 그리 멀지 않습니다. 동구에는 아름드리 팽나무가 마을의 수문장처럼 서 있고, 바로 옆 저수지 가에는 몇백 년 묵은 듯한 왕버들이 용트림하는 자세로 줄지어 있습니다. 또한 마을 안에는 인조대왕이 찾아와 말고삐를 맸다는 전설이 있는, 둘레가 서너 아름이 넘고 높이가 30미터에 달하는 거대한 은행나무가 있습니다. 마을 사람들의 말대로 수령이 실제로 천 년이 넘었는지는 알 수 없으나 그 위풍당당한 모습 앞에 서면 누구나 절로 감탄을 하게 됩니다.

마을 한복판을 지나는 길을 따라서 마을 뒤 낮은 언덕을 넘어서면 갑자기 확 트인 시야에 선경이 펼쳐집니다. 아, 무릉도원! 지금 선경은 팔월 한낮의 햇살 아래 붉은 놀빛 속에 잠겨 있습니다. 바로 한창 피어난 배롱나무의 붉은 꽃 무리가 만들어낸 장관입니다. 네모난 연못 맞은편 언덕 위에 명옥헌이 보입니다. 명옥헌은 조선 인조 때 한림원 기주관記注官을 지내다 불과 1년 만에 병으로 요절한 명곡明谷 오희도吳希道를 추모하기 위하여 그 아들 오명중이 세운 정자입니다.

나는 정자의 툇마루에 앉아 잠시 주변의 풍광을 살펴봅니다. 언덕 아래엔 이삼백 년 묵은 배롱나무들이 연못가에 군락을 이루고 있습니다. 정자 좌우엔 늙은 솔과 느티나무가 오랜 세월의 풍상을 말해주고 있고, 몇 그루의 매화도 함께 서 있군요. 나는 이 모두를 사랑합니다. 그래서 이십여 년 동안 기회가 있을 때마다 이곳을 찾곤 하였지요.

매천 황현의 배롱나무 예찬

매천 황현은 한일합방 때 음독 순국한 애국 시인입니다. 구한말 문인 사대가四大家 중 한 사람이던 그는 날로 쇠망해가는 조국의 현실을 통탄하여 구례의 지리산 자락에 은거하였습니다. 그는 멸망해가는 조국의 역사를 『매천야록』이란 이름으로 기술하는 한편, 꽃과 나무를 사랑하면서 마음의 위안을 찾았습니다. 그래서 꽃과 나무에 대한 시문을 많이 남겼는데, 특히 배롱나무에 대한 그의 예찬은 남달랐습니다.

명화는 오래 피어 있지 못하니	名花不能壽
이 이치 참으로 한탄스럽네	此理良可歎
매화와 국화도 오히려 얼마 가지 못하는데	梅菊尚未幾
복사꽃과 오얏꽃을 어찌 셈할 수 있겠는가	桃李奚足筭
모든 꽃들이 이미 다 저버리고	衆芳俱已凋
여름 하늘엔 불 양산이 펼쳐졌는데	暑天張火傘
잠깐 동안이나마 피는 꽃이 있다면	使有頃刻花
오히려 좋은 완상을 이룰 수 있는데	猶足成奇玩
하물며 이 꽃은 날마다 붉게 피어	況玆日日紅
석 달 반이 넘게 간다네	强及三月半
핀 꽃이 미처 지기도 전에	開者未遽落
피지 않았던 것들이 연이어 터져서	未開續續綻
찬 이슬 서늘하게 머금어 어여쁘고	凄含凉露姸
빛나는 아침놀을 띠고 찬란하네	晃帶朝霞爛
온갖 푸름에 둘러싸여	萬翠壅不流
우뚝이 서쪽 언덕에 임했네	突兀臨西岸
아리따운 고야의 자태	娉婷姑射姿
둥근 옥빛 이를 드러내어 찬란하네	團團啓玉粲

황현, 「백일홍」

고야姑射는 막고야산邈姑射山에 산다는 신선으로서 피부가 빙설氷雪 같고, 처녀처럼 아리땁다고 합니다. 그래서 시에서 흔히 아름다운 여자의 별칭으로 사용됩니다.

배롱나무의 가장 큰 매력은 꽃을 거의 볼 수 없는 한여름에 피는 것일 겁니다. 그것도 백 일 동안이나 피고 지고 하니 초록빛 녹음만 무성한 여름철에 그야말로 청량제가 아닐 수 없습니다. 황현은 또 「백일홍기百日紅記」를 지어 배롱나무를 찬양하였습니다.

백일홍은 꽃 가운데 미천한 자다. 그래서 옛사람의 제영題詠이 많이 없고, 『군방보群芳譜』에 이르러 비로소 기록되었다. 그러나 끝내 여러 명화名花와 다툴 수 없었다. 어떤 사람은 말한다. "꽃은 격格이 높고 운韻이 승해야 하는데, 백일홍은 격을 이루지 못하고 운도 이루지 못하니 그것이 여러 명화와 겨룰 수 없는 것은 당연하다." 대저 격이니 운이란 것은 매화나 국화 같은 종류를 말하는 것이 아니겠는가? 바람과 서리가 휘몰아칠 때 국화는 비로소 꽃이 피고, 눈과 얼음이 서로 얼어붙어 있을 때 매화는 비로소 꽃이 핀다. 이 같은 것은 참으로 기특하다. 그러나 그것은 홀로 그렇기 때문이다. 만약 복사꽃·오얏꽃·목단·작약 등이 모두 세한에 분연히 꽃이 핀다면 어찌 매화와 국화만이 기특할 것인가? 대저 백일홍은 여름의 장마와 폭염 속에서 꽃이 핀다. 추위와 더위는 꽃 시절이 아닌 점에서 동일하다. 백일홍과 매화·국화는 그 적절한 시기가 아닌데도 꽃이 핀다는 점에서 균등하다. 그 약간의 차이란 추위와 더위일 뿐이다. 그런데 추위 속에서 꽃이 피면 격이 높고 운이 승하고, 더위 속에서 꽃이 피면 운을 이루지 못하고 격도 이루지 못한다고 하니, 참으로 천하에 정론이 없다. 사람과 사물을 막론하고 그 처한 장소가 지극히 청려淸麗하고 엄냉한 곳인 연후에야 세상에서 귀함을 받는 것이던가! 그렇다면 백일홍을 살펴보면 매화와 국화와 같은 시기를 얻지 못한 것이 한스럽다. 나의 당 앞에 백일홍 한 그루가 여러 나무 가운데서 굽어지고 구부정한데, 예쁘고 붉은 꽃술이 마침내 절로 드러났다. 그래서 처음에는 은군자隱君子라고 불렀다. 하루에 한 꽃을 피우며 여름에서 가을까지 아리땁게 시들지 않는다. 그래서 다시 내구붕耐久朋이라고 불렀다. 대개 그 다른 이름은 정동신羞이고, 또 다른 이름은 자미화라고 한다.

황현, 「백일홍기」

나는 지금 명옥헌에 앉아 있습니다. 팔월의 햇살 아래 배롱나무의 붉은 꽃 노을이 절정입니다. 앞으로 구월까지는 이 황홀한 선경이 계속 펼쳐질 것입니다. 당신께서도 이 여름이 다 가기 전에 이곳을 찾을 기회가 있기를 바랍니다. 나는 이제 이곳에서 그리 멀지 않은 승주의 송광사, 선암사와 구례의 매천사당, 화엄사 일대를 둘러볼 예정입니다. 그곳에도 내 오랜 벗들인 배롱나무들이 한창 붉은 꽃을 피우고 있을 테니까요.

정승나무

회회나무

세 그루 회화나무와 아홉 그루 멧대추나무

시골의 오래된 마을에 가면 정자목이니 혹은 당산목이라 불리는 고목이 많습니다. 그중 어떤 나무는 수백 년의 연륜을 뽐내며 마을의 수호신으로 존경을 받고 있습니다. 그 나무들의 수종은 소나무, 은행나무, 팽나무, 느티나무, 왕버들 같은 종류가 많은데 회화나무 또한 빼놓을 수가 없습니다.

회화나무는 콩과에 속하는 낙엽교목인데 높이 25미터가 넘게 자라며 아름드리의 수백 년 고목이 많습니다. 특히 궁궐, 사당, 서원, 종가 등에 심는 귀한 나무로 여겨졌기 때문에 천연기념물로 지정된 나무가 전국에 한두 그루가 아닙니다.

꽃은 황백색으로 6~7월에 피는데 그 꽃과 잎과 열매가 아까시나무와 비슷하여 혼동하는 사람이 많습니다. 그러나 아까시나무는 회화나무보다 꽃이 일찍 피며 가시가 많아서 가시가 없는 회화나무와 쉽게 구별할 수 있습니다.

회화나무는 한자로 괴목槐木이라 하며, 고대 주나라에서 궁정에 세 그루 회화나무[三槐]와 아홉 그루 멧대추나무[九棘]를 심어서 삼공三公과 구경九卿의 자리로 삼았기 때문에 회화나무는 일명 궁괴宮槐라고 불립니다. 이런 역사적 고사 때문에 후대에 회화나무를 정승 나무라고 하여 자손의 출세를 기원하는 의미로 심었던 것입니다.

밤에 앉아 잠들기 어려워서	夜坐因難臥
아침에 읊조리며 회포를 푸네	朝吟爲遣懷
안개 놀은 바위 골짜기를 덮고	煙霞鎖巖壑
바람과 달빛은 강에 가득하네	風月滿江淮
타고난 분수로 생애가 담박하니	自分生涯淡
끝내 세상일과 어긋났네	終敎世事乖
다만 자식들에 대한 염려를 남겨서	只餘兒子念
감히 세 그루 회화나무를 본받아 심었네	敢擬植三槐

이색,「회포를 적다〔遣懷〕」

자신의 생애는 세상일과 어긋나기만 했는데 다만 자식들을 염려하여 세 그루 회화나무를 심었습니다. 부디 자식만은 출세하여 정승이 되기를 기원한 것입니다. 자식이 잘되길 바라는 부모의 마음은 예나 지금이나 같은 듯합니다.

남가일몽

남가일몽南柯一夢은 회화나무 남쪽 가지 아래서 잠자다 꾼 한바탕 꿈이란 뜻입니다. 곧 허무한 일장춘몽을 말합니다.

이 꿈속 이야기는 당나라 이공좌李公佐의 「남가태수전南柯太守傳」을 말합니

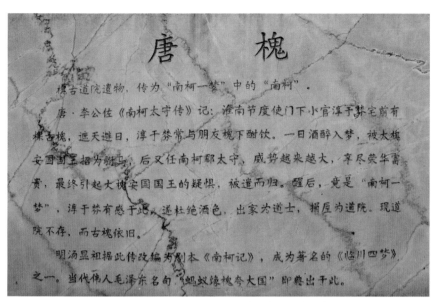

좌: 순우분의 괴안국 회화나무, 우: 남가일몽의 표지석

다. 주인공 순우분淳于棼이란 사람이 큰 회화나무 남쪽 가지 아래서 술에 취해 잠이 들어 꿈을 꾸었는데 꿈속에서 괴안국槐安國에 가서 장원급제하고 공주와 결혼한 후 남가군南柯郡 태수가 되어 선정을 베풀어 명성을 떨쳤습니다. 그런데 이웃 나라 단라국檀蘿國이 쳐들어와 나라가 위태로워지자 장군으로 추대되어 출병했으나, 대패하고 평민으로 강등되었습니다. 처량한 처지에서 잠이 깼었 는데 꿈속에서 살던 괴안국이 회화나무 아래 개미굴이었다는 사실을 깨달았 습니다.

늙은 회화나무가 굴곡지어 규룡 같고　　　　　　老槐偃蹇如虯龍
녹음이 땅에 가득하여 맑은 바람 머금었네　　　綠陰滿地涵淸風

주렴 친 비단 장막이 깊고 깊은데	珠箔錦幕深復深
맑은 대낮의 잠이 진한 죽처럼 맛있네	淸晝睡味如粥濃
한바탕 꿈으로 남가의 하늘을 얻으니	一夢賭得南柯天
남가의 세월은 안팎이 모두 꿀처럼 달콤하네	南柯日月無中邊
베개 위 잠깐 동안에 백 년의 즐거움 누리니	枕上片時百年樂
날개가 돋아 신선으로 올라갈 필요가 없으리라	不必羽化登神仙

서거정, 「회화나무 그늘에서 낮잠을 자다〔槐陰晝枕〕」

남가일몽의 고사를 시로 읊은 것입니다. 시원한 회화나무 그늘 아래서 낮잠을 자다가 백 년 인생의 즐거운 꿈을 꾸었으니 비록 허망할지언정 악몽보다는 백배 나을 것입니다.

마당의 회화나무에 바람 조용하고 녹음이 짙은데	庭槐風靜綠陰多
잠에서 일어나 차 마시니 해 그림자 지나가네	睡起茶餘日影過
스스로 우습구나 늙어서 다시 꿈도 못 꾸고	自笑老來無復夢
개미 행렬이 남쪽 가지 위로 가는 것을 한가히 바라보네	閑看行蟻上南柯

조맹부, 「즉사卽事」

늙으면 잠이 없으니 꿈을 꾸지 못합니다. 다만 남쪽 가지 위의 개미 행렬을 한가히 바라볼 뿐입니다. 일장춘몽마저 허용되지 않는 노인의 처지가 안타깝군요.

조맹부(趙孟頫, 1254~1322)는 송설체松雪體로 유명한 서예가인데, 본래 송나라 왕족으로서 원나라에 출사했으니 평생 마음이 복잡했을 것입니다.

회화나무

바람이 마당의 회화나무를 돌아 난간에 부니　　風轉庭槐拂檻開

녹음에 물든 듯 티끌 없이 정결하네　　　　綠陰如染淨無埃

부인은 공명의 꿈을 꾸지 않고　　　　　　婦人不作功名夢

남쪽 가지에 개미가 오가는 것을 한가히 바라보네　開看南柯蟻往來

정윤단, 「마당의 회화나무〔庭槐〕」

부인에게는 공명의 꿈이 필요 없습니다. 공명이란 사내들의 부질없는 꿈일

회화나무꽃

뿐입니다. 순우분의 꿈속 생애가 얼마나 허망한 것이었는지!

정윤단(鄭允端, 1327~1356)은 원나라 말의 저명한 여류 시인입니다. 부유하고 교양 있는 집안 출신으로 지식인의 처가 되어 함께 시문을 즐겼으나 난세를 맞아 30세로 요절하고 말았습니다.

청운의 꿈

당나라 때 진사 시험은 회화나무에 꽃이 필 때 시행되었나 봅니다. 『설부說孚』에 따르면 "속담에 '회화나무 꽃이 노래지면 거자擧子들이 바쁘다'고 했다. 이는 회화나무가 바야흐로 꽃이 필 때면 진사 시험에 응시할 때가 되었음을 말한 것이다. 당나라 시인 옹승찬翁承贊은 시에서 '빗속에 장식한 노란 꽃을 바라보는데, 매미 소리 끌어와서 석양을 전송하네. 당시 계사를 따르던 일 추억하니, 말발굽이 종일 그대 때문에 바빴네[雨中粧點望中黃, 勾引蟬聲送夕陽. 憶得當年隨計吏, 馬蹄終日爲君忙.]'라고 했는데, 곧 속담이 또한 유래가 있는 것이다"고 했습니다.

어지러운 금빛 꽃이 맑은 허공에 날리니　　　　　　　氃氃金蘂撲晴空

마음 놀라는 거자들이 낙조 안에 있네　　　　　　　擧子心驚落照中

지금의 늙은 낭중도 여전히 한이 있으니　　　　　　今日老郎猶有恨

지난날 서로 노닌 것이 십 년의 세월이네　　　　　　昔年相謔十秋風

정곡(鄭谷, 851~910), 「회화나무 꽃[槐花]」

회화나무 금빛 꽃이 날리면 과거 응시자들은 마음이 두근거립니다. 청운의 꿈을 이루느냐 아니면 영원히 낙방생으로 전락하느냐가 갈리는 인생의 고

비이기 때문입니다. 위대한 시성詩聖 두보도 과거에 낙방했고, 한 시대를 시로 명성을 날린 맹교孟郊와 가도賈島도 고시 10수생이었습니다.

시인은 젊었던 고시생 시절을 생각하며 지울 수 없는 한을 반추합니다. 그런데 이미 늙어버린 지금 여전히 낮은 관직인 낭중에 머물러 있습니다.

회화나무 잎이 처음 펴지니 일기가 서늘한데　　　　槐葉初勻日氣凉

무성한 생쥐 귀 같은 푸른 잎이 쌍을 이루었네　　　蔥蔥鼠耳翠成雙

삼공은 단지 세 가지를 얻어 보지만　　　　　　　三公只得三枝看

한가한 객에겐 맑은 그늘이 북창에 가득하네　　　閒客清陰滿北窗

범성대(范成大, 1126~1193), 「여름날 전원의 여러 흥취(夏日田園雜興)」

회화나무 잎은 아까시나무 잎처럼 생겼는데 그 하나하나는 쫑긋한 생쥐 귀처럼 생겼습니다. 삼공의 높은 벼슬일지라도 기껏 회화나무 세 가지를 얻을 수 있을 뿐이지만 한가한 객이 머무는 북창에는 그 맑은 그늘이 넘치니 과연 누가 더 청복이 있다고 할는지요?

회화나무는 요즈음 많은 도시에서 가로수로 심어서 조금만 관심을 기울이면 금방 가까이할 수 있는 나무입니다. 초여름 큰 키의 나무에 주렁주렁 매달린 황백색 꽃을 보면 누구나 감탄하지 않을 수 없을 것입니다.

생 명 의 보 금 자 리

갈대

갈 대 의 여 러 이 름

갈대는 볏과의 여러해살이풀입니다. 강가나 늪지에 무리 지어 자라며 8~9월
에 보라색을 띤 꽃이 피는데 갈대꽃 혹은 갈꽃이라고 합니다. 열매가 여물면
종자를 날릴 하얀 솜털이 이삭을 뒤덮는데 사람들은 이를 갈꽃으로 착각합
니다. 갈대라는 이름은 줄기에 대나무처럼 마디가 있다고 하여 지어진 것이라
짐작됩니다.

　갈대는 고대 시대부터 인류의 생활에 매우 유용한 식물이었습니다. 집을
짓거나 제방을 쌓는 건축자재였을 뿐만 아니라 여러 가지 생활 도구를 만드
는 재료였습니다. 또한, 그 싹은 식용할 수 있었고, 뿌리와 줄기는 약용으로
쓸 수 있었습니다.

　갈대는 나라에 바치는 중요한 공물이었습니다. 『예기』에 "7월에 갈대를
바친다"라고 했고, 『여씨춘추呂氏春秋』에 "늦가을의 달에 우인虞人에게 명하여 갈
대를 나라에 바치게 한다"라고 했습니다. 우인은 산림과 원림 등을 관장하였

던 고대의 벼슬아치였습니다.

갈대는 한자로 '노蘆', 혹은 '위葦', 혹은 '노위'라고 하는데 다른 표기도 많습니다.

『본초本草』에 "갈대는 하습(下濕, 땅이 낮고 습기가 많음)지의 언덕과 못 안에 자라는데, 모양은 대나무 같지만 잎은 줄기를 감싸고 자라며, 가지가 없고 꽃은 하얗고, 이삭을 맺는 것이 띠의 꽃과 같고 이름은 봉농蓬蕽이다. 뿌리 또한 대나무 같은데 마디가 성글다"라고 했고, 또 "노蘆에는 여러 종류가 있다. 그 길이는 1장丈 남짓이고 줄기 속은 비어있고 껍질은 얇고 색이 하얀 것은 가葭, 노蘆, 위葦이다. 위보다 작으면서 줄기 속은 비어있고 껍질은 두껍고 색이 맑고 푸른 것은 담菼, 완薍, 적荻, 임葟이다. 그중 가장 작으면서 줄기 속이 차있는 것은 겸蒹, 염薕이다. 모두가 막 돋아날 때와 이미 성장했을 때로써 이름을 얻었다"라고 했습니다. 이를 좀 더 부연하면 막 돋아난 갈대는 '가', 꽃이 피기 전의 것은 '노', 꽃이 지고 열매를 맺은 것은 '위'라고 했습니다.

여러 기록을 살펴보면 옛사람들은 갈대와 물억새를 엄격하게 구별한 것 같지는 않고, 또한 습지가 아닌 땅에 자라는 억새도 갈대의 종류로 취급한 듯합니다.

강호의 가을

갈대는 일 년 사시 항상 우리 곁에 있는데 사람들은 갈꽃이 피기 시작할 때에야 비로소 갈대의 존재를 인식합니다. '아, 가을이 왔구나' 싶은 게지요. 이처럼 갈대는 가을을 상징하는 식물로서 많은 시문의 소재였습니다.

꺾임을 스스로 지킬 수 없는데   摧折不自守

가을바람이 부니 어찌할거나	秋風吹若何
잠시 꽃은 눈발을 이고 있는데	暫時花戴雪
어느 곳 이파리가 물결에 잠겼는가	幾處葉沈波
몸은 약하나 봄의 싹은 이르고	體弱春苗早
무리 지어 자라나 밤이슬이 많네	叢長夜露多
강호에서 휘날려 떨어진 후에	江湖後搖落
또한 세월이 어긋날까 두렵네	亦恐歲蹉跎

두보, 「갈대〔蒹葭〕」

갈대는 한겨울을 이겨내는 대나무가 아닙니다. 갈대는 가을이 되면 시들어 꺾입니다. 시들기 전에 눈발 같은 하얀 꽃의 물결을 휘날리며 생의 정점에 이릅니다. 잎은 이미 시들어 가을 물에 잠겼습니다. 갈대는 약하지만 이른 봄에 싹을 틔우고 무리 지어 왕성하게 자랍니다.

강호는 강과 호수의 지역을 말하는데 흔히 도성과 거리가 먼 시골을 가리킵니다. 그래서 속세를 떠난 지역으로 벼슬살이의 아수라장을 벗어나는 것을 상징합니다. 옛사람들은 높은 벼슬에 있으면서도 항상 강호를 그리워한다는 말을 입에 달고 다니곤 했습니다. 그 말이 진심인 사람도 있었지만 가식인 사람도 있었습니다. 오늘날 도시에서 살면서 입버릇처럼 시골에서 농사나 짓고 싶다는 상투적인 말을 반복하는 현대인의 심리와 같다고 하겠습니다. 과연 현재의 사회적 지위와 편리한 도시의 삶을 한순간에 내던지고 강호인이 되거나 농사꾼으로 될 수 있는 사람이 고금에 몇 사람이나 있었던가요?

갈대는 예로부터 강호를 상징하는 대표적인 식물이었습니다.

여러 줄기의 갈대를 심고자	欲種數莖葦

문을 나서 왕래가 빈번하네	出門來往頻
가까운 언덕에서 본래 흙을 가져오고	近陂收本土
심을 곳을 선택하는 것은 유인에게 물어보네	選地問幽人
조용히 바라보니 사색이 길어지고	靜看唯思長
처음 옮겨 심을 땐 균일한 줄 깨닫지 못했네	初移未覺勻
좌중에서 대나무를 찾는 객이	坐中尋竹客
가려다가 다시 서성이네	將去更逡巡

요합(姚合, 779?~855?), 「갈대를 심다[種葦]」

갈대를 옮겨 심었습니다. 잘 자라도록 갈대가 본래 있었던 곳의 흙까지 가져오고, 옮겨 심을 장소는 갈대에 대한 경험이 풍부한 유인에게 물어보았습니다. 유인은 세속을 떠난 은자입니다. 옮겨 심고 바라보니 사색이 길어집니다. 또, 처음에는 몰랐는데 가지런히 잘 심어졌습니다. 좌중의 손님 중에 대숲을 보고자 한 사람이 갈대 곁을 서성입니다. 갈대숲은 대숲에 못지않습니다.

갈대의 싹은 처음엔 대나무와 같고	蘆筍初似竹
약간 피어난 잎은 부들과 같네	稍開葉如蒲
바야흐로 봄에는 마디가 껍질을 걸치고	方春節抱甲
점점 늙어지면 뿌리에 수염이 돋아나네	漸老根生鬚
여름의 녹음을 사랑하지 않지만	不愛當夏綠
이처럼 가을에 말라버린 것을 아끼네	愛此及秋枯
누런 잎은 비바람에 뒤집히고	黃葉倒風雨
흰 꽃은 강호에 휘날리네	白花搖江湖
강호에 갈 수 없으니	江湖不可到

옮겨 심느라고 고생을 다했네 　　　　　　移植苦勤劬

어떻게 한 쌍의 들오리가 　　　　　　　安得雙野鴨

날아와 그림을 이룰 수 있게 하겠는가 　　飛來成畵圖

소식(蘇軾, 1037~1101), 「자유의 「기원중초목」 시에 화답하다〔和子由記園中草木〕」

갈대는 봄과 여름에도 아름다워서 볼만하지만, 갈대의 진면목은 하얀 꽃을 날리는 가을의 모습이 아닌가 싶습니다. 그래서 옛사람들도 가을의 갈대를 사랑했습니다.

강호에 하얀 갈꽃이 휘날려 떨어지는데 그곳에 갈 수가 없습니다. 그래서 고생스럽게 갈대를 옮겨 심었습니다. 강호를 가까이 옮겨 놓으려는 것입니다. 강호의 갈대숲에는 마땅히 쌍오리가 날아올라야 하는데 어떻게 해야 그렇게 할 수 있겠습니까?

자유子由는 소식의 아우 소철蘇轍의 자입니다. 이 두 형제는 부친 소순蘇洵과 함께 문장으로 당송팔가唐宋八家에 꼽혔습니다.

쏴쏴 저녁 바람이 세고 　　　　　　　　索索夕風勁

함초롬히 아침 이슬이 촉촉하네 　　　　　濃濃朝露裏

소란한 참새는 찬 가지에서 하늘대고 　　啅雀裊寒枝

잠든 반딧불은 시든 잎에 의지했네 　　　宿螢依敗葉

아득히 가을 흥취가 긴데 　　　　　　　渺然秋興長

앉아서 강호와 접했네 　　　　　　　　坐與江湖接

사마광(司馬光, 1019~1086), 「갈대를 읊다〔咏葦〕」

저녁 바람이 세고 아침 이슬은 함초롬히 내렸습니다. 소란한 참새들이 갈대의 찬 가지에서 하늘대고, 반딧불은 갈대의 시든 잎에 의지했습니다. 가을 흥취가 긴데, 강호의 풍광을 앉아서 봅니다.

사마광은 유명한 역사가로서 그의 저서 『자치통감』은 동아시아 지식인들의 필독서이기도 했습니다.

찬 못에 비 내리니 푸른 물결 출렁이고	雨入寒塘動碧漣
갈꽃은 모두 피어 비단보다 더 하야네	蘆花開盡白於綿
내 동산이 이로부터 좋은 경치가 많을 테니	我園從此多奇絕
강남의 한 부분이 눈앞에 있게 되리라	一片江南在眼前

서거정, 「갈꽃〔蘆花〕」

가을비가 내리고 못물이 출렁입니다. 갈꽃은 비단보다 더 하얗게 만개했습니다. 마치 강남의 한 풍경을 옮겨놓은 듯합니다.

이처럼 갈대는 일찍부터 동산을 조경하는 중요한 식물이었습니다. 바로 강호의 풍경을 가까이에 재현하고자 한 것입니다.

노안도

갈대숲은 대자연의 일부로서 다양한 생명을 포용합니다. 노루와 고라니, 오소리와 너구리 등 여러 들짐승의 보금자리이며, 또한 해오라기, 물닭, 개개비 등 온갖 새가 집을 지어 번식하고, 철마다 북방과 남방의 철새들이 날아와 먹이터와 둥지로 삼습니다. 또한, 여러 수중 생물이 살아가는 삶의 터전이기도 합니다. 그러니 갈대숲은 온갖 생명의 안식처라고 할 수 있습니다.

노안도蘆雁圖는 갈대와 기러기를 함께 그린 그림입니다. 갈꽃이 피는 가을

水落寒沙矯手傳侶
相伴蘆蒼
塞北風霜江
南煙樹到
零丁落索行行
字字歌斜聲
新續唱暮如四馬
秋塘孤舟夜兩人
立天涯調用柳梢青
丹向先生品鑒
楚州邊壽民祥兒

「노안도蘆雁圖」, 변수민(邊壽民, 1684~1752), 청나라 양주팔괴 중의
한 사람.

에 북에서 날아온 갈대밭의 기러기를 그린 것인데, 일찍부터 가을 풍광을 상징하는 그림이었습니다.

축씨의 전신은 고호두와 같아서	祝氏傳神顧虎頭
병풍 속 지척에서 창주를 보네	屛間咫尺見滄洲
갈꽃과 기러기 그림자는 천고에도 같은데	蘆花雁影同千古
많은 사람이 백발의 세월을 슬퍼하네	多少人悲白髮秋

이직(李稷, 1362~1431), 「조정 사신 축소경이 그린 송군 집의 병풍 〈노안도〉의 시에 차운하다(次朝廷使臣祝少卿所畫宋君家屛蘆雁圖詩韻)」

축씨祝氏는 태종 때 조선에 왔던 명나라 사신인 태복소경太僕少卿 축맹헌(祝孟獻, 1344~1412)입니다. 고호두顧虎頭는 동진東晉 때의 화가인 고개지顧愷之인데, 호두는 그의 자입니다. 전신傳神은 그리는 대상의 정신精神을 그려낸 초상화입니다. 고개지는 사람을 그릴 때 그 정신을 묘사해내는 것을 목표로 삼았다고 합니다.

축씨는 고개지와 같은 솜씨로 〈노안도〉를 그려냈는데, 창주를 병풍 속 지척에서 볼 수 있습니다. 창주는 물가 지역으로 흔히 은자의 거처를 상징합니다. 갈대밭에 있는 기러기의 모습은 수천 년 동안 변하지 않았지만, 사람들은 그것을 보며 백발의 늙음을 슬퍼합니다.

이직은 고려 때 출사하여 조선 건국에 공을 세우고 말년까지 벼슬길에서 승승장구했습니다.

가을바람은 땅을 쓸며 쏴쏴 불고	西風刮地吹淅瀝
맑은 강은 아득히 하늘과 함께 푸르네	澄江渺渺共天碧

문득 날고 날아서 남쪽으로 오는 기러기들이 있어서	飛飛忽有南來鴈
갈꽃에 나직이 스치니 어지러운 눈발과 같네	低拂蘆花紛似雪
강남땅은 따뜻하고 천하가 가을인데	江南地暖天下秋
태양을 따르며 멈출 줄 아니 또 무엇을 구하겠는가	隨陽知止餘何求
호수와 산에 주살이 없는 곳이 없으니	湖山無處不繒繳
신중하게 처신하여 잘못 곡식 이삭을 탐하지 말라	愼勿枉作粱稻謀

서거정, 「노안도」

가을바람이 불면 강은 맑아지고 하늘 또한 더욱 높고 푸르러집니다. 기러기들은 남쪽으로 내려와서 갈대밭을 서식처로 삼고 한겨울을 지냅니다. 그들의 본래 서식지인 시베리아는 겨울철에 꽁꽁 얼어버려서 먹이를 찾을 수 없기 때문입니다. 사람들은 가을과 겨울을 남쪽에서 지내는 기러기를 태양을 따르는 습성이 있다고 여겼습니다. 호수와 산의 갈대밭에는 기러기를 사냥하려는 사냥꾼이 쏘는 주살의 위험이 도사리고 있습니다. 그들은 곡식 이삭에 정신이 팔린 기러기를 노립니다. 그러니 신중하게 처신해야 할 것입니다.

시야에 가득한 호수와 산엔 가을 달이 둥글고	滿目湖山秋月圓
숲 건너 어촌 주점은 찬 안개에 잠겨있네	隔林漁店鎖寒煙
외로운 배는 강남으로 떠나가려는데	孤舟欲向江南去
흥취가 갈꽃과 떨어지는 기러기 옆에 있네	興在蘆花落雁邊

김상용(金尙容, 1561~1637), 「정백이 즉석에서 〈추강화〉 한 축을 기증하여 또 절구 한 수로 사례하다〔正伯卽以秋江畫一軸見贈, 又以一絕謝之〕」

〈추강화〉는 가을 강의 풍경을 그린 그림인데, 그 풍경에 갈대와 기러기가 빠질 수 없습니다. 보통 여덟 폭 병풍의 사계절을 그린 산수화를 보면 가을 경치는 대개 갈대와 기러기를 소재로 한 것이 많습니다.

갈꽃이 흩날리는 모래톱에 떨어져 내리는 기러기의 모습은 평사낙안平沙落雁이라고 하여 역대에 걸쳐 많은 문인이 아름다운 가을의 경치로 노래하였습니다.

태양을 따르는 것은 권세를 좇는 것이 아니고	隨陽非趨熱
벼 이삭을 쪼는 것은 허기를 달래기 위해서네	啄稻聊慰飢
그대 보구려 갈대 물가의 달빛 속을	君看蘆渚月
서로 마주하고 맑은 물결 일으키네	相對弄淸漪

이식(李植, 1584~1647), 「노안蘆雁」

이 시는 이식이 동시대의 유명한 화가 이징(李澄, 1581~?)의 네 폭 그림에 적은 것 중의 하나입니다.

부염추열附炎趨熱이란 말이 있는데, 권세에 아부한다는 뜻입니다. 그러나 태양의 운행을 따라 남쪽으로 온 기러기는 권세를 좇는 것이 아닙니다. 추수 후 논에 떨어진 벼 이삭을 쪼는 것이 어찌 호의호식을 위한 것이겠습니까? 그저 허기를 달래고자 한 것입니다. 달빛 어린 갈대밭 물가에서 서로 마주하고 물결을 일으키는 기러기의 모습은 참으로 평화롭기 짝이 없습니다. 〈노안도〉에 달을 함께 그리는 것 또한 전형적인 구도였습니다.

혜숭의 안개비 내리는 노안도가	惠崇煙雨蘆鴈
나를 소상 동정호에 앉게 하였네	坐我瀟湘洞庭
편주를 띄우고 돌아가려고 하니	欲置扁舟歸去

벗이 이것은 그림이라고 말해주네　　　　　　　　　　故人云是丹青

소식(蘇軾, 1036~1101), 「혜숭의 노안도〔惠崇蘆鴈〕」

혜숭(965~1017)은 북송의 승려 출신으로 시와 그림으로 저명했습니다.

안개비가 내리는 〈노안도〉를 보고 있자니 문득 소상 동정호에 앉아있는 듯합니다. 소상팔경瀟湘八景은 동아시아 전역에서 시와 그림으로 찬양했던 천하의 절경으로 유명합니다. 그중에 평사낙안平沙落雁도 있습니다.

〈노안도〉에 취하여 편주를 마련하여 가보고자 하는데, 옆에 있는 벗이 이것은 그림이라고 깨우쳐줍니다. 얼마나 생동하게 그린 그림이었을까요?

소식은 혜숭의 〈춘강만경春江晚景〉 그림도 시로 읊었는데, "대숲 밖에 복사꽃 두세 가지 피고, 봄 강에 물 따뜻함을 오리가 먼저 아네〔竹外桃花三兩枝, 春江水暖鴨先知〕"라고 했습니다. 이 구절은 천고의 명구로 전합니다. 명화가의 그림에 명시인의 시가 더해지니 천하의 보물이 아니겠습니까?

찬 모래밭 꺾인 갈대숲에서 조용히 서로 의지하고　　　　寒沙折葦静相依
고국에 봄바람 불면 조만간 돌아가리라　　　　　　　　故國春風早晩歸
뜻밖에 타향의 서식지를 누가 그려냈던가　　　　　　　意外羈棲誰畫得
깃털은 해어지고 곡식 이삭은 적네　　　　　　　　　　羽毛單薄稻粱微

안노가 고생하며 추운 밤을 살피는데　　　　　　　　　鴈奴辛苦候寒更
꿈 깨자 누런 갈대에 눈보라 치는 소리가 나네　　　　　夢破黄蘆雪打聲
화공이 마음으로 홀로 애썼다고 말하지 마오　　　　　休道畫工心獨苦
시를 지은 사람 또한 백발이 돋았다오　　　　　　　　題詩人也白頭生

갈대

강호에서 영락하여 크게 근심하는 사람이니	江湖牢落太愁人
동시에 하늘 끝 만 리에 있는 몸이네	同是天涯萬里身
그림 병풍 속 금빛 공작과 같지 않으니	不似畫屏金孔雀
무성한 꽃 그림자에 담박한 봄기운이 생겨나네	離離花影淡生春

원호문(元好問, 1190~1257), 「혜숭의 〈노안도〉세 수〔惠崇蘆鴈三首〕」

혜숭의 〈노안도〉는 후세까지 전해져서 역대에 걸쳐 많은 시문에 언급되었습니다. 이 원호문의 시도 그중 하나입니다.

기러기는 고향을 떠나온 지 오래되어서 깃털은 거의 해어지고 주변의 먹이도 찾기가 어려워졌습니다. 어서 봄날이 와서 북방의 고향으로 돌아갈 것을 꿈꿉니다.

안노鴈奴는 밤에 보초를 서는 기러기를 말합니다. 기러기 무리는 항상 보초병을 세우고 밤을 보낸다고 합니다.

〈노안도〉라는 것이 어찌 화공만의 공으로 이루어진 것이겠습니까? 그림에 시를 적거나 발문을 적은 문인의 공적 또한 크지 않을 수 없습니다.

시인은 강호에서 영락零落한 신세입니다. 그러니 기러기와 마찬가지로 하늘 끝에서 떠도는 처지가 같습니다.

원호문은 금나라 최고의 문인과 사학자로서 조국이 원나라에 망한 후에는 유민으로서 저술에만 전념하다 세상을 떠났습니다.

갈대를 물고 나는 기러기

역대 〈노안도〉에는 기러기가 갈대를 물고 나는 모습이 많습니다.

『회남자淮南子』에 "기러기는 갈대를 물고 날아 주살을 피한다"라고 했습니다. 또『대주지代州志』에 "안문산령雁門山嶺은 높고 험준하여 새들이 넘을 수 없다. 오직 한 곳의 터진 데가 있어서 기러기가 왕래하며 이 안을 지나는데 안문雁門이라 부른다. 산 안에는 매가 많다. 기러기들이 이곳에 이르면 모두 서로 기다려서 쌍쌍이 따라가는데 갈대 한 가지를 물고 가면 매가 갈대를 두려워하여 감히 기러기를 잡지 못한다"라고 했습니다.

무리가 날 땐 경계하여 살피는 종이 있고	警察群飛自有奴
물가를 따를 때는 힘써 갈대를 무네	若爲遵渚強銜蘆
날짐승을 무정한 사물이라 말하지 마오	莫言禽鳥無情物
천기를 살펴서 너희 자신을 보호하는구나	也占天機保爾軀

강백년(姜栢年, 1603~1681), 「갈대를 문 기러기〔銜蘆雁〕」

기러기는 안노라는 보초를 세우고, 위험을 피하려고 갈대를 물고 날아갑니다. 위험의 기미를 잘 알아차리니 어찌 한낱 무정한 미물이라고 하겠습니까?

한가을 금하에 안노가 날아오르니	秋半金河起鴈奴
무리들 높이 날아 하나하나 모두 갈대를 물었네	高飛一一盡啣蘆
강남의 향기로운 벼 이삭엔 주살이 많으니	江南香稻多繒繳
모래밭에서 짝을 잃고 부르지 말거라	莫遣沙頭失侶呼

조한영(曺漢英, 1608~1670), 「갈대를 문 기러기〔啣蘆鴈〕」

기러기는 항상 위험에 기민하게 대비하지만, 먹이를 먹을 때는 경계심이 느슨해집니다. 그래서 가끔 갈대 우거진 모래밭에서 짝을 잃고 슬피 부르는 기러기의 외마디를 듣게 됩니다.

해마다 태양을 따르는 계책을 세우니 　　　　　　　歲歲隨陽計

가을바람 속 삼 척의 갈대숲이네 　　　　　　　　秋風三尺蘆

상림원의 광경이 좋은데 　　　　　　　　　　　　上林光景好

자경의 편지는 보이지 않네 　　　　　　　　　　不見子卿書

축윤명(祝允明, 1460~1527), 「부채 그림의 갈대를 문 기러기[題扇畫銜蘆鴈]」

상림원은 한나라 때의 궁궐 원림의 이름입니다. 자경子卿은 한나라 무제 때 흉노에 사신을 갔다가 억류되어 19년 동안이나 북해北海 주변에서 양을 치는 노역을 하였던 소무蘇武의 자입니다. 흉노는 한나라에 소무가 이미 죽었다고 거짓말했습니다. 그러다 한나라 상림원에서 기러기 한 마리를 잡았는데, 그 발에 소무의 편지가 묶여있어서 흉노의 거짓이 발각되었습니다. 한나라가 이를 근거로 흉노에 항의하여 소무는 19년 만에 한나라로 돌아올 수 있었습니다. 이런 고사 덕분에 후세에 기러기는 편지를 상징하게 되었습니다.

축윤명은 당인唐寅, 문징명文徵明, 서정경徐禎卿과 함께 서예로써 '오중사재자吳中四才子'로 불렸습니다.

〈노안도〉가 역대에 걸쳐 수없이 그려진 것은 대자연을 느낄 수 있는 강호의 풍광을 가까이 두고 보고 싶은 것이 첫째 이유였고, 또 갈대를 문 기러기를 통하여 처신을 신중하게 하라는 교훈을 전하고자 한 것입니다.

그런데 요즈음 〈노안도蘆雁圖〉의 노안蘆雁이 노안老安과 발음이 같다는 이유에서 노년에 편안하라는 의미로 그려진 것이라고 해석하기도 합니다.

조용진의 『동양화 읽는 법』에 "갈대와 기러기는 편안한 노후를 뜻한다"라고 하고, 또 "우리나라에서는 조선 중기에도 이징李澄이 〈노안도〉를 그렸지만, 대원군 집정 시대에 이르러 특히 많이 나타났다. 더 자세히 추적해보면 이 그림을 유행시킨 장본인은 강필주(渭士 姜弼周)인데, 그는 대원군 이하응의 파락호 시절부터 같이 다니던, 요즈음 말로 경호원이었다. 당시 최고 권력자의 경호인이자 그림 친구인 그가 무슨 이유로 보신책을 강구한다는 뜻의 그림을 그리겠는가? 사실은 대원군의 당호堂號가 노안당老安堂이었다. 따라서 강필주는 신분상의 주인인 대원군의 당호를 주제로 하여 이런 그림을 그렸던 것이다. 이것은 우리식 독음을 이용한 것으로써 이후 매우 유행한 화목이 되었다. 해방 후 기러기 백 마리를 그린 〈노안도〉 병풍이 제작된 일이 있는데, 이것은 완전한 수라고 생각하던 '백'에 편안한 안安 자를 덧붙여 구성한 양식인 듯하다" 라고 했습니다.

조용진에 의하면, 〈노안도〉를 '편안한 노후'라는 의미를 부여하여 맨 처음 제작한 것은 대원군 시대의 강필주였다는 것입니다. 물론 조용진이 언급한 이징을 비롯하여 강필주 이전의 수많은 한국과 중국의 〈노안도〉는 강필주의 그런 의도와는 무관한 것입니다.

수년 전에 여러 학우와 가을철 순천만의 갈대밭을 찾았는데, 기러기의 문자 행렬은 보지 못했지만 강호의 풍경은 실컷 맛보았습니다. 갈대숲에서 가창오리 떼의 비상과 해오라기, 백로, 갈매기 등의 비행을, 갯벌에서 칠게·달랑게·농게·짱뚱어·문절망둑 등의 모습을 볼 수 있었습니다. 그리고 갈꽃이 날리는 끝없는 갯벌 멀리 붉은 낙조 속에서 해가 지던 광경은 지금도 잊을 수가 없습니다.

천상을 꿈꾸는

능소화

연경에서 온 기이한 꽃

어린 시절 집 마당 화단에 붉은 벽돌로 쌓은 높은 굴뚝이 있었는데 수십 년 묵은 능소화가 그 네모난 굴뚝을 담쟁이처럼 뒤덮고 있었습니다. 초여름 더위가 시작되면 긴 이파리 사이사이마다 주황색 꽃들이 주렁주렁 작은 풍경처럼 매달렸습니다. 따가운 여름 햇살 속에 눈부신 주황색 꽃들! 바람이 불면 수많은 풍경 소리가 들리는 듯했습니다. 그러다 비바람이라도 몰아치면 화단과 마당에는 능소화의 통꽃들이 주황색 융단을 깔았습니다. 그 낙화의 모습은 비장하기까지 했습니다. 참으로 처연한 그 모습은 동백꽃이나 석류꽃의 낙화에 못지않았습니다.

　그로부터 30여 년이 흘러서 나는 한 벗의 차를 타고 고창 선운사에서 부안 채석강으로 향하고 있었는데, 어느 마을 입구 높은 나무에 눈부신 주황색 꽃이 매달려 있었습니다. 급히 차를 세우고 가서 보니, 수백 년이 됨 직한 늙은 소나무에 능소화 줄기가 타고 올라 한창 꽃을 피우고 있었습니다. 그 기이한 모습에 벗과 나는 탄성을 지르며 감탄했습니다.

그 후 몇 년이 지나 다시 그 시골길을 지날 기회가 있어서 일부러 그곳을 찾아보았습니다. 그러나 끝내 그 노송에 피어 있던 능소화는 찾지 못했습니다. 아무리 지난 기억을 더듬어도 도무지 그 장소를 떠올릴 수 없었습니다.

요즘은 서울 곳곳에서 능소화를 쉽게 대면할 수 있습니다. 특히 한강변의 북쪽과 남쪽 도로변에 담쟁이와 인동초와 함께 능소화를 조경수로 심어놓아서 차를 타고 가다 보면 여름날에 그 황금색 꽃무리를 볼 수 있습니다.

그러나 일제강점기만 해도 서울에서 능소화는 흔히 볼 수 없는 귀한 꽃이었던 모양입니다.

> 경성京城에는 이상한 식물이 있으니 나무에 백송白松이 있고 꽃에 자위紫葳가 있다.
> 자위의 일명은 능소화이니 한토(漢土, 중국) 원산原産으로 수백 년 전에 조선 사신이 연경(燕京, 북경)에서 가져다가 심은 것이라고 하는 바 그리 풍미豊美한 꽃이 아니나 매우 희한稀罕한 꽃으로 유명하다.
> 어제 전고典故에 익은 이동운李東芸을 만나서 들은즉 오늘날 경성 안에 이 능소화가 있는 데가 오직 사직동社稷洞의 도장 궁宮 한 곳뿐이라고 한다.
> 문일평, 『화하만필』

문일평은 위의 기사에 덧보태어 말하기를, 추사 김정희의 증조부 김한신金漢藎이 살던 인왕산 아래 백운동白雲洞 월성위궁月城尉宮과 순조 때 영의정을 지낸 북송현北松峴의 심상규(沈象奎, 1766~1838)의 집에 능소화가 있었으나 이미 없어져버리고, 도장궁이라고 불리는 덕흥군(德興君, 선조宣祖의 부친)의 사당 담장에 능소화가 남아 있어서 경성에 남은 단 하나인 역사적인 꽃이라고 했습니다.

이처럼 귀한 꽃이었으니 능소화를 양반만이 키울 수 있는 '양반꽃'이라 불렀던 연유를 알 만합니다.

> 충헌공忠憲公 정홍순(鄭弘淳, 1720~1784)이 연경에서 능소화를 가지고 와 심었는데, 몇 해 동안 뻗으며 자라나서 소나무 사이까지 퍼졌다. 『군방보群芳譜』에서 말한바 "꽃이 붉어서 감상할 만하다"라고 한 것이 바로 그것이다. 그 이후로 지금까지 줄곧 재배하고 보호하여 종자가 끊어지지 않았다.
> 이유원, 『임하필기林下筆記』

이유원(李裕元, 1814~1888)이 '연경燕京의 기이한 꽃'이란 제목 아래 소개한 기사의 일부입니다. 정조 때 좌의정을 지낸 정홍순이 연경에서 능소화를 가져와 심었는데 오랫동안 잘 재배하여 그 종자가 계속 이어졌다고 했습니다.

화극문 동쪽에 푸른 물이 이어지고	畫戟門東綠水連
능소화가 해송의 꼭대기까지 솟았네	凌霄花拂海松顚

김창흡, 「불운정. 병사 이용의 정자 이름인데 삼청동에 있다.[拂雲亭, 李兵使容亭名, 在三淸洞]」

눈 녹은 마당가에 푸른 바위가 큰데	雪消庭畔蒼巖大
조수 가득한 누대 앞에 지는 해가 붉네	潮滿樓前落日紅
슬프구나 고승을 다시 만나기 어려운데	惆悵高僧難再見
능소화만 바다 구름 속에서 늙네	凌霄花老海雲中

김창업, 「용문의 승려를 추억하다[憶龍門僧]」

김창흡과 김창업 형제의 시입니다. 이들 형제의 시를 통하여 서울 삼청동 불운정에 심어진 능소화가 해송 꼭대기까지 자랐음을 알 수 있고, 용문사라는 어느 바닷가 절에 늙은 능소화가 있었음을 알 수 있습니다.

위에서 소개한 여러 자료들을 볼 때 중국이 원산지인 능소화는 조선 후기에 청나라 연경을 드나들던 사신 일행을 통해 이 땅에 들어왔음을 짐작할 수 있습니다.

『시경』의 꽃

능소화가 처음 등장한 동아시아 문헌은 『시경』입니다.

능소화여	苕之華

무성히 핀 노란 꽃이로다	芸其黃矣
마음의 근심이여	心之憂矣
아 슬프구나	維其傷矣

능소화여	苕之華
그 잎이 푸르고 푸르도다	其葉青青
내 이럴 줄 알았다면	知我如此
태어나지 않는 것이 나았으리라	不如無生

암양은 그 머리만 크고	牂羊墳首
통발에는 삼성의 빛만 있네	三星在罶
사람은 먹을 수는 있으나	人可以食
배불리 먹기는 드무네	鮮可以飽

『시경』,「소아小雅」,「초지화苕之華」

이 『시경』의 시는 참담한 기근을 읊은 것입니다. 여기에 등장하는 초화苕華가 바로 능소화인데 능초陵苕라고도 합니다. 그 밖의 별칭으로 자위紫葳, 무위武葳, 구릉瞿陵, 적염赤艷 등이 있습니다.

능소화를 이 시에 등장시킨 이유를 훗날의 해설자는 다음과 같이 설명했습니다. "시인이 스스로 생각하기를 '자신이 주나라 왕실의 쇠퇴한 때를 만났으니 능소화가 다른 물건에 붙어 자라서 비록 꽃을 피웠으나 오래가지 못하는 것과 같다'고 여겼다. 그래서 이것으로 비유하여 그 마음의 상심함을 말한 것이다." 이렇게 해설한 사람은 남송의 주희입니다.

『시경』의 시인이 능소화를 나라의 은혜에 의지하여 사는 백성으로 보고,

사찰에 핀 능소화

나라가 장차 무너지려는데 백성들은 어디에 의지해서 살지 슬퍼했다는 것입니다.

능소화란 글자 그대로 하늘을 능가할 정도로 높이 자라는 꽃이라는 뜻입니다. 물론 능소화는 등나무와 같은 목본 덩굴식물이라서 스스로 높이 자랄 수는 없고, 높이 자라려면 반드시 담장이나 높은 나무와 같은 의지할 수 있는 지탱물이 있어야만 합니다.

어떤 나무 이름이 능소인데	有木名凌霄
꽃을 피우는 것이 높은 가지가 아니네	擢秀非孤標
우연히 한 그루나무에 의지하여	偶依一株樹
마침내 백 척의 가지를 뻗었네	遂抽百尺條
내린 뿌리는 나무의 몸에 의지하고	託根附樹身
피운 꽃은 나뭇가지 끝에 붙었네	開花寄樹梢
스스로 그 세력을 얻었다고 여기나	自謂得其勢
까닭 없이 동요함이 있네	無因有動搖
하루아침에 나무가 꺾이어 넘어지고	一旦樹摧倒
홀로 서서 잠시 흔들리니	獨立暫飄颻
센 바람이 동쪽에서 일어나	疾風從東起
순식간에 불어 꺾어버리네	吹折不終朝
아침엔 구름에 솟아 꽃 피우고	朝爲拂雲花
저녁엔 땅에 버려져 땔나무 되니	暮爲委地樵
입신하려는 사람들에게 말하노니	寄言立身者
유약한 종자를 배우지 마오	勿學柔弱苗

백거이, 「유목시有木詩」

「능소화凌霄花」 목판화, 작자미상, 『초본화시보草本花詩譜』
명나라 황봉지(黃鳳池) 편간

백거이가 꽃나무를 빌려서 세상을 풍자한 8편의 시 가운데 한 수입니다. 백거이는 이들 시를 창작한 이유를 말하기를 "풍인風人과 소인騷人의 흥興을 끌어와서『유목』8장章을 지었는데 이전 사람을 풍자할 뿐만 아니라 후대에게 경계하고자 했다"고 했습니다. 풍인과 소인은『시경』과『초사』의 시인들을 말합니다.

이 시에서는 남의 세력에 빌붙어 한때의 영화를 누리다가 의지했던 세력의 패망에 따라 함께 몰락한 자를 능소화에 비유하고 있습니다. 능소화 입장에서는 참으로 모욕적인 시가 아닐 수 없겠습니다.

명나라 도종의(陶宗儀, 1329~1412?)도『설부說郛』에서 능소화를 '세객(勢客, 세력자에게 빌붙는 사람)'이라 했는데 이 또한 능소화에게는 수치스런 이름입니다.

송나라 문인 주변(朱弁, 1085~1144)이 쓴『곡유구문曲洧舊聞』에서는 "부정공富鄭公이 낙양洛陽에 살 때 화단 안에 능소화가 의지하는 물건이 없이 홀로 자랐다. 세월이 오래되자 마침내 큰 나무가 되어서 높이가 수 심尋으로 우뚝하게 높이 솟아서 사랑할 만했다. 한병칙韓秉則이 '능소화는 반드시 다른 나무에 의지해야 하는데 이와 같은 것은 드물게 보는 것이다. 또한 대개 그 주인을 닮은 것일 뿐이다'고 했다"고 했습니다.

부정공은 정국공鄭國公 부필(富弼, 1004~1083)인데 신종神宗 때 재상을 지냈습니다. 성품이 강직하고 공손하여 모두에게 공경을 받았다고 합니다. 한때 왕안석王安石이 집권했을 당시 권세가에 전혀 타협하지 않고 벼슬에서 물러나 지내기도 했습니다.

강직한 주인의 화단에서는 능소화도 그 주인을 닮아 다른 나무에 의지하지 않고 홀로 꿋꿋하게 자라는 모양입니다. 진정 기이한 꽃이라 할 것입니다.

하늘을 찌르는 기상

곧고 많은 가지 줄기가 하늘로 솟아갔는데　　　　　　直饒枝幹凌霄去
여전히 뿌리의 근원은 땅과 함께 나란하네　　　　　　猶有根源與地平
꽃을 다른 나무에 붙여서 피웠다고 말하지 마오　　　不道花依他樹發
힘차게 붉은 해로 올라가서 선명함을 다투려 한다오　強攀紅日鬪鮮明
　양회(楊繪, 1032~1116), 「능소화」

　능소화의 곧고 많은 가지와 줄기가 하늘 높이 솟았습니다. 그러나 뿌리는 여전히 땅속 깊이 있습니다. 꽃을 다른 나무에 붙여서 피웠다고 감히 비웃을 수 있겠습니까? 능소화는 힘차게 붉은 해에 올라가서 자신의 선명한 꽃 색을 햇빛과 겨루어보려 합니다. 이 웅장한 기상을 어떤 다른 꽃이 생각이나 할 수 있겠습니까!

구름을 여니 속세를 떠나려는 뜻이 있는 듯하고　　　　披雲似有凌雲志
해를 향하니 어찌 해를 받들려는 마음이 없겠는가　　向日寧無捧日心
진중한 푸른 솔이 의탁을 기뻐하니　　　　　　　　　珍重青松好依託
곧장 평지에서 천 길로 솟았네　　　　　　　　　　　直從平地起千尋
　가창기(賈昌朝, 997~1065), 「능소화」

　구름을 뚫고 솟은 능소화는 속세를 떠나 신선 세계로 가려는 뜻을 지닌 듯합니다. 또 해를 향하여 솟아난 모습은 해를 받들려는 충심을 지녔습니다. 세한삼우 가운데 하나인 푸른 솔에 의탁하여 곧장 평지에서 천 길 높이로 치솟았습니다. 능소화는 고상한 친우의 도움으로 천상으로 오를 수 있었던 것

능소화

입니다.

가지는 덩굴 끌고 돌고 잎은 어지러운데	枝牽蔓轉葉紛紛
여러 송이 붉은 꽃이 출중함을 배웠네	數朶蔫紅學出羣
반석에 뿌리 내렸다고 그대는 웃지 마오	盤石托根君莫笑
몸소 푸른 구름에 닿으려는 것이라오	只言身自致青雲

왕세정, 「능소화제책凌霄花題册」

반석은 넓고 평평한 바위입니다. 원래 바위 위는 식물이 뿌리 내리기에는 적합하지 않습니다. 그런데 하필 이런 곳에 능소화가 뿌리를 내렸습니다. 어리석기 짝이 없습니다. 그러나 누가 능소화의 깊은 뜻을 알 수 있겠습니까? 탄탄한 반석에 뿌리를 내리지 않으면 푸른 구름까지 닿을 수 있겠습니까?

송나라 팽병彭乘이 쓴 『묵객휘서墨客揮犀』에 따르면 "능소화와 금전화金錢花와 거나이화渠那異花는 모두 독이 있어서 눈을 가까이해서는 안 된다. 어떤 사람이 능소화를 올려다보다가 이슬방울이 눈 속으로 떨어져 나중에 끝내 실명했다"고 합니다.

능소화의 꽃가루는 가시 형태여서 눈 속으로 직접 들어가면 간혹 망막이 상할 수 있다고 합니다. 그러나 나는 기회가 있을 때마다 눈부신 주황색 능소화를 올려다보는 것을 사양하지 않겠습니다.

남국의 나무

파초

바나나나무

한여름 남도의 여러 사찰 마당에는 으레 파초 잎이 너울거리게 마련입니다. 그 넓은 초록 이파리를 보고 있노라면 절로 마음이 청정해짐을 느낄 수 있습니다. 그래서인가 예부터 파초는 사찰에서 많이 심던 나무입니다.

파초는 본래 열대식물이지만 남도에서는 온실 아닌 밖에다 심어두어도 별 탈 없이 이듬해 새로운 잎을 볼 수 있습니다. 물론 겨울철 냉해를 대비하여 밑둥치를 짚이나 가마니 등으로 싸매주어야 합니다.

어린 시절 집 마당에 파초를 키웠는데 매년 울창하게 자라나 넓은 그늘을 드리웠습니다. 그러나 해마다 간절하게 고대하던 이국의 열매 바나나는 끝내 열리지 않았습니다. 다만 옥수수만한 검붉은색의 꽃이 피고 졌을 뿐.

파초는 바나나나무입니다. 파초의 종류는 전 세계에 대략 30여 종이 있는데, 각기 다른 바나나가 열리며, 또 그중에는 먹을 수 있는 열매가 열리지 않는 것도 있다고 합니다. 그러니 우리나라에서 완상용으로 심는 파초는 바나나가 열리지 않는 품종이라고 하겠습니다.

　문헌상으로는 굴원의 『초사』에 파초가 처음 등장하며, 『열자』에는 죽은 사슴을 파초 잎으로 덮어서 감춰두었다가 그 장소를 잊어먹고서 한바탕 꿈으로 여겼다는 이야기가 있습니다. 또 한무제가 남월南越을 정벌하고 그곳의 기이한 꽃과 나무를 북방으로 가져다 심었는데, 그 가운데 파초 열두 그루가 있었다고 합니다.

예를 갖추어 일제히 북을 치고	成禮兮會鼓
파초를 건네며 번갈아 춤을 추는	傳芭兮代舞
아리따운 무녀들 노래 은은하고	嬌女倡兮容與
봄의 난초와 가을의 국화	春蘭兮秋菊
영원히 끊임없이 이어지거라	長無絶兮終古

굴원, 「구가九歌 · 예혼禮魂」

　'파芭'는 파초芭蕉인데, 학자에 따라서는 갓 핀 꽃인 '파葩'로 해석하기도 합니다. 아무튼 간에, 중요한 식량 자원이면서 섬유 자원이었던 남방의 파초가 기이한 화훼로서 북방문화권으로 편입된 것은 몹시 이른 시기였음을 알 수 있습니다.

　우리나라에 파초가 처음 들어온 시기는 정확히 알 수 없습니다. 신라 최치원의 시에서 처음 그 이름을 볼 수 있는데, 고려 때는 여러 문인의 시에 빈번하게 등장합니다. 특히 승려들과의 수창시酬唱詩에서 자주 언급되는 것으로 보아 고려의 여러 사찰에서 파초를 재배하였음을 짐작할 수 있습니다.

파초 잎에 시와 글씨를 쓰고

파초를 남방에서 북방으로 옮겨 와서 재배한 것은 그 열매나 줄기섬유를 얻고자 한 것이 아니었고, 오로지 그 넓은 초록 이파리를 보고자 함이었습니다. 넓은 파초 잎은 또한 시를 적고 글씨를 쓰는 종이를 대신하기도 하였습니다.

가을 풀 돋은 마당에 흰 이슬 내리는 때	秋草生庭白露時
고향 정원의 여러 아우들이 더욱 그립네	故園諸弟益相思
종일 높은 서재에서 할 일도 없어	盡日高齋無一事
파초 잎 위에 홀로 시를 적네	芭蕉葉上獨題詩

위응물, 「여러 아우들에게〔寄諸弟〕」

당나라 시인 위응물(韋應物, 737~804)이 고향의 아우들을 그리워하며 파초 잎을 펼쳐놓고 그 위에 시를 적고 있습니다.

당나라 서예가 회소懷素는 가난하여 종이가 없어서 파초 1만여 그루를 심어놓고 그 이파리에다 글씨를 쓰며 연습하였다고 합니다.

시루엔 먼지만 날리고 솥엔 물고기가 노는데	甑有輕塵釜有魚
한나라 조정에선 매일 엄안과 서락을 불렀다네	漢庭日日召嚴徐
나물국도 꺼리지 않고 와서 함께 밥 먹으며	不嫌藜藿來同飯
다시 파초 잎 펼쳐놓고 글씨 배우는 것을 보네	更展芭蕉看學書

황정견, 「장난 삼아 사응지에게 답하다〔戲答史應之〕」

송나라 황정견의 시인데 여러 고사를 끌어왔습니다. 한나라 범염范冉은 청

바나나가 열리는 파초

마당에 자라는 파초

빈하여 그 집의 시루에는 먼지만 날리고 오랫동안 밥을 짓지 못하여 솥에는 물고기가 살았다고 합니다. 제 2구에서 언급한 한나라 엄안嚴安과 서락徐樂은 가난한 문사였는데 조정의 부름을 받았다고 합니다. 마지막 구는 바로 파초 잎을 펼쳐놓고 글씨 연습을 하였던 회소의 고사를 끌어온 것입니다.

이처럼 파초 잎에 시를 적고 글씨 연습을 하는 것은 시서화를 교양으로 삼은 옛 지식인들의 낭만적 취미였습니다.

> 사월과 오월 사이 정원 숲이 우거져서 과실이 처음 맺히고, 온갖 새들이 우짖을 때 여린 초록 파초 잎을 따 와서 미원장(米元章, 米芾)의 「아집도서첩雅集圖書帖」을 본떠서 마힐(摩詰, 王維)의 「망천輞川」 절구시를 파초 잎맥 사이에다 적으면, 먹을 가는 아이가 속으로 이것을 갖고 싶어하리라. 그럼 선뜻 주어버리고, 대신 호랑나비를 잡아오게 하여 그 머리 더듬이와 눈동자와 날개를 자세히 살펴보고서 한참 만에 꽃밭의 미풍을 향해 날려 보내리라.
>
> 이덕무, 「선귤당농소蟬橘堂濃笑」 중에서

조선 후기의 실학자 이덕무는 송나라 유명 화가 미불米芾의 「아집도서첩」을 본떠서 당나라 왕유의 「망천」 절구시를 파초 잎에다 쓴다고 하였습니다.

그런데 조선 후기의 화가 소당小塘 이재관(李在寬, 1783~1837)의 「파초제시芭蕉題詩」란 그림은 마치 파초 잎에 시를 베끼는 이덕무를 그려놓은 듯합니다. 크고 작은 두 그루 파초 아래서 파초 잎을 펼쳐놓고 한 선비가 엎드려 시를 베끼고, 그 머리맡에는 한 동자가 쭈그리고 앉아 벼루에 먹을 갈면서 호기심 가득한 표정으로 파초 잎 위의 붓놀림을 지켜봅니다. 이재관의 또 다른 그림 「파초하선인芭蕉下仙人」 역시 같은 소재와 구성의 그림입니다.

김홍도의 「포의풍류도布衣風流圖」에는 당비파를 켜는 선비 옆에 파초 잎이 펼쳐져 있으며, 「월하취생도月下吹笙圖」에는 생笙을 불고 있는 인물이 두 장의 파초 잎을 방석으로 깔아놓고 앉아 있습니다.

　이처럼 조선 후기의 문인화에는 파초 잎이 그림의 소재와 배경으로서 자주 등장합니다. 그 가운데 정조대왕의 「파초도」는 빼어난 파초 그림으로서 단연 으뜸이라 할 것입니다.

파초 잎의 빗소리와 바람

옛사람들은 한여름에 무성하게 너울대는 파초 잎을 보면서 봉황 꼬리를 연상하고 또 커다란 부채인 파초선을 떠올렸습니다. 또한 파초 잎에 떨어지는 빗방울 소리를 인상 깊게 여겼습니다.

창 앞에 누가 파초를 심어놓았는가	窓前誰種芭蕉樹
마당에 그늘 가득하구나	陰滿中庭
마당에 그늘 가득하구나	陰滿中庭
이파리마다 꽃술마다	葉葉心心
펴지고 말려지며 정이 넘치네	舒卷有餘情
상심한 침상 가 한밤중의 빗소리	傷心枕上三更雨
맺히는 빗방울 쓸쓸하고 맑구나	點滴淒淸
맺히는 빗방울 쓸쓸하고 맑구나	點滴淒淸
수심에 잠긴 이별한 사람은	愁損離人
일어나 듣는 것이 익숙하지 못하네	不慣起來聽

이청조, 「채상자采桑子」

「파초제시도芭蕉題詩圖」, 소당小塘 이재관(李在寬, 1783~1837), 고려대학교박물관 소장

「파초도芭蕉圖」, 홍재 정조대왕, 조선, 동국대학교박물관 소장

중국 최고의 여류 사인詞人으로 평가받는 송나라 이청조(李淸照, 1084~1155)의 사詞 「채상자」입니다. 파초의 그늘과 파초 잎에 듣는 빗소리는 이별의 근심을 상징합니다.

조용히 서재를 두른 녹음 속을 가다가	靜繞綠陰行
한가히 빗소리 들으며 누웠네	閒聽雨聲臥
다시 가을에 감개한 시가 있는데	還有感秋詩
창 앞의 시 적을 파초 잎이 다 찢어졌네	窓前書葉破

고계, 「서재 앞 파초〔齋前芭蕉〕」

명나라 고계(高啓, 1336~1374)의 시인데, 서재 앞 파초의 녹음 속을 걷다가 한가하게 파초 잎에 떨어지는 빗소리를 들으며 서재에 누웠습니다. 그러다 문득 가을의 감회를 시로 지었습니다. 그런데 시를 적을 서재 앞의 파초 잎이 다 찢어졌군요.

골상이 영롱한데 창으로 들어오고	骨相玲瓏透入窓
꽃봉오리는 거꾸로 꽂힌 채 붉은 연꽃 향이 나네	花頭倒挿紫荷香
몸에 두른 무수한 푸른 비단 부채	繞身無數靑羅扇
바람 없을 때도 절로 서늘하네	風不來時也自涼

양만리, 「파초」

전원시로 유명한 송나라 양만리의 시입니다. 파초의 몸은 본래 무수한 푸른 비단 부채가 말려진 것입니다. 그래서 바람이 없을 때도 항상 서늘합니다.

파초의 별칭으로는 감초甘蕉 · 파저芭苴 · 향초香蕉 · 홍초紅蕉 등이 있는데, 파

초라는 이름은 한 이파리가 돋아나면 한 이파리가 마른다[焦]는 뜻에서 붙여
진 것이라고 합니다.

건곤의 정기

금전화

금불초란 이름

우리 야생화 가운데는 다양한 품종의 아름다운 꽃들이 많아서 화분이나 정원
에 심어놓고 완상할 만한 품종들이 지천입니다. 그중에서 금전화 또한 빼놓을
수 없는 야생화가 아닌가 싶습니다.

금전화는 국화과 다년생 초본식물로 초여름부터 가을까지 양지바른 들
이나 산기슭이면 어디서나 잘 자라는 꽃입니다.

금전화란 이름은 글자 그대로 그 꽃의 작고 동그란 모양이 동전을 닮았
다고 해서 붙여진 이름입니다.

송나라 정초鄭樵의 『통지通志』에 "선복화旋覆花는 금비초金沸草, 대심戴椹, 성심
盛椹, 도경盜庚이라 하는데, 『이아爾雅』에서는 복도경覆盜庚이라 했다. 국화와 같고,
세속에서는 금전화金錢花라고 부른다"는 기록이 있습니다.

이 밖에 금전화의 또 다른 별칭은 비천예飛天蕊, 야유화野油花, 적적금滴滴金,
하국夏菊, 금전국金錢菊, 예국艾菊, 질라황迭羅黃, 만천성滿天星, 유월국六月菊, 황숙화黃熟

돈에서 유래한 금전화

花, 수규화水葵花, 금잔화金盞花, 소황화小黃花, 묘이타화貓耳朵花, 여이타화驢耳朵花, 금비화金沸花, 전복화全福花 등 다양합니다.

그런데 지금 우리나라에서는 이 꽃을 금불초라 부릅니다. 금불초란 이름은 우리나라나 중국의 옛 문헌에서는 보이지 않는 명칭입니다. 어떤 사람은 이 꽃이 부처의 얼굴을 닮아서 붙여진 이름이라고 하는데 전혀 근거가 없습니다. 혹시 '금비초金沸草'란 이름을 '금불초金佛草'로 잘못 읽어서 와전된 것이 아닌가 짐작해봅니다.

우리나라나 중국에서 가장 널리 사용된 이름은 '금전화'란 명칭입니다. 『화사花史』에 "정영鄭縈이 일찍이 금전화 시를 지었는데 꿈에 한 여자가 돈을 던져주며 '그대가 붓을 적신 값입니다'고 했다. 꿈에서 깨어나 품속을 더듬어보고 꽃 몇 송이를 얻었는데 마침내 '윤필화潤筆花'라고 불렀다"라는 기록이 있습니다. 이렇게 금전화라는 별칭이 하나 더 생겨나게 되었습니다.

하늘과 땅의 기운으로 빚어낸 꽃

음양을 숯으로 삼고 땅을 용광로로 삼아　　　　　　陰陽爲炭地爲爐
금전을 주조해내니 모형을 사용하지 않았네　　　　鑄出金錢不用模
멋대로 사람 앞에 안색을 드러내며　　　　　　　　謾向人前逞顔色
도리어 빈민을 구제할 줄은 모르네　　　　　　　　不知還解濟貧無
당나라 피일휴(皮日休, 834?~902?), 「금전화金錢花」

금전화는 음양을 숯으로 삼고 땅을 용광로로 삼아서 피어낸 꽃입니다. 결코 거푸집을 사용하여 주조해낸 동전이 아닙니다. 다만 아쉬운 것은 빈민을 구제할 줄 모른다는 것입니다.

동군에게 묻건대	爲向東君問
봄바람은 가격이 몇 전이나 되는가	春風直幾錢
다시 천 점의 색으로	還將千點色
한 가지 원을 보여주네	示以一般圓
두들겨서 건곤의 틀을 만들어내어	鼓出乾坤範
녹여서 조화의 납을 주조했네	鎔成造化鉛
거두어 갈 사람이 없으니	無人收得去
나무의 머리와 어깨에 붙어 있구나	襯著樹頭肩

김수온, 「금전화金錢花」

동군은 봄의 신입니다. 봄바람의 가격은 몇 전이나 되는 것일까요? 동전의 둥근 모양은 하늘을 상징하고 가운데 네모난 구멍은 땅을 상징합니다. 그러니 금전화는 바로 건곤을 주조하여 피워낸 꽃이라고 하겠습니다.

조선 초기 문인인 김수온의 이 시는 안평대군의 「비해당사십팔영」에 차운한 시 중 한 편입니다. 조선 초에 금전화는 「사십팔영」에 낄 만큼 지식층이 애호한 꽃이었음을 알 수 있습니다.

사실 금전화는 고려 때부터 이미 시인 묵객들이 관심을 두고 노래한 중요한 꽃이었습니다.

초여름에 뿌리 옮겨 마음 써서 심었는데	早夏移根用意栽
여전히 예쁜 입술 다문 채 누구 기다려 열려 하는가	尙含檀口待誰開
천금으로 어여쁜 얼굴의 미소를 사려는데	千金欲買嬌顔笑
돈이 많다고 자부하며 돌아보려고 하지 않네	自負錢多不肯廻

이규보, 「문장로의 시 「피지 않은 금전화」에 차운하다〔次韻文長老未開金錢花〕」

「금전화金錢花」 목판화, 작자미상, 『초본화시보草本花詩譜』
명나라 황봉지(黃鳳池) 편간

초여름에 정성 들여 금전화를 옮겨 심었는데 여전히 예쁜 입을 다문 채 피지 않습니다. 대체 누구를 기다려서 입을 열려고 하는 것일까요? 천금으로 그 어여쁜 얼굴의 미소를 사고자 하는데 돈 따윈 많다고 자부하며 돌아보려고도 하지 않습니다. 애당초 미인의 미소를 돈으로 사겠다는 사고방식이 불손한 것 아니겠습니까?

교묘한 제작이 조화의 공에서 유래했으니	巧製由來造化功
바람이 갈고 비가 단련하여 색이 영롱하네	風磨雨錬色玲瓏
그대 위해 번거롭게 전신론을 지었는데	爲君煩著錢神論
화신의 제작이 공교롭다고 두렵게 말하리라	恐說花神製作工

김시습(金時習, 1435~1493), 「금전화金錢花」

금전화의 아름다운 모습은 조화의 공에서 나온 것입니다. 거기에 바람이 갈고 닦아서 광택을 내고 비가 단근질을 하여 색이 눈부십니다. 참으로 화신이 공력을 들인 꽃임을 알 수 있습니다.

언제 들에서 금전화를 만나면 그 씨앗을 받으려고 합니다. 눈부신 황금색의 동그란 꽃을 항상 가까이 두고 싶습니다.

선녀가 잃어버린 옥비녀

옥잠화

옥잠화의 비범한 생김새

참다운 옥빛을 알려거든 반드시 옥잠화를 보아야만 합니다. 그 순백의 옥빛은 참으로 정결하여 바라보고 있으면 마음이 절로 맑아짐을 느낄 수 있습니다. 그리고 그 길고 가녀린 비녀 모양의 꽃은 자연히 선녀의 모습을 떠올리게 하니 진정 옥잠화는 속세의 꽃이 아닙니다.

　　그런데 문일평은 『화하만필』에서 "수선화가 귀골貴骨이라면 옥잠화는 범골凡骨이다"라고 하였으니, 그 이유를 도무지 알 수가 없군요. 아마도 옥잠화가 우리 주변에서 쉽게 볼 수 있는 꽃이라서 그렇게 말한 듯합니다만, 쉽게 대할 수 있다는 이유만으로 원래의 선골仙骨을 범골이라고 말할 수는 없다고 생각합니다.

　　옥잠화가 타고난 선골임은 '백학선白鶴仙'이란 별칭에서 분명히 알 수 있습니다. 또 다른 별칭으로 '백악白萼'과 '계녀季女'가 있는데, 백악은 흰 꽃이란 뜻이고, 계녀는 어여쁜 소녀라는 의미입니다.

『본초강목』에 옥잠화 종류에는 잎이 좁은 자화紫花도 있다고 하였는데, 이는 바로 보랏빛 꽃이 피는 '비비추'를 말합니다. 비비추는 우리나라에도 여러 종류의 자생종이 있습니다. 그러나 흰 옥잠화는 자생종이 없고, 일찍이 중국에서 건너온 꽃입니다.

아무튼 옥잠화는 그 고아한 모습과 빼어난 향기로써 일찍부터 동아시아 문사들의 시선을 사로잡아왔습니다.

선녀가 떨어뜨린 옥비녀

눈의 혼백과 얼음 자태에 속기가 침범하지 못하는데	雪魄氷姿俗不侵
누가 작은 창의 그늘에 옮겨 심었는가	阿誰移植小窓陰
달 선녀의 황금 팔찌가 아니라면	若非月姊黃金釧
천손의 백옥 비녀를 사기 어려우리라	難買天孫白玉簪
나은, 「옥잠화」	

당나라의 나은(羅隱, 833~909)은 옥잠화를 눈과 같은 순결한 혼백과 얼음과 같은 자태를 갖춘 꽃이라고 했습니다. 그러니 어떤 속된 기운도 감히 침범할 수 없습니다.

달의 선녀는 항아姮娥이고, 천손天孫은 직녀織女입니다. 항아의 황금 팔찌가 아니라면 직녀의 백옥잠(백옥의 비녀)을 살 수 없으리라고 했습니다. 그만큼 고귀한 존재라는 것이지요.

나은은 당나라 말엽의 저명한 시인인데 7년 동안 과거에 낙방하는 불운을 겪었습니다. 통치 세력을 증오하여 많은 풍자시를 남겼고, 자신의 문학적 재능을 자부하여 남의 시문을 업신여기며 오만했습니다. 그런데 신라에서 온 최치원의 시문을 보고 감탄하며 자신의 문집을 보여주고 서로 절친하게 지냈다고 합니다.

> 잔치 파한 요지의 서왕모의 집 宴罷瑤池阿母家
> 아리따운 비경이 자운거에 날아오르다가 嫩瓊飛上紫雲車
> 옥비녀가 땅에 떨어졌는데 줍는 사람이 없어서 玉簪墮地無人拾
> 동남 제일의 꽃으로 변하였네 化作東南第一花
> 황정견, 「옥잠」

송나라 황정견의 시입니다. 요지瑤池는 전설 속 서왕모가 산다는 곤륜산에 있는 연못입니다. 눈경嫩瓊은 아리따운 비경을 말하는데, 비경은 서왕모를 모시는 선녀입니다. 비경이 신선들이 타는 붉은 구름 수레를 타고 날아가다가 그만 옥비녀를 떨어뜨리고 말았습니다. 그 옥비녀가 꽃으로 변하여 '동남 제일의 꽃'이 되었습니다.

> 어젯밤 꽃의 신이 예궁을 나왔다가 昨夜花神出蘂宮
> 검은 구름머리 살랑살랑 바람을 막지 못하여 綠雲裊裊不禁風
> 다시 단장하고 비춰 보다가 못가에 그림자가 있어 粧成試照池邊影
> 비녀가 물속에 빠졌나 의심하네 祇恐搔頭落水中
> 이동양李東陽, 「옥잠화」

꽃의 신이 예궁(신선의 천궁)을 나왔다가 검은 머리가 바람에 흩날리자 다시 단장을 하고 못에 비춰 보았습니다. 못가의 옥잠화 그림자가 물속에 어른댔는데, 꽃의 신은 자신의 비녀가 물속에 빠졌나 착각을 합니다. 시의 발상이

옥비녀와 닮은 옥잠

묘합니다.

보랏빛 꽃, 비비추

비비추는 옥잠화의 일종인데 보랏빛 꽃이 핍니다. 그래서 한자어로 자옥잠紫玉簪이라 합니다. 옥잠화보다 잎이 좁고, 긴 꽃대에 꽃들이 줄줄이 매달려 피어납니다. 비비추는 우리나라 전역의 어느 산에서건 손쉽게 만나볼 수 있는 야생화입니다. 지금은 조경화로서 공원이나 화단에서 널리 재배하고 있습니다.

이름은 서로 같지만 색은 다른데	名則相同色乃殊
보통 옥잠화라고 불리네	尋常也得玉簪呼
저녁 바람 속에 부끄럼 머금고	晩來風下如含恧
그윽한 향기 풍겨 백옥잠에게 보내네	輸却幽香與白乎

건륭제, 「자옥잠」

청나라 건륭제의 시입니다. 자옥잠과 백옥잠은 색깔은 다르지만 형제지간입니다. 서로 모습이 같고, 향기 또한 모두 뛰어납니다. 건륭제는 청나라 4대 황제인 고종 순황제입니다. 89세까지 장수하며 많은 치적을 남겼습니다. 유명한 『사고전서四庫全書』도 그의 통치 기간에 완성된 것입니다.

난궁에 어젯밤 여러 진인들이 모였는데	蘭宮昨夜會羣眞
어지럽게 남긴 비녀들이 선궁에 떨어졌네	狼藉遺簪下玉宸
변해 떠나가 무슨 물건이 되었는지 모르는데	幻去不知爲物化
날아와서 다시 이 꽃으로 나타났네	飛來重現此花身

밝은 창에서 조금 꺾으니 향기가 손에 가득하고 　晴窓小摘香盈握

구름머리 가볍게 묶으니 그림자 사람을 비추네 　雲鬌輕攏影照人

본래 자줏빛 점토 빛이 따뜻하고 윤택한데 　自是紫泥溫又潤

감천원에서 한 떨기의 봄을 나눠 얻었네 　甘泉分得一叢春

팽손휼, 「자옥잠화紫玉簪花」

난궁은 아름다운 궁궐의 미칭이고, 진인眞人은 도교에서 말하는 선인仙人입니다. 선인들이 모여서 밤새 잔치를 했습니다. 술에 취해 여기저기 비녀를 떨어뜨렸는데, 그 비녀들이 자줏빛 꽃으로 변했습니다. 비비추가 된 것입니다. 비비추들이 한나라 무제의 감천궁甘泉宮 화원의 봄을 나누어 차지했습니다.

팽손휼(彭孫遹, 1631~1700)은 왕사정과 이름을 나란히 한 시인으로서 한림학사를 지냈고, 『명사明史』를 편찬한 책임자였습니다.

아직 피지 않았을 때를 보구려

고려와 조선에서도 옥잠화는 문인들에게 인기 있는 꽃으로서 아리땁고 순결한 여인의 상징으로 칭송되었습니다.

푸른 동전으로 사다 심은 뜻이 얼마나 깊던가 　靑錢買種意何深

빗발치고 바람 붐을 스스로 받아들이지 않네 　雨打風翻不自任

어찌 화왕이 국색을 자랑함에 비할 건가 　豈比花王誇國色

마치 천녀를 따라 참선의 마음을 시험하는 듯하네 　似隨天女試禪心

향 사르고 전각을 닫으니 누가 함께 완상할 건가 　燒香閉閣誰同賞

지팡이 짚고 문 두들겨 홀로 찾았네 　拄杖敲門擬獨尋

비비추

「옥잠화玉簪花」 목판화, 작자미상, 『초본화시보草本花詩譜』
명나라 황봉지(黃鳳池) 편간

나는 이 꽃을 마주하고 이 곡을 노래하리니　　　　我欲對花歌此曲

선사께서는 현 없는 금으로 한번 연주해주시오　　請師一撫沒絃琴

이곡, 「연성사 옥잠화 시에 차운하다(次韻延聖寺玉簪花)」

고려 말기의 학자 이곡(李穀, 1298~1351)이 연성사에 심겨 있는 옥잠화를 읊은 시입니다. 연성사는 원나라 연경 근처 천원天源에 있던 절입니다. 천녀天女는 석가여래가 불제자들을 시험하고자 파견했다는 보살입니다. 천녀는 수행하는 불제자들에게 꽃잎을 뿌려서 꽃잎이 불제자들의 몸에 붙는지 여부에 따라 그 수행의 깊이를 시험했다고 합니다. 꽃잎이 몸에 붙으면 수행이 얕은 것입니다. 천녀가 뿌린 꽃잎이 옥잠화였다는 것은 시인의 상상입니다.

이곡은 원나라 과거시험에 합격하여 그곳에서 얼마간 벼슬을 하였고, 원나라 문사들에게도 존경받은 인물입니다. 이곡이 원나라에 있던 당시에 고려 출신 승려 조의선趙義旋이 천원 연성사의 주지와 고려 영원사의 주지를 겸하고 있었습니다. 조의선은 충선왕의 처남인데 선사로서 명성이 높았습니다. 이곡이 시에서 언급한 선사는 아마 조의선이 아닌가 싶습니다.

천향이 끊임없이 비단 장막으로 스며들고　　　　天香荏苒透羅帷

빙설의 혼백에 흰 이슬 가득하네　　　　　　　雪魄氷魂白露滋

옥잠화의 진면목을 알려고 한다면　　　　　　　欲識玉簪眞面目

그대여 아직 피지 않았을 때를 보구려　　　　　請君看取未開時

신숙주, 「옥잠화」

신숙주는 옥잠화를 눈과 얼음의 혼백이라고 했습니다. 또 옥잠화의 진면목은 꽃이 피기 전의 모습이라고 하였군요.

옥잠화가 백옥 같은데	簪花如白玉
사람 비추며 광채를 발하네	照人生輝光
나는 미인에게 주려고	我欲贈美人
아득히 서방을 바라보네	迢迢望西方

정조, 「옥잠화」

정조의 시 「옥잠화」입니다. 옥잠화를 미인에게 주려고 멀리 서방을 바라봅니다. 정조가 옥잠화를 주고자 했던 서방의 미인이 누구였는지 궁금하군요.

비경과 농옥 같은 무리가 아니라면	飛瓊弄玉未同科
어찌 유독 동남에서 이 꽃을 으뜸이라 하였겠나	豈獨東南冠是花
소녀에게서 떨어진 것이 아니라면	墮來若非自素女
마땅히 상아에게서 주운 것이리	拾得定應從霜娥
가볍게 옥 이슬 뽑아내니 햇살이 방울지고	輕抽玉露光堪滴
검은 구름머리에 비껴 꽂으니 색깔이 더욱 좋네	斜抻烏雲色轉嘉
손쉽게 중앙을 부러뜨려서	莫敎容易中央折
영락한 산호가 함부로 자랑하지 못하게 하오	零落珊瑚亦謾誇

최항, 「옥잠화」

비경·농옥·소녀·상아 등 전설 속 여러 선녀들이 몽땅 동원되었습니다. 비경은 서왕모를 모시는 선녀입니다. 농옥은 진秦나라 목공穆公의 딸인데 통소의 명인인 소사簫史와 결혼하여 나중에 함께 봉황을 불러서 신선의 나라로 떠나갔다고 합니다. 소녀는 황제 때의 선녀로서 오십 현의 슬瑟을 잘 탔다고 합니다. 상아는 달의 선녀인 항아입니다.

시인이라면 옥잠화 앞에서는 절로 아리따운 선녀들을 상상하지 않을 수 없습니다. 물론 이 즐겁고도 은밀한 상상은 시인만의 특권은 아닐 것입니다.

지금 나는 팔월의 뜰에 무리 지어 피어 있는 옥잠화 앞에서, 그 순백의 꽃색과 맑은 향기에 취하여 역대의 시인들처럼 옥비녀를 잃어버리고 망연자실하고 있을 그 누군가를 상상해봅니다.

동쪽 울타리 가의 은일자

국화

국화의 기원

9월입니다. 한낮에는 염천의 열기가 기승을 떨고 있지만 밤이면 서늘한 가을 기운이 완연합니다. 낮에 잠시 산책을 하였습니다. 아파트 화단 여기저기에 거상화(拒霜花, 일명 부용꽃)가 절정이고 배롱나무도 마지막 정념을 불태우고 있었습니다. 누군가 정성스레 시렁에 올린 포도는 송이마다 까맣게 물이 들었습니다. 아직 초록색을 띠고 있는 감과 산수유 열매도 조만간 붉게 익겠지요. 그러나 가을의 진정한 정취는 바야흐로 국화가 피어날 때 절정에 이를 것입니다. 그렇습니다. 국화야말로 가을을 상징하는 꽃이 아니겠습니까?

무더기로 자란 국화 앞에서 걸음을 멈추고 그 초록 가지 하나를 꺾어 냄새를 맡아보았습니다. 청량한 향기가 강렬하게 코를 찌릅니다. 참으로 국화는 꽃뿐만 아니라 줄기와 이파리 모두 향기 덩어리입니다. 셀 수 없이 많은 작은 꽃봉오리에는 아직 화신이 이르지 않았습니다. 자신의 오상고절(傲霜孤節, 서리를 이기는 외로운 절개)을 드러낼 찬 서리를 기다리고 있는 것일까요?

국화는 일찍부터 약용과 식용으로 중시되었는데, 전국시대의 『산해경』에서는 "여궤산女几山에는 국화가 많이 자란다"고 하였고, 『예기』에서도 "늦가을에 국화에 노란 꽃이 핀다"고 언급하고 있습니다. 동시대의 굴원 또한 다음과 같이 국화를 노래하였습니다.

아침에는 목란에서 떨어지는 이슬을 마시고　　朝飮木蘭之墜露兮
저녁에는 가을 국화의 떨어진 꽃잎을 먹는다　　夕餐秋菊之落英
「이소」 중에서

봄에는 난초 가을에는 국화　　春蘭兮秋菊
영원히 끊임없이 이어져라　　長無絕兮終古
「구가九歌 · 예혼禮魂」 중에서

강리를 파종하고 국화를 심어서　　播江離與滋菊兮
봄날의 건량으로 삼고 싶네　　願春日以爲糗兮
「구장九章 · 석송惜誦」 중에서

여기서 굴원은 국화를 자신의 충절을 상징하는 향초로서 언급하고 있습니다. 이렇듯 국화는 일찍부터 식용과 약용으로 고대인들의 문화 속에 자리 잡고 있었습니다. 이후 한나라, 위나라를 거쳐 육조시대 동안 국화는 중양절의 상징물로서 더욱 사랑을 받는 꽃이 되었습니다.

중양절의 국화전

중양절은 음력 9월 9일인데 구일九日 혹은 중구重九 등으로 불립니다. 이날은 양기가 극에 이르러 음양의 기운이 교차된다고 하여 고대 중국인들에게는 중요한 절기였습니다. 해마다 이날이면 붉은 주머니에 수유(茱萸, 산수유)를 넣어 패용하고 높은 산에 올라 국화주를 마시며 사악한 기운을 물리치고 장수를 기원하는 풍속이 있었으니, 그 유래는 다음과 같습니다.

여남汝南 사람 환경桓景이 비장방費長房 아래서 수년간 도술을 배웠는데, 어느 날 비장방이 환경에게 말하기를 "9월 9일 너희 집에 재앙이 닥칠 것인데, 급히 가서 집안사람들에게 붉은 주머니를 만들게 하여 수유를 가득 넣어서 팔에 차고 높은 산에 올라 국화주를 마시면 재앙을 물리칠 수 있을 것이다"라고 하였습니다. 환경이 그 말대로 하니 과연 그날 저녁 닭과 개, 소와 양들이 그 가족들 대신 떼죽음을 당하고 재앙에서 벗어날 수 있었다는 것입니다. 물론 어느 호사가가 지어낸 이야기겠지만 아무튼 이러한 풍속은 이미 한나라 때부터 유행하였고, 위진남북조시대에 이르러서는 귀족과 지식층 사이에서 성황을 이루었습니다.

진나라 정서대장군征西大將軍 환온桓溫은 중양절을 맞아 용산龍山에서 막료들을 모아놓고 큰 잔치를 열었는데, 환온의 참군參軍이었던 맹가孟嘉가 몹시 취하여 바람에 모자가 날아갔으나 알지 못하였다는 이야기는 이후 중양절을 상징하는 고사로서 '중양가회重陽嘉會' 혹은 '용산낙모龍山落帽'라는 성어로 전하고 있습니다.

우리나라에서도 신라 때부터 중양절을 숭상하였는데 고려와 조선에서는 높은 곳에 올라[登高] 국화를 감상하며 술 마시고 시를 짓는 것이 지식층의 관습으로 자리 잡았습니다.

국화

몸이 천 리 밖에 있는데 또 세월만 저물어	身在天涯歲又催
높은 곳에 오르니 절로 망향대가 있네	登高自有望鄉臺
서울 떠나 오 년간 오랜 나그네 되니	五年去國長爲客
중양절인데도 함께 술잔 나눌 사람조차 없네	九日無人共把盃
단풍잎은 서리 내려 떨어지는데	紅葉忽驚霜後落
황화는 오히려 난리 이전처럼 피어났네	黃花猶似亂前開
몸가짐이 아름답지 못하다고 꺼리지 말고	莫嫌擧止非閑雅
부디 용산에 가려거든 한 자리 끼워주오	須向龍山許一陪

임춘, 「구일, 문제공유회九日, 聞諸公有會」

　　고려의 문인 임춘林椿이 중양절에 여러 벗들이 모임을 갖는다는 소식을 듣고 감회를 적은 시입니다. 황화黃花는 국화의 별칭입니다. 그 옛날 용산의 고사를 차용하여 중양절에 벗들과 함께 모임을 갖지 못하는 서글픈 신세를 한탄한 것입니다.

「정조필 국화도」, 정조, 조선, 동국대학교박물관 소장

구월 가을 국화가 중양절을 위해 피어나니	九秋菊爲重陽開
송이송이 황금빛 옥대를 비추네	朶朶黃金暎玉臺
향기로운 국화전을 지져내니 흥취가 더한데	煮作香糕增趣味
용산의 모임엔 다만 꽃잎 띄운 술잔만 있었다지	龍山只有泛花杯

홍석모, 「국고」

붉은 잎과 황화 가득한 가을	赤葉黃花□□□秋
기러기 소리는 고향 생각을 자아내네	鴻聲偏動望鄕愁
한가한 사람들 모두 등고하러 갔다 하는데	閒人盡道登高去
물굽이에 앉아서 술잔을 드날리네	坐處飛觴曲水流

홍석모, 「등고」

『동국세시기』의 저자 홍석모가 중양절 풍속을 노래한 시입니다. 홍석모는 『동국세시기』에서 조선의 중양절 풍속에 대해 "황국화를 따다가 찹쌀떡을 만든다. 3월 삼짇날 진달래꽃전을 만드는 것과 같다. 이것을 국화전이라고 한다"고 했으며, 또 "서울 사람들은 남산과 북악산에 올라가서 마시고 먹는 것을 즐긴다. 이것은 등고登高의 옛 풍속을 답습한 것이다. 청풍계淸風溪·후조당後凋堂·남한산·북한산·도봉산·수락산 등이 모두 단풍놀이를 하기에 뛰어난 곳이다"라고 했습니다. 국고菊糕는 국화전을 말합니다. 그 옛날 용산의 성대했던 중양절 모임에는 국화주만 있었지만 여기에는 화전놀이까지 있으니 용산의 모임보다 더 낫다는 말이겠지요.

국화의 영원한 주인, 도연명

송나라 주돈이는 「애련설愛蓮說」에서 진晉나라 도연명이 홀로 국화를 사랑하였으며, 국화는 꽃 가운데 은일자隱逸者라고 하였습니다. 즉 국화가 사군자로 편입되기 이전에는 은일자였던 것입니다. 은일자는 속세를 떠난 은자입니다. 일찍이 「귀거래사」를 짓고 속세를 떠났던 도연명은 은자의 대표로서 국화를 몹시 사랑하여 많은 시편에서 이를 노래하였습니다. 그리하여 국화의 영원한 주인이 되었습니다.

마을 안에 오두막을 지었으나	結廬在人境
수레와 말의 시끄러운 소리 없다네	而無車馬喧
그대는 어떻게 그럴 수 있는가?	問君何能爾
마음이 고원하면 사는 곳이 절로 외지게 된다네	心遠地自偏
동쪽 울타리 아래서 국화를 따는데	采菊東籬下
멀리 남산이 보이네	悠然見南山
산 기운은 석양에 더욱 고운데	山氣日夕佳
날던 새들 서로 함께 돌아오네	飛鳥相與還
이 가운데 참다운 뜻이 있는데	此中有眞意
말을 하려다 잊고 말았네	欲辨已忘言

도연명, 「음주」

가을 국화에 고운 색이 들어	秋菊有佳色
이슬 젖은 그 꽃을 따네	裛露掇其英
이 꽃을 망우물에 띄워	汎此忘憂物

나에게서 멀리 세속의 정을 버리려 하네	遠我遺世情
한 잔을 홀로 들이켜지만	一觴雖獨進
잔이 다하자 병이 절로 기울어지네	杯盡壺自傾
해 지자 모든 움직임 조용하고	日入羣動息
돌아온 새들은 숲에서 재잘대네	歸鳥趨林鳴
동쪽 창 아래서 노래하며 오연하니	嘯傲東軒下
애오라지 다시 이 삶을 얻었구나	聊復得此生

도연명, 「음주」

　"동쪽 울타리 아래서 국화를 따는데"라는 시구는 역대의 평론가들에게 천고의 구절이요, 무아지경이라는 칭송을 받았는데 동쪽 울타리[東籬]는 국화의 대칭으로 쓰이기도 합니다. 아무튼 도연명은 국화의 주인으로 받들어지며 동아시아 전역에 많은 지식인 팬들을 거느렸습니다. 동아시아 지식인들은 고단한 현실을 마주치면 도연명의 시와 그의 「귀거래사」를 읽으며 마음의 위안을 찾았습니다.

봄기운 빌리지 않고 가을빛에 의지하여	不憑春力仗秋光
찬 꽃을 피워내니 서리도 두려워하지 않네	故作寒芳勿怕霜
술이 있으면 누가 너를 저버리겠는가	有酒何人辜負汝
도연명만이 홀로 너의 향기를 사랑했다고 말하지 마라	莫言陶令獨憐香

이규보, 「국화를 읊다[詠菊]」

　고려의 문인 이규보는 열렬한 도연명의 팬으로서 스스로 도연명의 무리라고 여기는 자부심이 대단하였습니다.

일 무 넓이 남산의 도연명 댁　　　　　　一畝南山陶令宅

국화 시절에 배나 그리워지네　　　　　　菊花時節倍悠然

시 지은 후 울타리 아래서 꺾어 들고　　折將籬下詩成後

술 취하기 전에 담 앞에서 담박하게 마주하네　澹對墻頭酒過前

명품이 새로움을 다투어 해마다 불어나고　名品爭新增歲歲

색과 향에다 맛까지 겸했음을 해마다 깨닫네　色香兼味悟年年

그대는 다만 서리 이기는 웅걸함만 허가하나　君須但許凌霜傑

이미 엄동의 대설 내리는 때라네　　　　已是嚴冬大雪天

신위, 「시월 국화를 읊다[詠十月菊]」

조선 후기의 문신 신위의 시입니다. 국화를 보면 도연명이 연상되는 것이 당시 지식인들의 정서였습니다. 그리고 조선 후기에는 국화는 사군자의 하나로서 시와 그림의 대상으로 애완되었고, 나아가 새로운 관상용 품종들이 속속 개발되었습니다. 그중에 '연명국淵明菊'이라는 품종도 있었다고 합니다.

들국화의 정체

국화는 이미 옛날부터 그 품종이 수십 종에 달하였습니다. 강희안은 『양화소록』에서 우리나라 국화에는 스무 가지의 명품이 있는데, 그중 몇몇 품종은 고려 충숙왕이 원나라 공주와 결혼하여 귀국할 때 가져온 것이라고 소개하고 있습니다. 그런데 문일평은 『화하만필』에서 "국화의 가품佳品이 일찍 고려 충선왕이 원나라에서 돌아올 때 가져온 줄로 말하는 이도 있으나 송대의 양국명가養菊名家였던 범성대范成大와 유몽劉蒙의 『국보』를 보면 원나라의 가품이 근역에 들어오기 훨씬 전에 신라국新羅菊과 고려국高麗菊이 한토漢土에 건너가서 애식愛

「이우국화도」, 이우, 조선, 오죽헌시립박물관 소장

구절초

植하게 되었다. 그리고 『국경菊經』에는 옛날 백제시대에 청·황·적·백·흑의 오색 국종菊種을 일본에 가져갔다는 기록이 적혀 있으니 이로 보면 우리 근역에서도 아주 아득한 옛날부터 국화를 가꾸어왔음을 알겠다"고 하였습니다.

해마다 이곳저곳에서 열리는 국화 전시회에 가보면 참으로 형형색색의 기묘한 국화가 넘쳐나게 많아서 절로 감탄이 나옵니다. 지금까지 개발된 국화의 품종은 무려 3천 종이 넘는다고 하고 해마다 수많은 새로운 품종이 더해진다고 하니 앞으로 그 종류가 얼마까지 이를지는 누구도 상상할 수 없을 것입니다. 그러나 국화 전시장의 꽃들은 더할 수 없이 기묘하고 화려하지만 왠지 모르게 부자연스럽다는 인상이 드는 것을 부인할 수 없습니다. 그래서 나는 들국화를 더 좋아합니다. 그것이 나의 편견이라고 하여도 어쩔 수 없는 일입니다.

가을이 더욱 깊어지면 들과 산에는 수많은 들국화들이 피어날 것입니다. 들국화란 한 품종을 지칭하는 것이 아니라 국화과의 여러 꽃들을 총칭하는 말입니다. 그 대표적인 것으로는 감국·산국·구절초·쑥부쟁이·참취 등을 들 수 있습니다. 감국과 산국은 모두 노란색인데 감국이 산국보다 꽃이 약간 더 클 뿐 거의 비슷합니다. 옛사람들이 노란 국화를 국화의 정색이라고 하여 '황화'라고 중시하였는데 바로 이들 품종이 아니었나 짐작해봅니다. 구절초는 들국화 가운데 가장 꽃이 크고 화려합니다. 흰색과 연분홍색을 비롯하여 선홍색 등 여러 변종이 있습니다. 옛사람들이 흰 국화로서 애완한 품종이 바로 구절초의 하나가 아니었을까 싶습니다. 쑥부쟁이는 꽃이 연보라색인데 여름부터 가을까지 무리 지어 피어납니다. 이 역시 몇몇 변종이 있습니다. 참취는 우리가 봄에 나물로 먹는 바로 그 취나물인데, 작고 하얀 꽃들이 올망졸망 무리 지어 피어 또 하나의 아름다운 들국화로서 손색이 없습니다.

시상 사람 떠난 지 이천 년인데	柴桑人去二千年
작은 국화 둥글둥글 절로 활짝 피었네	細菊斑斑也自圓
모두가 선명하게 비추는 가을빛을 사랑하는데	共愛鮮明照秋色
어찌 낭자하게 성근 연무 속에 누워 있게 하는가	爭教狼籍臥疏烟
황폐한 밭 무너진 언덕에 다시 서리 내린 후	荒畦斷隴新霜後
수척한 나비와 쓰르라미 석양 속에 있네	瘦蝶寒螿晚景前
봄꽃들이 국화가 늦게 피는 걸 비웃을까봐	只恐春叢笑遲暮
시를 지어 그 그윽한 아리따움을 칭송하네	題詩端爲發幽妍

원호문, 「야국화野菊花」

금나라 시인 원호문(元好問, 1190~1257)이 들국화를 노래한 시입니다. 시상

柴桑은 도연명의 고향 마을입니다. 도연명은 이미 이천 년 전에 세상을 떠나갔건만 그가 사랑한 국화는 가을이 되어 다시 피어났습니다. 황폐한 밭과 무너진 언덕의 연무 속에 버려진 채. 그러나 누구 하나 돌보지 않지만 해마다 굳건하게 피어나는 들국화야말로 은일자의 참모습을 간직하고 있습니다.

꽃이 하나의 문화적 상징으로 형성되기까지는 종종 유구한 세월이 걸립니다. 국화가 그렇습니다. 그런데 요즘 사람들은 국화를 한낱 장례식의 꽃으로만 생각할 뿐 은일자로서의 본모습은 전혀 떠올리지 않습니다. 이것이 바로 지각없는 전통문화 파괴가 아닐까요.

어서 가을이 깊어져서 온 산야에 들국화가 가득 피기를 기다리며 오랜만에 도연명의 시집을 읽어보렵니다.

열매와 꽃이 상봉하는 나무

차·나·무

무등산 춘설헌의 차밭

그 노인을 처음 만난 것은 아마 1960년대 중반이었을 것입니다. 그때 나는 겨우 국민학교(초등학교) 사오 학년 정도였습니다. 마땅한 놀이시설도 없던 시절, 도심을 벗어난 변두리의 산과 들이 우리에게는 최고의 놀이터였습니다. 나는 종종 동무들과 무리를 지어 가재를 잡으러 무등산 중심사 계곡을 찾아가곤 했습니다. 그것은 가는 데만도 한 시간이 넘는 먼 여정이었습니다. 광주의 남쪽 변두리 학동삼거리에서 중심사 가는 길로 접어들면 맨 먼저 '배고픈다리'가 나오고, 왼쪽 길가의 고아원과 농업학교를 지나면 '배부른다리'가 나옵니다. 그 아래 넓게 흐르는 맑은 냇물은 우리의 물고기 사냥터였습니다. 그곳에는 버들치, 갈겨니, 모래무지, 통사리, 참마자, 보리미꾸라지(참종개) 등이 지천이었습니다. 그러나 가재는 중심사 계곡까지 올라가야 잡을 수 있었습니다. 그리고 네발 달린 도롱뇽을 잡으려면 더 깊은 계곡으로 올라가야 했지요.

아무튼 그 중심사 가는 길목에서 우리는 가끔 한 노인과 마주치곤 하였

작설 모양의 찻잎

습니다. 흰모시 두루마기를 입고 흰 고무신을 신었는데, 흰 수염이 길게 휘날리고 있는 얼굴은 넓었고, 이마도 넓게 벗겨졌고, 자신의 키를 넘는 지팡이를 짚고 있었습니다. 어린 우리들도 그가 예사 노인이 아니라는 것을 첫눈에 느낄 수 있었습니다. 그 정체를 정확히 알 수는 없었으나 일반 농부나 나무꾼은 결코 아니었습니다. 우리 중 누군가 "도사다!"라고 소곤댔습니다. 그렇습니다. 그는 분명 도사의 모습이었습니다. 무등산의 도사!

그 무등산 도사 할아버지는 그 후에도 몇 해에 걸쳐서 우리와 조우하곤 하였습니다. 어떤 때는 중심사 초입 길목에서, 또 어떤 때는 배부른다리 근처에서. 그리고 종종 그가 농업학교에서 나오거나 들어가는 것을 목격하곤 하였습니다. 그래서 우리는 그가 농업학교와 무슨 관계가 있으리라는 것을 막연하게 짐작해볼 수 있었습니다. 그러나 그뿐, 그와 우리는 처음부터 서로 통성명할 처지가 아니었기에 그에 대한 우리의 호기심은 그 정도에 머물 수밖에 없었습니다.

그로부터 몇 해 후 중학생이던 나는 부친을 따라 중심사 초입에 있는 춘설헌이란 곳을 방문하였습니다. 그리고 그 주인을 대했을 때 나는 깜짝 놀랐습니다. 바로 무등산 도사 할아버지가 아니겠습니까! 부친은 먼저 노인과 인사를 나눈 후 나에게 말했습니다. "의재毅齋 선생님이시다. 절을 올리어라." 나는 노인에게 공손히 큰절을 올렸습니다. 우리는 여러 해 전부터 이미 구면이었지만 노인은 나를 알아보지 못했습니다.

이윽고 손님을 위한 다담상이 나오자 노인은 부친과 나의 찻잔에 손수 몇 차례 차를 따라주었습니다. 그곳에서 직접 제조한다는 춘설차라는 이름의 그 차는 나의 입맛에는 떫고 썼습니다. 부친은 노인에게 부채 그림 한 점과 8폭 산수화를 부탁한 후 노인과 함께 춘설헌 차밭을 돌아보았습니다. 산자락에 계단식으로 펼쳐진 넓은 차밭은 나에겐 무척 이국적인 풍경이었습니다. 난 그날 차나무를 처음 보았습니다. 그 이파리와 나무의 첫인상이 꼭 우리 집 마당의 치자나무 같았습니다.

의재 노인이 그 당시에 남종화의 가장 위대한 별이었다는 사실은 나중에야 알았습니다. 그리고 그가 단순한 서화가가 아닌 진정한 도인으로서 많은 사람들의 존경을 받았고, 또 농업학교를 세워 인재 교육에도 기여했음을 알았습니다. 그를 마지막으로 본 것은 대학 시절, 광화문 동아일보 사옥에서 열린 한국 대표 초대작가 전시회에서였습니다. 그리고 몇 년 후 신문에서 그의 부음을 보았습니다. 요즈음도 나는 가끔 차를 마실 때마다 문득 춘설헌의 차밭을 떠올리고, 어린 나에게 손수 차를 따라주던 의도인毅道人 허백련許百鍊 선생을 생각하곤 합니다. 춘설헌의 춘설차라는 이름은 다음의 시에서 유래하였습니다.

솔바람 노송나무의 빗소리 처음 들려올 때 　　　松風檜雨到來初

급히 구리단지를 죽로에 옮겨놓고 　　　急引銅瓶移竹爐

끓는 소리 완전히 고요해진 후   待得聲聞俱寂後

한 사발 춘설차는 제호탕보다 낫네   一甌春雪勝醍醐

송나라 나대경羅大經, 「약탕시淪湯詩」

다도면 불회사의 야생 차밭

춘설헌에서 난생처음 본 차나무는 그 후 나의 기억 속에서 오랫동안 지워져 있었습니다. 서울에서도 찻잎으로 가공한 차는 얼마든지 접할 수 있었지만 정작 그 찻잎을 따는 차나무를 접할 기회는 좀처럼 없었던 탓입니다. 그런데 칠팔 년 전 우연히 나주 다도면 불회사에 늦가을의 단풍 구경을 갔다가 그곳 야산에서 한창 꽃을 피우고 있는 야생 차나무 군락을 만나게 되었습니다. 처음으로 보는 차꽃은 참으로 감동적이었습니다. 가파른 언덕 위에 칡넝쿨, 조릿대, 떡갈나무 등과 뒤섞인 차나무 무리가 여기저기서 수도 없이 순백의 꽃망울을 터뜨리고 있었습니다. 나는 계곡을 넘어 차밭으로 기어 올라갔습니다. 바위와 자갈이 뒤섞인 가파른 언덕의 땅은 척박해 보였는데 차나무는 무성하게 우거져 있었습니다.

차꽃을 자세히 살펴보니 향이 짙으면서 맑았고, 꽃잎은 순백색인데 여섯 내지 여덟 장으로 그 숫자는 일정하지 않았습니다. 꽃잎은 한 부분이 서로 겹쳐져서 뒤틀려 있었습니다. 그리고 샛노란 꽃술들이 셀 수 없이 많았습니다. 크기는 모과꽃만 하였습니다. 그런데 특이하게도 이제 막 익어서 과육이 터진 작년에 맺힌 열매들이 올해 핀 꽃들과 함께 매달려 있었습니다. 이처럼 차나무는 열매와 꽃이 서로 대면한다 하여 '실화상봉수實花相逢樹'라는 별칭을 가지고 있습니다. 땅바닥엔 여기저기 까만 씨앗들이 널려 있었는데 동백 씨앗과 그 크기와 형태와 색깔이 똑같았습니다. 다만 열매의 크기만이 다를 뿐입니다. 그것은 차나무가 원래 동백나무하고 사촌지간이기 때문일 것입니다.

　불회사는 지금은 그리 크지 않은 절이지만, 그 역사는 유구합니다. 전하는 말에 따르면 인도 승려 마라난타摩羅難陀가 동진에서 백제로 들어와 이곳 덕룡산 아래에 개산開山한, 이 땅에서 최초로 세워진 절이라고 합니다. 물론 모든 절들의 창건 설화가 그러하듯 명백한 증거가 있는 것은 아닙니다. 그러나 창건주가 하필 이국의 승려라는 점이 흥미롭습니다. 그렇다면 혹시 이 일대의 차나무는 그가 차의 나라 중국에서 가져와 심은 것이 아닐까요? 아무튼 이곳의 지명 다도에서 짐작할 수 있듯이 이곳은 일찍부터 차와 관계가 깊었던 것 같습니다. 사실 이 일대는 사람들이 일부러 가꾸거나 거두지도 않는 야생 차밭이 넓게 분포해 있습니다.

　불회사에서 멀지 않은 곳에 운흥사라는 절터가 있는데, 건물들은 한국전쟁 때 불타버리고 버려진 터에는 지금은 잡초만 무성합니다. 그런데 그 주변

차꽃

의 산자락은 온통 야생 차밭입니다. 바로 그 절이 조선 말 다성茶聖이라 불린 초의선사가 16세 때 머리를 깎고 출가하여 벽봉碧峰 스님 아래서 3년간 공부한 곳이라 합니다. 그러니 따지고 보면 초의선사의 다선일치茶禪一致 사상은 바로 이곳에서 배태되었다고 할 만합니다.

불회사를 다녀온 후 나는 차나무를 가꾸었습니다. 아파트 화단에 심어 놓은 차나무는 일 년 동안 무럭무럭 잘 자라서 11월 초에 십여 송이의 하얀 꽃 망울을 터뜨렸습니다. 얼마나 대견하고 기쁘던지요. 나의 이 새 벗은 이때부터 내가 가는 길목 곳곳에서 반갑게 나를 맞아주었습니다. 해남 대둔사, 월출산 도갑사, 조계산 선암사, 화개 골짜기, 쌍계사 지리산 자락, 고창 선운사…….

초의선사의 일지암

다도 운흥사에서 출가한 초의는 해남 대둔사로 가서 완호玩虎 스님에게 구족계를 받았습니다. 이후 초의는 대둔사에 주석하며 인근 다산에서 귀양살이를 하던 정약용과 차와 학문을 매개로 교유하였고, 한양으로 나들이 가서 추사 김정희 등과 평생지기가 되었습니다. 그리고 중년에 일지암을 지어 차나무를 가꾸며 만년까지 주석駐錫하였습니다. 우리나라 『다경茶經』이라 할 초의의 「동다송東茶頌」과 『다신전茶神傳』은 바로 일지암에서 저술한 것입니다. 그러니 일지암은 바로 차의 성소가 아닐는지요.

안개와 놀도 옛 인연을 없애지 못하니　　　　　煙霞難沒舊因緣

병과 바리 들고 편안히 몇 칸의 집을 지었네　　　瓶鉢居然屋數椽

연못을 파니 하늘의 달을 밝게 머금고　　　　　鑿沼明涵空界月

일지암

대통을 이어 멀리 흰 구름 가의 샘물을 끌어왔네   連竿遙取白雲泉

새로 향보에 넣으려고 영약을 찾고   新添香譜搜靈藥

때때로 원기 접하여 묘련을 펼치네   時接圓機展妙蓮

시야 가리는 꽃가지를 쳐내니   礙眼花枝刬却了

좋은 산이 곧 석양 하늘에 있네   好山仍在夕陽天

초의, 「다시 일지암을 짓다〔重成一枝庵〕」

초의는 옛 일지암을 새로 고치고, 연못을 파고 대통을 이어 샘물을 끌어왔습니다. 약초의 족보에 새로 넣기 위해 영약을 찾고, 때때로 시비를 초탈하여 불법을 폅니다. 이렇게 만년을 기약한 것입니다.

날 추위 붉은 잎 어지럽게 숲을 떠나고	天寒紅葉亂辭林
괴로운 서리가 옷깃에 차갑게 붙어도 원망하지 않네	不怨煩霜冷着襟
달 뜨자 지는 놀은 수면 위에 머물고	月上落霞停水面
바람 불자 외로운 학이 마당에서 춤추네	風翻孤鶴舞庭心
다정히 술자리의 말을 나누려고	多情欲與樽前語
약속하고도 꿈속에서 다시 찾네	留約還將夢裏尋
흰 구름 가의 맑은 비이슬을 나누어 가져다가	分得白雲清雨露
그 뿌리에 적시어 초당 깊은 곳에 옮기어 심었네	和根移取艸堂深

초의, 「차나무 한 그루를 나누어 받고 다시 읊다〔借分一株又疊〕」

차나무 한 그루를 얻어 와서 일지암 깊은 곳에 심었군요. 그는 「동다송」 첫머리에서 차나무를 다음과 같이 묘사하였습니다.

후황의 좋은 나무 귤의 덕과 짝하여	后皇嘉樹配橘德
명을 받아 어기지 않고 남국에서 자랐네	受命不遷生南國
빽빽한 이파리 눈발을 뚫고 겨우내 푸르고	密葉鬪霰貫冬青
흰 꽃은 서리에 씻겨 가을 꽃잎을 터뜨렸네	素花濯霜發秋榮
고야선자의 흰 피부처럼 정결하고	姑射仙子粉肌潔
염부의 단금 같은 꽃술이 맺히었네	閻浮檀金芳心結
밤이슬은 벽옥의 가지를 맑게 씻었고	沆瀣漱清碧玉條

아침놀은 비취새의 혀를 촉촉하게 머금었네　　　　　　朝霞含潤翠鳥舌

초의, 「동다송」에서

　　후황은 후토황천后土皇天의 준말로, 즉 하늘과 땅을 말합니다. 고야선자
는 막고야산에 산다는 신선으로서 그 피부가 얼음과 눈처럼 희다고 합니다.
염부단금은 수미산 남쪽에 있는 염부주閻浮洲의 금사金砂인데 단금이라 부른
답니다. 비취새의 혀는 어린 찻잎을 말한 것입니다.

화개동 지리산 자락 차밭에서

나는 몇몇 벗들과 섬진강 가 화개장터를 찾아왔습니다. 우리 모두 차꽃을 구
경 온 것입니다. 화개장터에서 시냇물을 따라 쌍계사로 들어가는 길 양편, 산
비탈과 천변 곳곳의 차밭에는 흰 꽃이 절정이었습니다.

삐걱대는 남여는 재촉을 받지 않으니　　　　　　伊軋籃輿不受催

호남의 가을빛이 더욱 아름답다　　　　　　湖南秋色更佳哉

푸른 치마 옥빛 얼굴을 비로소 알아보니　　　　　　青裙玉面初相識

구월 차꽃이 길가 가득히 피었네　　　　　　九月茶花滿路開

진여의, 「처음으로 차꽃을 알다〔初識茶花〕」

　　북송의 시인 진여의陳與義의 시인데, 바로 이곳의 풍광을 읊은 것만 같습니
다. 진정 섬진강과 지리산의 무르익은 가을빛을 머금은 푸른 치마 옥빛 얼굴
이 길가에 가득합니다.

　　사실 이 일대는 조선시대부터 유명한 차 산지로서 나라에 차를 공물로

공급하던 곳이었습니다. 「동다송」의 주에는 다음과 같은 내용이 있습니다.

지리산 화개동에는 차나무가 무리 지어 자라는데 사오십 리에 걸쳐 있다. 우리
나라 차밭 가운데 이보다 넓은 곳은 없다. 계곡에는 옥부대玉浮臺가 있고, 누대
아래에는 칠불선원七佛禪院이 있다. 좌선하는 사람들은 항상 뒤늦게 늙은 찻잎
을 따다가 햇볕에 말리고 땔나무를 지펴 솥에다가 덖는데, 마치 채소국을 끓

춘설헌의 차밭

이는 것과 같아서 짙고 탁하며, 색이 붉다. 맛은 매우 쓰고 떫다. 정소政所에서
말하기를 '천하의 좋은 차가 속된 손길에 의해서 다 망쳐진다'고 하였다"

초의, 「동다송」 주 중에서

초의는 이곳 칠불선원에서 명나라 장원張源의 『다록茶錄』을 베껴서 『다신
전』이란 이름으로 묶었습니다. 또한 이곳의 차나무를 관찰하고, 직접 차를 제
조하면서 그 체득한 결과를 「동다송」의 주에 상세하게 기록했습니다. 그러니
「동다송」은 차에 대한 수많은 저술을 발췌하여 짜깁기를 해놓은 것이 아닌 실
질적인 실학의 산물인 것입니다.

『다서茶書』에서 이르기를 "찻잎을 따는 시기는 적절한 때를 맞추는 것이 중요
하다. 너무 이르면 차가 온전하지 못하고, 늦어지면 신神이 흩어진다. 곡우 전
오 일이 최상이고, 곡우 후 오 일이 그다음이다"라고 하였다. 그러나 직접 시
험해보니, 우리나라 차는 곡우 전후는 너무 이르고, 마땅히 입하立夏 후를 적
절한 때로 삼아야 한다. 밤새 이슬이 내리지 않았을 때 딴 것이 으뜸이고, 대
낮에 딴 것은 그다음이다. 날이 흐리고 비가 올 때는 따기에 적당하지 않다.
소식의 「송겸사시送謙師詩」에 "도인이 새벽에 남병산南屛山에 나와서, 삼매三昧의
손길로 찻잎을 따네"라고 하였다.

초의, 「동다송」 주 중에서

이렇게 우리 차의 특성을 직접 체득한 초의는 우리나라 차에 대하여 자부
심이 대단하였습니다.

「동다기東茶記」에 "어떤 이는 우리나라 차의 효력이 중국 월越 지방의 산물에 미

치지 못하다고 의심한다"고 하였다. 그러나 내가 살펴본즉 색향과 맛이 전혀 차이가 없다. 『다서』에 "육안차陸安茶는 맛이 뛰어나고, 몽산차蒙山茶는 약효가 뛰어나다"고 하였는데, 우리나라 차는 대개 그 둘을 겸비하였다. 만약 이찬황 李贊皇과 육자우陸子羽가 있다면, 그들은 반드시 나의 말이 옳다고 할 것이다.

초의, 「동다송」 중에서

이찬황과 육자우 같은 중국의 차의 달인들조차도 우리나라 차를 최상의 것으로 인정하리라는 것입니다. 이처럼 초의는 일찍이 우리나라 차의 우수성을 갈파하였는데, 지금 우리들 가운데 일부는 도리어 일본의 다도를 수입하는 데 열을 내고, 일본차와 중국차를 선호하는 경향이 있으니 부끄럽기 짝이 없습니다.

화개동 지리산 자락의 차밭에서 차꽃 향기에 취해 문득 차나무의 십덕을 떠올려봅니다.

등미鄧美는 차나무에 열 가지 덕이 있음을 칭송하였다. 아름다우면서도 요염하지 않은 것이 그 하나이고, 수명이 이삼백 년에 이르는 것이 그 둘이고, 가지와 줄기가 높고 성글어 큰 것은 한 아름이나 되는 것이 그 셋이고, 껍질 무늬의 검푸름이 예스러운 구름 기운이 서려 있는 술독과 같은 것이 그 넷이고, 가지의 굽음이 진미麛尾의 용의 형태와 같은 것이 그 다섯이고, 서린 뿌리가 굴곡이 져서 궤안과 베개로 삼을 수 있는 것이 그 여섯이고, 풍성한 이파리가 휘장처럼 무성하게 우거진 것이 그 일곱이고, 성질이 서리와 눈발을 이겨내고 사철 동안 항상 푸른 것이 그 여덟이고, 꽃이 피어서 지기까지 몇 달을 지내는 것이 그 아홉이고, 꺾어다 병 속에 꽂아두면 십 일간이나 안색이 변하지 않고, 반쯤 벙근 꽃송이가 또한 절로 피어나는 것이 그 열이다.

　명나라 등미의 차나무 예찬입니다. 이를 보면 고금에 차나무를 사랑한 사람이 참으로 많은 것 같습니다. 그 속에 이제 내 이름도 끼워 넣고 싶은 마음이 간절합니다.

이 국 의 신 비 한 과 일

비파

중국 남방에서 처음 본 열매

비파枇杷는 장미과의 상록 작은 교목으로 중국과 일본의 남방이 원산지입니다. 그 잎이 서역의 악기 비파琵琶와 닮았다고 하여 붙여진 이름이라고 하는데, 일설에는 그 열매가 비파와 같아서 붙여진 이름이라고도 합니다.

비파나무는 높이가 5미터 정도로 살구나무 크기이며, 가지는 굵고 긴 잎 뒷면에는 연한 노란빛을 띤 갈색 털이 빽빽이 납니다. 흰색 꽃이 10, 11월에 피고 꽃받침과 꽃잎은 각각 다섯 개입니다. 열매는 원형, 혹은 타원형인데 지름이 3센티미터 혹은 4센티미터로 살구보다 작고, 이듬해 초여름에 노란색으로 익습니다. 열매는 식용이고 잎은 약용으로 진해鎭咳·건위健胃·이뇨利尿 등에 예부터 사용해 왔습니다.

비파가 우리나라에 들어온 때는 알 수 없으나 일찍이 중국과 일본에 사신으로 갔던 고려와 조선 사람들은 그것을 이국의 낯선 열매로 기록해 전했습니다.

타고난 성질이 남방을 좋아하여	稟性生南服
곧은 자태로 겨울을 보내네	貞姿度歲寒
잎은 번성하여 푸른 깃이 교차하고	葉繁交翠羽
열매는 익어 금환이 주렁주렁하네	子熟簇金丸
약 보자기에 거두어 사용하고	藥裹收爲用
찬 쟁반으로 올려 먹을 만하네	冰盤獻可飡
초강가에서 새 열매를 먹고	嘗新楚江上
씨를 품고 가서 우리나라에 심으리라	懷核種東韓

정몽주, 「양주에서 비파를 먹다〔楊州, 食枇杷〕」

정몽주가 중국 강소성 양주에서 비파 열매를 처음 먹고 지은 시입니다. 정몽주는 1372년에 명나라에 사신으로 간 홍사범洪師範의 서장관書狀官으로 동행했습니다. 명나라가 촉蜀 지역을 평정한 것을 축하하기 위한 사절단이었습니다. 돌아오는 길에 배가 표류하여 사신 홍사범 등이 익사하고 정몽주를 포함한 겨우 열두 명이 살아남았는데 명나라의 도움으로 무사히 귀국할 수 있었습니다. 정몽주는 또 1384년에 하성절사賀聖節使로 남경南京을 다녀왔습니다.

이 두 번의 중국행 도중에 난생 처음 보는 비파열매를 먹었던 모양입니다. 그가 당시 우리나라에 심겠다고 품고 온 씨앗은 어찌 되었는지 궁금합니다.

좋은 과일이 가지에 달려 수많은 열매가 둥근데	嘉果纏枝萬顆團
따서 쟁반 위에 금환을 쌓아놓았네	摘○盤上累金丸
옆 사람은 자루에 가득 담아 감을 괴이 여기지 마오	傍人莫怪囊盛去
고향 산에 심어서 말년에 보리라	種向鄕山晚歲看

이직, 「비파枇杷」

이직(李稷, 1362~1431)은 이성계의 역성혁명에 동조하여 새로운 왕조를 건설하는 데 공을 세우고 세종 때 영의정까지 지낸 인물입니다.

그는 1414년 우의정으로 승진하여 진하사進賀使로서 명나라에 다녀왔습니다. 이때 비파를 먹고 지은 시입니다. 자루에 가득 담아 온 비파는 고향 산에 잘 심었는지?

아무래도 비파는 남방의 나무라서 당시 개성이나 한양에서 키우는 것은 힘들었을 것입니다.

살구도 아니고 매실도 아닌데

정몽주와 이직이 가져온 중국 남방의 비파 씨앗은 한반도에 퍼지는 데 실패한 듯합니다. 이들 이후에 일본을 방문한 조선인들에게 일본 땅에서 본 비파는 여전히 이국의 신비한 나무요 열매였습니다.

황금 탄환 밀랍 탄환이	金彈蠟丸
살구도 아니고 매실도 아닌데	匪杏匪梅
겨울에 꽃 피고 여름에 열매 맺으니	冬花夏實
모든 과일 중의 우두머리네	百果之魁

송희경, 「부채에 그린 비파 그림에 적다〔題畫枇杷扇〕」

조선 초기 문인 송희경(宋希璟, 1376~1446)은 세종 2년(1420)에 일본에 사신을 갔다 와서 『일동행록日東行錄』을 남겼습니다. 어떤 일본인이 비파 그림을 그린 부채에 시를 적어달라고 청한 모양입니다.

비파 열매

이른바 비파라는 것은 10월에 꽃이 피고 동짓달에 열매가 맺혀 이듬해 5월에 익는다. 이는 곧 이른바 노귤盧橘이란 것인데 일명 양매楊梅다. 10월에 꽃이 피는 것을 보니 고시古詩에서 이른바 "노귤 꽃 피니 단풍잎 지고盧橘花開楓葉衰" 라고 한 것이 참으로 헛된 말이 아니다.

강홍중, 『동사록東槎錄』 중에서

조선 중기 문인 강홍중(姜弘重, 1577~1642)은 인조 때 회답부사로 일본에 사신을 갔습니다. 당시 비파가 '노귤'과 '양매'라는 이름으로도 불린 모양입니다. 그러나 이들은 원래 비파와 전혀 다른 과일입니다.

강홍중이 언급한 고시는 당나라 시인 대숙륜(戴叔倫, 732~789)의 시 「상남즉사湘南卽事」의 한 구절입니다.

「비파난화」, 이한복, 일제강점기, 간송미술관 소장

세상의 좋은 나무 중 이것이 가장 기이하니	嘉木人間此最奇
난 진액은 꿀 같고 이슬을 피부로 삼았네	甘津如蜜露爲肌
주렁주렁 열매 맺힌 노가의 품종인데	離離子結盧家種
나무마다 향기 전한다고 두보 시에서 말했네	樹樹香傳杜甫詩
두루 얼음과 서리를 겪고 여름에 익고	遍閱氷霜成夏熟
복사꽃 오얏꽃을 따라 봄 자태를 자랑하지 않네	不隨桃李媚春姿
날 추워서 초목들이 지금 다 떨어졌는데	天寒草木今搖落
아름다운 꽃이 홀로 가지에 가득한 것이 사랑스럽네	可愛瓊葩獨滿枝

윤순지, 「비파枇杷」

조선 후기 문인 윤순지(尹順之, 1591~1666)는 1643년 통신사의 정사로 일본에 다녀왔습니다.

노가의 품종이라 한 것은 '노귤'을 말한 것인데 앞에서 언급했듯이 원래 비파와 노귤은 다른 과일이지만 나중에 혼용이 심하여 마침내 비파의 한 별칭으로 인정받고 말았습니다.

시에서 언급한 두보의 시는 「전사田舍」인데 "비파는 나무마다 향기 난다[枇杷樹樹香]"는 구절이 있습니다.

두보의 시에서 "비파는 나무마다 향기 난다"고 했는데, 해설하는 자들이 비파는 향기가 없다고 여긴 것은 잘못이다. 내가 지난날 일본에 갔을 때 어느 옛 절에서 비파나무 한 그루를 보았다. 몹시 무성하고 높이가 몇 길이었다. 아래 잎은 크고 둥글고 그 위의 잎은 길고 약간 작아서 모양이 가죽나무 잎과 같았다. 10월에 꽃이 활짝 피는데 모양은 배꽃 같고 향기는 몹시 강렬하여 바람이 불지 않아도 수백 보 멀리까지 퍼졌다. 늙은 중이 노귤이라고 했다.

비파나무 꽃

겨울에 열매가 맺어 5월에 익는다. 당시唐詩에 "노귤 꽃 피니 단풍잎 지고"라고 하고, 사마상여司馬相如의 「상림부上林賦」에서 "노귤은 여름에 익는다"고 했는데 참으로 그러하다.

차천로, 『오산설림초고五山說林草藁』 중에서

조선 중기 문인 차천로(車天輅, 1556~1615)는 1589년에 통신사 황윤길黃允吉을 따라 일본에 다녀왔습니다.

비파를 재배한 역사는 유구하여 한나라 무제 때 궁궐의 원림 상림원上林園에서 키웠는데, 이를 사마상여가 「상림부」에서 노래한 것입니다.

좌사左思의 「촉도부蜀都賦」에도 비파가 등장하니, 이미 진晉나라 당시에 남방 촉 지역에서 비파는 중요한 과수로서 과수원이 많이 있었던 것입니다.

내 옥상 화분에 비파를 키운 지 10여 년이 되었습니다. 남방 나무라서 겨울에는 실내로 들여놓아야 합니다. 또 크게 키울 수가 없어서 아직 꽃을 피워보지 못했습니다. 그러나 그 길고 넓은 잎을 보는 것만으로도 풍요함을 느낍니다.

처음 비파를 만난 것은 그림에서였습니다. 오래전에 돌아가신 부친께서 백포白浦 곽남배(郭楠培, 1929~2004) 화가에게 동백과 참새를 그린 화조도 10폭 병풍과 비파와 참새를 그린 작은 단폭 그림을 받았는데 그것이 벌써 40여 년 전입니다. 비파 그림에는 '조롱금환鳥弄金丸'이란 화제가 적혀 있습니다. '금환金丸'은 곧 비파의 별칭입니다. 비파를 알고 난 후 남도의 그림 곳곳에 비파가 있음을 깨달았습니다.

5~6년 전 강진 다산기념관에서 열린 한 학술발표회를 경청하러 갔다가 이튿날 다산 제자들의 유적지 몇 곳을 돌아보았습니다. 한 고택에 있던 살구나무처럼 큰 비파나무에 때마침 황금빛 열매들이 주렁주렁 매달려 있었습니

다. 주렁주렁 열매가 매달린 두어 가지를 꺾어서 함께 간 일행 모두가 서너 알씩 맛을 보았는데 모두들 그 맛과 향기에 감탄을 금치 못했습니다.

그 후 제주도, 여수, 고흥, 거제도 등지에서 고목의 비파나무를 많이 보았습니다. 지금은 제주와 남해안 일대에 비파 농장이 많이 있다고 합니다.

2월에 한국악무연구원 학우들과 동백을 보러 무등산 지실마을과 소쇄원, 강진의 다산초당과 백련사, 해남의 달마산 아래 미황사, 진도의 운림산방을 찾아갔습니다. 그중 미황사에서 한겨울의 추위를 굳건히 이겨내고 있는 커다란 비파나무를 보았습니다. 나와는 두 번째 만남이었습니다. 인연이 없어 그 열매는 아직 보지 못했습니다. 그곳 염화실拈花室 주인 금강 스님께 비파나무에게 안부를 전해달라고 부탁하니, 스님은 우리 일행에게 빨간 동백꽃 한 가지를 선물로 주었습니다.

만리교 옆 여교서는	萬里橋邊女校書
비파꽃 아래 문을 닫고 사네	枇杷花裏閉門居
소미재자가 지금 젊건만	掃眉才子於今少
봄바람 관리하는 일은 전혀 모른다네	管領春風總不如

당나라 왕건(王建, 767?~830?), 「촉에 있는 설도 교서에게 부치다〔寄蜀中薛濤校書〕」

당나라 여류 시인 설도는 본래 장안 사람이었지만 부친이 지방관을 지낸 사천성 성도成都에서 살았습니다. 뛰어난 문학적 재능으로 '여성 교서랑校書郎'이란 별칭을 얻었습니다. 소미재자掃眉才子란 아름답게 눈썹을 그린 여성 재자才子란 의미입니다.

그녀는 한창 젊고 아름다운 용모와 빼어난 재능을 지녔지만 자신의 미모를 꾸미고 자랑하는 일 따위에는 도통 관심이 없습니다. 비파꽃 아래 문을 닫고 홀로 지낼 뿐입니다.

언젠가 인연이 있어 성도에 가게 된다면 반드시 그 비파꽃 핀 여교서의 집을 방문하고 싶습니다.

신 선 의 열 매

대추나무

안기생의 대추

대추나무는 갈매나뭇과의 낙엽교목으로 아시아에서 유럽까지 널리 분포하여 있습니다. 동아시아에서는 2,500년 전부터 중요한 과수로 재배해 왔습니다. 높이는 10~15미터까지 자라며, 6~7월에 녹색을 띤 담황색의 작은 꽃이 피고, 초록 열매는 가을에 붉은색으로 익습니다. 꽃이 작아서 사람들은 잘 눈여겨 보지 않지만, 비가 내린 후 대추나무 아래 연노랑 꽃들이 무더기로 떨어져 쌓인 것을 볼 수 있습니다.

대추는 한자로 '조棗'와 '극棘'으로 표기하는데, 송나라 육전(陸佃, 1042~1102)의 『비아埤雅』에서는 높이가 큰 나무를 '조'라 하고, 작은 나무를 '극'이라 했습니다. 우리나라 사전에서는 극을 멧대추나무라고 합니다. 대추나무와 같은 종이지만 키가 작고, 가시가 많고, 열매가 작으면서 둥글며 신맛이 나기 때문에 산조酸棗라고 합니다. 이 산조는 주로 약용으로 쓰이는데 불면증 등에 효과가 있다고 합니다.

대추는 식용과 약용으로 유용하고, 또한 맛과 저장성도 뛰어나서 고대인에게 중요한 과일로 일찍부터 여러 가지 문화적 상징을 의미하게 되었습니다. 그중에서도 대추가 신선이 먹는 선과仙果였다는 것이 특별합니다.

> 안기생安期生은 선인仙人이다. 신녀神女가 음식을 차려 대접했는데, 안기생이 말하기를 "지난날 여랑女郞과 서해西海 가에서 놀며 쉴 때 대추를 먹었는데 특별히 맛이 있었습니다. 여기에 있는 대추는 작아서 그것에 미치지 못합니다. 생각건대 이 대추는 오래되지는 않았지만, 이미 2,000년은 되었을 것입니다"라고 했다. 신녀가 말하기를 "내가 지난날 그대와 함께 한 알을 먹었는데 다 먹지 못했습니다. 여기에 있는 작은 대추를 어찌 서로 비교할 수 있겠습니까"라고 했다.
>
> 『마명생별전馬明生別傳』 중에서

> 이소군李少君이 말하기를 "신臣이 일찍이 해상에서 노닐 때 안기생이 큰 대추를 먹는 것을 보았는데 크기가 참외만 했습니다"라고 했다.
>
> 『사기史記』, 「봉선서封禪書」 중에서

  안기생은 진秦나라와 한나라의 교체기에 방사(方士, 신선의 술법을 닦는 사람)로 활약했던 인물로 나중에 신선이 되었다고 합니다. 주로 동해에 있다는 삼신산의 하나인 봉래도蓬萊島에 출입하며 노닌다는 등의 많은 전설을 남겨놓았습니다. 훗날 안기생은 동아시아 전역에서 여러 신선 중 대추와 관련한 이야기로 인기가 있었습니다.

땅은 영험하여 약물이 많고   地靈多藥物

산은 첩첩하여 먼지가 적네	山密少塵埃
다시 참외만 한 대추를 묻고자 하는데	更問如瓜棗
안기생은 어디에 있는가	安期生安在哉

이색, 「용문에서 약초를 캐다〔龍門斷藥〕」

참외만 한 대추는 안기생의 대추를 말하는 것입니다. 과瓜는 우리 한자 사전에 오이 '과'라고 되어있으나 오이와 같은 형태의 열매가 열리는 덩굴식물의 열매를 총칭합니다. 서과(西瓜, 수박), 남과(南瓜, 붉은 호박), 소과(蔬瓜, 오이), 채과(菜瓜, 호박), 사과(絲瓜, 수세미), 고과(苦瓜, 여주) 등 많은 열매를 지칭합니다.

높은 곳에 의지해 봉래도를 보려 하니	憑高欲望蓬萊島
아득히 안개와 파도가 푸른 하늘에 접했네	渺渺烟波接蒼昊
안기생에겐 공연히 참외만 한 대추가 있었고	安期空有棗如瓜
석양의 무릉엔 가을 풀만 자랐네	斜日茂陵生秋草

이숭인(李崇仁, 1347~1392), 「사문도회고沙門島懷古」

봉래도를 보고자 했는데 안개와 파도가 하늘까지 자욱합니다. 안기생의 참외만 한 대추는 공연한 전설일 뿐이고, 무릉은 석양에 가을 풀만 우거졌습니다. 무릉은 한무제의 능묘입니다. 무제는 진시황처럼 불로장생을 꿈꾸며 신선이 되고자 했던 제왕으로 유명합니다.

불로장생이란 것이 원래 허망한 꿈이 아니겠습니까?

| 이는 평범한 초목이 아니니 | 此非凡草木 |
| 붉은 열매가 참외만 하게 크네 | 朱實大如瓜 |

| 한 번 먹으면 선골이 생겨나니 | 一食生仙骨 |
| 안기생도 자랑할 수 없으리라 | 安期不足誇 |

임억령, 「대추[棗]」

참외만 한 큰 대추가 있어서 먹으면 신선으로 환골탈태할 수 있습니다. 그러니 안기생을 부러워할 필요가 없습니다.

여러 전설에 의하면, 과거에 신기한 대추를 먹고 신선이 된 사람은 한둘이 아니었습니다.

『가씨설림賈氏說林』에 "옛날에 어떤 사람이 대하大河의 남쪽에서 안기생의 큰 대추를 얻었다. 사흘 동안 삶으니 비로소 익었는데 향기가 10리까지 끼쳐서 죽은 자는 살아나고 병든 자는 일어났다. 그 사람은 그것을 먹고 대낮에 하늘로 올라갔다. 그래서 지명地名을 자조(煮棗, 삶은 대추)라고 한다"라고 했고, 『화사花史』에 "여선정呂仙亭 앞의 대추나무는 열매를 맺은 적이 없었다. 어떤 해에 갑자기 열매가 맺었는데 참외만 했다. 태수가 소리(小吏, 아전)에게 따와서 올리라고 했다. 소리가 사적으로 그것을 먹어버렸는데 마침내 신선이 되어 떠나갔다"라고 했습니다.

난새를 타고 밤에 봉래도에 내리니	乘鸞夜下蓬萊島
기린 수레가 한가히 구르며 요초를 밟네	閑輾麟車踏瑤草
바닷바람이 불어 벽도화를 꺾고	海風吹折碧桃花
옥반엔 안기생의 대추를 가득 따오네	玉盤滿摘安期棗

허초희(許楚姬, 1563~1589), 「보허사步虛詞」

난새를 타고 동해에 있다는 삼신산 봉래도를 찾아갔습니다. 기린이 끄는 수레가 한가히 요초 위로 굴러갑니다. 해풍에 벽도화가 꺾입니다. 옥반에는 안기생의 대추를 가득 따왔습니다.

허초희는 난설헌입니다. 27세에 요절하였는데 그녀는 생전에 항상 신선의 세계를 꿈꾸었습니다. 그러다 일찍 봉래도로 간 것이 아닌가 싶습니다.

결혼식의 대추와 밤

조선 시대부터 내려온 전통 혼례의 의식은 거의 사라져버렸지만, 지금도 결혼식에서는 신부가 시부모에게 폐백을 올리며 첫인사를 하는 의식은 이름으로나마 남아있습니다. 이 의식에서 빠지지 않는 것이 시부모나 시댁의 식구들이 신부의 치마폭에 대추와 밤을 던져주는 행위입니다.

대추와 밤을 던져주는 것은 주렁주렁 열리는 대추와 밤처럼 자손을 많이 낳으라는 의미라고 합니다. 또, 밤송이 안에는 밤이 세 개가 들어있으므로 자손이 삼정승이 되라는 뜻이라고 합니다.

동아시아에서 대추와 밤이 결혼식에 등장한 것은 무려 2,500여 년 전이었습니다.

『예기』「곡례曲禮」에 "부인의 폐백〔贄〕은 개암, 밤, 포(脯, 포육), 수(脩, 건육), 대추, 구(棋, 헛개나무열매)이다"라고 했습니다. 또, 『의례儀禮』「사혼례士昏禮」에 "신부가 대추와 밤이 든 광주리를 들고 가서 절하고 자리에 놓으면 시아버지는 앉아서 그 광주리를 어루만진다. 신부가 또 단수(腶脩, 육포)를 담은 광주리를 들고 절하고 자리에 놓으면 시어머니는 그 광주리를 들고 일어나 옆 사람에게 건네준다"라고 했는데, 그 주注에 "조율(棗栗, 대추와 밤)을 사용하는 것은 조에서 조기(早起, 아침 일찍 일어남)의 뜻을, 율에서 경근(敬謹, 공경하고 삼감)의 뜻을 취한 것이고, 단수를 사용하는 것은 단에서 성실의 뜻을, 수에서 수신修身의

대추

뜻을 취한 것이다"라고 했습니다.

이로 보면 대추와 밤은 신부가 시부모에게 처음 올리는 예물이었고, 또한 그 의미는 조棗가 조무와 발음이 같으므로 아침 일찍 일어나 열심히 일하겠다는 뜻을 담은 것이고, 율栗은 전율戰慄하다는 뜻을 취하여 두려워서 몸을 떨듯이 항상 시부모에게 공경하고 삼가겠다는 뜻을 담은 것입니다.

신부가 대추와 밤을 시부모에게 올리는 의례는 조선 초부터 왕가에서도 엄격하게 행해졌던 풍속이었습니다.

『효종실록』에 "예조가 아뢰기를, '『오례의五禮儀』에 세자빈世子嬪을 친영(親迎, 신랑이 신부 집에 가서 신부를 직접 맞이하는 의식)한 다음날에 대전(大殿, 임금)과 중전(中殿, 중궁)에 조현(朝見, 새로 간택된 비나 빈이 가례를 지낸 뒤 부왕과 모비에게 뵈는 예식)하는 예가 있으니, 왕대비전에도 조현하지 않을 수 없습니다. 먼저 대전과 중전에서 조율례棗栗禮를 행하고, 이어서 대왕대비전에 나아가 들어가고 나올 때의 사배례四拜禮만 행하게 하소서'라고 하니, 그대로 따랐다"라고 했습니다.

이처럼 결혼식에서 신부가 시부모에게 대추와 밤을 바치며 부지런하고 공손하겠다고 맹세했던 풍속이 지금은 반대로 시부모가 신부에게 대추와 밤을 던져주며 다산을 기원하는 의미로 바뀌고 말았습니다. 아마 전통의 뜻이 잘못 전해진 듯합니다.

대추나무 시집보내기

『군방보群芳譜』에 "항상 정월 초하루에 해가 뜨기 전에 도끼날을 거꾸로 하여 알록달록해지도록 내리치는 것을 '가조嫁棗'라고 한다. 내리치지 않으면 꽃은 피지만 열매가 맺지 않고, 도끼날로 찍으면 열매가 시들어 떨어져 버린다"라고 했습니다.

'가조'는 바로 '대추나무 시집보내기'라는 것입니다.

내가 일찍이 『서당집西堂集』을 보니, 그 이웃집에서 대추나무가 열매를 맺지 않았는데 충청도에서 비방秘方을 얻었다고 했다. 그 비방은 "한 사람이 도끼를 들고 나무를 자르려고 하면 다른 사람이 옆에서 '그대는 어찌하여 나무를 자르려 하오?'라고 묻는데, 도끼를 든 사람이 대답하기를 '이 나무는 열매를 맺지 못하니 남겨두면 무익하므로 베어버리려고 한다'라고 한다. 물어본 자가 '지금 마땅히 열매를 맺을 것이니 부디 베지 마시오'라고 하면 도끼를 든 자는 '알겠소'라고 하고 멈춘다"라고 하였다. 이처럼 하면 곧 열매를 맺는데 시험해보니 좋은 징험이 있었다고 했다.

성해응(成海應, 1760~1839), 「조설棗說」 중에서

조선 후기 실학자 성해응이 이덕수(李德壽, 1673~1744)의 『서당집』에 실린 '대추나무 시집보내기' 풍속을 인용하여 소개한 글입니다.

열매를 맺지 않는 대추나무 앞에서 한 사람은 도끼를 들고 베어버리겠다고 으름장을 놓고, 또 한 사람은 대추나무를 변명하며 말립니다. 대추나무 앞에서 이런 연극을 하면 효과가 좋다고 했지만, 과연 믿어야 할 비방인지?

과일나무에 열매가 많이 맺히기를 바라는 마음에서 행해진 대추나무를 비롯한 여러 과일나무를 시집보내는 풍속은 한국과 중국에서 일찍부터 널리 유행했던 것이었습니다.

가수법嫁樹法: 정월 초하루에 해가 뜨기 전에 벽돌을 가지 사이에 끼워놓는 것을 가수嫁樹라고 하는데, 열매가 많아지고 실하게 된다. 대보름이나 그믐에 행해도 동일하다.

여러 과일나무 중에서 열매를 맺지 않은 것은 정월 초하루 오경(새벽 세 시에서 다섯 시 사이)에 도끼로 얼기설기 찍어놓으면 열매가 많아지고 떨어지지 않는다.

『사시찬요』, 『거가필용居家必用』, 『신은지神隱志』중에서

『거가필용』에서는 "대추나무, 감나무, 자두나무에 더욱 효험이 있다"라고 했는데, 『사시찬요』에서는 "대추나무의 경우는 도끼로 찍어서는 안 된다. 찍으면 열매가 말라버린다"라고 했다.

홍만선洪萬選, 『산림경제山林經濟』중에서

홍만선이 인용해놓은 여러 서책의 기사를 통해 '과일나무 시집보내기'의 '가수법'을 짐작할 만합니다.

갈라진 가지 틈에 돌을 끼우는 것이 혼례이니	岐枝閣石是爲婚
과일나무에 마땅히 열매가 많이 열리리라	果樹偏宜子實繁
매화와 복사꽃의 좋은 노래 퍼지고	梅摽桃夭播嘉詠
자두 형과 석류 아우는 중매를 받아들인다네	李兄榴弟納媒言

홍석모(洪錫謨, 1781~1850), 「가수嫁樹」

『동국세시기』의 저자 홍석모의 「가수」 시입니다. 매표梅摽와 도요桃夭는 『시경』의 「표유매摽有梅」와 「도요桃夭」인데 「표유매」는 결혼하고 싶은 노처녀의 노래이고, 「도요」는 결혼식의 노래입니다.

기와 조각 돌멩이를 전날 밤 주워놓은 것이 많은데	瓦礫前宵拾得多
닭이 울 때 나무를 시집보내려 가지에 끼우네	鷄鳴嫁樹占交柯
해마다 늙은 살구나무가 새신랑을 맞지만	年年老杏迎新壻
사주에 자식이 없으니 너를 어이할꼬	四柱無兒奈爾何

김려(金鑢, 1766~1822), 「상원리곡上元俚曲」

기와 조각과 돌멩이를 잔득 주워놨다가 보름날 새벽에 닭이 울 때 나무를 시집보내려고 가지 사이에 끼웠습니다. 그러나 늙은 살구나무는 해마다 새신랑을 맞이하건만 사주에 자식이 없으니 이 나무를 어찌해야 합니까?

대추나무 시

대추나무는 일찍이 『시경』과 『초사』에 등장했으며, 근대에까지 많은 문인이 시문으로 읊은 대상이었습니다.

화려한 빛이 뜬 제수가 아름답고	浮華齊水麗
채색 드리운 정도가 빼어나네	垂彩鄭都奇
흰 꽃은 어지럽게 떨어지고	白英紛靡靡
붉은 열매는 가지에 주렁주렁 매달렸네	紫實標離離
바람에 흔들리는 양각 나무이고	風搖羊角樹
햇살 비치는 계심 가지이네	日映雞心枝
곡성 대추는 석밀보다 낫고	穀城踰石蜜
봉악 대추는 신선의 모습을 드러내네	蓬岳表仙儀
이미 안읍 대추의 아름다움을 들었는데	已聞安邑美

영원히 무성한 옥문 대추가 늘어져 있네　　　　　　　永茂玉門垂

간문제(簡文帝, 503~551), 「대추를 읊다(賦棗)」

간문제 소강蕭綱의 시인데 천하의 온갖 이름난 대추가 등장합니다. 양각과 계심은 대추나무 품종의 하나입니다. 곡성은 지명이고, 봉악은 전설 속의 봉래도입니다. 안읍과 옥문도 또한 지명입니다.

조선 이만부李萬敷의 「노곡초목지魯谷草木誌」에서 "대추에는 구아狗牙, 계심雞心, 우두牛頭, 양각羊角, 미후獼猴, 세요細腰 등의 이름이 있다. 중국 강동江東의 대추는 크고 위가 뾰족한데 호조壺棗라고 부르고, 허리가 가는 것은 녹로조鹿盧棗이다. 대추 중에서 좋은 것은 안읍安邑의 대추만 한 것이 없는데, 우리나라에서는 삼산三山의 대추를 상上으로 삼는다"라고 했습니다. 삼산은 지금의 충청북도 보은의 옛 이름입니다. 보은의 대추가 조선 시대부터 유명했음을 알 수 있습니다.

『설부說郛』에는 "하동河東 안읍安邑의 대추와 동군東郡 곡성穀城의 자조紫棗는 길이가 2촌寸이다"라고 했습니다.

위문제魏文帝는 "남방에 용안龍眼과 여지荔枝가 있지만, 어찌 서국西國의 포도와 석밀에 비하겠는가? 맛이 시어서, 또한 중국의 보통 대추 맛보다도 못한데 안읍의 어조御棗가 최고이다"라고 했습니다. 또 『한서漢書』「화식전貨殖傳」에 "안읍의 천 그루 대추나무는 천호후千戶侯와 같다"라고 했습니다. 안읍의 천 그루 대추나무에서 얻는 부가 천호후(천 호의 제후)와 같다는 것입니다.

『윤희내전尹喜內傳』에 "윤희가 노자와 함께 서쪽으로 여행을 가서 태진太真과 왕모王母를 뵙고 함께 옥문의 대추를 먹었는데 그 열매가 병만큼 컸다."라고 했습니다. 윤희는 노자가 흰 소를 타고 서역으로 갈 때 옥문관玉門關을 지키는 관리였는데 노자에게 『도덕경』을 받은 자로 알려져 있습니다.

주민들은 몇 번이나 늙었던가	居人幾番老
대추나무는 아직 그루터기를 이루지 않았네	棗樹未成槎
너의 빼어난 재질은 수레 굴대를 감당할 만한데	汝長才堪軸
내 귀향은 이미 임기가 찼다네	吾歸己及瓜

소식(蘇軾, 1036~1101), 「대추나무〔棗〕」

대추나무는 장수하는 나무입니다. 주민들은 몇 세대나 늙어갔지만, 대추나무는 아직 그루터기를 이루지 않았습니다. 대추나무의 목질은 단단하여 수레 굴대로 만들 수 있습니다. 마침 시인은 지방관의 임기가 차서 귀향할 때가 되었습니다. 과기瓜期는 벼슬의 임기가 찬 때를 말하는데, 오이가 익을 무렵 부임했다가 이듬해에 오이가 익을 때 교대한다는 뜻에서 나온 말입니다.

꽃은 어찌 그리 조그맣고 가시는 어찌 그리 날카로운가	花何微小刺何銛
가을열매는 도리어 여러 맛을 겸비했네	秋實還能衆味兼
천 나무나 되니 안읍 대추의 부를 자랑하지 마오	千樹莫誇安邑富
한 숲이 모두 곡성 대추의 꿀맛 같다오	一林都作穀城甜
푸른 구슬이 작은 곳엔 바람을 막아야 하고	靑璣小處風須護
붉은 옥이 낮은 곳에 이슬이 젖었네	紅玉低邊露剩霑
나무 키우는데 근래 과수원 노인의 법이 전하니	養樹近傳園老法
사람들이 와서 말을 매도 꺼리지 않네	人來繫馬不須嫌

이서우李瑞雨, 「대추를 노래하다〔咏棗〕」

이서우가 시를 설명하기를 "간문제簡文帝의 시에 '곡성 대추는 석밀보다 낫고〔穀城踰石蜜〕'라고 했고, 한유의 연구(聯句, 한시에서 짝을 맞춘 글귀)에 '대추

대추나무꽃

밭에 푸른 구슬이 떨어지고〔棗圃落靑璣〕'라고 했고, 왕개보(王介甫, 왕안석)의 대추 시에 '햇볕에 붉은 옥이 주름지고〔日顆皴紅玉〕'라고 했고, 세속에서 전하기를 '대추나무에 말을 매놓으면 열매가 번성한다'라고 했다"라고 했습니다.

　이서우는 조선 시대 동명이인이 많은데, 여기의 이서우는 『송파집松坡集』의 저자입니다.

모양은 구슬 같고 맛은 엿과 같은데 　　　　　　　形似珠璣味似飴
푸른 대추와 붉은 대추가 섞이어 가지에 가득 달렸네 　青紅斑駁滿繁枝
아이들은 조심하여 함부로 훔쳐 먹지 말라 　　　　　僮兒愼莫輕偸食
나는 연연의 계산법의 기이함을 안다네 　　　　　　我解蜎蜎筭法奇
이서우, 「대추 지키기〔守棗〕」

이서우의 설명에 "연연蜎蜎 사람 중에 계산에 정밀한 자가 있어서 대추나
무의 푸른 대추와 붉은 대추를 세면 오차가 없었다고 한다"라고 했습니다.
　정밀한 계산법이 있다고 하여 과연 아이들의 대추 서리를 막을 수 있을
까요?

이웃집 꼬마들이 몰려와서 대추를 서리하니 　　　隣家小兒來撲棗
늙은이가 문을 나와 꼬마들을 쫓아내는데 　　　　老翁出門驅少兒
꼬마들이 도리어 늙은이에게 말하기를 　　　　　小兒還向老翁道
내년의 대추가 익을 때까지 살지 못하리라 　　　不及明年棗熟時
이달(李達, 1539~1612), 「대추 서리 노래〔撲棗謠〕」

이웃집 꼬마들이 몰려와서 대추를 서리합니다. 주인 늙은이가 나와서 꼬
마들을 쫓아내는데 꼬마들이 도리어 적반하장으로 늙은이에게 저주의 말을
퍼붓습니다. 내년의 대추가 익을 때까지 살지 못하리라! 이 악동들을 어찌해
야 합니까?

봄철 꽃이 필 때 　　　　　　　　　　　　　　　方春敷榮時
온갖 꽃들은 아름다움을 다투는데 　　　　　　　百卉競相好

꽃도 없이 늦게 잎이 나오니	無花晚生葉
숨어서 드러나지 않는 것은 유독 너 대추나무이네	沈晦獨爾棗
안에는 생기를 품고 있지만	中含生生意
밖은 말라 죽은 듯하네	外則似枯槁
가을에 익는 것은 가장 빠른데	秋熟最居先
적심을 오래도록 스스로 지키네	赤心長自保
노나라 사람으로 비유한다면	譬如魯也人
도를 들은 것이 결국 빨랐네	聞道終則早
마땅히 너는 군자의 부류이니	宜爾君子類
이 노인에게 취해지리라	見取於此老

이재(李縡, 1680~1746), 「대추나무를 읊다(詠棗樹)」

대추나무는 봄에 싹이 트는 것이 늦습니다. 그러니 봄철의 다른 꽃들과 아름다움을 겨룰 마음이 애초에 없습니다. 마치 은자처럼 자신을 드러내지 않습니다. 그러나 타고난 적심(정성스럽고 참된 마음)이 감춰질 수 있겠습니까? 그 옛날 공자가 말하기를 아침에 도를 들으면 저녁에 죽어도 좋다고 했습니다. 대추나무가 바로 그런 군자의 부류가 아니겠습니까?

이재는 이조판서까지 지낸 정치가였지만, 한편으로는 성리학 학자였습니다. 그의 초상화가 전해져 세상에 널리 알려져 있습니다.

잎 사이 붉은 뺨이 반은 서리에 취했는데	葉間紅頰半酣霜
한 번 치니 둥글둥글 땅에 가득히 빛나네	一剝團團滿地光
서사의 노인은 와서 지팡이를 빌리고	西舍老翁來借杖
동쪽 이웃 아녀자는 담을 넘어가길 청하네	東隣兒女乞過墻

대추나무

양각이 아침 햇살에 밝은 것을 사랑스럽게 보고	愛看羊角明朝日
계심을 석양에 말려 주위 거두네	收拾鷄心囇夕陽
과수원지기하고 이미 약속하여 나무에 오르지 않고	已約園丁無上樹
이처럼 잘 익었는데 누구와 함께 맛보려는가	及玆濃熟與同嘗

임득명(林得明, 1767~?), 「대추 털기[剝棗]」

가을의 수확은 흐뭇한 일입니다. 더욱이 주렁주렁 열린 붉은 대추를 장대로 쳐서 떨어뜨리면, 우수수 쏟아지는 그 붉은 구슬들은 얼마나 황홀할지! 골목에 대추알이 가득 깔렸으니, 지나던 노인이 길을 지나가기 어려워서 지팡이를 빌려 달라 하고, 아낙은 담을 넘어가자고 부탁합니다. 양각과 계심은 대추의 품종입니다. 과수원지기를 불러서 대추 털기를 하니 나무에 오를 필요가 없습니다.

임득명은 조선 후기 서화가로 유명합니다.

육대 집안의 기반이 인후함을 쌓았는데	六代家基築仁厚
한 그루 대추나무가 늙어서 기개가 당당하네	一株棗樹老昻藏
노인들이 서로 언제 심었는지 기억할 수 없다고 전하는데	耆舊相傳未記識
선조께서 어릴 때 이미 높이 자랐었다네	先祖兒時如許長
뿌리와 껍질이 갈라져서 이끼가 끼었지만	根皮慘裂生苔蘚
가지와 잎은 무성하여 풍상을 실컷 겪었네	枝葉扶疎飽風霜
해마다 꽃이 피고 열매 맺음을 아나니	惟知年年花結子
모습은 늙었지만 기운은 넘쳐난다네	貌雖老矣氣揚揚
마당 앞 복숭아 자두나무처럼	不似庭前桃李樹
잠시 동안 아름다운 봄꽃을 날리는 것과 같지 않고	暫時飄蕩媚春芳
홰나무는 녹음이 떨어지면 인적이 드물게 되지만	槐陰冷落人跡稀
오직 너만 정정하게 항상 내 곁에 있구나	惟汝亭亭每我傍
의젓하니 노성한 자를 상대하는 듯하고	偃然相對若老成
우뚝하게 서있으니 세상과 더불어 어찌 어울리겠는가	屹立與世寧低昻
오뉴월에는 매미 소리 들리고	五月六月聞鳴蟬
무더위를 몰아내고 서늘한 기운을 내네	能排赤炎生新涼

| 이 나무는 청전과 같이 사랑할 만하니 | 可愛此樹同靑氈 |
| 아이에게 조심하여 상하게 하지 말라 당부하네 | 分付兒童愼勿傷 |

이최중(李最中, 1715~1784), 「마당 앞 늙은 대추나무에 감개하다〔感庭前老棗樹〕」

육대를 이어온 집에 연륜을 알 수 없는 늙은 대추나무가 있습니다. 진정 대추나무 집이라고 부를 만합니다. 대추나무를 볼 때마다 선조들과의 추억이 생각나니 청전靑氈과 같은 가보라고 하겠습니다. 청전은 푸른 담요입니다. 진晉나라 왕헌지王獻之가 재실(齋室, 무덤이나 사당 옆에 제사를 지내려고 지은 집)에서 잘 때 도둑이 들어와 물건을 모두 훔쳐가려 했는데 청전까지 가져가려고 하자, 청전은 우리 집안에서 가장 오래된 물건이니 그것만은 가져가지 말라고 했답니다. 이 고사에서 청전은 집안의 가보를 가리키는 말이 되었습니다.

이최중은 이조판서까지 지냈으나 말년에 사건에 연좌되어 추자도에 귀양 가서 그곳에서 죽었습니다.

고목의 대추나무가 백년을 묵었는데	古棗百年
벼락이 내리쳤네	疾雷擊
베어서 베개를 만드니	斲爲枕
도깨비가 두려워하네	鬼魅慴
도깨비는 두렵지 않으나	匪鬼魅慴
벼락이 치는 것은 두려우니	雷擊慴
이 베개를 군자의 옆에 두리라	玆枕隨君子之側

이덕무, 「대추나무 베개 명〔棗木枕銘〕」

이덕무의 설명에 "벼락을 맞은 대추나무로 베개를 만들면 온갖 사악함을 도망가게 할 수 있다"라고 했습니다.

전국의 관광지에 가보면 기념품 가게마다 벼락 맞은 대추나무로 만든 부적과 도장 재료가 으레 진열되어있습니다. 벼락 맞은 대추나무가 그렇게 많은 것인지? 그 진위가 의심스럽습니다. 어쨌든 벼락 맞은 대추나무는 조선에서도 악귀를 쫓는 데 영험하였나 봅니다.

죽지 못하고 삼 년간 피눈물 흘린 후 未死三年血泣餘
색동옷은 여전히 빈 옛 당에 있네 綵衣猶在舊堂虛
불쌍하게 백발로 양조를 슬퍼하는데 可憐白首悲羊棗
아 너 까마귀는 나보다도 못하구나 嗟爾慈烏我不如

홍석기(洪錫箕, 1606~1680), 「추감追感」

부모가 돌아가셔서 삼년상을 지내면서 피눈물을 흘렸습니다. 그 옛날 춘추시대 초나라 노래자老萊子는 예순 살이 넘은 나이에도 부모를 즐겁게 하고자 색동옷을 입고 부모 앞에서 춤을 추었다지요. 양조羊棗는 증자曾子의 부친 증석曾晳이 즐겨 먹었다는 대추입니다. 증자는 돌아가신 부친을 생각하며 차마 양조를 입에 댈 수 없었다고 『맹자』에서 전합니다. 반포지효反哺之孝라는 말이 있습니다. 까마귀는 늙은 어미를 위해 먹이를 물어다 준다고 하여 생겨난 말입니다. 그래서 까마귀를 자애로운 새라는 의미에서 자오慈烏라고 부릅니다. 그런데 양조를 마구 따먹으니 과연 자오라고 할 수 있겠는지요?

붉은 용의 알

감나무

동아시아의 특산 나무

감나무는 감나뭇과의 낙엽교목으로 한국의 중부 이남 지역과 중국과 일본에 분포하는 동아시아 특산 나무입니다. 다 자라면 크기가 14~15미터까지 크고, 가지는 널리 사방으로 퍼지고, 잎은 두껍고 넓으며 가장자리에 톱니가 없습니다. 꽃은 5월과 6월에 담황색으로 피는데 한 나무에 암꽃과 수꽃이 함께 피며, 항아리 모양의 통꽃인데 끝이 네 조각으로 갈라집니다. 감나무는 추위에 약하여 주로 한반도 남부 지역에서 자랍니다.

삼국시대에 이미 중요한 과일나무로 재배되었다고 짐작되며, 고려 시대에는 시인·묵객들이 시문으로 찬양했던 나무였습니다. 조율이시(棗栗梨柿, 대추·밤·배·감)는 우리의 가장 전통적인 과일들로서 지금도 제사상에 올리지 않으면 안 되는 중요한 제수입니다. 이 가운데 감이 낀 것은 감의 유구한 재배 전통을 살펴보면 당연한 일이라 할 수 있겠습니다.

감나무는 잎이 아름답고, 그늘이 시원하고, 가을의 단풍과 붉은 열매가 매혹적이어서 정원의 조경수로도 적당합니다. 또한, 요즈음에는 도시의 가로수로도 인기가 많습니다. 감의 품종은 그 생김새와 색깔, 크기, 맛 등으로 구분하는데, 조선 시대에 이미 수십 종의 품종이 있었으며 지금은 수백 종의 품종이 개발되었습니다.

허균許筠의 『도문대작屠門大嚼』에 "조홍시早紅柿는 온양溫陽에서 생산되는데 색은 정홍正紅이고 맛은 달고 즙액은 부드럽다. 다른 것들은 모두 이에 미치지 못한다. 각시角柿는 남양南陽에서 생산되는 것이 가장 좋다. 오시烏柿는 지리산에서 생산되는데 색은 감청색이고 둥글면서 뾰족하고 맛은 약간 텁텁하며 즙액이 적고, 꼬챙이 꿰어 말려 곶감으로 만들면 더욱 좋다"라고 했습니다. 이만부李萬敷의 「노곡초목지魯谷草木誌」에는 "감에는 (중략) 우심牛心과 홍주紅珠라는 칭호가 있다. 옛날에는 주시朱柿, 홍시鴻柿, 비시椑柿가 있었고, 지금은 그 품종이 더욱 많다. 영제寧堤의 수시水柿, 대가야大伽倻의 고종시高種柿가 가장 유명하고, 상주上州의 대홍시大紅柿도 실로 기품奇品이다"라고 했습니다.

『인조실록』에 "송국택이 호조의 말로 아뢰기를, '홍시가 생산되는 즉시 심양瀋陽으로 보내도록 일찍이 하교하셨습니다. 근래 저자에 있는 홍시는 모두 조홍시早紅柿이고, 만홍시晩紅柿는 아직 생산되지 않고 있습니다. 조홍시는 물러지면 쉽게 부패하고 문드러지므로 멀리 운반하기 어려우니 만홍시가 생산되는 즉시 들여보내도록 하는 것이 어떻겠습니까?'라고 하니, 알았다고 전교하였다."라고 했습니다. 또 『고종실록』에 "예조가 아뢰기를, '전라도 관찰사가 봉진하여 이번 8월령으로 종묘에 천신할 조홍시早紅柿는 이번 13일에 올릴 것입니다. 경모궁에 천신할 것은 충청도에서 으레 봉진해왔었는데, 본도에서 봉진한 것이 아직 올라오지 않았습니다. 막중한 천헌薦獻을 제때에 하지 않을 수 없으니, 전례대로 전라도에서 더 봉진한 조홍시로 같은 날 일체 올리는 것이 어떻겠습니까?'라고 하니, 윤허한다고 전교하였다."라고 했습니다. 이처럼

감나무

감은 중국에 보내는 예물이었고, 종묘에 올리는 신성한 제수였던 것입니다.

감나무의 일곱 가지 빼어난 점

옛사람들은 감나무를 일곱 가지 좋은 점이 있다고 하여 이를 '칠절七絕'이라 했습니다.

> 세속에서 말하기를 감나무는 일곱 가지 빼어난 점〔七絕〕이 있다고 했다. 첫째는 오래 살고, 둘째는 그늘이 많고, 셋째는 새 둥지가 없고, 넷째는 벌레가 없고, 다섯째는 서리 맞은 잎을 완상할 만하고, 여섯째는 좋은 과실이고, 일곱째는 낙엽이 두텁고 큰 것이다.
>
> 당나라 단성식段成式, 『유양잡조酉陽雜俎』

이 가운데 새 둥지가 없다는 것과 벌레가 없다는 것은 사실이 아닌 듯합니다. 나는 어린 시절에 감나무에 둥지를 튼 새들을 많이 보았습니다. 개고마리와 까치 등이 감나무의 높은 가지 위에 둥지를 짓고 새끼를 키우는 것을 목격한 것이 한두 번이 아닙니다. 또 감을 따러 감나무에 올랐다가 쐐기에 쏘인 기억이 지금도 생생합니다. 아무튼, 옛사람들은 감나무의 칠절을 높이 평가했습니다.

식물 중에 칠절을 겸한 감나무를 사랑하는데	植物憐渠兼七絕
시골노인이 나에게 거의 천 개나 보냈네	野翁餉我僅千枚
맛이 꿀과 같고 또 젖과 같으니	味如飴蜜還如乳
우는 아이를 울음 그치고 웃게 하네	解止兒啼作笑媒

칠절을 갖춘 감나무를 사랑하는데 시골에 사는 노인이 천 개나 되는 감을 보내왔습니다. 그 맛이 꿀과 같고 젖과 같습니다. 이렇게 맛있는 감은 무서운 호랑이도 그치게 할 수 없는 아이의 울음을 그치게 하고 웃게 할 수 있습니다.

수 곡의 포도주로 양주를 샀다고 하는데	數斛蒲萄誤博涼
칠절이 설탕보다 나음을 누가 아는가	誰知七絕勝糖霜
노부는 진정 문원의 소갈증에 괴로운데	老夫正苦文園渴
먹으니 몹시 기쁘게도 맛이 더욱 빼어나네	入口偏欣味更長

소세양(蘇世讓, 1486~1562), 「고산 왕사군이 홍시를 보내서 사례하다(謝高山王使君惠紅柿)」

곡斛은 열 말의 용량입니다. 포도주로 양주(涼州, 武威市)를 산 것은 후한後漢 영제靈帝 때 맹타였습니다. 그는 당시 권력가였던 환관 장양張讓에게 포도주 한 말을 뇌물로 바치고 양주자사涼州刺史를 얻었다고 합니다. 그 당시 포도주는 서역에서 온 술로 고가의 귀한 것이었습니다. 그러나 칠절을 갖춘 감은 설탕보다 더 달콤하니 포도는 비할 바가 아닙니다. 늙은 시인은 지금 문원의 소갈증에 고통을 받고 있습니다. 문원은 한나라 때 문원령文園令을 지낸 사마상여司馬相如입니다. 그는 평생 소갈증에 시달렸다고 합니다. 평생 고통스럽게 한 소갈증을 풀어줄 수 있는 것이 바로 홍시입니다.

붉은 규룡의 알

감나무에 매달린 홍시에 햇살이 비치는 모습은 참으로 매혹적입니다. 그 영롱

감꽃

한 모양을 보면 누구나 여러 가지 환상적인 상상을 떠올리게 되는 것은 자연스러운 일이라 하겠습니다.

친구가 나를 초대해 절간으로 갔는데	友生招我佛寺行
마침 만 그루 감나무에 붉은 잎이 가득할 때이네	正値萬株紅葉滿
광채가 번쩍이는 벼랑에 귀신이 보이고	光華閃壁見神鬼
혁혁한 염관이 불 우산을 펼쳐놓았네	赫赫炎官張火傘
타는 구름 속 불 나무에 불 열매가 나란한데	燃雲燒樹火實騈
금오가 내려와 붉은 규룡의 알을 쪼네	金烏下啄赬虯卵
혼이 달아나고 눈이 뒤집혀 있는 곳을 잊었는데	冕翻眼倒忘處所
붉은 기운이 충만하여 끊임이 없네	赤氣沖融無間斷

마치 전해오는 이야기처럼 상고 때에   有如流傳上古時

아홉 해 수레가 비추어 천지가 마른 듯하네   九輪照耀乾坤旱

두세 명의 도사가 그 안에 자리를 펴는데   二三道士席其間

영액을 유리 주발에 담아 자주 올리네   靈液屢進玻瓈盌

한유의 시 「청룡사를 유람하며 최대 보궐에게 주다[遊靑龍寺, 贈崔大補闕]」 중에서

당나라 한유가 국자감國子監 박사로 재직할 때 경성 남문 동쪽에 있는 청룡사를 유람하며 진사 시험의 동기인 최대에게 준 장편시의 일부입니다.

친구의 초대로 절에 갔는데 계절이 마침 감나무에 붉은 잎이 가득한 늦가을입니다. 감나무의 붉은 단풍의 광채가 벼랑에 비치어 귀신이 보이는 듯하고, 눈부신 불의 신인 염관이 불 우산을 펼쳐놓은 듯합니다. 불타듯 빨갛게 물든 구름 속 불 나무에 불 열매가 매달려 있는데, 금오가 내려와 붉은 규룡의 알을 쪼고 있습니다. 금오는 신화 속에서 태양을 상징하는 발이 세 개 달린 까마귀, 삼족오三足烏입니다. 이 환상의 광경을 목격하니 이미 혼은 달아나고 눈앞은 깜깜하여 자신이 어디 있는지도 잊었습니다. 마치 상고 시절 아홉 해 수레가 일시에 나타나서 천지를 불태워버렸다는 그때와 같습니다. 그런데 두세 명의 도사가 자리를 펴고 앉았는데, 영액을 유리 주발에 담아 자주 올립니다.

이 시에서 감을 묘사한 붉은 규룡의 알인 '정규란楨虬卵'과 '영액靈液'은 후세에 감의 별칭이 되었습니다.

홍시가 상산 동쪽에 멀리 있어서   紅柿遠在商山東

푸른 광주리에 담아 광명전에 올렸는데   翠籠擎獻光明宮

나머지를 나눠 봉해 제공들에게 내려주니   分封羨餘進諸公

다행히 또한 쇠한 늙은이에게까지 미쳤네   幸哉亦及衰老翁

밝은 창에서 눈 비벼도 여전히 흐릿한데 　　　　明窓揩目尙朦朧
얼핏 보니 찬란한 빛이 허공에 떠있네 　　　　乍見爛燬光浮空
처음엔 적제가 복을 내린 것이 　　　　　　　初疑赤帝所降衷
살결이 막 응결되어 여리고 약한가 싶었는데 　膚理始凝方屯蒙
또 붉은 규룡의 알이 그 안에 있어서 　　　　又疑赬虯卵在中
외면은 둥글고 안쪽은 영롱한가 싶었네 　　　團圓外面中玲瓏
먹어보니 맛이 달고 더욱 끝이 없으니 　　　嚼之味甘愈不窮
꿀이 벌에서 만들어지는 것이 가련하구나 　可憐崖蜜成於蜂
여지와 감람은 격조가 같지 않으니 　　　　荔枝橄欖調不同
먼 것을 믿고 변함이 많아 간웅과 같네 　　恃遠多變如奸雄
감은 한결같은 맛이 얼마나 농후한가 　　　柿也一味何其濃
순진한 조물주의 솜씨를 다시 염려하지 않네 純眞不復愁天工
노인은 지금 괴로움 참으며 어충에 주를 내는데 翁今忍苦註魚蟲
혀와 입술은 마르고 머리는 쑥대 같네 　　　舌乾吻燥頭如蓬
문득 빙설이 더위를 씻어냄에 놀라고 　　　忽驚氷雪洗熱烘
몸이 가벼워져 봉래궁을 찾아가고 싶네 　　身輕欲謁蓬萊宮
우습구나 차를 마시던 늙은 노동은 　　　　笑殺喫茶老盧仝
일곱 잔째에 비로소 맑은 바람이 일어났다지 七椀始得生清風

이색, 「홍시 노래〔紅柿子歌〕」

　　상산 동쪽에서 홍시를 궁궐에 진상하였습니다. 임금께 올리고 나머지를
신하들에게도 나누어 주었는데 다행히 늙은 시인에게까지 혜택이 미쳤습니
다. 적제赤帝는 신화 속의 염제炎帝 신농씨神農氏입니다. 적제가 잉태시킨 생명은
막 응결된 것처럼 투명하고 말랑말랑하여 터질 것 같이 여리고 약하고, 규룡

의 알이 그 안에 든 듯합니다. 그 맛은 꿀보다 달며, 먼 남방에서 가져오는 도중에 쉽게 맛이 변해버리는 여지와 감람〔올리브〕과는 그 격조가 다릅니다. 늙은 시인은 바야흐로 물고기와 벌레에 대해 주석을 내느라 혀와 입술은 마르고 머리는 쑥대처럼 헝클어졌습니다. 그런데 홍시를 먹으니 빙설이 더위를 씻어내는 듯하고, 신선처럼 몸이 가벼워져 신선들이 산다는 봉래궁을 찾아가고 싶어집니다. 참으로 우습습니다. 당나라 노동은 일곱 잔의 차를 마시고서야 비로소 겨드랑이에 맑은 바람이 일어났다지요.

가을 깊어 붉은 잎에 늦서리가 엉기고	秋深紅葉晚凝霜
규룡 알과 소 심장이 알알이 향기롭네	蚪卵牛心顆顆香
깨물어 먹으니 단맛이 입을 즐겁게 하여	嚼破甜甘能悅口
근래 삼 개월 동안 고기반찬을 완전히 잊었네	邇來三月肉全忘
서거정, 「홍시」	

이 시는 「강경우의 그림병풍 팔 폭〔姜景愚畫屛八幅〕」이라는 시 중의 한 편입니다. 강경우는 바로 『양화소록』의 저자 강희안입니다. 강희안이 그린 팔 폭 병풍에는 황귤黃橘, 밤나무〔栗木〕, 수박〔西瓜〕, 가지〔茄子〕, 석류, 홍시, 첨과甛瓜, 황과黃瓜 등이 그려져 있었습니다.

규룡 알과 소 심장〔牛心〕은 모두 홍시를 말한 것입니다. 명나라 팽대익彭大翼의 『산당사고山堂肆考』에 "감에는 여러 종류가 있는데, 우심牛心이라는 것이 있고, 계압란鷄鴨卵이라는 것이 있고, 또 이름이 녹심鹿心이라는 것도 있다"라고 했습니다. 모두 그 모양과 색깔을 고려한 이름이라 생각됩니다. 규룡 알과 소 심장을 달게 먹었는데 다른 고기반찬이 생각날 리 있겠습니까?

접붙여 키운 지 지금 십이 년인데	栽接于今十二年
비로소 칠절로 옛날부터 전해옴을 알았네	方知七絕古來傳
비와 이슬에 깊이 젖어 서린 뿌리는 크고	深霑雨露盤根大
바람과 서리를 실컷 겪은 붉은 열매는 둥그네	飽閱風霜絳實圓
규룡의 알이 가지에 드리워 위태롭게 떨어지려 하고	虯卵垂枝危欲墮
소 심장이 나무에 꿰어져 오랫동안 여전히 신선하네	牛心綴樹久猶鮮
가지에 올라 세 번 베어 먹지 못하고	攀條不爲謀三咽
단지 고생스럽게 정건을 배우네	只是辛勤學鄭虔

심언광(沈彦光, 1487~1540), 「감나무를 심었는데 열매가 맺어 이미 익었다(種柿結實已熟)」

감은 반드시 접을 붙여야 합니다. 품종이 좋은 감이라도 씨를 심으면 본래의 우수한 품성을 유지하지 못합니다. 접을 붙인 지 십이 년이 되니 비로소 감나무의 칠절을 실감할 수 있었습니다. 비와 이슬에 젖은 뿌리는 튼튼하게 크고, 바람과 서리를 이겨낸 붉은 열매는 둥급니다. 열매들을 보면 볼수록 규룡의 알과 비슷하고 소의 심장과 같습니다.

『맹자』에 의하면, 진중자陳仲子라는 사람은 청렴한 인사였는데, 사흘 동안 굶주리니 귀가 들리지 않고 눈이 보이지 않았다고 했습니다. 우물가에 굼벵이가 반이나 파먹은 감이 떨어져 있었는데 기어가서 세 번 베어 먹은 후에야 다시 귀가 들리고 눈이 보이게 되었다고 합니다. 굶주림 앞에서는 평소의 청렴을 유지할 수가 없었나 봅니다. 또, 당나라 정건(鄭虔, 691~759)은 시서화에 뛰어나서 삼절三絕로 불렸는데, 가난하여 글씨를 쓸 종이가 없었다고 합니다. 그래서 자은사慈恩寺의 여러 창고에 감잎을 쌓아놓고 매일 가져다가 감잎에 글씨를 연습했다고 합니다. 시인은 진중자처럼 벌레 먹은 감을 주워 먹을 생각이 없습니다. 다만 정건처럼 감잎에다 글씨 연습이나 해볼 생각입니다.

선과가 원래 칠절을 겸하여 진기한데	仙果元兼七絕珍
깨물어 먹으니 영액이 이 사이로 흐르네	嚼來靈液齒生津
연산에서 붉은 규룡 알을 얻으니	燕山博得頳虯卵
호음이 배불리 먹던 신선한 것보다 훨씬 낫네	絕勝湖陰飫食新

정사룡(鄭士龍, 1491~1570), 「칠가령으로 가는 중에 처음 감을 보았다〔七家途中, 初見柹子〕」

칠가령七家嶺은 중국 연경燕京으로 가는 도중에 있는 역 이름입니다. 정사룡은 1534년(중종 29)과 1544년(중종 39)에 동지사冬至使로서 명나라에 다녀온 바 있습니다. 이국땅에서 규룡 알을 얻어먹으니 예전에 배부르게 먹었던 홍시보다 훨씬 맛이 있는 듯합니다. 호음은 정사룡의 호입니다.

지리산의 묵시

묵시墨柿는 먹감을 말합니다. 흔히 오시烏柿라고 하며, 혹은 오비烏椑라고 표기했습니다. 조선 시대 지리산 먹감은 전국적으로 유명했습니다. 지금도 지리산을 낀 산청, 하동, 구례, 남원 등지는 감과 곶감의 주산지로 유명합니다.

서리 내리니 먹감이 나무마다 붉고	霜落烏椑樹樹紅
과원에서 거둔 규룡의 알이 대광주리에 가득하네	園收虯卵滿筠籠
팔릉을 반으로 쪼개 먹으니 목구멍이 매끄럽고	八稜半坼喉堪潤
백 알이 고루 둥그니 어찌 그리 똑같은가	百顆均圓訝許同
빛나는 비단 자리의 술잔과 안주 그릇 안에 있고	光照錦筵尊俎裏
명성 높은 약과라고 논평을 하네	名高藥果品題中
먹감을 보니 문득 아계 노인이 생각나서	看渠忽憶鵝溪老

감나무

새 시와 함께 북풍에 부치네　　　　　　　　　　竝與新詩寄北風

양대박, 「감을 광주리에 담아 아계 상공께 올리다〔籠柿子, 呈鵝溪相公〕」

　　서리가 내리니 먹감이 나무마다 붉게 익었습니다. 과수원에서 거둔 먹감
이 대광주리에 가득합니다. 팔릉八稜은 먹감의 별칭입니다. 먹감은 맛이 으뜸
이어서 화려한 잔칫상에 올라서 약과라고 높은 평가를 받습니다. 먹감을 보
니 문득 아계鵝溪 노인이 생각나서 시를 지어 감과 함께 북쪽으로 보냈습니다.
아계는 영의정을 지낸 이산해(李山海, 1539~1609)입니다.

　　양대박은 지리산 아래 남원이 고향입니다. 그의 시 「손곡의 시 「추일만
서」에서 차운하다〔次蓀谷秋日漫書韻〕」에서 "두류산 아래 내 거처가 있는데, 광주
리에 먹감을 줍고 그물로 물고기를 잡는다네〔頭流山下是吾居, 筐拾烏㮚網取魚〕"라
고 했습니다. 두류산은 지리산의 별칭입니다. 당시 지리산 아래 남원에서 먹
감이 유명했음을 알 수 있습니다.

　　양대박은 임진왜란 때 의병장으로 활약하다가 과로로 세상을 떠나고 말
았습니다.

금오산 아래 문강이 깊고	金鰲山下文江澳
집집마다 감나무가 지붕보다 높네	家家有樹高於屋
봄 깊으면 잎마다 어찌 그리 똑같은가	春深葉葉訝許同
오두막이 모두 초록 구름 속에 있네	蓬戶盡在綠雲中
오월 유월 강 구름 따뜻하면	五月六月江雲暖
가지마다 푸른 규룡 알을 거꾸로 드리우고	枝枝倒垂青虯卵
바람 높고 서리 내려 가을 기운 움직이면	風高霜落動秋色
이분은 붉은 노을빛이고 일분은 먹빛이네	二分彤霞一分墨

칼 잡고 껍질 벗기는 노련한 손길 민첩하고	持刀削皮老手捷
열 꿰미 백 알이 한 접을 이루네	十串百顆成一帖
처마 끝에 매달아 가을볕에 말려서	掛之簷端曝秋陽
항아리 속에 넣어두면 흰 분가루 뒤덮이네	貯之瓮裏被粉霜
하룻밤 물에 담가두면 곧 절로 풀어지니	沈水一宿便自解
진품은 종종 관청에 바치고	珍品往往充官廨
배에 가득 싣고 하동 시장으로 내려가서	滿船載下河東市
하룻밤에 천금이 마을을 기울이네	千金一夕傾鄉里
환도의 자두와 강릉의 귤이	丸都之李江陵橘
이곳에 오더라도 그 맛을 당하지 못하리라	到此不堪專其美

윤종균(尹鍾均, 1861~1941), 「벌촌 묵시[筏村墨柿]」

금오산은 지리산 아래 구례군 문척면 오산을 말합니다. 그 앞을 흐르는 섬진강을 문강이라 합니다. 마을의 집마다 감나무가 지붕보다 높게 자랐습니다. 그래서 봄이 되면 감잎이 우거져서 마을의 오두막들은 초록 구름 속에 잠기게 됩니다. 오월 유월에 푸른 ㅠ통 알이 맺히고 가을이 되어 익으면 3분의 2는 붉고 3분의 1은 먹빛으로 되는데, 바로 먹감으로 불리게 된 특징입니다. 이 감의 껍질을 깎아내고 싸릿대에 열 알씩 꿰어 밀려서 곶감을 만듭니다. 항아리에 보관하였다가 흰 분가루가 뒤덮이면 시원한 물에 풀어서 먹습니다. 좋은 것은 관청에 바치고 나머지는 하동 장으로 가져가 파는데 천금을 벌 수 있습니다. 그 맛은 맛이 좋기로 이름났던 발해渤海에서 생산된 환도丸都의 자두나 중국 강남의 강릉江陵 귤도 당할 수 없습니다.

윤종균은 이 시의 서문에 "벌촌筏村은 군의 남쪽 오산鰲山 아래 문강文江의 구비에 있다. 또 죽연리竹淵里라고도 한다. 집마다 감나무가 네다섯 그루 있는데, 서리가 내린 후 그 열매는 작은 것도 거위 알만 한데 감꽃 때부터 열매에 이르기까지 3분의 1이 검은색이다. 익기 전에 따서 껍질을 벗겨서 나뭇가지에 꿰어 말린다. 백 알을 접이라 하는데 오랫동안 항아리에 넣어둔다. 그 하얀 분이 생겨날 때 맑은 물속에 하룻밤을 넣어두면 절로 풀려서 씨가 없어지고 찌꺼기를 제거할 수 있다. 그 맛은 다른 감보다 참으로 달다. 하동河東 시장에서 팔면 가격이 잔수潺水의 배추와 서로 같다"라고 했습니다. 곶감을 맑은 물에 풀어서 먹는 것이 특이합니다. 이는 불과 백여 년 전의 풍속이었습니다.

윤종균은 순천 태생인데 경술국치 때 자결한 매천 황현과 함께 구례에서 시를 주고받으며 말년을 보냈던 시인이었습니다.

어린 시절 외가의 아랫집에 300년 수령의 거대한 감나무가 있었습니다. 감의 품종은 조그마한 땡감으로 맛이 없어서 동네 아이들도 거들떠보지 않았습니다. 그 열매는 새들의 먹이였고, 또한 해마다 개고마리가 둥지를 짓고 새끼를 쳤습니다. 개고마리 둥지는 긴 대나무도 닿지 못할 만큼 높이 있어서 누구도 새집을 털 수 없었습니다. 그 감나무에 관심을 두는 사람은 인근의 목수들이었습니다. 재목으로 베어서 감나무 장롱을 만들 속셈이었습니다. 감나무는 오래 묵으면 몸의 내부에 검은 먹물이 드는데, 이 무늬가 자못 산수화 혹은 괴석과 같아서 예로부터 감나무 문양의 장롱은 귀한 대접을 받았습니다. 그러나 주인의 완강한 거절로 감나무는 무사할 수 있었습니다. 그간 이러저러한 사정으로 외가에 가보지 못한 지가 수십 년이 되었는데, 그 감나무가 여전히 제자리를 지키고 있는지 궁금합니다.

숨 쉬 는 화 석

은행나무

고생대의 원시 나무

은행나무는 우리가 항상 오가는 길거리 주변 곳곳에 있습니다. 자동차의 매연 같은 공해에 강하다고 하여 도회지의 여러 거리마다 가로수로 많이 심어놓았기 때문입니다. 은행나무는 키가 크고 가지가 넓게 퍼져 도심의 그늘을 제공하며 병충해, 추위, 화재 등에 강하고 오래 살므로 가로수로 적합합니다.

은행나무는 중국 절강성이 원산지인데 일찍이 한반도와 일본으로 전해졌고 근세에 유럽과 미주 대륙으로 건너갔다고 합니다.

은행나무는 은행나뭇과의 낙엽 관목으로 고생대 이첩기(2억 8,600만 년 전 ~2억 4,500만 년 전)에 출현한 나무입니다. 같은 과의 다른 종족들은 멸종되어 모두 화석이 되었는데, 오직 은행나무만이 지금까지 살아남았습니다. 빙하기와 공룡시대를 목격한 살아있는 목격자라고 하겠습니다.

은행나무는 암나무와 수나무가 따로 있고, 4월 말에서 5월 초에 걸쳐 꽃이 핍니다. 암꽃은 초록색으로 피는데 너무 작아서 눈에 잘 띄지 않고, 수꽃은

은행나무

참나무 꽃처럼 길게 피는데 마치 무슨 애벌레 모양 같습니다. 그래서 비가 내린 후에는 은행나무 아래 쌓인 수많은 애벌레를 볼 수 있습니다. 꽃가루는 정충精蟲 형태로 다른 화분 식물과 비교하면 매우 원시적입니다. 수분은 곤충에 의지하지 않고 바람에 맡깁니다. 열매가 맺히면 초록색을 띠다가 가을이 되면 노랗게 익습니다. 가을의 은행나무 잎은 노란색이 무척 아름다워서 몇 잎 주워서 책갈피에 끼워둘 만합니다.

유구한 역사를 가진 은행나무는 당나라 때까지는 그저 중국 남방에 있는 한 과일나무에 불과했습니다. 송나라에 이르러 비로소 나라에 진상하는 특산물에 끼게 되었고, 나무 또한 도성이 있는 북방으로 옮겨 심어서 여러 지식인에게 알려지게 되었습니다.

> 경사京師에 옛날에는 은행나무[鴨脚]가 없었는데 이문화李文和가 남방으로부터 자신의 집에 옮겨 심었다. 그로 인하여 열매를 맺게 되었고, 그 후로 점차 번식이 많아져서 다시 남방의 것을 귀하게 여기지 않게 되었다.
>
> 『왕직방시화王直方詩話』

북송 왕직방(1055?~1105)은 윗글에서 이문화가 남방의 은행나무를 처음 북쪽의 서울로 옮겨다 심어서 점차 은행나무가 서울에 널리 퍼졌다고 했습니다. 이문화는 이준욱(李遵勖, 988~1038)인데, 진종眞宗 황제의 매제로서 부마도위駙馬都尉였습니다.

압각자가 강남에서 생산되니	鴨脚生江南
명성과 실질이 어긋나지 않네	名實未相浮
붉은 자루에 넣어 공물로 들여오니	絳囊因入貢

은행이 중주에서 귀하게 되었네	銀杏貴中州
멀리까지 오게 한 여력은	致遠有餘力
호기심 많은 어진 공후 때문이었네	好奇自賢侯
강남의 뿌리를 옮겨다가	因令江上根
이문의 가을에 열매를 맺게 하니	結實夷門秋
처음엔 겨우 서너 알을 땄는데	始摘才三四
금 상자에 넣어 제왕에게 바쳤네	金篋獻凝旒
공경들은 알지 못했고	公卿不及識
천자는 백금으로 사례하였네	天子百金酬
세월이 오래되니 열매가 점차 많아져서	歲久子漸多
주렁주렁 가지 위에 조밀하게 열렸네	累累枝上稠
주인은 객을 좋아하는 것으로 명성이 있는데	主人名好客
나에게 이 구슬을 보내주었네	贈我此珠投
박망후가 옛날에 옮겨 온 것은	博望昔所徙
포도와 안석류였는데	葡萄安石榴
그것들이 처음 왔을 때를 상상하면	想其初來時
그 가치가 이것과 같을 것이네	厥價與此侔
지금은 중국에 두루 퍼져서	今也遍中國
울타리 가와 담장 위까지 흔하네	籬根及牆頭
사물의 성질은 오래되어도 남아있지만	物性久雖在
인정은 시류를 따른다네	人情逐時流
다만 마땅히 그 처음을 소중히 여기니	惟當貴其始
후세에 유래를 알 수 있으리라	後世知來由
이것 또한 사관의 법이니	是亦史官法

압각자 은행나무잎

어찌 부질없이 그대의 노래를 이은 것이겠는가　豈徒續君謳

구양수歐陽脩, 「성유의 시 「이후 댁의 압각자」에 화답하다〔和聖俞李侯家鴨脚子〕」

　　압각자鴨脚子는 은행銀杏의 별칭입니다. 『어제패문제광군방보』에 "은행은 일명 백과白果이고, 일명 압각자이다. 『본초本草』에 '잎이 오리발〔鴨脚〕과 같아서 이름 붙인 것이다'라고 했다. 송나라 초에 처음 공물貢物로 들어왔는데 은행이라고 고쳐 불렀다. 그 모양이 살구와 같고 핵과核果의 색이 하얗기 때문이다. 지금의 이름은 백과이다"라고 했습니다.

　　이문夷門은 전국시대 위나라 도성의 동문東門인데, 여기서는 북송의 도성인 하남성 개봉開封을 말한 것입니다. 박망후博望侯는 한나라 무제 때 서역으로 사신을 다녀온 장건張騫을 말합니다. 장건은 서역에서 포도와 석류를 가져왔다고 합니다. 어진 공후가 은행나무를 강남에서 북쪽으로 가져온 것은 서역에서 포도와 석류를 가져온 것과 같다고 했습니다. 어진 공후는 곧 앞에서 언급한 부마도위 이준욱입니다.

　　이 시는 구양수(1007~1072)가 매요신(梅堯臣, 1002~1060)이 이준옥의 집에 있는 은행을 읊은 시에 화답한 것입니다. 구양수와 매요신이 은행에 대한 시를 동아시아에서 맨 처음으로 읊었던 것입니다.

금성단의 은행나무

한국에서 은행나무는 느티나무 다음으로 보호수로 지정된 나무가 많습니다. 그만큼 오래된 고목이 많기 때문입니다. 한국에서 가장 오래된 은행나무는 경기도 양평 용문산에 있는 용문사의 은행나무로 알려졌는데 그 수령이 대략 1,100년가량 되었다고 합니다. 그러니 은행나무가 한반도로 들어온 것은 고려 시대가 아닌가 싶습니다.

김안국(金安國, 1478~1543)의 시 「용문산기유龍門山紀遊」에 "문 앞 열 아름의 압각수, 돌을 쌓아 대를 이루고 개울가에 임했네〔門前十抱鴨脚樹, 累石爲臺臨澗 邊〕"라고 했습니다. 이로 보면 조선 중기에도 용문산 은행나무가 열 아름이나 되는 거목으로서 유명했음을 알 수 있습니다.

조선 시대에 용문사 은행나무 못지않게 사람들의 특별한 관심을 받았던 은행나무가 경상도 순흥의 금성단錦城壇 은행나무였습니다.

압각수鴨脚樹 : 고을 북쪽 5리 영귀봉靈龜峯 서쪽에 있다. 예부터 전하기를 "흥녕 興寧 옛터에 은행나무 오래된 등걸이 있는데 늙어서 그 연대를 알지 못한다. 주 신재周愼齋의 『죽계지竹溪誌』에서 '압각수'라고 말한 것이 바로 이것이다. 숭정崇 禎 기사년(1629, 인조 7) 사이에 불타고, 다만 남은 반쪽 흰 줄기의 높이가 몇 길 남짓이었는데, 껍질은 벗겨지고 뼈를 드러낸 채 서있은 지가 오래되었다. 일 찍이 어떤 술사術士가 지나가다가 그 줄기를 가리키며 '이 나무가 다시 살아나 면 반드시 순흥부順興府가 회복되리라'라고 했다. 그런데 계미년(1643, 인조 21)부 터 생기가 뿌리에서 올라와서 점차 껍질이 생기고, 잎과 가지가 점점 뻗어 나 와서 사람들이 이상히 여겼다. 그리고 임술년과 계해년(1683, 숙종 9) 사이에는 나무가 이미 무성해졌고, 고을도 비로소 회복되었다"라고 했다. 은행나무는 잎이 오리발 모양과 같아서 '압각수'라고 한 것이다. 지금 금성단錦城壇이 이 나무 동편에 있다.

조덕상趙德常이 지은 「은행수기銀杏樹記」에 "(전략) 영남의 흥주부興州府는 예전 에 죽계竹溪 옆의 영귀봉靈龜峰 서쪽에 있었는데, 읍내 안에 한 그루의 은행나무 가 있었다. 그것을 심은 지가 몇 년이 되었는지는 알 수 없었으나, 한 고을 백 성이 모두 소중하게 보호해온 지 오래이다. 지난 경태景泰 정축년(1457, 세조3)에

금성단 은행나무

대전大田 이보흠李甫欽이 단종端宗의 옛 신하로서 순흥부사가 되었고, 금성대군 錦城大君도 또한 이 고을에 귀양 와서 살았다. 함께 충의忠義로 격려하고 서로 금 환金環을 주고받고, 천명天命과 인심이 이미 정해졌다고 여기지 않고 반드시 옛 임금을 위하여 한 번 죽어서 육신六臣이 남긴 의열義烈을 계승하여 만세에 강상 綱常을 세우려고 했다.

격서檄書를 아침에 기천基川으로 보냈는데 철기鐵騎가 저녁에 죽령竹嶺을 넘어오 니, 한 고을의 개와 닭과 초목까지 모두 30리의 핏물 속으로 들어가게 되었 다. 이에 은행나무도 절로 말라 죽었다. 산천은 슬픈 빛을 띠고 천지는 원통 한 기운에 잠겼으며, 길을 가는 사람은 폐허를 지나면서 상심하고 마을 아이 들은 나무를 껴안고 눈물을 훔쳤다. 감히 잘라서 없애버리려는 사람은 없었 지만, 바람과 비에 부러지고 들불에 타서 껍질은 벗겨지고 속은 비어져서 남 은 것은 다만 두어 길 오래된 뿌리뿐이었다.

일찍이 어떤 노인이 지나가다가 말하기를 '흥주興州 고을이 폐지되어 은행나 무가 죽었으니, 은행나무가 살아나면 흥주가 회복될 것이다'라고 했다. 고을 백성이 그 말에 감개感慨하여 전송傳誦해온 것이 대개 227년이었다. 숙종 신유 년(1681, 숙종 7) 봄에 새 가지가 비로소 뻗어나고 조밀한 잎이 점차 퍼지더니 3 년이 지난 계해년(1683, 숙종 9)에 과연 흥주부興州府를 회복하라는 명이 있었다. 올해 정축년(1757, 영조 33)까지 70여 년이 지났는데 긴 가지와 늙은 줄기가 완 연히 한 그루 교목이 되었다. (중략) 은행나무 아래 세 개의 단壇을 설치하고 금성대군錦城大君, 이보흠李甫欽 및 함께 순사殉死한 분들을 해마다 제사하라는 명 을 내리니, 우리 임금께서 교화를 세운 아름다운 규범은 흥주 고을을 회복시 킨 숙종 대왕의 성대한 일에 필적하는 덕업이다. 두 분의 빛나는 영혼도 또한 은행나무의 생생한 기운과 함께 길이 남아 없어지지 않지 않겠는가. 거듭 이 를 감탄하는 바이다"라고 했다.

안정구(安廷球, 1803~1863)의 『재향지梓鄉誌』 중에서

금성대군(1426~1457)은 세종의 여섯째 아들로서 단종의 복위를 위해 순흥의 인사들과 함께 군대를 일으키려 했으나 실패하고 말았습니다. 그 결과 순흥의 사람들은 물론이고 개와 닭과 초목까지 모조리 죽임을 당하고 그 핏물이 죽계천으로 흘러 30리까지 흘렀다고 합니다. 결국, 순흥 고을은 폐지되고 고을 안의 고목 은행나무는 갑자기 말라 죽고 말았습니다. 이 은행나무에 전설이 붙어서 은행나무가 살아나면 순흥이 다시 회복된다고 했는데 이백 수십 년 후에 은행나무가 다시 살아나자 과연 순흥이 회복되었습니다. 그 후 70여 년 후에는 금성대군이 복권되어 금성단이 세워지고 나라의 제사를 받게 되었습니다. 바로 금성단 앞을 그 은행나무가 지금도 지킵니다. 세조 때 이미 고목이었던 은행나무가 한 번 말라 죽었다가 이백 수십 년 만에 다시 소생하여 지금에 이른 것입니다.

고목의 줄기는 구름을 뚫고 학 둥지를 이고 있는데 古榦凌雲戴鶴巢
몇 번이나 영고성쇠를 겪었던가 가지가 반은 없네 幾經榮悴半無梢
순흥의 옛 문물은 모두 없어졌지만 興州舊物都澌盡
한 그루 은행나무가 의연하게 늙은 교룡 같네 一樹依然似老蛟
황섬(黃暹, 1544~1616), 「옛 순흥의 입각수〔古順興鴨腳樹〕」

황섬은 임진왜란 때 공을 세우고 대사헌까지 지냈는데, 선조의 뜻을 받들어 영창대군을 옹립하려다가 광해군 때 벼슬에서 파직되었습니다. 그의 고향은 지금의 영주시 풍기읍인데, 그가 살았던 당시는 순흥이 폐지되어 풍기 및 인근 고을로 편입된 시기였습니다.

황섭은 이 시의 주석에서 "나이 든 노인들이 전하기를 은행나무가 말라
죽었다가 다시 살아난 것이 몇 번인지 모른다고 했다"라고 했습니다.

백운동에서 밤에 묵고	夜宿白雲洞
제월교를 건너서	行過霽月橋
추운 날 고목을 찾아가려고	寒天尋古木
아침 햇살 속에 새벽 나무꾼을 좇아가네	朝日趁晨樵
죽계의 근원 물줄기는 멀고	竹水源派逈
상전벽해의 세월은 아득하네	滄桑歲月遙
나그네가 지난 일을 물어보니	行人問往躅
시골 노인이 이전 조정의 사건을 말해주네	野老說先朝
압각수에 새싹이 돋아나서	鴨脚抽新蘖
용 비늘이 예전 불탄 둥치를 에워쌌네	龍鱗抱舊燒
영고성쇠의 나랏일과	枯榮邦國事
고을의 흥폐가 동요로 불리네	興廢邑童謠
물성이 어찌 이와 같은가	物性寧如此
천심이 본래 스스로 밝기 때문이네	天心本自昭
맑은 바람은 대낮에 불고	淸飈吹白日
검은색이 푸른 하늘에 올랐네	黛色上蒼霄
밤비에 푸른 이끼가 돋고	夜雨生靑蘚
봄바람에 초록 가지가 자라네	春風長綠條
금성이 위리안치되었던 곳에	錦城栫棘地
찬 그림자가 흔들림을 보네	寒影看搖搖

권만(權萬, 1688~1749), 「금성단을 지나다가 압각수를 찾아갔다〔過錦城壇²訪鴨脚樹〕」

백운동은 지금의 영주시 소수서원이 있는 그 백운동입니다. 제월교는 지금의 영주시 순흥면 죽계리에 있는 선비촌 앞에 있던 다리입니다. 숙종 36년(1710)에 세웠던 '죽계제월교'라는 비석이 지금 소수박물관에 소장되어 있습니다. 제월교는 속칭 '청다리'라고 불리는데 금성대군의 거사가 실패한 후 사건에 관련되었던 수백 명의 순흥 고을 인사들과 그 가족들이 처형당했던 장소라고 합니다.

권만은 봉화 유곡리 청암정靑巖亭 주인이었던 충재沖齋 권벌(權橃, 1478~1548)의 후손으로 양산군수를 지내면서 백성을 위한 치적을 쌓았습니다.

성균관 명륜당 은행나무

서울 명륜동 성균관대 정문을 들어서면 오른편에 공자를 모신 사당인 문묘文廟가 있습니다. 그 명륜당 경내에 은행나무 두 그루가 거대한 체구로 위용을 떨치고 있습니다. 이 은행나무들은 수령이 대략 사백 살이고, 높이는 26미터, 둘레는 12미터 정도인데 임진왜란 때 불타버린 문묘를 1602년에 다시 세울 때 심은 것으로 추정합니다.

『중종실록』과 『신증동국여지승람』에 의하면 중종 14년(기묘, 1519)에 동지성균관사에 임명되었던 윤탁(尹倬, 1472~1534)이 행단杏壇 제도를 모방하여 손수 문행(文杏, 은행) 두 그루를 강당 앞뜰에 심었다고 합니다. 그리고 성균관 학생들을 모아놓고 "뿌리가 깊으면 가지와 잎이 반드시 무성하게 된다"라고 경계시켰다고 합니다. 이때 학생 중에 퇴계 이황도 있었습니다.

행단은 공자가 제자들과 강학을 했다는 장소입니다. 『장자』 「어부편漁父篇」에 "공자가 치유緇帷의 숲에서 노닐 때 행단 위에 앉자 쉬면서, 제자들은 독서하고 공자는 현가絃歌를 부르며 금琴을 연주했다"라고 했습니다. 후세 송나

성균관 은행나무

라 때 이를 근거로 지금의 산동성 곡부曲阜 공자의 사당 대성전大成殿 앞에 행단을 세웠습니다.

그런데 윤탁의 경우에서 보듯 대부분 조선 사람은 행단의 행杏을 은행나무로 인식하였습니다.

운은행溵銀杏은 백과白果라고도 하고, 또 압각鴨脚이라고도 하는데, 잎 모양이 오리발을 닮았기 때문이다. 공자의 묘단墓壇에 이 나무가 있으므로 그곳을 행단이라 한다. 오래 사는 나무다.

조선 허목(許穆, 1595~1682) 「석록초목지石鹿草木誌」

행杏은 도행(桃杏, 복사꽃과 살구꽃)의 행이 아니라, 바로 문행文杏의 행인데, 속칭 은행銀杏이라는 것으로 압각수鴨脚樹이다. 우리나라도 성묘聖廟 뒤 명륜당 앞뜰에 빙 둘러 문행文杏을 심어 놓고 행단이라 일컫는다.

이규경(李圭景, 1788~1856), 「행단杏檀에 대한 변증설」

허목과 이규경은 모두 행단에 심은 나무를 은행나무라고 했습니다. 그러나 몇몇 조선 사람은 여기에 의문을 제기하였습니다.

"공자가 행단 위에 앉았다"라고 했는데, 살펴보니 『사문유취事文類聚』에서는 붉은 살구꽃이라 했다. 반드시 근거가 있을 것이다. 강희맹姜希孟의 시에 "단 위의 살구꽃 붉은 꽃잎이 반쯤 떨어졌네[壇上杏花紅半落]"라고 했다. 어떤 사람은 은행이라고 의심하는데 잘못이다.

이수광, 『지봉유설』

행단杏壇의 설은 본래 『장자莊子』에서 나왔다. 사마표司馬彪는 "행단은 택중澤中의 높은 곳이다"라고 했고, 고정림顧亭林은 "『장자』는 모두 우언寓言이니, 어부漁父라는 사람이 반드시 있었을 리 없고, 행단이란 그 장소가 반드시 있었을 리 없다. 지금의 행단은 곧 송나라 건흥乾興 연간에 공도보孔道輔가 조묘祖廟를 증수增修하고 벽돌로 단을 쌓고 살구나무를 둘러 심고 행단의 명칭을 취해다가 이름을 붙인 것이다"라고 했다. 고정림의 설은 이것뿐이었는데 우리나라 사람들은 잘못 알고서 이에 성묘聖廟의 뒤에 은행나무를 벌려 심어놓고 행단을 상징하였다. 은행은 일명 압각수이고, 일명 평중목平仲木이다. 좌사左思의 「오도부吳都賦」의 주注에 "평중목은 열매가 은색으로 희다"라고 한 것이 그것이다. 어찌 이른바 행단에 심은 것이겠는가? 전기錢起의 시에 "꽃 속에서 스승을 찾아 행단에 이르렀네(花裏尋師到杏壇)"라고 했고, 장저張翥의 시에 "살구꽃 단 위에서 퉁소 소리를 듣네(杏花壇上聽吹簫)"라고 했고, 이군옥李羣玉의 시에 "서로 약속하고 살구꽃 단 안으로 가네(相約杏花壇裏去)"라고 했고, 곧 강희맹姜希孟의 시도 또한 "단 위의 살구꽃 붉은 꽃잎이 반쯤 떨어졌네(壇上杏花紅半落)"라고 했다. 은행이 어찌 꽃이 있겠는가?

정약용, 『아언각비雅言覺非』, 「행단杏壇」

이수광과 정약용이 인용한 강희맹의 시는 다른 책들에서는 소세양(蘇世讓, 1486~1562)이 1533년 지중추부사로 있으면서 진하사進賀使로 명나라 연경에 가서 지은 시라고 했습니다. 소세양의 문집 『양곡집陽谷集』에도 「국자감에 가서 공자 초상을 알현하다(詣國子監謁聖)」라는 제목으로 실려 있습니다.

사마표(?~306)는 서진西晉의 사학가이고, 고정림(1613~1682)은 청나라 고증학자 고염무顧炎武입니다. 전기와 이군옥은 당나라 시인이고, 장저(1287~1368)는 원나라 시인입니다.

중국인들은 역대에 걸쳐 행단의 나무를 살구꽃으로 여기고 은행나무라고는 생각한 적이 없었습니다.

문묘의 땅은 신령하여 송백이 예스럽고　文廟地靈松柏古
강단에 봄기운 따뜻하니 살구꽃 향기롭네　講壇春暖杏花香

명나라 이걸李傑, 「묘릉시廟陵詩」

단 위엔 살구꽃이 붉고　壇上杏花紅
숲 앞엔 수수가 검네　林前洙水黑

명나라 곽정역郭正域, 「성묘를 알현하고 삼가 기록하다〔謁聖廟恭記〕」

단을 두른 붉은 살구꽃이 늘어지게 피고　繞壇紅杏垂垂發
나무에 기댄 흰 구름은 천천히 날아가네　依樹白雲冉冉飛

명나라 요문소姚文炤, 「성묘를 알현하다〔謁聖廟〕」

석양에 새 비가 지나가고　夕陽新雨過
봄 살구꽃이 옛 단에 피었네　春杏舊壇開

청나라 주이존朱彝尊, 「곡부에서 멀리 조망하다. 유중승과 동행했다.〔曲阜遠眺 同劉中丞〕」

명나라와 청나라 때도 공자 사당에는 살구꽃을 심었음을 알 수 있습니다. 그러나 조선에서는 행단의 나무를 은행나무로 알고서 전국의 서원이나 향교 등에 심었습니다. 그래서 지금 지방의 서원이나 향교에는 고목의 은행나무가 많이 있습니다.

조선의 은행나무 시

원래 은행나무의 열매는 은행銀杏, 그 재목은 문행文杏, 그 잎은 압각鴨脚이라 합니다. 재목을 문행이라 한 것은 나무속의 무늬가 있어서 붙인 이름입니다. 무늬가 좋은 은행나무 재목으로 만든 가구나 바둑판은 고가로 평가됩니다.

은행나무의 다른 별칭은 공손수公孫樹라고 합니다. 은행나무는 다른 나무보다 상대적으로 성장이 느린데, 심은 후 30년 정도가 되어야 열매를 수확할 수 있습니다. 그래서 할아버지가 심은 나무의 열매를 손자 때에 딸 수 있다는 의미로 붙여진 이름입니다. 물론 지금은 접목 등의 재배 기술이 발달하여 보다 일찍 열매를 수확할 수 있습니다.

은행나무는 원래 크기가 백 길인데	鴨脚元來長百尋
짧은 줄기를 솔숲 가까이에 옮겨 심었네	寸莖移植近松林
후손들이 그늘에서 쉬고 열매를 먹도록 할 계책이니	憩陰食實兒孫計
물을 주고 뿌리를 배양하려는 노인의 마음이네	灌水培根老子心

최명길(崔鳴吉, 1586~1647), 「압각수를 심다(種鴨脚)」

은행나무는 다 자라면 그 높이가 하늘을 뚫습니다. 그때까지는 오랜 세월이 걸립니다. 그러나 아무리 큰 나무라도 손가락만 한 시절이 있게 마련입니다. 오늘 짧은 줄기를 솔숲 근처에 심었습니다. 언젠가는 웅장한 나무가 될 터이지요. 그러면 후손들이 그 그늘에서 쉬고 열매를 수확할 수 있을 것입니다. 물론 지금 나무를 심는 노인은 그 혜택을 보지 못할 것입니다.

은행잎이 날려 떨어지니 온 땅이 황금색이고	鴨脚飄零滿地金

은행 열매

마당가엔 다시 바람 소리를 얻을 수 없네　　　庭邊無復得風吟

밤이 되니 도리어 성근 그림자를 사랑하여　　　夜來還愛扶疏影

서너 번 배회하니 맑은 뜻이 깊네　　　　　　　三四徘徊淸意深

송시열(宋時烈, 1607~1689), 「압각수를 읊다〔詠鴨脚樹〕」

　　가을을 상징하는 나무 중에 은행나무만 한 것이 있겠습니까? 거리에 쌓인 샛노란 은행잎을 밟고 지나노라면 또 한 해가 저문다는 생각에 누구라도 약간은 비감해지기 마련입니다. 잎이 다 떨어진 은행나무에서는 다시 바람 소리를 들을 수 없습니다. 그러나 달빛에 비친 앙상한 그림자가 도리어 사랑스러워 그 아래를 배회하니 절로 맑은 뜻이 깊어집니다.

뜰 앞에 아름드리나무　　　　　　　　　庭前連抱樹

가지와 줄기가 푸르게 울창하네　　　　　枝幹鬱蒼蒼

황금 탄환을 찬 빗속에서 거두니　　　　　金彈收寒雨

은방울이 저녁 서리에 떨어지네　　　　　銀鈴落晩霜

솥 속에다 푸른 알을 굽고　　　　　　　　錡中炮碧卵

화로 위에 푸른 옥을 꿰어놓았네　　　　　鑪上貫靑瑤

항상 개암보다 높은 자리 차지하고　　　　常居榛子右

잣에게는 어른 항렬이 된다네　　　　　　　於柏丈人行

이응희(李應禧, 1579~1651), 「은행」

　　가을비 속에서 황금 탄알 같은 열매를 수확하는데 은방울이 저녁 서리에 떨어집니다. 솥 안에 푸른 알을 굽고, 화로 위에는 푸른 옥을 꿰어놓았습니다. 은행은 개암보다도 가치를 높이 치고, 잣보다도 낫다고 취급합니다. 이처럼 옛사람들도 은행구이를 즐겼습니다. 그러나 또한 과식하면 생명까지 앗아갈 수 있다는 것을 알았습니다.

우뚝 솟은 늙은 은행나무	亭亭老銀杏
애석하구나 그 짝이 없네	惜哉無其偶
홀로 선 것이 몇 해인지 모르지만	獨立知幾歲
맑은 그늘이 도리어 쇠하지 않았네	淸陰還不朽

김창업, 「은행」

고목의 은행나무가 홀로 서있습니다. 애석하게도 그 짝이 없습니다. 그 연령은 알 수 없는데 맑은 그늘이 조금도 줄지 않았습니다. 마치 도도한 은자와 같습니다.

푸르게 우뚝 솟아 집을 둘러 그늘지니	蒼翠亭亭繞屋陰
고을의 성을 가로막아 형세가 그윽이 깊네	州城遮卻勢幽深
성근 바람 소리가 완연히 행단의 나무 같아서	疎風宛似莊壇樹
요금으로 만고의 마음을 연주하네	一弄瑤琴萬古心

허훈(許薰, 1836~1907), 「압각수」

푸르고 울창한 나무가 집을 온통 에워싸니 고을의 성이 가려서 보이지 않습니다. 마치 깊은 산 속의 집 같습니다. 나무에서 울리는 바람 소리가 완연히 행단의 나무와 같아서, 만고의 마음을 옥으로 장식한 금으로 연주하는 듯합니다. 그 옛날 공자처럼.

나는 이순의 세월을 걸어오면서 전국의 수많은 웅장한 은행나무를 만나

보았습니다. 그래서 전국 여러 곳에 그리운 은행나무가 많습니다. 그러나 20 여 년 동안 성균관대를 드나들면서 보아왔던 명륜당 뜰의 은행나무가 가장 특별한 인연으로 여겨집니다.

치우의 차꼬와 수갑

단풍나무

궁궐의 조경수

봄에는 꽃이 남쪽으로부터 북상하고, 가을이면 단풍이 북쪽에서부터 남하합니다. 단풍은 모든 나뭇잎이 빨강이나 노랑 등으로 물드는 것을 말하지만, 그 중에서도 특히 단풍나무의 단풍을 특정하여 말하기도 합니다.

단풍나무는 단풍나뭇과에 속한 여러 가지 종류의 단풍나무를 지칭하는 통칭입니다. 우리나라의 단풍나무는 주로 제주도와 지리산, 백암산, 대둔산 등 주로 남방에 자생합니다. 잘 자란 단풍나무는 높이가 15미터에 달하고, 둘레도 아름드리로 장엄하게 자랍니다. 4~5월에 좁쌀 같은 꽃들이 무리 지어 피고, 나중에 비행기의 프로펠러 모양의 열매가 열립니다. 여름의 녹음이 좋고 가을의 단풍이 일품이어서 한漢나라 때부터 궁궐의 조경수로서 회화나무와 함께 쌍벽을 이루었던 나무였습니다.

『설문해자説文解字』에 "단풍나무는 두꺼운 잎과 약한 가지가 잘 흔들린다. 한나라 궁중에 많이 심었는데 서리가 내린 후 붉은 잎이 사랑스러워서 풍신楓

宸이라 칭한다. 서리가 내린 후에는 잎이 붉은 것이 사랑스러워서 시인들이 칭송하여 읊은 것이 많다"라고 했습니다.

단풍나무는 우리 주변에서 항상 마주치는 익숙한 나무입니다. 그러나 그 종류를 판별하는 일은 쉽지 않습니다. 중국단풍, 일본단풍, 캐나다단풍 등 이국의 단풍도 우리에게 익숙하게 된 지가 오래되었습니다.

누가 단풍나무를 궁궐에 심었던가	誰栽楓樹向仙庭
일부러 두루 북청 가까이 심어놓았네	作意偏敎近北廳
항상 맑은 달이 머물러 높은 달그림자가 떨어지고	每泊晴蟾層影落
때때로 새가 머물러 고운 노랫소리를 듣네	時留過鳥好音聆
가을엔 어지러운 잎이 서리를 맞아 붉고	秋憐亂葉經霜赤
여름엔 많은 가지가 햇볕을 가리며 푸르네	夏愛繁枝蔽日靑
천상의 관청이 맑아 마땅히 겨를이 많으니	天上官淸應剩暇
너를 위해 시를 지으며 바람 부는 난간에 기대네	尋詩爲尒倚風欞

최립,「단풍나무〔楓〕」

이 시는 최립이 전시殿試에 합격하고 은대(銀臺, 승정원)로 발령이 난 후 명을 받고 지어 올린「은대」시 스무 수 중의 하나입니다.

궁궐 은대 주변에 심어놓은 단풍나무는 달빛을 머물게 하고 고운 새소리를 들려줍니다. 가을엔 단풍의 아름다움을 보여주고 여름엔 녹음의 시원함을 제공합니다. 그러니 공사의 한가한 틈에 단풍나무 시를 짓지 않을 수 있겠습니까?

이처럼 조선의 궁궐에도 단풍나무는 환영받는 조경수였습니다.

치우의 나무

『어제패문재광군방보』에 "단풍나무(楓)는 일명 향풍香楓, 일명 영풍靈楓, 일명 섭섭攝攝이다. 『이아爾雅』에 '단풍나무는 섭섭攝攝이다'라고 했는데, 『한서漢書』의 주注에 '바람이 불면 울리므로 섭攝이라 한다'라고 했다. 『산해경』에 '송산末山이라는 곳이 있어 나무가 산 위에서 자라는데 이름을 풍목楓木이라 한다. 치우蚩尤에게 채웠던 그 차꼬와 수갑을 버린 것이 풍목이 되었다'라고 했다"라고 했습니다.

섭攝은 섭聶과 통하며 낮은 소리로 속삭인다는 의미입니다. 다시 말해 바람에 흔들리는 단풍나무 소리가 속삭이는 말소리 같다는 것입니다.

치우는 신화 속의 인물로서 황제黃帝와 전쟁하다가 포로가 되어 차꼬와 수갑에 채워진 채 여산黎山에서 죽임을 당했고, 그 차꼬와 수갑은 대황大荒에 버려졌는데 단풍나무 숲이 되었다고 전합니다.

치우는 최초로 철기의 창과 방패를 발명한 인물로 동아시아에서 공동으로 전쟁의 신으로 추앙되며, 특히 중국 남방 묘족의 시조로 알려져 있습니다. 우리나라에서도 여러 형태로 전해지는 치우에 관한 문화적 유산이 적지 않습니다.

사람을 닮은 풍인

진晉나라 혜함嵇含의 『남방초목상南方草木狀』에 "오령五嶺 사이에 풍목楓木이 많은데 세월이 오래되면 혹이 생겨난다. 하룻밤에 사나운 천둥과 폭우를 만나면 그 나무의 혹이 3~5척으로 자라는데 풍인楓人이라고 한다. 월越 지역의 무당은 그것을 구해다가 주술을 부리는데 신령과 통하는 징험이 있다. 그것을 구하는

단풍나무

데 법法으로써 하지 못하면 변하여 떠나가고 만다"라고 했습니다.

남조南朝 양나라 임방任昉의 『술이기述異記』에 "남쪽 지역에 풍자귀楓子鬼가 있다. 풍목의 늙은 것이 사람의 형상을 하여 또한 영풍靈楓이라 부른다"라고 했습니다.

남당南唐 담초譚峭의 『화서化書』에 "늙은 단풍나무는 변하여 우인羽人이 된다"라고 했습니다. 우인은 날개가 있는 신선을 말합니다.

당나라 장작張鷟의 『조야첨재朝野僉載』에 "강동江東과 강서江西의 산중에는 풍목인楓木人이 많다. 단풍나무 아래에서 생겨나는데 사람의 형상과 같고 길이는 3~4척이고, 밤에 천둥이 치고 비가 내리면 길이가 나무와 나란히 된다. 사람을 보면 즉시 예전처럼 줄어들었다. 일찍이 어떤 사람이 땅에다 대나무 삿갓을 놓아두었는데 이튿날 대나무 삿갓이 나무 머리 위에 걸려있는 것을 보았다. 가물 때 대나무로 그 머리를 묶고 계제(禊祭, 액운을 떨어버리고자 물가에서 지내는 제사)를 드리면 즉시 비를 내리게 할 수 있다. 사람이 그것을 구해다가 식반式盤으로 만들면 지극히 신험神驗이 있는데 풍천조지楓天棗地가 이것이다"라고 했습니다.

식반은 점복을 행하는 그릇인데, 풍천조지는 식반을 덮개는 단풍나무 혹으로 만들고 받침은 벼락을 맞은 대추나무로 만든 것입니다. 이 풍천조지는 매우 신통력이 있었던 모양입니다. 『병법兵法』에 "풍천조지를 구유에 놓아두면 말이 놀라게 되고, 수레바퀴에 놓아두면 수레가 전복된다"라고 했습니다.

위의 여러 기사에서 보듯이 단풍나무에서 자라난 혹인 풍인은 매우 신비로운 존재인데 후세에는 단풍나무의 별칭이 되었습니다.

동원 안의 풍인은 새 비단옷을 걸쳤고 　　　　　園裏楓人新錦披

밭두둑 가의 탱자는 몇 개의 황금을 드리웠나 　　　陌上枳子幾金垂

상전벽해가 순간의 일인데 　　　　　　　　　桑田碧海須臾事

새 금에 현을 올릴 때를 보지 못했네 　　　　　不見新琴絃上時

김하구(金夏九, 1676~1762), 「병중잡영病中雜詠」

동원 안의 풍인은 단풍이 들어서 새 비단옷을 걸쳐 입은 듯합니다. 밭두둑 가의 탱자 또한 노란 황금 알로 익어서 주렁주렁 매달렸습니다. 계절이 어느덧 가을의 풍경으로 바뀌니 진정 상전벽해가 따로 없습니다. 세월의 흐름은 참으로 순간입니다.

마지막 구에 대해서 시인이 설명하기를 "지난해에 금琴을 수리했는데 아직도 현을 올리지 않았다"라고 했습니다.

김하구는 해남 현령을 지냈으나 모함을 받고 일찍 벼슬에서 물러나 은거했습니다.

만 그루의 노을빛이 위로 하늘에 비추고 　　　　　萬樹霞光上暎天

가을철에 온갖 곡식이 익으니 또 태평세월을 만났네 　秋成又值太平年

이 사람 저 사람 모두 술병과 술통을 들었고 　　　　張三錢七携壺榼

물가 누각과 산의 누대엔 음악 소리 요란하네 　　　水閣山樓鬧管絃

절간엔 먼지 일어 부처 얼굴이 까맣고 　　　　　　蘭若漲塵黳佛面

대나무 가마 지고 험한 곳에 오르느라 승려들 어깨가 붉네 　筍輿登險赬僧肩

늙바탕에 놀러 갈 흥치가 없음이 스스로 가련한데 　自憐衰境無遊興

누워서 울타리 앞 작은 국화의 아름다움을 대하네 　臥對籬前小菊姸

임광택(林光澤, 1714~1799), 「한강 북쪽에서 풍인을 구경하는 사람이 많다는 것을 듣고 장난삼아 시 한 수를 지었다〔聞漢北賞楓人甚多, 戲成一詩〕」

수많은 단풍나무가 노을빛으로 하늘을 비추는 가을에 풍년을 맞아 좋은 세월을 만났습니다. 누구나 할 것 없이 사람들 모두 술병과 술통을 휴대했고, 물가와 산 위의 누대에선 음악 소리가 요란합니다. 바야흐로 단풍을 구경하려는 인파들입니다. 절간에 몰려든 사람들이 일으킨 먼지가 자욱하여 부처님의 얼굴까지 까맣게 먼지로 덮여졌습니다.

가을의 단풍 구경에 권세가가 빠질 리 없습니다. 그런데 이 권세가는 산길을 걸어서 올라갈 생각이 애초에 없습니다. 당시 천민 계급이었던 승려들을 가마꾼으로 차출하여 신선이 구름을 타고 가듯 가마를 타고 산길을 오르며 편안히 단풍 구경을 만끽합니다. 이런 악폐 때문에 금강산 같은 명산에 있는 절들의 승려들은 종종 가마를 매야 하는 중노동의 곤욕을 당하곤 했습니다.

시인은 늙어서 단풍 구경은 감히 바랄 수 없습니다. 대신 울타리 가의 작은 국화를 바라볼 따름입니다.

임광택은 중인 출신으로 사복시 서리를 지냈습니다. 시에 뛰어나서 여항 시인으로서 명성이 있었습니다.

꽃보다 아름다운 단풍

봄에는 온갖 화려한 꽃들이 대지를 수놓습니다. 그 꽃들을 찾는 상춘객賞春客이 전국의 방방곡곡에 넘쳐납니다. 그런데 가을의 단풍을 구경하려는 상추객賞秋客 또한 상춘객에 못지않습니다. 가을의 그런 풍경은 옛날에도 마찬가지였습니다.

먼 언덕엔 행렬을 이루지 않은 나무들이　　　　　　遠岸無行樹

서리를 맞고 반쯤 붉었네　　　　　　　　　　　　經霜有伴紅

배를 세우고 좋은 시구를 얻어	停船披好句
낙엽에다 적어서 강가 단풍나무에게 보내네	題葉贈江楓

전기錢起, 「강행江行」

나그네는 배를 타고 강 길을 가고 있습니다. 먼 강가 언덕에는 행렬은 이루지 않은 듬성듬성한 나무들이 서리를 맞고 반쯤 붉게 물들었습니다. 이 가을의 풍광이 너무 좋아서 배를 멈추고 좋은 시구를 지었습니다. 낙엽에다 시를 적어서 단풍나무에게 보냈습니다. 그 내용이 자못 궁금합니다.

전기의 생애는 상세하게 전해지지 않습니다. 현종 천보天寶 연간 751년에 진사에 합격하고 고공원외랑考功員外郎 등을 지냈습니다. 대력(大歷, 766~779) 연간에 활약한 저명한 시인이었습니다.

멀리 한산에 오르니 돌길이 가파르고	遠上寒山石徑斜
흰 구름 깊은 곳엔 인가가 있네	白雲深處有人家
수레 멈추고 단풍 숲 저묾을 앉아서 사랑하는데	停車坐愛楓林晚
서리 맞은 잎이 이월의 꽃보다 더 붉네	霜葉紅於二月花

두목(杜牧, 803~852), 「산행山行」

한산은 지금의 하북성 형태시邢台市 풍경구風景區에 있는 산 이름입니다. 한산에 올라 가파른 돌길에서 바라보니 흰 구름 속에 인가가 있습니다. 수레를 멈추고 저무는 단풍 숲을 완상하는데 서리 맞은 잎이 이월 봄날의 꽃보다도 더 붉습니다.

두목은 이상은李商隱과 함께 만당晚唐 시기를 대표하는 시인이었습니다.

붉은 단풍

강가 단풍나무는 스스로 무성하여	江楓自翁鬱
소나무와 대나무와 힘을 다투지 않네	不競松筠力
한 이파리가 어부 집에 떨어지니	一葉落漁家
석양에 가을 색을 띠네	斜陽帶秋色

성언웅成彦雄, 「강가의 단풍나무〔江上楓〕」

강가의 단풍나무는 소나무와 대나무처럼 겨울의 추위를 이겨낼 생각이 없습니다. 만물에는 만물 각자의 분수가 있는 것입니다. 어부의 집에 떨어진 단풍잎이 석양에 가을의 색을 띠고 있습니다.

성언웅은 남당南唐에서 진사에 합격했고, 대략 960년경에 생존하였던 시인입니다.

노랑 빨강 자주 초록이 바위산 위에 있고	黃紅紫綠巖巒上
멀고 가깝고 높고 낮은 곳은 솔밭과 대숲 안이네	遠近高低松竹間
산색이 아직 가을 기운으로 늙지 않아서	山色未應秋後老
단풍나무는 바야흐로 동안을 머물러두었네	靈楓方爲駐童顔

조성덕趙成德, 「홍엽紅葉」

같은 종류의 나무라도 단풍의 색은 여러 가지입니다. 잎 속의 엽록소와 여러 색소의 함량에 따라서 그 단풍의 색이 달라집니다. 지금 바위산 위에는 여러 색들이 뒤섞여있고, 주변에는 솔밭과 대밭이 펼쳐졌습니다. 산색은 아직 가을 기운이 무르익지 않았습니다. 그래서 단풍나무는 여전히 초록의 동안을 유지하고 있습니다. 홍엽紅葉은 단풍과 단풍나무를 지칭하는 시인들의 상투어였습니다.

조성덕은 생애가 알려지지 않았습니다.

강은 쓸쓸히 낙엽 지고 기러기 슬피 우는데 　　江空木落雁聲悲

서리가 단풍에 내려 모든 초목이 시들었네 　　霜入丹楓百草萎

호랑나비는 자신이 꿈속에 있는 줄 모르고 　　蝴蝶不知身是夢

또 봄의 색을 따라 찬 가지로 오르네 　　　　又隨春色上寒枝

주정암朱靜庵, 「가을날 나비를 보다(秋日見蝶)」

　　강은 텅 비어 쓸쓸한데 낙엽은 지고, 계절을 알리는 기러기가 북녘에서
와서 슬피 웁니다. 찬 서리가 내려 단풍이 들고 모든 초목은 시들었습니다. 조
만간 겨울이 올 터이지요. 그런데 호랑나비는 자신이 꿈속의 몸인지도 모르고
단풍잎을 꽃으로 착각하여 찬 가지로 날아오릅니다. 아직도 봄날의 몽상에서
깨어나지 못한 듯합니다. 『장자』에 의하면, 장자莊子가 호랑나비 꿈을 꾸었는
데 꿈을 깨고 난 후 자신이 호랑나비의 꿈을 꾸었는지, 아니면 호랑나비가 자
신의 꿈을 꾸었는지 정신이 몽롱하였다고 했습니다.

　　주정암은 이름은 묘단妙端이고, 정암은 그녀의 자입니다. 광택 학유光澤學諭
주제후周濟後의 부인이었습니다.

한국의 단풍나무 시

고려와 조선에서도 단풍나무를 사랑하여 시문으로 남겨놓은 문인이 많았습
니다. 그 작품들은 다 거론할 수 없을 지경입니다.

욕수(가을의 신)가 처음 안절을 나서니 　　　蓐收初按節

붉은 잎이 산 얼굴을 비추네	賴葉映山顔
서리 기운은 새벽과 저녁에 무겁고	霜氣晨昏重
가을 숲엔 비단 수가 펼쳐졌네	秋林錦繡班
석양엔 밝게 뚜렷하게 보이고	斜陽明歷歷
높은 곳을 바라보면 둥글둥글하네	高處望團團
비로소 믿겠도다 번천자가	始信樊川子
수레 멈추고 앉아서 사랑스럽게 본 것을	停車坐愛看

김수온, 「밝은 햇살이 비추는 단풍〔映日丹楓〕」

안절은 관찰사와 같은 지방관으로 나가는 것을 말합니다. 때는 바야흐로 가을이 무르익어 서리 기운이 아침저녁으로 짙고, 가을 숲에는 비단 수가 펼쳐졌습니다. 단풍은 석양빛에 비치어 더욱 뚜렷이 보이고, 높은 곳엔 단풍나무들이 둥글둥글 모였습니다. 비로소 믿겠습니다. 번천자가 수레를 멈추고 황홀하게 단풍 구경을 했다는 사실을. 번천은 당나라 두목의 호입니다.

김수온은 세종 때 집현전 학사였는데, 나중에 세조 정권에 참여하여 여러 요직을 지냈습니다.

담 아래 두 그루 단풍나무	墻底雙楓樹
이월의 꽃보다 더 붉네	紅於二月花
깊은 가을에 모두 삭막한데	深秋俱索莫
너희는 봄꽃을 대적할 만하네	爾可敵春華

정수강(丁壽崗, 1454~1527), 「단풍나무를 읊다〔詠楓樹〕」

담장 아래 두 그루의 단풍나무가 있는데 지금 이월의 꽃보다 더 붉게 물들었습니다. 만물이 시들어가는 삭막한 가을에 단풍잎은 봄철의 꽃들을 대적할 만합니다. 제2구는 또한 당나라 두목의 「산행」 시구를 빌려온 것입니다.

정수강은 조선 초에 대사헌과 병조 참판 등을 지냈습니다.

푸르고 푸른 골짜기 입구의 산	蒼蒼谷口山
위엔 푸른 단풍나무가 있네	上有靑楓樹
때때로 맑은 구름이 일다가	有時起晴雲
갑자기 산머리의 비가 되네	忽作山頭雨

이달(李達, 1539~1612), 「풍악의 맑은 구름(楓岳晴雲)」

풍악은 금강산의 별칭입니다. 가을의 단풍이 뛰어난 데서 붙여진 이름입니다. 금강산 입구에 푸른 단풍나무가 있습니다. 시절이 아직 가을이 되지 않은 듯합니다. 산봉우리에서는 맑은 구름이 일어났나 싶었는데 갑자기 산꼭대기에 비를 뿌립니다.

이달은 조선 초에 예문관 대제학을 지낸 이첨李詹의 후손이었으나, 본인은 관기의 아들로 태어난 서자여서 생애가 불우했습니다. 그는 시인으로서 명성이 있었는데, 당시唐詩 풍에 뛰어났고, 허균과 허난설헌의 시 선생이었습니다.

이 노인은 단풍나무를 좋아하는데	此老愛楓樹
스님을 만나 한 뿌리를 청하였네	逢僧乞一根
채취해 온 것이 겨우 한 달 만인데	採來纔閱月
작은 줄기는 간신히 담을 넘네	小幹僅過垣
안색을 비추려고 물가에 심어놓고	照色栽臨水
그늘을 맞이하려 추녀 가까이 이르게 했네	邀陰就近軒

「회모작희」, 홍림, 조선, 간송미술관 소장

오는 가을엔 백발을 읊으며 　　　　　　　　　來秋吟白髮

찬란한 붉은 동산에서 크게 취하리라 　　　　　大醉爛紅園

이호민(李好閔, 1553~1634), 「금년에 단풍이 물든 것이 사람들 모두가 가장 곱다고 하였다. 나는
병이 들어 산으로 나갈 수 없으니 어찌 볼 수 있겠는가? 하루는 삼각산의 승려 홍인이 시를 구하려고
왔다. 내가 장난삼아 말하기를 "스님께서 단풍나무를 채취해다 준다면 내가 시를 읊어드리겠소"라고
했다. 수일이 지난 후에 과연 단풍나무를 가져와서 집 모퉁이에다 심고 약속대로 시를 지어 주었다
〔今年楓染, 人皆稱最鮮. 僕病未出山, 何以見之. 一日, 三山僧弘印求詩至, 僕戲之曰, "師能採楓至, 吳
詩可賦." 越數日, 果以楓來, 種之堂隅, 如約賦詩云.〕」

단풍나무를 좋아하여 삼각산에 거주하는 스님에게 시를 지어주고 단풍
나무와 바꾸었습니다. 삼각산은 북한산인데, 가을의 단풍으로 도성에서 유명
한 곳이었습니다.

　　이호민은 임진왜란 때 의주까지 선조를 호종하였고, 명나라에 가서 외교
활동을 수행하는 등 공이 있었습니다. 또한, 시인으로서도 명성이 높았습니다.

온 산의 단풍나무 숲 속에 　　　　　　　　　千山楓樹裏

한 빈 누대에서 기거하네 　　　　　　　　　臥起一虛樓

짙고 옅은 각종의 색이 생겨나니 　　　　　　深淺各生色

번화하여 가을인 줄 믿지 못하겠네 　　　　　繁華不信秋

서리 내려 남은 초록을 비추고 　　　　　　　霜來餘綠映

맑은 개울엔 어지러운 붉은 잎들이 흘러가네 　溪淨亂紅流

이 광경을 누가 묘사해낼 수 있겠는가 　　　　此境誰能寫

새 시로 이별의 슬픔을 짓네 　　　　　　　　新詩作別愁

오원(吳瑗, 1700~1740), 「단풍나무〔楓樹〕」

단풍나무 숲 속의 누대에서 생활하니, 단풍이 온갖 색깔의 꽃들만 같아서 가을인 줄 깨달을 수 없습니다. 서리 속에 남은 초록색이 보이고, 붉은 잎들은 미련 없이 맑은 개울물에 떠내려갑니다. 그래서 시를 지어 이별의 슬픔을 표명합니다.

오원은 영조 때 정시문과 장원으로 합격하였고, 나중에 부제학 등을 역임했습니다.

한강 이북에 단풍나무가 많으니	惟漢以北多楓樹
천 그루 만 그루 셀 겨를이 없네	千樹萬樹不暇數
흡사 부상에서 아침 해가 떠오르듯	恰似扶桑初日出
하늘에 비치는 자색 기운이 어지럽게 내달리고	燭天紫氣紛馳騖
또 도원에 봄비 내린 후	又如桃源春雨後
산에 이어진 붉은 놀이 빛을 삼키고 토하는 듯하네	連山紅霞光呑吐
본래 타고난 성질이 암석에 적합하여	自是素性宜巖石
철 늦은 경치가 서리와 이슬에 젖은 것이 사랑스럽네	可愛晩景憑霜露
열두 절간의 삼천 세계가	十二仙陀三千界
산의 앞과 뒤에 한 색으로 펼쳐졌네	山前山後一色鋪
가을이 오니 골짜기마다 사람들이 구름처럼 모여	秋來谷谷人如雲
현을 타고 피리를 불며 시구를 찾네	彈絲吹竹復詩句
나는 가을 산을 너무도 좋아하여 괴로운데	苦我最有秋山癖
오가며 몇 벌의 신발을 소비했던가	往來費却幾兩屨
오늘은 병이 있어 바람을 쐴 수 없어서	今日有疾不可風
벗과의 좋은 약속에 달려갈 수 없었네	故人佳約未能赴
누가 한 나무를 그림으로 그려 왔던가	有誰畵得一樹來

나를 위해 은근히 그림을 부쳐주었네 　　　　　　爲我慇懃寄約素

한 번 보니 안목을 밝힐 수 있고 　　　　　　　　一見可以明眼目

두 번 보니 폐부를 맑게 할 수 있고 　　　　　　再見可以淸肺腑

세 번 보니 몸이 이 나무로 변하여 　　　　　　三見身與此樹化

의연히 흰 구름 속 누대 아래에 있네 　　　　　依然白雲臺下住

박윤묵(朴允默, 1771~1849), 「한강 북쪽의 단풍나무 노래(漢北楓樹歌)」

　　한강 이북은 주로 북한산을 지칭하는 말입니다. 부상扶桑은 전설 속의 동해에 있다는 신목神木인데 해가 뜨는 장소라고 합니다. 도원은 상상 속의 무릉도원입니다. 울긋불긋 물든 단풍의 색이 아침 햇살의 상서로운 자색과 선경의 붉은 노을빛 같습니다. 단풍나무는 원래 타고난 성품이 고고하여 암석에 적합하고, 서리와 이슬에 젖은 가을 풍경이 사랑스럽습니다. 절간마다 단풍이 들었고, 골짜기마다 단풍을 구경하려는 인파가 넘칩니다. 풍악이 울리고 시인·묵객들이 시구를 찾습니다. 그런데 시인은 마침 병에 걸려서 벗들과의 단풍을 구경하자는 약속을 저버리고 말았습니다. 다행히도 유독 가을 산을 좋아하는 시인의 취향을 헤아린 벗이 있어서 단풍나무 한 그루를 그림으로 그려서 부쳐주었습니다. 들여다보고 또 보노라니 안목이 밝아지고, 폐부가 맑아지고, 마침내 시인의 몸은 단풍나무로 변하여 흰 구름 속 누대 아래에 있게 되었습니다.

점점 아름다운 지역으로 들어가니 　　　　　　　漸漸入佳境

기묘한 모습을 공연히 스스로 깨닫네 　　　　　奇奇空自知

깊은 경치를 찾는 것을 어찌 서두를 것인가 　　冥搜何用速

그윽한 곳에서 쉬려고 일부러 지체하네 　　　幽憩故持遲

석장에겐 마땅히 먼저 절하고	石丈宜先拜
풍인과는 나중을 기약하네	楓人與後期
끝내 진경을 묘사하기 어려우니	終難寫眞景
늙은 나는 시를 없애고자 하네	老我欲無詩

박윤묵, 「장안사로 향하는 도중에[向長安寺道中]」

장안사는 금강산에 있는 신라 진흥왕 때 창건된 큰 절간입니다. 금강산

물 위의 단풍나무 잎

은 안으로 들어갈수록 일만 이천 봉의 기기묘묘한 모습이 시야를 황홀하게 합니다. 석장은 바위의 존칭입니다. 송나라 미불米芾은 기괴한 바위를 좋아하여 괴석을 만나면 예를 갖추고 절을 올렸다고 합니다. 그리고 항상 괴석을 석장이라고 높여 불렀다고 합니다. 풍인은 단풍나무의 별칭입니다. 금강산은 가는 곳마다 진경인데 시로 묘사할 수가 없습니다. 차라리 시를 짓지 않는 것이 더 나을 듯합니다.

박윤묵은 정조正祖에게 지우를 받았고, 지방관으로 선정을 베풀었고, 시와 글씨로 명성이 있었습니다.

단풍나무는 봄에는 초록색이 아름답고 가을에는 붉게 물든 잎이 처연한 미를 느끼게 합니다. 우리는 봄부터 가을까지 변해가는 단풍을 보면서 거역할 수 없는 계절의 순환을 새삼 절감하게 됩니다.

노무라단풍은 홍단풍의 일종인데 일본 노무라 씨가 단풍나무의 유전자를 변형해 처음부터 그 잎을 붉게 나도록 한 것입니다. 그러니 노무라단풍은 봄부터 붉은 단풍잎을 달고 나와서 가을까지 변화가 없습니다. 노무라 씨는 무슨 의도로 이런 단풍나무를 개발하였는지? 계절의 변화를 보여주지 못하는 이 단풍나무를 개인적으로 항상 유감스럽게 생각합니다.

풀도 아닌 것이 나무도 아닌 것이

대나무

충신의 화신, 대나무

지난날을 돌이켜보면 내 주변에는 항상 대나무가 있었습니다. 외가의 남새밭과 후원에는 울창한 왕대와 시누대밭이 있어서 그 대나무들을 잘라 여러 장난감(낚싯대·피리·활·화살·물총·딱총·스키·방패연)을 손수 만들었지요. 그리고 각종 생활도구(평상·의자·베개·모자·조리·키·바구니·다과상·상자·자·참빗·발) 역시 모두 대나무 제품이었습니다. 또한 봄과 여름에는 왕대의 죽순을 캐어 초고추장에 무쳐 먹고 나머지는 염장하여 겨울철의 별미로 먹었지요. 이처럼 우리가 일상에서 유용하게 사용하는 대나무는 일찍부터 고대인들의 생활 속에 있었습니다.

길고 가는 대나무 낚싯대로	籊籊竹竿
기수에서 낚시했었네	以釣于淇
어찌 그것을 생각하지 않겠는가만	豈不爾思

대나무

멀어서 이를 수가 없다네   遠莫致之

『시경』, 「위풍衛風 · 죽간竹竿」

아리따운 긴 대나무   便娟之修竹兮

강가에서 자라네   寄生乎江潭

위는 우거져서 이슬을 막고   上蔽菱而防露兮

아래는 쏴아쏴아 바람을 보내네   下泠泠而來風

누가 그 화합하지 못함을 아는가   孰知其不合兮

대나무와 측백의 속이 다른 것과 같네   若竹栢之異心

지나간 것은 미칠 수 없는데   往者不可及兮

오는 것도 기다릴 수 없네   來者不可待

동방삭, 「칠간七諫 · 초방初放」

　　『시경』에 실린 시에서는 시집온 여인이 친정을 그리며 고향의 기수에서 대나무 낚싯대로 낚시하던 일을 추억하고 있습니다. 한나라 문인 동방삭은 대나무를 왕과 화합하지 못하고 강담江潭으로 추방당한 굴원에 비유하였습니다. 즉 대나무를 절개 있는 충신의 화신으로 노래한 것입니다. 그러니 후세 사군자로 편입된 대나무의 절개 있는 군자의 이미지는 이미 오래전에 형성된 것입니다.

대나무의 붉은 반점

전설에 따르면 고대의 제왕 순舜이 남방을 원정하던 도중에 죽어서 창오蒼梧의 들에다 장례 지냈는데, 그의 두 왕비인 아황娥皇과 여영女英이 쫓아와서 소상강의 대숲에 피눈물을 뿌리고 강에 투신하여 죽었다고 합니다. 두 왕비는 상수의 신이 되었는데, 이를 상비湘妃 혹은 상부인湘夫人이라 부릅니다. 그리고 그들이 뿌린 피눈물이 대나무에 붉은 반점으로 얼룩졌는데, 이를 반죽班竹 혹은 상비죽湘妃竹이라 불렀다고 합니다. 이 전설은 후대에 많은 시문의 소재가 되었습니다.

창오의 가을 깊고 상수는 찬데	蒼梧秋深湘水寒
학 울음 처량히 끊기고 원숭이 소리도 그쳤네	鶴唳凄斷猿聲乾
남쪽으로 원정한 제왕이 돌아오지 못하니	南遊帝子歸不得
두 왕비는 원수와 상수 사이에서 영락하였네	二妃零落沅湘間
강변엔 천고의 대나무 울창한데	江邊千古竹猗猗
통곡하며 맑은 눈물 어찌 그리 흘리었나	哭向清涕何潸潸
첩의 마음 죽더라도 당연히 바뀌지 않을 것이고	妾心雖死當不移
첩의 몸은 기꺼이 파도를 따라갔네	妾身宜愛隨波瀾
공연히 피눈물을 차군에 붙여놓아	空將血淚寄此君
만 줄기 푸름이 찬란한 반점을 이루었네	萬竿蒼翠成爛班
미풍이 빙철 같은 소리를 불어 흩뜨리고	微風吹散響氷鐵
밝은 해는 푸른 낭간을 밝게 비추네	白日光照靑琅玕
영령이 오열하는 만고의 땅에	英靈嗚咽萬古地
눈물 흔적 남기어 천 년 동안 보게 하네	淚痕留與千年看
객이 와서 공연히 죽지가를 읊조리고	客來空吟竹枝歌
석양의 장적 소리에 군산에서 수심 짓네	夕陽長笛愁君山

민제인, 「반죽班竹」

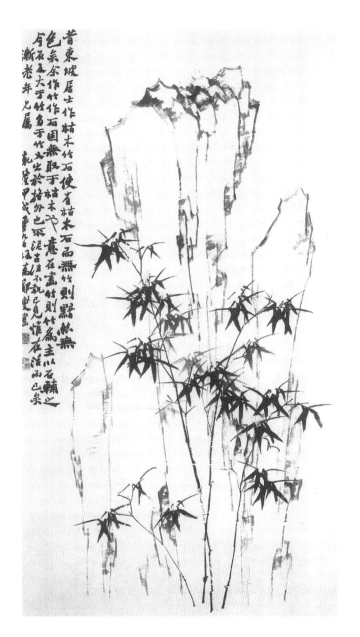

「대나무」, 정섭(1693~1765), 청나라 양주팔괴 중의 한 사람.

나물로도 먹는 죽순

조선 중기의 문신 민제인閔齊仁의 시입니다. 시에서 언급한 차군此君은 대나무의 별칭입니다. 진나라 왕휘지가 일찍이 남의 집을 빌려서 살면서 즉시 집안에 대나무를 심게 하였는데, 어떤 사람이 그에게 그 이유를 묻자, "하루라도 이 군자此君가 없다면 어떻게 살겠는가"라고 하였다고 합니다. 대나무를 너무 사랑한 나머지 차군이라고 인격화한 것입니다. 이후 차군은 대나무의 별칭이 되었습니다. 낭간琅玕은 푸른 옥으로서 대나무의 푸름을 형용하다가 또한 대나무의 별칭이 되었습니다.

시의 마지막 두 구절은 당나라 유우석劉禹錫의 시「소상신瀟湘神」과 전기錢起의 시「상령고슬湘靈鼓瑟」을 언급한 것입니다. 두 시 모두 상비의 슬픈 전설을 노래한 것입니다.

상수의 반죽 이야기는 신기한 이야기라고 할 수 있는데, 이에 못지않은 신기한 대나무 이야기가 우리 땅에도 많았습니다. 신라 때 "임금님의 귀는 나귀 귀와 같다"고 입바른 소리를 외쳐대다가 베어져버린 대숲 이야기와 동해의 용에게서 받은 신비한 대나무로 만든 만파식적萬波息笛 이야기는 참으로 신기한 전설인데, 후세의 시문에서 유행하지 못한 것은 유감입니다.

말 없는 죽부인

죽부인은 더위를 피하기 위해 대나무로 만든 침구의 이름입니다. 당나라 때까지는 죽부인이란 이름은 없었고 죽협슬竹夾膝 혹은 죽궤竹几라고 하였습니다. 송나라에 와서 죽부인이란 이름이 비로소 붙여졌는데 그것은 다음 시에서 비롯되었습니다.

평생 좋은 물건이 천진을 어지럽혔는데　　　　　平生長物擾天眞

늙어서 전원에 돌아오니 이 한 몸뿐이네	老去歸田只此身
나에게 동행한 지팡이를 남겨주니	留我同行木上座
그대에게 말없는 죽부인을 주네	贈君無語竹夫人
다만 가을 부채를 따라 해마다 남아 있으리니	但隨秋扇年年在
경지와 다투지 않아도 밤마다 새롭네	莫鬪瓊枝夜夜新
우습구나 황당한 옥천자여	堪笑荒唐玉川子
모년에 식구들과 친한 것 같네	暮年家口若爲親

소식, 「죽궤를 사수재에게 보내다〔送竹几與謝秀才〕」

소식은 종래의 '죽궤'를 죽부인으로 불렀는데, 소문사학사蘇門四學士 중의 한 사람인 장뢰張耒는 「죽부인전」을 남겼으며, 황정견은 죽부인이란 이름은 적당하지 않다며 '청노靑奴'라는 새로운 이름을 지었습니다.

대나무는 본래 장부에 비하였으니	竹本丈夫比
참으로 아녀자가 가까이할 것이 아니네	亮非兒女隣
어찌하여 침구로 만들어서	胡爲作寢具
억지로 이름을 부인이라고 불렀는가	强名曰夫人
나의 어깨와 팔을 괴어서 평온하게 하고	揩我肩股穩
나의 이불 속으로 들어와 가까이하네	入我衾裯親
비록 밥상을 눈썹까지 받들지는 않지만	雖無擧案眉
다행히 침석을 모시는 몸이 되었네	幸作專房身
발 없이 분주한 상여와 같고	無脚奔相如
말없이 간언한 백륜과 같네	無言諫伯倫
조용하여 나에게 가장 알맞으니	靜然最宜我

「설죽도」, 유덕장, 조선, 고려대학교박물관 소장

순제이비지묘虞帝二妃之墓, 중국 호남성 동정호 군산에 있다. 순제는 순임금이고, 이비는 요임금의 두 딸로 순임금의
왕비가 된 아황과 여영이다. 순임금이 죽자 아황과 여영은 대나무에 피눈물을 흘리고 소상강에 투신하여 신이 되었는데
상비라고 한다. 그 피눈물에 물든 대나무는 소상반죽이라 한다.

난정 기념비이다. 중국 절강성 소흥의 난저산에 있다. 동진 때의 명필 왕희지와 왕헌지 부자가 노닐던 곳인데, 왕희지가
난정서蘭亭序를 이곳에서 썼다. 특히 대숲으로 유명한 곳이다.

푸른 파가 무성하여 삼엄하게 묶어놓았는가	靑芻扶踈森似束
백 번을 눈 비비고 바라보아도 대나무네	百回拭眼看是竹
남은 봄 깊은데 비단 포대기가 풀리니	殘春宿篠解錦繃
한 기운 서늘하게 한옥이 흔들리네	一氣凄凜搖寒玉
분명히 푸른 피가 뿜어져 마르지 않았으니	分明碧血噴未乾
점점이 흩어져 푸른 낭간이 되었네	點點灑作靑琅玕
귀신이 되어 적을 죽이겠다던 장저양이나	爲厲殺賊張睢陽
환생하여 오랑캐를 물리치겠다던 문문산이 되지 않고	復生剿胡文文山
공연히 대나무로 변하여 일을 구제하지 못하고	空然化竹不濟事
이 한을 천지간에 헛되게 남겨두었네	此恨空留天地間

황현, 「혈죽」

매천 황현의 시 「혈죽」입니다. 시의 자주에 "민충정공 영환이 순의殉義한 이듬해 4월에 영정이 있는 후헌에서 대나무가 자라났다. 그곳은 그가 자재自裁한 칼과 피 묻은 옷을 소장한 장소다. 대개 네 떨기 아홉 줄기에 서른세 닢의 댓잎이 달려 있었다"라고 적어놓고 있습니다. 장저양張睢陽은 당나라 안록산의 난 때 저양성에서 수개월 동안 적도의 대군과 싸우다가 피살된 장순張巡이고, 문문산文文山은 금나라의 침공을 받아 송나라가 멸망할 때 옥중에서 끝까지 저항하다가 「정기가正氣歌」를 읊조리고 피살된 문천상文天祥입니다.

황현은 혈죽으로 환생한 민영환의 충절을 기리면서도 "공연히 대나무로 변하여 일을 구제하지 못하고, 이 한을 천지간에 헛되게 남겨두었네"라 하며 어찌 하필 대나무로 환생하여 원한을 헛되게 남기게 되었느냐고 되묻고 있습니다. 어쨌든 이 당시 다른 많은 지사들도 저마다 '혈죽 시'를 남겼습니다. 한편 황현은 한일합방 때 비분을 참지 못하고 「절명시」를 남겨놓고 음독 자결

차밭의 대숲

하필 서시의 찡그림을 바랄 건가　　　　　　　何必西施嚬

이규보, 「죽부인」

　　이규보는 조용한 죽부인은 천하의 국색인 서시보다 낫다고 하였습니다. 한편 고려의 학자 이곡은 「죽부인전」을 지어서 대나무의 덕을 칭송하였는데 한번 읽어볼 만한 글입니다.

핏자국 선명한 대나무가 자라나

1905년 을사년 왜놈들의 총칼의 협박 아래 을사늑약이 불법으로 체결되자 조야의 수많은 지사들이 울분을 참지 못하고 스스로 목숨을 끊어 민족의 정기를 밝혔습니다. 그 가운데 당시 외척의 핵심 세력이었던 민영환도 있었습니다. 그런데 이듬해 민영환의 영정을 모셔놓은 대청마루에서 핏자국이 선명한 대나무가 자라나 그의 혼령이 화한 것이라고 하여 세상 모두가 놀랐습니다. 이를 계기로 민중의 항일의식이 고취되자 왜놈들은 당황하여 소문을 잠재우고자 동분서주하였습니다.

대나무가 허공에 뿌리 내리고 흙에다 뿌리 내리지 않으니　竹根於空不根土
충의가 하늘에 근거하였음을 알겠네　　　　　　　　　　認是忠義根天故
산하가 빛을 바꾸니 오랑캐들 놀라서 눈을 치켜뜨고　　　山河改色夷虜瞠
성인은 이 소식을 듣고 비처럼 눈물 흘리네　　　　　　　聖人聞之淚如雨
네 떨기 아홉 줄기 푸름이 들쭉날쭉한데　　　　　　　　四叢九幹綠參差
서른세 닢의 이파리 어찌 그리 무성한가　　　　　　　　三十三葉何猗猗
(중략)

하였습니다.

이 민영환이 혈죽으로 화한 이야기는 결코 전설이 아닙니다. 혈죽은 지금 고려대 박물관에 보관되어 있습니다. 모두 네 줄기인데 각각의 길이가 대략 49센티미터라고 합니다. 자결한 민영환은 충정공이 되어 만고의 충신으로 알려져 있는데, 동학농민운동을 이끌다 붙잡혀 죽은 전봉준은 중앙 탐관오리의 대표적 인물로서 민영환, 민영준, 고영근 등을 손꼽았다고 합니다. 과연 역사적 진실은 무엇인지요?

대나무가 열매를 맺으면

대나무는 볏과 식물에 속하지만 풀이 아닙니다. 그렇다고 그 생태상 침엽수나 활엽수 가운데 어떤 나무로도 분류할 수 없습니다. 대나무는 다만 대나무일 뿐입니다. 대나무도 분명 꽃이 피며 열매도 맺습니다. 세간의 말에 따르면 대나무 꽃은 60년마다 핀다고 하며, 꽃이 피면 말라 죽어버리는데 이를 '개화병'이라고 부른다고 합니다. 나는 개화병에 걸려서 누렇게 말라 죽어버린 대숲을 많이 보았습니다. 그리고 말라 죽은 나무 끝에 달려 있던 커다란 나락 같은 죽실竹實도 여러 번 보았습니다. 『지봉유설』에는 죽실에 대한 다음과 같은 흥미로운 기사가 실려 있습니다.

『남양잡기南陽雜記』에 보면 "태종조 때 강릉 대령산의 대나무가 열매를 맺었는데 보리와 같고, 속알이 율무와 같으며, 맛은 중국 기장과 같았다. 마을 사람들이 이것을 따다가 술과 밥을 해 먹는다"고 하였다. 요새도 남쪽 지방과 지리산에는 대나무 열매가 많이 열리는데 그 모양이 『잡기』에 써 있는 말과 같다. 그 지방 사람들이 이것으로 밥을 지어 먹는다. 하지만 대나무가 열매를

소상반죽瀟湘斑竹, 중국 호남성 동정호洞庭湖 군산群山에 있다.

맺으면 이내 죽는다. 그런 이유로 지금 남쪽 지방에는 큰 대가 전혀 없다.

이수광, 『지봉유설』 (하) 중에서

전설 속 새인 봉황은 오곡을 먹지 않고 대나무 열매[죽실]만 먹는다고 합
니다. 그래서 나는 대숲에 갈 때마다 은근히 그 신령한 새와의 상봉을 기대하

곤 하였습니다. 물론 성인만이 볼 수 있다는 봉황을 보길 기대하는 건 나 같은 속인에겐 지나친 바람이겠지요. 그러나 나는 평생 봉황을 볼 수 없더라도 대숲의 오솔길을 걷는 일을 결코 포기하지는 않을 것입니다. 왜냐하면 참으로 대숲에는 신령한 기운이 있어서 몸도 마음도 절로 맑아지기 때문입니다.

깊은 대숲에 홀로 앉아	獨坐幽篁裏
금을 타다가 다시 길게 노래한다	彈琴復長嘯
깊은 숲 속이라 남들은 모르는데	深林人不知
밝은 달이 와서 비춰주네	明月來相照

왕유,「죽리관竹里官」

대숲 속의 선정禪定! 만약 대나무 숲이 아니라면 진정 이런 경계가 가능할 수 있겠는지요.

나무의 제왕

소나무

지조와 영원의 상징

우리나라 사람들의 소나무 사랑은 특별하여 마치 종교와 같다는 느낌이 듭니다. 역대에 걸쳐 우리 시문에 가장 많이 등장한 나무는 단연 소나무입니다. 신라 황룡사 벽에 「노송도」를 그렸다는 솔거의 이야기에서 알 수 있듯 소나무는 또한 일찍부터 그림의 중요한 소재이기도 하였습니다. 사실 소나무는 동아시아 고대사회의 중요한 목재로서 일찍부터 중시되었으며, 그 늠름한 자태와 겨울에도 잎이 지지 않는 품성 때문에 지절의 상징이 되었습니다.

『양화소록』에서는 『격물론』을 인용하여 소나무를 설명하기를 "소나무 가운데 큰 것은 둘레가 몇 아름이고, 높이는 십여 길이다. 울퉁불퉁한 마디가 많고, 껍질은 몹시 거칠고 두꺼워서 용 비늘과 같다. 서린 뿌리와 굽은 가지로 사철 동안 푸름이 변하지 않는다. 가지와 잎은 봄 이삼월에 싹이 나오고, 꽃을 피워 열매를 맺는다. 그리고 여러 품종이 있는데, 바늘잎이 셋인 것은 고자송栝子松이고, 바늘잎이 다섯인 것은 산송자송山松子松이다. 그 송진은 맛이 쓴데, 땅속으로 들어

소나무

가서 천 년이 지나면 복령茯苓이 되고, 또 천 년이 지나면 호박琥珀이 된다. 큰 소나무가 천 년이 지나면 그 정이 청우로 변하고, 복구가 된다"고 하였습니다.

'고자송'이라는 것은 일반 소나무이며, '산송자송'은 오엽송五葉松이라고 부르는 잣나무입니다. '복령'은 소나무 뿌리에 기생하는 버섯의 일종으로서 중요한 약재입니다. 물론 복령이 성장하는 데는 천 년이란 긴 세월이 필요하지 않습니다. '호박'은 송진이 화석이 된 것으로서 일찍부터 보석으로 중시되었습니다. '청우'는 푸른 소인데 고목古木의 정령이 청우로 변한다는 전설이 있습니다. '복구'는 엎드린 거북인데 소나무의 정령이 복구로 변한다는 전설이 있습니다.『시경』과『초사』에도 이미 소나무가 등장하고 있습니다.

신께서 강림하시어	神之弔矣
그대에게 많은 복을 주시네	詒爾多福
백성들 질박하여	民之質矣
일용의 음식에 만족하네	日用飲食
여러 백성들과 여러 관리들	群黎百姓
두루 너희의 덕을 이루리라	徧爲爾德
차오르는 상현달 같고	如月之恒
떠오르는 해와 같고	如日之升
남산의 영원함처럼	如南山之壽
헐거나 무너지지 않고	不騫不崩
소나무 측백나무의 무성함처럼	如松柏之茂
그대를 계승하지 않음이 없도다	無不爾或承

『시경』,「소아・천보天保」중에서

산중에 사는 사람 두약처럼 향기롭고   山中人兮芳杜若
바위 샘물을 마시고 송백의 그늘에 사네   飲石泉兮蔭松柏
『초사』, 「구가九歌 · 산귀山鬼」 중에서

이처럼 소나무는 대개 측백나무와 함께 '송백松柏'이라고 나란히 거론됩니다. 『시경』의 송백은 항상 무성하여 영원히 사멸하지 않는 존재이며, 『초사』의 송백은 은자가 사는 숲을 상징하고 있습니다.

『논어』에서는 "추운 겨울이 된 후에야 비로소 송백이 맨 나중에 시듦을 안다"라고 하였습니다. 여기서 송백은 지절을 변치 않는 군자를 말합니다. 소나무가 군자가 된 것은 이처럼 오래전이었습니다. 그런데 '송백'을 흔히 '소나무와 잣나무'로 새기는 것은 잘못된 것입니다. 중국인에게 '백柏'은 측백나무를 지칭하는 글자이며, 잣나무와는 상관이 없습니다. 중국에서는 '오립송五粒松 · 신라송新羅松 · 해송海松' 등으로 잣나무를 표기합니다. 그런데 우리는 언제부터인가 '백柏' 자로 잣나무를 표기하였기 때문에 종종 혼란을 일으키게 된 것입니다. 어쨌든 『논어』의 '송백'은 소나무와 잣나무가 아닌 소나무와 측백나무로, 조주趙州의 '정전백수자庭前柏樹子'는 뜰 앞의 잣나무가 아닌 뜰 앞의 측백나무로, 두보의 '고백행古柏行'은 늙은 잣나무 노래가 아닌 늙은 측백나무 노래로 새겨야 할 것입니다.

수염이 푸른 노인

이 땅에서는 이미 삼국시대부터 소나무를 시문으로 노래하고 그림으로 그린 것으로 여겨집니다.

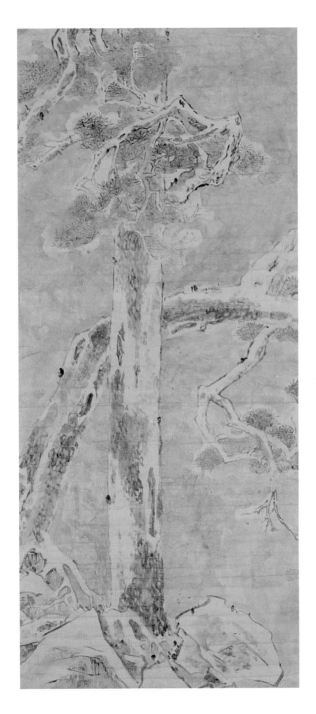

「설송도」, 이인상, 조선,
국립중앙박물관 소장

재목이 아니라서 마침내 연하 속에서 늙는데	不材終得老煙霞
어찌하여 바닷가 개울 아래 있는가	澗底何如在海涯
해는 저녁 그늘을 이끌고 섬 숲과 나란하고	日引暮陰齊島樹
바람은 밤의 열매를 쳐서 물결치는 모래밭에 떨구네	風敲夜子落潮沙
스스로 바위에 서려 뿌리가 길고 굳은데	自能盤石根長固
어찌 능운의 길이 오히려 멀다고 한스러워하겠는가	豈恨凌雲路尙賒
숙인 얼굴 부끄럼이 없는 것을 의아해 마오	莫訝低顏無所愧
동량으로 안영 집으로 들어갈 수 있다네	棟樑堪入晏嬰家

최치원, 「석상왜송石上矮松」

신라 말 최치원의 시인데 바위 위에 서 있는 작은 소나무[矮松]를 읊은 것입니다. 바위 위는 마땅히 소나무가 자랄 곳이 아닌데 우리는 종종 높은 암벽에서 자라는 소나무를 봅니다. 그런 소나무는 환경의 악조건 때문에 줄기와 가지가 왜소하고 뒤틀려 있게 마련입니다. 그래서 전혀 재목감이 되지 못합니다. 그러나 기이한 모습으로 소나무 고유의 사철 푸름을 간직하고 있어서 색다른 감동을 일으킵니다.

최치원은 외딴 바닷가 바위 위에 서 있는 작은 소나무는 재목감은 아니지만 오히려 안영晏嬰 집의 동량이 될 수 있다고 하였습니다. 안영은 춘추시대 제나라 재상으로 많은 공적과 충절을 세운 인물로서 그의 언행록을 모은 책이 곧 『안자춘추晏子春秋』입니다. 그러니 왜송은 곧 충절을 세운 안영과 같다고 한 것입니다. 물론 세상에서 버림받은 최치원 자신의 처지를 말하고 있는 것이지요.

사선이 일찍이 이곳에서 만났을 때	四仙曾會此

객들은 맹상군 문전 같았네	客似孟嘗門
구슬 신발 구름처럼 흔적 없는데	珠履雲無痕
푸른 소나무들 불타고 남아 있지 않네	蒼官火不存
신선 찾아 푸르렀던 숲을 생각하고	尋眞思翠密
회고하며 황혼에 서 있네	懷古立黃昏
다만 차 달이던 우물만 남아서	惟有煎茶井
의연히 바위 밑에 있네	依然在石根

안축, 「제한송정題寒松亭」

고려 후기의 문인 안축安軸의 시인데, 강원도 고성군 한송정을 읊은 것입니다. 사선四仙은 신라 때의 술랑述郎·남랑南郎·영랑永郎·안상安祥 등의 화랑을 가리키는데 나중에 모두 신선이 되었다고 합니다. 당시 그들을 따르는 무리가 삼천 명이었다고 합니다. 이들 무리가 각자 소나무 한 그루씩을 한송정 일대에 심어 하늘을 찌를 듯한 소나무 숲을 이루었다고 전합니다. 창관蒼官은 소나무의 별칭입니다. 또 '창염수蒼髥叟'라고 불리는데 수염이 푸른 노인이란 뜻이지요.

신라 때부터 유명하던 한송정의 솔숲이 안축이 살던 당시에 화재를 만나 모두 불타버린 사실을 알 수 있습니다. 근래에도 강원도 고성군 일대에는 여러 차례 산불이 나 넓은 숲들이 한순간에 잿더미로 변해버렸습니다.

송공이 오히려 봄꽃을 저버리지 않아	松公猶不負春芳
억지로 스스로 꽃을 피우니 담황색이네	强自敷花色淡黃
우습구나 곧은 마음도 때때로 흔들리던가	堪笑貞心時或撓
도리어 금분으로 남을 위해 단장하는구나	却將金粉爲人粧

이규보, 「송화」

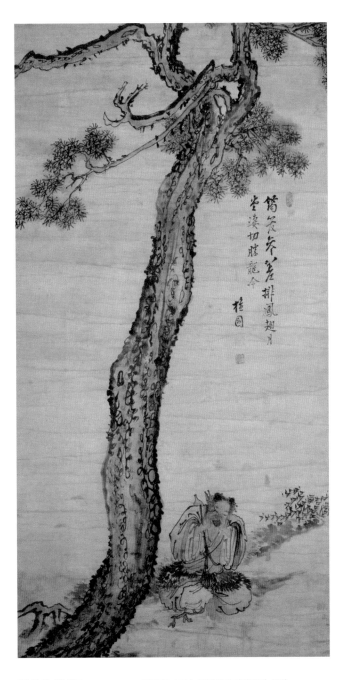

「송하선인취생도松下仙人吹笙圖」, 김홍도, 조선, 고려대학교박물관 소장

소나무도 봄이 되면 꽃을 피워 노란 송홧가루를 휘날립니다. 송화가 한창일 때 바람에 날리는 송홧가루는 흡사 부연 안개처럼 온 숲을 잠기게 합니다. 이규보는 곧은 마음의 송공[소나무]이 어찌하여 금분으로 남을 위해 단장하느냐고 짐짓 점잖게 꾸짖고 있는데, 이는 물론 무료한 시인의 익살에 불과합니다.

소나무, 소나무	松, 松
눈을 이기고, 추위를 이기네	傲雪, 凌冬
흰 구름이 머물고	白雲宿
푸른 이끼가 감쌌네	蒼苔封
여름 꽃엔 바람 따뜻하고	夏花風暖
가을 잎엔 서리가 짙네	秋葉霜濃
곧은 줄기는 붉은 골짜기에서 솟아났고	直幹聳丹壑
맑은 빛은 푸른 봉우리와 이어졌네	淸輝連碧峯
그림자는 빈 단의 새벽 달빛 속에 떨어지고	影落空壇曉月
솔바람 소리는 먼 절의 남은 종소리 속에 요란하네	聲搖遠寺殘鐘
가지는 찬 이슬을 뒤집어 잠든 학을 놀라게 하고	枝翻涼露驚眠鶴
뿌리는 중천에 꽂혀 칩거하는 용에 가깝네	根揷重泉近蟄龍
초평이 복식하며 선골을 단련하였고	初平服食而鍊仙骨
원량이 맴돌며 더러운 가슴속을 씻어냈네	元亮盤桓兮濯塵胸
완생을 대하고 절품을 논할 필요가 없고	不必要對阮生論絶品
어찌 다시 위언에게 기이한 용모를 그리게 하랴	何須更令韋偃畵奇容
홀로 푸르니 땅에서 수명을 받음은	乃知獨也靑靑受命於地
맨 나중에 시드는 너의 자태가 아님을 아네	匪爾後凋之姿
나는 누구를 좇아가야 하는가	吾誰適從

조선 중기의 문인 권필의 시인데, 소나무의 진면목을 여실히 그려내었습니다. 초평은 황초평皇初平인데, 본래 목동이었으나 송진과 복령을 먹고서 신선이 되어 승천하였다는 인물입니다. 그는 채찍으로 바위를 쳐서 양으로 변하게 하는 재간도 있었다고 합니다. 원량元亮은 도연명으로서, 그의 정원에는 소나무, 국화, 대나무가 우거진 세 오솔길[三徑]이 있었다고 하며, 또한 그의 유명한 「귀거래사」에서 "소나무 어루만지며 서성이노라"라고 읊은 바가 있습니다. 그래서 역대 고사도高士圖 속의 도연명은 으레 소나무를 어루만지며 먼 곳을 바라보는 모습으로 그려졌습니다. 완생阮生은 죽림칠현[진晉나라 때 혼란한 정치 현실을 피해 죽림에서 청담을 일삼은 일곱 선비] 중의 한 사람인 완적阮籍입니다. 위언韋偃은 당나라 화가인데, 두보가 일찍이 그의 「쌍송도雙松圖」를 칭송하여 읊은 바가 있습니다.

소나무의 수난

장자는 일찍이 가죽나무와 상수리나무는 재목이 되지 못하므로 천수를 누린다고 하였습니다. 그러나 소나무는 너무나 훌륭한 재목감이므로 항상 목수의 표적이 되었습니다.

남산의 바위 험준한데	南山石嵬嵬
소나무 측백나무가 얼마나 무성한가?	松栢何離離
윗가지는 푸른 구름까지 솟고	上枝拂靑雲
중심은 십여 아름이나 되네	中心十數圍

낙양에서 대들보를 올리기 시작하니	洛陽發中梁
소나무들 속으로 스스로 슬퍼하네	松樹竊自悲
도끼와 톱이 이 소나무들을 잘라내니	斧鋸截是松
소나무들이 동서에서 꺾어지네	松樹東西摧
네 바퀴 수레를 가지고	持作四輪車
낙양궁까지 실어 가네	載至洛陽宮
보는 사람들 감탄을 금하지 못하고	觀者莫不歎
어느 산의 목재냐고 물어보네	問是何山材
누가 능히 이를 깎고 다듬을 것인가	誰能刻鏤此
공수 노반이라네	公輸與魯班
여기에 붉은 칠을 입히고	被之用丹漆
소합향을 쏘이네	薰用蘇合香
본래 남산의 소나무였는데	本是南山松
지금은 궁전의 대들보가 되었네	今爲宮殿梁

한나라 무명씨, 「염가행艶歌行」

한나라 때 낙양 궁궐의 목재로 희생된 남산 소나무의 참상을 읊은 노래입니다. 그러나 이러한 참상이 중국에서만 벌어진 것은 아닙니다. 이 땅의 아름드리 소나무들도 역대에 걸쳐 궁궐이나 사찰 등의 재목으로 끊임없이 베어져 천수를 누릴 수 없었습니다. 그 결과 지금은 태백산맥의 몇몇 일대와 서해 안면도의 소나무 군락을 제외하고는 변변치 못한 품종의 소나무만 남아 있게 되었습니다.

소나무 남벌의 문제점은 이미 조선시대에 심각하게 대두되었습니다. 그래서 전국 곳곳에 금송禁松 지역을 설정하여 제도적 차원에서 소나무를 보호하는

한편 민간에 소나무 심기를 장려하기도 하였습니다. 그런데 이 봉산封山 제도는
또 다른 수탈의 구실이 되기도 하였습니다.

백련사 서쪽 석름봉에	白蓮寺西石廩峰
어떤 중이 이리저리 다니며 소나무를 뽑아대네	有僧彳亍行拔松
어린 솔 돋아나서 겨우 두어 치인데	稚松出地纔數寸
여린 줄기 부드러운 잎 얼마나 아름다운가	嫩幹柔葉何丰茸
어린 나무를 다만 몹시 사랑하고 보호한다면	嬰孩直須深愛護
장성하여 다시 규룡이 되겠는데	老大況復成虯龍
어찌하여 눈에 띄는 대로 모두 뽑아버리고	胡爲觸目皆拔去
그 싹을 꺾어서 소나무를 멸종시키려 하는가	絕其萌蘗湛其宗
(중략)	
중을 앞으로 불러 그 연유를 물으니	招僧至前問其意
중은 울먹이며 말 못하고 눈물만 글썽이네	僧咽不語淚如霰
"이 산은 양송을 이전부터 부지런히 하여	此山養松昔勤苦
큰스님과 상좌들도 삼가 법을 준수하였지요	闍梨芯蒭遵約恭
땔나무 아끼느라 때로는 찬밥을 먹기도 하고	惜薪有時餐冷飯
산을 순시하며 새벽종 소리에 이르렀지요	巡山直至鳴晨鍾
읍내의 나무꾼도 감히 접근하지 못했는데	邑中之樵不敢近
하물며 마을의 도끼가 얼씬이나 했겠습니까	況乃村斧淬其鋒
본영의 교졸들이 장령을 받들고	本營小校聞將令
문으로 들어와 말에서 내리니 기세가 벌 떼 같은데	入門下馬氣如蜂
작년 바람에 꺾인 나무를 트집 잡아	枉捉前年風折木
중들이 법을 어겼다고 가슴을 치니	謂僧犯法撞其胸

전라남도 무안군 현경면 용정리에 있는 곰솔

중들은 창천에 호소해도 분노를 식힐 수 없어	僧呼着天怒不息
뇌물 일만 전으로 겨우 무마하였지요	行錢一萬纔彌縫
금년엔 소나무를 베어 항구로 내었는데	今年斫松出港口
왜구를 대비하여 군선을 만든다고 하였으나	爲言備倭造艨艟
조각배도 만들지 않았는데	一葉之舟且不製
우리 산만 벌거숭이가 되어 옛 모습 잃고 말았지요	只赭我山無舊容
이 소나무 비록 어리지만 남겨두면 클 것이니	此松雖稚留則大
화근을 뽑아버리는 일 어찌 게을리하겠습니까	拔出禍根那得慵
지금부터 소나무 뽑아내기를 소나무 심듯 할 것이니	自今課拔如課種
잡목만 남겨두면 겨울 땔나무로 쓰겠지요	猶殘雜木聊禦冬
오늘 아침 관첩이 와서 비자를 구하니	官帖朝來索榧子
장차 이 비자나무도 뽑아버리고 절간문을 봉해야겠어요”	且拔此木山門封

정약용, 「소나무 뽑아내는 중〔僧拔松行〕」

다산 정약용의 시입니다. 백련사는 정약용이 귀양살이하던 다산초당에서 산자락 하나 사이에 있습니다. 시에서 고발한 봉산 제도로 인한 폐해가 눈물겹습니다. 절간 문을 닫아버리고 난 후 스님들은 장차 어디로 가서 무엇을 해야 할까요?

소나무는 양지식물로서 소나무 밑에는 어린 소나무가 자라지 못한다고 하였습니다. 또 소나무는 옮겨심기 힘든 나무로 유명합니다. 그러나 지금은 원예 기술이 발달하여 도심의 빌딩 숲에서도 흔하게 소나무를 볼 수 있습니다. 참으로 조경수로서 소나무만큼 기품 있는 나무는 없을 것입니다. 근래 조경수로 소나무의 수요가 급증하다 보니 심심산골의 소나무가 도둑들의 손에 뽑혀 도심의 조경수로 팔리는 일이 잦다고 합니다. 심심산골에서 하루아침에

도시의 소음 속으로 옮겨진 그 소나무의 심경은 어떠하겠습니까?

예부터 유명한 소나무들이 많았는데, 태산에 오른 진시황이 폭우를 피할 수 있게 해준 소나무는 '오대부五大夫'라는 벼슬을 받았다고 하는군요. 이런 연유로 오대부는 소나무의 또 다른 별칭이 되었습니다. 이 이야기는 세조의 행차에 친절을 베풀고 벼슬을 받았다는 속리산 정이품 소나무 이야기와 흡사합니다. 그런데 이러한 이야기는 어쩐지 쓸쓸하군요. 지절의 상징인 소나무가 제왕에게 아부하여 벼슬을 받은 것이 옳은 일이겠습니까? 더구나 진시황이나 세조와 같은 제왕에게서.

지금 이 땅의 소나무 가운데 속리산 정이품 소나무는 단아한 기품으로 으뜸이고, 예천 석송령 소나무는 토지를 소유한 재산가로 유명하고, 청도 운문사 소나무는 해마다 막걸리를 열 말이나 들이켜는 풍류로 명성을 날리고 있습니다. 이들 유명한 소나무들은 사람들에게 잘 보호받아 그 천수를 누릴 듯합니다. 그러나 근래 송충이보다 더 무서운 재선충이라는 소나무 해충이 창궐하여 귀천을 가리지 않으니 어느 소나무인들 천수를 다할 수 있겠습니까? 부디 재선충이 빨리 퇴치되기를 소나무를 사랑하는 한 사람으로서 간곡히 바랄 뿐입니다.

참고문헌

한국문헌

강백년姜栢年,『설봉유고雪峯遺稿』

강위姜瑋,『고환당수초古歡堂收艸』

강준흠姜浚欽,『삼명시집三溟詩集』

강항姜沆,『간양록看羊錄』

강홍중姜弘重,『동사록東槎錄』

강희맹姜希孟,『사숙재집私淑齋集』

강희안姜希顏 저, 이병훈李炳薰 역,『양화소록養花小錄』, 을유문화사, 1973.

고경명高敬命,『제봉집霽峯集』

『고려사절요』

고상안高尙顏,『태촌집泰村集』

곽진郭瑨,『단곡집丹谷集』

구사맹具思孟,『팔곡집八谷集』

구자무具滋武 편저,『조선영물시선朝鮮詠物詩選』, 보경문화사, 1996.

『국조보감國朝寶鑑』

권만權萬,『강좌집江左集』

권벽權擘,『습재집習齋集』

권춘란權春蘭,『회곡집晦谷集』

권필權韠,『석주집石洲集』

권호문權好文,『송암집松巖集』

기대승奇大升,『고봉집高峯集』

기태완奇泰完,『당시선』상·하, 보고사, 2008.

기태완奇泰完,『명시선』, 보고사, 2011.

기태완奇泰完,『송시선』, 보고사, 2009.

기태완奇泰完,『요금원시선』, 보고사, 2010.

기태완奇泰完,『청시선』, 보고사, 2011.

기태완奇泰完,『퇴계 매화시첩』, 보고사, 2007.

기태완奇泰完,『한위육조시선』, 보고사, 2005.

김경선金景善,『연원직지燕轅直指』

김구주金龜柱,『가암유고可庵遺稿』

김리만金履萬,『학고집鶴皐集』

김상용金尙容,『선원유고仙源遺稿』

김수온金守溫,『식우집拭疣集』

김수항金壽恒,『문곡집文谷集』

김시습金時習,『매월당집梅月堂集』

김안국金安國,『모재집慕齋集』

김유金楺,『검재집儉齋集』

김육金堉,『잠곡유고潛谷遺稿』

김응조金應祖,『학사집鶴沙集』

김인후金麟厚,『하서전집河西全集』

김일손金馹孫,『탁영집濯纓集』

김정희金正喜,『완당전집阮堂全集』

김조순金祖淳,『풍고집楓皐集』

김종정金鍾正,『운계만고雲溪漫稿』

김종직金宗直,『점필재집佔畢齋集』

김중청金中淸,『구전집苟全集』

김창업金昌業,『노가재집老稼齋集』

김창흡金昌翕,『삼연집三淵集』

김휴金烋,『경와집敬窩集』

김흥국金興國,『수북정집水北亭集』

나탈리 엔지어,『살아 있는 것들의 아름다움』, 햇살과나무꾼 옮김, 해나무, 2003.

남용익南龍翼,『호곡집壺谷集』

노인魯認,『금계일기錦溪日記』

노진盧禛,『옥계집玉溪集』

『동문선東文選』

문일평文一平,『화하만필花下漫筆』, 삼성문화재단출판부, 1972.

민제인閔齊仁, 『입암집立巖集』

박윤묵朴允默, 『존재집存齋集』

박익朴翊, 『송은집松隱集』

박태순朴泰淳, 『동계집東溪集』

백비화白賁華, 『남양시집南陽詩集』

변종운卞鍾運, 『소재집歗齋集』

『삼국사기三國史記』

『삼국유사三國遺事』

서거정徐居正, 『사가집四佳集』

서긍徐兢, 『고려도경高麗圖經』, 민족문화추진회, 1977.

서유구徐有榘, 『임원경제지林園經濟志』

성삼문成三問, 『성근보집成謹甫集』

성석린成石璘, 『독곡집獨谷集』

성현成俔, 『허백당집虛白堂集』

『세종실록지리지』

소세양蘇世讓, 『양곡집陽谷集』

송시열宋時烈, 『송자대전宋子大全』

송희경宋希璟, 『일본행록日本行錄』

신경준申景濬, 『여암유고旅菴遺稿』

신광수申光洙, 『석북집石北集』

신광한申光漢, 『기재집企齋集』

신위申緯, 『경수당전고警修堂全藁』

신유한申維翰, 『해사동유록海槎東遊錄』

신후재申厚載, 『규정집葵亭集』

신흠申欽, 『상촌집象村集』

심사주沈師周, 『한송재집寒松齋集』

심상규沈象奎, 『두실존고斗室存稿』

심언광沈彦光, 『어촌집漁村集』

『악학궤범樂學軌範』

안정구安廷球, 『재향지梓鄕誌』

안축安軸, 『근재집謹齋集』

양대박梁大樸, 『청계집靑溪集』

오원嗚瑗, 『월곡집月谷集』

오재순嗚載純, 『순암집醇庵集』

원천석元天錫, 『운곡행록耘谷行錄』

유몽인柳夢寅, 『어우야담於于野談』

유의건柳宜健, 『화계집花溪集』

윤광계尹光啓, 『귤옥졸고橘屋拙稿』

윤종균尹鍾均, 『유당시집酉堂詩集』

이건李健, 『규창유고葵窓遺稿』

이건창李建昌, 『명미당집明美堂集』

이경석李景奭, 『백헌집白軒集』

이곡李穀, 『가정집稼亭集』

이규경李圭景, 『오주연문장전산고伍洲衍文長箋散稿』

이규보李奎報, 『동국이상국집東國李相國集』

이달李達, 『손곡시집蓀谷詩集』

이덕무李德懋, 『청장관전서靑莊館全書』

이민서李敏敍, 『서하집西河集』

이상적李尙迪, 『은송당집恩誦堂集』

이색李穡, 『목은집牧隱集』

이서우李瑞雨, 『송파집松坡集』

이수광李睟光, 『지봉유설芝峰類說』

이수광李睟光, 『지봉집芝峯集』

이언적李彦迪, 『회재집晦齋集』

이유미, 『우리나무 백 가지』, 현암사, 1995

이유미, 『한국의 야생화』, 다른세상, 2003

이유원李裕元, 『임하필기林下筆記』

이유장李惟樟, 『고산집孤山集』

이육李陸, 『청파집靑坡集』

이응희李應禧, 『옥담시집玉潭詩集』

이이순李頤淳, 『후계집後溪集』

이재녹李縡, 『도암집陶菴集』

이정암李廷馣, 『사류재집四留齋集』

이제현李齊賢, 『역옹패설櫟翁稗說』

이제현李齊賢, 『익재난고益齋亂藁』

이직李稷, 『형재시집亨齋詩集』

이집李集, 『둔촌잡영遁村雜詠』

이첨李詹, 『쌍매당협장집雙梅堂篋藏集』

이최중李最中, 『위암집韋庵集』

이학규李學逵, 『낙하생집洛下生集』

이행李荇, 『용재집容齋集』

이헌경李獻慶, 『간옹집艮翁集』

이형상李衡祥, 『탐라순력도耽羅巡歷圖』

이호민李好閔, 『오봉집五峯集』

이황李滉, 『퇴계집』

이회보李回寶, 『석병집石屛集』

임광택林光澤, 『쌍백당유고雙柏堂遺稿』

임득명林得明, 『송월만록松月漫錄』

임수간任守幹, 『돈와유고遯窩遺稿』

임억령林億齡, 『석천시집石川詩集』

임전任錪, 『명고집鳴皐集』

임제林悌, 『임백호집林白湖集』

임춘林椿, 『서하집西河集』

장유張維, 『계곡집谿谷集』

정두경鄭斗卿, 『동명집東溟集』

정몽주鄭夢周, 『포은집圃隱集』

정사룡鄭士龍, 『호음잡고湖陰雜稿』

정수강丁壽崗, 『월헌집月軒集』

정약용丁若鏞, 『아언각비雅言覺非』

정약용丁若鏞, 『여유당전서與猶堂全書』

정온鄭蘊, 『동계집桐溪集』

정조正祖, 『홍재전서弘齋全書』

정철鄭澈, 『송강집松江集』

정추鄭樞, 『원재고圓齋槁』

정포鄭誧, 『설곡집雪谷集』

정홍명鄭弘溟, 『기암집畸庵集』

정희득鄭希得, 『해상록海上錄』

조수삼趙秀三, 『추재집秋齋集』

조용진, 『동양화 읽는 법』, 집문당, 1989.

조재호趙載浩, 『손재집損齋集』

조하망曹夏望, 『서주집西州集』

조호익曺好益, 『지산집芝山集』

진화陳澕, 『매호유고梅湖遺稿』

차천로車天輅, 『오산설림초고伍山說林草藁』

채수蔡壽, 『나재집懶齋集』

최경창崔慶昌, 『고죽유고孤竹遺稿』

최기남崔奇男, 『구곡시고龜谷詩稿』

최립崔岦, 『간이집簡易集』

최명길崔鳴吉, 『지천집遲川集』

최연崔演, 『간재집艮齋集』

최전崔澱, 『양포유고楊浦遺藁』

최치원崔致遠, 『계원필경집桂苑筆耕集』

최항崔恒, 『태허정집太虛亭集』

허균許筠, 『성수시화惺叟詩話』

허목許穆, 『기언記言』

허초희許楚姬, 『난설헌시집蘭雪軒詩集』

허훈許薰, 『방산집舫山集』

홍석기洪錫箕, 『만주유집晩洲遺集』

홍석모洪錫謨 편저·진경환秦京煥 역주, 『서울·세시·한시』, 보고사, 2003.

홍석모洪錫謨, 『동국세시기東國歲時記』

홍양호洪良浩, 『이계집耳溪集』

황현黃玹, 『매천집梅泉集』

중국문헌

건륭제乾隆帝, 『어제시집御製詩集』

고병高棅, 『당시품휘唐詩品彙』

고사립顧嗣立, 『원시선元詩選』

굴원屈原, 『초사楚辭』

단극기段克己·단성기段成己, 『이묘집二妙集』

도종의陶宗儀, 『설부説郛』

맹계孟棨, 『본사시本事詩』

맹교孟郊, 『맹동야시집孟東野詩集』

반부준潘富俊, 『당시식물도감唐詩植物圖鑑』, 상해서점출판사上海書店出版社, 2003.

반부준潘富俊, 『시경식물도감詩經植物圖鑑』, 상해서점출판사上海書店出版社, 2003.

반부준潘富俊, 『초사식물도감楚辭植物圖鑑』, 상해서점출판사上海書店出版社, 2003.

방이지方以智, 『물리소식物理小識』

『산해경山海經』

소식蘇軾, 『동파전집東坡全集』

송락宋犖, 『서피류고西陂類稿』

『시경詩經』

심복沈復, 『부생육기浮生六記』, 서목문헌출판사書目文
　　獻出版社, 북경, 1993.

양만리楊萬里, 『매보梅譜』

양선분楊先芬, 『화훼문화원림관상花卉文化園林觀賞』, 중
　　국농업출판사, 2005.

『어정패문재영물시선御定佩文齋詠物詩選』

『어제패문재광군방보御製佩文齋廣羣芳譜』

『예기禮記』

예찬倪瓚, 『청비각집淸閟閣集』

오균嗚均, 『제해기齊諧記』

왕복상王福祥 · 왕옥림王玉林 · 오한앵嗚漢櫻 편, 『일본
　　한시힐영日本漢詩擷英』, 외국교학여연구출판사外
　　國敎學與硏究出版社, 북경北京, 1995.

왕상진王象晉, 『군방보羣芳譜』

원호문元好問, 『유산집遺山集』

원호문元好問, 『중주집中州集』

유순劉恂, 『영표록이嶺表錄異』

유종원柳宗元, 『용성록龍城綠』

유희경劉義慶, 『세설신어世說新語』

육유陸游, 『검남시고劒南詩藁』

육정찬陸廷燦, 『속다경續茶經』

이방李昉, 『태평어람太平御覽』

이시진李時珍, 『본초강목本草綱目』

장방기張邦基, 『묵장만록墨莊漫錄』

전겸익錢謙益, 『열조시집列朝詩集』

전여성田汝成, 『서호유람지西湖遊覽志』

정초鄭樵, 『통지通志』

조학전曹學佺, 『석창역대시선石倉歷代詩選』

주숙朱橚, 『구황본초救荒本草』

주이존朱彝尊, 『정지거시화靜志居詩話』

진경기陳景沂, 『전방비조집全芳備祖集』

진관秦觀, 『회해집淮海集』

진몽뢰陳夢雷 등, 『고금도서집성古今圖書集成』

『진서晉書』

최표崔豹, 『고금주古今注』

축윤명祝允明, 『회성당집懷星堂集』

팽대익彭大翼, 『산당사고山堂肆考』

팽손휼彭孫遹, 『송계당전집松桂堂全集』

팽정구彭定求 및 10인 편, 『전당시全唐詩』

포조鮑照, 『포명원집鮑明遠集』

풍유눌馮惟訥, 『고시기古詩紀』

『한서漢書』

허신許愼, 『설문해자說文解字』

호자胡仔, 『초계어은총화苕溪漁隱叢話』

호진형胡震亨, 『당음계첨唐音癸籤』

황봉지黃鳳池, 『매죽란국사보梅竹蘭菊四譜』

황정견黃庭堅, 『산곡집山谷集』

황준헌黃遵憲, 『환준헌시선黃遵憲詩選』, 중화서국中華
　　書局, 2008.

『흠정속통지欽定續通志』

인명

책 제목

이 도서의 국립중앙도서관 출판시도서목록(CIP)은 e-CIP홈페이지(http://www.nl.go.kr/ecip)와
국가자료공동목록시스템(http://www.nl.go.kr/kolisnet)에서 이용하실 수 있습니다.(CIP제어번호: CIP2015027771)

꽃, 피어나다
옛 시와 옛 그림, 그리고 꽃

초판 1쇄 발행 2015년 11월 10일

지은이 기태완
펴낸이 윤미정

책임편집 정지원
홍보 마케팅 하현주
디자인 류지혜

펴낸곳 푸른지식 **출판등록** 제2011-000056호 2010년 3월 10일
주소 서울특별시 마포구 월드컵북로16길 41 201호
전화 02)312-2656 **팩스** 02)312-2654
이메일 dreams@greenknowledge.co.kr
블로그 http://greenknow.blog.me/

ⓒ 기태완 2015
ⓒ 사진 김병욱
ISBN 978-89-98282-30-1 03810

273쪽, 438쪽, 502쪽, 568쪽 그림자료는
한국데이터베이스진흥원에서 제공을 받았습니다.